Sarah Harvey

Absolut unwiderstehlich

Roman

Aus dem Englischen
von Bärbel und Velten Arnold

GOLDMANN
MANHATTAN

Umwelthinweis:
Alle bedruckten Materialien dieses Taschenbuches
sind chlorfrei und umweltschonend.

Manhattan Bücher erscheinen im Goldmann Verlag,
einem Unternehmen der Verlagsgruppe Random House GmbH

1. Auflage
Deutsche Erstveröffentlichung März 2005
Copyright © der Originalausgabe 2004 by Sarah Harvey
Copyright © der deutschsprachigen Ausgabe 2005
by Wilhelm Goldmann Verlag, München,
in der Verlagsgruppe Random House GmbH
Die Nutzung des Labels Manhattan erfolgt mit freundlicher
Genehmigung des Hans-im-Glück-Verlags, München
Umschlaggestaltung: Design Team München
Umschlagfoto: zefa
Satz: Uhl+Massopust, Aalen
Druck: GGP Media GmbH, Pößneck
Verlagsnummer: 54213
JE · Herstellung: Sebastian Strohmaier
Redaktion: Dr. Barbara Raschig
Made in Germany
ISBN 3-442-54213-8
www.goldmann-verlag.de

Kapitel 1

CAN'T GET USED TO LOSING YOU.

Ich wollte nie eine solche Klette sein, eine dieser durchgeknallten Frauen, die nicht loslassen können, eine, die das Kaninchen ihres Ex in den Kochtopf steckt. Ich bin verzweifelt und völlig aus dem Gleichgewicht, aber ich glaube noch immer an den Menschen, der mich in dieses parallele Universum geschleudert hat.

An den Mann, der mich verlassen hat.

Ich denke, einer der Gründe, weshalb mir das Loslassen so schwer fällt, ist, dass es so ein Schock war. Es kam so absolut unerwartet. Als wäre ich beim Überqueren der Straße vom größten Lastwagen der Welt umgenietet worden, den ich aus irgendeinem unerfindlichen Grund nicht bemerkt habe. Weder die in der Sonne glänzenden sechs Meter hohen Stangen des Kuhfängers und die gewaltigen Kotflügel noch den röhrenden 1000-PS-Motor, der im Grunde allein schon ausgereicht hätte, um mich auf das nicht ganz unwesentliche Detail aufmerksam zu machen, dass das Monstrum mit großer Geschwindigkeit auf mich zurast.

Soll heißen: Ich war ahnungslos.

Absolut ahnungslos.

Als es passierte, hatte ich nur ein einziges dringliches Problem, nämlich mich nach meinem Hauptgang für ein Dessert entscheiden zu müssen.

»Ich kann mich einfach nicht entscheiden. Soll ich den Schokoladenkuchen nehmen oder den Sirupbiskuit mit Vanillesoße?

Was meinst du? Ich könnte mich jedes Mal als absoluter Vielfraß outen und beides bestellen.«

»Ich will keinen Nachtisch. Hal, ich muss dir was sagen.«

»Ja, ja, ich weiß – ich bin ein Gierschlund und laufe Gefahr, schon beim bloßen Blick auf die Speisekarte Fett anzusetzen.«

»Ich ziehe aus, Hal.«

»Recht hast du, wenn ich beides in mich reinstopfe, gehe ich so auf, dass ich unsere ganze Wohnung ausfülle und für dich kein Platz mehr bleibt, also beschränke ich mich lieber auf den Schokoladenkuchen.«

»Hal, ich meine es ernst.«

»Was? Du meinst, ich habe *tatsächlich* zugenommen?« Ich sehe prüfend an mir herunter auf meinen Bauch. »Na ja, der Rock spannt wirklich ein bisschen mehr als sonst. Vielleicht verzichte ich lieber ganz auf das Dessert, schließlich will ich dir auch morgen noch gefallen.«

»Hal!«, fährt er mich so laut an, dass die Leute am Nebentisch ihre Unterhaltung unterbrechen und zu uns herübersehen, »ich rede nicht von dieser verdammten Dessertkarte, kapier das doch endlich!«

Mit seinem Ausbruch bringt er mich dazu, aufzusehen und ihm zuzuhören. Jetzt, da er meine ungeteilte Aufmerksamkeit hat, versucht er es noch einmal.

»Hal«, wiederholt er, diesmal etwas sanfter, »ich ziehe aus.«

»Was?« Ich starre ihn verwirrt an.

»Ich brauche ein bisschen Zeit für mich.«

»Wie bitte?«

»Ich brauche ein bisschen Zeit für mich.«

Tatsächlich – ich habe mich also nicht verhört.

Aber glauben kann ich es immer noch nicht.

Der Mann, den ich liebe und von dem ich dachte, dass er mich liebt, hat sich plötzlich das berühmte Motto von Greta Garbo zu Eigen gemacht: »Ich will allein sein.«

»Es läuft nicht mehr richtig, Hal. Schon seit einer ganzen Zeit nicht, das musst du doch auch gemerkt haben.«

Nein, ich habe es ehrlicherweise nicht gemerkt. Ich habe die ganze Zeit gedacht, alles läuft bestens.

Doch offenbar ist es mit dem mühelosen Brustschwimmen durch die ruhigen Gewässer unserer Beziehung vorbei, und ich drohe urplötzlich zu ertrinken.

Ich starre ihn immer noch mit offenem Mund an und klappe den Mund so schlagartig zu, dass meine Zähne aufeinander schlagen.

»Das verstehe ich nicht«, ist alles, was ich herausbringe, weil ich es, so einfach ist das, tatsächlich nicht verstehe.

Aus welchen Gründen trennen sich Paare denn normalerweise? Laut Statistik haben die meisten Probleme im Bett, oder es geht um Geld, die Arbeit oder andere Leute, oh, und absurderweise ganz oft auch ums Heiraten. Genau das, was die Menschen eigentlich lebenslang verbinden soll, treibt sie allem Anschein nach auseinander.

Gregg und ich sind nicht verheiratet, wir hatten nicht einmal übers Heiraten gesprochen, obwohl ich gestehen muss, dass ich durchaus hin und wieder von einer Hochzeit in Weiß mit acht Brautjungfern träume und sogar schon einmal geübt habe, mit »Hal Holdman« zu unterschreiben. Klingt in meinen Ohren wirklich nett, aber wie auch immer: Einen Heiratsantrag gab es nie, und unsere Trennung hat die Erfüllung dieses Traums in weite Ferne gerückt, womit wir wieder bei den anderen Trennungsgründen wären.

Und die habe ich wirklich wieder und wieder durchgekaut und versucht, hinter diesem plötzlichen Sinneswandel eines Mannes, der mich noch vor zwei Tagen mit einer Tasse Tee und den Worten »ich liebe dich« geweckt hat, irgendeine Logik zu erkennen.

Nehmen wir zum Beispiel den ersten der oben genannten Gründe.

Nummer eins: Sex?

Dick unterstrichen, bitte beachten, schließlich ist Sex ziemlich wichtig.

Unser Sexleben? Na ja, ohne zu sehr ins Detail zu gehen ...

»Ja bitte, vielen Dank, es war großartig.«

Alles Weitere erübrigt sich wohl.

Nummer zwei: Geld?

Unsere Finanzen sind eigentlich gut geregelt. Wir haben getrennte Konten. Und aus Vernunftsgründen haben wir zusätzlich für die Gemeinschaftsausgaben ein gemeinsames Konto mit einem Überziehungskredit, den wir nur ein einziges Mal letztes Weihnachten in Anspruch genommen haben, weil unsere Weihnachtsgelder versehentlich erst im Januar ausgezahlt wurden. Wir wohnen in einer wirklich netten Gegend in einer erschwinglichen Mietwohnung ohne feuchte Flecken und haben einen sehr umgänglichen Vermieter. Wir sind zwar keine Lottogewinner, aber in London zur Miete zu wohnen und es mit einem passablen Vermieter zu tun zu haben, ist ganz nah dran an einem Sechser.

Nummer drei: Arbeit?

Wir arbeiten beide in derselben Firma. Wir haben uns sogar dort kennen gelernt. Es handelt sich um eine große Immobilienfirma, die ungenutzte Industrieareale in Designerwohnungen verwandelt. Wir gehen beide in unseren Jobs auf, verdienen anständig, und obwohl er ein bisschen mehr bekommt als ich, machen wir beim Bezahlen immer halbe halbe. Bei der Arbeit sehen wir uns nicht viel, jedenfalls nicht häufig genug, um einander wirklich auf die Nerven zu gehen. Fehlanzeige also.

Nummer vier: Andere Leute?

Eltern: Sie sind weit weg und mischen sich nicht ein, genau so, wie man es sich wünscht. Freunde: Ich mag seine und er meine, allesamt nett und wirklich liebenswürdig.

Nummer fünf: Streit über die soeben angeführten Punkte?

Äußerst selten, und wenn, dann meistens über irgendwelche Belanglosigkeiten à la:

Frage: »Hast du den letzten Schokokeks gegessen?«

Antwort: »Ja.«

Entgegnung: »Du Vielfraß, das war meiner.«

Nichts Weltbewegendes oder wirklich Ernstes also, keine Brüllattacken, bei denen wir uns die Lunge aus dem Hals schreien oder das Besteck oder die Katze nach dem andern werfen.

Die guten Momente den schlechten gegenüberzustellen, führt auch nicht weiter.

Glückliche Momente?

Häufig, wir sind gerne zusammen (jedenfalls dachte ich das), wir gehen nach wie vor zusammen aus und unternehmen gemeinsam etwas. Man muss uns doch bloß in diesem Moment ansehen, wir sitzen in einem netten Restaurant und haben exzellent gegessen, bis er den Abend mit seiner überraschenden Eröffnung aus heiterem Himmel verdorben hat. Wir bringen uns an Sonntagen immer noch abwechselnd gegenseitig Frühstück ans Bett, schicken einander am Valentinstag immer noch Liebesgrußkarten und knutschen immer noch im Kino oder auf Taxirückbänken herum.

Unglückliche Momente?

Da kommt mir natürlich genau dieser in den Sinn, ansonsten fällt mir kein einziger Moment ein, der so schlimm gewesen wäre, dass ich mich jetzt noch daran erinnern könnte.

Nein, tut mir Leid, aber ich kapier es einfach nicht.

Es ist nichts schief gelaufen. Nichts, was ich klipp und klar benennen könnte, um zu begreifen, ja, genau, deshalb willst du mich nicht mehr, daran liegt es. Aber egal, zurück zu *jenem* Moment.

Er sieht mich an, und seine Augen sind so traurig wie meine.

»Ich liebe dich nach wie vor, Hal.«

»Warum tust du mir das dann an? Warum tust du uns das an?«

»Weil es so nicht weitergehen kann. Wenn ich nicht jetzt ausziehe, wenn ich einfach bleibe, wird es damit enden, dass wir einander hassen, und das willst du doch auch nicht, Hal, oder?«

Das sehe ich ein. Ich glaube, ich beginne bereits, ihn zu hassen.

Die anfängliche Betäubung durch den Schock lässt allmählich nach, und ich spüre, wie mir Tränen in die Augen steigen.

»Aber warum?«, flüstere ich mit vor Elend zugeschnürter Kehle.

Er beißt sich auf die Unterlippe und sieht weg.

»Jedem steht irgendwann mal der Sinn nach Veränderung, Hal. Versteh das doch. Und bitte mach es nicht noch schwerer, als es ohnehin schon ist.«

Es fällt ihm also schwer.

Ich greife nach diesem Strohhalm und versuche, mich über Wasser zu halten.

»Wenn es dir so schwer fällt, warum tust du es dann?«

»Es läuft einfach nicht mehr zwischen uns, Hal, was soll ich sonst sagen?«

»Jede Menge. Zum Beispiel, warum es nicht mehr läuft, wann du zum ersten Mal gemerkt hast, dass es nicht mehr läuft, und warum du nicht früher etwas gesagt und mir die Möglichkeit gegeben hast, die Dinge in Ordnung zu bringen, bevor es auf diese Weise enden muss.«

Aber er antwortet nicht.

Stattdessen blickt er zur Seite, sieht alles an, nur nicht mich, und befeuchtet sich immer wieder die Lippen, eine seiner typischen Angewohnheiten, wenn er nervös ist oder sich unbehaglich fühlt.

»Und warum ausgerechnet hier?« Ich sehe mich um, das Restaurant ist voll, und die Hälfte der Tische befindet sich in Hörweite.

»Ich will es dir schon seit einer Ewigkeit sagen. Aber heute hatte ich zum ersten Mal den Mumm, es tatsächlich auszusprechen.«

»Vielleicht hast du ja bewusst einen öffentlichen Ort ausgewählt, damit ich dir keine Szene mache«, entgegne ich vorwurfsvoll.

Sein ausweichender Blick reicht mir schon als Eingeständnis.

Ich lehne mich zurück und mustere mit elender Fassungslosigkeit sein nach unten gewandtes Gesicht.

»Also denkst du schon länger so.«

Er nickt.

»Das wars dann also. Einfach so. Nachdem wir drei Jahre zusammen waren nichts als ein ›Tut mir Leid, Hal, es ist aus, ich verlasse dich‹.«

Er schüttelt den Kopf.

»Ich habe nicht gesagt, dass es aus ist, ich brauche nur ein wenig Freiraum. Deshalb ziehe ich aus. Damit ich ein bisschen Zeit habe, über alles nachzudenken und mit mir selbst ins Reine zu kommen.« Er hält inne und fährt, als ich nichts erwidere, schnell fort: »Ich komme heute Abend nicht mit nach Hause. Ich denke, ich sollte erst mal woanders unterschlüpfen, was meinst du? Ich komme dann morgen gegen zehn vorbei und hole meine Sachen ab. Am besten bist du dann nicht da, ich meine, wenn ich komme.«

»Am besten für wen? Für dich oder für mich?«

»Für uns beide«, erwidert er ruhig und sieht mir endlich in die Augen.

Und das war's im Wesentlichen.

Kurzer Prozess. Und alles andere als angenehm.

Und dann zieht er ab. Er dreht sich nicht einmal mehr um, er verschwindet einfach aus dem Restaurant und aus meinem Leben.

Ich starre hinab auf meinen leeren Teller.

Ich habe das Essen wirklich genossen.

Es war köstlich.

Aber es entbehrt nicht einer gewissen Ironie, oder nicht? Die Henkersmahlzeit, bevor das Beil der Guillotine hinabrast und dir den Kopf abhackt.

Über mir taucht ein Schatten auf, und ich blicke schnell auf, beflügelt von der Hoffnung, dass Gregg erkannt hat, vorübergehend in einen Zustand unerklärlicher geistiger Verwirrung gefallen zu sein und nun zurückgekommen ist, um mir zu sagen, dass er das alles nicht so gemeint hat. Aber es ist nur der Kellner.

»Wünschen Madam ein Dessert?«

»Nein, danke, Madam ist der Appetit für heute Abend gründlich vergangen«, entgegne ich mit einem matten Lächeln.

Er hat keinen Schimmer, wovon ich rede, aber der Anblick meines fahlen, aschgrauen, tränenverklebten Gesichts reicht ihm, die Dessertkarte an sich zu nehmen, mich in eine ruhige Ecke zu geleiten, mir einen Brandy zu offerieren und ein Taxi zu rufen.

Ich bedanke mich für seine Liebenswürdigkeit und lasse mich auf die Rückbank des Taxis plumpsen.

»Wo soll's denn hingehen, junge Frau?«

Gute Frage.

Wo soll ich jetzt hin?

Ich habe keinen Schimmer.

Ich weiß nicht, wohin ich will, aber auf keinen Fall nach Hause. Nicht jetzt. Nicht allein, in dem Wissen, dass er nicht da sein wird.

Gregg wird nicht da sein.

Die Worte hallen in meinem Kopf wider, aber sie blieben bedeutungslos.

Das ist alles ein böser Traum, es passiert gar nicht, ich wache jeden Moment auf und liege mit Gregg im Bett, der neben mir friedlich schlummert.

Schließlich bitte ich den Fahrer, ziellos in der Gegend herumzufahren, und das tickende Taxameter zählt die Kilometer, bis in mir plötzlich die überbordende Hoffnung aufkeimt, dass Gregg vielleicht, ganz vielleicht, zu dem Schluss gekommen ist, dass das Ganze ein Riesenfehler war und er genau in diesem Moment zu Hause sitzt und auf mich wartet, damit er sich entschuldigen und alles wieder gutmachen kann.

Doch als ich zu Hause ankomme, ist unsere Wohnung dunkel.

Ich öffne die Tür, und die Katze stürmt auf mich zu, aber als sie bemerkt, dass ich es bin und nicht Gregg, dreht sie sich um und trottet unvermittelt zurück zu ihrem warmen gemütlichen Lager, von dem sie aufgesprungen ist.

Ich sehe in jedem Zimmer nach.

Was erwarte ich? Dass er aus einem Schrank springt und ›April, April!‹ ruft?

Der einzige Scherz hier bin ich. Mir allen Ernstes auch nur halbwegs einzubilden, dass er hier sein könnte!

Ich werfe einen Blick in den Kleiderschrank.

Gregg muss vor mir nach Hause gekommen sein, denn seine Reisetasche ist weg, und einige seiner Kleidungsstücke fehlen auch, nicht alle, aber so viele, dass ich ihr Fehlen bemerke.

Und schließlich trifft es mich wie ein Hammerschlag.

Er hat es ernst gemeint.

Gregg ist ausgezogen.

Ich lasse mich im dunklen Wohnzimmer aufs Sofa fallen und stoße einen langen, bebenden, fassungslosen Seufzer aus, der endlos zu sein scheint und sämtliche Luft aus meinen Lungen entweichen lässt.

Er ist ausgezogen.

Mein Freund, mit dem ich seit drei Jahren zusammen bin, den ich liebe, anbete und verehre, für den ich sogar die Socken bügeln würde, hat mich verlassen. Und ich habe nicht den blassesten Schimmer, warum.

Das war's dann also, Gregg und mich gibt es nicht mehr.

Nur ich bin noch übrig.

Da fällt mir ein, dass ich mich noch gar nicht vorgestellt habe.

Ich bin Harriet Hart.

Einzelkind, durchschnittlich attraktiv und mit einer Figur, die du kriegst, wenn du jedes Mal, wenn du essen gehst, zwei Nachspeisen vertilgst. Ich habe einen guten Job, und in drei Monaten werde ich dreißig.

Außerdem bin ich, wie es scheint, ab sofort Single.

Kapitel 2

»Das ist nicht dein Ernst, oder, Hal?«

Da heul ich mich seit fünf Minuten an der Schulter meiner Freundin aus – nein, genauer: Da flenne ich, als hätte ich mir die Finger in einer Autotür eingeklemmt, und mein Mascara läuft mir in Striemen über die Wangen, sodass ich aussehe wie Robbie Williams, wenn er »Let Me Entertain You« singt, und sie denkt immer noch, ich wäre nur ein bisschen überspannt.

Ich putze mir mit meinem letzten Kleenex die Nase und schlucke den Fluch herunter, der anstelle der hicksenden Schluchzer in meiner Kehle aufzusteigen droht.

»Er ist heute Morgen ausgezogen, Is.«

»Ach du Scheiße.«

Wir schweigen beide.

»Aber warum nur?«, fragt Isabelle einen Augenblick später. »Ihr habt doch immer so glücklich gewirkt.«

»Das waren wir auch – dachte ich jedenfalls.«

»Und er ist einfach so abgehauen?«

Ich nicke und schnäuze mich erneut.

Isabelle denkt kurz nach, runzelt ihre blasse sommersprossige Stirn und schüttelt dann den Kopf.

»Das macht einfach keinen Sinn. Absolut nicht. Er liebt dich, Hal, das sieht doch ein Blinder. Er kommt zurück, glaub mir.«

»Meinst du wirklich?«

Sie nickt entschieden.

»Sein Job hat ihn in letzter Zeit ziemlich mitgenommen, oder? Die Beförderung und all die zusätzliche Arbeit, die er jetzt am Hals hat, die neuen Verkaufsziele und so weiter. Wahrscheinlich braucht er einfach nur ein bisschen Zeit für sich – zum Runterkommen und um etwas Ordnung in das Chaos in seinem Kopf zu bringen.«

»Er hat all seine Klamotten mitgenommen. Und den Fernseher, den DVD-Player, die DVDs, den Grill, den Toaster, die Mikrowelle, fast alle CDs...«

Es ist Samstagnachmittag. Wie ein treudoofes Opferlamm, das ich definitiv bin, habe ich mich an diesem Morgen wunschgemäß verdünnisiert und bei meiner Rückkehr eine Wohnung vorgefunden, in der es aussah, als ob eine Bande professioneller Fassadenkletterer bei mir eingefallen wäre.

»Oh, Scheiße!«, entfährt es Isabelle erneut.

»...die Stereoanlage, den Couchtisch, den Staubsauger, die Kaffeemaschine, den Wasserkessel, den Schwingmülleimer... Er hat sogar die Ersatzklorolle und die Zahnpasta aus dem Bad mitgenommen. Fehlt nur noch ein Schmusetier, dann wäre die Kinderei komplett. Und er hat die Katze mitgenommen, Isabelle.«

»Die konntest du doch sowieso nie ausstehen.«

»Falsch, Is, die Katze konnte mich nicht ausstehen, aber darum geht es nicht. Ich bin immer davon ausgegangen, es wäre *unsere* Katze. Genauso wie ich dachte, dass die Möbel uns *gemeinsam* gehören. Ich komme mir vor wie in einem minimalistisch eingerichteten Loft, nur dass das Styling fehlt.«

»Aber warum? Warum ist er abgehauen?«

»Keine Ahnung! Ich weiß nur, was er mir gesagt hat: dass er Zeit für sich braucht, dass es in letzter Zeit nicht mehr richtig gut gelaufen ist, dass er seit einer Weile nicht mehr so für mich empfindet wie früher. Dass wir uns seiner Meinung nach nicht besonders gut verstehen. Aber warum hat er nicht früher den Mund aufgemacht? Ich dachte immer, alles wäre bestens.«

»Das war auch mein Eindruck, Hal, ehrlich. Und wo ist er jetzt?«

»Wie meinst du das?«

»Na ja, mit zweiunddreißig ist er ja ein großer Junge, da wird er doch wohl nicht wieder zu seinen Eltern ziehen, oder?«

»Wohl kaum, die leben schließlich in Schottland. Aber ich war so überrumpelt, dass ich ihn das gar nicht gefragt habe. In meinem Kopf war nur die Frage ›warum, warum?‹, aber du hast Recht, Is, wo, zum Teufel, ist er hin?«

Isabelle schürzt die Lippen.

Sie schwankt sichtlich zwischen Mitleid und Empörung.

»Wenn er so viel mitgenommen hat, muss er eine Wohnung haben, in der er den Kram unterbringen kann.«

»Glaubst du wirklich?«

Sie nickt.

»Was wiederum bedeutet, dass er seinen Auszug von langer Hand geplant hat. Sonst hätte er nicht sofort eine neue Bleibe.«

»Du hast Recht«, entgegne ich, und mir bleibt vor Schock der Mund offen stehen. »Er muss das Ganze seit einer Ewigkeit vorbereitet haben.«

Sie nickt bedächtig und sieht besorgt und teilnahmsvoll aus.

»Also glaubst du doch nicht, dass er zurückkommt?«

»Na ja, als ich gesagt habe, er kommt zurück, wusste ich ja noch nicht, dass er sich bereits mit Sack und Pack und einem noch heißen Grill vom Acker gemacht hat.«

Nach dieser neuen Einschätzung breche ich sofort wieder in Tränen aus, woraufhin ich mich noch elender fühle, weil ich es abgrundtief hasse zu heulen. Es ist so eine Zeit- und Energieverschwendung. Außerdem macht es grottenhässlich, du wirst fleckig und rot, als würdest du gerade eine Allergieattacke erleiden.

Ja, ich reagiere allergisch darauf, verlassen zu werden.

Außerdem kann ich mich nicht zwischen Hass und Liebeskummer entscheiden.

Ich hasse ihn, weil er mich verlassen hat, aber ich vermisse ihn, weil ich jetzt alleine bin.

Ich will ihn nie wieder sehen, doch gleichzeitig sehne ich mich danach, dass er jetzt sofort durch die Tür spaziert und mich so fest umarmt, dass ich keine Luft mehr kriege.

Ich bin in einer ausweglosen Situation und habe keine Ahnung, wie ich da rauskommen soll.

»Er ist mein bester Freund. Wie soll ich ohne meinen besten Freund leben?«, schluchze ich und durchtränke ein weiteres Papiertaschentuch.

Isabelle bemüht sich, nicht die Beleidigte zu spielen, doch es misslingt ihr auf der ganzen Linie.

»Abgesehen von dir natürlich, Isabelle. Du bist meine allerbeste Freundin. Ohne dich wäre ich auch hilflos, aber es ist etwas anderes. Ich schlafe nachts nicht in deinen Armen ein. Ich knutsche nicht auf der Rückbank eines Taxis mit dir herum, du schrubbst mir in der Badewanne nicht den Rücken, und du wärmst mir im Bett nicht die Füße.«

»Aber eins kann ich auch.«

Sie rückt näher an mich heran und umarmt mich ganz fest.

»Vielleicht leidet er ja nur unter einer dieser – na, du weißt schon...«, redet sie beruhigend auf mich ein.

»...geistiger Umnachtung?«

»Nein, unter einer Art Midlifecrisis.«

»Er ist zweiunddreißig, Isabelle.«

»Na ja, da hat man doch sozusagen sein halbes Leben hinter sich, oder?«

»Na großartig! Du willst mir also sagen, dass ich in drei Jahren eine Frau mittleren Alters bin!« Ich knuffe sie in die Schulter. »Also nicht nur sitzen gelassen, sondern auch noch alt!«

»So meine ich das nicht, Hal, ganz und gar nicht! Aber ihr seid jetzt seit mehr als drei Jahren zusammen, oder? Vielleicht macht er gerade eine schwierige Phase durch und verspürt den Drang, sich für eine Weile zu lösen und sein eigenes Ding durchzuziehen, bevor er zu dem Schluss kommt, dass es das nun war und er bereit ist, sich endgültig zu binden und häuslich niederzulassen.«

»Du meinst, er braucht vielleicht eine Pause, bevor er sich richtig und auf ewig bindet?«

»Könnte doch sein. Vielleicht hat er das gemeint, als er dir sagte, dass er Zeit für sich brauche.«

Ein neuer Hoffnungsschimmer, an den ich mich klammern kann. Er ist gegangen, weil er noch einmal Männersachen machen will, weil er Dinge erleben will, die Singlemänner erleben, und nach einem letzten wilden Austoben im Singleland kehrt er im großen Stil in unsere Zweierbeziehung zurück, sinkt auf Knien vor mir nieder, steckt mir einen Ring in der Größe des London Eye auf den Finger, kauft uns ein Haus in irgendeinem Vorort und überlässt mir die Entscheidung, wie unsere Kinder heißen sollen. Was ich natürlich schon lange weiß: Jack, Rose und Georgie.

Und bereits während ich mich dieser kleinen Fantasie hingebe – immerhin ist es der netteste Grund, der uns bisher für Greggs plötzliches Abhauen eingefallen ist – wird in meinem Kopf ein leises Gelächter laut: Was für eine romantische, unglaublich naive Idiotin ich doch bin!

Ich hasse es, mich selbst als Idiotin zu bezeichnen.

Ich war immer stolz darauf, einigermaßen intelligent und ausgeglichen zu sein, also reiße ich mich zusammen und zwinge mich, rationaler zu denken.

»Vielleicht war es ein bisschen zu viel des Guten, zusammenzuleben und in der gleichen Firma zu arbeiten.«

»Ich weiß nicht. Thameside Homes ist so riesig, da läuft man sich doch nicht ständig über den Weg. Nicht einmal wir sehen uns jeden Tag, dabei liegen unsere Büros im gleichen Stock, wobei… Gregg sitzt neuerdings ganz oben in der Chefetage.«

»Vielleicht ist es das. Vielleicht passe ich nach seiner Beförderung nicht mehr zu dem Image, das er in der Firma haben will.«

»Spinn nicht rum, Hal! Du siehst klasse aus!«

»Ich bin fett.«

»Bist du nicht, auch wenn du in letzter Zeit etwas zugelegt hast.«

»Na ja, vielleicht nicht gerade fett, aber ich hab mich in letzter Zeit schon ein bisschen gehen lassen.«

»Aber nicht so, dass er dich deshalb verlassen würde.«

»Glaubst du wirklich, er kommt zurück?«, frage ich sie noch einmal.

Isabelle lächelt mich mitfühlend an.

»Ich weiß es nicht, aber noch musst du ihn nicht aufgeben.«

»Und wenn er eine andere hat?«

»Hast du ihn gefragt?«

»Natürlich, und er hat behauptet, das sei nicht der Grund. Aber was ist, wenn er mich anlügt? Das würde eine Menge erklären.«

»Wenn er sagt, dass er keine andere hat, wirst du ihm wohl glauben müssen, Hal.«

»Vielleicht hat er sich einfach entliebt.«

»Hör auf, so zu reden, du regst dich nur wieder auf!«

»So etwas passiert, Isabelle. Ich habe mir schon das Hirn zermartert, warum er womöglich nicht mehr so für mich empfindet wie früher, aber mir ist nichts eingefallen. Und dann kam mir die Erleuchtung: In unserer Beziehung ist gar nichts schief gelaufen. Vielleicht hat er sich tatsächlich einfach entliebt, und während ich unser Zusammensein als locker, angenehm und glücklich empfand, war es für ihn stumpfsinnig, mittelmäßig und langweilig.«

Isabelle schüttelt energisch den Kopf, doch ich rede unbeirrt weiter.

»Ich habe ihn gelangweilt, das ist es. Ich bin einfach zu langweilig.«

»Du bist nicht langweilig, Hal, du bist hinreißend. Und falls er dich tatsächlich für langweilig halten sollte, ist er... ist er...«

Sie ringt nach den richtigen Worten, um ihn nicht schlecht zu machen und als Idioten oder Arschloch zu bezeichnen.

»...dann liegt er total daneben«, beendet sie schließlich ihren Satz.

Sie würde mir am liebsten sagen, dass ich ohne ihn viel besser dran bin, dass er mich sowieso nicht verdient, dass wir nicht füreinander bestimmt sind, dass ich mein Leben weiterleben und ihn vergessen soll. All die Dinge, die beste Freundinnen sagen, damit du dich besser fühlst, wenn du gerade verlassen wurdest, damit du nicht in ein tiefes Loch fällst und dich nicht dem Trübsal einer frisch Verlassenen hingibst, ein Zustand, den zu überwinden oft Monate dauert.

Ich hätte größtes Verständnis, wenn sie mit derartigen Parolen kommen würde.

Und ich will auf keinen Fall eine von diesen armseligen Heulsusen sein, die völlig verzweifelt zusammenbrechen und in ihrem eigenen Rotz ertrinken. Ich will stärker sein.

Doch Isabelle sagt nichts, denn sie weiß, dass es reine Zeitverschwendung wäre, mir all das vorzupredigen und Gregg schlecht zu machen. Denn die Wahrheit ist ganz schlicht und ergreifend die, dass *ich ihn immer noch liebe*, obwohl er mich offenkundig so satt hat, dass er nicht mehr mit mir zusammenleben will. Also lächelt sie mich einfach nur an, drückt mir beruhigend die Hand und fragt: »Und? Was willst du jetzt machen, Hal?«

Ich hole tief Luft und schaffe es unter großer Willensanstrengung, dass meine Unterlippe aufhört zu zittern wie Espenlaub.

»Keine Ahnung.«

»Ich meine, willst du die Hände in den Schoß legen und dich damit abfinden, dass es vorbei ist, oder willst du kämpfen, um ihn zurückzugewinnen?«

»Was bringt das schon, wenn er mich nicht will?«

»Er hat doch selber gesagt, dass er nicht Schluss machen wollte, sondern nur ein bisschen Zeit für sich braucht.«

»Vielleicht war das ja nur seine ganz spezielle Art, mich behutsam fallen zu lassen? Ich habe meine Zweifel, ob er wirklich je wieder mit mir zusammen sein will.«

»Aber was willst *du*, Hal?«

»Was ich will?«

Meine Lippen formen bereits »keine Ahnung«, als mich die Erkenntnis wie ein Schlag trifft.

»Ich will ihn wiederhaben!«, platze ich heraus.

»Na also, endlich mal eine klare Aussage«, meint sie entschieden. »Wenn du das tatsächlich willst, mehr als alles andere in der Welt, na dann los – hol ihn dir zurück!«

An diesem Abend liege ich zu Hause in meinem Bett und starre an die Decke. Mit aller Kraft versuche ich einzuschlafen, doch trotz der Erschöpfung, die mich ergriffen hat, bin ich hellwach. Meine Augen quellen hervor wie Froschaugen, mein Magen ist von meiner spätabendlichen Kummerfressattacke, bei der ich den kompletten Inhalt des Kühlschranks in mich hineingestopft habe, aufgebläht wie ein Ballon.

Dass ich trotz meines dringenden Schlafbedarfs nicht zur Ruhe komme, hat einen einfachen Grund. Die Gedanken, die mir im Kopf herumschwirren, sind viel zu laut, unerfreulich und aufwühlend, als dass mein Hirn abschalten und sich einer traumlosen Vergessenheit hingeben könnte.

Außerdem liege ich allein in einem großen Doppelbett. Der Platz neben mir, der normalerweise von meinem schlafenden Freund ausgefüllt wird, ist frei, leer, verlassen.

Und ich bin aufgewühlt.

Natürlich bin ich aufgewühlt, schließlich bin ich gestern von meinem Freund verlassen worden, aber es überrascht mich, was mich im Zusammenhang mit seinem Auszug so alles aus der Fassung bringt. Auf Platz eins dieser Liste steht natürlich, dass ich ihn, obwohl er gerade mal einen Tag weg ist, entsetzlich vermisse und mein Herz schmerzt, als hätte ich gerade eine Bypassoperation ohne Betäubung hinter mir. Mit aller Kraft wehre ich mich gegen den drohenden Heulkrampf, denn wie erwähnt, ich hasse Tränenausbrüche. Schreckliche Zukunftsängste plagen mich. Auf einmal erscheint mir meine Zukunft genauso leer wie mein großes Doppelbett. All meine Pläne haben Gregg eingeschlossen. Worauf kann ich mich also jetzt, da er weg ist, noch freuen?

Über Nacht ist alles anders geworden, und mir ist entsetzlich mulmig zumute.

Aber eins verblüfft mich wirklich: Ich rege mich plötzlich über Dinge auf, von denen ich nie und nimmer gedacht hätte, dass sie mich ärgern könnten, wenn ich einmal mit gebrochenem Herzen dastünde, Dinge, von denen ich dachte, dass sie so ziemlich das Letzte wären, worüber ich mir in so einer Situation Gedanken machen würde. Es sind *praktische* Dinge, die mich so nerven.

In diesem Fall ist *praktische* auszusprechen wie ein Wort für etwas Schmutziges oder ziemlich Unerquickliches, nicht gleich als Fluch oder etwas in der Art, aber etwa im gleichen Sinne wie man sagen würde, Schamenthaarung mit Wachs oder unbezahlte Überstunden oder kratzende Unterwäsche. Der bloße Gedanke daran löst schon eine Verkrampfung der Schultermuskulatur aus. Genau das passiert im Augenblick, während ich an gewisse *praktische* Dinge denke. Dabei interessieren sie mich normalerweise eigentlich nicht im Geringsten, jedenfalls nicht, wenn meine Gefühle in Aufruhr sind.

Aber jetzt liege ich in meinem Bett und ärgere mich schwarz, dass er die letzte Klopapierrolle mitgenommen hat. Und es macht mich rasend, dass er den Toaster eingesackt und nicht nur den Fernseher aus dem Wohnzimmer mitgenommen hat, sondern auch noch den aus dem Schlafzimmer, sodass ich mir zur Ablenkung nicht mal irgendeinen Late-Night-Schrott reinziehen kann.

Wie ich zulassen konnte, dass er sich gleich beide Fernseher unter den Nagel reißt? Gute Frage. Zum einen, weil ich schlicht und einfach nicht da war und mich folglich nicht mit ihm darum streiten konnte, aber auch, weil er sie angeblich beide bezahlt hat.

Ich habe die notwendigen Einrichtungsgegenstände angeschafft, die Sofas, das Bett, den Küchentisch, während er sich um das ganze Unterhaltungszeug gekümmert hat, was bedeutet, dass er automatisch sämtliche elektronischen Geräte gekauft hat. Um die Ausgaben unter uns gerecht zu verteilen, habe ich ein paar Mal hintereinander die Einkäufe übernommen, und er hat dafür den Fernseher fürs Schlafzimmer gekauft. Vielleicht sollte ich ihn dazu bringen, die drei Wochen Essen, die der Apparat gekostet hat, wieder hochzuwürgen. So, wie ich im Augenblick drauf bin, hätte ich große Lust, ihn so lange zu schütteln, bis er alles wieder auskotzt.

Vielleicht nehme ich diese Lappalien nur so wichtig, weil sie mich von meinem Herzschmerz ablenken. Ja, das muss es sein, oder, was noch wahrscheinlicher ist, weil ich mich auf diese Weise nicht der Realität stellen muss.

Aber da ist noch ein anderer Gedanke, der mich am Einschlummern hindert.

Er hat mir doch gesagt, dass er Zeit für sich braucht, um seine Gefühle zu ordnen.

Warum aber ist da diese kleine Stimme in meinem Kopf, die mir sagt, dass er lügt?

Irgendetwas lässt mich daran zweifeln, dass er mir die Wahrheit und nichts als die Wahrheit gesagt hat.

Wenn ich unsere Beziehung einmal nicht durch die rosarote

Brille betrachte, muss ich zugeben, dass es sehr wohl gelegentlich ein paar Missklänge zwischen uns gab. Okay, es war nicht jeden Tag Valentinstag, aber du sagst deinem Partner doch nicht, dass du ihn liebst und haust im nächsten Moment einfach ab, ohne einen verdammten Grund zu nennen!

Und ich habe eine schreckliche Ahnung, was dieser verdammte Grund sein könnte.

Eine andere Frau.

Trotz seiner gegenteiligen Beteuerungen und Versicherungen, dass sein überstürzter Ausstieg aus unserer Beziehung nichts mit einer anderen Frau zu tun hat, werde ich diesen nagenden Verdacht einfach nicht los.

Anders kann ich es mir nicht erklären.

Aber wie finde ich heraus, ob meine Befürchtung stimmt?

Der erste logische Schritt wäre wohl, ihm auf den Zahn zu fühlen – noch einmal.

Nachdem ich mir eine weitere Stunde lang eingeredet habe, dass es zu spät ist, ihn anzurufen, und es somit jetzt erst recht zu spät ist, finde ich schließlich doch den Mut, seine Handynummer zu wählen.

Ich rechne halbwegs damit, direkt auf seiner Mailbox zu landen, doch Gregg geht tatsächlich dran.

Es ist nach Mitternacht, und er klingt, als hätte ich ihn aus dem Schlaf gerissen.

»Hallo?«

»Hi, Gregg, ich bins«, stoße ich hastig hervor, bevor ich es mir anders überlege und wieder auflege. »Ich weiß, wie spät es ist, und es tut mir Leid, und ich weiß auch, dass wir eine Sendepause vereinbart haben, aber da ist etwas, was ich unbedingt wissen muss, und wenn ich dir noch irgendetwas bedeute, musst du mir die Wahrheit sagen. Hast du mich wegen einer anderen verlassen?«

Er seufzt aus tiefer Seele.

»Ich habe dir doch gesagt, dass das nicht der Grund ist, Hal.«
»Aber wenn doch, musst du es mir sagen, ich muss es wissen. Es würde mir helfen, weißt du. Falls du also doch eine andere kennen gelernt hast, sag es mir bitte! Dann kann ich mein Leben weiterleben und dich in Ruhe lassen.«

»Hal, ich schwöre dir, es gibt keine andere. Ich brauche nur ein wenig Zeit, okay?«

Ich kann mir gerade noch verkneifen, ihn zu fragen, für was er denn Zeit brauche, und sage stattdessen »okay« und »tschüss« und lege ein bisschen zu schnell den Hörer auf, bevor mir noch etwas herausrutscht, das ich später bereuen würde wie »Ich liebe dich« und »Ich vermisse dich« und »Das Bett ist zu groß ohne dich, bitte komm zurück zu mir« oder irgendein anderer jener ähnlich unterwürfigen und erbärmlichen Sätze, die mir in einer eher ungeordneten Endlosschleife auf der Zunge liegen.

Gut, er hat es also erneut abgestritten.

Genau das wollte ich hören.

Ich drehe mich um und schließe die Augen, fest überzeugt, dass ich jetzt problemlos einschlafen kann, oder zumindest leichter als vor meinem Anruf, doch zwei Sekunden später liege ich wieder auf dem Rücken und starre erneut mit hervorquellenden Augen an die Decke.

Ich weiß nicht, was es ist – weibliche Intuition, ein sechster Sinn, penetrante Sturheit oder einfach nur die Suche nach einer logischen Erklärung für ein ziemlich unlogisches Verhalten, aber ich glaube ihm schlicht und einfach nicht.

Was soll ich also tun?

Ich brauche Gewissheit, unbedingt, und wenn er nicht mit der Sprache herausrückt, muss ich eben auf andere Weise versuchen, die Wahrheit herauszufinden.

Oder etwa nicht?

Kapitel 3

Montag. Wieder bei der Arbeit. Mit einem merkwürdigen Gefühl. In den letzten Jahren bin ich als Freundin von Gregg Holdman, Marketing Manager, neuerdings sogar Gregg Holdman, Marketing Director, in dieses imposante Gebäude marschiert.

Jetzt bin ich nur noch Harriet Hart, Planungsassistentin. Nicht dass ich meinen Job danach bemessen hätte, Greggs Freundin zu sein, davon bin ich weit entfernt, denn ich verdanke meinen Platz in der Firma ausschließlich harter Arbeit und Entschlossenheit, aber ich weiß genau, dass etliche Kollegen in diesem Gebäude mich mit ihm in Verbindung bringen und mir aus diesem Grund anders begegnen, als es sonst der Fall wäre – so sehr ich mir auch wünschte, dass es nicht so wäre.

Ob es wohl schon die Runde gemacht hat?

Ich selbst habe bisher nur Isabelle davon erzählt, womit ich meine anderen Freundinnen natürlich vor den Kopf stoßen werde. Schließlich halten wir fest zusammen, und sie sind beim ersten Anzeichen von Problemen für mich da. Ich rede von meinen wirklichen Freundinnen, die du normalerweise an einer Hand abzählen kannst, die mit dir durch dick und dünn gehen und von denen du weißt, dass du eines Tages neben ihnen im Rollstuhl sitzen wirst, wenn die Kinder dich an deinem achtzigsten Geburtstag ins Altersheim verfrachten.

Natürlich werden die Mädels alles wissen wollen, und zwar nicht im Geringsten zu ihrer eigenen Erbauung, sondern nur, um für mich da zu sein, aber ich schaffe es einfach nicht, es ihnen zu erzählen. Noch nicht. Auch wenn es verrückt klingt, aber ich bilde mir ein, je mehr Leuten ich es erzähle, desto realer wird es.

Bevor ich mich jemandem anvertraue, muss ich erst mal selbst mit dem klarkommen, was passiert ist. Allerdings brauche ich jetzt doch einen Verbündeten, denn von den mickrigen vier Stunden Schlaf abgesehen, habe ich die ganze Nacht damit zugebracht, einen Plan auszuhecken. Wie gut, dass ich auch in den oberen Etagen der Firma Freundinnen habe, genauer gesagt, in der Personalabteilung. Ein kurzer Anruf bei Abi, der Assistentin des Personalchefs, mit der ich jeden Freitag ein festes Date zum Mittagessen habe, und schon ist die Sache erledigt – das heißt natürlich erst, nachdem sie den Schock über das, was ich ihr erzähle, verarbeitet hat: Ich habe Greggs neue Adresse und schulde ihr einen Gefallen.

Aber nun bin ich mir auf einmal nicht mehr hundertprozentig sicher, ob ich wirklich etwas damit anfangen will.

Zwischen meinem rationalen Ich und meinem irrationalen Ich spielt sich ein regelrechter Kampf ab.

Der praktische Teil von mir will es wissen, und zwar sofort. Ist Gregg mit einer anderen zusammen? Nachdem ich jetzt weiß, wo er wohnt, kann ich mich ein bisschen in der Gegend herumtreiben und hoffen, ihn zu sehen. Nichts leichter als das.

Doch der emotionale Teil von mir stellt dieses Vorhaben in Frage. Gregg hat nach Freiraum verlangt, und wenn ich ihm den nicht zugestehe, verspiele ich womöglich jede Chance, ihn zurückzugewinnen.

Und das will ich. Unbedingt.

Also notiere ich seine neue Adresse hinten in meinem Terminkalender, und jedes Mal, wenn ich ihn aus meiner Schreibtischschublade nehme, um einen Termin oder eine Notiz einzutragen, schlage ich die Seite mit der hingekritzelten Adresse auf und starre sie mit fassungslosem Staunen an – bis ich sie auswendig kenne und sie eigentlich nicht mehr aufschlagen müsste, doch ich lande trotzdem immer wieder auf der Seite. Und dabei bleibt es. Dabei bleibt es während der ganzen Woche, und am Ende der Woche habe ich Gregg nur ein einziges Mal gesehen, als er in einem ziemlich teuer aussehenden neuen Anzug durch das Gebäude gestürmt ist und dabei ungeheuer beschäftigt und wichtig aussah. Ob er wirklich ungeheuer beschäftigt und wichtig war oder nur diesen Eindruck erwecken wollte, um nicht stehen bleiben und mit mir reden zu müssen, weiß ich nicht. Immerhin er hat sich zu einem schmallippigen Nicken durchgerungen. Sonst nichts. Danach habe ich mich, um ehrlich zu sein, gefühlt wie ein Haufen Scheiße.

Ich weiß, dass er viel zu tun hat.

Er hat sich seine Beförderung hart erarbeitet und tut jetzt alles, seinen neuen Karrierejob zu behalten.

Die Firma ist gerade dabei, sich ein komplett neues Image zuzulegen, mit neuem Firmenlogo und einer komplett neuen Werbekampagne, die von dem komplett neuen Marketing Director und zugleich Chef der Werbeabteilung geleitet wird – dem unvergleichlichen Gregg Holdman.

Weg mit den alten Zöpfen, her mit dem frischen Wind. Das scheint im Moment auch Greggs persönliches Lebensmotto zu sein.

(Ach, und übrigens wissen inzwischen so gut wie alle, dass wir nicht mehr zusammen sind. Nicht, dass mich viele Kollegen offen darauf angesprochen hätten, aber der Flurfunk hat in dieser Firma schon immer bestens funktioniert, vor allem an der Klatschfront. Aber ich schweife wie immer ab.)

Wie ich bereits sagte, weiß ich, dass er viel zu tun hat, ABER das heißt noch lange nicht, dass er sich nicht einmal einen Augenblick Zeit nehmen könnte, um mit mir zu reden, was wiederum heißt (und das weiß ich, weil ich ihn kenne), dass er sich nicht nur unbehaglich fühlt, sondern auch etwas zu verbergen hat. Und was mag dieses Etwas sein? Nun, die Vermutung liegt auf der

Hand. Ich klappe meinen Terminkalender wieder auf. Will ich mich allen Ernstes vor seiner Wohnung auf die Lauer legen?

Will ich ihn wirklich ertappen?

Ja und nein.

Nein, weil ich auf keinen Fall herausfinden will, dass er mit einer anderen zusammen ist. Ich will, dass er genauso wie ich mit blutendem Herzen dasitzt, dass er sich dafür verflucht, was für ein Vollidiot er gewesen ist und sich den Kopf darüber zerbricht, wie er mich zurückkriegen kann.

Ja, wenn der soeben skizzierte Wunsch nichts weiter ist als eine Ausgeburt meiner Fantasie und er wirklich mit einer anderen zusammen ist, will ich es wissen. Dann könnte ich den Gedanken an ein zweites Kapitel der Hal-und-Gregg-Geschichte, auch wenn es mich umbringen würde, sofort vergessen und stattdessen versuchen, unsere Beziehung aus meinem Kopf zu streichen und nach vorne zu blicken.

Genau das sollte ich tun. Nach vorne blicken und mein eigenes Leben leben.

Aber die Wahrheit sieht anders aus.

Ich will, dass alles wieder so wird, wie es war, und der beste, wenn auch komplett absurde Weg dies zu bewerkstelligen, ist, so zu tun, als wäre gar nichts passiert.

Für den Rest der Woche lasse ich den Kopf hängen.

Ich habe mir felsenfest vorgenommen, seinem neuen Zuhause unter keinen Umständen einen Besuch abzustatten, aber am Samstagnachmittag muss ich plötzlich feststellen, dass ich mit meinen Einkäufen auf dem Nachhauseweg vom Supermarkt einen kleinen Umweg mache.

Einen Umweg von sechzehn Kilometern, um genau zu sein.

Zu einem umgewandelten Lagerhaus im Limehouse Basin am Ufer der Themse, dem jüngsten Verkaufsobjekt von Thameside Homes.

Dem Verkaufsprospekt zufolge wurde dort eine alte Lampenfabrik in zwanzig exklusive, »elektrisierende Wohnungen« verwandelt.

Ein auffälliges Messingschild an der Wand kündet davon, dass ich vorm »Illumination House« stehe.

Das ist also seine neue Adresse, ich kenne das Gebäude von den Entwürfen, die immer auch über meinen Tisch gehen. Der Eingang liegt unterhalb der Straße, weshalb die erste Etage sich auf Augenhöhe befindet. Ich kann direkt ins Wohnzimmer der Wohnung sehen, bei der es sich dem Grundriss zufolge (den ich aus dem Aktenschrank meines Chefs entwendet habe) um Wohnung Nummer zwei handelt, erste Etage, Illumination House. Greggs neue Wohnung.

Aber es kann nicht die richtige sein, denn durch das Fenster sehe ich eine junge Frau, die auf einer Ledercouch sitzt und Fernsehen guckt. Mir bleibt beinahe das Herz stehen.

Ich stelle meine Einkäufe ab, durchwühle meine Handtasche nach dem entwendeten Grundriss und studiere ihn noch einmal.

Dem Plan zufolge ist dies eindeutig Wohnung Nummer zwei, erste Etage.

Ich spähe erneut durchs Fenster.

Die Frau kommt mir irgendwie bekannt vor.

Ich kenne sie nicht wirklich, aber irgendwo habe ich sie schon mal gesehen.

Und dann entdecke ich etwas, was mir definitiv vertraut ist.

Durch eine der Wohnzimmertüren kommt eine Katze, streift durch das Zimmer und springt auf den Schoß der Frau. Das Tier dreht sich ein paar Mal in der typischen, so putzig anzusehenden Weise, wobei sie rhythmisch die Beine anzieht und streckt, als würde sie Brotteig kneten. Schließlich macht sie es sich gemütlich und schließt glückselig die Augen.

Für den Fall, dass ich Gregg mit einer anderen erwischen würde, hatte ich mir keinen Aktionsplan ausgedacht. Ich hatte den Gedanken einfach verdrängt, da ich nach wie vor der Hoffnung verfallen war, dass es keine andere gibt. Aber wenn ich es mir ausgemalt hätte, wäre mir vermutlich ein würdevoller Rückzug als die bestmögliche Lösung erschienen. Das ist doch das Vernünftigste, was man in so einem Fall tun kann.

Eine andere Frau ist der beste Beweis, dass Gregg es nicht wert ist, ihm auch nur eine einzige Träne nachzuweinen, und dass ich ihn am besten aus meinem Kopf und meinem Leben streiche und nach vorne blicke und jemanden finde, der nicht so ein verlogenes, schmutziges, betrügerisches, mieses, dreckiges »Arschloch!« ist. Ich schreie es so laut heraus, dass ein Schwarm Tauben, der in einem nahen Baum nistet, vor Schreck laut kreischend auffliegt. Aus einer der Penthousewohnungen sieht erschrocken ein Mann aus dem Fenster und zieht hastig die Vorhänge zu.

Ohne nachzudenken stürme ich die Stufen hinab in das offene Foyer, ein paar Treppen wieder hoch und klingele an der Haustür; in der Zeit hätte ich nicht einmal die Worte »absolut stinksauer« aussprechen können.

Erst als sie den Türöffner betätigt, frage ich mich, was zum Teufel ich hier eigentlich tue.

Was soll ich bloß sagen?

»Entschuldigen Sie, aber ist das zufällig meine Katze auf Ihrem Schoß?«

Zum Abhauen ist es zu spät.

Für den Bruchteil einer Sekunde erwäge ich, mich als Türverkäuferin auszugeben oder als Zeugin Jehovas, doch dann steht sie auch schon vor mir und lächelt mich unsicher an.

Das Einzige, was ich herausbringe, ist ein ziemlich mattes »Hallo«.

»Hallo«, entgegnet sie und sieht mich fragend an.

Jetzt wäre ich eigentlich an der Reihe, etwas zu sagen, aber ich bin absolut sprachlos.

»Kann ich Ihnen irgendwie helfen?«, fragt sie schließlich nach einer quälenden Pause.

»Ich bin eine... alte Bekannte von Gregg.«

Ihr vorsichtiges Lächeln verwandelt sich in ein breites, und sie reißt die Tür auf.

»Oh, wie nett.«

»Ich äh... ich äh... also äh... ich habe ihm ein kleines Einzugsgeschenk gekauft«, murmle ich. Ein Geistesblitz, Hal.

Ich durchstöbere meine Einkaufstüte und ziehe das Erstbeste heraus, das mir in die Finger kommt.

Es ist ein Glas Marmelade.

Ich halte es ihr mit einem falschen Lächeln hin.

Sie starrt erst das Marmeladenglas an und dann mich, wobei sie ihre Entgeisterung nicht verbergen kann. Dann fasst sie sich.

»Oh, wie nett, vielen herzlichen Dank. Gregg muss bald nach Hause kommen. Willst du nicht reinkommen und auf ihn warten?«

Meine masochistische Ader und reine Neugierde lassen mich anstatt eines einfachen »Nein danke« »Ja gerne« sagen. Wie unvernünftig. Warum suche ich nicht einfach schnellstmöglich das Weite, um nach Hause zu flüchten und meinen Kummer mit einer Flasche Blue Label Wodka und einer Schachtel belgischer Pralinen zu betäuben? »Ich bin Hal«, stelle ich mich vor, während sie mich ins Wohnzimmer führt und es sich wieder auf der Couch gemütlich macht.

Sie kennt meinen Namen nicht.

Ihr hübsches Gesicht verrät mit keiner Geste, dass sie ihn schon mal gehört hat. Und sie ist in der Tat hübsch, nein, nicht einfach nur hübsch, ihre Schönheit springt mich geradezu an.

»Rachel«, entgegnet sie und bedeutet mir, ebenfalls Platz zu nehmen.

»Schöne Wohnung«, bringe ich heraus.

»Danke.«

»Also wohnst du auch hier?«, frage ich, und die Worte zerschneiden mir die Kehle wie Rasierklingen, während ich sie gewaltsam hervorpresse.

Sie schüttelt den Kopf.

»Noch nicht, aber das kann sich schnell ändern. Wie es aussieht, entwickeln sich die Dinge ziemlich rasant.«

Das kann man wohl sagen!

»Bist du seine neue Freundin?«

Sie nickt.

»Genau. Ich bin Rachel«, wiederholt sie noch einmal.

»Komisch, Gregg hat dich nie erwähnt.«

»Na ja, er hat mich auch gerade erst im Sturm erobert. Wir sind noch nicht lange zusammen. Und woher kennt ihr euch?«

»Wir arbeiten in der gleichen Firma«, erwidere ich wahrheitsgemäß.

»Ach, das ist ja ein Ding. Wir haben uns auch bei der Arbeit kennen gelernt.«

Sie haben sich bei der Arbeit kennen gelernt?

Wie? Wo? Wann?

Der Anblick von Gloria, die wieder zurück auf Rachels Schoß springt, holt mich zurück in die Realität.

Unsere Katze auf *ihrem* Schoß.

Auf meinem Schoß wollte sie nie sitzen.

Ein weiterer Eifersuchtsanfall überkommt mich.

Warum mag sie Rachel mehr, als sie mich je gemocht hat? Und das, obwohl sie sie gerade mal seit etwa zwei Minuten kennt?

Und überhaupt – das Gleiche könnte ich auch über Gregg sagen.

Sie bemerkt, dass ich die Katze anstarre.

»Das ist Gloria«, sagt sie und streichelt sie.

Die treulose Gloria fängt an zu schnurren.

»Ein Prachtstück, nicht wahr. Ich liebe Katzen. Und die Liebe scheint auf Gegenseitigkeit zu beruhen. Warum, weiß ich auch nicht. Vielleicht entdecken sie in mir eine Art Seelenverwandte.«

Ich hätte gedacht, dass sie eher Hunde anzieht. Oh Hal, du Miststück. Zum Glück hast du das nur gedacht und nicht laut herausposaunt.

Außerdem muss ich zugeben, dass sie ganz und gar nicht aussieht wie eine, die Hunde anlockt.

Sie sieht einfach klasse aus und könnte mit ihrem makellosen Gesicht und ihrer perfekten Figur glatt als Model durchgehen.

Und plötzlich fällt bei mir der Groschen.

Es ist, als würde ich das letzte Teil eines Puzzles einfügen, von dem ich bislang nicht einmal wusste, dass ich es zusammensetze.

Die vage Erinnerung, ihr Gesicht schon mal gesehen zu haben, verflüchtigt sich und weicht unumstößlicher Gewissheit.

Ich kenne das Gesicht, weil es das Gesicht ist.

Das Gesicht von Thameside Homes.

Die Frau, die hippe Jungmanager verleiten soll, einer unserer Lofts zu kaufen. Wohn hier, schreit das Gesicht, und du kommst jeden Abend zu so einer tollen Frau in so einer geilen Wohnung nach Hause!

Greggs Werbekampagne.

Die Frau, deren Foto er mit nach Hause gebracht und mir stolz präsentiert hat – als das Model, dass *er* unter zweihundert weiteren hoffnungsvollen Anwärterinnen ausgesucht hat.

»Kann ich dir vielleicht eine Tasse Tee anbieten? Oder irgendetwas anderes?« Ihre Zähne sind strahlend weiß, ihr Lächeln ist absolut echt, sie ist so freundlich und zuvorkommend, und alles erscheint mir so surreal, dass es mir auf einmal zutiefst peinlich ist, hier zu sein, und ich plötzlich einen Klaustrophobieanfall kriege, als hätte mir jemand eine Plastiktüte über den Kopf gezogen.

»Äh, danke, nein«, stammle ich. »Ich muss jetzt wirklich gehen.«

»Oh, na dann, ich richte Gregg aus, dass du da warst.«
»Alles klar, mach das.«

Ich erhebe mich, und Rachel steht ebenfalls auf, wobei sie Gloria vorsichtig auf den Boden setzt. Dann gehe ich zurück in den weiß getünchten, mit Holzboden ausgelegten Flur, wo sie sich noch einmal für die bescheuerte Marmelade bedankt, lange nach dem Türknauf, während in meinem Kopf alles danach schreit, dass ich so schnell wie möglich von hier verschwinden sollte, als sich der Türknauf plötzlich dreht, ohne dass ich ihn auch nur berührt habe. Ich erstarre in blankem Entsetzen, die Tür geht auf, und da steht Gregg, in der einen Hand die Schlüssel, in der anderen eine Flasche Wein und einen Riesenstrauß cremefarbener Lilien, und sagt: »Hallo Darling, ich bin wieder da, und sieh mal, was ich dir...« Seine Stimme erstirbt langsam, als er sieht, dass vor ihm in seinem Flur nicht Rachel steht, sondern ich, und sein herzlicher fröhlicher Tonfall schlägt um in ein schrilles Krächzen, und er fragt: »Hal, was um alles in der Welt machst du denn hier?«

Komisch, ich stelle mir exakt die gleiche Frage, doch alles, was ich herausbringe, ist: »Äh... äh...«

In diesem Moment kommt Gloria aus dem Wohnzimmer in den Flur und umstreicht zur Begrüßung Greggs Fußknöchel.

»Ich bin gekommen, um die Katze zu sehen«, stammle ich schließlich.

Er starrt mich an, als wäre ich verrückt.

Was ich wahrscheinlich tatsächlich bin.

Ich hebe die Katze hoch und versuche, sie an mich zu drücken, doch sie vergräbt ihre Zähne sofort in meiner Daumenspitze, und ich lasse sie mit einem lauten Aufkreischen sofort wieder fallen.

Sie stolziert mit aufgestelltem Schwanz und vor Entrüstung zischend und fauchend davon.

Ich stecke mir instinktiv den Daumen in den Mund und sauge

an dem Biss, doch dann fällt mir ein, was so alles ins Katzenfutter gemischt wird, und ich nehme ihn schnell wieder heraus, während Gregg die ganze Zeit einfach nur dasteht und mich mit offenem Mund anstarrt. Und dann wird es mir schlagartig bewusst.

Er hat mich ANGELOGEN. Der Scheißkerl hat mich angelogen. Ich weiß, dass ich irgendetwas sagen muss, aber mir fällt nichts ein, und das Einzige, was ich schließlich herausbringe, ist: »Ich dachte, dass Gloria mich vielleicht vermissen würde.« Ich sehe ihm in die Augen. »Aber da habe ich mich offenbar gründlich geirrt.«

Natürlich weiß er, dass ich nicht von der Katze rede und hat wenigstens den Anstand, auf einmal so schuldig dreinzublicken wie ein auf frischer Tat ertappter Dieb. Er kann mir nicht einmal in die Augen sehen. Stattdessen blickt er hinab auf seinen nagelneuen, glänzenden Fußboden und reibt mit der Spitze seines Schuhs einen nicht vorhandenen Fleck weg.

»Ich gehe dann wohl besser«, sage ich matt, und er sieht Rachel an, die ihre Stirn in Falten legt, und dann mich.

»Okay, ich begleite dich nach draußen.«

»Nicht nötig.«

»Ich möchte aber«, insistiert er.

»Es ist wirklich nicht nötig!«, schreie ich beinahe.

Wir versuchen beide gleichzeitig aus der Tür zu kommen, verkeilen uns ineinander, fluchen, drängeln, ich drängele heftiger, komme raus, jage die Treppe hinunter, immer zwei Stufen auf einmal nehmend – und höre hinter mir seine Schritte. Auf der Straße holt er mich ein, packt mich am Arm, zerrt an mir, zwingt mich, stehen zu bleiben, und wirbelt mich herum, damit ich ihn ansehe.

Und jetzt, als wir beide still stehen, sagt keiner von uns ein Wort. Wir stehen einfach nur da und starren einander an.

Aus dem Augenwinkel sehe ich Rachel ans Fenster treten.

Sie beobachtet uns mit sorgenvoller Miene. Schließlich finde ich die Sprache wieder.

»Warum hast du es mir nicht gesagt?«

Er blickt ebenfalls zu Rachel und erwidert mit feuchten Augen: »Ich wollte dich nicht verletzen.«

»Das ist doch pervers!«, fauche ich ihn an.

Da frage ich mich die ganze Zeit, was ich bloß falsch gemacht habe, und zermartere mir das Hirn mit Wenn-doch-bloß- und Hätte-ich-doch-Überlegungen. Wenn er mir von ihr erzählt hätte, wäre es viel leichter gewesen zu verstehen, nein, streichen wir das. Wenn er mich ihr einfach nur *vorgestellt* hätte, hätte ich die Schuld nicht mit solcher Inbrunst einzig und allein bei mir gesucht und hätte nicht so viele schlaflose Nächte damit zugebracht, mir den Kopf darüber zu zerbrechen, was an mir verkehrt ist. In Wahrheit ist die Antwort nach all dieser qualvollen Grübelei ganz einfach. Ich habe nichts falsch gemacht, an mir ist überhaupt nichts verkehrt. Er hat schlicht und einfach eine andere getroffen, eine, die aussieht wie eine Göttin. Das zu begreifen wäre mir viel leichter gefallen. Sie sieht einfach toll aus, jeder Mann würde sie haben wollen. Sie sieht so toll aus, dass sogar *ich* mich für Rachel verlassen hätte.

»Indem du mich angelogen hast, hast du mich viel mehr verletzt«, erkläre ich ihm, drehe mich um und marschiere davon, bevor er etwas erwidern kann.

So sieht die Sache also aus.

Er hat mich nicht nur verlassen, er hat mich wegen einer anderen verlassen.

Jetzt habe ich meinen Grund.

Und? Fühle ich mich jetzt besser?

Bin ich jetzt bereit, nach vorne zu blicken, wie ich es mir selbst geschworen habe?

Bin ich bereit, mich mit unbeschwertem Herzen und einem

gelassenen »Wenigstens kenne ich jetzt die Wahrheit« in eine unbekannte Zukunft zu stürzen?

Weit gefehlt!

Und um dem Ganzen die Krone aufzusetzen, muss ich, als ich endlich niedergeschlagen und mit hängendem Kopf wieder zu Hause eintrudele, feststellen, dass ich meine sämtlichen Einkäufe, meinen kompletten Wochenendvorrat an Kummerfraß, all den Kuchen, die Schokolade, die Kekse und die Chips in Greggs neuer Wohnung vergessen habe.

Na gut, vielleicht stopft die göttliche Rachel ja alles in sich rein und wird enorm fett, sodass er sie dann auch nicht mehr will.

Auf dem Anrufbeantworter ist eine Nachricht.

Ich erwarte halb, dass es Gregg ist, eigentlich nur zu einem Viertel, schließlich hat er mir gerade erst bewiesen, was für eine miese Ratte er ist, warum sollte er also anrufen und sich entschuldigen? Ich drücke den Wiedergabeknopf, und Issys Stimme erfüllt den Raum.

»Hallo, Hal. Einladung zum Abendessen, heute Abend um sieben bei Lois, nur wir Weiber. Offenbar hat Lois uns etwas mitzuteilen, außerdem wollen wir alle wissen, wie es dir geht.«

Wie es mir geht?

»Beschissen, danke der Nachfrage«, erwidere ich laut und lasse mich in einen Sessel plumpsen.

Das »wir« in der Nachricht verrät mir klar und deutlich, dass Issy es den anderen brühwarm weitererzählt hat.

Egal, irgendwann hätte ich mit der Geschichte ohnehin rausrücken müssen.

Jetzt, da ich weiß, dass es definitiv aus ist.

Als ich Lois' exklusive Penthousewohnung in Chelsea betrete, begegnet mir Clive, der gerade die Wohnung verlässt. Clive ist Lois' Freund, die beiden sind seit acht Jahren zusammen.

»Hallo Hal, alles im Lot?«

»Ach Clive, nichts ist im Lot, am wenigsten ich selbst«, erwidere ich mit einem bitteren Lächeln.

Er grinst mich breit an, seine weißen Zähne strahlen in seinem hübschen dunkelbraunen Gesicht.

»Alles halb so schlimm, Hal, als mein Kumpel Floyd gehört hat, dass du wieder solo bist, hat er mich gebeten, dir das hier zu geben.«

Er reicht mir einen Fetzen Papier.

»Seine Handynummer.«

»Äh, danke Clive.«

»Keine Ursache, Baby.« Er nickt Richtung Wohnzimmer. »Die anderen warten schon auf dich«, fügt er noch hinzu und geht weiter.

Die anderen , das sind Lois, Beth und Isabelle.

Meine Freundinnen, meine Vertrauten, meine Kumpel, meine Spötterinnen, meine Stützen in Notlagen.

Freundinnen lassen sich, wie ich herausgefunden habe, in verschiedene Kategorien einteilen.

Die ersten, mit denen man normalerweise zu tun hat, sind Schulfreundinnen.

Einige von ihnen verblassen (manchmal glücklicherweise) zu verschwommenen fernen Erinnerungen, doch einige bleiben dir auch nach den Jahren der Schulbücher, der Schuluniformen, der Teenagerängste und der Pickelcremes verbunden. Wie zum Beispiel Beth. Beth und ich haben uns in der Schule angefreundet, als wir elf waren.

Nach der Schule fängst du häufig an, dich mit ein paar Arbeitskolleginnen anzufreunden. Diese Art Freundinnen erweisen sich allerdings im Laufe der Zeit selten als dauerhaft, vor allem, wenn du deine Jobs häufiger wechselst als deine Unterwäsche. Aber ich habe zum Glück durch meine Arbeit tatsächlich ein paar gute Freundinnen gewonnen, zum Beispiel Isabelle.

Dann gibt es die Freundinnen von Freundinnen. Ich selber habe einige meiner besten Freundinnen durch andere kennen gelernt. So auch Lois.

Weitere Kategorien sind Zechkumpaninnen, also diejenigen, die zur Befriedigung ihres Alkoholkonsums die gleichen, speziellen Kneipen aufsuchen wie du selbst und die bezüglich Mengenzufuhr über ein ähnlich ausgeprägtes Stehvermögen verfügen. Weiterhin gibt es die Fitnessstudiobekanntschaften, die dich, ohne es zu wissen, als Trainingskonkurrentin antreiben, damit du bei dem Ich-kann-auf-dem-Laufband-länger-und-schneller-laufen-als-du-Wettbewerb nicht vorzeitig schlappmachst; und Urlaubsbekanntschaften, die du während einer Woche voller Sangria und Sonnenschein kennen lernst und mit denen du dir bei einem orange-roten Sonnenuntergang und einer Flasche Tequila gegenseitig ewige Freundschaft schwörst. Am nächsten Morgen wünschst du dir allerdings nichts sehnlicher, als dass ihnen ihr Gepäck und damit auch deine Adresse abhanden kommt.

Und schließlich gibt es, ganz oben auf meiner Liste, diejenigen, die ich die Bleibenden nenne.

Das sind die lebenslangen Freundinnen.

Die wahren Freundinnen. Die dir das Leben erträglich machen, die dich von deiner schlechtesten Seite kennen und trotzdem bedingungslos zu dir stehen.

In einem Zeitungsbericht habe ich gelesen, dass man im Laufe seines Lebens etwa sechshundert Freunde findet, jedoch nur mit etwa dreißig von ihnen in Verbindung bleibt und sich von diesen wiederum weniger als eine Hand voll als wahre und beste Freunde bezeichnen lassen.

Lois, Beth und Isabelle sind meine wahren und besten Freundinnen.

Lois ist ein Meter achtzig groß und eine karibische Schönheit mit einer schimmernden Haut in der Farbe einer reifen Rosskastanie und mit Korkenzieherlocken, die im rechten Winkel von ihrem Kopf abstehen, wenn sie sie nicht mit ihrer silbernen Lieblingshaarspange im Nacken zusammengebunden hat. Sie ist eine Amazone und sieht unglaublich gut aus, weshalb sie, seitdem sie mit vierzehn nach England gekommen ist, als Laufstegmodel arbeitet.

Ich habe sie durch Beth kennen gelernt, die vor ihrer Heirat in einer der Londoner Topmodelagenturen als Bookerin gearbeitet hat.

Mit Beth bin ich schon zur Schule gegangen, und wir sind seit unserem elften Lebensjahr Freundinnen.

Sie ist klein und hübsch und hat hellbraunes, in weichen Locken herabfallendes Haar, das ihre rosigen Wangen einrahmt, und blaue Augen. Sie ist liebenswürdig und hat eine Engelsgeduld, obwohl sie seit sechs Jahren mit dem launischsten Franzosen verheiratet ist, dem man begegnen kann.

Zurzeit ist sie außerdem schwanger.

Im sechsten Monat, und sie zählt bereits die Tage. Trotz gegenteiliger Versicherungen der Ärzte beharrt sie hartnäckig darauf, dass die gewaltige Kugel, die sie vor sich herschiebt, nur von Zwillingen herrühren könne.

Und dann ist da noch die lebensfrohe, quirlige Isabelle aus Dublin, deren Temperament bestens zu ihrem feuerroten Haar passt.

Meine Freundinnen sind ein bunt gemischter Haufen und unterscheiden sich in ihren Persönlichkeiten genauso sehr wie in ihrem Aussehen, aber sie sind die besten Freundinnen, die eine Frau überhaupt finden kann.

Sie sind immer für mich da, wenn ich irgendetwas brauche, egal ob es um Banalitäten geht oder um ein wirkliches Lebensdrama.

Heute fallen sie über mich her, als wäre ich der heimgekehrte verlorene Sohn, und überhäufen mich mit Umarmungen und tröstenden Worten – genau die Art Anteilnahme, die die Tränen erst recht zum Fließen bringt, anstatt sie versiegen zu lassen.

Doch allein dadurch, dass sie Greggs Entschluss, mich zu verlassen, genauso unbegreiflich finden wie ich, tragen sie dazu bei, dass ich mich erheblich besser fühle.

»Ich kann es einfach nicht fassen«, stellt Lois fest.

»Ich auch nicht!«, pflichtet Beth ihr bei, ihre großen blauen Augen vor Bestürzung weit aufgerissen. »Ich dachte, ihr wärt auf ewig füreinander bestimmt.«

»Das dachte ich auch«, bekräftigt Lois und nickt zustimmend.

»Vielleicht hat er eine vorzeitige Midlifecrisis«, vermutet Beth.

»Genau das habe ich auch gesagt«, bekräftigt Issy.

Ich schüttle traurig den Kopf.

»Das ist es nicht, obwohl man die Tatsache, dass er mich wegen einer Jüngeren verlassen hat, vielleicht als Resultat einer Art Midlifecrisis deuten könnte.«

Mit offenen Mündern starren sie mich fassungslos vor Entsetzen an.

»Tja, so ist es«, bestätige ich mit einem matten Lächeln. »Ich habe den Grund, nach dem ich so verzweifelt gesucht habe, gefunden. Sie heißt Rachel.«

Beth holt hörbar tief Luft, aber abgesehen davon verharren alle schweigend und sehen mich erwartungsvoll an. Und so erzähle ich ihnen, von empörten oder teilnahmsvollen »Ohs« begleitet, alles über meine Begegnung in Greggs neuer Wohnung.

Isabelle ist, wie zu erwarten war, außer sich.

»Wie kann dieser stinkende falsche Hund, dieser rattengesichtige, fiese Fremdgänger, diese Dreckschleuder, die in einem Arsch zu Hause ist, dieser niedere, miese, schwachköpfige, betrügerische, verlogene, hinterlistige, grausame...« Schließlich gehen ihr die Schimpfworte aus, und sie muss sich setzen, um sich wieder zu fassen.

Lois sieht die Sache eher pragmatisch.

»Na ja, wenigstens weißt du jetzt, woran du bist. Es ist immer besser, die Wahrheit zu kennen.«

»Aber heißt es nicht, ›Selig sind die Unwissenden?‹«, wirft Beth ein.

»Also meine Unwissenheit war nicht sehr selig machend, deshalb bin ich froh, dass ich jetzt Bescheid weiß, obwohl ich natürlich weitaus glücklicher wäre, wenn es gar nichts gäbe, *worüber* ich Bescheid wissen müsste, wenn ihr versteht, was ich meine.«

»Wir verstehen voll und ganz, was du uns sagen willst«, entgegnet Lois mit einem Nicken.

»Wenigstens ist die Sache damit für dich erledigt«, stellt Beth mit einem aufmunternden Lächeln fest. Offenbar will sie mir damit sagen, dass ich die ganze Sache ad acta legen soll.

»Sie ist doch erledigt, oder?«, hakt Isabelle nach und mustert mich prüfend, als ich Beth nicht antworte. »Du willst ihn doch wohl jetzt nicht mehr zurückhaben, nach dieser Offenbarung!«

Meine Augen verengen sich.

»Nein, natürlich nicht, das heißt, ich weiß nicht, ich gebe ja zu, dass ich bescheuert bin, aber ganz ehrlich: Doch, ich will ihn immer noch zurückhaben. Ich hasse ihn wirklich dafür, was er getan hat, aber der Hass ist nicht tief genug, meine Liebe zu ersticken. Natürlich ist da diese Stimme der Vernunft in meinem Kopf, die mir rät, jetzt nach vorne zu blicken und all das zu tun, womit ihr mich gleich alle zutexten werdet, aber ich weiß wirklich nicht, ob ich das kann, weil mein Herz mir etwas anderes sagt.«

»Natürlich empfindest du so, Hal.« Beth drückt mir beruhigend die Hand. »Das ist ganz normal. Deine Gefühle ändern sich schließlich nicht über Nacht, aber die Zeit heilt Wunden, glaub mir. Du lernst jemanden kennen, und…«

»Ich will keinen anderen.«

»Natürlich nicht, nicht jetzt, aber wer weiß, eines Tages blickst du zurück und denkst, Gregg – wie war nochmal sein Name?«

»Beth hat Recht!« Issy bläst ins gleiche Horn. »Ich weiß, dass du dich im Augenblick furchtbar fühlst, aber wenigstens weißt du jetzt, woran du bist und kannst dein eigenes Leben leben.«

»Und wenn ich das gar nicht will?«, frage ich langsam.

»Es ist besser so, Hal, das musst du doch auch sehen«, meint Issy flehentlich.

»Warum eigentlich? Wie sähe diese Welt denn aus, wenn jeder beim ersten Dämpfer das Weite suchen würde? Wenn jeder beim ersten Anzeichen von Schwierigkeiten seine Beziehung in den Wind schreiben würde?«

»Na ja, vielleicht hast du Recht, denn im Grunde hätte ich Sebastian auch schon mindestens zehnmal auf den Mond schießen müssen«, entgegnet Beth mit einem nachdenklichen Nicken.

»Er hat es hinter deinem Rücken mit einer anderen getrieben, Hal«, stellt Isabelle ruhig fest. »Das würde ich wohl kaum einen Dämpfer nennen. Du vielleicht?«

» Ja, er hat sich benommen wie ein Arschloch, und die meisten Frauen würden ihm sicher drohen, ihm seine Eier abzuhacken oder ihm irgendwas mindestens ebenso Schmerzhaftes zuzufügen – aber bloß, weil das alle so machen, heißt es noch lange nicht, dass ich es genauso machen muss. Warum sollte ich unsere Beziehung einfach so aufgeben? Wo steht geschrieben, dass ich nicht um ihn kämpfen kann?«

»Na dann – kämpf, Mädchen!«, feuert Lois mich an und salutiert.

»Du hältst mich also nicht für komplett bescheuert?« In der Hoffnung auf Unterstützung wende ich mich ihr zu.

»Überhaupt nicht, Honey, wenn du wirklich überzeugt bist, dass es das ist, was dich glücklich macht, stehe ich voll und ganz auf deiner Seite.«

»Du hast tatsächlich noch nicht genug von ihm?«, fragt Beth völlig baff.

Genau diese Frage stelle ich mir schon den ganzen Nachmittag. Eigentlich sollte ich sie mit einem klaren Nein beantworten, nicht wahr? Ich sollte ihn nie mehr wiedersehen wollen, das Problem ist nur: Ich kann mir ein Leben ohne ihn einfach nicht vorstellen. Ich habe wirklich mit aller Kraft versucht, ihn mir aus dem Kopf zu schlagen, aber wann immer ich mir eine Zukunft ohne Gregg ausmale, sehe ich nichts als ein riesiges schwarzes Loch, in das hineinzustürzen ich viel zu viel Angst habe.

»Ich will ihn zurückgewinnen«, flüstere ich beinahe, aus Angst vor Missbilligung.

»Du willst ihn zurückgewinnen«, wiederholt Issy ungläubig. »Ich fasse es nicht! Und das, nachdem er dich mit einer anderen betrogen und dir gezeigt hat, was er in Wahrheit wert ist?« Sie schüttelt den Kopf.

»Weil ich ihn liebe, Is, weil ich ihn *wirklich* liebe. Und das weißt du.«

»Ja«, räumt sie mit zusammengebissenen Zähnen ein, »ich weiß, aber er verdient deine Liebe nicht, jetzt nicht mehr, und nicht nur deine Liebe nicht, er verdient *dich* nicht.«

»Mag sein, aber verdiene ich es nicht, glücklich zu sein?«

»Doch, natürlich.«

»Wenn mich etwas glücklich macht, dann er, Is.«

»Aber nicht im Moment. Im Moment ist er einzig und allein damit beschäftigt, eine andere glücklich zu machen und dich in Folge dessen kreuzunglücklich zu machen. Ich will dir nicht wehtun, Hal, wirklich nicht, du weißt, wie lieb ich dich hab, aber aus genau diesem Grund muss ich es dir klipp und klar sagen: Er hat dich verlassen. WEGEN EINER ANDEREN.« Sie sagt es ganz langsam, in der Hoffnung, dass ich es endlich kapiere.

Und dann meldet sich Lois zu Wort.

»Es stimmt schon, die Sache sieht nicht gut aus, aber das heißt nicht, dass es auf jeden Fall aus und vorbei sein muss.«

Issy sieht Lois überrascht an.

Lois beißt sich auf die Lippe und sagt dann leise: »Was ich euch jetzt sage, bleibt unter uns, versprochen?«

Wir nicken alle.

»Clive hat mich auch schon mal betrogen.«

»Was?«

Vor Verblüffung schnappen wir alle nach Luft.

»Das glaube ich nicht«, stellt Beth klar.

»Wann?«, will Issy wissen.

»Vor ein paar Jahren.«

»Was ist passiert?«, hake ich nach.

»Es waren bloß zwei Nächte, es war wirklich sofort vorbei, und er ist ausreichend zu Kreuze gekrochen, sodass ich ihm vergeben konnte. Das war's.«

»Aber du hast uns nie davon erzählt.«

»Wir haben die Sache unter uns geklärt, und ich konnte es euch nicht erzählen, weil ich nicht wollte, dass ihr ihn in irgendeiner Weise anders behandelt. Und kommt mir bloß nicht damit, das hättet ihr nicht getan, weil ich genau weiß, dass ihr euch sowieso nicht hättet zusammenreißen können, und jetzt könnt ihr es bestimmt auch nicht. Aber es ist eine Ewigkeit her, und es ist Geschichte, aus und vorbei. Okay?«

Wir sehen einander alle an und murmeln eine nach der anderen »Okay«, und »Klar« und »Wenn du es sagst«.

»Ich meine es ernst, ihr müsst es versprechen.«

»Wir versprechen es.«

»Was ich sagen will, ist: Wenn Hal wirklich sicher ist, dass sie ihn zurückhaben will, dann *sollte* sie um ihn kämpfen.«

»Also gut, nehmen wir an, Hal kämpft tatsächlich um ihn, und nehmen wir an, Gregg schnallt, was für ein Idiot er gewesen ist, und er kommt tatsächlich zurück, was ist dann, wenn... Ich meine... ihr kennt doch alle den Spruch ›Wer einmal vom verbotenen Baum gekostet hat...‹ Müsste Hal nicht den Rest ihres Lebens mit der Sorge leben, dass er es wieder tut?«

»Bei Clive bin ich mir absolut sicher, dass es ein einmaliger Ausrutscher war«, sagt Lois bestimmt und zuckt beinahe gleichgültig mit den Achseln.

»Woher willst du das wissen?«

»Weil er mich sonst endgültig verlieren würde. Das habe ich ihm verdammt unmissverständlich zu verstehen gegeben, als er nach seinem Seitensprung bei mir angewinselt kam und um Gnade gefleht hat.«

»Isabelle hat ja Recht, Lois«, seufze ich schweren Herzens. »Es macht einfach keinen Sinn, ihn auf Biegen und Brechen von dieser Tussi loseisen zu wollen. Sie sieht so toll aus! Wie, um alles in der Welt, soll ich ihr das Wasser reichen?«

»Also, ein hässliches Entlein bist du ja nun auch nicht gerade.«

»Gib dir keine Mühe, Beth, diese Frau ist Jennifer Lopez, Jennifer Aniston und Jennifer Connelly in einer Person vereint.«

»Oje, ich hasse sie jetzt schon«, stöhnt Beth und streichelt liebevoll ihren runden Bauch. »Das einzig Schöne, mit dem ich im Moment verglichen werde, ist ein Wal!«

»Wie weit bist du denn?«

»Im sechsten Monat, ich kann es kaum noch erwarten. Es fühlt sich an wie sechs Jahre. Ich kann mich nicht einmal mehr erinnern, einmal so dünn gewesen zu sein, dass ich in eine Hose ohne Gummibund gepasst habe.«

»Das Gefühl kenne ich«, murmle ich, »nur leider kann ich es nicht auf eine Schwangerschaft schieben.«

»Das nicht, aber du kannst es auf den Kummerfraß schieben. In deinem Zustand bist du mehr als berechtigt, dich mit süßen Trostspendern voll zu stopfen.«

»Nur, dass ich das schon seit letztem Jahr tue, und da war alles noch bestens, zumindest habe ich das gedacht. Meint ihr, wenn ich schlanker geblieben wäre, wäre alles anders gekommen? Als wir uns kennen gelernt haben, hatte ich Größe 36.«

»Klar, und heute trägst du 46, stimmt's?«, zieht Lois mich auf.

»Jedenfalls passe ich bestimmt in Beth' Hosen, ohne dass noch viel Platz für ein paar zusätzliche Donuts übrig bleibt.«

»Ha ha! Und ich bin Schneewittchen, und Isabelle ist der Oberzwerg.«

»Nenn mich einfach Grumpy«, witzelt Isabelle.

»Jede Wette, dass sie mir nicht zu groß wäre«, wiederhole ich niedergeschlagen.

»Wie viel?«, fragt Lois.

»Einen Zehner«, entgegnet Issy schnell.

»Okay, die Wette gilt.«

»He, was soll das?«, kreischt Beth, als die anderen sich auf sie stürzen und an ihr zerren.

»Wir ziehen dir die Hose aus.«

»Und warum, bitte schön?«

»Na, wegen der Wette.«

»Darf ich euch vielleicht daran erinnern, dass ich eine hochschwangere Frau bin und mit Liebe, Zärtlichkeit und Respekt behandeln werden sollte wie eine empfindliche Blume.«

»Wer hat dir denn den Scheiß erzählt?«, schnaubt Lois und kriegt einen Lachanfall.

»Ich habe es in einem Buch gelesen. Eine schwangere Frau ist wie eine Lotosblume kurz vor dem Aufblühen.«

Das kollektive Gelächter veranlasst Beth so zu tun, als sei sie eingeschnappt.

»Sebastian versuche ich auch schon die ganze Zeit davon zu überzeugen, aber er glaubt es mir auch nicht. Also ehrlich, die ganze Zeit wirst du mit all dem Zeug zugetextet, dass die Leute dich als Schwangere angeblich anders behandeln, aber ich selbst merke nichts davon. Man könnte doch zum Beispiel erwarten, dass sich irgendeine von euch erbarmt, mir eine Tasse Tee anzubieten oder mir die Füße oder die Schultern zu massieren, aber Fehlanzeige, nichts von alledem, ihr seid wirklich tolle Freundinnen.«

»Oh, arme Beth. Bitte vergib uns, wir sind wirklich die miserabelsten Freundinnen auf der ganzen Welt und kümmern uns gar nicht um dich. Sollen wir dir vielleicht die Schläfen massieren, um dein Ego ein bisschen zu verwöhnen?«

Sie spielen Theater, um mich zum Lachen zu bringen und mich von meinem Kummer abzulenken.

Dann veranstalten sie so einen Zirkus um Beth, dass sie hoch und heilig schwört, nie wieder um Rücksichtnahme zu bitten, und stattdessen nur nach einer weiteren Tasse Tee verlangt.

Um ihr die lange Phase der Abstinenz zu erleichtern, haben wir das Gelübde abgelegt, dass wir, wenn wir zusammen sind, *alle* auf Alkohol verzichten.

Bisher haben wir uns standhaft durch sämtliche Früchtetees getrunken und herauszufinden versucht, ob irgendeiner von ihnen besser schmeckt als eine mit einem Apfel gefüllte gedünstete Socke.

Heute sind wir auf dem orientalischen Trip.

Isabelle, die an der Reihe ist, die Geschmacksnote zu bestimmen, hat grünen Tee ausgewählt.

»Igitt! Der schmeckt ja wie eine gedünstete Socke *ohne* Apfel.«

»Soll aber gesund sein.«

»Und er soll NICHT von Schwangeren getrunken werden!«, schreie ich auf, als ich die Schachtel lese und schnappe Beth entsetzt die Tasse weg. »Also wirklich, Issy, willst du ihr vorzeitige Wehen bescheren?«

»Wäre vielleicht gar keine schlechte Idee«, wirft Beth ein und grinst matt. »Ich habe nämlich allmählich die Nase voll auszusehen, als hätte ich einen Medizinball verschluckt.«

»Ich mache dir einen Früchtetee.« Lois entflicht ihre langen Beine unter ihrem Hintern und erhebt sich.

»Danke Lo, du hast nicht vielleicht ein Stück Kuchen oder ein paar Plätzchen, die ich dazu essen könnte, oder?«, fragt Beth hoffnungsvoll.

»Genauso gut könntest du in einem vegetarischen Restaurant nach einem Stück Fleisch verlangen«, erinnere ich sie.

»Irgendwo müssten eigentlich noch ein paar Schokoladen-Hob-Nobs herumliegen«, entgegnet Lois entrüstet. »Schließlich ernähren sich nicht alle Models ausschließlich von Kaffee und frischer Luft.« Sie sieht mich an und verdreht die Augen.

Issy geht mit Lo in die Küche, um ihr zu helfen, während Beth näher an mich heranrückt und mir einen Arm um die Schulter legt.

»Ich wünschte, du hättest es uns früher gesagt, Hal.«

»Tut mir Leid, aber ich wollte mir wohl vormachen, es wäre nicht passiert.«

»Das kann ich gut verstehen. Aber wir wären gerne für dich da gewesen. Es war bestimmt schrecklich, so allein in der Wohnung.«

Ich nicke betrübt.

»Ja, ziemlich schrecklich.«

»Das wird nicht lange anhalten«, versucht sie mich zu beruhigen. »Glaub mir, du gewöhnst dich daran, und vielleicht fängst du sogar an, es zu genießen. Stell dir nur vor, keine nassen Handtücher mehr auf dem Badezimmerboden, keine stinkenden Socken auf dem Schlafzimmerteppich, keine matschigen Fußballschuhe in der Spüle.«

»Danke für die aufmunternden Worte, Beth. Aber ich muss sowieso umziehen. Alleine kann ich mir die Wohnung nicht leisten.«

»Warum suchst du dir nicht einen Untermieter?«

»Das meinst du nicht im Ernst, oder?«

»Warum nicht? Dann müsstest du zumindest nicht umziehen.«

»Das vielleicht, aber ich müsste mir meine Wohnung mit einem Wildfremden teilen.«

»Nicht unbedingt. Kennst du nicht irgendjemanden, den du fragen könntest, ob er zu dir ziehen will?«

Ich schüttle den Kopf.

»Wahrscheinlich ist ein Umzug besser für mich. Du weißt schon, zu viele Erinnerungen.«

Sie nickt verständnisvoll, geht aber nicht weiter darauf ein.

»Wie auch immer«, beende ich schließlich mit Nachdruck das Thema, weil ich nicht weiter daran denken will, »schließlich geht es nicht nur um mich. Wenn ich mich recht erinnere, hat Issy bei ihrer Einladung etwas davon gesagt, dass Lois irgendwelche News für uns auf Lager hat.«

»Stimmt ja, das habe ich ganz vergessen. Also, was hast du uns mitzuteilen?«, drängt sie, als Lois mit einem Tablett mit Früchtetee und Plätzchen zurück ins Wohnzimmer kommt.

Lois schüttelt ihre ebenholzfarbenen Locken.

»Ach, nichts Besonderes.«

»Nun komm schon, pack aus!«

»Das kann warten.«

»Na los, Lo«, drängt Beth.

»Irgendwie passt es jetzt nicht.«

Sie wirft mir einen kurzen Blick zu.

»Ist es eine gute Nachricht?«, frage ich sie.

Sie nickt und kann ein breites Lächeln nicht unterdrücken.

»Vergiss meine Probleme einfach. Ein paar gute Neuigkeiten tun uns allen gut, um uns ein bisschen aufzuheitern. Also, Lois, raus mit der Sprache.«

Lois nickt, stellt das Tablett auf den Beistelltisch, langt in die kleine Münztasche ihrer Jeans und zieht etwas heraus. Ich kann es im ersten Moment nicht erkennen, doch dann, als sie das Objekt auf den dritten Finger ihrer linken Hand streift, fällt bei mir der Groschen, genau wie bei Beth, die sie begeistert anstrahlt.

»Das gibt's doch gar nicht! Ist es das, was ich denke?«, schreit Beth beinahe vor Aufregung. »Du heiratest!«

Lois nickt erneut, und auf ihrem Gesicht breitet sich ein strahlendes Lächeln aus.

»Clive hat mir letztes Wochenende einen Heiratsantrag gemacht, als wir mit meiner kleinen Schwester unten in Brighton waren. Wir waren am Strand, und er ist vor mir auf die Knie gesunken, es war so süß.«

»Du bist seit einer Woche verlobt und erzählst es uns erst jetzt?«, frage ich pikiert.

Sie wirft mir einen Blick zu, der mir zu verstehen gibt, dass ich, was das Für-sich-Behalten von Geheimnissen angeht, besser nicht den Mund zu voll nehme. Dann umarmt sie mich.

»Und wann ist der große Tag?«, frage ich und befreie mich aus ihrer Umarmung.

»Anfang Dezember.«

»Was? Das ist ja schon in drei Monaten!«

»Na ja, wir sind ja auch schon seit acht Jahren zusammen, also kann man es wohl kaum als überstürzt bezeichnen.«

»Aber wie willst du so kurzfristig einen angemessenen Ort zum Heiraten organisieren?« Beth, die direkt neben einer Kirche in einem alten Pfarrhaus wohnt und sich deshalb als selbst ernannte Expertin in Kirchenangelegenheiten betrachtet, starrt Lois ungläubig an.

»Also, die Sache ist die«, beginnt sie, hält dann inne, betrachtet uns alle nacheinander und sieht plötzlich aus, als hätte sie etwas ausgefressen.

»Was? Was willst du uns sagen?«, drängt Beth.

»Also, wir heiraten auf Jamaika, weil der Großteil meiner Familie dort ist und auch viele Verwandte von Clive nach wie vor dort leben.«

»Oh!« Ein kollektiver Seufzer von uns dreien.

Ich weiß nicht, wer niedergeschlagener aussieht, Issy und ich, die wir wissen, dass wir für so eine weite Reise nicht mehr genug Urlaub haben, oder Beth, die weiß, dass sie bis zur Hochzeit entweder zu weit ist, um noch fliegen zu dürfen, oder sogar bereits in den Wehen liegt.

»Aber für alle, die nicht zu unserer Hochzeit kommen können, gibt es hier anschließend auch noch einen Empfang«, beeilt sich Lois hinzuzufügen, »und das wird sowieso die eigentliche Party, die große Sause, die richtige Feier, das rauschende Fest, das sich keiner entgehen lassen darf«, schwärmt sie in dem Versuch, die drei enttäuschten Mienen vor ihr wieder aufzuhellen.

»Oje, es tut mir wirklich Leid, Mädels, nichts würde mich glücklicher machen, als euch an meinem großen Tag dabeizuhaben, aber meine Mum kann nicht mehr fliegen. Sie hat doch Thrombose, und meine Mum muss an meiner Hochzeit bei mir sein.«

»Natürlich muss sie das.«

Lois sieht so verstört aus, dass wir sie schleunigst beruhigen und sie beglückwünschen und umarmen, und ich werde auch noch einmal ausgiebig umarmt, denn genau das ist ja das Tolle an Frauen, dass sie genau wissen, wann sie Zuneigung schenken müssen, und sich dann durch nichts und niemanden davon abhalten lassen.

»Du wirst sehen, auch für dich wird alles gut enden«, flüstert sie mir ins Ohr. »Stell dir vor, ich hätte Clive damals aufgegeben, wegen eines einzigen bescheuerten Fehltritts... Und unter uns, ich habe mich auf meine Weise an ihm gerächt, wodurch ich mich verdammt viel besser fühle, aber darüber zu niemandem ein Wort.« Sie zwinkert mir verschwörerisch zu. »Was ich sagen will, ist: Wenn du sicher bist, dass es für dich das Beste ist, um ihn zu kämpfen und zu versuchen, ihn zurückzugewinnen, dann tu es, und zwar mit vollem Einsatz.«

»Ich fürchte, das sieht Issy etwas anders.«

»Mach dir doch darum keine Gedanken. Sie will nur, dass es dir gut geht, und wenn es dich glücklich machen würde, hätte sie nicht einmal was dagegen, wenn du mit Frankenstein zusammen wärst.«

»Danke, Lo.«

Und dann verkündet Beth, dass sie mit uns anstoßen will.

»Du heiratest, und wir trinken diese Plörre!« Sie wedelt mit ihrer Teetasse in unsere Richtung. »Ich finde, wir sollten die Regeln für einen Abend außer Kraft setzen und mit einem guten Gläschen anstoßen, meint ihr nicht auch?«

»Bist du sicher?«

»Ja, ich werde es schon verkraften, wenn ihr ohne mich ein paar Tropfen Alkohol in euch hineinkippt. Allerdings könnte es die Qualen der Abstinenz ein bisschen lindern, wenn ihr in der Küche noch eine versteckte Packung Kekse auftreiben könntet.«

Lois lacht und geht in die Küche, um für Beth etwas zum Naschen aufzutreiben, während ich mir meinen Mantel überwerfe und die Haustür ansteuere.

»Alles in Ordnung, Hal? Du willst dich doch nicht verziehen, oder?« Issy fängt mich an der Tür ab. »Ich weiß, es ist sicher verdammt hart für dich zu hören, dass Lois heiratet, ich meine, so wie die Dinge bei dir zurzeit liegen.«

»Hart für mich? Überhaupt nicht, es ist das Beste, was ich in dieser Woche gehört habe, und ich will mich nicht verziehen, sondern nur schnell in den nächsten Laden und eine Flasche Sekt holen. Wir wollen doch angemessen feiern!«

Isabelle lächelt mich an, ihre Augen leuchten vor Freude.

»Das ist die Hal, die ich kenne«, sagt sie sanft, streckt die Hand aus und drückt meine Schulter. »Und vergiss, was ich vorhin gesagt habe. Wenn du ihn wirklich zurückhaben willst, dann versuch es, und wir werden dir alle dabei helfen.«

»Meinst du das ehrlich?«

Sie nickt feierlich.

»Absolut. Wenn du zurückkommst, setzen wir uns sofort hin und entwerfen einen Schlachtplan, ja?«

»In Ordnung«, entgegne ich mit einem Nicken und lächle sie matt an.

Ich trete hinaus in die kalte Nacht, der Himmel ist schwarz, und für einen Londoner Abend funkeln die Sterne erstaunlich klar. Ich lehne mich für einen Moment an die Hauswand und wische mit einer kräftigen Handbewegung die Tränen weg, die mir übers Gesicht strömen. Dann atme ich tief ein, fülle meine Lungen mit der eisigen Nachtluft und rufe mir in Erinnerung, dass dies nicht das Ende ist, sondern der Anfang.

Kapitel 4

Zum Glück gibt es gute Freundinnen!

Je mehr ich nachgedacht habe, desto klarer wurde mir, dass ich Gregg nicht einfach so aufgeben kann, jedenfalls noch nicht. Ich komme mir zwar immer noch ein bisschen verrückt vor, dass ich ihn nach dem gestrigen Morgen überhaupt noch zurückhaben will, aber dank meiner Freundinnen und deren Rückenstärkung fühle ich mich wenigstens nicht mehr *total* durchgeknallt. Außerdem ist heute bereits der erste Tag meiner Aktionskampagne. Ich bin nämlich gestern Abend nicht nur mit einem neuen Hoffnungsschimmer und neuer Entschlossenheit nach Hause gekommen, sondern auch mit einer Liste.

Ich habe ein Faible für Listen.

Sie geben mir das Gefühl, alles unter Kontrolle zu haben. Sie halten meine wirr im Kopf umherspukenden Gedanken ordentlich sortiert und lesbar auf einem Blatt Papier fest.

Es ist Sonntagmorgen, ich sitze grinsend wie ein Honigkuchenpferd im Bett und studiere zufrieden meine neue Liste.

Sie trägt die ehrgeizige Überschrift:

WIE ICH DEN MANN ZURÜCKGEWINNE, DER MICH VERLASSEN HAT

Sie beruht auf absolut sachlichen Überlegungen und auf den Erfahrungen meiner Freundinnen Lois, Isabelle und Beth. Beth hat die Punkte in ihrer unglaublich ordentlichen Handschrift auf einem DIN-A4-Blatt aus Lois' Faxgerät zu Papier gebracht.

Gebote und Verbote

Wir haben mit den Verboten angefangen, da sie laut Lois wesentlich wichtiger sind als die Gebote.

Verbote
1. Verwandele dich NICHT in ein flennendes Häufchen Elend, das unentwegt Essen in sich hineinstopft und tagelang ungewaschen in dem gleichen ausgebeulten Jogginganzug zu Hause herumschlurft.
2. Ruf ihn NICHT ständig an, um ihn um eine zweite Chance anzubetteln.
3. Mach dich NICHT zur Sklavin deines Telefons, indem du wider alle Vernunft darauf hoffst, dass er anruft.
4. Bitte NICHT seine Freunde oder Familie um Hilfe, um »ihn zur Vernunft zu bringen«.
5. Lauf NICHT hinter ihm her, und treib dich NICHT in der verzweifelten Hoffnung, ihm über den Weg zu laufen, in seinen Lieblingskneipen herum.
6. Lande NICHT bei der erstbesten Gelegenheit mit ihm im Bett.

Gebote
1. Befolge alle oder möglichst viele der folgenden Empfehlungen, und zwar nicht nur, um ihn zurückzugewinnen, sondern auch für dein eigenes Selbstwertgefühl.
   a) Leg dir einen tollen, vorteilhaften neuen Haarschnitt zu.
   b) Kämpf den Problemzonen: durch gesunde Ernährung und ein Trainingsprogramm.
   c) Kauf dir neue Klamotten und neues Make-up.
   d) Probier endlich diese St.-Tropez-Ganzkörperbräunung aus, die du dir schon seit drei Jahren gönnen willst.
   e) Geh mit deinen Freunden und Freundinnen aus, wenn

sie sich mit dir verabreden wollen; vermeide den Rückzug ins Private, das führt nur zu Selbstmitleid.

2. Hinterlass eine fröhliche Nachricht auf deinem Anrufbeantworter und deiner Mailbox, auf die du ihn umleitest, falls er dich je anrufen sollte, und die ihm den Eindruck vermittelt, dass du ausgegangen bist und es dir ohne ihn blendend geht.

3. Lass dich beim Ausgehen von seinen Freunden und seiner Familie sehen, und achte darauf, dass du umwerfend aussiehst. Vermittle ihnen den Eindruck, dass es dir ohne ihn, siehe oben, blendend geht.

4. Wenn du alle unter Punkt 1 erwähnten Ratschläge befolgt hast, arrangiere ein Zufallstreffen, halte dich jedoch streng an die folgenden Regeln:

    a) Wähle für die Begegnung einen Ort, der so obskur ist, dass er keine Lunte riecht; es darf auf keinen Fall seine Stammkneipe oder sein Lieblingspub sein und auch nicht der Club, von dem er weiß, dass du weißt, dass er sich dort jeden Freitag mit seinen Kumpels trifft.

    b) Sei vor ihm da, damit es nicht aussieht, als wärst du ihm gefolgt (ist mit Hilfe guter Freundinnen und gutem Timing einfach hinzukriegen).

    c) Stell sicher, dass er dich sieht, rede aber nur mit ihm, wenn er die Initiative ergreift.

    d) Halt das Gespräch kurz. Lächle, frag ihn, wie es ihm geht, reib ihm unter die Nase, dass es dir wunderbar geht, und dann verschwinde. Lass ihn rätseln, wohin du wohl gehst. Versuch nicht, am gleichen Abend zweimal mit ihm zusammenzutreffen.

5. Mach ihm bewusst, was ihm entgeht, indem du selbstbewusst auftrittst und ihm vor Augen führst, dass er der Idiot ist, weil er dich verlassen hat, und nicht du. Sei immer die Ruhe und Gelassenheit in Person.

Als wir die Liste gestern Abend zusammengetragen haben, waren wir von jeder Menge grünem Tee und einer Flasche Sekt angeheizt und in ziemlich ausgelassener Stimmung, wenn auch bei mir noch eine kräftige Prise Verzweiflung dazukam.

Zugegeben, vielleicht ist so eine Liste totaler Schwachsinn, aber ein bisschen Schwachsinn war jetzt genau das Richtige für mich, um meine Niedergeschlagenheit zu bekämpfen.

Zum ersten Mal im Leben freue ich mich nicht, dass ich von Anfang an Recht hatte. Wenigstens weißt du jetzt, woran du bist, bete ich mir immer wieder vor. Gregg hat eine Neue. Jetzt ist es raus, und ich muss mir wenigstens nicht mehr mit dieser qualvollen Grübelei den Kopf zermartern, was wirklich die absolute Tortur war. Aber auch jetzt fühle ich mich kein bisschen erleichtert, geschweige denn, dass ich bereit bin, ihn zu vergessen und eine Zukunft ohne ihn zu planen. Im Gegenteil: Ich bin verwirrter denn je.

Die ursprüngliche Frage »Hat er eine andere oder nicht?« ist lediglich einer Vielzahl neuer Fragen gewichen:

1. Wie lange läuft das schon?
2. Hat er sie jemals mit in unsere Wohnung genommen?
3. Hat er mit ihr geschlafen, während er noch mit mir geschlafen hat?
4. Liebt er sie wirklich mehr, als er mich geliebt hat, oder ist es nur schiere Lust auf etwas anderes, Neues?
5. Ist es etwas Ernstes oder nur eine kurze Affäre?
6. Bin ich eine Vollidiotin, weil ich immer noch an ihn glaube, obwohl ich weiß, dass er mich angelogen hat?

Die ganze Nacht habe ich über diesen und anderen Fragen gebrütet, mich auf seltsame Weise benommen gefühlt und immer wieder Weinkrämpfe bekommen, die ich doch so hasse, weil ich mich dann erst recht wie ein Waschlappen fühle. Dabei sage ich mir ständig, dass ich ruhig weinen darf, schließlich hat mein Freund mit gerade völlig unerwartet den Laufpass gegeben, und der Drang, mir die Augen auszuheulen, ist doch eine natürliche Reaktion auf den Schmerz, den er mir zugefügt hat. Und verlassen zu werden tut wirklich sehr weh, das weiß doch jeder.

Aber warum grinse ich dann wie ein Honigkuchenpferd (wie weiter oben erwähnt)?

Vielleicht bin ich eine Vollidiotin, aber ich habe mal eine dieser Wissenssendungen im Fernsehen gesehen, in der erklärt wurde, dass beim Lächeln Endorphine freigesetzt werden, die einem Glücksgefühle bescheren, selbst wenn man unglücklich ist; wenn man sich also richtig elend fühle, solle man es mit Grinsen versuchen, um sich aufzuheitern, und da ich das Weinen so hasse, dachte ich, ich probiere es mal.

Ob es funktioniert? Na ja, ich sehe aus wie ein Clown und fühle mich wie eine Idiotin, aber zumindest heule ich nicht mehr Rotz und Wasser.

Allerdings bin ich total fertig, weil ich die Nacht über kaum ein Auge zugemacht habe und fürchte, dass meine Gesichtsmuskeln dieses falsche Grinsen nicht mehr lange aufrechterhalten können. Gerade beschließe ich, es noch einmal mit Schlafen zu versuchen, als mich die Türklingel unter der Bettdecke hervorschrecken lässt.

Ich öffne die Tür, noch immer mit dem aufgesetzten Honigkuchenpferdgrinsen, aber es erstirbt schlagartig und weicht einer gequälten, überraschten Miene.

Es ist Gregg.

Was ich dabei empfinde, ihn da vor mir in der Tür stehen zu sehen, ist wirklich schwer zu beschreiben.

Früher hat er nie geklingelt, sondern einfach aufgeschlossen.

Was mir mit einem Hammerschlag klar macht, dass unsere gemeinsame Wohnung nicht mehr sein Zuhause ist.

Dass wir nicht mehr zusammenleben. Dass ich an diesem Morgen allein in einem Doppelbett aufgewacht bin.

Diese Gedanken machen mich sehr traurig, aber ein großer Teil von mir freut sich wie eine Schneekönigin, ihn wieder zu sehen. Doch gleichzeitig schrillen irgendwo in mir die Alarmglocken und erinnern mich daran, dass ich gerade aussehe wie eine Vogelscheuche.

Ich atme geräuschvoll aus und versuche, so normal wie möglich auszusehen.

»Hallo«, sagt er.

»Hallo«, entgegne ich.

Er hält mir eine Plastiktüte hin.

»Du hast gestern deine Einkäufe bei mir vergessen.«

Ach ja, als ich gestern in seiner bezaubernden neuen Wohnung war und seine bezaubernde neue Freundin kennen gelernt habe.

Er hält mir immer noch die Tüte hin, und ich erwache jäh aus meinen folternden Gedanken.

»Danke.«

Ich reiße ihm die Tüte aus der Hand, immer noch halb hinter der Tür versteckt, und habe aus verschiedenen Gründen Lust, sie ihm vor der Nase zuzuknallen. Doch ich reiße mich zusammen, sage »Tschüss« und schiebe sie langsam zu, als er es sagt.

»Es tut mir Leid.«

Ich halte inne. Die Tür ist noch halb geöffnet.

Es ist das erste Mal, dass er sich entschuldigt.

Ich öffne die Tür wieder einen Spalt weit und mustere ihn mit meinen geschwollenen, argwöhnisch zusammengekniffenen Augen.

Er sieht aus, als meine er es ehrlich.

Er sieht sogar aus, als leide er körperlich.

»Ach, ja?«, frage ich zögernd.

»Mehr, als du dir vorstellen kannst.« Er stockt, befeuchtet sich die Lippen, sieht an die Decke und sagt: »Ich vermisse dich, Hal. Wir hatten eine schöne Zeit miteinander.«

Warum hast du mich dann wegen einer anderen verlassen, du Dreckskerl?, will ich ihm entgegenschleudern, doch dann erinnere ich mich zum Glück an die bescheuerte Liste:

> 5. *Mach ihm bewusst, was ihm entgeht, indem du selbstbewusst auftrittst und ihm vor Augen führst, dass er der Idiot ist, weil er dich verlassen hat, und nicht du. Sei immer die Ruhe und Gelassenheit in Person.*

Sei immer die Ruhe und Gelassenheit in Person.

Zerstöre nicht seine Erinnerung an gute Zeiten, indem du dich bei ihrer bloßen Erwähnung aus seinem Mund in einen kreischenden Drachen verwandelst.

Also lächle ich nur, erwidere »Ja, das finde ich auch« und bedanke mich dafür, dass er mir meine Einkäufe vorbeigebracht hat, und zwar mit dem geheimnisvollsten Lächeln, seit Leonardo da Vinci ein Mädchen namens Mona Lisa gemalt hat.

Und dann schließe ich die Tür.

Ich stürme in die Küche, setze Wasser auf, mache mir eine Tasse Tee und beglückwünsche mich dafür, dass ich die Situation wirklich gut gemeistert habe. Erst als ich den letzten Bissen einer Familienpackung Schokoladenkuchen in mich hineingeschaufelt habe, wird mir bewusst, dass ich den ganzen Kuchen innerhalb von zehn Minuten verputzt habe und vielleicht doch nicht ganz so ruhig bin, wie ich gerne wäre.

Ich fühle mich aufgebläht und furchtbar und steuere das Bad an, wo ich mich sorgfältig im Spiegel inspiziere.

»Du siehst aus wie ausgekotzt!«, entfährt es mir. Mein gescholtenes Spiegelbild starrt mich beschämt an. So hat Gregg mich also heute Morgen gesehen, nur ohne Schokoladenbart: in einem verlotterten, sackartigen, befleckten, absolut unattraktiven Bademantel, der mindestens sechs Jahre alt ist und irgendwann mal lila war; mit zu Berge stehendem Haar, und damit meine ich nicht vom Schlaf zerwühltes Haar, sondern Haar, auf dem ich mich stundenlang hin und her gewälzt habe, sodass es an den unpassendsten Stellen hochsteht und mich aussehen lässt wie eine Klobürste; und mit Alice-Cooper-Augen, weil ich mir gestern Abend das Make-up nicht entfernt habe.

Ich sehe aus wie eine Obdachlose, nur ohne die Tüten und Säcke, abgesehen von den Säcken unter meinen Augen natürlich.

Wer will schon zu so einer Vogelscheuche zurückkehren?

Kein guter Start für meinen Feldzug zur Stärkung des Selbstbewusstseins und Rückgewinnung des Partners.

Warum habe ich ihm nicht in einem sexy Spitzen-Babydoll die Tür geöffnet, mit perfekt gestyltem Haar und astrein geschminkt, nach einem verführerischen teuren Parfum duftend?

Weil das Leben eben nicht so ist, rede ich mir in dem Versuch ein, das Ganze nüchtern zu sehen. Wenigstens werde ich bei unserer nächsten Begegnung tausendmal besser aussehen als diesmal. So lässt sich auch dem Schlechten noch etwas Gutes abgewinnen.

Im wirklichen Leben haben wir alle unsere schlechten Tage, manche mehr, manche weniger, an denen wir beim Aufwachen aussehen, als hätten wir drei Runden mit der Bettdecke gekämpft und verloren. Eben einfach schlecht.

Vielleicht sollte ich meiner Liste einen weiteren Punkt hinzufügen:

6. *Sieh jederzeit perfekt aus, damit dich niemals jemand für eine abgelehnte Bewerberin der Rocky Horror Show hält.*

Dazu gehört zum Beispiel das Entfernen von Make-up vor dem Zubettgehen, was ich grundsätzlich vergesse. Für mich gibt es nur eine Möglichkeit, nach einem Ausgehabend garantiert nicht geschminkt ins Bett zu fallen: vollkommen ungeschminkt aus dem Haus zu gehen, und das, liebe Freunde, verträgt sich nun mal nicht mit dem Ziel, jederzeit super auszusehen, oder?

Vielleicht sollte ich es wie Michael Jackson machen und mir ein Permanent-Make-up verpassen lassen?

Eigentlich sollte das ein Witz sein, aber für eine flüchtige Spinnerei hänge ich der Idee ein bisschen zu lange nach.

So etwas gibt es tatsächlich.

Nichts Großartiges oder Drastisches, nur Lippenkonturen und Eyeliner.

Ich nehme mir den Stapel Zeitschriften vor, den ich in meiner Nachttischschublade horte, denn ich bin sicher, dass ich einmal einen Artikel über eine Frau gelesen habe, die sich mit Permanent-Make-up hat aufpeppen lassen, Lippen, Augen, Augenbrauen, sie muss sich nie wieder Gedanken um das Nachziehen machen – einfach morgens aufstehen und die vorgegebenen Linien ausfüllen, wie eine Figur in einem Ausmalbuch für Kinder.

Ich bleibe bei einem Artikel in der *Cosmopolitan* hängen, in dem es darum geht, wie man eine schwierige Trennung übersteht, dann bei einem Artikel im *B-Magazin* über eine zehntägige Detox-Diät, die angeblich voll einschlägt, und – sieh da – ich stoße sogar auf ein *Cosmopolitan Spezial* zum Thema »Wie ich meinen Ex zurückgewinne«! Zwei Stunden und zehn Zeitschriften später habe ich endlich den Artikel, nach dem ich ursprünglich gesucht habe, und es ist genauso, wie ich dachte. Lippenkonturen, Eyeliner, sogar die Augenbrauen kannst du dir als Permanent-Make-up zurechtstylen lassen, sodass sie immer perfekt in Form sind.

Die Frage ist nur – würde ich den Schmerz aushalten?

Ich bin mir da nicht so sicher, aber ich nehme ein Notizbuch aus der Küchenschublade mit den Kugelschreibern, Gummibändern und dem Klebeband und schreibe in fetten schwarzen Buchstaben auf die erste Seite:

Wie ich es hinkriege, sexy auszusehen

Darunter führe ich aus:

1) *Erkundige dich nach einem Permanent-Make-up – falls die Prozedur zu schmerzhaft ist, lass dir wenigstens die Wimpern färben und die Augenbrauen zupfen.*

Ich klappe das Notizbuch zufrieden zu und lasse es auf dem Nachttisch liegen. Diesen Vorsatz dürften meine Freundinnen sicher begrüßen.
Dann mache ich den ersten Schritt auf meinem Weg zum besseren Aussehen und springe unter die Dusche, um mich frisch zu machen und die Beine zu rasieren.
Dabei gebe ich mich einer kleinen Fantasie hin. Gregg kommt noch einmal zurück, und da ich nicht aufmache, schließt er mit seinem Schlüssel auf, den er noch haben muss, da er ihn bei seinem Auszug nicht zurückgelassen hat.
Wenn er jetzt reinkäme, sähe er eine vollkommen andere Hal.
Eine nasse, eingeseifte Hal unter der Dusche.
Genauso hat er mich immer gemocht.
Als wir noch zusammen waren, ist er oft zu mir unter die Dusche geschlüpft und hat mir sanft die Körperpartien eingeseift, die ich angeblich vergessen hatte. Normalerweise hat er mit meinen Brüsten angefangen, von denen er behauptete, sie seien unglaublich schmutzig und benötigten dringend eine gründliche Wäsche. Er umkreiste sie mit dem Schwamm und mit seinen Händen, bis die Nervenenden meiner Nippel vor Verlan-

gen schrien, und wenn der Wasserstrahl dann den Schaum weggespült hatte, machte er mit der Zunge da weiter, wo er mit dem Schwamm aufgehört hatte.

Ich drehe gerade noch rechtzeitig das kalte Wasser auf und verscheuche meine wilden Fantasien.

Bitte, bitte, lieber Gott, lass mich nicht auch noch den Sex vermissen; den Verlust von beidem zu betrauern würde ich im Augenblick nicht verkraften.

Ich verlasse die Dusche und gebe mir große Mühe mit meinen Haaren, was ich sonst nie tue. Normalerweise beuge ich nur den Kopf nach vorn und föne es trocken.

Tief in meinem Herzen weiß ich natürlich, dass ich Gregg heute nicht noch einmal begegnen werde, aber indem ich besser aussehe, fühle ich mich auch gleich viel besser.

Trotzdem ist ein Sonntag ohne ihn total seltsam.

Sonntags haben wir immer irgendetwas unternommen, sind in Parks spazieren gegangen oder über Märkte geschlendert oder raus aufs Land gefahren und waren in irgendeinem gemütlichen Pub mittagessen, oder wir haben uns mit irgendeinem Dickmacher vor die Glotze gehängt und uns die Wochenwiederholung von *Eastenders* reingezogen.

Da ich keinen Fernseher mehr habe, komme ich wenigstens nicht in Versuchung, mich von irgendwelchem Schwachsinn berieseln zu lassen. Stattdessen kann ich mich um eines der Gebote auf meiner Liste kümmern:

b) *Kampf den Problemzonen: durch gesunde Ernährung und ein Trainingsprogramm.*

Ich werde die Detox-Diät ausprobieren. Außerdem habe ich, wenn ich mich nicht irre, in der gleichen Zeitschrift einen Artikel mit Übungen für zu Hause gesehen.

Fest entschlossen, mir meine aufgeheiterte Laune durch nichts verderben zu lassen, hole ich die Zeitschriften aus dem Schlafzimmer und nehme sie mit aufs Sofa.

Auf dem Titel der ersten, die ich zur Hand nehme, prangt ein Foto von Reese Witherspoon; auf Seite acht finde ich einen Artikel über ihr Leben.

Ich bleibe wieder einmal hängen und verschlinge jedes einzelne Wort.

Sie hat alles, einen tollen Ehemann, zwei tolle Kinder und eine fantastische Karriere. Und sie ist mindestens drei Jahre jünger als ich.

Warum sind manche Leute so zielstrebig?

Sie hat schon als Kind ihre ersten Filmrollen gehabt.

Ich wusste mit zwanzig noch nicht, was ich eigentlich machen wollte.

Wenn ich ehrlich bin, weiß ich es heute noch nicht.

Was ich zurzeit mache, mache ich gut.

Warum sollte man auch auf Biegen oder Brechen irgendetwas durchziehen, obwohl man es wahrscheinlich nicht gut macht.

Dann lässt man es doch besser gleich.

In meinem derzeitigen Job vollbringe ich allerdings nicht gerade Weltbewegendes.

Was ich tue, berührt Millionen Zuschauer, die ihre Filme sehen und sich von ihnen inspiriert und bereichert fühlen, nicht im Geringsten.

Bereichert, ein gutes Wort.

Ich sollte endlich aufhören, sie zu beneiden und mich stattdessen von ihr inspirieren lassen.

Ob mir ihre Frisur wohl stehen würde?

Ich hole erneut mein Notizbuch mit der Überschrift

und füge meinem ersten Punkt

1) *Erkundige dich nach einem Permanent-Make-up – falls die Prozedur zu schmerzhaft ist, lass dir wenigstens die Wimpern färben und die Augenbrauen zupfen.*

einen zweiten hinzu:

2) *Besorg dir einen Termin bei Verity, und lass dir eine neue Frisur verpassen.*

Dann wende ich mich in der Hoffnung auf weitere Inspiration wieder den Zeitschriften zu.

Frauenmagazine sind eine ideale Fundgrube für Frauen, die besser aussehen wollen.

Am Abend habe ich unter der Überschrift WIE ICH ES HINKRIEGE, SEXY AUSZUSEHEN zwei ganze Seiten meines Notizbuchs mit Tipps gefüllt, die ich den unzähligen Magazinen während meiner Marathon-Lese-Session entnommen habe.

3) *Trink mehr Wasser – mindestens zwei Liter am Tag.*
4) *Versuch es mal mit Yoga oder Pilates, damit streckst du deine Muskeln und siehst schlanker aus.*
5) *Gönn dir eine kostenlose Make-up-Beratung in einer der netten Kosmetikabteilungen bei Selfridges. Dort empfiehlt man dir Farben, die dir stehen, und vielleicht staubst du sogar ein paar kostenlose Proben ab.*
6) *Nimm in der Firma die Treppe anstelle des Aufzugs.*
7) *Spare mehr als 1200 Kalorien pro Woche, indem du die beiden Schokoladenkekse streichst, die du immer während*

>   *deiner Teepause isst. (Das hat mich wirklich umgehauen,*
>   *als ich es gelesen habe.)*
> 8) *Verzichte bei deinem Toast auf die Butter, und spare so pro*
>   *Scheibe 90 Kalorien.*
> 9) *Steig eine Station früher aus der U-Bahn, und geh den Rest*
>   *zu Fuß.*
> 10) *Keine Schokolade mehr. (Kann ich stattdessen nicht das*
>   *Atmen aufgeben?)*

Außerdem habe ich ein paar neue Ideen, wie ich Gregg zurückgewinne.

Laut meinen Freundinnen habe ich gegenüber Rachel einen großen Vorteil: Ich kenne Gregg besser als sie.

Dies wird von der Bibel der Frauen, der *Cosmopolitan*, bestätigt, denn dort heißt es: »Wenn du den Typ Mann kennst, den du anmachen willst, kannst du dir genau das richtige Image verpassen, mit dem du ihn für dich einnimmst.«

Worauf steht Gregg?

Offenbar habe ich nur geglaubt zu wissen, worauf er steht, und durch mein Nichtwissen, worauf er wirklich steht, dazu beigetragen, dass er mich wegen der tollen Rachel (würg) verlassen hat.

Ich füge meiner Wie-ich-ihn-zurückgewinne-Liste einen weiteren Punkt hinzu:

Lerne Gregg besser kennen, und verlass dich nicht auf deine vorgefassten Meinungen. (Vorgefasste Meinungen, so habe ich beschlossen, sind ein Minenfeld, das unter allen Umständen gemieden werden sollte.)

Eine harte Nuss.

Wie, zum Teufel, soll ich ihn besser kennen lernen, wenn er nicht mehr mit *mir* zusammenlebt?

Zumindest weiß ich, was ich geglaubt habe, worauf er steht, nämlich auf:

1) mich – da sieht man, wie falsch ich gelegen habe.
2) Fußball – Gregg ist in Islington geboren und somit ein eingeschworener Gooner (für alle, die jetzt ein Fragezeichen im Gesicht stehen haben: ein Arsenal-Fan).
3) Essen – er liebt Currygerichte. Sein Lieblingsessen: Madras-Hühnchen. Wenn es nach ihm ginge, würde er es jeden Tag essen.
4) seine Freunde – er zieht jeden Mittwoch- und Freitagabend mit seinen Kumpels los, komme, was wolle. Normalerweise werden dabei unzählige Biere gekippt, gefolgt von Unmengen des oben genannten Madras-Hühnchens.
5) Bier – in rauen Mengen.
6) Filme – Thriller, Horrorfilme, Komödien, aber er will sie unbedingt zu Hause sehen und nie im Kino. Er geht nicht gern ins Kino. Ich glaube sogar, er hat eine Art Phobie, was Kinos angeht.
7) Sex – unermüdlich.
8) Urlaub – vorzugsweise in heißen Gefilden und mit ausreichend 4) und 7).

Wie nicht anders zu erwarten, bringt meine Liste mich nicht viel weiter.

Vielleicht sollte ich mich in einen Fußball liebenden, Bier kippenden, Currygerichte zubereitenden Filmstar verwandeln, der ihn während seines Urlaubs in einer Drehpause verführt?

Aber zurück zur Realität.

Ich klebe zu sehr an Fakten, ich muss unorthodoxer denken.

Auf welchen Frauentyp steht Gregg?

Lieblingsfilmstar? Bisher fand er Sharon Stone immer klasse.

Inwiefern unterscheidet sie sich von mir? Abgesehen davon, dass sie reich und berühmt ist, spielt sie in ihren Filmen meistens Frauen, die feminin, sexy, ziemlich glamourös und nicht unterzukriegen sind, aber gleichzeitig auch verletzlich, eine Kombination, die nicht gerade einfach hinzukriegen ist. Außerdem ist sie größer, schlanker und durchtrainierter als ich. Und blond.

Lieblingspopstar? Auf jeden Fall Madonna.

Verfügt über alle oben genannten Eigenschaften und hat sogar noch mehr zu bieten, und obwohl sie schon so viele unterschiedliche Haarfarben ausprobiert hat wie ein Model von Tony & Guy, kennt man sie doch vor allem als Blondine.

Rachel ist dunkelbrünett, das macht meine Theorie also mehr oder weniger zunichte, aber je mehr ich darüber nachdenke, dass sie dunkel ist, desto dringender will *ich* anders sein.

Zwei Minuten später bin ich wieder bei Punkt zwei meines Vorhabens WIE ICH ES HINKRIEGE, SEXY AUSZUSEHEN.

2) Besorg dir einen Termin bei Verity, und lass dir eine neue Frisur verpassen.

Ich schnappe mir meinen Kugelschreiber und füge kühner, als ich mich fühle, hinzu:

und eine neue Haarfarbe!

Wenn ich mich zwinge, logisch zu denken, muss ich mir natürlich eingestehen, dass Gregg sich damals in mich verliebt hat.

Und zwar Hals über Kopf.

Ich will nicht angeben, aber es ist wahr: Er hat mich regelrecht angehimmelt.

Wie habe ich mich also verändert, seitdem er sich in mich verliebt hat?

Vermutlich war unsere Beziehung nicht mehr so romantisch wie am Anfang, aber dieses herrliche, aufregende Glücksgefühl hat man ja immer nur in der ersten Zeit der Verliebtheit. Allerdings wird es doch irgendwann durch etwas Tieferes ersetzt, oder?

Okay, zu Beginn unserer Beziehung habe ich mich deutlich mehr um mein Aussehen gekümmert. Ich hätte mich ihm zum Beispiel nicht im Traum mit fettigem Haar, behaarten Beinen oder den vorabendlichen Schmierspuren von Mascara um die Augen präsentiert.

Und dass ich seitdem einige Kilos zugelegt habe, lässt sich auch kaum leugnen. Jeder weiß, wie schnell das passiert. Aus irgendeinem unerfindlichen Grund verdoppelt sich der Appetit in einer Beziehung über Nacht. Warum bloß? Ist es wie bei einer Schwangerschaft? Dass man auf einmal für zwei isst?

Früher habe ich mich auch eleganter gekleidet, sogar fürs Büro, oder besser gesagt, vor allem fürs Büro, denn da haben wir uns ja kennen gelernt. Genau genommen habe ich meine schlichten Hosen und meine flachen Absätze genau in dem Moment gegen elegante Kostüme und Highheels getauscht, als ich in der Firma ein Auge auf Gregg geworfen hatte. Laut Gregg sind ihm zuallererst meine Beine aufgefallen, als ich im Minirock und mit meinen Lieblingspumps vor ihm die Treppe hinaufgestöckelt bin.

Am Montagmorgen stehe ich eine Stunde früher auf als sonst.

Ich schminke mich, mache mir die Haare, ziehe ein schickes Kostüm an und entscheide mich anstelle meiner bequemen flachen Schuhe (vier Zentimeter Absatz gelten ja wohl als flach, wenn man unter dreißig ist) für hochhackige Pumps. Ich erkenne mich im Spiegel kaum wieder. Ich sehe elegant und businesslike aus, und, auch wenn es ein bisschen nach Eigenlob klingt, ziemlich sexy und attraktiv. Dass das Kostüm (das ich seit mehr als einem Jahr nicht getragen habe) ein kleines bisschen (wobei

»ein kleines bisschen« nichts anderes heißt als »viel«) zu eng ist, stört doch niemanden, und wenn ich hinten den Knopf auflasse, wird es niemandem auffallen. Dann kann ich sogar atmen.

Wie angenehm, wenn man sich mal nicht beeilen muss. Und wie entspannend, sich in aller Ruhe vor dem Spiegel der Frisierkommode zurechtzumachen. Auch die hohen Absätze sind nicht so eine Pest, wenn ich mal nicht wie eine Hundertmeterläuferin zur U-Bahn sprinten muss.

Natürlich gehe ich auch sonst ordentlich und angemessen gekleidet zur Arbeit, aber heute habe ich mich regelrecht aufgedonnert; ich sehe aus, als wäre ich direkt einem Frauenmagazin entstiegen, genauer gesagt einer farbigen Doppelseite mit der Überschrift »So machen Sie im Büro eine gute Figur«.

Geoff sieht auf, als ich das Großraumbüro betrete, in dem meine Abteilung untergebracht ist.

Ich arbeite in der Planungsabteilung von Thameside Homes.

Ich darf mich mit dem klangvollen Titel Executive Assistant schmücken, und Geoff ist der Executive, dem ich assistiere.

Geoff ist der Business Planning Manager.

Wir sind die Kontaktstelle für sämtliche Beteiligten, die in den Bau und die Einrichtung einer Thameside-Wohnung involviert sind, und zwar von der Lokalisierung eines zum Umbau in Frage kommenden Gebäudes bis hin zur Installation der letzten Glühbirne. Wir stellen sicher, dass alle reibungslos nach einem strengen Zeitplan zusammenarbeiten und, was noch wichtiger ist, im Budgetrahmen bleiben. All das dient einzig und allein einem Ziel: die besten Lofts in ganz London auf den Markt zu bringen.

Ich arbeite seit sieben Jahren bei Thameside Homes und mag und schätze meine Arbeit und meine Kollegen, womit ich mich wohl ziemlich glücklich schätzen darf. Hin und wieder gerate ich zwar in Panik und frage mich, ob ich diesen Job wirklich bis zur Rente machen will, aber solche trüben Momente kennt sicher jeder. Wenn ich so drauf bin, kaufe ich mir ein paar Wochen lang den *Guardian*, durchforste die Stellenangebote nach etwas Besserem und stelle fest, dass es nichts Besseres gibt.

Wie auch immer, Geoff sieht also auf, und guckt sich beinahe die Augen aus dem Kopf. Er ist vollkommen baff.

»Tut mir Leid, Hal, aber für das Model-Casting kommst du fünf Monate zu spät.«

»Wie bitte?«

»Ach, entschuldige, ich dachte, du wolltest dich als das neue Gesicht von Thameside Homes bewerben.«

Damit hat er eine Hand voll Salz in meine Wunde gestreut, aber da ich ja fortan die Ruhe und Gelassenheit in Person bin, gehe ich cool darüber hinweg.

»Sehr witzig, Geoff. Da strenge ich mich mal ein bisschen an und ernte nichts als Spott dafür. Warum mache ich mir eigentlich die Mühe?«

Er grinst breit. »Es sollte ein Kompliment sein, Miss Hart.«

»Na, dann vielen Dank, Mr. Cooper.«

»Ich finde, du solltest ab sofort jeden Tag so zur Arbeit kommen.«

Gegen Mittag ist Geoff längst nicht mehr so gut auf mich zu sprechen.

»Es kann doch nicht angehen«, meint er mürrisch, während er sich auf meine Schreibtischkante hockt und sich aus der Tasche neben meinem Computer ein Tütchen Zitronenbrausepulver stibitzt, »dass du heute Morgen wie die Eleganz und Effizienz in Person ins Büro spazierst und am Ende weniger arbeitest als sonst?«

Er hat Recht. In der Hoffnung, Gregg in die Arme zu laufen, bin ich den ganzen Vormittag durch das weitläufige Firmengebäude gestreift.

»Tu mir den Gefallen, und komm morgen wieder in Hose.

Und am besten auch noch in Turnschuhen. Die bringen dich hoffentlich so weit auf Trab, dass du alles nachholst, was du heute vertrödelt hast.«

Nach dieser Standpauke überziehe ich meine Mittagspause und bleibe in der Hoffnung, Gregg zu sehen, oder noch besser, von ihm gesehen zu werden, viel zu lange in der Kantine. Wofür habe ich mich schließlich so aufgedonnert, wenn er mich gar nicht *sieht*?

Aber wie immer, wenn man jemandem unbedingt über den Weg laufen will, klappt es gerade dann nicht.

Ich drücke mich noch ein bisschen vor dem schwarzen Brett herum und sehe nach, ob vielleicht jemand eine nette erschwingliche Wohnung zu vermieten hat. Als ich schließlich zu dem Schluss komme, dass ich endlich aufgeben und mich schnurstracks zurück in mein Büro begeben sollte, bevor Geoff einen Suchtrupp losschickt, höre ich hinter mir einen leisen Schürzenjägerpfiff und eine bekannte Stimme.

»Wow! Sieht wirklich klasse aus, Miss!«

Ich drehe mich um und lächle erleichtert.

Es ist Andy aus der Buchhaltung. Einer von Greggs engsten Kollegen.

»Du siehst heute ganz schön sexy aus, Harriet«, fügt er mit einem anerkennenden Zwinkern hinzu. »Das Singledasein scheint dir gut zu bekommen.«

Ich könnte ihn küssen.

Wenn er mich nicht gerade daran erinnert hätte, dass ich jetzt Single bin, und wenn er nicht diesen scheußlichen Schnurrbart hätte, der seinem Mund den Charme einer Ratte mit Mundgeruch verleiht.

Immerhin, auf Andy zu stoßen, ist fast so gut wie von Gregg selbst gesehen zu werden.

Ich weiß mit absoluter Sicherheit, dass er ihm jedes einzelne Wort unserer Unterhaltung brühwarm weitererzählen und ihm mein Aussehen und mein Outfit bis ins kleinste Detail beschreiben wird, ganz im Einklang mit Punkt drei meiner Liste:

> 3. *Lass dich beim Ausgehen von seinen Freunden und seiner Familie sehen, und achte darauf, dass du umwerfend aussiehst. Vermittle ihnen den Eindruck, dass es dir ohne ihn, siehe oben, blendend geht.*

Natürlich ist es ziemlich schwierig, jemanden davon zu überzeugen, dass es dir blendend geht, während du in der Kantine vor dem schwarzen Brett herumlungerst, aber Andy ist von meinem heutigen Outfit offenkundig schwer beeindruckt.

Vielen Dank, liebes Glamour-Magazin, dessen Herbstmodepräsentation ich sorgfältig kopiert habe.

Passend zu meinem Outfit setze ich ein vor Selbstbewusstsein strotzendes Lächeln auf.

»Hallo, Andy, wie gehts? Lange nicht gesehen.«

»Danke, gut, Hal, wenn auch nur halb so gut, wie du heute aussiehst. Was hast du bloß mit dir angestellt?«

»Mit mir angestellt?« Ich tue so, als hätte ich keine Ahnung, worauf er anspielt.

»Na ja, dieses Kostüm, der Haarknoten, sehr schick.«

»Es hat eben gewisse Vorteile, wieder Single zu sein«, flöte ich stattdessen quietschvergnügt. »Man hat zum Beispiel wieder Zeit, sich um sich selbst zu kümmern, anstatt es immer nur anderen recht zu machen.«

Er sieht mich überrascht an und nickt dann zustimmend.

»Das freut mich zu hören. Als der alte Gregg mir von eurer Trennung erzählt hat, habe ich mir nämlich ein bisschen Sorgen um dich gemacht. Aber es freut mich zu sehen, dass du so gut damit klarkommst.«

»Das Leben geht eben weiter.«

Meine Güte, klingt das falsch.

Eigentlich will ich ihm die Frage nicht stellen, um nicht zu klingen, als würde ich darauf brennen, es zu wissen, aber...
»Ist Gregg heute nicht im Büro?«
»Er isst auswärts.«
Andy sieht plötzlich aus, als wäre ihm die Situation unangenehm.

Manche Männer können einfach nichts verbergen. Und Andy gehört zu dieser Sorte Mann.
»Mir ihr?« Oh, Scheiße! Das hätte mir auf keinen Fall herausrutschen dürfen, schließlich soll Andy denken, dass es mir völlig egal ist, mit wem er seine Mittagspause verbringt.
»Äh, Hal, sieh mal, Gregg ist ein guter Kumpel von mir...«
»Mit ihr?«, insistiere ich. Da ich meine Klappe nun sowieso schon nicht halten konnte, will ich auch die Antwort hören.
Er nickt betreten.
Ich hole tief Luft und versuche so zu tun, als machte es mir nichts aus. Leider bleibt einer meiner Mundwinkel beim Lächeln unten hängen, doch Andy lächelt verständnisvoll zurück und sagt: »Es ist bestimmt nicht einfach für dich, mit ihm im gleichen Gebäude zu arbeiten. Gregg hat damit auch Probleme.«
»Er geht mir aus dem Weg, habe ich Recht?«
»Er hat ein schlechtes Gewissen, Hal. Er weiß nicht, was er dir sagen soll.«
»Er geht mir also aus dem Weg.«
Andy sieht zur Seite und antwortet nicht.
Ich muss mich wirklich zusammenreißen, sonst vermittle ich genau den Eindruck, den ich nicht vermitteln will. Dann geht er nämlich nicht zu Gregg und sagt: »Hey, ich habe heute Hal gesehen, und sie sah absolut super aus«, sondern er sagt: »Also, ich habe heute Hal gesehen, sie hat sich aufgedonnert und ist in der Kantine herumgelungert, in der Hoffnung, dich zu sehen, armes verzweifeltes Mädchen.« NEIN. Genau das will ich nicht!

Also hole ich erneut tief Luft, diesmal allerdings leise, damit Andy bloß nicht merkt, wie verzweifelt ich mich zusammenreiße.

»Richte ihm aus, er soll sich um mich keine Sorgen machen. Mir geht es gut, und ich habe kein Problem, ihm zu begegnen. Wir haben uns immer gut verstanden und waren immer gute Freunde, und wenn wir jetzt nichts weiter sind als das, dann ist das für mich völlig okay. Ich werde ihn weder belästigen noch ihm das Leben schwer machen, ich akzeptiere, dass er sein eigenes Leben lebt, und genau das werde ich auch tun.«

»Es geht dir wirklich gut?«, hakt er noch einmal erstaunt nach.

»Ja. Es geht mir gut. Ehrlich, einfach gut.«

Insgesamt vielleicht ein paar Mal zu oft »gut«, aber alles in allem habe ich mich, glaube ich, wacker geschlagen.

Andy betrachtet mich mit neu erwachtem Respekt.

»Das ist eine wirklich bewundernswerte Haltung.«

Ja, nicht wahr? Die Tatsache, dass ich kein einziges Wort ehrlich gemeint habe, ignoriere ich und sonne mich ein paar Augenblicke in meiner neuen bewundernswerten Aura.

»Danke, Andy.«

Ich spiele mit dem Gedanken, noch einen coolen Spruch wie »Shit happens« oder »Que será será« loszulassen, aber ich will den Bogen nicht überspannen und sage stattdessen: »Ich muss zurück an die Arbeit.«

Er nickt.

»Ja. Ich auch. Bis dann.« Mit diesen Worten beugt er sich zu mir vor und küsst mich auf die Wange, was er noch nie zuvor getan hat, jedenfalls nicht bei der Arbeit, und dann mustert er mich noch einmal von Kopf bis Fuß, nickt, zischt anerkennend durch die Zähne und verlässt das Restaurant. Ich will mich gerade ebenfalls auf den Weg machen, mit einem breiten Lächeln, sei dazugesagt, als mein Blick auf die ausgehängten internen Stellenausschreibungen fällt.

Normalerweise interessieren die Ausschreibungen mich nicht,

aber aus irgendeinem Grund werde ich auf eine Anzeige aufmerksam.

»Sind Sie eine perfekte persönliche Assistentin?«, steht dort in fetten Buchstaben.

»Nein«, antworte ich mir selbst. »Ich bin eine perfekte Idiotin.«

Ich eile zurück in mein Büro, bevor irgendjemand merkt, dass mein Lächeln erstarrt ist und ich nur mit Mühe die Tränen unterdrücken kann.

Nachdem ich meine Stimmungsschwankungen wieder einigermaßen unter Kontrolle habe, stürze ich mich den Rest des Nachmittags mit schlechtem Gewissen in die Arbeit, doch aus irgendeinem Grund geht mir die Anzeige nicht aus dem Kopf.

»Bin ich eine perfekte persönliche Assistentin?«

Ich konfrontiere Geoff mit dieser Frage, als er von einem seiner zahlreichen Meetings zurückkommt, die an diesem Nachmittag anstehen.

»Wenn damit gemeint ist, wie deine Fähigkeiten im Bereich des gemeinsamen Alkoholvertilgens sind, kann ich darüber nur schwer urteilen, weil du ja nie mit mir ausgehst. Du ziehst es ja vor, zu Hause mit deinem Freund herumzuturteln.«

Weiterer Worte bedarf es nicht, er sieht es mir sofort an.

»Hal? Was ist los, was hast du denn?«

»Es ist vorbei. Gregg hat mit mir Schluss gemacht.«

»Oh, Scheiße, Hal, das tut mir Leid. Ich hatte keine Ahnung. Hätte ich bloß meine große Klappe gehalten.«

Ich schüttle den Kopf.

»Ist schon in Ordnung, woher solltest du es wissen?«

»Wie geht es dir?«

Ich zucke mit den Schultern.

»Blöde Frage, ich weiß.« Er verzieht das Gesicht. »Also ist das tolle Outfit nicht für mich bestimmt?«

»War lediglich ein Versuch, mich besser zu fühlen.« Eine Halblüge.

»Bin ich nun eine perfekte persönliche Assistentin oder nicht?«, wiederhole ich meine Frage und lächle, fest entschlossen, mich nicht noch einmal aus der Fassung bringen zu lassen.

Er sieht auf seine Uhr.

»Du hast eineinhalb Stunden Mittagspause gemacht, obwohl dir nur eine Stunde zusteht, und das, obwohl du genau weißt, dass ich in knapp zehn Minuten in ein Meeting mit unserem äußerst anstrengenden Vorstandsvorsitzenden John Carpenter muss. Was meinst du denn dazu?«

»Ich meine, dass ich für eben dieses in zehn Minuten stattfindende Meeting mit unserem äußerst anstrengenden Vorstandsvorsitzenden John Carpenter soeben eine Präsentation über sparsamen Energieeinsatz auf unseren Baustellen beendet habe, die *du* eigentlich hättest erstellen sollen, jedoch komplett vergessen hast.« Mit diesen Worten wedele ich mit einem Stapel akkurat gebundener Blätter vor seiner Nase herum.

Sein Blick spricht Bände.

Er schnappt sich erst die Papiere und dann mich und drückt mir auf jede Wange einen dicken Kuss.

»Was soll ich sagen, Hal? Du bist einfach in jeder Hinsicht perfekt, und Gregg ist ein absoluter Idiot.«

Als ich an diesem Abend zu Hause vor meinem Singlefertiggericht sitze, fällt mir die Stellenausschreibung wieder ein.

Wie es nach der fetten Überschrift hieß, sucht die Firma für sechs Monate befristet eine persönliche Assistentin für den Baustellenleiter eines der größten derzeitigen Sanierungsprojekte von Thameside Homes; damit verbunden ist eine Versetzung in das Baustellenbüro vor Ort.

Der kurzen Stellenbeschreibung war zu entnehmen, dass ich mich, falls ich mich bewerben würde, auf der Karriereleiter nicht nach oben, sondern bestenfalls zur Seite mit leichter Neigung nach unten bewegen würde. Doch die Bezahlung war aus irgendeinem Grund ziemlich gut. Je mehr ich darüber nachdenke, desto interessanter finde ich die Ausschreibung.

Meine Freundinnen und ich sind übereingekommen, dass ich wieder etwas mysteriöser wirken müsse, wenn ich Gregg dazu bringen will, sich weniger für Rachel und wieder mehr für mich zu interessieren. Gregg glaubt, dass er mich in- und auswendig kennt, und das macht einen Menschen selbstgefällig. Welche bessere Möglichkeit gäbe es, mysteriöser zu wirken, als den Ort zu verlassen, an dem wir uns kennen gelernt haben, den Ort, an dem wir uns zwangsläufig ein paar Mal die Woche über den Weg laufen. Vielleicht denkt er mehr an mich, wenn ich nicht immer da bin. Wenn er schon mal an mindestens fünf Tagen der Woche nicht weiß, wo ich mich aufhalte. Wenn er nicht ständig das Gefühl hat, mir aus dem Weg gehen zu müssen. Die Vorstellung, dass er meint, mir aus dem Weg gehen zu müssen, gefällt mir überhaupt nicht.

Thameside Homes ganz zu verlassen wäre ein zu drastischer Schritt, immerhin gefällt mir mein Job und die Firma auch, aber eine befristete Versetzung – das wäre etwas anderes. Wer weiß, vielleicht tut mir ein Arbeitsplatzwechsel ja auch sonst ganz gut? Schließlich läufst du allzu leicht Gefahr, dich selbstgefällig zurückzulehnen, wenn du deinen Job vorwärts, rückwärts, seitwärts und sogar auf dem Kopf stehend beherrschst. Und wie ich gerade erst schmerzlich erfahren musste, kann sich Selbstgefälligkeit schnell in Langeweile verwandeln, und Langeweile bedeutet Ärger.

Mein erster Anruf am nächsten Morgen im Büro gilt Abi in der Personalabteilung.

Kapitel 5

Wegen meiner überflüssigen Pfunde will ich seit mindestens zwei Jahren etwas unternehmen, aber wie bei den meisten Frauen fängt meine Diät immer erst am nächsten Tag an: morgen.

Immerhin habe ich einen halbherzigen Versuch unternommen, endlich abzunehmen: Heute Morgen habe ich Geoff meine gesamte Zitronenbrausepulver-Kollektion vermacht und sitze genau in diesem Moment zusammen mit Isabelle in der Firmenkantine vor einem riesigen Salatteller, während sich alle anderen um mich herum mit Fish & Chips voll stopfen.

Warum ich plötzlich unbedingt abnehmen will?

Nun ja, mir ist in den Sinn gekommen, dass Gregg sich vielleicht gar nicht erst nach einer anderen umgesehen hätte, wenn ich ein bisschen schlanker, ein bisschen straffer, ein bisschen attraktiver gewesen wäre. Also gut, um es frei heraus zu sagen: Neben Rachel komme ich mir vor wie das Michelinmännchen. Ich weiß ja, dass man sich nicht mit anderen vergleichen soll. Schon wegen des Selbstwertgefühls ist es in emotionaler Hinsicht äußerst ungesund, sich andere Leute zum Vorbild zu nehmen und sich zu wünschen, so zu sein wie sie, aber man kann nichts dagegen tun, oder?

Du sollst nicht begehren. Eines der Gebote, die heutzutage am schwersten zu befolgen sind, in einer Zeit, in der sämtliche Medien darauf abzielen, irgendwelche Bedürfnisse in dir zu wecken, von einer drahtigeren Figur über glänzendes Haar und das perfekte Make-up bis hin zu den Schuhen, die du unbedingt haben musst. Jeder, der jemals eine Zeitschrift aufgeschlagen oder einen Fernseher eingeschaltet hat, weiß, wovon ich rede.

Gegen solche Art Bedürfnisse ist nur schwer anzukommen. Etwas unbedingt haben wollen. Das schließt auch Gregg ein.

Wie gesagt, ich muss zugeben, dass ich mich ein bisschen hab gehen lassen.

Ganz am Anfang, als Gregg und ich zusammengezogen sind, habe ich noch auf gesunde Ernährung geachtet und an meinem Ritual festgehalten, dreimal die Woche ins Fitnessstudio zu gehen, doch es war so einfach, sich an den neuen Lebenswandel als Paar zu gewöhnen, und so verschwanden Salate zu Gunsten von Take-away-Fraß, und meistens habe ich das fettige Zeug auch noch abends vor dem laufenden Videorecorder in mich hineingestopft, anstatt auf dem Laufband überflüssiges Fett zu verbrennen.

Heute wiege ich neuneinhalb Kilo mehr als damals, als wir uns kennen gelernt haben, was bei jemandem, der gerade mal ein Meter dreiundsechzigeinhalb misst, ein gewaltiger Unterschied ist. Wobei der halbe Zentimeter ziemlich wichtig ist, erst recht, wenn ich mal irgendwann sechzig bin und anfange zu schrumpfen.

Und so war ich zutiefst geschockt, als ich meinen Körper einer harten schonungslosen Prüfung unterzogen habe. Was ich dabei zu sehen bekam, hat mir, offen gesagt, überhaupt nicht gefallen, denn, bei den Füßen angefangen, war es das Folgende:

Füße: normalerweise immer Schuhgröße 38, inzwischen 39, also müssen sie aufgequollen sein.

Waden: eigentlich immer schlank und wohlgeformt, jetzt mit einer zusätzlichen Fettschicht gepolstert, die sich nicht einmal mehr wegdrücken lässt, damit ich den Reißverschluss meiner hohen Stiefel zuziehen kann.

Oberschenkel: Oh Herr, erbarme dich meiner. Warum habe ich sie mir überhaupt angesehen. Was ist bloß mit meinen Oberschenkeln passiert? Stellen wir einfach fest, dass sie aussehen wie eine zu prall gefüllte Wurst.

Hintern: ein Kartoffelsack.

Hüften: sollten mit einem Stempel »Achtung Überbreite!« versehen werden.

Taille: ist mir schon lange vor Gregg abhanden gekommen.

Und so ging es weiter! Je weiter ich nach oben gekommen bin, desto mieser wurde meine Stimmung.

Es läuft alles auf das Gleiche hinaus. Ich muss abnehmen.

Eine kleine Abmagerungskur wäre schließlich nicht nur gut, um Gregg zu imponieren, sondern sie würde auch mir selbst gut tun, mir und meiner Gesundheit. Und all die tollen Klamotten, die ganz hinten in meinem Schrank vor sich hin modern, weil sie mir allesamt nicht mehr passen!

Und so nehme ich eine Diät in Angriff.

Im Moment aber will ich, von Gregg abgesehen, mehr als alles andere in der Welt ein paar von Isabelles Pommes, doch weil mir klar ist, dass meine Chancen, Gregg zurückzugewinnen, substanziell dahinschwinden, wenn ich auch nur einen einzigen esse, zähme ich meine Gier mit einem Willen, der nicht gerade eisern ist, sondern, genau genommen eher zinnern, also ziemlich weich und biegsam, doch immerhin ist er gerade widerstandsfähig genug, um das Wasser, das mir so begehrlich im Munde zusammenläuft, zu ignorieren. Isabelle sieht, dass ich sabbernd ihren Teller anstiere wie ein schlecht abgerichteter Hund den Esstisch seiner Herrchen. Sie rückt ihren Teller verstohlen ein Stück von mir ab, wühlt in ihrer Handtasche herum, zieht ein kleines Stück Papier hervor und reicht es mir.

»Was ist das?«, frage ich und nehme es entgegen.

»Herzlichen Glückwunsch zum Geburtstag«, erwidert sie.

»Ich habe erst in drei Monaten Geburtstag.«

»Ich beglücke dich mit einem vorzeitigen Geburtstagsgeschenk.«

»Oh, ein Papierfetzen mit einer Telefonnummer, deine Großzügigkeit kennt wirklich keine Grenzen!«, ziehe ich sie auf.

Sie verdreht die Augen, fährt jedoch unbeeindruckt fort.

»Er heißt Mickey, und ich habe ihn für Samstagnachmittag gebucht. Du musst ihn nur noch mal anrufen, um eine genaue Uhrzeit zu vereinbaren.«

»Du hast mir einen Mann gebucht?«

»Er gehört zu den besten. Er wird dich auf Trab bringen, und in null Komma nichts hast du wieder eine Figur wie früher.«

»Isabelle, ich bitte dich«, entgegne ich und tue so, als wäre ich geschockt. »Ich weiß, dass du mich für total verzweifelt hältst, aber dafür bezahlen? Also ehrlich!«

»Er ist ein Personal Trainer, du Idiotin. Nummer eins auf der Liste mit den Geboten: Kampf den Problemzonen. Ich habe ihn für zehn Trainingsstunden im Voraus bezahlt, und es hat mich ein Vermögen gekostet – trotz Freundschaftspreis.«

»Oh, Is, da kriege ich ein schlechtes Gewissen.«

»Das will ich auch hoffen. Dass ich mein hart verdientes Geld dafür ausgebe, dir jemanden zu besorgen, der dir dabei hilft, deine Figur ein bisschen auf Vordermann zu bringen, hält dich hoffentlich davon ab, zu kneifen, wenn's ans Schwitzen geht.«

»Allerdings. Wie gemein von dir, so mit meinen Gefühlen zu spielen, um mich dazu zu zwingen.«

»Gemein? Ich? Ich bin *gemein*, weil ich dir zu deinem Dreißigsten so ein tolles Geschenk mache?« Sie überzieht mächtig und trägt total dick auf, aber sie hat Recht. Mir bleibt nichts anderes übrig. Meine Freundin hat einen Haufen Geld ausgegeben, damit ich etwas für meine Figur tue, und ich weiß, dass sie kein Geld zu verschwenden hat, also werde ich es ihr danken, indem ich tatsächlich etwas für meine Figur tue. Logisch.

»Ach was, Issy, du bist natürlich nicht gemein, es ist wirklich lieb von dir, vielen Dank.« Ich beuge mich zu ihr herüber, umarme sie und nutze die Gelegenheit, einen Pommes von ihrem Teller zu stibitzen, während sie abgelenkt ist.

Sie schnappt ihn mir weg, bevor ich ihn mir in den Mund schieben kann, und sieht mich vorwurfsvoll an.

»Am besten fängst du gleich mit deinem Programm an.«

»Du meinst, am besten fange ich gleich damit an zu verhungern«, knurre ich und rutsche zurück auf meinen Platz.

Sie schiebt sich den Pommes demonstrativ in den Mund und fährt dann fort: »Er ist ein alter Studienfreund von Aidan.«

»Wer?«

»Mickey. Und er ist wirklich nett.«

Aidan ist der Mann von Isabelles Schwester Lorna.

Isabelles Familie ist riesig. Sie ist in Dublin geboren, wo der Großteil ihrer Familie auch nach wie vor lebt, nur ihre Zwillingsschwester Lorna lebt in London und ist mit einem City-Banker verheiratet. Die beiden haben zwei prächtige Kinder und ein ebenso prächtiges Haus in St. Johns Wood. Sie sind der Inbegriff von Erfolg und Ansehen.

Isabelle ist das absolute Gegenteil. Sie ist mit ganzem Herzen Bohemien und beharrt darauf, nur so lange in der City zu arbeiten, bis sie genug Geld gescheffelt hat, um nach Cornwall fliehen zu können, sich ein Cottage zu kaufen und ihren Lebensunterhalt nur noch mit dem Malen von Bildern zu bestreiten.

»Am Samstag muss ich eigentlich auf Wohnungssuche«, teile ich ihr nervös mit.

Mein Bemühen, mich zusammenzureißen und die Neuordnung meines Lebens in Angriff zu nehmen, hat mir unter anderem die traurige Tatsache vor Augen geführt, dass ich mir unweigerlich eine neue Bleibe suchen muss, weil ich mir meine wunderschöne Wohnung alleine einfach nicht leisten kann.

»Trifft sich doch gut, dann kannst du zwischen den Büros der Wohnungsmakler hin und her joggen«, entgegnet sie grinsend und kippt sich noch eine Ladung Ketchup auf ihren Fisch. »Aber vielleicht kann ich dir an dieser Front sogar auch aus der Patsche helfen.«

»Wie denn das?«

»Ich besorge dir einen Untermieter.«

»Das hat Lois mir auch schon vorgeschlagen, aber ich weiß ja nicht. Ich glaube, ich will erst mal eine Weile für mich allein sein, und wenn das heißt, dass ich eine kleinere Wohnung...«

»Aber das ist doch genau das Problem«, fällt sie mir ins Wort. »Du musst ja nicht nur nach einer kleineren Wohnung suchen, Hal, sondern sie darf ja über den Daumen auch nur in etwa die Hälfte deiner jetzigen Miete kosten, oder?«

Ich nicke.

»Also muss sie nicht nur kleiner sein, sondern vermutlich auch in einer ganz anderen Gegend liegen, irgendwo weiter draußen, sodass du einen längeren Arbeitsweg hättest, weiter weg von uns wohnen würdest, von mir, Lois und Beth, und womöglich gerätst du auch noch an einen miesen Vermieter.«

»Mit Mr. Mayer habe ich es wirklich gut getroffen.«

»Und was ist, wenn deine neuen Nachbarn furchtbar sind, ständig nerven und rund um die Uhr laute Musik hören? Außerdem ist eine billigere Wohngegend wahrscheinlich auch weniger sicher, und dann als allein wohnender Single – überleg dir das gut.«

»Du willst mich unbedingt davon abbringen, oder?«

»Ich will dich nur vor überstürzten Entscheidungen bewahren, die du hinterher womöglich bereust.«

»Vermutlich hast du Recht. Ich habe die Sache wohl tatsächlich noch nicht gründlich durchdacht. Ich habe nicht einmal die Hälfte der Probleme bedacht, die du gerade aufgezählt hast. Andererseits will ich definitiv nicht mit einem Unbekannten zusammenwohnen.«

»Und wie wär's mit jemandem, den du kennst?«

»Wieso? Kennst du jemanden, der gerade etwas sucht?«

»Mein Bruder Jack hatte letzte Woche in London ein Vorstellungsgespräch. Wenn er den Job kriegen sollte, braucht er eine Bleibe.«

»Wirklich?«

»Ja. Er hat schon auf eigene Faust eine Wohnung in meiner Nähe gesucht, aber es ist verdammt schwer, irgendetwas Nettes zu finden, für das man nicht ein Vermögen hinblättern muss. Man wird ausgenommen wie eine Weihnachtsgans! Dabei verdient Jack in seinem Job einen Haufen Kohle.« Sie lächelt mich vielsagend an.

»Okay, ich habe begriffen.«

Ich erinnere mich blass, Jack schon mal auf der Hochzeit irgendeines ihrer zahlreichen Familienmitglieder begegnet zu sein, auf die Isabelle mich vor einigen Jahren mit nach Dublin geschleppt hat.

Ich glaube zumindest, dass es Jack war.

Isabelle hat sage und schreibe fünf Brüder. Besagter Jack ist der mittlere von den fünfen, dann gibt es James, den ältesten, John und Joshua, Jacks älterer und jüngerer Bruder, und schließlich Keiran, den jüngsten.

Soweit ich mich erinnere, waren sie allesamt ziemlich außer Rand und Band, aber es war ja auch eine irische Hochzeit, auf der das Guinness in Strömen geflossen ist.

»Glaubst du, wir würden gut genug miteinander klarkommen, um zusammen wohnen zu können?«

»Also, ich habe achtzehn Jahre mit ihm unter einem Dach gewohnt und es ausgehalten, ohne ihn umzubringen, also müsste es mit euch auch klappen.«

»Wenn du meinst.«

»Jetzt mal im Ernst, Hal – er war der mittlere von uns Kindern, der Vermittler, der Schlichter, derjenige, der Streitereien beendet und den Familienfrieden bewahrt hat. Als Mitbewohner ist er ein wahrer Engel, du wirst ihn lieben.«

»Wirklich?«

»Wirklich. Soll ich ihn anrufen und ihm sagen, dass er seine Wohnungssuche einstellen kann?«

Ich zögere.

»Es ist einen Versuch wert, Hal«, insistiert sie. »Du kannst es doch ausprobieren, und wenn es nicht funktioniert, kannst du *dann* ja immer noch losziehen und dir ein schäbiges kleines Einzimmerapartment in einer abgewrackten Gegend suchen.«

»Deine Überzeugungskünste sind wirklich von der besonderen Art, Is.«

»Ich weiß«, entgegnet sie mit einem stolzen Grinsen. »Heißt das ja?«

»Na gut, okay, warum nicht. Das heißt, vielleicht will er ja gar nicht mit mir zusammenwohnen.«

»Er wird vor Freude in die Luft springen«, erwidert Isabelle ein bisschen zu selbstsicher.

Ich sehe sie an und versuche das Lächeln zu deuten, das ihre hellrosa Lippen umspielt.

»Du hast ihn schon gefragt, habe ich Recht?«

Sie hat nicht einmal den Anstand, beschämt auszusehen. Stattdessen grinst sie mich noch breiter an.

»Und wenn ich nein gesagt hätte?«

Is stopft sich ihren letzten Pommes in den Mund und strahlt mich mit Ketchup verschmierten Lippen an.

»Ach, ich wusste schon, dass ich dich irgendwie zur Vernunft bringen würde.«

Ich liebe Isabelle.

Sie ist eine wirklich gute Freundin, eine von denen, die man zu jeder Tages- und Nachtzeit anrufen kann, selbst wenn es schon zwei Uhr morgens ist und sie wegen eines wichtigen Termins um sechs schon wieder auf den Beinen sein muss.

Außerdem sagt sie einem die ungeschminkte Wahrheit ins Gesicht, was ich sehr an ihr schätze, denn manchmal ist es zum eigenen Vorteil erforderlich, Dinge an den Kopf geworfen zu kriegen, die man eigentlich nicht hören will.

Das Einzige, was mich manchmal nervt, ist, dass sie hin und wieder ein bisschen zu selbstgefällig ist, weil sie mich einfach zu gut kennt. Ich hasse es, wenn jemand glaubt, mich besser zu kennen als ich mich selbst, aber in diesem Fall lag sie verdammt richtig (wie eigentlich fast immer, deshalb ihre Selbstgefälligkeit), und als ich nach Hause komme, werde ich beim Öffnen der Tür und beim Betreten der Wohnung zum ersten Mal seit einer Woche nicht von beklemmenden Gefühlen überfallen.

Diese beklemmenden Gefühle rührten nämlich nicht nur daher, dass Gregg nicht mehr hier wohnt, sondern auch von der Aussicht, dass ich selbst ziemlich bald nicht mehr hier wohnen würde, und obwohl sich die Wohnung ohne ihn längst nicht mehr wie ein richtiges Zuhause anfühlt, ist es doch immer noch *mein* Zuhause.

Erst jetzt, da ich weiß, dass ich doch nicht ausziehen werde, wird mir richtig bewusst, wie nahe es mir gegangen wäre, wenn ich die Wohnung wirklich aufgegeben hätte.

Außerdem kann ich auf der Liste der Dinge, um die ich mich unbedingt kümmern muss, nun einen Punkt streichen (nicht dass ich diese Liste tatsächlich zu Papier gebracht hätte).

Ich muss nicht umziehen.

Ich stelle mich mitten ins Wohnzimmer und wiederhole es noch einmal laut.

»Ich muss nicht umziehen.«

Und während ich es sage, kommt die Sonne hinter einer Wolke hervor und durchflutet das Zimmer. Es ist, als ob die Wohnung mich zustimmend anlächelt.

Wieder ein Abend ohne Gregg – und ohne Fernseher.

Erstaunlich, wie viel Zeit man für sich hat ohne die Flimmerkiste. Wie die Fernsehprogramme in Halbstundenportionen die

Zeit verschlingen, bis der Abend auf einmal vorbei ist, ohne dass man es richtig gemerkt hat.

Die nächsten drei Abende meines Singledaseins verbringe ich mit Putzen. Und wenn ich putzen sage, meine ich nicht, einmal mit dem Staubsauger und einem Staubtuch durch die Wohnung wirbeln, ich meine wirklich richtig putzen. Es ist erstaunlich, wie entspannend es ist, sich ein paar Gummihandschuhe überzustreifen und sich über all die vernachlässigten Ecken und Winkel herzumachen, in denen sich Wollmäuse und tote Spinnen eingerichtet haben. Und während ich emsig putze, erstelle ich, um mich aufzuheitern, in meinem Kopf eine Liste der zahlreichen Vorzüge eines (vorübergehenden) Singledaseins:

Ich kann den letzten Schokokeks essen. (Ich *könnte*, wenn ich nicht auf Diät wäre.)

Ich kann bestimmen, was im Fernsehen läuft. (Ich *könnte*, wenn ich einen Fernseher hätte.)

Äh... äh... äh...

Ah ja, wenigstens ist die Klobrille nicht mehr ständig hochgeklappt.

Und dies ist jetzt *meine* Wohnung.

Ich habe jetzt das Sagen.

Und das hatte ich bisher noch nie.

Aus meinem Elternhaus bin ich in eine Wohngemeinschaft gezogen, wo ich so ähnlich gewohnt habe wie jetzt Issy, und danach bin ich direkt mit Gregg zusammengezogen. Und nachdem er nun ausgezogen ist, ist es MEINE Wohnung. Vielleicht sollte ich sie ein bisschen umgestalten, damit sie sich auch anfühlt wie meine Wohnung. Und falls Gregg zufällig mal hereinschneien sollte, wäre es ebenfalls gut, wenn er sähe, dass ich einige Änderungen vorgenommen habe. Dass ich nicht einfach nur herumhänge und darauf warte, dass er zurückkehrt in unser heimeliges, eintöniges, langweiliges, eingefahrenes Dasein. Obwohl ich in Wahrheit genau das tue.

Den Freitag habe ich mir freigenommen.

Ich habe den freien Tag schon vor einer Ewigkeit angemeldet, um mit Gregg ein langes Wochenende zu verbringen, das er uns gebucht hat.

Wir wollten zusammen nach Cornwall fahren.

Jede Wette, dass er jetzt stattdessen mit Rachel hinfährt.

Sie in unser Lieblingsrestaurant mit dem tollen Meerblick führt, mit ihr an diesen speziellen Strand geht, an dem wir immer so gerne spazieren gegangen sind und an dem wir bei unserem letzten Besuch zwischen den Surfern ein paar Delphine gesehen haben, ja, sogar mit ihr in *unserem* Hotel absteigt, jenem malerischen alten Gasthaus am Hafen, in dem wir unsere allererste Nacht miteinander verbracht haben.

Völlig deprimiert von diesem Gedanken lasse ich mich aufs Sofa plumpsen und spüre, wie sich mein Gesicht in Erwartung einer Heulattacke verspannt.

Doch zu meiner Überraschung gelingt es mir, genau in dem Moment, in dem die heiße Flüssigkeit bereits in meinen Tränenkanälen aufsteigt, den Schalter umzulegen.

Ich habe plötzlich eine Eingebung.

Ich kann entweder hier sitzen und mir die Augen ausheulen, mich entsetzlich jämmerlich und elend fühlen und mich durch ein weiteres Päckchen Papiertaschentücher arbeiten, oder ich kann mich zusammenreißen und versuchen, mein langes Wochenende tatsächlich zu genießen.

Wofür soll ich mich entscheiden?

Elend oder Spaß?

Elend, Spaß?

Elend... *oder*... Spaß?

Was für eine Frage!

Plötzlich ist mir sonnenklar, dass ich bescheuert sein müsste, mich für ein beschissenes, elendes Wochenende zu entscheiden, und ebenso plötzlich wird mir klar, dass, auch wenn Gregg mir wirklich wehgetan hat, es letztendlich einzig und allein bei *mir* liegt, ob ich mir deshalb mein Wochenende versauen lasse, und schließlich fange ich an, laut zu lachen.

Angeblich ist lachen ja die beste Medizin.

Also los, verzieh deine Lippen sofort zu einem Lächeln und stell fest, wie viel besser du dich dabei fühlst, selbst wenn du genau genommen nicht viel zu lächeln hast.

Also gut. Ich werde das Beste aus diesem Wochenende machen.

Und ich weiß genau, wo ich anfangen muss.

Es ist exakt der richtige Zeitpunkt für eine Veränderung.

Und wie ich ja bereits sagte, rede ich nicht von mir selbst und auch nicht davon, mich um einen neuen Job zu bewerben, nein, es gibt etwas, das geradezu nach Veränderung schreit, nach einer Auffrischung, einer Anpassung an meinen neuen (wenn auch hoffentlich nur vorübergehenden) Status als Singlefrau.

Die Wohnung.

Diese Wohnung.

Die Wohnung, die Gregg verlassen hat, weil er mich verlassen hat.

Mit einer besseren Freundin hat er sich mit einem Schlag auch eine bessere Wohnung zugelegt.

Na gut, wenn er das nächste Mal hier aufkreuzt, wird er diese Wohnung nicht mehr wieder erkennen.

Freitagmorgen, und das erste Zimmer, das ich mir vornehme, ist das Schlafzimmer.

Es war unser gemeinsames Zimmer.

Jetzt ist es nur noch meins.

Meins.

Ganz allein meins.

Und ich habe die Nase gestrichen voll, mich in diesem Zimmer immer wie ein Haufen Elend zu fühlen, weil mich alles an früher erinnert. Sogar die Kleiderschränke, in denen Greggs Sachen hingen und die jetzt nutzlos leer stehen. Die Leere drängt sich mir geradezu auf.

Habe ich nicht immer darüber geklagt, dass ich nie genug Platz für meine Sachen habe?

Es ist Zeit für das große Ausmisten.

Genau genommen ist es nicht nur ein großes Ausmisten, sondern ich mache Tabula rasa, radikal, wie wenn du alles abfackelst und von Grund auf erneuerst.

Ich gehe in die Küche, wühle unter der Spüle ein paar Müllsäcke hervor und mache mich mit einer gnadenlosen Rachelust im Bauch über das Schlafzimmer her.

Als Erstes knöpfe ich mir meine Schublade mit der Unterwäsche vor und trenne mich mit Ausnahme meiner speziellen Ausgehdessous widerstrebend von meinen alten, angegrauten Slips und BHs. Dann sehe ich meine sonstige Kleidung durch und schmeiße alles weg, was ich im vergangenen Jahr nicht mindestens einmal getragen habe. Und schließlich entsorge ich alles, was sich sonst noch so in dem Zimmer befindet: Zeitschriften, Bücher, Dekorationen, Bettwäsche, Vorhänge, selbst den Wecker, bis das Zimmer in meinen Augen der leeren Leinwand eines Malers gleicht.

Als Nächstes krame ich einen alten Zeitschriftenartikel hervor, der mir am vergangenen Sonntag in die Finger geraten ist und in dem es darum geht, wie man ein Zimmer verführerischer gestaltet. Er enthält die üblichen Empfehlungen wie, das Zimmer rot anzustreichen, in Bettnähe Tücher zu drapieren, jede Menge Kerzen aufzustellen und das Kissen beiläufig mit ein paar rattenscharfen Dessous zu verzieren, aber es entspricht nicht ganz der Art Zimmer, in dem ich mir vorstellen kann, selbst Tag für Tag zu leben, geschweige denn zu schlafen.

Ein bisschen zu plüschig.

Ich beschließe, meine letzten Groschen, die ich ursprünglich für den Umzug und die in der neuen Wohnung anfallenden kosmetischen Veränderungen vorgesehen hatte, zu opfern. Dann rufe ich Lois auf ihrem Handy an.

»Hi, Lo, hast du heute ein Shooting?«

»Nein, ich habe heute frei. Es hat niemand mehr als zehntausend Dollar für ein Foto geboten, also liege ich noch im Bett.«

»Hast du Lust, ein bisschen shoppen zu gehen?«

»Genauso gut könntest du mich fragen, ob Cadburys Schokolade herstellt.«

»Shoppen im Baumarkt, Lois.«

»Das ist natürlich nur zweite Wahl«, entgegnet sie und tut so, als würde sie seufzen, »aber egal, Hauptsache shoppen, die therapeutische Wirkung entfaltet sich auch im Baumarkt. Soll ich dich abholen?«

»Ja, bitte.«

»Okay, gib mir zwanzig Minuten zum Duschen, und ich bin bei dir.«

Es werden dreißig Minuten, und vierzig Minuten später stehen wir beide mit einer Tasse Kaffee in der Hand in meinem Schlafzimmer, vor uns die *Vogue*-Spezialausgabe zum Thema Innenausstattung, die Lois mitgebracht hat, und brüten, dass uns die Köpfe qualmen.

»Also, was machen wir nun aus diesem Zimmer?«

Das *Wir* gefällt mir.

Das *Wir* ist genau das, was ich im Moment brauche. Ich strahle sie dankbar an.

»Keine Ahnung. Ich weiß, dass ich es anders haben will als jetzt, aber ich bin mir nicht sicher, wie. Ich brauche deine Hilfe, Lo.«

»Tja dann«, entgegnet sie nachdenklich, »sagst du mir am besten, welche Ambiance du willst, dann zäumen wir das Pferd von hinten auf.«

»Oh, ich liebe dieses Wort«, ziehe ich sie auf, »Ambiance.« Ich betone es mit einem übertrieben gekünstelten französischen Akzent, sodass es klingt wie der Name eines neuen Designerparfums. »Es klingt so verführerisch und sexy.«

»Das ist doch schon mal ein guter Ausgangspunkt«, stellt Lois fest. »Verführerisch und sexy sind gute Eigenschaften für ein Schlafzimmer.«

»Ja, finde ich auch, außerdem soll es warm und einladend sein.«

»Einladend für wen?«, will Lois wissen.

»Und opulent und sinnlich«, fahre ich grinsend fort, »und gemütlich und ein kleines bisschen geheimnisvoll. Aber ansonsten habe ich keinen Schimmer.«

Lois nickt nachdenklich.

»Was du brauchst, ist ein markantes Accessoire.«

»Ein markantes Accessoire?«

»Irgendetwas, das du absolut liebst, das dir als Leitmotiv für das ganze Zimmer dient. Komm, trink aus, wir fahren nach Knightsbridge.«

»Knightsbridge? Ich habe doch kein Knightsbridge-Budget, Lo, und das weißt du auch. Ich dachte eher an Ikea, dafür könnte es gerade so reichen.«

»Habe ich etwa gesagt, dass wir in Knightsbridge was kaufen wollen?«, entgegnet sie und zieht ihre perfekt gezupften Augenbrauen hoch. »Es ist eine hervorragende Shopping-Gegend, um ein paar Anregungen zu klauen.«

Wir fahren mit Lois' neuem Jeep in die Stadt – sie hat ihn sich als Belohnung dafür gekauft, dass ihr Foto auf dem Titel von *The Face* prangt (eines ihrer persönlichen Ziele ihrer Modelkarriere) – wo ich, angestachelt von Lois, hemmungslos einkaufe und eine Menge Geld ausgebe, und zwar nicht irgendwo, sondern bei Harvey Nicks. Ich blättere viel zu viel für einen wunderschönen Samtüberwurf in tiefen Violett- und Karmesinrottönen hin, in den ich mich beim ersten Anblick sofort verliebe.

Der Preis ist horrend, er kostet mehr, als ich in einem ganzen Monat für Essen und Trinken ausgebe, aber Lois hilft mir, die Ausgabe zu rechtfertigen, indem sie mich darauf hinweist, dass es ein Teil »fürs Leben« sei. Etwas, das ich für immer behalten und lieben werde, weshalb der Wahnsinnspreis auf lange Sicht gerechtfertigt sei, da ich den Überwurf nie ersetzen müsse und es sich mithin um ein Einzelstück handle.

Zum Glück ist unser nächster Anlaufpunkt Camden Market, passt schon eher zu meinem Geldbeutel. Dort kaufe ich mir neue Bettwäsche, einen Riesenvorrat an Kerzen und einen Eimer Farbe – etwas in Richtung fliederfarben, nicht zu rosa und nicht zu blau, genau passend.

Anschließend legen wir einen Zwischenstopp in einem Pub ein und bestellen uns jeweils das Tagesgericht. Da die Sonne scheint, setzen wir uns nach draußen und quatschen und beobachten die vorbeiziehenden Leute, und es ist wirklich schön, mit meiner Freundin hier zu sitzen, ein Bier zu trinken, mittagzuessen und miteinander zu lachen, und auf einmal wird mir bewusst, dass es mir trotz all dem Schlamassel richtig gut geht und ich nicht ein einziges Mal an Gregg gedacht habe. Ungelogen, ich habe wirklich nicht ein einziges Mal an ihn gedacht, wahrscheinlich eher zweihundertdreiundfünfzigmal, aber es geht mir trotzdem gut.

Schwer beladen mit all meinen schönen neuen Sachen machen wir uns auf den Rückweg und legen noch einen kurzen Zwischenstopp bei Peter Dominic's ein, wo wir uns mit ein paar Flaschen gekühlten Weißweins eindecken.

Zurück in der Wohnung köpfen wir eine der Flaschen, durchwühlen meine für wohltätige Zwecke bestimmten Kleidersäcke nach irgendwelchen alten Fummeln zum Anstreichen, und dann verwandelt sich die Farbe meines Schlafzimmers unter unseren

Pinseln innerhalb weniger Stunden von stinknormal magnolienfarben in ein sinnliches Helllila.

Als wir fertig sind, bestellen wir uns bei einem indischen Take-away etwas zu essen, sehen uns einen Film mit Tom Cruise an und streiten darüber, wie sexy er ist (ich finde ihn affengeil, Lois hingegen hält ihn für zu klein, und bei ihren ein Meter dreiundachtzig wäre er für sie tatsächlich ein bisschen kurz geraten, aber für mich hat er genau die passende Größe, damit ich ihn auf Zehenspitzen küssen könnte). Am Ende muss Lois sich ein Taxi bestellen, weil sie zu betrunken ist, um noch zu fahren, und ich falle ins Bett und schlafe weinselig sofort ein, womit ein ganzer Tag vergangen ist, an dem Gregg sich mit einer anderen Frau in *unserem* Cornwall herumtreibt, ohne dass ich von allzu viel Kummer geplagt wurde.

Am nächsten Morgen wache ich im Gästezimmer auf, weil die Farbe in meinem Zimmer gestern Abend noch nicht trocken war (und noch gestunken hat). Mein Schlafzimmer! Ich bin so neugierig, wie es wohl aussieht, dass ich sofort hineinstürze und nachsehe, was zur Folge hat, dass die ersten Gedanken nach dem Aufwachen heute ausnahmsweise nicht Gregg gelten. Und da es tatsächlich toll aussieht, bin ich sofort in Hochstimmung und schnappe mir nach dem Frühstück einen Schal und meine Sonnenbrille, da trotz der Eiseskälte die Sonne scheint, und fahre noch einmal nach Camden, um ein bisschen über den Markt zu bummeln, und, ja, ich spüre tatsächlich einen Stich, dass Gregg nicht bei mir ist, da wir hin und wieder zusammen über den Markt gebummelt sind, aber dass er nicht dabei ist, bedeutet auch, dass ich mir endlich mal Zeit nehmen und mir all die Stände ansehen kann, von denen er mich immer weggezerrt hat, wie zum Beispiel die Kunststände, die Kleiderstände, die Schuhstände oder auch die Stände mit den Taschen, weil er immer einzig und allein einen Blick auf die Musikstände werfen wollte, um mich dann umgehend in den nächsten Pub zu schleppen. Ohne ihn kann ich also tatsächlich mal richtig shoppen.

Was ich auch ausgiebig tue.

Ich gönne mir ein Paar braune Lederschuhe im Fünfzigerjahrestil, die so toll aussehen, dass ich sogar beim Bezahlen von einem Ohr bis zum anderen strahle. Außerdem kaufe ich mir als Ersatz für die alten treuen Stücke, die jetzt im Kleidersack stecken, ein paar neue sexy Slips, weitere Kerzen und dazu zwei barocke schmiedeeiserne Kerzenhalter, die ich im Schlafzimmer an den Wänden anbringen will.

Dann denke ich an das überwiegend magnolienfarbene Wohnzimmer und kaufe ein paar dunkle terracottafarbene Kissen, um das hellterracottafarbene Sofa etwas aufzufrischen, und an einem Stand mit allem möglichen Ramsch entdecke ich ein riesiges abstraktes Kunstwerk, das ausschließlich aus dicken pinken, rostfarbenen, goldenen und cremefarbenen Pinselstrichen besteht und sich an der Wand über dem Kamin sehr gut machen wird, sowie einen bezaubernden tiefgoldenen Vorleger, der teuer aussieht, aber in Wahrheit recht erschwinglich ist, und schließlich auch noch einen Riesenstrauß getrocknete dunkelrote Rosen, die ich ins Fenster hängen will und die entsetzlich teuer sind, aber das ist mir völlig egal, denn ich weiß, wie klasse es aussehen wird, wenn ich erst mal mit allem fertig bin.

Mein bester Fund aber ist ein Satz hübscher alter Aktzeichnungen einer nach hinten gebeugten Nackten, die ich ebenfalls an einem Ramschstand entdecke. Sie stammen von einem unbekannten Künstler, was sich gut trifft, da ich sie somit recht günstig erstehen kann, doch sie sind genau die Art elegante Erotik, die zu meinem Schlafzimmer passt.

Elegante Erotik.

Das gefällt mir.

Ich habe mein Leitmotiv gefunden.

Zu Hause platziere ich all meine neuen Funde im Wohnzimmer. Es ist erstaunlich, wie ein paar neue Accessoires ein Zimmer plötzlich ganz anders und irgendwie viel gemütlicher aussehen lassen. Ich hänge die drei Aktzeichnungen nebeneinander über mein Bett, bringe links und rechts neben dem Fenster je einen Kerzenhalter an der Wand an, allerdings nicht zu nah, damit sie nicht meine Vorhänge versengen, und lege schließlich meinen schönen neuen Überwurf aufs Bett. Dann stelle ich mich in die Tür und bewundere mein Werk.

Hat sich ganz schön verändert, die Hütte.

Ich kann mir nur zu gut Greggs Reaktion vorstellen, wenn er das Zimmer jetzt sehen würde.

»Es gefällt mir wirklich, was du aus der Wohnung gemacht hast, Hal. Ich wusste gar nicht, dass du so eine kreative Ader hast.«

»Findest du? Ich habe nur ein bisschen herumexperimentiert.«

»Es ist klasse geworden. Du hast wirklich Talent.«

»Oh, ich habe eine Menge verborgener Talente, die du nie kennen gelernt hast, Gregg.«

Das Klingeln des Telefons unterbricht mein Fantasiegespräch.

Es ist Lois, die sich langweilt, weil Clive nach Highbury gefahren ist, um sich das heutige Fußballspiel anzusehen. Sie will wissen, ob ihr Auto noch vor meinem Haus parkt, wo sie es hat stehen lassen, doch vor allem brennt sie darauf zu erfahren, wie ich mit der großen Verwandlung vorankomme.

»Komm am besten vorbei und sieh dir meine neuesten Errungenschaften an.«

Sie lässt sich rücklings aufs Bett fallen und jauchzt vor Entzücken.

»Also, mich hast du verführt«, stellt sie lachend fest.

»Und du findest es nicht ein wenig überzogen?«

»Es ist der absolute Wahnsinn. Wenn du von deinem Planungsjob je die Nase voll hast, solltest du auf Innenarchitektur umsatteln. Beth sucht übrigens gerade jemanden, der ihr das Kinderzimmer gestaltet.«

»Ein Berufswechsel ist bei mir wohl eher nicht angesagt. Jedenfalls kein drastischer. Allerdings gibt es da etwas in der Richtung, über das ich schon mal nachgedacht habe«, füge ich hinzu, da eine zweite Meinung sicher nicht schlecht ist.

»Tatsächlich? Was denn?«

»Komm mit in die Küche. Ich mache uns einen Kaffee, und dann erzähle ich es dir.«

Ich erzähle ihr von der internen Stellenausschreibung für einen Job auf einer der Baustellen, und alles, was sie mich fragt, ist: »Willst du die Firma wirklich verlassen?«

»Nein, aber ich würde die Firma doch auch gar nicht verlassen.«

»Und du würdest es nicht *nur* wegen Gregg tun?«

»Er ist natürlich einer der Gründe, aber darüber hinaus gibt es auch noch jede Menge andere.«

»Und du hältst es wirklich für eine gute Idee?«

Ich denke kurz nach, bevor ich antworte, und sage dann: »Ja, ich halte es für eine gute Idee.«

»Dann mach es«, meint sie mit einem Lächeln.

Da meine erste Trainingsstunde mit Mickey, meinem Personal Trainer, für diesen Nachmittag um halb drei angesetzt ist, chauffiert Lois mich zum Hyde Park, wo wir uns treffen wollen, und bleibt wie eine Mutter am ersten Schultag ihres Kindes am Eingang stehen, bis sie sicher ist, dass ich mich dem richtigen Typen anschließe und nicht etwa mit einem Serienkiller in Linford-Christie-Pose ins Dickicht jogge.

Mickey unter den Parkbesuchern auszumachen ist nicht übermäßig schwer.

Es ist der Typ mit den Sportklamotten und dem perfekten Körper, der gerade einen Blick auf seine Uhr wirft, weil ich fünf Minuten zu spät bin.

Er hat zerzaustes blondes Haar und eine sonnengebräunte, von Kopf bis Fuß gleichmäßig honiggoldene Haut, als käme er direkt von einem Strandurlaub in Hawaii. Seine Augen sind unglaublich blau, und er sieht überhaupt unglaublich gut aus, sodass ich mich plötzlich extrem eingeschüchtert fühle.

Ich bin beinahe versucht, an ihm vorbeizujoggen, doch Isabelle muss mich ihm beschrieben oder ihm sogar ein Foto von mir gezeigt haben, von denen sie ja Hunderte hat, denn er kommt auf mich zugelaufen, zeigt dabei seine perfekt durchtrainierten Muskeln und sagt: »Du bist Hal, habe ich Recht?«

Ich erwidere, dass ich es in der Tat sei, und frage ihn, woher er das wisse, woraufhin er im Spaß sagt, dass er es an meiner Nervosität erkannt habe, dann aber zugibt, dass Isabelle ihm tatsächlich ein Foto gezeigt habe. Er sei sehr erfreut, mich endlich kennen zu lernen, nachdem sie ihm so viel über mich erzählt habe. Natürlich überlege ich sofort, was genau sie ihm wohl erzählt hat, denn Isabelle ist nicht gerade der diskreteste Mensch auf dieser Welt.

Mir wird ziemlich schnell klar, dass Mickey weit mehr weiß, als mir lieb ist.

»Was genau sind also deine Ziele?«, lautet eine seiner ersten Fragen.

»Meine Ziele?«

Ich habe plötzlich einen totalen Aussetzer, wie wenn man bei einem Vorstellungsgespräch mit einer dieser absolut bescheuerten Fragen konfrontiert wird wie »Was erachten Sie als Ihre eigenen Schwächen?«

Mickey sieht mich erwartungsvoll an.

»Deine Fitnessziele«, präzisiert er schließlich.

»Ach so. Also, ich will vor allem erreichen, dass mein Arsch in dieser Trainingshose nicht mehr aussieht wie ein Sack Schraubenschlüssel.«

Ich habe es todernst gemeint, deshalb irritiert es mich etwas, dass er plötzlich anfängt zu lachen.

»Soll das heißen, es ist unmöglich?«

»Alles ist möglich«, erwidert er, immer noch lachend.

»Außer durch die Ohren zu atmen«, fahre ich ihn an. Aus unerklärlichen Gründen machen mich sein Gelächter und seine lakonische Antwort wütend.

»Na ja, wenn du wirklich gut bist, könnte ich dir sogar das beibringen«, entgegnet er mit einem Zwinkern. »Hast du noch irgendwelche Ziele, außer deinen Hintern auf Vordermann zu bringen?«

»Ich hätte auch nichts dagegen, ein bisschen von meinem Oberschenkelspeck zu verlieren und meine Taille wiederzubekommen, ich hätte gerne schlankere Waden, und meine Oberarme vertragen eine kleine Straffung.« Ich halte inne und erröte ein wenig. »Also gut, im Grunde will ich einfach überall abnehmen und ein bisschen in Form kommen, damit ich besser aussehe als im Moment.«

»Okay, das lässt sich hinkriegen, kein Problem. Als Nächstes muss ich wissen, was deine Motivation ist.«

»Meine was?«

»Warum bist du hier, Hal?«

»Äh, weil Issy dich als ein vorzeitiges Geburtstagsgeschenk für mich gebucht hat.«

»Nicht, weil du hier sein willst?«

»Nein, ich glaube nicht, aber abnehmen und besser aussehen will ich.«

»Du musst es für dich wollen, Hal, sonst funktioniert das Ganze nicht.«

»Ich tue es für mich.«

»Wirklich? So, wie ich die Sache verstanden habe, geht es dir vor allem darum, einem gewissen Mann namens Gregg zu gefallen.«

»Ich wünschte, Isabelles Arsch wäre so groß wie ihre Klappe, das ist das Mindeste, was sie verdient hat«, grummele ich mürrisch.

»Mach ihr keine Vorwürfe, sie macht sich wirklich Sorgen um dich.«

»Also gut, wenn es für dich okay ist, würde ich mein Liebesleben lieber außen vor lassen und mich einfach nur auf meine Fitness konzentrieren.«

»Kein Problem, aber du solltest wissen, dass alles zusammenhängt.«

»Wie bitte?«

»Deine körperliche Fitness wird enorm stark von deinem mentalen Wohlbefinden beeinflusst. Wenn du down und deprimiert bist, wirkt sich das unmittelbar auf deinen Körper aus. Deshalb muss ich so viel wie möglich über dich wissen, Hal. Wenn mein Trainingsplan wirklich etwas bringen soll, muss ich wissen, ob ich nur an deinen Muskeln oder auch an deinem Geist arbeiten muss. Totale Fitness, Hal, darum geht es mir.«

»Was meinen Geist angeht, habe ich keine Probleme.«

»Das behaupte ich auch gar nicht.«

»Ach, wirklich? Du vermittelst mir aber das Gefühl, als wäre ich eine Entlaufene aus einer Irrenanstalt.«

Er bedenkt mich mit einem Blick, der mir klar zu verstehen gibt, dass ich die Richtigkeit seiner Theorie mit meiner Haltung eindeutig bestätige, weshalb ich lieber erst mal den Mund halte.

»Im Moment erscheint dir das Ganze vielleicht ein bisschen aufdringlich, aber irgendwann wirst du verstehen und mir vertrauen. Also gut, starten wir ganz langsam mit ein paar Warmups«, sagt er und weist mich an, mich zu beugen und zu strecken und auf der Stelle zu joggen, bis ich fürchte, gleich ohnmächtig zu werden.

Das nennt er ganz langsam starten?

Danach folgt eine Joggingrunde quer durch den Park.

Klingt nett, nicht wahr, und beschwört Visionen von grünem Gras herauf, von herbstgoldenen Blättern, die leise unter den Füßen rascheln, von spielenden Kindern und zwitschernden Vögeln. Leider sind es tatsächlich nur Visionen. Schweiß, Keuchen, Stiche, Muskelkrämpfe, immer höher geschraubte Zielvorgaben – das ist die Wirklichkeit.

Und wer es komisch findet, dass Fitnesstrainer dich ständig ans Atmen erinnern, dem sei gesagt: Du vergisst es tatsächlich, denn du bist voll und ganz damit beschäftigt, alles andere, was von dir verlangt wird, auf die Reihe zu kriegen. Als die Tortur nach zwei Stunden endet, habe ich nicht nur vergessen, wie man atmet, sondern auch, wie man geht.

Mir war gar nicht klar, wie katastrophal schlecht ich in Form bin.

»Keine Sorge, wenn wir so weitermachen, bist du in null Komma nichts fit wie ein Turnschuh«, versucht Mickey mich aufzumuntern.

Ich bringe ein zustimmendes Lächeln zustande, obwohl ich seinen Optimismus nicht ganz teile.

»Wir werden dich an einen Punkt bringen, an dem du dein Training gar nicht mehr erwarten kannst. Du wirst schon sehen, wenn du erst mal so weit bist, ist es wie eine Sucht.«

Im Stillen denke ich, wenn ich eine neue Anfälligkeit für etwas habe, dann höchstens für Asthma, aber ich nicke erneut und versuche zu lächeln, vereinbare sogar einen neuen Termin für nächsten Samstag, gleiche Uhrzeit, gleicher Ort. Doch im Kopf lege ich mir schon alle möglichen Entschuldigungen zurecht.

Als ich nach Hause komme, reichen meine Kräfte gerade noch zum Duschen, danach falle ich ins Bett und ratze weg wie ein Murmeltier.

Beim Aufwachen am Sonntag spüre ich Muskeln, von deren Existenz ich bisher gar nicht wusste, und sie tun höllisch weh. Das muss wohl der berühmte Bevor-es-besser-wird-wird-es-erst-einmal-schlimmer-Part sein.

Das Einzige, wozu ich fähig bin, ist, mir ein muskelentspannendes Schaumbad einzulassen. Keine Ahnung, wie muskelentspannend es tatsächlich ist, denn als ich aus der Wanne steige, tut mir immer noch alles weh, ich könnte schreien, aber wenigstens rieche ich jetzt ganz angenehm, was sich ganz gut trifft, weil ich heute bei Beth und Sebastian zum Mittagessen eingeladen bin.

Eigentlich habe ich im Moment nicht die geringste Lust, unter Leute zu gehen, aber Sebastian ist Koch, und während seine Launenhaftigkeit ein einziger Alptraum ist, ist seine Kochkunst ein absoluter Traum. Obwohl er wahrlich nicht die angenehmste Gesellschaft ist, die man sich vorstellen kann, hat noch nie jemand seine Essenseinladungen ausgeschlagen.

Als ich ankomme, bemerke ich, dass der Tisch für vier gedeckt ist.

»Wollt ihr mich schon wieder neu verkuppeln?«

Ich habe es im Spaß gemeint, doch irgendetwas an Beth' promptem Verneinen, das etwas schuldbewusst klingt, bringt mich darauf, dass ich womöglich unbeabsichtigt den Nagel auf den Kopf getroffen habe.

»Das wollt ihr doch nicht, Beth, oder?«

Sie schüttelt den Kopf.

»Natürlich nicht. Ich weiß doch, dass du nach wie vor nur Augen für Gregg hast.«

»Dann bin ich ja beruhigt. Und wen erwartet ihr noch?«

»Olly kommt zum Essen vorbei.«

Olly ist einer von Beth' Brüdern. Sie hat zwei, Oliver, der jüngere von beiden, der total süß ist, und Tarquin, der ein paar Jahre älter ist und so unglaublich gut aussieht, dass sein Charakter darunter zwangsläufig Schaden nehmen musste.

Dass Beth ihren netten, süßen kleinen Bruder zum Mittagessen eingeladen hat, mag auf den ersten Blick vielleicht harmlos erscheinen, aber Tatsache ist – und ich sage das nicht, weil ich etwa eingebildet wäre –, dass Olly mehr als nur ein bisschen verliebt in mich ist.

Und zwar schon seit Jahren. Die ganze Sache hat auch eine komische Seite, aber darauf komme ich später zurück.

»Er ist heute Vormittag wegen eines Rugbyspiels in der Stadt, deshalb habe ich ihn eingeladen, zum Mittagessen vorbeizukommen. Er freut sich riesig, dich zu sehen, Hal.«

»Wir sind uns schon seit einer ganzen Weile nicht mehr über den Weg gelaufen«, entgegne ich gleichgültig.

»Er steht schon seit einer Ewigkeit auf dich, Hal, das weißt du doch, nicht wahr?«, meint Beth.

(Habe ich es nicht gesagt?)

»Also versuchst du mich doch zu verkuppeln.«

»Nein, nicht wirklich. Ich dachte nur, es könnte nicht schaden, wenn du siehst, dass es auf dieser Welt auch andere Männer gibt, die mindestens genauso nett sind wie Gregg, wenn nicht sogar noch netter, und dass diese anderen netten, netteren Männer sich eine Menge aus dir machen.«

Sie hat Recht, Olly ist wirklich süß. Man könnte kaum einem netteren, zuvorkommenderen, aufmerksameren Mann begegnen. Aber er war für mich immer Beth' kleiner Bruder, und es kommt mir beinahe so vor, als ob er auch mein Bruder wäre. So habe ich ihn auch immer behandelt – freundlich, aber unnachgiebig, um ihm bloß keine falschen Hoffnungen zu machen.

Es klingelt an der Tür.

»Das muss Olly sein. Sei so lieb, Hal, und lass du ihn rein, damit ich mich noch einen Moment ausruhen kann.«

Sie versucht möglichst matt und erschöpft auszusehen und lässt sich ins Sofa plumpsen.

Ich will ihr gerade sagen, dass ich ihr Spiel durchschaue, als

Sebastian aus der Küche kommt, Beth auf dem Sofa kollabieren sieht und sie mit seiner üblichen Litanei überzieht, dass sie sich andauernd übernehme. Ich bringe es nicht übers Herz, sie auch noch zu nerven, also gehe ich und mache die Tür auf.

Olly steht an der Schwelle und wirkt nervös.

In seinem Rugby-Trikot und mit seinem zerzausten blonden Haar sieht er immer noch aus wie der freche kleine Schulbengel, der uns ständig auf Schritt und Tritt gefolgt ist, wann immer ich bei Beth übernachtet habe, und der überhaupt eine Nervensäge war, wie es kleine Brüder meistens sind. Nicht dass er so viel jünger wäre als Beth, gerade mal achtzehn Monate, somit fast ein Jahr jünger als ich.

Er hält in der einen Hand einen Strauß rosa Rosen, in der anderen einen Strauß rote Rosen, und als er sieht, dass ich es bin, die ihm aufmacht, strahlt er über das ganze Gesicht.

»Hal. Wow, du siehst toll aus.«

Er beugt sich vor und küsst mich auf die Wange.

»Danke, Olly, du siehst auch nicht schlecht aus.«

Und das tut er wirklich nicht. Genau genommen sieht er blendend aus, und ich mag ihn wirklich gern, aber trotzdem lechze ich nicht danach, ihm sein Rugby-Trikot vom Leib zu reißen und ihn stürmisch an mich zu zerren, in mir steigt eher das Verlangen, ihm sein zerzaustes Haar noch mehr zu zerstrubbeln und ihm eine Münze in die Hand zu drücken, damit er sich etwas zum Naschen kaufen kann.

»Schlechte Nachrichten von dir und Gregg.«

»Tja«, ist alles, was ich als Antwort herausbringe. Dann wird mir bewusst, dass ich ihm den Weg versperre, deshalb trete ich zur Seite, und er kommt rein, streift sich die Schuhe ab und folgt mir ins Wohnzimmer, wo Beth immer noch auf dem Sofa sitzt. Doch zum Glück schimpft Sebastian nicht mehr auf sie ein.

»Hallo, Brüderchen«, begrüßt Beth ihn mit einem Lächeln.

»Du liebe Zeit, wie siehst du denn aus!«

»Ich weiß, ich bin voluminös wie ein Haus.«

Er beugt sich herab und gibt ihr einen Kuss.

»Bist du sicher, dass es keine Zwillinge sind?«

»Damit löchere ich den Arzt auch ständig, aber er behauptet steif und fest, dass ich nur ein Baby im Bauch habe.«

»Die sind für dich.« Er reicht ihr den Strauß rosa Rosen.

»Oh, danke, wie schön, und für wen sind die?« Sie zeigt auf die roten Rosen. »Für Sebastian?«

Olly wird rot.

»Äh, nein, sie sind für Hal. Ich konnte ja wohl schlecht dir welche mitbringen und Hal nicht«, stammelt er. »Wäre doch unhöflich.«

Er schiebt sie mir hin wie ein unbeholfener Teenager.

»Oh, danke, das ist wirklich lieb von dir«, sage ich und drücke ihm ein Küsschen auf die Wange, woraufhin er noch ein paar Nuancen tiefer errötet, bis er beinahe so dunkelrot ist wie meine Rosen.

»Sebastian braucht bestimmt noch ein bisschen Hilfe in der Küche«, stellt Beth fest und strahlt uns an wie Cilla Black beim Kauf eines neuen Hutes. »Ich lasse euch einen Moment allein, dann habt ihr Zeit, wieder etwas warm miteinander zu werden.« Und mit diesen Worten huscht sie aus dem Wohnzimmer, bevor ich sie zurückhalten kann.

»Wie ist es dir denn so ergangen, Olly?«, frage ich ihn, während er einfach nur dasteht und mich anlächelt.

»Gut, gut. Und dir?«

»Nicht schlecht.«

»Gut... gut. Das freut mich.«

Erneutes Schweigen, aber er starrt mich immer noch an.

»War das Rugbyspiel gut?«

Er schüttelt den Kopf.

»Verloren, gegen London Irish. Eine armselige Darbietung.«

»Und deine Eltern?«

»Denen geht's gut, sehr gut, danke der Nachfrage. Und deinen?«

»So weit okay, jedenfalls ging es ihnen gut, als ich das letzte Mal mit ihnen geredet habe.«

»Aha, gut.«

Es entsteht eine weitere lange Pause, bis Beth aus der Küche ruft, dass wir schon mal durchgehen sollen ins Esszimmer – ein hübscher kleiner Raum mit Blick auf den Garten, wo wir ein unbeholfenes fruchtloses Geplänkel darüber anfangen, wer wo sitzt, bis Beth erneut aus der Küche ruft, dass wir uns abwechselnd Männlein, Weiblein hinsetzen sollen, und zwar mit Sebastian am Kopfende, damit er das Fleisch tranchieren kann.

Also lassen wir uns im rechten Winkel zueinander nieder, und ich versuche vergeblich, eine neue Unterhaltung in Gang zu bringen, doch aus irgendeinem Grund ist er total einsilbig zu mir. Das Einzige, was er fertig bringt, ist, mir alle paar Sekunden einen verstohlenen Blick zuzuwerfen und jedes Mal zu erröten, wenn ich ihn dabei ertappe, was wirklich abgedreht ist, weil Olly und ich immer gut miteinander klargekommen sind und es bisher eigentlich immer geschafft haben, uns wie normale Menschen zu unterhalten. Ich frage mich allmählich wirklich, was Beth ihm wohl erzählt hat. Ich habe Olly schon mal so erlebt – eine Stunde vor seinem allerersten Date mit Victoria McGillic, seinem Highschool-Schwarm. Bitte, lieber Gott, mach, dass er das hier nicht für ein Date hält!

Am besten schenke ich uns etwas Wein ein, damit der arme Kerl sich ein bisschen entspannt und vielleicht wieder der alte Olly wird, den ich kenne und schätze. Also greife ich nach der Flasche, doch damit bringe ich ihn erst recht in Verlegenheit, weil er nicht selbst daran gedacht hat, mir Wein einzuschenken. Er will mir zuvorkommen, und natürlich schaffen wir es, die Flasche umzustoßen, und so landet ein bisschen von Sebastians bestem Bordeaux auf einer von Beth' besten Leinentischdecken. Wie Schulkinder, die nicht ertappt werden wollen, tupfen wir den verschütteten Wein schnell mit Ollys makellos weißem Taschentuch auf und verdecken den Fleck, indem wir eine Blumenvase ein wenig nach links verrücken, und dann kriegen wir beide einen Kicheranfall und versuchen uns gegenseitig zum Schweigen zu bringen, damit Beth und Sebastian uns nicht hören, und das ist irgendwie richtig befreiend, denn auf einmal ist es wieder wie früher, und wir fühlen uns wieder wie alte Freunde.

»Essen fassen!«, ruft Beth genau in dem Moment, als Olly sein Wein getränktes Taschentuch hastig in die Tasche seiner Chinos stopft. Direkt hinter ihr kommt Sebastian ins Esszimmer, in der Hand eine riesige Bratpfanne mit Rindfleisch, Kartoffeln, Pastinaken, Schalotten und glasierten Karotten.

Als leidenschaftlicher Verfechter der französischen Küche, die er jeder anderen gegenüber für weit überlegen hält, hat Sebastian uns alle überrascht, als er sich mit glühender Hingabe die Tradition des englischen Sonntagsbratens zu Eigen gemacht hat.

Inzwischen macht er den besten, den ich je gegessen habe.

Zudem hat seine typische, leicht längliche französische Nase einen hervorragenden Riecher für eine gute Flasche Wein, weshalb ich beschließe, meine Diät für heute zu vergessen und es mir so richtig schmecken zu lassen. Außerdem kenne ich ja Gregg. Unsere Cornwall-Aufenthalte bestanden fast ausschließlich aus Restaurantbesuchen, und nachmittags hatten wir Tee und Buttergebäck mit Marmelade und Sahne, also dürfte selbst die dürre Rachel während ihres Kurztrips ein paar Pfündchen zulegen.

»Ihr beiden seht aus, als hättet ihr etwas ausgefressen, was ist denn los?«, fragt Beth mit einem süffisanten Grinsen, als sie mir gegenüber Platz nimmt.

»Gar nichts«, erwidern wir im Chor.

Zum Glück scheint Olly wieder ganz der Alte zu sein, allerdings ist er während des gesamten Essens sehr aufmerksam und füllt mir ständig Wein nach oder fragt mich, ob ich noch ein paar Kartoffeln möchte oder etwas Rosenkohl. Irgendwie gefällt mir seine Aufmerksamkeit. Einerseits will ich ihm keine falschen Hoffnungen machen, andererseits will ich ihn aber durch mein Desinteresse auch nicht verletzen. Es ist eben schön zu wissen, dass man doch von jemandem für liebenswert gehalten wird, denn wenn man von jemandem, den man für liebenswert gehalten hat, verlassen wird, fühlt man sich danach selbst nicht mehr so übermäßig liebenswert.

Ich hoffe, ich rede kein Kauderwelsch.

Sebastian scheint ebenfalls bester Laune zu sein, was der allgemeinen Atmosphäre sehr zuträglich ist.

Er hat sich immer sehr gut mit Gregg verstanden. Sie sind beide absolute Fußballnarren. Sebastian ist eingefleischter Fan von Paris St. Germaine, und sie konnten stundenlang friedlich über die Verdienste ihrer jeweiligen Mannschaften streiten. Ich weiß auch nicht, warum (na ja, eigentlich weiß ich es doch, Sebastian ist nun mal ein ziemlich reizbarer Lackaffe), aber ich hatte irgendwie befürchtet, dass er mir vielleicht ein bisschen dumm kommen würde, wenn ich nicht mehr mit seinem »Fußballkumpel« zusammen bin. Obwohl er mich schon viel länger kennt als Gregg, war unsere »Freundschaft« nie so dick wie die zwischen ihm und Gregg. Vermutlich liegt das daran, dass uns eigentlich nichts verbindet außer Beth. Jetzt kommt allerdings noch das Baby dazu, und wir reden ausgiebig über den Kleinen beziehungsweise die Kleine und darüber, was wohl später mal aus ihm oder ihr werden wird (Arzt, meint Beth, Chefkoch, prophezeit Sebastian, Rugbymannschaftskapitän, vermutet Olly, Filmstar, sage ich). Und dann schwelgen Beth, Olly und ich in Erinnerungen an unsere Kindheit in den Cotswolds, aber nicht zu sehr, damit Sebastian sich nicht ausgeschlossen fühlt, denn wir wollen die gute Stimmung auf keinen Fall verderben, und somit vergeht ein weiterer, angenehmer Tag an einem Wochenende, das sich als vollständige Pleite hätte erweisen können – eigentlich ein mehr als angenehmer Tag.

Um halb zehn hieve ich mich auf meine nicht mehr ganz standfesten Füße.

»Ich mache mich dann mal besser auf den Weg, ich muss morgen früh raus, tausend Dank für die Einladung, es war wundervoll«, ich wende mich Sebastian zu, »und das Essen war natürlich wieder mal unübertrefflich.« (Ein bisschen schleimig, ich weiß, aber es stimmt, ich spüre eine wohlige innere Wärme). Ich gebe Beth und Sebastian einen Abschiedskuss und halte Olly die Hand hin, um mich auch von ihm zu verabschieden, doch Beth kommt uns dazwischen.

»Von Olly kannst du dich später verabschieden. Er bringt dich nach Hause.«

»Das ist wirklich nett, aber ich kann genauso gut die U-Bahn nehmen.«

»Red keinen Unsinn, Hal.«

»Kein Problem«, bekräftigt Olly. »Ich fahre dich gern.«

Für ihn mag es kein Problem sein, aber für mich schon, denn ich habe irgendwie im Gefühl, dass Olly all seinen Mut zusammennehmen wird, um mich zu fragen, ob ich nicht mal mit ihm ausgehen will, und ich bete darum, dass er es nicht tut, weil ich ihn wirklich nicht kränken will, indem ich ihm einen Korb gebe. Aber ich kann ja wohl schlecht sagen: »Tut mir Leid, aber du kannst mich nicht nach Hause bringen, weil ich fürchte, dass du nett zu mir bist«, also bringt Olly mich nach Hause.

Als wir bei mir ankommen, hält er, macht den Motor aus, räuspert sich, als ob er etwas sagen wollte, bringt aber nichts heraus, und so bedanke ich mich mit einem Lächeln, sage »Tschüss«, lange nach dem Türgriff, und dann kommt es schließlich in einem erstickten Krächzen doch noch aus ihm heraus.

»Äh... also, falls du dich je langweilen solltest oder vom

Alleinsein die Nase voll hast... Vielleicht hast du ja Lust, mal mit einem, na ja, mit einem Freund auf einen Drink auszugehen, ruf mich doch an.«

Ich halte kurz inne.

»Okay, danke, Olly. Nett von dir.«

Er reicht mir einen Fetzen Papier.

»Was ist das?«

»Meine Handynummer. Oh, und meine Nummer bei der Arbeit und meine Nummer zu Hause und die Nummer ganz unten ist die von meinem Pager.«

»Aha. Danke, Olly«, wiederhole ich noch einmal.

»Du kannst mich wirklich jederzeit anrufen.«

»Ja gut, mit Nummern hast du mich ja ausreichend versorgt«, scherze ich.

Ich will ihm ein Küsschen auf die Wange drücken, doch zu meinem Entsetzen sucht sein Mund meine Lippen. Ich kann mich gerade noch rechtzeitig abwenden, sodass sein Kuss irgendwo zwischen meinem Wangenknochen und meiner Augenhöhle landet, und dann stehle ich mich mit einem kurzen »Besten Dank noch mal, tschüss« aus dem Auto, bevor wir beide vor Verlegenheit im Erdboden versinken.

Kapitel 6

Jack trifft am Mittwoch der folgenden Woche ein. Da ich bei seiner Ankunft arbeiten muss, habe ich ihm einen Schlüssel nach Dublin geschickt, sodass er in die Wohnung kann.

Als ich nach Hause komme, finde ich im Gästezimmer drei ordentlich nebeneinander abgestellte Koffer vor. Auf dem Tisch liegt eine Nachricht.

»Musste kurz noch mal weg, das Nötigste kaufen, bin gleich wieder zu Hause, Jack.«

Gleich wieder zu Hause.

Merkwürdig, so etwas von jemand zu lesen, den man kaum kennt, aber ich muss lächeln, also muss es ein gutes merkwürdiges Gefühl sein.

Ich fühle mich schmutzig von der Arbeit und springe direkt unter die Dusche.

Schließlich will ich einen guten ersten Eindruck auf meinen neuen Mitbewohner machen.

Komisch, ich bin richtig nervös.

Ich fühle mich fast wie vor einem ersten Date, nur dass er sich nicht in mich, sondern in meine Wohnung verlieben soll.

Ich trockne mich in Windeseile ab, ziehe mich an und verbringe die nächste halbe Stunde damit, meine bereits aufgeräumte Wohnung noch besser aufzuräumen. Allmählich gerate ich in Panik.

Was ist, wenn er meine Wohnung hasst?

Oder schlimmer noch – wenn er mich hasst?

Oder am allerschlimmsten – wenn wir uns *gegenseitig* hassen?

Womöglich sind wir wie Hund und Katze, gehen uns ständig

auf die Nerven oder streiten uns, wer wann das Bad und die Küche benutzen darf.

Er *muss* mich mögen, oder unser Zusammenwohnen wird ein Desaster.

Im Grunde kommt unsere bevorstehende Begegnung tatsächlich einem Date gleich, nur ohne die angenehmen Begleiterscheinungen wie Spaß, Kribbeln im Bauch oder gar die Aussicht auf wilden Sex am Ende des Abends.

Erst als ich mir auch noch Vorwürfe mache, dass meine Wohnung nicht nach frisch gebackenem Brot und frisch gebrühtem Kaffee duftet, damit sie heimeliger wirkt, rüge ich mich für meine Blödheit und setze mich mit einer Zeitschrift und einer Tasse Tee aufs Sofa. Ich versuche zu relaxen.

Eine halbe Stunde später klingelt es an der Haustür. Ich bin immer noch so nervös, dass ich erschrocken hochfahre und meine Jeans mit dem Bodensatz meines kalten Tees bekleckere.

Fluchend eile ich zur Tür, und da steht mein neuer Untermieter und ächzt unter dem Gewicht zahlreicher Tüten und Kisten.

»Hallo.«

Er grinst breit, sein Haar und seine Haut sind noch dunkler als Isabelles, seine Augen tiefblau und sehr freundlich.

»Tut mir Leid, der Schlüssel steckt in meiner Hosentasche, und an die komme ich nicht dran.«

»Das sehe ich. Du bist ein bisschen beladen.«

»Das ist die Untertreibung des Jahrzehnts. Ich fühle mich wie ein verdammter Packesel.«

Wir lachen beide, und ich lange schnell nach einer Kiste, die von dem Stapel herunterzufallen droht, den er mühsam vor sich her balanciert.

»Warte, ich helfe dir.« Ich nehme ihm auch noch ein paar Tüten ab, und er folgt mir ins Wohnzimmer.

»Das nennst du das Nötigste?«

»Ja, das Allernötigste.« Er nickt und setzt den wackeligen Stapel Kisten mit äußerster Konzentration vorsichtig ab. »Isabelle hat mir erzählt, dass Gregg dir die Bude geplündert hat, aber dass er fast nichts dagelassen hat, wusste ich nicht.«

Er richtet sich auf, grinst mich an, wischt sich die Hände vorne an seiner Jeans ab und hält mir eine Hand hin.

»Vielleicht sollten wir uns erst mal richtig begrüßen?« Soll offenbar eine Frage sein.

»Keine schlechte Idee.« Ich halte ihm ebenfalls die Hand hin.

»Jack«, sagt er.

»Das habe ich mir gedacht«, entgegne ich. »Hal.«

»Habe ich mir auch gedacht.« Er grinst erneut.

»Willkommen in deinem neuen Zuhause, Jack.«

»Danke. So, nachdem wir die Formalitäten nun hinter uns gebracht haben, können wir uns ja auch richtig begrüßen.«

Und bevor ich dazu komme, ihn zu fragen, was er unter einer richtigen Begrüßung versteht, nimmt er mich fest in die Arme und drückt mich an sich.

»Schön, dich wieder zu sehen, Hal, wirklich«, murmelt er in mein Haar.

»Heißt das, du erinnerst dich an unsere letzte Begegnung?«

»Na ja, ich hatte vielleicht ein bisschen was getankt, aber das heißt noch lange nicht, dass ich überhaupt nicht mehr aufnahmefähig war.«

»Soweit ich mich erinnere, hast du am Ende des Abends auf dem Tisch getanzt.«

»Stimmt, und soweit ich mich erinnere, hast *du* dich am Ende des Abends zu mir gesellt, und wir haben zusammen auf besagtem Tisch getanzt!«

»Ach, herrje, stimmt ja! Das hatte ich total vergessen.«

»Das nennt man selektive Erinnerung«, entgegnet er grinsend. »Sich an den Mist der anderen erinnern und die eigenen

Fehltritte vergessen. Nicht schlecht, du musst mir unbedingt irgendwann beibringen, wie das geht.«

»Möchtest du Tee?«

»Gern.«

»Okay, ich setze das Wasser auf. Währenddessen kannst du dich um dein Zeug kümmern.«

»Ich muss noch mal raus und den Taxifahrer bitten, mir bei den letzten Kisten zu helfen.«

»Du hast noch mehr?«

Er nickt.

Das Wasser scheint eine Ewigkeit zu brauchen. Ich gieße schon mal Milch in zwei große Schalen, als ich zwei Stimmen und Keuchen und Ächzen höre. Kurz darauf knallt die Haustür zu.

Ich lange gerade nach der Keksdose, als Jack mit einem Toaster in die Küche kommt, ihn neben den Kessel stellt und grinsend wieder verschwindet.

Zwei Minuten später ist er wieder da und schleppt eine nagelneue Mikrowelle an.

Ich vergesse den Tee und stürme ins Wohnzimmer, wo Jack gerade einen großen Fernseher auspackt.

»Ach du heilige Scheiße!«, entfährt es mir.

Jack sieht besorgt auf.

»Was ist los? Gefällt er dir nicht? Ich habe extra darauf geachtet, dass er zu deiner Einrichtung passt, aber ich kann ihn jederzeit umtauschen.«

»Nein, auf keinen Fall! Es ist nur... Das hättest du doch nicht alles kaufen müssen«, jammere ich. »Mein Gott, ist mir das peinlich.«

»Aber warum denn? Wenn ich mir eine eigene Wohnung gemietet hätte, hätte ich mir den ganzen Kram doch auch anschaffen müssen. Dadurch, dass ich jetzt bei dir wohne, spare ich ein Vermögen, also ist es ja wohl nur recht und billig, dass ich auch ein bisschen was in die Waagschale werfe.«

»Nein, ich finde es nicht in Ordnung.«
»Aber warum denn nicht? Du stellst die Wohnung zur Verfügung, und ich sorge für ein bisschen Komfort. Funktioniert doch prima, wir zwei sind eben jetzt schon ein klasse Team.«
»Meinst du wirklich?«
»Natürlich. Wie wär's, wenn wir den Tee vergessen und eine Flasche Wein aufmachen, um auf unseren ersten gemeinsamen Abend anzustoßen?«
»Klingt gut.«
»In der grünen Tasche neben der Tür sind ein paar Flaschen. Ich wusste nicht, welchen du am liebsten trinkst, deshalb habe ich Rotwein, Weißwein und Rosé mitgebracht.«
»Oh, nein, kommt gar nicht in Frage! Wein habe ich im Haus. Wir machen eine Flasche von meinem auf, darauf bestehe ich.«
»Von mir aus. Ich sehe da zwar keinen Unterschied, denn wenn ich irgendwann meinen aufmache, wirst du auf jeden Fall auch mit von der Partie sein, aber wenn es dich glücklich macht.«

Ich hole eine Flasche kalten Frascati aus dem Kühlschrank, sehe zu, wie Jack sie entkorkt und uns beiden ein Glas einschenkt, und dann lassen wir uns vor dem neuen Fernseher aufs Sofa plumpsen.

»Prost!«, sagt er und stößt mit mir an. »Auf unsere Wohngemeinschaft.«
»Ich glaube, du bist der perfekte Mitbewohner.«
»Solange wir uns nicht um die Fernbedienung streiten.«
»Es ist ja dein Fernseher.«
»Aber er steht in deiner Wohnung.«
»In *unserer* Wohnung.«
»Dann ist es auch *unser* Fernseher.«
»Ob das wohl eine Art Flitterwochenphase ist?«
»Wovon redest du?«

»Na, dieses ganze Bauchgepinsel, um bloß nett und entgegenkommend zueinander zu sein.«

»Klar, das ist schließlich unser erster Abend. Warte nur ab, in null Komma nichts sind wir wie Hund und Katze. Wollen wir uns irgendwas zu essen bestellen?«

»Ich bin eigentlich auf Diät.«

Er lehnt sich zurück und sieht mich erstaunt an.

»Bei deiner Figur? Wozu soll das gut sein?«

»Hier.« Ich ziehe mein T-Shirt ein Stück hoch und zeige ihm meine schlimmste Stelle, den Bereich, wo mein Bauch über den Bund meiner Jeans hängt.

»Wenn du dich seitlich hinlegst und dein Bauch *neben* dir liegt, dann bist du definitiv zu fett«, erläutere ich ihm.

Jack kann sich vor Lachen kaum halten.

»Männer mögen Frauen mit ein bisschen Fleisch auf den Rippen. Wer will schon mit einer Bohnenstange ins Bett gehen?«

»Gregg«, erwidere ich leise.

»Verstehe. Du redest von diesem Model, Rachel?«

Issy konnte also wieder mal ihr Schnattermaul nicht halten, aber was soll's, so spare ich mir wenigstens lange Erklärungen.

»Genau, Rachel, Greggs neues Model.«

»Vergiss es! Eine Frau sollte sich nie verändern, um einem Mann zu gefallen. Und *du* hast es bestimmt nicht nötig, dich zu verändern, um einem Mann zu gefallen, darauf gebe ich dir Brief und Siegel.«

Er kramt sein Handy hervor.

»Pizza, Chinesisch oder Indisch?«

»Indisch vielleicht?«, überlege ich.

»Okay.« Er grinst mich an.

Jack hat Recht, denke ich, während er uns viel zu viel Essen bestellt, ich sollte mich nicht ändern, um einem Mann zu gefallen.

Also rede ich mir ein, dass ich es für mich tue.

Ich habe keine Ahnung, warum ich so einen Horror vor einem Mitbewohner hatte.

Jack ist ein Geschenk des Himmels.

Er putzt, kocht, bügelt seine Sachen selbst, macht nach dem Baden sogar die Wanne sauber, wienert nach dem Rasieren das Waschbecken und lässt nie Handtücher auf dem Boden herumliegen.

Laut Isabelle liegt das daran, dass er in so einer großen Familie aufgewachsen ist, in der sich jeder in die Gemeinschaft einfügen und lernen musste, auf die anderen Rücksicht zu nehmen und sich um sich selbst zu kümmern.

Nicht dass Gregg ein totaler Hausarbeitsmuffel gewesen wäre, aber im Kopf ist er der alten Machoschule verhaftet – der Haushalt ist Sache der Frau, auch wenn diese ganztags arbeitet. Ich hatte ihn so weit erzogen, dass er seine Hemden manchmal selbst gebügelt und öfter mal beim Kochen geholfen hat, aber der Rest blieb irgendwie immer an mir hängen.

Jetzt, wo ich darüber nachdenke, wird mir erst bewusst, wie viel ordentlicher die Wohnung ist und wie viel mehr Freizeit ich habe, seitdem er weg ist. Nicht dass mich das über seinen Auszug hinwegtröstet, aber es ist immerhin etwas. Außerdem ist es ein ganz ungewohntes tolles Gefühl, nach der Arbeit nach Hause zu kommen und zu sehen, dass Jack schon für uns beide gekocht hat und ich mich nur noch mit ihm vor die Glotze hocken und essen muss.

Was für ein Segen, dass ich mir keine neue Wohnung gesucht habe. Durch Jack wird mir erst klar, wie einsam ich dann wäre.

Ich hätte nie gedacht, dass es so schnell gehen würde, doch nur neun Tage nach meiner Bewerbung auf die interne Stellenausschreibung liegt ein weißer Umschlag in meinem Fach. Eine Zusage.

Sie wollen nicht einmal ein Bewerbungsgespräch mit mir führen, was mich wundert, auch wenn es sich nur um eine interne Ausschreibung für einen zeitlich befristeten Job handelt. Entweder haben mein Lebenslauf und Abis Referenzen voll eingeschlagen, oder sie waren verzweifelt. Jetzt, wo ich darüber nachdenke, glaube ich mich sogar zu erinnern, in der Anzeige etwas von »verzweifelt« oder etwas in der Art gelesen zu haben.

Die Neuigkeit ruft in mir gemischte Gefühle hervor.

Keine Ahnung, ob ich mich über die Zusage freuen oder ob ich eher bedrückt sein soll.

Isabelle hat eine klare Meinung.

»Du darfst nicht gehen!«, jammert sie.

Wir sind beim Mittagessen in der Kantine. Sie schaufelt sich eine Riesenportion überbackene Pasta rein, während ich mal wieder so tue, als würde ich meinen Salat genießen.

»Es ist doch nur eine befristete Versetzung, Issy«, versuche ich sie – und mich selbst wohl auch ein bisschen – zu beruhigen. »Ich gehe doch nicht für immer.«

»Aber von meinem *Gefühl* her gehst du für immer.«

»In sechs Monaten bin ich wieder da.«

»Bist du nicht.«

»Aber sicher.«

»Nein. Wenn sie dich erst mal haben, lassen sie dich nie wieder gehen. Du bist einfach zu gut.«

»Das Bauprojekt ist in sechs Monaten abgeschlossen, Isabelle, sie *müssen* mich also gehen lassen.«

»Na, wenn das so ist.«

Sie scheint einigermaßen beruhigt, doch ihre Unterlippe bebt immer noch.

»Ich glaube, ein Wechsel würde mir ganz gut tun, als eine Art Auszeit sozusagen. Außerdem wird Gregg sich fragen, wo ich abgeblieben bin, wenn er nicht mehr ständig ein Auge auf mich werfen kann. Nicht dass ich glaube, dass er das tut, wäre ja auch ganz schön schwierig, wo er alles daransetzt, mir aus dem Weg zu gehen, aber du weißt schon, was ich meine, aus den Augen, aus dem Sinn.«

»Du denkst wohl eher an deinen Sinn«, entgegnet Isabelle immer noch beleidigt. »Du hast hier einen superguten Job, Hal. Du kannst doch nicht alles deinem Ziel unterordnen, Gregg zurückzuerobern. Das ist nicht gut, erst recht nicht, wenn es um deine berufliche Karriere geht, sie ist zu wichtig.«

»Ich weiß, aber vielleicht mache ich es ja gar nicht nur wegen ihm. Vielleicht tut mir ein Wechsel ja tatsächlich gut.«

»Das sagst du nur, um mich umzustimmen.«

»Und? Ist es mir gelungen?«

»Nein!«

»Okay, drücke ich es anders aus: Ich arbeite seit sieben Jahren hier und habe eine Riesenlust, etwas anderes zu machen. Das Geld stimmt, ich lerne etwas Neues dazu, und in meinem Lebenslauf macht sich ein Wechsel auch gut. Geoff hat mir versprochen, dass ich meinen alten Job in sechs Monaten zurückbekomme, wenn ich will, und ich kann dich mit all den tollen scharfen Bauarbeitern bekannt machen, die ich unweigerlich kennen lernen werde, da ich direkt auf dem Gelände des größten Sanierungsprojekts arbeite, das unsere Firma je in Angriff genommen hat.«

Der letzte Teil verleitet Isabelle endlich zu einem Grinsen.

»Na ja, das ist natürlich ein Pluspunkt. Natürlich nicht die Bauarbeiter, sondern dass es sich gut in deinem Lebenslauf macht.«

»Natürlich nicht«, entgegne ich und verkneife mir ein Lächeln.

»Nein, natürlich nicht.«

»Wo kämen wir denn da hin?«

»Also gut, wann gehst du?«

»Ich habe Geoff versprochen, ihm bei der Suche nach einem vorübergehenden Ersatz für mich zu helfen. Sobald das erledigt ist, bin ich weg. Ich soll so schnell wie möglich anfangen.«

»Dann bist du also bald weg.«

»Sieht ganz danach aus.«

»Und mit wem soll ich mittagessen?«

»Wie wär's mit Gregg?«, scherze ich.

»Scheiß Gregg«, murmelt sie.

»Scheiß Gregg«, murmle ich, als ich zwei Wochen später aus der U-Bahn steige.

Ich fühle mich wie an meinem ersten Schultag.

Jeder kennt das, mit Schmetterlingen im Bauch, einem leicht flauen Magen und den Kopf voller Gedanken – ob du die richtigen Klamotten anhast, ob dich irgendjemand mögen und in der Pause mit dir spielen wird.

Ich frage mich, was ich mir da bloß eingebrockt habe.

Vor zwei Wochen erschien mir ein Jobwechsel als eine gute Idee, aber wenn ich ehrlich bin, war sie ziemlich spontan und nicht besonders gut durchdacht, sosehr ich mir auch eingeredet habe, das Richtige zu tun.

Außerdem hat mich das gewaltige Interesse an meiner alten Stelle ziemlich beunruhigt. Es gab einen regelrechten Kampf um meinen Job, obwohl Geoff wie versprochen darauf bestanden hat, dass meine Stelle ausdrücklich als zeitlich befristet ausgeschrieben wird, damit er mich, wie er sich ausgedrückt hat, nach sechs Monaten »zurückverlangen« könne.

Geoff ist ziemlich geknickt, dass ich ihn verlasse.

Als ich es ihm gesagt habe, wäre er fast in Tränen ausgebrochen und hat mir eine Gehaltserhöhung angeboten (zu wenig, um auf keinen Fall widerstehen zu können), mich auf Knien (ungelogen) angefleht zu bleiben, und er hätte mich um ein Haar rumgekriegt, doch dann bin ich auf dem Flur Gregg in die Arme gelaufen, das heißt, ich wäre ihm in die Arme gelaufen, wenn er mich nicht zuerst gesehen, einen hysterischen Schrei ausgestoßen, beinahe seine Papiere fallen gelassen und abrupt die Richtung geändert hätte, um mir bloß nicht zu begegnen.

Damit war meine Entscheidung gefallen.

Ich bin zurückgegangen ins Büro, habe Geoff gesagt, dass ich definitiv gehen werde und es mir wirklich sehr Leid tue, und habe ihm in meiner besten Arnie-Manier hoch und heilig versprochen zurückzukommen.

Er wollte unbedingt, dass ich ihm bei der Suche nach einem Ersatz für mich helfe, und raffiniert wie ich bin, habe ich ihm eine ausgesucht, die mir nett und effizient, aber auch ziemlich dröge erschien, er wird mich also garantiert vermissen. Geoff steht nämlich auf eine angenehme, anregende Arbeitsatmosphäre und braucht jemanden, bei dem er seine grauenhaften Witze loswerden kann, ohne dafür umgebracht zu werden. Gleichzeitig will er ebenfalls mit fiesen, schmutzigen Witzen unterhalten werden, kurzum, er will jemanden um sich haben, der stets gut gelaunt und zum Lachen aufgelegt ist und gleichzeitig (scheinbar) mühelos den Laden schmeißt. Deshalb habe ich ihm Sandra ausgesucht. Sie ist effizient, hat aber den Charme einer gut geölten Büromaschine. Schließlich wollte ich ihn einerseits nicht in seinem Chaos versinken lassen, ihn aber andererseits spüren lassen, dass ich absolut unersetzbar bin.

Was ich natürlich tatsächlich bin.

Außer für Gregg.

Ich habe ihm nicht erzählt, dass ich eine neue Stelle habe, ich will, dass es per Flurfunk zu ihm durchsickert (was unweigerlich passieren wird, denn auf diesem Weg verbreiten sich Neuigkeiten in der Firma schneller als per Internet mit ISDN-Zugang). Die Nachricht soll ihn komplett umhauen, und er soll sich den Kopf zermartern, warum ich nicht zu ihm gekommen und es ihm persönlich erzählt habe.

Er wird den Schluss daraus ziehen, dass er mir nicht mehr

wichtig genug ist, um für diese Art Information auf meiner CC-Liste zu stehen, und es mithin pure Zeitverschwendung und ziemlich idiotisch war, mich zu meiden wie einen Grippebazillus. Jedenfalls wünsche ich mir, dass er diesen Schluss daraus zieht.

Waterside ist ein riesiges Sanierungsprojekt in Southwark, bei dem ein altes, am Ufer der Themse gelegenes Lagerhaus in Wohnraum umgewandelt wird. Von mir ist es eine ziemlich lange Fahrt mit einer uralten U-Bahn, und als ich vor dem hohen Bauzaun mit dem neuen Logo von Thameside Homes stehe – goldene Schrift und ein nistender Vogel auf blauem Hintergrund – bin ich ein absolutes Nervenbündel.

Ich frage einen Bauarbeiter, der mit einer Schubkarre voller Ziegelsteine an mir vorbeischiebt, nach dem Baustellenbüro, woraufhin er auf einen großen dunkelblauen Container zeigt, der für eine provisorische Behausung ganz nett aussieht.

Ich bin unsicher, ob ich an die Tür klopfen oder einfach hineingehen soll, also klopfe ich zaghaft und trete gleich danach ein.

Ich lande in einem großen Raum mit zwei Schreibtischen. An dem einen, der unglaublich aufgeräumt ist, sitzt eine junge Frau, an dem anderen, der vor Arbeit überquillt, sitzt niemand.

Die junge Frau liest eine Zeitschrift.

Kein gutes Zeichen.

Ein Job, bei dem man während der Arbeitszeit Zeit und Lust hat, außerhalb der Frühstücks- oder Mittagspause Zeitschriften zu lesen, muss nach meiner festen Überzeugung todlangweilig sein.

Ich huste, und sie fährt erschrocken hoch.

»Hallo, ich bin Harriet, genannt Hal. Ich fange heute hier an.«

Sie stopft die Zeitschrift in die Schreibtischschublade und lächelt mich mit flammend roten Wangen an.

»Ach ja, hallo, ich bin Michelle. Aber alle nennen mich Shelley. Ich habe heute meinen letzten Tag. Deshalb sitze ich hier ziemlich untätig herum, normalerweise lese ich bei der Arbeit keine Zeitschriften, aber ich musste mich gerade mal auf den neuesten Stand bringen. Ich bin sowieso nur hier, um dich einzuweisen, eigentlich war Freitag mein letzter Tag, aber Graham, das ist der Chef hier, ist heute nicht da. Er hätte dich natürlich gern selbst begrüßt, aber seine Frau hat heute Geburtstag, und er hatte sich den Tag schon seit langem freigenommen, um sie auszuführen.«

Das klingt gut, wenigstens scheint der Chef ein anständiger Kerl zu sein.

»Wie nett.«

Shelley nickt.

»Ja, er ist ein netter Typ«, stellt sie fest, woraufhin ich mich schon etwas wohler fühle, doch dann fügt sie leise vor sich hin murmelnd, aber deutlich hörbar, hinzu, »im Gegensatz zu deiner zukünftigen Kollegin.«

Ich hätte gerne nachgehakt, aber Shelley deutet schon auf den Schreibtisch, an dem sie sitzt.

»Das ist dein Schreibtisch, und das hier«, sie zieht grinsend einen gelben Plastikhelm aus einer der Schubladen, »ist dein Helm.« Als sie meinen entsetzten und ungläubigen Blick sieht, erklärt sie lachend: »Die Vorschriften. Die Baustelle darf nur mit Helm betreten werden.«

Ich höre laute Stimmen, und wir sehen beide aus dem Fenster.

Eine dünne Frau in einem blauen Twinset, grünem Regenmantel und dazu passenden Gummistiefeln schreit auf einen kleinen Mann in einem zu langen Mantel ein.

»Das ist Selma«, sagt Shelley abfällig.

»Oje«, entfährt es mir, und Shelley nickt zustimmend.

»Sie ist die Projektkoordinatorin.«

»Und warum staucht sie den Mann zusammen?«

»Das ist Eric, der Vorarbeiter. Wahrscheinlich hat er ohne Erlaubnis geniest oder etwas in der Art. Oh, komm schnell, sie ist im Anmarsch, tu so, als würdest du irgendetwas machen!« Shelley zieht mich zu dem antiquierten Fotokopierer und drückt wahllos irgendwelche Knöpfe.

»Und so behebst du einen Papierstau«, erklärt sie augenzwinkernd, tut so, als hätte sie Selma gerade erst hereinkommen sehen, und ruft ihr zu: »Oh, hallo, Selma, darf ich vorstellen – Harriet, sie übernimmt ab heute meinen Job.«

Ich warte, bis sie ihren Mantel aufgehängt hat.

Dann strecke ich die Hand aus und sage »Guten Morgen. Nennen Sie mich doch Hal, so nennt mich jeder.«

Sie ignoriert meine Hand, spitzt den Mund noch mehr, nickt schroff und lässt sich an dem anderen Schreibtisch nieder, wo sie hinter dem hohen Papierberg beinahe vollständig verschwindet.

Wie ungehobelt.

Ich ziehe eine Augenbraue hoch und sehe Shelley an, und sie erwidert die Geste.

»Kümmere dich nicht um sie«, flüstert sie. »Sie ist eine griesgrämige alte Schrulle, und das auch nur an guten Tagen.«

Na großartig. Ich teile mir das Büro mit einem fiesen alten Sauertopf.

In der nächsten halben Stunde weist Shelly mich in meinen neuen Job ein, länger dauert die Übergabe nicht. Offenbar beinhaltet mein neuer Job nur einfache Tätigkeiten wie die Erledigung der Ablage, fotokopieren und tippen. Ich könnte mir erneut in den Hintern treten, dass ich meine Stelle in der Zentrale aufgegeben habe.

Mein alter Job war viel interessanter, komplizierter und anspruchsvoller. Dagegen ist das hier Pippifax.

Um Punkt zwölf macht Selma Mittagspause.

Kaum ist sie aus der Tür, hängt Shelly am Telefon. Die nächste Stunde quatscht sie mit ihren Freundinnen und trifft Verabredungen.

Um Punkt eins ist Selma zurück, und Shelly teilt ihr mit, dass wir jetzt essen gehen.

Selma sieht demonstrativ auf die Uhr und nickt in ihrer schroffen Manier. Ich ringe mir ein Lächeln ab, doch sie ignoriert mich und widmet sich sofort wieder den Papieren vor ihrer Nase.

Als wir rausgehen, fummelt sie erneut an ihrer Uhr herum.

»Sie stellt ihre Stoppuhr«, zischt Shelley mir zu, während sie ihren Mantel von der Garderobe nimmt. Auf dem ganzen Weg zu dem kleinen Café um die Ecke, wo es heiße Panini und Sandwiches und Pizza gibt, lästert sie über Selma, unterbricht ihre Tirade nur kurz, um zwei Cappuccinos zu bestellen, und legt sofort wieder los, als wir mit unseren Tassen an einem Fenstertisch Platz nehmen und auf unser Essen warten.

»Die Zusammenarbeit mir ihr war ein einziger Alptraum. Du kannst nicht mal atmen, ohne dass sie gleich auf die Uhr sieht und checkt, ob du es auch nicht während der Arbeitszeit tust, und ich bin sicher, dass sie Buch geführt hat, wie oft ich aufs Klo gegangen bin. Die alte Schachtel hasst mich.«

»Mich scheint sie auch nicht zu mögen.«

»Selma mag niemanden«, entgegnet Shelley und pustet in ihren Cappuccino.

»Also liegt es nicht an mir?«

»So weit würde ich auch nicht gehen. Es kann genauso gut sein, dass du sie verärgert hast, durch was auch immer.«

»Aha, ist ja klasse.«

»Am besten machst du dir darüber keine Gedanken. Diese Frau empfindet es schon als Beleidigung, wenn du ihr zu viel Milch in den Tee kippst.«

»Dann biete ich ihr besser gar nicht erst welchen an«, entgegne ich scherzhaft.

»Das würde sie vermutlich auch als Beleidigung auffassen.«

»Du willst mir also sagen, dass ich mit meinem neuen Job nicht das große Los gezogen habe.«

»Kluges Mädchen, jetzt verstehe ich, warum sie dich genommen haben.«

»Und ich verstehe, warum du gehst.«

»Eben.«

Um vier Uhr verabschiedet sich Shelley mit einem fröhlichen »Das war's dann, Leute!« Durch das Fenster wirft sie ihrer Feindin noch ein Victory-Zeichen zu, dann stöckelt sie in der Dämmerung in ihren gelben Stilettos über die Baustelle davon, und ich bin allein mit Selma.

Meine Arbeitszeit endet um sechs, und in den verbleibenden zwei Stunden richtet Selma nicht ein einziges Wort an mich.

Was habe ich bloß getan?

Ich sehne mich plötzlich in mein altes Büro zurück, wo mich jeder mochte, alle mit mir geredet, den neuesten Klatsch und ihre Kekse mit mir geteilt haben. Wo mich nicht alle fünf Minuten eine finstere Furie angesehen hat, als wollte sie mich erstechen.

Diese beiden Stunden sind die längsten meines Lebens, und als ich endlich zu Hause bin, weine ich mich in den Schlaf.

So elend fühle ich mich.

Ich bin ein erbärmlicher Jammerlappen, ich weiß, aber ich habe nun mal das Gefühl, einen der größten Fehler meines Lebens begangen zu haben.

Jack ist auf einem Vorbereitungsseminar für seinen neuen Job, also ist nicht mal er da, um mich mit seiner guten Laune ein bisschen aufzuheitern.

Ich erwäge sogar, Geoff anzurufen und ihn anzuflehen, sofort zurückkommen zu dürfen, aber wie sähe das aus?

Am nächsten Morgen wache ich um sechs Uhr mit dem Gefühl neuer Entschlossenheit auf.

Ich habe mich für diesen Jobwechsel entschieden, und jetzt halte ich die sechs Monate durch, komme, was wolle.

Aber wie?

Am besten, indem ich Selma für mich gewinne. Allerdings fürchte ich, dass sich das als schwieriger erweisen könnte, als Gregg zurückzugewinnen.

Zeit, ein paar richtig schleimige Taktiken zum Einsatz zu bringen, etwas, worauf ich normalerweise überhaupt nicht stehe, aber du verbringst so viel Zeit deines Lebens im Büro, da ist ein bisschen Harmonie unter den Kollegen absolut unerlässlich.

Ich rufe mir meinen neuen Vorsatz in Erinnerung, allen negativen Dingen etwas Positives abzutrotzen.

Schließlich lerne ich gerade, absolut unwiderstehlich zu sein, vielleicht hilft mir das nicht nur beim Versuch, Gregg zurückzugewinnen, sondern auch in anderen Bereichen meines Lebens.

Ich könnte Selma als Versuchskaninchen betrachten und meinen Charme an ihr ausprobieren.

Dass Selma eine Frau ist, spielt schließlich keine Rolle, zumal ich nur glaube, dass sie eine ist, ihr Oberlippenbärtchen ist ein bisschen irreführend. Aber charmant sein heißt doch in erster Linie, mit anderen auszukommen, egal, ob Mann oder Frau, und nicht nur Typen aufzureißen oder, genauer gesagt, den Ex zurückzuerobern.

Ich fertige eine weitere kleine Liste an.

WIE ICH JEMANDEN FÜR MICH GEWINNE

Ich sitze da, starre auf meine Überschrift und denke nach.

Was veranlasst einen Menschen, einen anderen zu mögen?

Wenn Weiblein auf Männlein trifft, wohl in erster Linie Aussehen und Sexappeal, aber das spielt in diesem Fall keine Rolle.

Als Nächstes dürfte wohl die Persönlichkeit wichtig sein.
Auf was für Menschen steht Selma?
Laut Shelley mag sie niemanden.
Eine harte Nuss, so komme ich nicht weiter.
Ich versuche es aus einem anderen Blickwinkel.
Was bringt *mich* dazu, andere Menschen zu mögen?
Ich rufe mir in Erinnerung, wie ich Isabelle kennen gelernt habe.
Was hat mich für sie eingenommen?
Also, sie hat einen umwerfenden Sinn für Humor, sie ist intelligent, wir haben ähnliche Interessen, und – ach, ja – als wir uns kennen lernten, war ich krank. Ich hatte eine schlimme Erkältung und habe mich halbtot zur Arbeit geschleppt, weil ich noch relativ neu in der Firma war und keinen schlechten Eindruck machen wollte. Isabelle hat neben mir im Aufzug gestanden und mich gegrüßt und gefragt, ob ich neu sei, in welcher Abteilung ich arbeite und wie es mir bisher gefalle, und dann ist sie zur Teepause mit einer heißen Zitrone und ein paar Aspirin in meinem Büro aufgekreuzt, nur für den Fall, dass ich keine dabeihätte, was ich total lieb und aufmerksam von ihr fand.
Und Beth – ich habe das Gefühl, als wären wir schon immer dicke Freundinnen gewesen.
Sie ist immer da, wenn ich sie brauche, ich muss sie nur anrufen. Sie ist ausgeglichen und absolut zuverlässig.
Lois ist lustig und dekadent und bringt meine eher wilde Seite zum Schwingen; mit ihr schlage ich auch mal über die Stränge, was mir gefällt, denn zugegebenermaßen habe ich manchmal eine etwas spießige Ader und bin zu sehr auf Sicherheit bedacht.
Ich ändere meine Überschrift in

Wie ich Freunde gewinne und Freundschaften aufrechterhalte

1. *Mach dir die Mühe herauszufinden, welche Vorlieben jemand hat.*

Es zeigt dein Interesse an jemandem, wenn du Dinge über ihn herausfindest und dich entsprechend verhältst. Ich rede natürlich nicht von irgendwelchen durchgeknallten Aktionen, wie etwa den nächsten Zahnarzttermin eines Freundes auszuspionieren und ihm mit einer Packung Aspirin in der Tasche zu folgen. Was ich meine, ist, sich *echte* Mühe zu geben, das Richtige zu tun, zum Beispiel ein Geburtstagsgeschenk auszusuchen, das dem Betreffenden wirklich gefällt, anstatt einfach schnell im Vorbeigehen eine Schachtel Pralinen oder eine Topfpflanze zu kaufen (es sei denn, der Beschenkte liebt Pralinen oder Topfpflanzen für sein Leben).

Dieser Punkt kann auch anders herum funktionieren.

2. *Finde heraus, was jemand von Grund auf hasst.*

Und meide es, so gut es geht.

Falls jemand zum Beispiel keine klassische Musik mag, besteh nicht darauf, sie nonstop in voller Lautstärke zu hören. Oder wenn jemand absolut nicht auf Leute steht, die endlos quatschen und nie mal für einen Moment den Mund halten können, texte ihn nicht zu, als wäre dein Maul an einen Motor angeschlossen und auf Dauerbetrieb gestellt. Biete keinen Tee an, wenn du eigentlich wissen solltest, dass die betreffende Person nur Kaffee trinkt, und wenn wir schon dabei sind – präg dir ein, ob dieser Jemand seinen Kaffee schwarz oder mit Milch und Zucker bevorzugt.

3. *Hör aufmerksam zu, wenn jemand mit dir spricht.*

Es gibt so viele Leute, die ständig nicken und gelegentlich ein »Hm« oder »Ah« einwerfen, in Wahrheit aber nur auf eine Sprechpause warten, um ihre eigenen Gedanken und Meinungen zum Besten zu geben. Es ist eine wahre Kunst, sein eigenes Ego zurückzunehmen und sich aufrichtig dafür zu interessieren, was andere tun und denken. Zum Glück bin ich davon überzeugt, dass man diese Fähigkeit erlernen kann und sie einem nicht in die Wiege gelegt ist.

4. *Jeder hört gern Komplimente.*

Ich jedenfalls. Ja, es stimmt, das ist eine schwache Seite von mir. Jeder hat eine schwache Seite, die gelegentlich gehätschelt werden muss.

5. *Sei eine gute Freundin.*

Das klingt vielleicht selbstverständlich, aber nicht alle machen sich das bewusst. Eine Freundschaft besteht nicht nur aus nehmen, nehmen, nehmen, du musst auch was zurückgeben.

Am Dienstagmorgen gehe ich voller guter neuer Vorsätze zur Arbeit.

Ich schreite zehn Minuten zu früh mit einem fröhlichen »Guten Morgen, Selma« durch die Tür und lächle freundlich. Laut Shelley hasst Selma Ineffizienz mehr als alles andere, also müsste ich sie durch mein frühes Eintreffen positiv überraschen.

Bei Selma bin ich mir nicht sicher – sie zeigt kaum eine erkennbare Reaktion –, aber bei meinem neuen Chef mache ich auf jeden Fall einen guten Eindruck.

Ein Mann mit schütterem Haar in einem grauen Anzug durchforstet gerade einen Papierstapel auf meinem neuen Schreibtisch und strahlt mich freundlich an, als ich hereinkomme und meinen Mantel an den Kleiderständer neben der Tür hänge.

»Guten Morgen, Sie müssen Harriet sein. Und Sie sind zehn Minuten zu früh, was ich als gutes Zeichen werte, solange das so bleibt und Sie sich nicht einbilden, dass Ihr vorzeitiges Eintreffen an Ihrem ersten Tag Ihnen das Recht gibt, an allen folgenden Tagen zehn Minuten zu spät zu kommen.« Sein Lächeln ist warmherzig und einnehmend, seine Stimme angenehm.

»Aber nein, natürlich nicht.«

»Das höre ich gern. Kommen Sie, gehen wir in mein Büro!« Er winkt mich heran. »Ich bin Graham Dean, aber Sie dürfen mich gerne Graham nennen. Mr. Dean nennt mich nur der Filialleiter meiner Bank, und an den möchte ich lieber nicht erinnert werden.« Er schüttelt sich theatralisch. »Setzen Sie sich, Harriet! Ich würde Selma ja bitten, uns einen Tee zu kochen, aber... also, das gehört zu den Dingen, um die man Selma besser nicht bittet.«

»Ich könnte uns ja einen Tee kochen, bevor wir anfangen, natürlich nur, wenn Sie nichts dagegen haben.«

Sein Gesicht hellt auf.

»Würden Sie das wirklich tun?«

»Selbstverständlich. Wie trinken Sie Ihren Tee denn? Und wie trinkt ihn Selma?«

Ich gehe in die winzige Kochnische, den vierten Raum in dem Containerbüro, bereite drei Tassen Tee zu, stelle Selma eine wortlos auf den Schreibtisch und gehe zurück in Grahams Büro.

Graham nimmt den Tee so dankbar entgegen, dass er mir fast ein bisschen Leid tut.

»Vielen Dank, Harriet.«

»Hal, bitte nennen Sie mich doch Hal.«

»Danke, Hal.« Er nimmt ein paar Blätter von seinem Schreibtisch auf und nippt genüsslich an seinem Tee. »Willkommen in unserer kleinen Außenstelle des Thameside-Homes-Imperiums. Ihr Lebenslauf und Ihre Referenzen sind exzellent, das muss ich sagen. Ich nehme an, Shelley hat Sie gestern informiert, was wir von Ihnen erwarten?«

Ich nicke.

»Sie hat mir ein paar grundlegende Dinge gezeigt, aber ich nehme an, dass das nicht alles gewesen sein kann und Sie mir meine eigentlichen Aufgaben heute selbst erklären wollten.«

»Was hat Shelley Ihnen denn gezeigt?«

»Nichts Besonderes, die Ablage, den Fotokopierer, das Textverarbeitungsprogramm.«

»Ah ja, verstehe.« Er sieht mich ein wenig betrübt an und blickt dann auf seine Hände.

»Ich fürchte, das ist im Augenblick auch im Wesentlichen alles, was für Sie zu tun ist«, gesteht er zaghaft und sieht mir erneut in die Augen. »Als wir den Job vor etwa acht Monaten zum ersten Mal ausgeschrieben haben, hatten wir eigentlich eine etwas anspruchsvollere Stelle im Blick, aber... Na ja, sagen wir so, wir haben bisher niemanden gefunden, der bereit oder imstande war, weitere Aufgaben zu übernehmen.«

»Ich würde gerne zusätzliche Aufgaben übernehmen. In der Zentrale habe ich viel anspruchsvollere Dinge gemacht: Berichte geschrieben, Kalkulationen vorgenommen, Leistungskontrolle...«

»Schon gut, schon gut. Aber warum, um Himmels willen, haben Sie Ihren sicheren Posten in der Zentrale dann aufgegeben und sich auf diesen winzigen Außenposten am Ende der Welt beworben?«

»Ich brauchte eine Abwechslung – eine neue Herausforderung.«

»Irgendwie werde ich misstrauisch, wenn jemand eine gute Stelle gegen eine andere eintauscht, die nicht besser, sondern streng genommen sogar schlechter ist.«

»Und warum haben Sie mich dann genommen?«, kontere ich lächelnd.

»Weil ich verzweifelt war.«

»Oh, vielen Dank.«

»Und – wie ich schon sagte – Ihr Lebenslauf und Ihre exzellenten Referenzen haben mich beeindruckt.«

»Darf ich fragen, warum Sie mich nicht einmal zu einem Bewerbungsgespräch eingeladen haben?«

»Wollen Sie eine ehrliche Antwort hören?«

»Gerne.«

»Weil ich in solchen Dingen eine absolute Niete bin«, gibt er unverblümt zu. »Ich bin einer der schlechtesten Menschenkenner aller Zeiten. Schließlich habe ich Selma eingestellt, das sagt wohl alles.«

Ich muss lachen.

»Sie dürfen mich nicht auslachen«, protestiert er. »Ich kann nichts dafür, dass ich kein guter Frauenkenner bin. Meine Erfahrungen sind ziemlich begrenzt, ich bin nämlich seit ich neunzehn bin mit der gleichen Frau verheiratet.«

»Wirklich? Das ist heutzutage eine echte Leistung. Wie lange sind Sie denn schon verheiratet?«

»Wenn ich Ihnen das verrate, wissen Sie ja, wie alt ich bin. Aber ich bin trotz meines schütteren Haars immer noch ziemlich eitel.«

»Nun kommen Sie schon, Graham, zieren Sie sich nicht so! Was macht es schon, wie alt man ist – was zählt, ist doch allein, wie man sich fühlt.«

Er seufzt, verdreht die Augen und klopft mit dem Fuß auf den Boden. Dann trommelt er mit den Fingern auf dem unteren Plastikrand seiner Tastatur herum, doch ich sitze einfach da und lächle ihn aufmunternd an, bis er schließlich seufzt und ganz leise mit der Sprache herausrückt.

»Ich bin neununddreißig.«

»Nein!«, entfährt es mir ein bisschen zu laut, denn ich hatte ihn im Stillen auf Mitte vierzig geschätzt.

»Ich habe ein hartes Leben«, fügt er achselzuckend hinzu.

»Tatsächlich?«

»Ja.« Er seufzt. »Die sechs Jahre mit Selma haben mich schnell altern lassen.«

Er sieht wirklich erschöpft aus, und ich habe plötzlich ein schlechtes Gewissen, dass ich ihn erst so gedrängt habe, mir sein Alter zu verraten, und dann so entsetzt reagiert habe. Deshalb gehe ich in die kleine Küche, mache uns allen noch eine Tasse Tee und hole die Butterkekse hervor, die ich mitgebracht habe, um Selmas Laune zu heben. Ich bringe Graham zur Wiedergutmachung seinen Tee und vier Plätzchen, woraufhin sich seine Miene wieder aufhellt. Dann serviere ich Selma ihren Tee und ein paar Kekse, und diesmal sieht sie tatsächlich auf und sagt »danke«, was ein derartiger Durchbruch ist, dass ich den Bogen prompt überspanne und ihr ein Kompliment mache.

Ich sage, dass mir ihre Frisur gefalle und ob sie es neu gestylt habe. Es ist offensichtlich, dass sie es genauso trägt wie immer, weshalb sie aufblickt, mich ansieht, als wäre ich total bescheuert, und mit einem knappen »Nein« antwortet. Ich weiß, dass sie weiß, dass ich mich nur bei ihr einschleimen wollte, und sie weiß, dass ich weiß, dass sie mich für eine Schleimerin hält, weshalb ich wie ein geprügelter Hund an meinen Schreibtisch schleiche und mich meiner Arbeit widme.

Ermahnung an mich selbst: Komplimente müssen ehrlich gemeint sein, oder du stehst da wie ein verlogener Schleimscheißer.

Am Abend ändere ich dementsprechend meine Liste.

Jeder hört gern ehrlich *gemeinte Komplimente.*

Na ja, wenigstens ist Graham wirklich nett. Er erinnert mich an Geoff, und Geoff und ich sind bestens miteinander ausgekommen, also dürfte ich an meinem neuen Arbeitsplatz wenigstens einen Verbündeten haben.

Da ich grundsätzlich nicht schnell aufgebe, versuche ich es am nächsten Tag noch einmal.

Ich mache Selma wieder Tee, allerdings erst, als ich Graham und mir ebenfalls welchen zubereite, und als ich ihn ihr an den Schreibtisch bringe, lasse ich nebenbei die Bemerkung fallen, dass sie eine schöne Bluse anhat.

Sie gefällt mir wirklich. Sie ist zartrosa, ein wenig transparent und unterscheidet sich auffallend von dem Kleidungsstil, der mir bisher an ihr aufgefallen ist. Sie scheint nagelneu zu sein.

Sie sieht mich an, als wäre ich der erste Mensch, der jemals Notiz von ihrer Kleidung genommen hätte. Für einen Augenblick verengen sich ihre Augen wie die einer Kobra kurz vor dem Angriff, und dann erspähe ich es – es huscht über ihr Gesicht wie ein scheues Tier, das sich kurz auf eine Lichtung herauswagt und sofort wieder ins Dickicht huscht, als es merkt, dass es entdeckt wurde.

Ein Lächeln.

Nur eine Nanosekunde lang, aber unverkennbar ein Lächeln. Und dann bedankt sie sich für mein Kompliment und verrät mir, dass ihr Sohn ihr die Bluse letztes Jahr zu Weihnachten geschenkt hat. Sie trage sie zum ersten Mal, weil sie unsicher gewesen sei, ob sie ihr stehe.

»Sie steht Ihnen ausgezeichnet«, versichere ich ihr, und auch diesmal lüge ich nicht. Sie nickt mir noch einmal zu und macht sich wieder über ihre Arbeit her, und das war's. Doch als ich an diesem Abend nach Hause gehe und mich verabschiede, ignoriert sie mich nicht, sondern blickt auf und nickt mir zum ersten Mal zum Abschied zu.

Am Donnerstagmorgen, meinem vierten Arbeitstag, biete ich ihr an, ein paar Kopien für sie zu übernehmen. Ich wollte sowieso gerade zum Kopierer, was sie auch mitbekommen hat, sodass mein Angebot nicht zu kalkuliert oder schleimig rüberkommt, und als ich ihr die Seiten ordentlich gebündelt und in der richtigen Reihenfolge zurückbringe (es ist noch einer von diesen alten Kopierern ohne automatische Sortierung), sieht sie mich erstaunt an und bedankt sich, als meine sie es wirklich ehrlich. Ich entgegne »kein Problem« und meine es ebenfalls ehrlich. Ab da frage ich sie auf dem Weg zum Kopierer immer, ob ich etwas abnehmen kann.

Am nächsten Tag gehe ich aufs Ganze und bringe Kuchen mit ins Büro.
Ich verkünde Selma und Graham, dass wir das Ende meiner ersten Woche zu feiern haben, und so sitzen wir in der Teepause beisammen, verputzen jeder zwei Sahnetörtchen (Diät hin oder her, das hier ist wichtig) und trinken unseren Tee, als ob wir eine richtige kleine Feier hätten, und Graham sagt: »Ist das nicht nett?«, und ich entgegne: »Ja«, und Selma nickt zustimmend.
Durch unser nettes Beisammensein ermutigt, beschließe ich, dass heute der richtige Zeitpunkt ist, den nächsten Punkt meines Wie-ich-Selma-für-mich-gewinne-Plans anzugehen.

Mach dir die Mühe herauszufinden, welche Vorlieben jemand hat.

Dafür muss ich Selma unbedingt dazu bringen, mit mir zu reden, und da sie nicht gerade den Eindruck macht, als würde sie während der Arbeitszeit über etwas anderes reden als über die Arbeit, warte ich, bis es Punkt zwölf ist, und fasse mir ein Herz.
»Äh, Selma, ich wollte heute im Pub mittagessen. Wollen Sie nicht mitkommen?«

Riskante Frage.

Sie sieht mich einen Moment stirnrunzelnd an, nickt dann zu meiner Überraschung und Erleichterung und holt ihre Handtasche.

»Klar, warum nicht?«

Das ist alles, was sie sagt.

Wir gehen zweihundert Meter die Straße runter zum The Bent Double, einem richtig urigen Londoner Pub. Auf dem Weg dorthin sagt sie kein Wort, und als wir den Pub betreten, schweigt sie immer noch.

Das könnte die qualvollste Mittagspause meines Lebens werden.

Nachdem wir beide ein kleines Lagerbier getrunken und einen halbwegs akzeptablen Shepherd's Pie gegessen haben, versuche ich immer noch, Punkt drei meiner Liste umzusetzen:

Hör aufmerksam zu, wenn jemand mit dir spricht.

Das würde ich ja gern, wenn sie bloß etwas sagen und nicht ständig in ihr Bierglas starren würde. Also tue ich, was ich immer tue, wenn ich nervös bin und mein Gegenüber ein Schweigegelübde abgelegt hat: Ich quassele wie ein Wasserfall.

Ich erzähle ihr von meiner Arbeit in der Zentrale.

Ich erzähle ihr von Jack.

Ich erzähle ihr sogar, dass ich meine Wohnung umgestaltet habe.

Und als mir nichts Profanes mehr einfällt, fange ich an, ihr von Gregg zu erzählen.

Das Problem ist nur – kaum habe ich damit angefangen, kann ich nicht mehr aufhören.

Nach zwei weiteren kleinen Lagerbieren gehen wir zu großen Wodka-Tonics über. Wir haben unsere Mittagspause bereits um vierzig Minuten überzogen, und ich habe ihr absolut alles erzählt.

Als ich schließlich fertig bin, schüttelt sie wütend den Kopf und sagt: »Männer sind absolute Arschlöcher!« Sie sagt das mit einer solchen Wut im Bauch, dass ich regelrecht zusammenfahre. Dann verfallen wir erneut in Schweigen, aber diesmal wirkt sie nicht gelangweilt, sondern total aufgebracht, und ich könnte vor Frust heulen, doch dann fällt es mir wie Schuppen von den Augen. Ich habe eine Eingebung.

Dass sie derart wütend und betroffen reagiert, kann nur bedeuten, dass sie eigene schlechte Erfahrungen gemacht hat, und das zu Genüge. Ich bete zu Gott, dass Graham mich nicht rausschmeißt, gehe an die Theke, hole uns zwei weitere Wodka-Tonics, stelle einen vor ihr hin und sehe sie erwartungsvoll an.

»Schieß los!«

Für einen Moment sieht sie mich völlig geistesabwesend an.

Dann blinzelt sie.

Und dann legt sie los.

Sie erzählt mir alles.

Wie sie mit achtzehn ihren Highschool-Freund geheiratet hat, wie sehr sie sich Kinder gewünscht und sich angestrengt hat, schwanger zu werden, wie ihr Mann die nächsten zehn Jahre ihres Ehelebens gesoffen hat und anderen Frauen nachgestiegen ist und wie er sie mit dreißig, als sie gerade erfahren hatte, dass sie endlich schwanger war, wegen einer Achtzehnjährigen hat sitzen lassen. Und wie sie mit neununddreißig wieder einen Mann kennen gelernt hat, der bei ihr die Schmetterlinge im Bauch zum Tanzen gebracht und ihr erzählt hat, dass er sie liebe, und wie er sie durch seinen liebevollen Umgang mit ihr und ihrem Jungen dazu gebracht hat, ihm zu vertrauen, und wie sie schließlich geheiratet haben, er bei ihr eingezogen ist und sich prompt in einen saufenden, anderen Frauen nachsteigenden Schuft verwandelt hat. Natürlich habe sie ihn rausgeworfen, aber sie habe sich wie eine Vollidiotin gefühlt, dass sie ihn nicht gleich durchschaut habe, und seitdem traue sie keinem Mann über den Weg, geschweige denn, dass sie sich auf ihr eigenes Urteil verlasse.

Das Überraschende ist, dass sie mir diese Horrorgeschichte, die ihr Privatleben ist, mit so viel Selbstironie und Humor erzählt, dass ich die missmutige Selma, mit der ich in der vergangenen Woche krampfhaft zusammenzuarbeiten versucht habe, in der verschmähten, aber sehr eloquenten Frau, die mir jetzt gegenübersitzt, kaum noch wiedererkenne. Als sie fertig ist, zuckt sie mit den Achseln und lächelt, als wolle sie sagen: »Que será será«, und zu meiner Überraschung wird mir bewusst, dass ich sie richtig gern mag. Noch überraschender aber ist, dass Selma mich ebenfalls zu mögen scheint.

»Soll ich dir was verraten, Selma? Ich hätte nie gedacht, dass wir uns so gut verstehen würden«, sage ich, als wir anstoßen und uns den Rest unserer Drinks hinunterkippen.

»Ich auch nicht.«

»Und was hat den Sinneswandel bewirkt?«

»Du bist nicht so dumm, wie ich dachte.«

»Du hast mich für blöd gehalten?«

»Ich habe befürchtet, dass du eine dumme Gans sein *könntest*, großer Unterschied.«

»Und warum?«

»Weil alle anderen, die von der Zentrale geschickt wurden, absolute Nieten waren. Du bist die Fünfte in fünf Monaten. Und sie waren alle in etwa so nützlich wie ein Papierregenschirm in einem Hagelsturm.«

»Und du dachtest, dass ich genauso bin?«

Sie nickt.

»Aber du hast in einer Woche schon mehr geschafft als die anderen vier zusammen.«

»Ich dachte, du kannst mich auf den Tod nicht ausstehen.«

»Das hätte auch leicht passieren können«, sagt sie und hakt sich bei mir ein, als wir den Pub schließlich verlassen. »Sieh dich also besser vor, sonst ändere ich meine Meinung womöglich noch.«

Um zehn nach drei sind wir wieder im Büro.

Graham liegt bereits auf der Lauer und will uns für unsere Verspätung die Leviten lesen, doch als er uns Arm in Arm durch die Tür kommen sieht, entspannen sich seine Gesichtszüge, und er zeigt bloß lächelnd auf die Uhr.

»Das wurde aber auch Zeit, meine Damen, höchste Zeit.« Irgendwie habe ich das Gefühl, dass er damit noch etwas anderes meint.

Kapitel 7

Am Samstagmorgen bin ich mit Mickey verabredet, am Nachmittag habe ich einen Termin im Beauty-Salon in Knightsbridge.

Ich habe mich sozusagen für das volle Programm entschieden, in der Hoffnung auf eine große Verwandlung.

Das volle Programm umfasst Mickey und den Schönheitssalon.

Eigentlich ist es natürlich viel angenehmer, sich nur im Stuhl zurückzulehnen und dem Friseur freie Hand zu lassen, als den eigenen Körper zu quälen und in Topform zu trimmen.

Es ist mein viertes Training mit Mickey, und ich habe es inzwischen aufgegeben, die ganze Zeit krampfhaft den Bauch einzuziehen. Ich halte auch *nicht* mehr jedes Mal die Luft an, wenn ich mein Büro verlasse, weil ich ja Gregg in die Arme laufen könnte, und genauso wenig lasse ich mich vor Enttäuschung runterziehen, wenn er mir nicht über den Weg läuft. Zu wissen, dass er nicht mehr zwei Stockwerke über mir hockt, ist wirklich eine Erleichterung. Diese ständige Nähe war wie der Versuch, eine Diät zu machen, wohl wissend, dass sämtliche Schränke mit verführerischen Leckereien voll gestopft sind. Es funktioniert einfach nicht. Man muss die Schränke leer fegen, die Dickmacher verbannen, die Schokolade und die Chips verschwinden lassen, denn wenn man all diese Köstlichkeiten in der Nähe weiß, ist die Wahrscheinlichkeit hoch, dass sie aus dem Schrank in deinen Mund wandern, bevor der Tag zu Ende ist.

Zumindest betet Mickey mir das unentwegt vor.

Im Moment sitzen wir gerade im Wohnzimmer von Mickeys georgianischem Reihenhaus in Brompton im Lotussitz auf Yogamatten. Genau genommen sitzt nur Mickey perfekt in Position, meine Beine sind nur annähernd in ähnlicher Weise verschränkt wie seine, denn für die korrekte Haltung bin ich viel zu ungelenkig. Nichtsdestotrotz habe ich in der vergangenen Stunde die merkwürdigsten Verrenkungen gemacht, und nach anfänglichem Sträuben, das von meiner Überzeugung herrührte, mir bei diesen abgedrehten Übungen garantiert etwas Wichtiges zu brechen oder auszukugeln, bin ich jetzt überraschend gut bei der Sache. Ich bin entspannt wie nach einer Massage oder etwas in der Art, meine Muskeln sind gedehnt und fühlen sich an wie nach einem Milchsäureschub, als hätten ein paar Hände meinen Körper von oben bis unten durchgeknetet.

»Ich möchte dich bitten, über deine Essgewohnheiten Tagebuch zu führen, Hal«, fordert Mickey mich auf.

»Ist das nicht ein bisschen Bridget-Jones-mäßig?«

»Du wirst dich wundern, was du alles unbemerkt in dich hineinstopfst. Kleine Häppchen zwischendurch, von denen du dir einredest, dass sie nicht zählen, die jedoch zusammengenommen unglaublich...«

»Ansetzen?«, falle ich ihm ins Wort.

»... viele Kalorien bedeuten, wollte ich eigentlich sagen, aber im Endeffekt läuft es natürlich darauf hinaus. Also, machst du es?«

»Klar«, lüge ich und schicke mich an, meinen Mantel und meine Tasche aufzuheben.

»Wo willst du denn hin, Hal?«, fragt Mickey, als ich mir den Mantel überstreife und die Tür ansteuere.

»Wir sind doch für heute fertig, oder?«

Er sieht auf die Uhr und schüttelt den Kopf.

»Du hast noch eine ganze Stunde. Nachdem du jetzt aufgewärmt bist, kommt das Vergnügen. Wir joggen eine Runde.«

»Wie passt das denn zusammen?«

Er sieht mich fragend an.

»Vergnügen und joggen«, erkläre ich.

Er lächelt kurz.

Ich glaube, er denkt, dass ich das Training nicht ernst genug nehme.

»Also los, zieh den Mantel aus!«

Ich murre und knurre, doch dann denke ich an Issy und daran, wie viel sie dafür berappt hat, dass Mickey mir Dinge sagt, die ich nicht hören will, ziehe mir den Mantel wieder aus und folge ihm aus der Tür und weiter die Straße hinunter.

Und so joggen wir Kilometer um Kilometer und noch mehr verdammte Kilometer, und ich kämpfe mich stöhnend und schimpfend die Straßen entlang, bis er schließlich aus heiterem Himmel abrupt stehen bleibt, und da ich einfach nur schnaufend und ächzend blind hinter ihm hergelaufen bin, renne ich mit voller Wucht von hinten in ihn hinein. Unsere Köpfe krachen ineinander, und wir wanken gegen eine Mauer, verharren dort keuchend, reiben uns unsere schmerzenden Schädel und durchbohren einander mit Blicken.

Nach einigen Minuten eisigen Schweigens lächelt er mich plötzlich an und sagt: »Komm, gehen wir!«

»Wohin denn?«

»Ich lad dich auf ein Bier ein.«

Ich glaube, ich höre nicht richtig.

Das ist ja wohl das Letzte, was man während einer Trainingsstunde erwartet – mittendrin aufhören und im nächstbesten Pub ein Bier zischen.

Er packt mich am Ellbogen und führt mich ein paar Straßen weiter zu einer riesigen alten Kneipe namens Frog in a Bucket.

»Das ist meine Stammkneipe«, sagt er und hält mir mit einer einladenden Geste die Tür auf.

Das Frog in a Bucket ist einer jener Pubs, die halb Pub, halb Bistro sind, mit Holztischen und Kerzen und Jazzmusik statt einer Jukebox.

Mickey führt mich an einen Tisch, geht an die Theke und kommt mit zwei kleinen Bieren zurück.

Ich starre verwirrt auf mein Glas, bis er seins hebt, mir zuprostet und trinkt.

Ich genehmige mir auch einen Schluck.

»Hier kann man übrigens auch ganz gut essen«, stellt er im Plauderton fest.

»Äh, aha«, entgegne ich, immer noch voll neben der Spur und absolut ratlos, warum er mich wohl hierher geschleppt hat.

»Sieh dir mal die Frau da vorne an.«

Jetzt habe ich die Antwort: aus purer Grausamkeit.

In unserer Nähe sitzt eine hinreißende Frau mit einer supertollen Figur vor einer Riesenportion Nachos mit Chili und Käse. Ohne jede Pause schiebt sie sich einen Nacho nach dem anderen rein und spült sie mit Wein herunter.

»Was meinst du – warum kann sie all das Essen in sich hineinstopfen und trotzdem so aussehen?«, fragt er mich.

»Keine Ahnung, aber wenn sie ein Buch über dieses Geheimnis schreiben sollte, würde ich es mir sofort kaufen.«

Er lächelt mich trocken an.

»Spaß beiseite, Hal, was meinst du?«

»Sie ist eins von diesen glücklichen Knochengerippen, die essen können, was sie wollen, und dank ihres ›schnellen Stoffwechsels‹ nie auch nur ein einziges verdammtes Gramm zunehmen«, erwidere ich neidvoll, wobei ich die Finger zu Hilfe nehme, um den Part mit dem Stoffwechsel besonders zu unterstreichen.

»Sie hat keinen so genannten schnellen Stoffwechsel.«

»Jedenfalls bestimmt einen schnelleren als ich. Ihrer würde meinen bei einem Wettrennen mit links überholen – selbst mit gefesselten Beinen.«

Mickey schüttelt den Kopf, und es irritiert mich, dass er offenbar mit einem Lachanfall ringt.

»Sie ist Mitglied in meinem Fitnessstudio, und du kannst Gift darauf nehmen, dass sie morgen früh eine der Ersten ist, die zu einem zweistündigen Workout erscheint. Und jetzt sieh dir mal die Frau da vorne an. Wie alt würdest du sie schätzen?«

Ich blinzle zu ihr hinüber.

»Vielleicht ein paar Jahre älter als ich. Anfang dreißig?«

»Sie ist zweiundvierzig.«

»Wow.« Ich bin wirklich beeindruckt.

»Ja. Sie sieht klasse aus, nicht wahr? Sie ist die Yogatrainerin in meinem Fitnessstudio.«

Das erklärt natürlich alles, denke ich verdrossen. Sie macht wahrscheinlich seit ihrer Geburt Dehn- und Streckübungen, kein Wunder, dass sie so toll aussieht.

»Sie hat erst vor sechs Jahren damit angefangen«, fährt Mickey fort, als könne er meine Gedanken lesen, »aber das Yoga hat ihr Leben von Grund auf verändert. Früher hatte sie dreißig Pfund zu viel auf den Rippen und war von ihrem Job als Börsenmaklerin total ausgepowert. Das kann das Training dir geben, Hal, wenn du es nur zulässt. Es kann dich frei machen, und wenn diese Freiheit für dich darin besteht, nach Lust und Laune essen zu können, wonach dir der Sinn steht, ohne gleich ein schlechtes Gewissen zu haben oder dir permanent Gedanken um deine Figur machen zu müssen, warum es dann nicht einfach tun? Was aber noch viel wichtiger ist: Gesund zu sein, heißt nicht einfach nur fit und sexy auszusehen und dabei weiterhin Chips und Schokolade zu essen, gesund sein bedeutet, dein Leben auch dann noch voll und ganz genießen zu können, wenn du älter wirst, weil deine Gelenke noch intakt sind, deine Lungen noch richtig arbeiten, dein Herz gesund und dein Kreislauf in Schuss und dein Hirn mit ausreichend Sauerstoff versorgt ist, um es vorm Verkalken zu bewahren. Du siehst das Training immer als eine Art Bestrafung, dabei ist es in Wahrheit der Schlüssel zur Freiheit, Hal. Siehst du die Frau da hinten?«

»Okay, okay, ich hab's kapiert«, unterbreche ich ihn und hebe zum Zeichen der Kapitulation die Hände, während er auf eine weitere durchtrainierte Frau zeigt, die genussvoll isst und Alkohol trinkt.

»Wirklich?«

»Sagen wir, ich bin inspiriert.«

»Gut, das solltest du auch sein, immerhin war das gerade die beste Rede, die ich je gehalten habe«, sagte er mit leiser Selbstironie. »Normalerweise lege ich keinen missionarischen Eifer an den Tag, da siehst du mal, wozu du mich bringst.« Er schüttelt den Kopf. »Also ehrlich, dabei hat Issy mir erzählt, du wärst wirklich nett.«

»Ich bin wirklich nett«, stelle ich klar.

Er zieht eine Augenbraue hoch.

»Du erlebst mich nicht gerade in Hochform.«

»Du kämpfst die ganze Zeit gegen mich an. Ich kann dir nicht helfen, Hal, du musst es für dich wollen.«

»Kommt mir irgendwie bekannt vor«, entgegne ich mit einem verlegenen Lächeln.

»Dann hast du mir also wenigstens gelegentlich ein bisschen zugehört.«

»Es tut mir Leid«, sage ich schließlich. »Können wir noch mal von vorne anfangen?«

»Womit? Mit unserer Joggingrunde?«, fragt er mit gespielter Unschuld.

»Oh nein, alles, nur nicht das!«, schreie ich auf und fasse mir entsetzt an die Kehle. »Ganz im Ernst, können *wir* nicht noch mal von vorne anfangen, du und ich? Ich verspreche auch, mich zu bessern.«

»Und nicht mehr die ganze Zeit herumzustöhnen?«

»Die *ganze* Zeit? Kann ich nicht wenigstens ein bisschen stöhnen?«

Er sieht mich streng an.

»Na gut, also kein Stöhnen mehr.«
»Und du tust, was ich dir sage?«
»Solange du mich nicht aufforderst, von einer Brücke zu springen oder mich vor ein fahrendes Auto zu stürzen.«
»Oh, genau das hatte ich heute vor.«
»Es tut mir wirklich Leid.« Ich senke beschämt den Kopf. »Ich bin dir ganz schön auf die Nerven gegangen, oder?«
»Das kann man wohl sagen«, bestätigt er schonungslos. »Dabei versuche ich nur, dir zu helfen.«
»Ich weiß, können wir also noch einmal von vorne anfangen?«
Er nickt.
»Okay. Was sind dein Ziele, Hal? Was willst du?«
Ich denke einen Moment nach.
»Abgesehen von einer Riesenportion Chili-Nachos«, fügt er hinzu und grinst.
Ich lächle.
»Also gut, um realistisch zu bleiben – ich möchte das Beste aus *mir* machen. Ich strebe keine Modelfigur mit Konfektionsgröße 34 und perfekten Proportionen an, weil ich so nun mal einfach nicht bin, aber in meinem tiefsten Inneren wünsche ich mir, dass mein Körper, der mir nun mal gegeben ist, so fit wird wie nur irgend möglich.«
»Wie tief in deinem Inneren?«
Ich lächle verlegen.
»Nicht so tief, wie du denkst.«
»Dann kann ich dir helfen, Hal. Wenn du mich lässt.«
Ich nicke langsam und beiße mir reumütig auf die Unterlippe.
»Also sehen wir uns nächsten Samstag wieder?«
»Um Punkt zehn Uhr.«
»Mit deinem Esstagebuch?«
»Mit meinem Esstagebuch.«
»Schön.«

Er hält mir eine Hand hin, und ich ergreife sie. Es fühlt sich an, als würden wir eine wirklich wichtige Abmachung besiegeln, einen richtig großen Deal. Mickey kennt das Geheimnis körperlicher Fitness, und wenn ich endlich aufhöre, unentwegt herumzunörgeln, und stattdessen den Mund halte und ihm wohlwollend und geduldig zuhöre wie Yoda Luke Skywalker, wird er mich mit dem größten Vergnügen in dieses Geheimnis einweihen.

An diesem Nachmittag schnappe ich mir mein Zeitschriftenfoto von Reese Witherspoon und fahre nach Knightsbridge zu dem teuren Friseur, den Lois mir für mein neues Styling empfohlen hat. Ich habe Beth gebeten, mich zu begleiten und mir seelisch beizustehen, denn ich habe mehr Angst vor teuren Friseuren als vor einem Besuch beim Zahnarzt; außerdem will sie sich sowieso eine Pediküre verpassen lassen.

»Oh, Hal«, stöhnt sie auf dem Weg im Taxi, »ich habe schon so lange nicht mehr meine Füße gesehen, dass ich gar nicht mehr weiß, wie viele Zehen ich habe.«

»Glaub mir, es sind immer noch zehn.«

»Da wäre ich mir nicht so sicher«, seufzt sie. »Sebastian ist mir in letzter Zeit so oft draufgelatscht, dass es mich nicht wundern würde, wenn nicht mehr alle da wären.«

»Nervt er dich in letzter Zeit ein bisschen?«

»Ein bisschen? Wenn das Baby nicht sehr bald kommt, wird es definitiv keinen Vater *haben*, weil ich ihn vorher umbringen werde. Er fasst mich nur noch mit Samthandschuhen an.«

»Aber das ist doch schön! Das zeigt doch, wie sehr er sich um dich sorgt.«

»Aber zwischen sich sorgen und das Kommando übernehmen gibt es einen Riesenunterschied, du müsstest ihn mal hören, Hal.« Sie imitiert ziemlich gekonnt Sebastians französischen Akzent. »Bist du sicher, dass du das wirklich tun solltest, Beth, bist du sicher, dass du das wirklich essen solltest, Beth, warum legst du dich nicht ein bisschen hin, Beth, es ist schon spät, Beth, vielleicht solltest du lieber ins Bett gehen, Beth, willst du heute wirklich mit Harriet ausgehen, Beth.«

»Verstehe«, sage ich teilnahmsvoll.

Beth verzieht das Gesicht.

»Ich weiß ja, dass er es nur gut mit mir beziehungsweise uns meint, aber mit seiner Fürsorge treibt er mich allmählich in den Wahnsinn. Und wegen des Namens liegen wir uns auch immer noch in den Haaren. Weißt du, womit er mir bisher gekommen ist?«

»Womit denn?«

»Sein erster Vorschlag war Harold.«

»Auch wenn es ein Mädchen werden sollte?«, scherze ich.

Beth lacht, aber ihr Lachen klingt bitter.

»Das würde ich ihm glatt zutrauen. Gott sei Dank konnte ich ihm diesen Namen ausreden, doch dann ist er tatsächlich mit Nicole gekommen.«

»Das ist doch ein schöner Name.«

»Ich nenne mein Kind doch nicht nach der bevorzugten Fantasie-Bumspartnerin des Vaters – also Nicole, wie Nicole Kidman.«

»Ach so, verstehe.«

»Wie kann er nur so taktlos sein! Und dann auch noch, wenn ich mich zurzeit wie ein Nilpferd fühle! Ich glaube, ich lasse mir nicht nur eine Pediküre, sondern auch eine Gesichtsbehandlung machen, und danach lasse ich mich vielleicht auch noch schminken.«

»Aber du siehst fabelhaft aus«, versichere ich ihr, getrieben von dem unwiderstehlichen Bedürfnis, sie zu bestärken.

»Meinst du wirklich?«, fragt sie freudlos.

»Aber ja. Du strahlst geradezu vor Schönheit.«

»Ach Hal, das ist doch ein abgedroschenes Klischee.«

»Wenn schon, aber es stimmt. Dein Haar glänzt, deine Haut ist makellos, und guck dir nur deine Fingernägel an – wann hattest du je so lange und feste Fingernägel?«

Beth sieht hinab auf ihre Hände und lächelt schwach.

»Da hast du vielleicht sogar Recht. Dabei habe ich keine Ahnung, wie ich es geschafft habe, sie bei all dem Stress mit Sebastian nicht restlos abzukauen.«

»Soll ich vielleicht mal mit ihm reden?«

Sie lässt bedrückt die Schultern hängen.

»Oh, danke, Hal, aber das ist nicht nötig, es liegt vermutlich genauso sehr an mir wie an ihm. Wahrschinlich spielen einfach meine Hormone verrückt. Ich selbst bin auch sehr reizbar, und dann schaukelt sich das Ganze leicht hoch.«

Sie wirft erneut einen Blick auf ihre Fingernägel.

»Ob ich mir vielleicht auch eine Maniküre gönnen sollte?«

»Unbedingt«, bestärke ich sie und nicke, »und eine Gesichtsbehandlung und einen Haarschnitt. Du solltest nichts auslassen, was sie zu bieten haben, Sebastian zahlt ja.«

Schließlich lacht Beth.

»Klingt verdammt gut.«

»Das wird es auch sein. Warte nur ab, wenn wir wieder rauskommen, sehen wir aus wie Filmdiven.«

Drei Stunden später sitze ich vor einem Spiegel, beiße mir auf die Fingerknöchel, um nicht in einen Heulkrampf auszubrechen, und starre geschockt in den Spiegel. Im Grunde könnte auch Beth mein Spiegelbild sein, denn sie hat den Mund ebenfalls zu einem perfekten »O« aufgerissen, nur dass sie sich nicht wie ich auf die Hand beißt.

Keine Sorge, man hat mir in dem extrem schnieken Friseursalon nicht etwa den Kopf angekokelt oder mich kahl geschoren, vielmehr haben sie aus mir eine exakte Kopie des Reese-Witherspoon-Fotos gemacht, das ich immer noch fest umklammert in der anderen Hand halte, derjenigen, die ich nicht wie ein Beißholz in meinen Mund gestopft habe, um den Schmerz zu lindern.

Ich bin nicht sicher, ob ich toll oder total bescheuert aussehe.

Ich blinzle meine Freundin mit Tränen in den Augen an. Sie hat inzwischen mitbekommen, dass ich kurz davor bin, in aller Öffentlichkeit einen hysterischen Anfall zu kriegen, und deshalb ihr beruhigendes Gesicht aufgesetzt.

»Es ist, äh... eine ziemlich radikale Veränderung«, stellt sie mit einem etwas zu freudigen Strahlen fest.

»Es gefällt dir nicht«, murmle ich.

»Das stimmt nicht, Hal, du siehst nur so extrem anders aus, dass ich mich erst mal ein bisschen daran gewöhnen muss.«

Offenbar ist sie zu dem Schluss gekommen, meine neue Frisur im Moment lieber nicht weiter zu betrachten, denn sie schwingt mich in meinem Drehstuhl herum und hält mir eine Hand hin.

»Komm, Zeit fürs Make-up! Lass uns erst mal deine Augen verschönern, dann noch ein bisschen Schminke ins Gesicht, und schon wirst du dich viel besser fühlen.«

Ich nicke langsam.

Unglücklicherweise lasse ich die gesamte Schönheitsprozedur bei einer beruhigenden Tasse Kamillentee über mich ergehen und merke deshalb zu spät, dass ich auf das Färbemittel für die Wimpern leicht allergisch reagiere. Meine armen wunden Augen fangen ohne jeden emotionalen Input an zu tränen, obwohl ich problemlos auch so in Tränen ausbrechen könnte. Mit meinem hellblonden Haar und meinen hervorquellenden geröteten Augen sehe ich aus wie ein zu Tode erschrockenes Albinokaninchen, das im Dunkeln von Scheinwerfern geblendet wird.

Eigentlich sollte ich den Schönheitssalon himmelhoch jauchzend verlassen, doch stattdessen schleiche ich mit Sonnenbrille heraus und steuere auf direktem Wege das nächste Einkaufszentrum an, wo ich zusätzlich zu der sowieso schon astronomischen Rechnung noch mehr Geld ausgebe und mir einen Hut kaufe.

Das restliche Wochenende verbringe ich zu Hause und gebe vor, die Wohnung von Kopf bis Fuß zu putzen, doch in Wahrheit verstecke ich mich – vor meinen Freundinnen, vor dem Rest der Welt und vor allem vor mir selbst. Denn in meiner Wohnung weiß ich, wo die Spiegel sind, und kann sie, wenn mir danach ist, einfach verhüllen oder umdrehen. Zum Glück besucht Jack gerade ein Weiterbildungsseminar.

Was habe ich bloß getan! Ein weiteres Mal fühle ich mich hundeelend. Vorher sah ich ganz okay aus, jetzt sehe ich aus, als wäre ich einer Freakshow entstiegen. Die roten Augen und das blonde Haar kommen mir absolut fremd vor. Das ist es: Ich sehe aus wie ein Alien. Ich würde am liebsten zur Drogerie laufen und mir mein Haar sofort wieder braun färben, doch ich habe Angst, dass es durch die fortwährende Färberei überstrapaziert wird und ausfällt, und obwohl es mich schier wahnsinnig macht, bin ich immer noch lieber ein blonder Alien als kahl.

Zum Glück ist die allergische Reaktion bis Montag abgeklungen, meine Augen sind abgeschwollen und wieder normal groß, meine Wimpern sind lang und sehen wirklich gut aus, und meine Frisur lässt mich nicht mehr jedes Mal entsetzt zurückweichen, wenn ich an einem Spiegel vorbeikomme.

Als ich im Büro ankomme, fühle ich mich noch besser.

Selma redet eine halbe Stunde auf mich ein, dass ich endlich den Hut abnehmen soll, bis sie schließlich vom guten Zureden die Nase voll hat und ihn mir einfach vom Kopf reißt. Ihre Reaktion auf mein neues Styling überrascht mich.

»Du siehst großartig aus«, sagt sie, nachdem sie mich eingehend gemustert hat. »Wie Marilyn Monroe.«

»Eigentlich wollte ich aussehen wie Reese Witherspoon.«

»Nie gehört. Wer ist das denn?«

»Eine Schauspielerin.«

»Egal, es steht dir jedenfalls gut, wer auch immer dabei Pate gestanden hat.«

»Findest du wirklich? Ich war noch nie blond. Na ja, das stimmt nicht ganz, als kleines Mädchen war ich auch schon mal hellblond, aber nur bis ich fünf war, ab da ist mein Haar zusehends dunkler geworden. Außerdem habe ich es noch nie so kurz getragen. Nicht dass es ein richtiger Kurzhaarschnitt wäre, aber für mich ist es ziemlich kurz. Im ersten Moment hat mich meine neue Frisur total geschockt. Ich konnte das ganze Wochenende an keinem Spiegel vorbeigehen, ohne entsetzt aufzuschreien, weil ich bei meinem Anblick jedes Mal dachte, irgendein Fremder wäre bei mir eingebrochen, und ich war absolut sicher, du würdest die neue Farbe und den neuen Schnitt hassen, ich dachte, alle würden mit Fingern auf mich zeigen.«

Ich verstumme, als ich registriere, dass Selma mich mit verschränkten Armen anstarrt und dabei mit den Füßen auf den Boden klopft.

»Sehe ich wie jemand aus, der dir ein Kompliment machen würde, wenn es nicht so gemeint wäre?«

»Äh... nein.«

»Na also.«

Und indem Selma mein Frisurdesaster zu einem Nichtdesaster erklärt, fühle ich mich plötzlich viel besser.

Im Verlauf des Tages werde ich mit weiteren Komplimenten überschüttet.

Graham sagt mir, dass ich großartig aussehe, der Vorarbeiter vertraut mir an, dass er auf der Stelle um meine Hand anhalten würde, wenn er nicht in zwei Monaten sechzig würde und die Befürchtung hätte, dass die Flitterwochen mit mir ihn noch vor seinem großen runden Geburtstag ins Grab bringen würden, und der gar nicht so schlecht aussehende Vertreter der Schieferplattenfirma, Alex Ratliffe, steckt mir eine Visitenkarte zu, auf deren Rückseite er seine Privatnummer hingekritzelt hat, dazu das Angebot »Ruf mich an, dann treffen wir uns auf einen Drink«.

Gegen Mittag fühle ich mich schon mutig genug, ohne Hut zum Kiosk zu gehen, und ernte beim Überqueren der Baustelle so viele bewundernde Pfiffe, dass meine stolzgeschwellte Brust eigentlich nicht mehr durch die Tür des Bürocontainers passen dürfte, als ich zwanzig Minuten später mit den Schinkenbrötchen zurückkomme.

Ich habe mich nach der Arbeit auf einen Drink mit Isabelle verabredet und überstehe die ganze U-Bahnfahrt zu unserem Treffpunkt, ohne den Hut aus meiner Tasche zu ziehen. Allerdings betrachte ich mein Spiegelbild fast die ganze Zeit narzisstisch in einem der dunklen U-Bahnfenster.

Obwohl ich mich schon um Längen besser fühle, macht mich mein neues Aussehen immer noch nervös, aber ich weiß, dass Isabelle mir ihre Meinung ungeschminkt ins Gesicht sagen wird, egal wie sie ausfallen wird.

Wir haben uns in einem netten kleinen Weinlokal in Bank verabredet, in dem man zu erschwinglichen Preisen auch ganz gut essen kann.

Isabelle kommt fünf Minuten nach mir.

Ich stehe an der Theke, nippe an einer Cola Light und studiere die Speisekarte nach der Tagesauswahl an Salaten.

Isabelle tut so, als würde sie mich nicht erkennen, geht an mir vorbei, hält inne, gibt vor, zweimal hinsehen zu müssen, ruft: »Wow, bist du es wirklich?«, kramt aus ihrer Handtasche einen Kugelschreiber und ein Stück Papier hervor und bittet mich um ein Autogramm.

Ich werde rot, lache und sage ihr, dass ich mich alleine verarschen kann, aber in Wahrheit fällt mir ein Stein vom Herzen, weil ihre Reaktion bedeutet, dass mein neues Styling ihre Zustimmung findet.

»Gefällt dir meine neue Frisur?«

»Und wie! Du siehst *superklasse* aus, Hal, richtig glamourös. Der neue Look lässt dich irgendwie... reifer aussehen, das ist eigentlich nicht ganz das passende Wort, aber du verstehst schon, was ich meine.«

»Ich glaube, ja.«

»Und du? Gefällst *du dir* denn auch?«, fragt sie besorgt.

»Es geht so. Ich glaube, es reift ganz allmählich in mir, dass mir mein neuer Kopf gefallen könnte.«

»Eins kann ich dir jedenfalls versprechen, Gregg würde aus den Latschen kippen, wenn er dich so sähe.«

»Meinst du?«

Sie nickt mit Nachdruck.

»Und da wir gerade vom Teufel sprechen – ich habe ihn heute gesehen, in der Kantine.«

»Tatsächlich?«

Sie nickt.

»Und? Hat er mit dir geredet?«, dränge ich.

»Er ist an meinen Tisch gekommen und wollte wissen, warum du ihm nichts von deiner Versetzung erzählt hast.«

»Ach, herrje, und was hast du dazu gesagt?«

»Dass du ziemlich beschäftigt warst und wahrscheinlich nicht daran gedacht hast.«

»Gut gemacht«, entgegne ich grinsend. »Und was hat er darauf erwidert?«

»Er sah ziemlich betroffen aus.«

Das Grinsen vergeht mir.

»Komm bloß nicht auf die Idee, dir deshalb Gedanken zu machen, Hal!«, ermahnt sie mich. »Er hat es nicht besser verdient.«

»Du hast ja Recht«, stimme ich ihr zu. »Ich finde, das muss begossen werden. Was nimmst du?«

»Weißwein?«

»Gute Idee. Bestellen wir am besten gleich eine Flasche. Willst du auch essen? Die Speisekarte klingt verlockend.«

Sie nickt und nimmt mir die Karte aus der Hand.

»Wirklich nett hier. Vielleicht sollten wir uns regelmäßig nach der Arbeit treffen, jetzt, wo wir nicht mehr zusammen mittagessen. Was hältst du von einer Flasche weißem Zinfandel? Dazu nehme ich Lasagne.«

»Oh ja, das klingt gut«, entgegne ich, und im gleichen Moment habe ich das Gefühl, als säße Mickey auf meiner Schulter und flüsterte mir ins Ohr »Denk an dein Esstagebuch!«

»Nein, lieber nicht«, meine ich zögernd. »Wenn ich es mir genau überlege, nehme ich doch lieber noch eine Cola Light und einen Tunfischsalat mit Essig und Öl.«

»Gutes Mädchen«, sagt Issy und lächelt mich aufmunternd an.

Als ich mein Portemonnaie öffne, um ein paar Münzen herauszunehmen, fällt eine kleine Karte heraus. Isabelle hebt sie auf, dreht sie um und sieht mich mit einem vielsagenden Blick an.

»Und was ist das, bitteschön?«

»Eine Telefonnummer.«

»Das sehe ich, du Witzbold. Verrätst du mir auch, wessen Nummer das ist?«

Ich nehme ihr die Visitenkarte aus der Hand und drehe sie um.

»Alex Ratliffe, Vertreter für Schieferplatten«, liest sie laut vor, als ich ihr die Karte vor die Nase halte.

»Und warum hat Alex Ratliffe, Vertreter für Schieferplatten, dir seine Nummer gegeben?«

»Weil er will, dass ich ihn anrufe.«

»Ha!«, quängelt sie und droht, mir mit ihrer Handtasche eins überzubraten, womit nicht zu spaßen ist, da ihre Handtasche einem überquellenden Schulranzen gleicht und so schwer ist, als wäre sie mit Ziegelsteinen gefüllt.

»Also gut, er will sich auf einen Drink mit mir treffen«, präzisiere ich. »Aber natürlich bin ich nicht interessiert, also ist die Sache damit erledigt.«

»Was meinst du damit, dass du natürlich nicht interessiert bist? Warum bist du nicht interessiert?«

»Das weißt du doch genau, Isabelle.«

»Du meinst, der großartige Gregg kann getrost mit einer anderen Tussi zusammenziehen, aber du ziehst nicht einmal in Erwägung, dich mit einem anderen Typen auf einen Drink zu treffen? Das ist doch krank, Hal.«

»Er ist nicht mit ihr zusammengezogen.«

»Ich weiß, aber es macht mich einfach sauer. Du hast so viel zu bieten, Hal, er hat dich einfach nicht verdient.«

Sie sieht so wütend aus, dass ich unsicher werde.

»Ich dachte, du stehst in dieser Angelegenheit hinter mir.«

»Das tue ich ja auch, weil ich weiß, dass du ihn unbedingt zurückhaben willst, aber ich bin trotzdem überzeugt, dass du etwas Besseres verdient hast.«

»Also denkst du, ich vergeude meine Zeit.«

»Das sage ich nicht, wie sollte ich mir da so sicher sein? Ich merke nur, dass du dich so ins Zeug legst, bloß um Gregg zu gefallen, und ich will nicht, dass er am Ende... na ja, dass er dich am Ende noch einmal enttäuscht.«

Ich reibe mir nervös die Schläfen.

Ich kann ihre Bedenken nur zu gut verstehen, weil mir der Gedanke, offen gesagt, auch schon durch den Kopf gegangen ist. Schließlich heißt es »Wer einmal lügt, dem glaubt man nicht, und wenn er auch die Wahrheit spricht«. Doch im Moment habe ich das Gefühl, dass ich dieses Risiko nur zu gern in Kauf nehmen würde, wenn ich bloß wieder mit ihm zusammen sein könnte.

Vielleicht sollte ich an dieser Stelle einen kleinen Exkurs einschieben und ein bisschen über Gregg erzählen.

Bisher habe ich ihn nur als eine miese Ratte geschildert, und jeder denkt vermutlich, genau wie Isabelle, dass ich verrückt sein muss, ihn zurückhaben zu wollen. Allerdings habe ich den anderen Gregg noch gar nicht vorgestellt. Wenn ich zurückblicke in die Zeit vor Rachel und vor dem ganzen Kummer, dann wird vielleicht verständlich, warum ich um alles in der Welt wieder mit Gregg zusammen sein will. Und damit sind wir wieder bei meiner Lieblingsmarotte. Einer weiteren Liste.

Warum ich Gregg liebe:

1. weil er mich zum Lachen bringt.
2. weil er immer zärtlich zu mir ist, nicht nur beim Vorspiel.
3. weil er mir aus freien Stücken sagt, dass er mich liebt.
4. weil er mich pflegt, wenn ich krank bin, anstatt mich zu meiden und in den Pub zu gehen, um sich nicht anzustecken; weil er mir etwas zu essen macht, mir Tee, Tabletten und Taschentücher ans Bett bringt; weil er alles tut, damit es mir wieder besser geht.
5. weil er mit mir redet, ich meine, sich ernsthaft mit mir unterhält und sich wirklich für meine Meinung interessiert.
6. weil er sehr gut aussieht (ja, derart oberflächliche Dinge interessieren mich tatsächlich) und so schöne blaue Augen hat.
7. weil er so intelligent und ehrgeizig ist und hart an seiner Karriere arbeitet, was ich aufrichtig bewundere.
8. weil wir zusammen Spaß haben.
9. weil er ein guter Freund ist (und man sollte seinen Freunden doch vergeben, wenn sie einen gelegentlich enttäuschen, oder?)
10. weil er mich im Bett meine eiskalten Füße auf seine legen lässt, damit sie warm werden.

Ich weiß ja, dass ich von den aufgezählten Vorzügen vermutlich etliche in die Vergangenheitsform setzen sollte, aber das ist ja genau der Punkt. Egal was Issy oder wer auch sonst immer sagt – ich sträube mich dagegen, dass sie Vergangenheit sein sollen.

Am Dienstagabend sitze ich zu Hause und verfasse mein Esstagebuch.

Mickey hat mich ermahnt, absolut ehrlich zu sein, was bedeutet, dass ich alles, was in meinen Mund wandert, UNBEDINGT aufschreiben soll. Allerdings hege ich diesem Tagebuch gegenüber immer noch einen gewissen innerlichen Groll, weshalb ich ihn aus Rache ein bisschen zu wörtlich nehme.

MONTAG:
5 *Gläser Wasser*
2 *Gläser Orangensaft*
3 *Tassen Tee*
2 *Cola Light*
2 *Scheiben Vollkorntoast mit Marmelade*
2 *kleine Schinkenbrötchen*
1 *großen Tunfischsalat*
3 *Lagen Lippenstift*
1 *freche Fliege*
1 *kleinen Brösel Ohrenschmalz*

DIENSTAG:
4 *Gläser Wasser*
2 *Gläser O-Saft*
1 *Orangenkern*
1 *Tasse Kaffee*

Beim Dienstag werde ich von einem Ruf aus dem Flur unterbrochen.

»Ich bin wieder da!«

Es ist Jack, der von seinem Seminar zurück ist.

»Ich bin hier!«, rufe ich zurück.

Jack steckt den Kopf durch die Tür, zwinkert überrascht mit

den Augen, zieht den Kopf wieder zurück, erscheint erneut und verschwindet wieder im Flur.

»Hal? Hal? Hal?« Er tut so, als würde er nach mir rufen. »Wo bist du? Und wer ist dieses Glamourgirl auf deinem Sofa?«

»Komm rein, du Witzbold!«, weise ich ihn zurecht, kann mir aber ein Lächeln nicht verkneifen, als er sich neben mir niederlässt und meine Frisur bestaunt.

»Und? Gefällt dir mein neuer Schnitt?«, frage ich schließlich, als er nichts sagt und mich den Bruchteil einer Sekunde zu lange anstarrt.

»Diese Frage solltest du einem Mann nie stellen, Hal, genauso wenig wie ›Sieht mein Hintern darin dick aus?‹ oder ›Bist du sicher, dass du nicht eben dieser Blondine mit dem knackigen Arsch und den wohlgeformten Titten hinterher gegafft hast?‹«

»Man sollte diese Fragen vielleicht niemals dem Mann stellen, mit dem man gerade *zusammen* ist, aber meinen Lieblingsmitbewohner kann ich doch wohl fragen. Also, Jack, ganz ehrlich: Sieht mein neuer Schnitt gut aus, ich meine aus dem Blickwinkel eines Mannes?«

»Er sieht aus jedem Blickwinkel gut aus«, erwidert er in seiner besten Groucho-Marx-Manier. »Ich stelle nur mal gerade das Zeug hier ab«, er zeigt auf seine Taschen, »in der Zwischenzeit kannst du dir schon mal deinen Mantel schnappen und dir Schuhe anziehen. Deine neue Frisur sieht so umwerfend aus, dass sie es verdient, auf einen Drink ausgeführt zu werden.«

Kapitel 8

Es ist früher Freitagabend, und ich stehe in meinem schönen, eleganten, erotischen Schlafzimmer und versuche, mir eine enge Jeans über die Schenkel zu zerren.

Mickey hat mir geraten, meiner Waage zu misstrauen, was ich allerdings schon immer getan habe. Ich bin ihr seit eh und je mit einer Mischung aus Ehrfurcht, Angst und Zweifel begegnet und habe mich gewundert, wie so ein kleines, scheinbar belangloses Gerät meine Gefühle stärker zu beherrschen vermag als meine Hormone. Je nachdem, was sie gerade angezeigt hat, war sie für mich entweder meine beste Freundin oder ein noch größerer Lügner als Pinocchio.

Je mehr ich trainiere, desto mehr Muskeln bekomme ich laut Mickey, und da Muskeln mehr wiegen als Fett, würde ich womöglich weniger Gewicht verlieren als erwartet.

Deshalb soll ich meine Waage ignorieren und stattdessen meinen Körperumfang messen und den Schwund an Zentimetern feiern, anstatt den Schwund von Pfunden.

Mein neuer bester Freund ist jetzt mein Maßband.

Es ist erstaunlich, wie man seinen Umfang durch einfaches Einatmen manipulieren kann!

Leider hat Mickey diesen Trick mit seiner üblichen Gnadenlosigkeit vorausgesehen und mich zu einer zusätzlichen Erfolgskontrolle verdammt.

Er hat mich angewiesen, mir eines meiner Lieblingskleidungsstücke auszusuchen, das mir mal passte, und den Erfolg meiner Diät und meines Trainingsprogramms daran zu messen, wie weit ich mich schon hineinquetschen kann.

Da ich grundsätzlich streng mit mir selbst bin, habe ich eine wunderschön geschnittene Jiggy-Jeans ausgewählt, die ich mir während meiner schlanksten Zeit gekauft und in die ich nur ein einziges Mal hineingepasst habe. Sie ist supertoll, und ich wollte sie damals unbedingt haben, deshalb müsste sie der ideale Ansporn sein, meinen Heißhungerattacken nach Schokolade zu widerstehen, wenn sie mich allzu heftig überkommen.

Mickey hat mir geraten, sie zur ständigen Erinnerung an meine Vorsätze deutlich sichtbar in meinem Schlafzimmer aufzuhängen.

Samstags hänge ich sie jetzt immer an die Innenseite der Wohnungstür, damit sie mich davon abhält, rasch zum nächsten Kiosk zu huschen und mir einen Schokoriegel zu kaufen. Sobald der Kiosk geschlossen hat, drapiere ich sie als Stoppschild über den Kühlschrank, damit ich ihn nicht nach einem Ersatz für einen Schokoriegel durchstöbere.

Hin und wieder probiere ich sie an und prüfe, ob ich sie ein kleines Stück höher kriege.

Meine Jiggy-Jeans lügt nie.

Ich kriege sie mittlerweile bis über den Schritt, und wenn ich die Luft so stark anhalte, dass ich beinahe in Ohnmacht falle, würde ich sie vermutlich sogar bis über den Hintern bekommen, aber wahrscheinlich müsste dann die Feuerwehr anrücken, um mich wieder herauszuschneiden, weshalb ich dieses Manöver noch nicht gewagt habe. Ich bin gerade dabei, sie einen weiteren Zentimeter höher zu zerren, als es klingelt.

Jack muss wieder mal seinen Schlüssel vergessen haben.

Ich habe zehn Minuten gebraucht, die Jeans so weit hoch zu bekommen, weiß der Himmel, wie lange ich brauche, sie wieder runterzukriegen.

Es klingelt noch einmal. Offenbar bleibt mir nichts anderes übrig als so, wie ich bin, über den Flur zu hüpfen und Jack versprechen zu lassen, dass er die Augen zumacht und geschlossen hält, bis ich wieder in meinem Zimmer bin.

Ich öffne die Tür einen Spalt und verberge meinen halb bekleideten Körper dahinter.

»Hast du Schussel schon wieder deinen Schlüssel vergessen?«, lege ich los, doch dann verschlägt es mir die Sprache, und meine Kinnlade fällt runter. Es ist nicht Jack, der da ziemlich belämmert vor meiner Tür steht, sondern Rachel.

Rachel mit dem umwerfenden Gesicht und dem glänzenden Haar.

Rachel, die mich vor Wut schäumen lässt und gleichzeitig den Tränen nahe bringt.

Rachel, die mit meinem Freund bumst.

Ich sehe noch einmal hin.

Sie sieht ebenfalls noch einmal hin.

Sie ergreift als Erste das Wort.

»Bist du Harriet?«

Ich nicke wie benommen.

»Du siehst so anders aus.«

»Ich war beim Friseur«, murmle ich hinter der Tür.

»Ach so. Äh, schön, steht dir wirklich gut.«

Das kann nicht wahr sein! Rachel, die Gregg-Bumserin, steht vor meiner Tür und macht mir ein Kompliment.

Ich starre sie weiter stumm an.

Sie sieht erst nach links und dann nach rechts, als wolle sie eine Straße überqueren, dann zwingt sie sich, mir in die Augen zu sehen.

»Ich komme ziemlich unerwartet, ich weiß, aber darf ich vielleicht einen Augenblick reinkommen?«

»Ehrlich gesagt passt es mir im Moment nicht besonders gut.«

»Oh, okay, das hätte ich mir auch denken können. Wie blöd von mir. Dann gehe ich wohl besser. Tut mir wirklich Leid.«

»Nein, so meine ich das gar nicht.«

Ich habe wirklich keine Lust, ihr zu erklären, dass ich leider gerade in einer Jeans festsitze, die mir einfach nicht passen will, egal wie streng ich auch Diät halte und wie hart ich trainiere, und dass ich nicht gerade erpicht darauf bin, vor Miss Perfect Body den Flur entlangzuhüpfen und ihr meinen immer noch viel zu breiten Hintern zu präsentieren.

»Es ist schon okay. Ich brauche nur eine Minute. Ich muss kurz die Tür schließen, aber ich bin sofort wieder da. Ich war gerade dabei, mich anzuziehen, weißt du, und ich dachte, du wärst mein Freund Jack. Warte einen Augenblick, okay? Ich mache jetzt zu, aber ich bin gleich wieder da.«

Ich schließe die Tür, hüpfe, oder besser watschle über den Flur in mein Zimmer, werfe mich aufs Bett und pelle mich aus der engen Jeans. Es ist, wie wenn man eine unreife Orange schält – entsetzlich mühsam und nicht besonders gut für die Fingernägel. Und während ich mir die Jeans vom Leib zerre und mich im wahren Sinne häute, frage ich mich, was Rachel bloß von mir will. Außerdem ringe ich mit mir, ob ich ihr weiter geschockt, aber höflich begegnen oder ob ich ihr einfach die Augen auskratzen soll.

Als ich mich endlich aus meiner Killerjeans befreit habe und etwas anhabe, in dem ich mich wieder bewegen und frei atmen kann, gehe ich schon fast davon aus, dass sie weg ist, aber nein, als ich die Tür öffne, steht sie immer noch da. Sie zupft nervös an dem spitzengesäumten Rand ihrer wunderschönen Veloursledertasche herum, und ihre bleistiftdünnen Beine, die in einer Jeans stecken, gegen die meine Jiggy's aussieht wie zwei aneinander genähte Denimzelte, zittern leicht.

»Okay«, sage ich und zwinge mich zu einem Lächeln. »Was kann ich für dich tun?«

Wie unschwer zu erkennen ist, habe ich mich für die höfliche Tour entschieden, aber das heißt noch lange nicht, dass ich sie hereinbitte.

»Hoffentlich findest du es nicht total daneben, dass ich gekommen bin, ich wollte nur...« Sie stockt, seufzt, rauft sich sichtlich zusammen und versucht es noch einmal. »Ich wollte dir nur sagen, dass es mir Leid tut. Ich wusste es nicht, ich meine, dass er mit dir zusammen war. Wenn ich auch nur den leisesten Verdacht gehabt hätte, dass Gregg schon eine Freundin hat, mit der er sogar zusammenlebt, hätte ich niemals... nicht in einer Million Jahren. Es tut mir wirklich Leid.«

Ich will etwas erwidern, schließlich ist es schrecklich unhöflich, gar nichts zu sagen, aber genau das tue ich: Ich sage nichts. Mein Mund scheint seine Sprechfähigkeit verloren zu haben und steht einfach nur offen. Sie wartet ganz offensichtlich darauf, dass ich endlich irgendetwas sage, und als ich weiter schweige, überkommt sie ein nervöses Augenzucken.

»Äh, ich gehe dann wohl besser. Bestimmt willst du mir am liebsten eine reinhauen oder mich an die Wand klatschen, deshalb sollte ich jetzt lieber verschwinden. Ich wollte dir nur sagen, dass ich wirklich nichts von dir wusste und wegen dem, was passiert ist, ein schlechtes Gewissen habe.«

Mit diesen Worten dreht sie sich um und steigt die Treppe hinunter.

»Danke.«

Ich bringe das Wort heraus, als sie schon halb unten ist und im Begriff, aus meinem Blick zu verschwinden.

Sie bleibt stehen, dreht sich um und sieht zu mir hoch.

»Es ist mutig von dir, hierher zu kommen, und... und... Ich weiß es zu schätzen«, stammle ich weiter.

Und obwohl sie die Frau ist, wegen der Gregg mich verlassen hat, weiß ich es wirklich zu schätzen. Es ist anständig von ihr, genau das, was ich mir, wenn ich sie wäre, auch wünschen würde zu tun, aber aus Mangel an Mut nicht fertig bringen würde.

»Danke«, entgegnet sie. »Wahrscheinlich wird es dich nicht trösten, aber nachdem du gegangen bist, habe ich ihm die Hölle heiß gemacht. Er hat mir alles gebeichtet. Was blieb ihm auch anderes übrig? Er hatte keine Wahl. Nachdem du bei ihm aufgekreuzt bist, konnte er deine Existenz ja wohl schlecht leugnen, nicht wahr?«

»Hast du ihm eine runtergehauen?«

»Wie bitte?«

»Ob du ihm eine runtergehauen hast?«, wiederhole ich. »Ich hatte eine Wahnsinnslust, ihm eine zu knallen, aber ich konnte mich gerade noch zurückhalten. Wenn du ihm eine verpasst hättest, würde ich mich um Längen besser fühlen.«

»Ah, verstehe.« Sie hat ihre großen braunen Augen vor Überraschung weit aufgerissen. »Äh, nein, geschlagen habe ich ihn nicht.«

»Na ja, wahrscheinlich war das auch besser so.«

»Aber dafür habe ich ihm einen Teller kalte Nudeln über den Kopf gekippt.«

Wir sehen uns schweigend an, und im nächsten Moment lachen wir beide vollkommen hysterisch los, wie zwei Wahnsinnige, doch unser Lachen erstirbt so abrupt, wie es aus uns herausbrach.

»Was für eine groteske Situation!«

Ich nicke.

»Darf ich dich etwas fragen?«

Sie nickt.

»Liebst du ihn?«

Sie schweigt einen Augenblick.

»Willst du das wirklich wissen?«, fragt sie mich sanft.

Ich nicke erneut.

»Also, okay, ja. Ja, ich liebe ihn. Auch wenn ich ihn im Moment auf den Mond schießen könnte.«

»Das Gefühl kenne ich«, entgegne ich wehmütig. Sie nickt irgendwie verständnisvoll, wir lächeln uns kurz an, und dann dreht sie sich um und geht.

Auf der Treppe begegnet ihr Jack.

Er bleibt stehen, lässt sie vorbei und sieht ihr nach.

»Wow! Wer war das denn?«, platzt er heraus, als sie aus seinem Blick verschwunden ist.

Ich sehe die Bewunderung in seinen Augen.

Zum ersten Mal habe ich Lust, ihm eine zu schmieren.

Ich schmiere ihm keine, stattdessen lasse ich eine Tirade los, was ihn wahrscheinlich genauso schockiert, weil er mich noch nie hat schimpfen sehen.

»Typisch Mann, kaum seht ihr eine hübsche junge Frau, schon setzt euer Hirn aus. Ihr seid ja so oberflächlich. Hauptsache, wir tragen Kleidergröße vierunddreißig, haben glänzendes Haar, einen knackigen Arsch und anständige Titten. Ob wir was in der Birne haben, interessiert euch genauso wenig wie unsere Persönlichkeit, Hauptsache, wir sehen aus wie Miss Fucking World!«

Und dann breche ich in Tränen aus.

Jack sagt nichts, kein Wort, er nimmt mich nur in die Arme, drückt mich ganz lange und liebevoll und lässt mich meine Tränen und meine schniefende Nase an seinem Lieblings-Ben-Sheman-Pulli abwischen. Als ich aufhöre zu schluchzen, setzt er mich aufs Sofa und bringt mir eine Tasse Tee. »Gehe ich recht in der Annahme, dass die junge Frau eine gewisse Rachel war?«, fragt er. Ich nicke wie benommen, und er fängt sofort an, sich zu entschuldigen, doch ich bremse ihn.

»Wenn sich hier einer entschuldigen sollte, dann ich! Ich hätte dir nicht gleich den Kopf abreißen dürfen! Woher solltest du wissen, wer sie ist. Und sie sieht nun mal umwerfend aus, das sieht ja ein Blinder.«

»Allerdings muss man blind und *blöd* sein, um nicht zu merken, wie wundervoll *du* bist, Hal.«

»Aber offenbar nicht wundervoll genug. Sonst wäre Gregg ja bei mir geblieben.« Ich schniefe in ein Papiertaschentuch.

»Da kommt eben die Blödheit ins Spiel. Er war ein Vollidiot, dass er dich aufgegeben hat, Hal, und wenn er nicht merkt, was er aufgegeben hat, ist er ein noch größerer Vollidiot. Okay, Rachel mag ja toll aussehen, aber das tust du auch, und darüber hinaus bist du auch noch sexy und clever.«

»Das sagst du nur, um mich zu trösten.«

»Und? Funktioniert es?«

»Ja.« Ich lächle ihn matt an. »Mach ruhig weiter, ein bisschen mehr davon käme noch besser.«

Er grinst zurück.

»Okay, du bist witzig, du bist süß, du bist liebenswürdig, es macht Spaß, mit dir zusammen zu sein, und... und... und...«

»Siehst du! Schon gehen dir die Komplimente aus.«

»Und«, sagt er mit fester Stimme, und dann stimmt er ein Lied an. »You are soooo beauuuutiful to meeee.«

»Okay, okay, es reicht. Ich dachte, Iren wären musikalisch.«

»Klang das etwa nicht gut?«

»Es klang wie ein Schwein, das durch den Fleischwolf gedreht wird.«

»Das ist also der Dank für all meine Komplimente! Was wollte sie eigentlich? Sag nicht, Gregg hat sie geschickt, um die restlichen Sachen zu holen, die er vergessen hat, vielleicht die Badezimmergarnitur und noch ein paar Küchenutensilien.«

Er meint es nicht böse, er will mich zum Lachen bringen, und es funktioniert.

»So gefällst du mir schon viel besser. Kein Mann ist deine Tränen wert, nicht einmal Gregg.«

»*Erst recht* nicht Gregg, willst du wohl sagen«, entgegne ich mit Nachdruck. »Sie ist gekommen, um mir zu sagen, dass er sie auch angelogen hat. Er hat ihr nichts von mir erzählt. Sie dachte, er sei Single, und hatte keine Ahnung.«

»Dass er ihr all das verschwiegen hat, sollte dir allerdings etwas sagen.«

»Ja«, erwidere ich zögernd. »Sollte es vielleicht...«

»Aber es sagt dir nichts?«, beendet er meinen Satz.

»Siehst du, ich bin eben doch blöd!« Ich sehe belämmert zu ihm auf.

Er zuckt mit den Achseln und legt tröstend den Arm um meine Schultern.

»Die Liebe macht uns alle blind, Hal. Die Liebe macht uns alle blind.«

Eine Stunde später treffen Jack und ich uns mit Isabelle zum Abendessen in einem Pub in Covent Garden.

Isabelle hört mir mit offenem Mund zu, als ich ihr von Rachels Überraschungsbesuch erzähle (das Ende mit Jack behalte ich natürlich für mich).

»Ich weiß, dass du das wahrscheinlich nicht hören willst«, stellt sie mit verschränkten Armen fest, als ich fertig bin, »aber meiner Meinung nach ist es ein Segen, dass du ihn los bist. Nimm nur die bloßen Fakten: Er hat nicht nur dich angelogen, er hat auch seine Neue angelogen. Vergiss Gregg, vergiss Rachel, und genieße dein Singledasein!«

»Vielleicht hast du Recht«, gestehe ich traurig.

Wenn es nur so einfach wäre.

Isabelle wartet, bis Jack auf die Toilette geht und beugt sich zu mir vor.

»Und? Hast du diesen Alex angerufen?«

»Nein«, erwidere ich und verstecke mich hinter der Speisekarte.

»Mensch, Hal!«, jammert sie.

»Aber er hat mich angerufen«, gestehe ich und senke die Karte ein wenig. »Bei der Arbeit.«

»Und was hat er gesagt?«

»Er hat mich gefragt, ob ich auf einen Drink mit ihm ausgehe.«

»Und was hast du geantwortet?«

»Dass ich ihn anrufe, sobald ich einen Abend Zeit habe.«

»Und? Wirst du es tun?«

»Wenn ich ehrlich bin – keine Ahnung.«

»Du solltest auf jeden Fall mit ihm ausgehen.«

»Ich glaube, ich bin noch nicht so weit, Issy, vor allem nicht nach diesem Morgen.«

»Nach diesem Morgen solltest du erst recht so weit sein!«

Ich schüttle den Kopf und versuche ihr zu erklären, wie hundeelend und bescheuert ich mich im Augenblick fühle und wie unattraktiv und absolut unaufgelegt für ein Date.

»Rachel liebt Gregg, und sie sieht nicht nur hinreißend aus, sie ist zugegebenermaßen auch noch nett, sehr nett sogar. Er hat mich wegen ihr sitzen lassen, und – egal wie viel ich auch abnehme oder wie viele neue Frisuren ich mir zulege oder was auch immer für tolle Klamotten ich mir kaufe – er wird sie nie und nimmer wegen mir verlassen.«

Isabelle ändert prompt ihre Sicht der Dinge.

Nachdem ich ihr nun vorgejammert habe, dass ich ihn nicht zurückgewinnen *kann*, ermutigt sie mich plötzlich, genau dafür zu kämpfen.

»Natürlich kannst du ihn zurückgewinnen, wenn du willst!«, schreit sie auf mich ein und legt ihre glatte Stirn in Falten. »Diese Rachel hat nichts, was du nicht auch hast! Das Einzige, was sie dir voraushatte und was ihn angezogen hat, war der Reiz des Neuen. Dreh den Spieß doch einfach um, Hal! Er hat inzwischen ein paar Monate mit seinem neuen Spielzeug verbracht, genug Zeit also für einen gewissen Abnutzungseffekt. Und genau diese Monate hat er ohne dich verbracht, also hast *du* jetzt den Reiz des Neuen.«

»Schon möglich, aber was spielt das noch für eine Rolle, wenn er mich einfach nicht mehr will.«

»Man streift seine Gefühle nicht einfach über Nacht ab. Ich würde meinen letzten Zehner darauf verwetten, dass er dich noch mag. Wahrscheinlich sogar mehr, als wir glauben. Vielleicht sogar mehr, als er selbst glaubt.« Sie sieht mich nachdenklich an. »Ich sag dir was, Hal, es würde Gregg verdammt gut tun, dich mal mit einem anderen Typen zu sehen. Als eine Art heilsamer Schock sozusagen, ein Anstoß, damit ihm die Augen aufgehen. Könntest du diesen Alex nicht irgendwo treffen, wo auch Gregg aufkreuzt? Wenn er sieht, dass andere Männer mehr als scharf auf dich sind, schnallt er vielleicht endlich, was er aufgegeben hat. Laut Andys Assistentin Saffron haben sie am Mittwochabend ein Kollegentreffen nur unter Männern. Angeblich wollen sie ins Legend, du weißt schon, dieser Club in der Nähe des Leicester Square, in dem Tony D. aus der Verwaltung seinen Junggesellenabschied gefeiert hat.«

»Das wäre Alex gegenüber ziemlich unfair. Er ist richtig nett und hat es wirklich nicht verdient, nur als Mittel zum Zweck missbraucht zu werden.«

»Hättest du ihm von Anfang an reinen Wein eingeschenkt, wäre das gar nicht der Fall. Sag ihm, dass du nur ein Bier mit ihm trinken gehst, nicht mehr und nicht weniger. Wenn du ihm keine falschen Hoffnungen machst, brauchst du auch kein schlechtes Gewissen zu haben. Und wenn Gregg euch sieht und falsche Schlüsse zieht, ist das nicht dein Problem. Außerdem kann man nie wissen«, fährt sie fort, »vielleicht hast du sogar deinen Spaß.«

»Ich weiß nicht, Is.«

»Was weißt du nicht?«, fragt Jack und lässt sich wieder an unserem Tisch nieder.

»Ich versuche Hal gerade zu überreden, sich auf ein Date einzulassen.«

»Und sie will nicht?«

»Du hast es erfasst.«

»Dann lass sie doch, das ist doch okay.«

»Danke!«, werfe ich ein.

»Aber es würde ihr bestimmt gut tun. Außerdem«, Issy wirft

mir aus dem Augenwinkel einen viel sagenden Blick zu, »würde sie es Gregg mal so richtig zeigen!«

Ob Issy Recht hat? Soll ich mit Alex ausgehen? Die Vorstellung, Gregg eifersüchtig zu machen, reizt mich ungemein, das muss ich zugeben, aber mit der Idee, einen wirklich netten Mann als Mittel zum Zweck zu missbrauchen, kann ich mich nicht so recht anfreunden.

Am nächsten Tag habe ich mein fünftes Training mit Mickey.

Er merkt sofort, wie angespannt ich bin, und jagt mich erst mal in absolutem Schweigen eine Stunde lang durch die Straßen, damit ich, wie er es nennt, »meine Frustrationen abbaue« beziehungsweise – das ist meine Sicht –, um mich so zu schwächen, dass ich keinen Widerstand mehr leiste. Danach gehen wir in seine Wohnung, wo er mir irgendeinen organischen Gesundheitstrunk verabreicht und mich in Entspannungstechniken unterweist.

Als Allererstes schickt er mich unter die Dusche, dann massiert er mich mit herrlich duftenden therapeutischen Ölen. Als er fertig ist, bin ich regelrecht weggedöst, sodass er mich wecken muss, um mir die Technik tiefen und bewussten Atmens beizubringen, mit deren Hilfe ich angeblich augenblicklich zur Ruhe komme, wenn ich total gestresst bin.

Am Ende der Trainingssession bin ich trotz der Massage und der Entspannungstechniken (oder vielleicht auch wegen beidem, da bin ich mir nicht so sicher) viel zu erschöpft, um mit der U-Bahn nach Hause zu fahren; außerdem wird es schon dunkel, deshalb genehmige ich mir ein Taxi. Ich lasse mich entspannt und federnd auf den Rücksitz fallen und döse vor mich hin, bis ich registriere, dass wir die Straße entlangfahren, an der das Langton's ist.

Das Langton's war mein Lieblingsrestaurant, bis Gregg es als den geeigneten Ort auserkoren hat, mich in aller Öffentlichkeit zu erniedrigen und mir den Laufpass zu geben.

Mit seinem verschnörkelten goldenen Schild, den unzähligen, von flackernden Kerzen beleuchteten Panoramafenstern und den gemütlich dahinter sitzenden Paaren war es mein absolutes Lieblingslokal, doch jetzt ertrage ich kaum noch seinen Anblick. Zu meinem besonderen Pech hält das vor uns fahrende Taxi direkt vor dem Eingang an, sodass wir nicht schnurstracks vorbeifahren können, sondern ebenfalls direkt vor dem Langton's halten müssen, um das Paar in dem Taxi vor uns aussteigen zu lassen.

»Fahr schon, du Idiot!«, fluche ich neidisch, als ein Mann aus dem Taxi steigt, sich umdreht und seiner Begleiterin wie ein echter Gentleman die Hand reicht und ihr aus dem Wagen hilft.

Mein Fahrer, der genauso ungeduldig ist wie ich, hupt, woraufhin der Mann vor uns zum Zeichen, dass er verstanden hat, die Hand hebt, sich hastig zurück in den Wagen beugt und bezahlt. Im beleuchteten Innenraum ist sein Gesicht deutlich zu erkennen. Mich trifft der Schlag, und ich stöhne unbeabsichtigt vor Entsetzen auf.

Der galante Mann vor uns ist niemand anders als Gregg.

Und die hübsche junge Frau, die jetzt im Eingang des Restaurants auf ihn wartet und noch hinreißender aussieht als bei unserer letzten Begegnung, ist Rachel.

»Atme, Hal, atme!«, ermahne ich mich, als mein Taxi sich schließlich wieder in Bewegung setzt, doch allem Training zum Trotz hyperventiliere ich während des gesamten Nachhausewegs.

Am Montag rufe ich Alex an, den schnuckeligen Vertreter.

»Hallo, spreche ich mit Alex?«

»Am Apparat.«

»Hier ist Hal Hart von Thameside Homes.«

»Hallo, Hal. Ich habe gehofft, dass du dich melden würdest.«

»Schön, ich wollte dich fragen, ob du immer noch Lust hast, mit mir auf einen Drink auszugehen.«

»Aber gerne, natürlich. Mit größtem Vergnügen. Wann hast du Zeit?«

»Äh, wie wäre es mit Mittwochabend?«

»Das kann ich einrichten.«

»Wollen wir uns um, sagen wir, acht Uhr treffen?«

»Ja, das ist prima. Soll ich dich abholen?«

»Nein, das ist nicht nötig. Am besten treffen wir uns irgendwo.«

»Und wo?«

Beinahe rutscht es mir heraus. Beinahe. Meine Zungenspitze berührt schon den Gaumen, um das L zu formen, aber ich kann es einfach nicht.

»Wo würdest du denn gern hingehen?«, frage ich stattdessen.

Er schlägt eine Kneipe vor, die von der Portobello abgeht.

Es ist passiert. Ich habe mich verabredet.

Issy wird stolz auf mich sein.

Am Mittwochabend verbringe ich eine halbe Stunde im Bad, eine halbe Stunde mit meiner Frisur und meinem Make-up, ziehe mir die Sachen an, die ich am Abend zuvor bereits sorgfältig ausgesucht habe, und dann greife ich zum Telefon und teile Alex mit, dass ich krank bin und leider absagen muss.

Danach setze ich mich in voller Montur aufs Sofa und sage mir, dass ich eine Idiotin bin und dass Gregg ein Mistkerl ist, der nicht nur mich angelogen hat, sondern auch Rachel, und dass ich mein Leben weiterleben und ihn vergessen sollte. Doch sosehr ich mir auch ins Gewissen rede, alles gute Zureden scheint bei mir auf taube Ohren zu stoßen.

Zehn Minuten später kommt Jack nach Hause.

»Wahnsinn! Du siehst super aus! Hast du ein Date?«

»Ich habe gerade abgesagt.«

»Aha.« Er lässt sich aufs Sofa fallen. »Verstehe.«

Er sieht ein bisschen konsterniert aus, und plötzlich kommt

mir in den Sinn, dass ich ihm durch meine Anwesenheit vielleicht seine Pläne für den Abend vermasselt habe.

»Oje, wolltest du die Wohnung heute Abend für dich haben? Tut mir Leid, Jack. Hattest du mit irgendjemandem einen gemütlichen Abend zu Hause geplant?«

»Du hast es erfasst.«

»Oje, es tut mir wirklich Leid, daran hatte ich überhaupt nicht gedacht. Aber keine Sorge, ich rufe Isabelle an, nein, lieber nicht Isabelle, sie macht mich nur runter, weil ich Alex abgesagt habe. Ich rufe Lois oder Beth an und besuche eine von ihnen.«

Er kann sich das Lachen kaum noch verkneifen.

»Nicht nötig, ich hatte den gemütlichen Abend zu Hause mit dir geplant. Ich habe uns zwei große Pizzen bestellt, die in dreißig Minuten da sein sollten, andernfalls kriegen wir sie umsonst. »Und das hier«, er kramt in seiner Plastiktüte herum, »ist als Vorspeise gedacht.« Er holt zwei Videokassetten hervor und wedelt mit ihnen herum. »Und die«, er holt eine Schachtel Pralinen aus der Tüte, »gibt es zum Nachtisch. Hoffentlich findest du es nicht zu unverschämt von mir, einfach davon auszugehen, dass du heute Abend zu Hause bist.«

»Natürlich nicht. Schließlich habe ich in den vergangenen Wochen jeden Abend in dieser Wohnung verbracht.«

»Und was hältst du von meinem Vorhaben? Haben wir beide dann stattdessen ein Date?«

»Klar, gerne.«

»Und warum hast du diesem anderen Typen abgesagt?«, fragt er und macht es sich bequem.

»Ich hatte keine Lust auf Gesellschaft.«

»Und was habe ich, das er nicht hat?«

»Schokolade.«

»Das ist alles?«

»Und Pizza.«

»Mehr nicht?«

»Einen Videofilm mit Tom Cruise und einen Fernseher mit großem Bildschirm.«

»Wir reden also nicht von Sexappeal?«

»Machst du Witze? Was könnte einen mehr reizen als all das, was du heute Abend aufgefahren hast?«

»Komm schon, Hal! Was ist der wahre Grund, weshalb du dein Date abgesagt hast?«

»Ich habe mich aus den falschen Gründen mit ihm verabredet.«

»Aus den falschen Gründen? Lass mich raten: Du hast gehofft, dass Gregg dich mit einem anderen Mann sieht, rasend eifersüchtig wird und dich auf der Stelle zurückhaben will.«

»Siehst du, ich wusste doch, dass es zu leicht zu durchschauen ist.«

»Das ist ja nun auch wirklich eine ziemlich plumpe Masche.«

»Meinst du?«

»Na ja, hängt ein bisschen davon ab, wo du ihm zufällig begegnen wolltest. Falls du dir seine Stammkneipe ausgesucht haben solltest, hätte er dich in der Tat auf Anhieb durchschaut.«

»Ich weiß.«

»Darf ich dir etwas ganz Radikales vorschlagen, Hal?«

Ich nicke unsicher.

»Warum sagst du ihm nicht einfach die Wahrheit?«

»Wie bitte!«

»Rede mit ihm! Sag ihm, dass du ihn immer noch liebst und ihn zurückhaben willst.«

»Soll das ein Witz sein?«

»Nein, das meine ich vollkommen ernst. Es scheint dir doch wirklich wichtig zu sein, also solltest du nicht irgendwelche Spielchen spielen. Verabrede dich mit ihm, und sag ihm, dass du immer noch stark für ihn empfindest.«

»Unmöglich.«

»Warum?«

»Weil er mich auslachen könnte.«

»Du kennst ihn doch. Glaubst du wirklich, das würde er tun?«

»Nein, aber ich hätte auch nicht gedacht, dass er mich wegen einer anderen verlassen würde. Ich hätte es nie für möglich gehalten, dass er all die Gefühle, die er angeblich für mich hatte, einfach so mir nichts, dir nichts ausschalten kann wie eine Nachttischlampe.«

»Das hat er bestimmt nicht.«

»Warum ist er dann mit einer anderen zusammen?«

»Jetzt sei mal ganz ehrlich zu dir selbst, wenn du meine nächste Frage beantwortest – war in eurer Beziehung wirklich alles Friede, Freude, Eierkuchen, bevor Gregg dich verlassen hat?«

Ich denke einen Moment nach.

»Okay, wir hatten unsere Hochs und Tiefs, wie andere Paare auch, und vielleicht, ganz vielleicht, waren wir ein bisschen in einen routinemäßigen Alltagstrott verfallen, aber ich bin ehrlich davon ausgegangen, dass wir miteinander glücklich waren, und zwar wir beide, nicht nur ich.«

»Dann hat er sich schlicht und ergreifend von einer hübschen Frau den Kopf verdrehen lassen – einer *anderen* hübschen Frau«, fügt er schnell hinzu. »Das kommt vor, aber sobald er sie besser kennt und der Reiz des Neuen verflogen ist, stellt er womöglich fest, dass sie ansonsten wenig Gemeinsamkeiten haben, wohingegen ihr beiden, soweit ich das von dir weiß, eine viel solidere Basis habt.«

»Ja, das stimmt. Deshalb will ich ihn ja zurückhaben. Es lief einfach zu gut zwischen uns, um ihn einfach so ohne weiteres kampflos aufzugeben. So empfinde ich zumindest«, füge ich mit schwacher Stimme hinzu.

»Also, falls es deine Stimmung irgendwie hebt – *ich* finde, du hast mehr verdient, als herumzusitzen und zu warten, ob irgendein Idiot kapiert, dass er einen Fehler gemacht hat.«

Er hält inne und lächelt in sich hinein.

»Vielleicht habe ich mich ein bisschen krass ausgedrückt.«

»Ich habe kapiert, worauf du hinauswillst, danke.«

»Aber wenn du ihn wirklich unbedingt zurückhaben willst, helfe ich dir, so gut ich kann.«

»Im Ernst?«

»Natürlich.«

Ich überlege kurz und erhebe mich langsam.

»Wenn ich dir etwas zeige, Jack, versprichst du mir, mich nicht auszulachen?«

»Ich bemühe mich.«

»Nein, du musst es versprechen.«

»Ich gebe nicht gern Versprechen, von denen ich nicht weiß, ob ich sie halten kann.«

»Wie kommst du darauf, dass du dein Versprechen womöglich nicht halten kannst?«

»Weil immer, wenn jemand sagt, »Versprich mir, nicht zu lachen«, meistens irgendetwas kommt, das einen laut losprusten lässt.«

»Hm, das stimmt natürlich.«

»Ich kann dir höchstens versprechen, mich ganz stark zu bemühen, nicht zu lachen.«

Ich denke kurz darüber nach.

»Abgemacht. Warte einen Augenblick!«

Ich flitze in mein Schlafzimmer und hole meine Liste mit dem Titel WIE ICH DEN MANN ZURÜCKGEWINNE, DER MICH VERLASSEN HAT aus meiner Nachttischschublade.

»Lies das!«, fordere ich ihn auf und halte ihm den Zettel unter die Nase, während ich mich wieder aufs Sofa plumpsen lasse. »Und sag mir, was du davon hältst.«

Er liest. Ich sehe, wie seine Lippen zucken, weil er kaum an sich halten kann, aber fairerweise muss ich zugeben, dass er sich ziemlich am Riemen reißt.

»Also, was hältst du davon?«, frage ich ihn, als er zu Ende gelesen hat.

»Männer mögen vom Mars sein und Frauen von der Venus, aber unerwiderte Liebe scheint uns gleichermaßen in den Zustand geistiger Umnachtung zu versetzen.«

»Du hältst mich also für verrückt?«

»Vielleicht ein bisschen, aber was macht das schon? Wir leben schließlich in einer verrückten Welt.«

»Du machst dich über mich lustig, stimmt's?«

»Ja, aber ich meine es nicht böse. Im Namen der Liebe habe ich selber schon einige Verrücktheiten begangen.«

»Ach ja? Was denn?«

»Es gab da mal ein Mädchen, es hieß Sorcha. Sie hatte lange, fast bis zur Taille reichende rote Haare und kornblumenblaue Augen – eine echte Schönheit. Ich habe sie angehimmelt, aber sie hat nicht einmal zur Kenntnis genommen, dass es mich überhaupt gibt.«

»Oje, und was hast du getan?«

»Ich habe durch ihren Briefkasten gepinkelt.«

»Du hast durch ihren Briefkasten gepinkelt!«

»Ja, aber ich war damals erst acht. Ein Wunder, wie ich Winzling überhaupt an den Schlitz gekommen bin, wahrscheinlich hat sie mich wegen meiner Mickrigkeit keines Blickes gewürdigt. Jedenfalls ist sie dann mit einem Älteren gegangen, er war zehn oder so, und hat mir damit das Herz gebrochen.«

»Jetzt muss ich aber lachen.«

»Nein, es ist alles wahr.« Er grinst mich an. »Ich meine es ehrlich, Hal, wenn du diesen Gregg unbedingt zurückhaben willst, helfe ich dir so gut ich kann.«

»Wirklich?«

»Natürlich, dafür sind Freunde schließlich da, oder? Ich könnte dir zum Beispiel mit der männlichen Sicht der Dinge behilflich sein.«

»Das wäre echt super.«

»Dann fangen wir doch gleich mal mit dem an, worauf ich am meisten abfahre«, grübelt er laut, greift nach einem Stift und dreht meine Liste um auf die unbeschriebene Seite.

Er kritzelt in seiner steilen unverwechselbaren Handschrift drauflos, und ich recke den Hals und versuche seine Buchstaben zu entziffern.

»Was schreibst du denn?«

»Du willst doch unwiderstehlich sein, oder?«

»Allerdings, auch wenn es ein ziemlich hoch gestecktes Ziel ist.«

»Dann hast du einen wichtigen Punkt vergessen.«

Er hält mir das Blatt hin.

Verführerische Dessous.

»Verführerische Dessous? Was, um Himmels willen, verstehst du denn darunter?«

»Geschmäcker sind bekanntlich verschieden, aber eine geeignete Standardkombination wäre zum Beispiel ein Tanga, Strapse und Seiden- oder Netzstrümpfe, vorzugsweise in Weiß, aber schwarze oder rote gehen auch.«

»Ist das dein Ernst?«

»Absolut.« Er nickt euphorisch. »Wer auch immer behauptet, Liebe gehe durch den Magen, hat noch keine Bekanntschaft mit der Reizwäsche von Agent Provocateur gemacht.«

»Und was soll ich deiner Meinung nach tun? Mich à la Heidi Fleiss aufdonnern und mit nichts als sexy Dessous, Stöckelschuhen und einem Exhibitionistenregenmantel am Leib in sein Büro spazieren?«

»Mir läuft schon bei der bloßen Vorstellung das Wasser im Mund zusammen.« Er grinst mich an. »Nein, quatsch, das wäre viel zu plump. Eine kleine Andeutung, dass du etwas Reizvolles darunter trägst, reicht vollkommen aus, du weißt schon, lass ihn scheinbar unbeabsichtigt einen Blick auf den Rand deiner sexy

Strümpfe erhaschen, wenn du dich hinsetzt, oder zieh dir eine elegante Bluse an, die gerade so durchscheinend ist, dass man eine gewisse Ahnung bekommt.«

»Ich weiß ja nicht.«

»Wenn du mir nicht glaubst, geh am Montag mal in Nahtstrümpfen zur Arbeit. Du wirst schon sehen, wie die Bauarbeiter dir den ganzen Tag hinterherhecheln wie junge Hunde.«

»Ich glaube dir ja. Es klingt nur ein bisschen …«

»Ein bisschen was?«

»Ich weiß nicht. Ich bin wirklich nicht prüde, ganz bestimmt nicht, aber irgendwie käme ich mir ein bisschen nuttig vor.«

»Es ist auch nuttig, aber genau darauf stehen Männer ja, erst recht, wenn du über deiner sexy Unterwäsche ein schickes Kostüm trägst. Wenn sich unter dem steifen eleganten Outfit scharfe sexy Dessous verbergen – das schlägt voll ein, ehrlich. Und wenn Gregg dich tatsächlich verlassen hat, weil ihm alles ein bisschen zu fade und voraussehbar geworden ist, würdest du ihm dadurch eine Ahnung geben, was für überraschende Seiten du hast.«

»Es würde ihn ziemlich schockieren«, bestätige ich.

»Also, was hast du denn so für Schätze in deiner Unterwäscheschublade?«

»Das ist eine ziemlich indiskrete Frage, Jack.«

»Ich weiß, aber ich will dir wirklich nur helfen, glaub mir.«

Wir gehen in mein Schlafzimmer, und während Jack meine Unterwäscheschublade durchwühlt, danke ich dem Himmel, dass ich vor seinem Einzug groß ausgemistet und meine zerschlissenen schäbigen Teile weggeworfen und durch anständige Dessous ersetzt habe.

»Du bist ganz schön privilegiert«, stelle ich klar. »Ich gewähre nicht vielen Männern freien Zugang zu meinen Schlüpfern.«

»Freut mich zu hören«, entgegnet er und zwinkert mir zu. »Das hier ist perfekt.«

Er nimmt eine hellrosa Spitzenkorsage und einen dazu passenden Slip heraus, eine Garnitur, die ich vor einem Jahr auf einer von Beth' organisierten Anne-Summers-Party gekauft und aus Mangel an Mut noch nie getragen habe.

»Dazu ein Paar sexy Strümpfe, und du bist perfekt.«

»Meinst du wirklich?«

»Auf jeden Fall. Jetzt brauchen wir nur noch ein passendes Kostüm.« Er steuert meinen Kleiderschrank an. »Etwas elegant Geschnittenes, es darf ruhig ein bisschen streng aussehen«, murmelt er, während er sich durch meine Kleiderbügel arbeitet. »Ah, das ist super.«

»Wäre es, wenn es mir passen würde.« Ich runzle missbilligend die Stirn, als er das Nadelstreifenkostüm im Fünfzigerjahrestil auf mein Bett legt. »Es passt mir schon seit Monaten nicht mehr. Es zwickt und kneift, wenn du es genau wissen willst.«

»Sieht gar nicht danach aus«, versucht Jack mir gut zuzureden. »Komm schon, Hal, probier es an. Ich gehe auch raus.«

»Na ja, ein paar Pfund habe ich ja in den vergangenen Wochen abgenommen.«

Dafür, dass ich erst seit relativ kurzer Zeit auf Diät bin, kann ich mir den Rock erstaunlich leicht über die Oberschenkel ziehen. Okay, der Knopf in der Taille lässt sich immer noch nicht zumachen, doch bei meinem letzten Anprobeversuch konnte ich nicht einmal den Reißverschluss hochziehen.

Ich betrachte mich im Spiegel.

»Wahnsinn!«, murmle ich überrascht zu mir selbst. »Ich sehe richtig gut aus.«

Ich schicke ein leises Stoßgebet zum Himmel und bedanke mich für das Wunder, das mir in Form von Mickey erschienen ist. Dann schlüpfe ich in ein Paar Pumps und stöckele ein bisschen befangen ins Wohnzimmer, wo Jack auf mich wartet.

»Tata!« Ich mache mich über mich selber lustig und nehme eine schräge Pose ein.

»Du siehst super aus!«, ruft Jack und grinst so stolz, als wäre mein Aussehen allein sein Verdienst.

»Ich fühle mich total bescheuert«, stelle ich klar und zerre an dem Gerippe meiner Korsage.

»Nein, das stimmt nicht! Du fühlst dich gestärkt, das sehe ich dir an.«

»Okay, dann fühle ich mich eben gestärkt und bescheuert.«

»Du bist sehr schick. Würdest du in diesem Kostüm normalerweise zur Arbeit gehen?«

»Höchstens zu Vorstellungsgesprächen und wichtigen Meetings.«

»Na bitte!«

»Aber ich fühle mich befangen.«

»Aber warum? Du trägst doch nur andere Unterwäsche als sonst, und die kann außer dir keiner sehen, es sei denn, du willst, dass sie jemand sieht – und du willst doch, dass Gregg sie sieht, oder?«

»Und wie soll ich das, bitte schön, anstellen? Soll ich mich vor ihn stellen, ›Huch, ist das heiß hier drinnen!‹ rufen und mir die Bluse vom Leib reißen?«

»Das wäre ziemlich plump, und du solltest das genaue Gegenteil von plump sein.«

»Ich fürchte, das ist nicht mein Ding.«

»Dann muss ich dir wohl ein bisschen Unterricht erteilen.«

Er steht auf, stemmt seine Hände in die Hüften, stöckelt verführerisch mit dem Hintern wackelnd ums Sofa, lässt sich auf der Sessellehne nieder, drückt Knie und Knöchel aneinander, dreht seine Beine zur Seite und streicht sich eine imaginäre Haarsträhne hinters Ohr.

»Würdest du bitte mal hersehen«, fordert er mich mit affektierter Stimme auf, und ich halte die Luft an, um nicht laut loszuprusten. »Wenn ich einen Rock anhätte, würde sich der Seitenschlitz bei dieser Beinstellung ein Stück weit öffnen und einem etwaigen männlichen Betrachter einen verlockenden Blick auf den oberen Rand meiner Strümpfe gestatten, obwohl ich – und das ist das Entscheidende, Miss Hart – immer noch sitze wie eine Dame. Ich möchte, dass du diese Position jetzt übst, Hal.«

»Üben?«, pruste ich.

»Genau, verführen üben.«

Ich sehe ihn entgeistert an, also macht er weiter.

»Verführung ist eine Kunst, Hal, nichts Angeborenes, na gut, nicht ganz, jeder verfügt schließlich über gewisse Lockstoffe, aber ich bin überzeugt, dass die Kunst des Verführens erlernt werden kann. Frauen tun gewisse Dinge, die Männer scharf machen, sei es mit Absicht oder indem sie einfach nur sind, wie sie sind. Die Art, wie sie sich anmutig das Haar aus dem Gesicht streichen, wie sie einen ansehen und mit ihren langen schwarzen Wimpern klimpern oder wie sie sich scheinbar unbeabsichtigt die Lippen benetzen. Einige Frauen merken gar nicht, wie verführerisch sie sich gebärden, während andere jede einzelne Geste einstudiert haben. Es spricht nichts dagegen, wenn es etwas naiv und unbefangen rüberkommt. Hauptsache, es wirkt ungekünstelt; das meine ich, wenn ich behaupte, dass man die Kunst des Verführens lernen kann.«

Wie um seine These zu untermauern, lässt er mich die Pose, die er gerade vorgeführt hat, ein paar Mal wiederholen, bis er schließlich mit mir zufrieden ist.

»Siehst du, das war schon viel besser«, lobt er mich nach dem achten Versuch. »Du verlierst allmählich deine Befangenheit. Allzu übertriebene und verkrampfte Bewegungen sind wahre Sexappeal-Killer.«

»Du willst dir doch nur einen Kick holen«, stelle ich fest, als er mich noch einmal den oberen Rand meiner Strümpfe enthüllen lässt.

»Wenn du für mich etwas anderes wärst als eine sehr gute Freundin, könntest du richtig liegen.« Er wackelt verschmitzt mit den Augenbrauen. »Jetzt muss dich nur noch Gregg so sehen, und er ist Wachs in deinen Händen.«

»So einfach ist das also«, entgegne ich sarkastisch. »Er muss mich nur in diesem Aufzug sehen, und schon fleht er mich an, wieder nach Hause kommen zu dürfen.«

»Nein, einen sofortigen Erfolg kann ich nicht garantieren, aber eins kann ich dir versprechen: Du wirst ihm nicht mehr aus dem Kopf gehen. Vornehm ausgedrückt. Also, willst du es versuchen oder nicht?«

»Ich denke, ich könnte für Montag mit gutem Grund ein Treffen mit Is und Abi zum Mittagessen arrangieren.«

»Das ist die Hal, die ich kenne.«

Es klingelt an der Tür.

Muss der Pizzadienst sein.

Jack sieht auf die Uhr.

»Mist«, witzelt er. »Eine Minute vor Zeitablauf. Ich fürchte, ich muss die Pizzen bezahlen.« Er zieht sein Portemonnaie aus der Tasche, nimmt zwei Zwanziger heraus und drückt sie mir in die Hand.

»Mach du auf, und teste dein Outfit an dem Pizzajungen! Du wirst schon sehen, wie er reagiert.«

»Nun mach schon!«, drängt er mich, als ich zögere. »Und wenn er seinen Helm abnimmt, damit er dich besser begaffen kann, gehst du am Montag so zur Arbeit.«

»Und?«, fragt er, als ich zurückkomme. »Habe ich gewonnen?«

»Ja.« Ich zucke mit den Achseln. »Auf der ganzen Linie.«

»Also hat er seinen Helm abgenommen?«

»Er konnte ihn gar nicht schnell genug herunterkriegen. Und seine Handschuhe hat er auch ausgezogen.«

»Seine Handschuhe?«

»Ja«, entgegne ich grinsend. »Mit Handschuhen konnte er seine Telefonnummer so schlecht aufschreiben.«

Am nächsten Tag schreite ich zur Mittagszeit in meinem »Killer-Outfit«, wie Jack es nennt, durch die Eingangshalle der Zentrale von Thameside Homes.

Es war ein ziemlicher Akt, mich in das Kostüm zu quetschen, und was die Korsage angeht – sie zwängt mich mit aller Gewalt ein, wie ein fanatischer Würger seinem Opfer die Kehle zusammendrückt, weshalb Killer-Outfit in mehrerlei Hinsicht zutreffend ist. Hoffentlich bin ich nicht erstickt, bevor ich mich Gregg so präsentieren und ihn vom Hocker reißen kann.

Die hochhackigen Schuhe würde ich normalerweise nur tragen, wenn ich jemanden aufreißen wollte, aber genau genommen habe ich ja exakt das vor.

Meine neue Frisur habe ich perfekt gestylt, sie sieht, auch wenn Eigenlob stinkt, super aus. Sie steht mir ausgezeichnet und gefällt mir inzwischen so gut, dass ich endlich wieder an einem Spiegel vorbeigehen kann, ohne jedes Mal schockiert aufzuschreien.

Isabelle arbeitet in der Vertriebsabteilung, die in einem Großraumbüro untergebracht ist. Ich entdecke sie in ihrer Ecke.

Sie telefoniert gerade und bedeutet mir durch ein Zeichen, mich zu setzen. Ich folge ihrer Aufforderung und übe noch einmal die korrekte Sitz- und Verführungsposition, die Jack mir gestern so mühevoll beigebracht hat.

»Wow!«, staunt Issy, als sie ihr Gespräch beendet hat. »Du siehst ja super aus! Was hast du vor? Willst du Geoff becircen, dass er dir deinen alten Job zurückgibt? Er bekäme auf der Stelle einen Herzinfarkt, wenn du bei ihm reinspazieren und dich so auf seinen Schreibtisch setzen würdest.«

»Es war Jacks Idee.«

»Jacks Idee? Sag mal, was genau *hast* du eigentlich mit meinem großen Bruder Nummer drei?«

»Er ist super!«

»Ach, ja?« Sie zieht eine Augenbraue hoch.

»Nicht, was du denkst. Wir sind gute Kumpel, mehr nicht.«

»Nur gute Kumpel also, so so, und schon steckt er dich in ein Outfit, das Männerträume wahr werden lässt.« Sie nimmt meinen Ausschnitt genauer ins Visier. »Wenn ich mich nicht irre, ist das auch kein Sport-BH, den du da unter deinem ziemlich dünnen Blüschen trägst.«

Ich drehe mich um, vergewissere mich, dass uns keiner zuhört, beuge mich verschwörerisch zu ihr vor und verrate ihr den Grund, warum ich mich so aufgedonnert habe.

»Und das war Jacks Idee!«, platzt sie heraus, jedoch ohne eine Spur von Groll. »Er hatte schon immer einen etwas schrägen Sinn für Humor.«

»Meinst du, er macht sich über mich lustig?«

»Aber nein, auf keinen Fall, Hal, überhaupt nicht! Du siehst super aus, absolut fantastisch. Ich kann gar nicht glauben, dass mein eigener Bruder dir diese Klamotten empfohlen hat. Nein, damit will er Gregg den Stinkefinger zeigen, ihm sagen ›Sieh mal, was du aufgegeben hast, du Vollidiot!‹. Genauso kommt dein Outfit rüber, Hal.«

»Das sind exakt Jacks Worte.«

»Recht hat er. Ich habe ja immer gesagt, dass bei uns mehr in der Familie liegt als nur unser gutes Aussehen.«

»Ich weiß, dass Gregg heute im Haus ist. Vor einer halben Stunde ist er wichtigtuerisch über den Flur gelaufen. Das Problem ist nur, dass er irgendwann zwischen halb eins und halb drei mittagessen kann und wir sicherstellen müssen, dass du zur gleichen Zeit in der Kantine bist wie er. Wann musst du spätestens wieder an deinem Schreibtisch sitzen?«

»Ich habe Graham gesagt, dass ich etwas mit der Personalabteilung klären müsse, was nicht mal gelogen ist, weil ich Abi versprochen habe, mit ihr essen zu gehen, sobald ich mal Zeit hätte. Jedenfalls hat Graham gesagt, ich könne so lange bleiben wie nötig. Ich habe zwar leichte Gewissensbisse, weil er so nett ist, und Selma würde Hackfleisch aus mir machen, wenn sie wüsste, warum ich hier bin, aber ich habe in den vergangenen Tagen ein paar Überstunden gemacht, deshalb muss ich mir wohl keine...«

Isabelle hebt die Hand, um mich zum Schweigen zu bringen.

»Mach dir nicht so viele Gedanken, Hal! Ich weiß, wie hart du arbeitest. Du kannst deine Mittagspause guten Gewissens mal ein bisschen überziehen.«

Sie greift zum Hörer.

»Ich rufe Abi an und bestelle sie zu einer zweistündigen Mittagspause mit uns in die Kantine, okay?«

Damit müssten alle Eventualitäten abgedeckt sein.

Zehn Minuten später sitze ich mit Isabelle und Abi an einem der Resopaltische in der Kantine. Wir haben uns eine Ecke ausgesucht, von der aus wir den gesamten Raum überblicken können.

Ich picke an meinem üblichen Salat herum, bin aber zu nervös zum Essen, während Isabelle und Abi Steak mit Pommes verschlingen.

»Warum, zum Teufel, gibt es hier immer nur Pommes?«, grummele ich. »Laut Mickey kann man statt Pommes genauso gut einen lecker gewürzten Riemen Fett in sich hineinstopfen. Er sagt, ich soll mir jedes Mal, wenn ich versucht bin, mir einen Pommes in den Mund zu schieben, vorstellen, dass es ein gubbeliges Stückchen pures Schweinefett ist, das sich direkt an meinem Hintern ansetzt.«

»Igitt!« Abi legt ihr Messer hin und sieht mich entsetzt an.

»Wer mit dem Glück gesegnet ist, sich Tag für Tag unentwegt voll stopfen zu können, ohne jemals auch nur ein Pfund zuzulegen, kann natürlich auch Pommes essen.« Ich ziehe eine Augenbraue hoch und sehe Issy vorwurfsvoll an.

»Es liegt an meiner Verbrennung«, entgegnet Isabelle und grinst. »Sie ist schnell, genau wie mein Verstand.«

»Laut Mickey ist das ein Ammenmärchen.«

»Mickey ist auch kein Alleswisser.« Sie spießt einen langen fettigen Pommes auf die Gabel und wedelt damit verlockend vor meiner Nase herum. »Na los, Hal, wenn dir danach ist, nimm dir ruhig ein paar, das hat noch niemandem geschadet.«

»Nein, danke. Außerdem ist mein Kostüm auch so schon eng genug; wenn ich zu viel esse, sprenge ich wahrscheinlich die Nähte, ganz zu schweigen von der Korsage. Unvorstellbar, jeden Tag so ein Ding zu tragen.«

»Das tut heutzutage vermutlich auch niemand mehr.«

»Außer, um jemanden aufzureißen«, sagt Abi und zwinkert mir zu.

»Apropos aufreißen – erzähl doch mal von gestern Abend!«

»Gestern Abend?«, tiriliere ich ahnungslos.

Issy hört auf zu essen.

»Oh nein, Hal! Sag nicht, du hast ihm abgesagt.«

»Doch, ich habe ihm abgesagt.«

» Aber warum, Hal?«

»Keine Ahnung.«

»Ist er abstoßend oder etwas in der Art?«

»Nein, er scheint sogar ganz nett zu sein.«

»Na also!«

»Gerade deshalb ist es ja nicht richtig, ihn zu benutzen, bloß um Gregg eifersüchtig zu machen. Ich habe einfach ein schlechtes Gefühl dabei, das musst du doch verstehen.«

»Okay, da ist was dran, das gebe ich zu. Trotzdem finde ich es dumm von dir, dass du dich nicht mit ihm getroffen hast.«

Plötzlich hält sie inne und starrt zur anderen Seite der Kantine.

»Ich glaube, du solltest mir noch einen Nachtisch holen, Hal.«

»Heute willst du es mir aber richtig zeigen, was?«

Sie schüttelt den Kopf.

»Unsinn! Das sage ich doch nicht, damit du dich schlecht fühlst, und eigentlich mag ich gar keinen Nachtisch mehr, obwohl der Sirupbiskuit hier einfach göttlich schmeckt, und zugenommen habe ich davon auch noch nie auch nur ein Gramm.« Sie grinst uns verschmitzt an.

»Isabelle!«

»Hör auf, mich zurechtzuweisen. Sieh lieber mal, wer sich gerade an dem Tisch neben dem Büfett niedergelassen hat.«

Ich sehe mich um und weiß sofort, wen sie meint.

Mein Herz setzt zu einem Stepptanz an und trommelt gegen meinen Brustkorb.

Er sieht klasse aus.

Er hat ein bisschen Wachs in den Haaren, sodass es ihm wie bei Hugh Grant über das rechte Auge fällt. Ich war nie ein großer Fan von Hugh Grant, ich meine, er scheint so weit in Ordnung zu sein, aber er ist nicht gerade der Typ, nach dem ich mich umsehen würde, aber Gregg steht die Frisur total gut.

Oh, wie habe ich ihn vermisst!

Ich spüre, wie mir heiße Tränen in die Augen schießen, und blinzle sie schnell weg.

Jetzt ist nicht die Zeit, in Selbstmitleid zu schwelgen, jetzt ist es an der Zeit, zur Tat zu schreiten.

»Los, geh schon!«, zischt Issy mir zu und stupst mich in die Rippen.

Ich zögere, weil ich plötzlich total nervös bin, doch dann sage ich mir, dass jetzt auch zum Zögern nicht die Zeit ist, raufe mich zusammen und steuere den Dessertbereich des Büfetts an.

Er braucht genau drei Sekunden, bis er mich wahrnimmt.

»Hal, bist du's?«

Ich drehe mich um und lächle ihn an.

»Hi, Gregg, ich hatte dich gar nicht gesehen«, lüge ich.

»Wow, Hal, du bist es wirklich! Ich hätte dich beinahe nicht erkannt. Du siehst so... so anders aus.«

Im Stillen hatte ich gehofft, dass er sagen würde: »Du siehst so gut aus« oder gar: »Du siehst umwerfend aus«, weshalb mich »so anders« ein bisschen enttäuscht.

»Ich meine deine Frisur und... überhaupt alles.« Er schüttelt den Kopf, als könne er nicht glauben, was seine Augen seinem Hirn melden und fragt dann: »Wie geht's dir? Ich meine, wie ist es dir ergangen?«

»Gut«. Ich zwinge mich zu lächeln. »Und dir?«

»Mir auch. Gut.«

Er verfällt erneut in Schweigen.

»Ich gehe dann mal zurück, ich sitze da hinten mit Isabelle und Abi. Schön, dich gesehen zu haben.«

»Ja, ich hab mich auch gefreut.«

Und dann stelze ich bewusst langsam davon.

Isabelle grinst, als ich mich erneut an unserem Tisch niederlasse.

»Er hat dir die ganze Zeit hinterhergegafft und erst weggesehen, als er gemerkt hat, dass ich ihn dabei beobachte«, verkündigt sie begeistert.

»Alles klar mit dir?«, fragt Abi besorgt, als ich abwesend in die Ferne starre.

»Ja, ja, alles klar«, entgegne ich und erwache aus meiner Träumerei. »Es war nur gerade so surreal, falls du verstehst, was ich meine?«

»Sie nickt.

»Er sieht schon wieder her«, zischt Issy, die seinen Tisch nicht aus den Augen lässt.

Ich sehe schnell in eine andere Richtung, damit er nicht denkt, ich würde ihn beobachten, und dann fällt mir Jacks Tipp ein.

»Guckt er immer noch her?«, frage ich mit Flüsterstimme.

Abi wirft einen verstohlenen Blick in seine Richtung.

»Ja, er hat dich im Visier.« Sie nickt.

»Also dann, jetzt oder nie.«

Ich hole tief Luft und schlage meine Beine so übereinander, dass der Seitenschlitz meines Nadelstreifenrocks gerade so den Rand meiner Nahtstrümpfe enthüllt.

Ich komme mir absolut lächerlich vor, aber ich empfinde noch etwas anderes. So seltsam und unerklärlich es auch ist – aber ich fühle mich auf einmal stark.

Vielleicht liegt es daran, dass ich etwas Konstruktives tue.

»Was macht er jetzt?«, zische ich meinen Freundinnen aus dem Mundwinkel zu.

»Er starrt auf deinen Strumpfrand«, erwidert Abi und grinst.

»Männer!«, schnaubt Issy verächtlich. »Sie sind so berechenbare Idioten.«

Bei diesen Worten kapiere ich endlich, was Jack mir beibringen wollte.

Wenn ich erreichen will, dass Gregg mich in neuem Licht sieht, muss ich zum Wesentlichen zurückkehren.

Ich muss lernen, wieder mit ihm zu flirten.

Subtile Signale aussenden, um auf mich aufmerksam zu machen.

Diesmal muss ich besonders subtil sein, die schmachtenden Blicke und benetzten Lippen können noch warten – er soll schließlich nicht denken, dass ich noch etwas von ihm will. Allerdings will ich erreichen, dass er an mich denkt.

Und ich weiß, wie ich das erreiche.

Ich hole zum entscheidenden Schlag aus, vergewissere mich, dass ich da, wo ich sitze, optimal vom Neonlicht angestrahlt werde, und ziehe meinen Blazer aus.

» Ich habe es tatsächlich getan!«

Ich platze in die Wohnung und fliege Jack um den Hals, der gerade in der Küche das Abendessen zubereitet.

Er zieht mich schnell vom Herd weg, damit ich nicht in Flammen aufgehe, und führt mich an den Küchentisch.

»Erzähl!«

»Sofort, aber als Erstes muss ich mich umziehen; ich lechze geradezu nach etwas Bequemerem. Du kannst dir gar nicht vorstellen, wie qualvoll es ist, gut auszusehen.«

Zurück am Tisch berichte ich ihm bei Spaghetti Bolognese, seiner Spezialität, und einem großen Glas Rotwein ausführlich von den ziemlich peinlichen, aber höchst zufrieden stellenden Ereignissen des Tages.

»Er hat auf meinen Strumpfrand gestarrt wie ein Kaninchen, das von einem Scheinwerfer geblendet wird. Und dann habe ich meinen Blazer ausgezogen, allerdings nur für etwa zehn Sekunden, weil ich mir so bescheuert vorkam.«

»Und? Glaubst du, es hat gewirkt?«

»Jedenfalls ist genau in dem Moment Norman aus der Buchhaltung an unserem Tisch vorbeigegangen und hat glatt seinen Pudding mit Vanillesoße runterfallen lassen.«

»Und seine Augäpfel sind wahrscheinlich auch rausgefallen und hinter seinem Dessert hergekugelt.«

»Nicht ganz, aber Issy behauptet steif und fest, dass seine Brille beschlagen ist. Doch das kam wohl eher von der heißen Vanillesoße.«

Jack lacht, und ich schenke ihm Rotwein nach, hebe mein Glas und stoße mit ihm an.

»Auf meinen sympathischen Untermieter!«

»Und auf die Wirkung verführerischer Dessous!«, fügt er grinsend hinzu.

Am nächsten Morgen klopft eine junge Frau in Jeans und einem Sweatshirt mit der Aufschrift »Flora's Florals« an die Tür unseres Bürocontainers.

Sie verschwindet beinahe hinter dem riesigsten und schönsten Blumenstrauß, den mir je jemand geschenkt hat.

»Harriet Hart?«, fragt sie, als Selma und ich aufblicken.

»Das bin ich«, jauchze ich.

»Die sind für Sie«, sagt die Botin und kommt an meinen Schreibtisch. »Sie Glückliche. Sie müssen einen großen Verehrer haben, es sind die teuersten Blumen, die wir haben.«

Mein Herz pocht wie wild in meiner Brust, als ich den Umschlag öffne. Selma tut so, als wäre sie in ihre Arbeit vertieft.

»Liebe Harriet...«

Die Blumen sind nicht von Gregg. Gregg nennt mich nie Harriet, sondern immer Hal.

Ich spüre eine Faust im Magen, sämtliche tanzenden Schmetterlinge in meinem Bauch sind mit einem Schlag tot.

Wie komme ich überhaupt darauf, dass sie von ihm sein könnten?

Habe ich im Ernst geglaubt, ein leiser Wink von mir in einer Korsage würde ausreichen, und schon lässt er die tolle Rachel sang- und klanglos fallen, als hätte sie die Pest? Wohl kaum. Wahrscheinlich amüsiert er sich über mich. Der Schock stand ihm im Gesicht geschrieben, das habe ich ja mit eigenen Augen gesehen. Wahrscheinlich fand er, dass ich zum Schießen aussah, wie eine bemitleidenswerte Kreatur aus einer Freakshow.

Ich schlucke den dicken Kloß der Enttäuschung herunter, der mir die Kehle zuschnürt, und lese weiter.

»Ich hoffe, es geht dir besser. Alles Liebe und herzliche Grüße, Alex.«

Ich habe so ein schlechtes Gewissen und bin so gerührt, dass ich keine zwei Minuten später zum Telefon greife und mich erneut mit ihm verabrede.

Da der Strauß viel zu groß ist, als dass ich ihn in der U-Bahn mit nach Hause nehmen könnte, teile ich ihn und gebe Selma die

Hälfte. Vorher fische ich ein paar Rosen heraus und gebe sie Graham für seine Frau.

Graham sieht mich völlig entgeistert an, als ich ihm die Blumen mit der strikten Anweisung überreiche, sie seiner Frau Kay mitzubringen.

»Wenn ich ihr Blumen mitbringe, obwohl sie weder Geburtstag noch Hochzeitstag hat, glaubt sie, dass ich etwas wieder gutzumachen habe.«

»Wenn das so ist, haben Sie wirklich etwas gutzumachen«, entgegne ich.

Graham sieht mich verwirrt an.

»Ist doch klar – wenn sie meint, dass sie nur Blumen bekommt, wenn Sie ein böser Junge waren, waren Sie in der Tat ein böser Junge, nämlich weil Sie ihr nicht oft genug Blumen mitgebracht haben.«

Graham verdreht die Augen.

»Frauen«, murmelt er. »Keine Ahnung, warum ihr immer vom ›Kampf der Geschlechter‹ redet, es müsste vielmehr ›Kapitulation der Gattung Mann‹ heißen. Was auch immer wir tun – wir können es euch einfach nie recht machen.«

Nichtsdestotrotz bedankt er sich und nimmt die Rosen entgegen.

Um zehn vor sechs ist es draußen kalt und dunkel, und obwohl wir alle geschlaucht sind und feierabendreif, scheuen wir alle den Nachhauseweg. Also gehe ich in die kleine Küche und bereite uns einen letzten Tee zu.

Als ich den Wasserkessel fülle, sehe ich, dass die Rosen, die ich Graham für seine Frau gegeben habe, im Waschbecken liegen und er die Stiele sorgfältig in ein feuchtes Papiertuch gewickelt hat, um die Blumen frisch zu halten, und plötzlich durchschaue ich ihn.

»Sie haben mir Mumpitz erzählt«, stelle ich ihn grinsend zur

Rede und halte ihm die Rosen unter die Nase. »Von wegen, Sie kaufen keine Blumen! Ich wette, Sie sind Stammkunde in Ihrem Blumenladen um die Ecke.«

Er sieht auf und grinst mich an.

»In Wahrheit sind Sie ein richtiger Romantiker, habe ich Recht?«

»Na ja«, gesteht er. »Ich bin nicht das Chauvinistenschwein, als das ich mich gern gebe, und ich bin nett zu meiner Frau. Aber das versuche ich wohlweislich zu verbergen, und soll ich Ihnen verraten, warum? Weil eine Baustelle nicht gerade der geeignetste Ort ist, sich als neuer Mann zu outen.«

Er hält inne und scheint sich plötzlich nicht mehr ganz wohl in seiner Haut zu fühlen, als ob er zu viel von sich preisgegeben hätte.

»Aber bilden Sie sich bloß nicht ein, Sie könnten diese neue Erkenntnis nutzen, mich dazu zu bringen, mir meinen Tee in Zukunft selbst zu kochen«, fügt er in gespielt hartem Tonfall hinzu. »Ich erwarte nach wie vor, dass Sie und Selma mich von vorne bis hinten bedienen, verstanden?«

»Ja, Sir, selbstverständlich, Sir«, entgegne ich knapp, als würde ich einem militärischen Vorgesetzten antworten.

»Gut, dann also marsch, zurück an die Arbeit, und bringen Sie mir eine Tasse Tee und einen Keks, und zwar zack.« Sein gespielter Kommandoton wird von einem Augenzwinkern begleitet.

Kapitel 9

Ich treffe mich mit Alex in dessen Lieblingsbar in Soho. Es ist Sonntag, und wir haben uns zum Mittagessen verabredet, was wiederum meine Idee war, weil es mir mittags nicht so sehr wie ein richtiges Date vorkommt – denn ganz egal, was Issy sagt: Für ein richtiges Date bin ich definitiv nicht bereit.

Das habe ich auch bedacht, als ich mich zurechtgemacht habe. Ich habe mich für ein schlichtes Outfit entschieden: Jeans, Stiefel, ein hübsches Top und einen Blazer, apart, aber lässig, wie ich es auch ansonsten zwischen uns angehen lassen will. Alex zeigt solches Interesse an mir, dass ich ihm keine falschen Hoffnungen machen will. Außerdem habe ich es entgegen Issys Anweisungen nicht so arrangiert, dass Gregg mich mit ihm sieht. Es wäre einfach völlig verkehrt. Alles, was ich bisher getan habe, um ihn zurückzugewinnen, hat mir ein gutes Gefühl gegeben und mich aufgebaut, na ja, jedenfalls die meisten Dinge, wohingegen ein arrangiertes Aufeinandertreffen nur erbärmlich wäre.

Also ist meine Verabredung heute weder Teil eines ausgeklügelten Plans mit Hintergedanken noch ein richtiges Date. Genau genommen weiß ich nicht, um was es sich eigentlich handelt, aber irgendwie ist es ganz nett, mit jemandem auszugehen, den man noch nicht kennt, und ich will versuchen, es zu genießen. Ich mag das, dieses Unbekannte an neuen Menschen, dieses neugierige Spiel des Herausfindens, wie der andere tickt, womit ich natürlich nicht sagen will, dass neue Bekanntschaften langjährigen Freunden oder Beziehungen vorzuziehen wären (was Gregg anders zu sehen scheint, der ja ganz offensichtlich auf den Reiz des Neuen steht), aber dieses gegenseitige Beschnuppern gehört auf jeden Fall zu den vergnüglichen Parts, die langjährige Freundschaften überhaupt erst entstehen lassen.

Alex erwartet mich bereits in der Bar, worüber ich ganz froh bin, denn ich weiß zwar, dass heutzutage überall von Emanzipation und Gleichberechtigung geredet wird, aber ich fühle mich nach wie vor nicht ganz wohl dabei, alleine in eine Kneipe zu gehen, denn sosehr wir Frauen auch dagegen aufbegehren mögen, sind Kneipen und Bars nun mal nach wie vor eine Männerdomäne.

Für einen Moment bin ich nicht sicher, ob er es tatsächlich ist, weil ich ganz vergessen habe, wie gut er aussieht. Er hat hellbraunes Haar (normalerweise stehe ich eher auf dunkles), das im Licht der Wintersonne golden glänzt, und er hat leuchtend grüne Augen, was sehr ungewöhnlich ist, da die Leute, die ich bisher kennen gelernt habe und die behauptet haben, grüne Augen zu besitzen, in Wahrheit eher matschbraune Augen hatten und diese nur als grün bezeichnet haben, weil es exotischer klingt (alle wirklich grünäugigen Menschen mögen sich bitte nicht beleidigt fühlen, denn ich rede lediglich von den Menschen, die ich persönlich kennen gelernt habe, und die stellen nur einen Bruchteil der Weltbevölkerung dar). Er hat ein symmetrisches Gesicht und einen wohlgeformten Mund, der mich freundlich anlächelt, was ein gutes Zeichen ist, und er steht sofort auf, als er mich sieht, was ich sehr nett finde, da ich höfliche Menschen mag.

»Hallo, Hal, wie schön, dich wieder zu sehen.« Er beugt sich vor, wie um mir einen Begrüßungskuss zu geben, ist dann aber offenbar unsicher, ob er es wirklich tun soll, und schmiegt schließlich nur kurz seine Wange an meine, eine irgendwie merkwürdige, aber durchaus angenehme Geste, da seine Haut glatt ist und wohlig nach einem erfrischenden Aftershave duftet.

Er sagt mir, wie bezaubernd ich aussehe, und hält mir den Stuhl hin, was, wie ich leider gestehen muss, bisher noch *nie* auch nur *irgendjemand* für mich getan hat, dabei wollte ich eigentlich immer die Art Frau sein, für die Männer solche Dinge bereitwillig tun – zuvorkommende Gesten, wie einem die Tür aufzuhalten oder als Begleiter immer an der zur Straße zeigenden Seite zu gehen, und falls irgendjemand meint, dass ich mich damit als eine gefühlsduselige, schwachbrüstige Henne oute, dem sei gesagt, dass ich es für ein Zeichen weiblicher Macht halte, wenn Frauen es vermögen, Männer zu solchen Gesten zu verleiten.

Während ich mich setze, bringt mich der Gedanke ganz durcheinander, dass ich nicht im Traum daran gedacht hätte, noch einmal ein Date zu haben, doch dann rufe ich mir in Erinnerung, dass ich ja gar nicht durcheinander sein muss, weil es ja gar kein richtiges Date *ist*.

Alex sitzt mir gegenüber und lächelt sichtlich erfreut.

»Ich bin wirklich froh, dass du gekommen bist. Nachdem du letztes Mal abgesagt hast, hatte ich schon Angst, du würdest es wieder tun, auch wenn ich das lieber für mich behalten sollte.« Ein nervöses Lächeln huscht über sein Gesicht.

»Tut mir Leid wegen neulich, aber es ging mir nicht so gut.«

Ich fühle mich mies, tröste mich aber damit, dass es nicht komplett gelogen ist, denn ich habe mich ja tatsächlich nicht so toll gefühlt, weil ich mich auf Issys Rat hin ursprünglich nur mit ihm treffen wollte, um Gregg eifersüchtig zu machen.

»Ich hoffe, inzwischen geht es dir wieder besser.«

»Oh ja, ausgezeichnet, danke. Viel besser als neulich. Und hier bist du also…«, mir liegt auf der Zunge zu sagen »Stammgast«, doch dann fällt mir ein, dass das auch falsch verstanden werden könnte, weshalb ich fortfahre »… öfters.«

»Hin und wieder. Man kann hier recht gut essen.«

»Das sieht man, es ist ja ziemlich voll.«

»Sonntagmittags hier zu essen ist besonders beliebt.«

Die Bar ist zum Bersten voll, im Hintergrund spielt seichte

Jazzmusik – Julie London, Sarah Vaughan, Nina Simone –, die man hinter dem Stimmengewirr noch gerade so ausmachen kann. Viele Gäste essen, doch genauso viele drängen sich um die Holztische und trinken lediglich Wein und unterhalten sich. Das Licht ist gedämpft, die Farben warm und gedeckt, an den Wänden hängen Heath-Robinson-Drucke, und man sitzt auf Holzstühlen, die allesamt nicht zueinander passen. Eine angenehme Bar, genau die Art Kneipe, in die man zu einem ungezwungenen Geburtstagsessen oder einem Jahrestag oder etwas in der Art einladen würde.

Eine Kellnerin bringt uns die Speisekarten und nimmt unsere Getränkebestellungen entgegen – für ihn ein Tonic, für mich ein Glas Wein, weil ich ein bisschen aufgeregt bin. Wir studieren die Speisekarte, bestellen unser Essen und stellen, nachdem wir beide mit lüsternen Blicken bei den Desserts hängen bleiben, fest, dass uns gleichermaßen das Wasser im Mund zusammenläuft und wir beide ausgeprägte Naschmäuler sind.

Danach ist er relativ schweigsam, allerdings führen wir uns ein komplettes dreigängiges Sonntagsmenü zu Gemüte, bestehend aus einer Suppe, anschließend Roastbeef mit Yorkshire Pudding und zum Nachtisch eine Auswahl traditioneller englischer Süßspeisen, unter anderem Rosinenpudding, Marmeladenrolle und mein Lieblingsdessert: Sirupbiskuit mit Vanillesoße.

Eingestreut zwischen den Gängen und den einzelnen Bissen geben wir uns dem üblichen Kennenlerngeplänkel hin, also:

Wo kommst du ursprünglich her?

Wie lange lebst du schon in London?

Leben deine Eltern noch? Hast du Geschwister? Was ist dein Lieblingshaustier?

Gefällt dir dein Job? (Die Frage »Was arbeitest du?« überspringen wir, weil wir es ja bereits wissen.)

Welche Musik hörst du?

Hast du irgendwelche Hobbys?

Lebst du in deinen eigenen vier Wänden, oder wohnst du zur Miete, und falls ja: Ist dein Vermieter ein Alptraum? (Was sehr wahrscheinlich ist, wenn man in London zur Miete wohnt.)

Die Und-wie-lange-bist-du-schon-Single-Frage, die normalerweise bei einem ersten Date zum üblichen Repertoire gehört, scheinen wir beide zu umgehen. Ich aus wohl bekannten Gründen, und er, na ja, vielleicht liest er die Ratgeberkolumnen oder sieht im Fernsehen eine dieser Realityshows, in denen einem immer unmissverständlich eingebläut wird, mit einer neuen Liebschaft unter keinen Umständen das Thema der oder die Ex anzuschneiden.

Als wir schließlich beim Sirupbiskuit mit Vanillesoße angelangt sind, habe ich herausgefunden, dass er in seiner eigenen Wohnung in Bayswater wohnt, seine Eltern beide noch leben, er eine jüngere Schwester hat, seine Arbeit liebt, nahezu sämtliche Musikrichtungen hört und zweimal die Woche ins Fitnessstudio geht. Er scheint ein wirklich netter Typ zu sein, unsere Unterhaltung plätschert völlig ungezwungen dahin, und wir verstehen uns prächtig, sodass ich mir ständig in Erinnerung rufen muss, dass ich momentan nicht auf Partnersuche bin, denn Alex Ratliffe entpuppt sich wirklich als ausgesprochen sympathisch.

Inzwischen ist unsere Unterhaltung bei Thameside Homes angelangt, und wir gehen gemeinsame Bekannte durch, von denen es offenbar so einige gibt. Ich ergehe mich gerade ausführlich über Eric und sein eigenartiges Mittagsritual, bei dem er systematisch kalte, hart gekochte Eier pellt und diese dann in ein mitgebrachtes Glas Paprika tunkt, als ich registriere, dass Alex mir nicht mehr zuhört. Nicht dass mich das wirklich überraschen würde, denn Eric und seine gekochten Eier sind bestimmt nicht für jedermann so übermäßig interessant, aber Alex ist nicht etwa halb eingedöst oder nickt mit jenem leeren Blick, der dir verheißen soll, ich bin begeistert, aber in Wahrheit langweile ich mich zu Tode, sondern er starrt mit offenem Mund über meine Schulter, und sein Dessertlöffel verharrt wie eingefroren zwischen Puddingschale und Mund, als ob er gerade ein Gespenst gesehen hätte.

Ich drehe mich um, um zu sehen, was ihn so in den Bann zieht.

An dem Tisch direkt neben der Tür lässt sich gerade eine Gruppe Frauen nieder.

Drei Blondinen, eine sehr große Rothaarige und eine zierliche Brünette. Sie machen eine Menge Lärm und ziehen alle Männerblicke auf sich, da sie so ein nett anzusehendes buntes Trüppchen sind wie die Spice Girls: attraktiv, braun gebrannt und allesamt luftiger bekleidet, als man es an einem Wintertag erwarten würde; doch etwas in Alex' Gesicht verrät mir, dass er sich nicht nur von einem Trüppchen gut aussehender Mädchen hat in den Bann ziehen lassen. Er ist vor Entsetzen praktisch erstarrt.

Seine Augen scheinen auf die kleine Brünette geheftet. Sie ist schlank und hübsch, hat schulterlanges, nussbraunes Haar und blaue Augen, die, wie ich jetzt bemerke, ebenfalls direkt in unsere Richtung blicken.

»Wer ist sie?«, frage ich, obwohl ich es mir denken kann.

Alex' Augen schießen so abrupt zu mir zurück, dass ich zusammenzucke.

Er verzieht das Gesicht.

»Oje, tut mir Leid, Hal.«

»Wer ist sie?«, wiederhole ich.

»Meine Ex. Kirsty.«

»Ex, seit wann?«

»Seit ungefähr vier Monaten.«

»Sie hat mir dir Schluss gemacht, stimmt's?«

Er nickt. Und wird blass.

»Und du liebst sie immer noch, obwohl du dich eigentlich dagegen sträubst.«

Er nickt erneut. Aus seinem Gesicht entweicht sämtliche verbleibende Farbe.

»Aha, ich verstehe.«

Alex legt seinen Löffel hin und reibt sich die Augen. Dann stützt er sein Gesicht auf beide Hände und sieht mich über den Tisch hinweg niedergeschlagen an.

»Es tut mir wirklich Leid«, bekräftigt er noch einmal. »Ich wusste nicht, dass sie hier aufkreuzen würde, ehrlich. Ich wusste nicht einmal, dass sie überhaupt wieder in England ist.«

»Was ist passiert? Wo war sie denn?«

»Auf einer Inter-Rail-Tour quer durch Europa. Mit ihren Freundinnen.«

»Aha. Deshalb ist sie so braun gebrannt.«

Er nickt.

»Sie hat mit mir Schluss gemacht, weil sie auf Reisen gehen wollte.« Der Schmerz der Erinnerung lässt ihn zusammenfahren. »Ich hatte sie zum Essen ausgeführt und wollte ihr einen Heiratsantrag machen. Der Ring steckte in meiner Tasche, und alles war perfekt: Champagner, Rosen auf dem Tisch, aber bevor ich etwas sagen konnte, eröffnete sie mir, dass sie erst einmal reisen wolle und es mit uns aus sei. Ich habe ihr gesagt, dass ich sie nie und nimmer daran hindern würde, wenn ihr diese Reise wirklich am Herzen liegt und dass wir uns doch deshalb nicht trennen müssten, aber ich denke, sie wollte einfach frei sein, um während ihres Trips tun und lassen zu können, wonach ihr der Sinn steht.« Er zuckt mit den Achseln und hat die Augen fast geschlossen, während sich das Ganze noch einmal in seinem Kopf abspult, und dann schnappen sie auf und nehmen mich ins Visier, begleitet von einem bedauernden Lächeln, das um seinen Mund huscht wie eine flatternde weiße Fahne, die mir entgegenwinkt. »Ich mag dich wirklich, Hal, sonst hätte ich dich nicht gefragt, ob du mit mir ausgehst, und ich versuche wirklich, mein Leben weiterzuleben, aber es ist verdammt schwer.

Und sie jetzt wieder zu sehen, aus heiterem Himmel... tja, das haut mich irgendwie um. Tut mir Leid.«

»Davon kann ich auch ein Lied singen...« Ich kann mir ein Grinsen nicht verkneifen.

Er sieht mich überrascht an und neigt den Kopf, als ihm klar wird, was meine Bemerkung impliziert.

»Sag nicht, dass du auch...«, entgegnet er langsam.

»Doch«, stelle ich mit einem Nicken klar. »Ich auch.«

Wir lachen beide los. Dann versichern wir uns gegenseitig, dass Humor ist, wenn man trotzdem lacht, und schließlich fordert er mich auf, ihm meine traurige Geschichte zu erzählen, und so lege ich los und erzähle ihm alles über Gregg. Er ist wirklich ein guter Zuhörer, sodass ich ihm auch alles über meine Liste und meine neue Frisur anvertraue, über meine Trainingssamstage mit Mickey, meine neue Kleidung, mein neues elegant-erotisches Schlafzimmer – im Grunde genommen wirklich alles, und er sitzt da, hört geduldig zu und nickt andauernd, als stimme er mir in allem zu und verstehe genau, und am Ende lächelt er breit und stellt fest, dass das, was ich tue, einfach »absolut brillant« sei.

»Ehrlich, Hal« – er scheint das Wort »ehrlich« zu mögen –, »das ist die beste Geschichte, die ich je gehört habe.«

»Wirklich? Ich fürchte, meine Freundinnen halten mich für verrückt, ich meine, sie stehen mir zwar bei und unterstützen mich bei allem, was ich tue, aber ich weiß genau, dass sie mich tief in ihrem Inneren für bescheuert halten, weil ich ihn trotz allem, was er mir angetan hat, zurückhaben will.«

»Die Liebe folgt nicht immer rationalen Gesetzen.«

»Ich bin so froh, dass du das sagst.«

»Weil es eben einfach stimmt. Natürlich macht sich niemand gerne selbst zu einem Fußabtreter oder etwas in der Art, aber wenn man jemanden so liebt, dass einem jede Sekunde, die man nicht mit ihm zusammen ist, wie eine Ewigkeit erscheint, ist es verdammt schwer, sich diesem Angebeteten nicht einfach vor die Füße zu werfen und um eine zweite Chance zu bitten.«

»Ist es das, was du willst?«

»Wenn ich ganz ehrlich bin, ja, obwohl ich natürlich versuche, nach vorne zu blicken, sonst säße ich ja nicht hier.« Er breitet die Hände aus, um mir zu bedeuten, dass er das Treffen mit mir meint, das Essen, die ganze Situation, und dann sieht er plötzlich bestürzt aus. »Oh Scheiße, das ist kein abgekartetes Spiel, Hal, ich habe dich nicht in dem Wissen hierher bestellt, dass sie auch hier sein würde, ich benutze dich nicht, um sie eifersüchtig zu machen, ich schwöre es, aber für dich muss es natürlich so aussehen... Oh verdammt... mir ist klar, dass du das denken musst, aber so ist es nicht, ich schwöre dir...«

»Schon gut, ich glaube dir«, falle ich ihm ins Wort und verdränge ein leichtes Schuldgefühl, denn wenn ich Issys Rat gefolgt wäre, hätte ich ihn in genau der Art und Weise benutzt, die ihm jetzt ein schlechtes Gewissen bereitet. »Ihre Sonnenbräune ist Beweis genug.«

»Die könnte auch aus dem Sonnenstudio sein«, entgegnet er und grinst. Er seufzt, sichtlich erleichtert.

»Wollen wir versuchen, sie zu ignorieren, und den Rest unseres Essens genießen?«

»Können wir gerne versuchen, aber ich habe noch eine bessere Idee.«

»Nämlich?«

»Na ja, du hast mich zwar nicht in der Absicht herbestellt, deine Ex eifersüchtig zu machen, aber es funktioniert trotzdem.«

»Wie meinst du das?«

Ich sehe mich um und ertappe Kirsty erneut, wie sie schnell wegsieht.

»Sie kann ihren Blick nicht von dir wenden.«

»Glaubst du wirklich?« Er sieht bei meiner Feststellung so hoffnungsvoll aus, dass ich vor Mitleid in Tränen ausbrechen könnte.

»Ja, absolut.«

»Du willst nur nett zu mir sein.«

»Nein, überhaupt nicht. Wenn ich dir erzählen würde, dass sie dich ständig ansieht, obwohl sie es in Wahrheit gar nicht tut, wäre das nicht nett, sondern grausam, weil ich dir falsche Hoffnungen machen würde. Du willst sie zurückhaben, oder?«

»Na ja, ich versuche mir einzureden, dass nicht, aber wenn ich ehrlich zu mir bin, dann ja. Aber du bist nun wirklich der letzte Mensch, dem ich das anvertrauen sollte, oder? Ich meine, sieh uns doch an, wir sitzen hier wie bei einem Date, und ich schütte dir mein Herz über eine andere Frau aus.« Er verstummt und schüttelt den Kopf, als könne er es selbst nicht fassen, und fährt dann fort: »Du bist wirklich sehr nett, Hal. Bei den meisten Frauen hätte ich mein Tonic jetzt im Gesicht, wenn ich ihnen mit dieser Nummer gekommen wäre.«

»Mag sein, aber wir waren beide ehrlich zueinander, und wie ich bereits sagte – ich weiß, was in dir vorgeht.«

Er nickt.

»Stimmt, wenn es jemand weiß, dann du. Was schlägst du also vor, Hal Hart? Soll ich von deinem reichen Erfahrungsschatz profitieren und deinem Beispiel beziehungsweise deiner ausgeklügelten Strategie folgen?«

»Ich glaube nicht, dass du es so weit treiben musst, denn erstens siehst du auch in deinem jetzigen Zustand sehr gut aus, zweitens bezweifele ich, dass sie bereits einen Neuen an der Angel hat, da sie ja ganz offensichtlich gerade erst von ihrer Reise zurückgekehrt ist, und drittens glaube ich wirklich, dass sie noch etwas für dich empfindet, was zusammen genommen ja schon mal ein vielversprechender Anfang ist. Ist dir auch aufgefallen, dass sie, als sie eben zur Toilette gegangen ist, den Weg auf dieser Seite genommen hat, obwohl es anders herum viel näher gewesen wäre? Ich glaube, dass sie einen genaueren Blick darauf werfen wollte, mit wem du hier bist.«

»Es ist dir also auch aufgefallen? Du glaubst gar nicht, wie mich das freut, denn ich habe das Gleiche gedacht, aber ich will mir auch keine falschen Hoffnungen machen und etwas in die Situation hereindeuten, nur weil ich sie so sehen *will*.«

Ich schüttle den Kopf.

»Nein, sie ist mit voller Berechnung hier entlanggegangen, und ich kann dir garantieren, dass sie es noch einmal tun wird.«

»Woher willst du das wissen?«

»Weil ich eine Frau bin, und weil ich genau das Gleiche tun würde, wenn Gregg hier mit einer anderen säße.«

»Und? Wie machen wir jetzt weiter?«

»Viel lächeln und fröhlich sein, aber auch nicht zu viel, damit es nicht falsch wirkt. Du tust einfach so, als wäre ich das beste Date, mit dem du je ausgegangen bist, als wäre ich wirklich geistreich und witzig und als fändest du mich absolut hinreißend.«

Er sieht so zweifelnd aus, dass ich eigentlich beleidigt sein müsste. Ich sage es ihm, und er fängt sofort wieder an, sich zu entschuldigen.

»Oh, Hal, es tut mir wirklich Leid, du bist ALL DAS, was du eben aufgezählt hast. Ich fühle mich nur so gehemmt, dass ich mich kaum noch an meinen eigenen Namen erinnere.«

»Also gut, dann müssen wir dich ein bisschen entspannen. Willst du einen Drink?«

»Geht nicht, ich muss noch fahren.«

»Dann muss wohl Mickey herhalten.«

Er sieht mich an, als hätte ich ihm Drogen angeboten, was er vermutlich auch tatsächlich glaubt.

»Mein Personal Trainer«, erkläre ich schnell. »Er heißt Mickey und hat mir ein paar wirklich gute Entspannungstechniken beigebracht.«

»Okay. Dann leg los!«

Ich fange an und erkläre ihm, wie er atmen muss.

Er versteht das Prinzip nicht ganz, aber er hört mir so aufmerksam zu und gibt sich solche Mühe, meine Anweisungen zu befolgen, dass er sich dabei automatisch alleine entspannt. Vielleicht ist das ja schon das ganze Geheimnis, und es geht gar nicht um die Techniken selbst, sondern nur darum, jemanden dazu zu bringen, sie auszuprobieren und anzuwenden, und allein dadurch wird der Kopf frei von all dem Ballast, der den inneren Stress verursacht hat. Wie ich Mickey kenne, würde es mich nicht einmal überraschen, wenn es so wäre. Was Gehirnwäsche angeht – oder Hirn-Ficken, wie es Isabelle sicher auf unelegante Weise ausdrücken würde –, hat er ganz schön was drauf.

Wie auch immer, unsere angeregte Unterhaltung und die Tatsache, dass ich ihn anfassen muss, um ihm zu erklären, was er tun soll – zum Beispiel lege ich die Hand auf seinen Solarplexus, berühre ihn am Nacken oder führe seine Hand, damit er sein Zwerchfell findet – bewirkt nicht nur, dass er sich entspannt, sondern hat auf die zierliche brünette Weltenbummlerin Kirsty genau den gegenteiligen Effekt.

Sie kann kaum noch die Augen von uns wenden, und ihr Mund versteift sich, als sie in Hochgeschwindigkeit mit der Rothaarigen schnattert, die ihr am nächsten sitzt, woraufhin diese sich abrupt umdreht und uns ebenfalls anstarrt.

Zwei Minuten später macht sie sich erneut auf den Weg zur Toilette, diesmal in Begleitung ihrer Freundin.

»Schnell«, flüstere ich Alex zu. »Füttere mich mit irgendetwas.«

»Was?« Er sieht mich fragend an, als könne er es gar nicht fassen, dass ich immer noch nicht satt bin, doch dann kapiert er, nimmt das After Eight neben seiner Kaffeetasse, holt es aus dem Papier und schiebt es mir ganz langsam und behutsam zwischen die Lippen.

Wie beabsichtigt, beobachtet Kirsty die Geste, und ihre großen blauen Augen springen hervor wie das Gelbe bei einem gebratenen Spiegelei, wenn man es in eine heiße Bratpfanne schlägt.

Als sie von der Toilette zurückkommt und wieder an uns vorbeigeht, anstatt den viel direkteren Weg zu nehmen, umfasse ich zärtlich Alex' Nacken, drücke ihm einen sinnlichen Kuss auf die Wange und flüstere laut: »Du bist der Beste, Alex, ehrlich.« Ich flüstere gerade laut genug, damit sie es hören kann, aber nicht so laut, dass meine Absicht, sie mithören zu lassen, zu offensichtlich ist.

Alex kann sich nicht zurückhalten und bekommt einen Lachanfall, was geradezu perfekt ist, denn er sieht so süß aus, wenn er lacht – auf seinen Wangen kommen die kleinen Grübchen zum Vorschein, und seine grünen Augen blitzen auf wie Edelsteine, und dann lässt er den Kopf nach vorne fallen und schmiegt ihn in einer spontanen intimen Geste an meine Stirn.

Zurück an ihrem Tisch kippt Kirsty ihren Drink in einem Zug herunter und packt ihre Sachen zusammen.

»Das reicht für heute«, stelle ich fest, und weil sie so mitgenommen aussieht, regt sich mein schlechtes Gewissen.

Er nickt, ruft die Kellnerin und übernimmt die Rechnung. Dass ich meinen Anteil selbst übernehme, lehnt er entschieden ab. Dann schlendern wir Händchen haltend aus der Kneipe. Draußen auf dem Bürgersteig lächelt er mich an, nimmt mein Gesicht in seine Hände und küsst mich, diesmal richtig, mit weichen Lippen und warmer Zunge. Schließlich lässt er von mir ab und sagt: »Du warst absolut großartig. Danke, Hal.«

»Das Vergnügen war ganz meinerseits«, erwidere ich atemlos und meine es ehrlich, da der Kuss genau das war: ein Vergnügen. Eines, das mir schon viel zu lange vorenthalten wurde. Denk jetzt bloß nicht an Sex, Hal, denk *nicht* an Sex.

»Ich habe dich nicht nur wegen Kirsty geküsst, ich wollte es wirklich, nur dass du das weißt«, sagt er ernst und streichelt immer noch zärtlich meine Wangen. »Du kannst dir ja gar nicht vorstellen, was dieser Tag heute für mich bedeutet. Ich dachte, wenn ich die Tatsache einfach ignoriere, dass ich sie so erbärmlich vermisse, würde ich sie auch nicht vermissen, aber das Wiedersehen heute hat mir klar gemacht, dass ich meine Gefühle für sie einfach nur verdrängt habe, in Wahrheit sind sie immer noch da. Hältst du mich für verrückt, Hal, weil ich sie wiederhaben will?«

Ich denke daran, wie oft ich meine Freundinnen genau das Gleiche gefragt habe, und schüttle den Kopf.

»Nein, aber sie kann sich sehr glücklich schätzen, von dir zurückgewollt zu werden.«

»Wenn du meinst. Aber eins kann ich dir auch sagen: Dieser Gregg muss ein absoluter Idiot sein. Apropos, ich glaube, jetzt bin ich an der Reihe.«

»Womit bist du an der Reihe?«

»Dir zu helfen. Los, komm!«, drängt er, nimmt mich erneut bei der Hand und führt mich über die Straße. »Der Wagen steht bereit, Mylady.«

»Du fährst einen Porsche!«, entfährt es mir, als er den Knopf an seinem Schlüsselbund drückt und ein schnittiger 911er aufpiept.

Er nickt.

»Und sie hat dich trotzdem verlassen?«

»Mit einem tollen Schlitten kann man bestimmt keine Frauen beeindrucken, die es wert sind, dass man sich um sie bemüht«, belehrt er mich.

»Kann sein, aber es gibt bestimmt auch ein paar vernünftige Frauen, die darauf anspringen«, entgegne ich und füge entschuldigend hinzu: »Tut mir Leid, aber ich stehe auf geile Schlitten. Ich liebe tolle Sportwagen, das ist auch der Grund, weshalb ich selbst kein Auto habe. Von denen, die ich mir leisten könnte, sagt mir einfach keins zu. Apropos leisten – dieser Wagen muss dich ein Vermögen gekostet haben! Bist du etwa steinreich oder was? Eigentlich siehst du gar nicht danach aus. Oh Mann, das klingt ja total bescheuert. Nicht dass du jetzt denkst, ich hätte an deinem Handgelenk nach einer Rolex gesucht oder etwas in der Art.« Ich mache ein bestürztes Gesicht.

»Einer der Vorteile, wenn man seine eigene Firma hat«, entgegnet er und grinst mich an.

»Ich dachte, du wärst Vertreter.«

»Bin ich auch, für meine eigene Firma. Vertreter, Geschäftsführer, Sekretär, Buchhalter, alles in einem, eine Einmannkapelle, wenn du so willst, aber unterm Strich bedeutet das auch, dass ich sämtliche Gewinne allein einstreiche – und Schätze wie diesen«, er tätschelt liebevoll die Motorhaube des schicken blauen Flitzers, »von der Steuer absetzen kann.«

Er hält mir die Tür auf.

»Wo fahren wir denn hin?«, frage ich, während er hinterm Steuer Platz nimmt.

»Na ja, es ist ein herrlicher sonniger Tag. Ich dachte, ich mache das Verdeck runter, und wir kurven einfach ein bisschen in London herum, bis dein Typ – wie heißt er noch mal, Graham?«

»Gregg«, korrigiere ich ihn. »Graham ist mein Chef.«

»Ach ja, also bis Gregg *sieht*, dass du mit einem feschen Unbekannten«, er tut so, als würde er einen Kussmund machen und einen Finger befeuchten, den er sich über eine Augenbraue zieht, »in einem Porsche durch London kutschierst.«

»Du nimmst mich auf den Arm, oder?«

Er schüttelt entschieden den Kopf.

»Ganz und gar nicht. Du hast mir einen Gefallen getan«, er wirft einen Blick Richtung Kneipe, wo klar und deutlich Kirsty zu sehen ist, die uns mit trübsinnigem Blick durchs Fenster anstarrt. Sie sieht schnell weg und tut so, als hätte sie uns während der vergangenen Stunde nicht eines Blickes gewürdigt.

»Also bin ich jetzt an der Reihe, mich erkenntlich zu zeigen.

Was meinst du – wo treibt er sich an einem Tag wie diesem am ehesten herum?«

»In Camden Town«, erwidere ich spontan.

Also fahren wir nach Camden Town.

Auf dem Weg erläutert Alex mir seinen Plan.

Ich habe ihm einen Gefallen getan, indem ich Kirsty ganz offensichtlich vor Eifersucht zur Weißglut getrieben habe, und jetzt will er sich revanchieren, indem er Gregg ebenfalls eifersüchtig macht. Ich versichere ihm, dass er das wirklich nicht tun müsse, doch er beharrt darauf, dass eine Hand die andere wäscht.

Aber natürlich ist es, als ginge man mit einer gedeckten Kreditkarte oder einem prall gefüllten Portemonnaie shoppen und findet einfach nichts, was einem gefällt. Wir kurven eine Ewigkeit ziellos herum, bis ich anfange, das Ganze ziemlich krankhaft zu finden, und Alex darauf hinweise, dass unsere Chance, Gregg aufzutun, in etwa so groß ist wie im Schneesturm ein weißes Minzbonbon zu finden, doch Alex ist überzeugt, dass heute unser Glückstag ist, und überredet mich, es noch ein bisschen länger zu versuchen. Angesichts der gewaltigen Benzinmenge, die der hochgepowerte Flitzer schluckt, habe ich ein leicht schlechtes Gewissen, doch er beruhigt mich, indem er mir versichert, dass er viel zu selten Gelegenheit habe, ein bisschen in seinem Porsche herumzukurven, da er während der Arbeit immer mit einem Allrad unterwegs sein müsse.

»Schließlich will ich nicht palettenweise Ziegel und Muster im Kofferraum dieses Schätzchens herumkarren«, räsoniert er, also lächle ich zustimmend, lasse mich in den ach so weichen Ledersitz zurücksinken und nehme mir vor, nicht mehr weiter nach Gregg Ausschau zu halten, sondern einfach nur den glücklichen Umstand zu genießen, dass ich an einem herrlichen Sonnentag in einem tollen Auto von einem – ich sehe Alex noch einmal unauffällig von der Seite an, und, jawohl, ich kann es definitiv ohne Umschweife sagen – gut aussehenden Mann umherkutschiert werde.

Und dann, als ich endlich anfange mich zu entspannen, passiert es. Wir rollen gerade auf eine rote Ampel zu, als ich ihn sehe.

Gregg.

Er sitzt vor einem seiner Lieblingspubs, dem The Leaky Bucket, und genießt die Wintersonne. Er ist mit ein paar Kumpels da, und sie trinken und lachen und reden ziemlich laut, wie Männer eben sind, wenn sie ein paar Biere zu viel intus haben, und dann sieht einer von ihnen den Porsche an der Ampel stehen und zeigt ihn einem seiner Freunde, der einen Kommentar in der Art »Wow, geiler Schlitten« loslässt, woraufhin der Typ, der ihm den Wagen gezeigt hat, hinzufügt, »Geiler Schlitten mit einer scharfen Mieze drin«, und jetzt wenden sich auch die anderen zu uns um, und Gregg fallen beinahe die Augen aus, als er mich sieht (obwohl ich natürlich so tue, als hätte ich ihn nicht gesehen), und dann wird es grün, Alex tritt aufs Gas und lässt den Sechsundsiebzigtausend-Pfund-Motor aufheulen, der Fahrtwind erfasst mein goldblondes Haar und lässt es hinter mir herwehen wie Spinnfäden, und nachdem ich mich eben noch irgendwie bescheuert gefühlt habe, bin ich plötzlich in absoluter Hochstimmung.

Alex bringt mich nach Hause, wo Jack sich aus dem Fenster hängt, um den Wagen zu bestaunen, und als ich ihm zuwinke, fallen auch ihm beinahe die Augen aus. Als Nächstes stürzt er aus dem Haus, lässt sich von mir mit Alex bekannt machen, der ihm daraufhin voller Stolz seinen Wagen vorführt, und dann werde ich herauskomplimentiert, und die beiden jagen die Straße hinunter und starten zu einer kleinen Spritztour durch London. Sie bleiben eine Stunde weg. Als sie schließlich wiederkommen, dämmert es bereits, und Jack bringt Alex noch auf einen Kaffee mit. Die beiden unterhalten sich angeregt, als wären sie alte Freunde, und ich komme mir plötzlich ein bisschen überflüssig vor, aber das macht mir nichts, denn ich bin immer noch ganz euphorisch und zehre von der Genugtuung, die mir Greggs Anblick beschert hat. Was für ein Bild! Wenn man seinen Ausdruck in diesem Moment beschreiben wollte, kommt einem am ehesten Van Goghs »Der Schrei« in den Sinn.

Als er schließlich aufbricht, drückt Alex mir ein Abschiedsküsschen auf die Wange und sagt: »Ich würde dich gerne wiedersehen.«

»Wirklich?«

»Ja, vielleicht hast du noch ein paar Tipps auf Lager, wie ich Kirsty zurückgewinnen kann.«

Ich sage: »Na klar« und »Ich helfe dir gerne« und küsse ihn auf die Wange wie eine ältere Schwester, die ihren jüngeren Bruder verabschiedet.

Er scheint sich richtig zu freuen, dass ich bereit bin, ihm zu helfen. Er ist wirklich süß. Süß, aber auch ein bisschen kläglich, wie ein junger Hund, der treu seinem Herrchen hinterherwackelt, und dann trifft mich plötzlich eine tief greifende Erkenntnis.

Genau das könnte ich auch von mir selbst sagen.

Ich brauche eine Seelenmassage und gehe dahin, wo ich immer mit mildem Verständnis rechnen kann, egal, was ich auf dem Herzen habe.

»Hältst du mich für eine bemitleidenswerte junge Hündin, die verzweifelt Gregg hinterherdackelt?«

»Natürlich nicht«, meint Beth sanft. »Und so solltest du selber auch nicht von dir denken.«

»Glaubst du, Gregg hat mich wirklich geliebt, ich meine, richtig geliebt?«

»Natürlich hat er dich geliebt«, entgegnet sie bestimmt.

»Woher willst du das wissen?«

»Weil es für jedermann ersichtlich war, der euch zusammen gesehen hat.«

Wir stehen in Beth' Küche, es ist acht Uhr abends, und Sebastian ist bei der Arbeit. Sie nutzt die Gelegenheit, etwas backen zu können, ohne dass Sebastian ihr ständig auf die Finger schielt und sie fortwährend mit seinem »Nein, Beth, so ist es falsch, du musst es so umrühren, nein, Beth, nicht so viel Mehl nehmen, nein, Beth, so schlägt man keine Eier auf« nervt.

»Hältst du mich für verrückt?«, frage ich sie, während sie Zucker abwiegt und ihn zu der weich gewordenen Butter in die Rührschüssel gibt.

»Ziemlich oft, ja«, entgegnet sie, lächelt kurz zu mir auf und pustet sich eine mit Mehl bestäubte Haarsträhne aus dem Gesicht.

»Ich meine, ob du mich wegen Gregg für verrückt hältst.«

»Nicht, wenn du es wirklich willst. Wenn du glaubst, dass er es wert ist, um ihn zu kämpfen, tu es.«

»Und ist er es wert?«

»Wenn du davon überzeugt bist.«

»Tolle Antwort!«

»Die einzig richtige Antwort«, entgegnet sie und schüttelt missbilligend den Kopf. »Führ dir doch mal schlicht und ergreifend vor Augen, worauf es ankommt. Es sollte nur einen einzigen Grund für dich geben, um Gregg zu kämpfen.«

»Und der wäre?«

Sie schüttelt erneut den Kopf, ihre Perlmuttohrringe glänzen im Licht der Deckenlampe.

»Also ehrlich, Hal, du bist doch so ein helles Köpfchen. Es ist scheißegal, was ich denke oder was Isabelle denkt oder Lois, es spielt nicht einmal eine Rolle, was Gregg denkt. Wenn du wissen willst, ob er es wert ist, um ihn zu kämpfen, zählt einzig und allein, ob *du* ihn für wert befindest, um ihn zu kämpfen, also bin ich eindeutig die falsche Adressatin für deine Frage. Stell sie noch einmal, aber frag dich diesmal selbst.«

Und während Beth kurz im Vorratsraum verschwindet, um aus dem riesigen, typisch amerikanischen Kühlschrank ein paar Eier zu holen, tue ich genau das.

Ist er es wert, dass ich um ihn kämpfe?

Ist Gregg es wert?

Gregg, der mich angelogen hat?

Gregg, der mich mit einer anderen betrogen hat?

Warum glaube ich noch an ihn und unsere Beziehung?

Was für eine Beziehung *hatten* wir überhaupt?

Er hat nie übers Heiraten gesprochen, oder über Kinder oder die Zukunft. Im Grunde haben wir immer nur im Hier und Jetzt gelebt, aber genau deshalb war ich so sicher, dass wir eine Zukunft haben *würden*. Das reichte – mir jedenfalls. Ich brauchte keine ständigen Zusicherungen aus seinem Mund, es schien einfach so klar, wir waren einfach füreinander bestimmt.

Vermutlich sträube ich mich deshalb so, mich damit abzufinden, dass es endgültig aus und vorbei ist. Ich habe immer geglaubt, wir wären verwandte Seelen.

Warum hat er mich also verlassen?

»Bin ich ein komplizierter Mensch, mit dem es sich nur schwer aushalten lässt?«, frage ich Beth, als sie mit Eiern und Butter beladen zurückkommt.

»Ich bitte dich, Hal, ich kenne dich, seitdem wir so groß waren«, sie hält ihre Hand in etwa auf Taillenhöhe, »ich kann also guten Gewissens behaupten, dass ich dich besser kenne als irgendjemand sonst, und als die weltbeste Harriet-Hart-Expertin bin ich hocherfreut, bestätigen zu dürfen, dass du von allen Menschen, denen ich begegnet bin, zu denjenigen gehörst, mit denen man am leichtesten klarkommt. Und glaub mir, ich kenne ein paar ziemlich anstrengende Exemplare...« Sie zwinkert mir zu und wirft dem gerahmten Foto von Sebastian auf dem Fenstersims eine neckisch-leidenschaftliche Kusshand zu.

»Wie hältst *du* es eigentlich mit Sebastian aus?«, frage ich sie.

»Wolltest du nicht sagen: ›Ach Beth, wie ich dich beneide, dass du jemanden hast, der dich so mit Komplimenten überhäuft wie dein reizender Ehemann‹?«

»Nein«, stelle ich entschieden klar.

Sie grinst, nicht im Geringsten beleidigt.

»Seb und ich passen zueinander. Wir sind das beste Beispiel dafür, dass Gegensätze sich anziehen. Yin und Yang. In unserer Beziehung herrscht das perfekte Gleichgewicht. Sebastian kreiert, und ich kapituliere. Sie lacht.

»Sieh uns an, Hal, er mag ein Hitzkopf sein, aber ich dagegen – ich bin *so* entgegenkommend, dass es fast schon lächerlich ist. Stell dir vor, ich wäre mit jemandem zusammen, der genauso wäre wie ich. Wir würden uns vor lauter Entgegenkommen gegenseitig in den Wahnsinn treiben. ›Du hast ja Recht, Darling, nein, nein, nein, du hast Recht, Darling, aber nein, ich denke wirklich, du hast Recht, Darling, aber nein, überhaupt nicht, Darling‹«, äfft sie sich selbst nach. »Kannst du dir das vorstellen? Nein danke.«

»Aber treibt es dich nicht in den Wahnsinn, dass er immer Recht haben muss, selbst wenn du weißt, dass er absolut Unrecht hat, wie neulich, als er steif und fest behauptet hat, die Blumen, die er dir mitgebracht hat, seien Gartenwicken, obwohl wir alle wussten, dass es Fresien waren?«

»Ja, ich erinnere mich, aber wenigstens bringt er mir überhaupt Blumen mit.« Sie lächelt und schüttelt dann den Kopf. »Das Geheimnis ist ein ganz einfaches, Hal. Du musst ihn *glauben* lassen, dass er Recht hat, und im Stillen die *Genugtuung genießen* zu wissen, dass er völlig falsch liegt.«

»Du bist glücklich mit ihm, hm?«

»Das weißt du doch.«

»Als Sebastian dir den Heiratsantrag machte, was glaubst du, war sein Beweggrund?«

»Na ja, vielleicht war er zu dem Schluss gekommen, den Rest seines Lebens mit mir verbringen zu wollen.«

»Ja, aber was hat ihn zu diesem Schluss gebracht?«

»Du meinst, abgesehen von meinem entzückenden Gesicht, meiner tollen Figur und meiner großartigen Persönlichkeit«, scherzt sie und begibt sich in Modelpose, jedenfalls so gut sie es mit ihrem gewaltigen Bauch noch kann. »Ich habe keine Ahnung, Hal, wirklich nicht. Wir hatten das Thema irgendwann mal bei einem Sonntagsessen bei Mum and Dad, noch bevor ich mit Sebastian zusammen war, und Dad hat gesagt, dass er, als er Mum kennen gelernt hat, sofort wusste, dass sie diejenige ist, woraufhin Olly behauptet hat, dass es ihm genauso ergehen wird, nur Tarq musste natürlich wieder mal anderer Meinung sein und hat darauf bestanden, dass es nicht darum gehe, die richtige Frau kennen zu lernen, sondern die Frau zum richtigen Zeitpunkt. Mit anderen Worten: Wenn ein Typ das Gefühl hat, es wäre an der Zeit, eine Familie zu gründen, dann tut er es mit der Frau, mit der er gerade zusammen ist, und wenn er noch nicht so weit ist, kann seine Partnerin noch so perfekt sein, er wird sie wahrscheinlich wieder verlassen, weil er einfach zum falschen Zeitpunkt mit ihr zusammen ist.«

»Typisch Tarquin«, mokiere ich mich.

»Stimmt, aber wir wissen alle, dass der typische Tarquin nicht unbedingt der typische Mann von nebenan ist.«

»Das wollen wir jedenfalls hoffen«, entgegne ich lachend.

»Ist es nicht komisch, wenn man eines seiner eigenen Geschwister nicht mag?«

»Keine Ahnung, ich habe ja keine.«

»Natürlich hast du.«

»Ach ja? Haben meine Eltern mir da womöglich etwas Wichtiges verschwiegen?«

Beth lacht.

»Natürlich nicht, du Dummerchen. Aber für mich bist du so gut wie eine Schwester, nein, besser als eine Schwester, denn soweit ich weiß, liegen Schwestern sich ständig in den Haaren.«

Ich nehme sie in die Arme, doch sie fährt zusammen und befreit sich aus meiner Umarmung.

»Was ist los? Alles in Ordnung mit dir?«

Sie verzieht das Gesicht.

»Alles bestens, es ist nur das Baby. Es strampelt wieder mal wild um sich. Fühl mal, schnell!«

Sie nimmt meine Hand und legt sie vorsichtig auf ihren Bauch.

»Und jetzt warte.«

Wir warten.

Nichts.

Beth grinst.

»Es ist bestimmt ein Junge. Er macht nie das, was er soll.«

Sie nimmt ihre Rührschüssel, die jetzt sämtliche Zutaten enthält, und wir setzen uns zusammen auf den Platz am Fenster, von wo aus man einen schönen Blick auf den Garten hat.

»Wie ist es, schwanger zu sein?«, frage ich, als sie anfängt, gleichmäßig zu rühren.

»Komisch.«

»Komisch?«

»Aber schön.«

»Komisch, aber schön? Ist das alles, was dir zum größten Wunder der Natur einfällt?«, ziehe ich sie auf.

»Abgesehen davon natürlich, dass man so dick ist, das ist nicht so toll, ach, und die geschwollenen Knöchel auch nicht«. Sie hebt ihren Fuß und lässt ihn kreisen, um mir ihren erkennbar aufgedunsenen Knöchel zu präsentieren. »Und lass dir bloß von niemandem einreden, dass du aufblühst und vor Schönheit strahlst, wenn du schwanger bist, das sind alles Lügen, um uns dazu zu bringen, überhaupt schwanger zu werden.«

Ich werde rot, denn mit genau diesem Spruch bin ich ihr auch gekommen.

»Und du? Glaubst du, dass du auch irgendwann Kinder haben wirst?«, fragt sie und bietet mir aus der Schüssel etwas Teig zum Probieren an.

»Wer weiß? Erst mal wäre da ja das nicht ganz unbedeutende Problem, einen Vater für den potenziellen Sohn oder die potenzielle Tochter zu finden.«

»Gregg ist nicht der einzige Mann auf der Welt«, stellt sie klar und drückt mir tröstend die Hand.

»Ich weiß, aber bedauerlicherweise ist er der einzige Mann, den ich will.«

»Von dem du glaubst, dass du ihn willst.«

»Wie bitte?«

»Er ist der einzige Mann auf der Welt, von dem du *glaubst*, dass du ihn willst. Du magst doch gerne Marsriegel, oder?«

»Ja, das weißt du doch«, entgegne ich, überrascht über den abrupten Themenwechsel. »Warum fragst du? Glaubst du, ich habe zugenommen?«

»Unsinn!« Sie schüttelt mit Nachdruck den Kopf. »Im Gegenteil, du siehst klasse aus, vielleicht sollte ich diesen Mickey auch buchen, wenn ich die Geburt erst einmal hinter mir habe, damit ich wieder in Form komme. Nein, was ich sagen wollte, ist: Gregg ist dein Marsriegel.«

»Ich verstehe dich immer noch nicht«, sage ich und blinzle sie fragend an.

»Also, nehmen wir mal an, du isst dein ganzes Leben lang Marsriegel, nichts als Marsriegel...«

»Dann hätte ich ständig Bauchschmerzen und würde drei Zentner wiegen«, beende ich den Satz für sie.

»Okay, das vielleicht auch, aber darauf wollte ich nicht hinaus. Was ich sagen wollte, ist, auch wenn der Vergleich ein bisschen schräg sein mag, dass du erst herausgefunden hast, dass

Mars dein Lieblingsschokoriegel ist, nachdem du vorher auch alle möglichen anderen probiert hast. Wohingegen du, wenn wir mal annehmen, dass Gregg dein Marsriegel ist, in den vergangenen Jahren ausschließlich Marsriegel gegessen hast, und davor hast du nur mal kurz von einem Milky Way gekostet und ein ganz kleines bisschen von einem Curly Wurly. Verstehst du jetzt?«

Ich könnte sie quälen und so tun, als würde ich es immer noch nicht begreifen, aber natürlich kapiere ich, worauf sie hinauswill, und nicke.

»Du willst mir sagen, dass ich erst mal ausgiebig in die Süßigkeitenschale greifen und das ein oder andere probieren soll, bevor ich zu dem Schluss komme, dass ich mich wirklich mit Marsriegeln voll stopfen will, bis mir die Zähne ausfallen.«

»Genau«, bekräftigt sie und nickt mit Nachdruck. »Gut, dass wir das geklärt haben. Ich wollte es dir schon seit einer Ewigkeit sagen. Nicht, dass ich dich nicht voll und ganz unterstütze, wenn es wirklich dein innigster Wunsch ist, Gregg wiederzuhaben, aber es musste einfach mal gesagt sein, und nachdem es jetzt raus ist, kann ich das hier ja in den Ofen stellen und uns noch eine Tasse Kaffee machen. Willst du?« Sie steht auf und nimmt mir die Rührschüssel aus der Hand.

»Gerne«, erwidere ich und lächle sie unschuldig an. »Kaffee tut gut.«

»Na dann«, entgegnet sie.

»Ach, und Beth?«

»Ja?«

»Wie wär's mit Mars zum Kaffee?«

Als ich nach Hause komme, ist Isabelle da. Sie besucht Jack.

»Ich wollte gerade Kaffee machen, willst du auch einen?«, fragt er und erhebt sich vom Sofa.

Ich nicke erfreut und lasse mich direkt auf den angenehm vorgewärmten Platz nieder, den er frei gemacht hat.

»Gerne, draußen ist es affenkalt.«

Isabelle rückt an mich heran, nimmt meine kalten Hände und reibt sie, bis wieder ein bisschen Wärme in sie zurückkehrt.

»Gut, dass du da bist, wir müssen noch Lois' Jungfernwochenende planen.«

» Wochenende? Kein Jungfernabend?«

»Aber nein, das ist absolut out«, entgegnet sie pikiert. »Lois will mit uns nach Cornwall. Sie möchte am liebsten ein Wellness-Wochenende verbringen. Ein bisschen Surfen, Strandspaziergänge, solche Sachen eben, und all das umgeben von einer spektakulären Landschaft, deshalb dachte ich, ich buche uns am besten ein Hotel in Newquay.«

»Ein Wellness-Wochenende in Newquay?«

»Newquay bietet eine perfekte Mischung von allem«, entgegnet Issy mit ernster Miene, » und es ist ein bisschen was los.«

»Du meinst, nachts ist der Teufel los«, stelle ich fest und ziehe eine Augenbraue hoch.

»Es ist immerhin ihr Abschied vom Jungferndasein, da können wir doch nicht das ganze Wochenende im Lotussitz am Strand hocken, meditative Sprechgesänge anstimmen, uns beruhigende Kristallkugeln in den Hintern schieben und versuchen, mit dem Universum eins zu werden. Wir wollen die letzten Tage der Braut in Freiheit feiern, sie mit einem falschen Schleier herausputzen, ihr eine Achtung-Fahranfängerin-ich-übe-noch-Plakette umhängen, uns voll laufen lassen und beim wildesten Junggesellenabschied einfallen, den wir finden. Das ist es, was Lois im Grunde ihres Herzens will, auch wenn sie es noch nicht weiß.«

Ich schüttle den Kopf.

»Wenn du meinst.«

Issy nickt mit Nachdruck.

»Auf jeden Fall. Ich habe an Jacks Computer auch schon ein Hotel für uns gefunden, aber ich bin mir noch nicht ganz sicher, wie wir hinkommen sollen. Mit dem Zug ist es eine einzige Qual, aber zu elft können wir uns unmöglich in Lois' Jeep quetschen, und sonst hat keine von uns ein Auto, deshalb dachte ich, wir mieten einen Kleinbus, aber bisher habe ich noch keinen Autoverleih gefunden, der an dem besagten Wochenende einen frei hat.«

»Bei der Arbeit fährt eine Firma in unserem Auftrag die Bauarbeiter zu den jeweiligen Baustellen. Ich kann sie ja mal anrufen und fragen, ob sie an dem Wochenende einen Minibus frei haben.«

Issy verzieht das Gesicht.

»Bestimmt haben sie auch Minibusse, die nicht mit Matsch und Beton verschmutzt sind«, versichere ich, wohl wissend, was sie denkt.

»Okay, dann überlasse ich das Transportproblem dir.«

»Was noch?«

»Na ja, wir müssen sie in ein albernes Outfit stecken und uns natürlich ein paar verrückte Mutproben für sie ausdenken.«

»Das mit dem Outfit ist ja schon geklärt.«

»Fehlen also noch die Mutproben.«

»Dabei kann ich euch helfen«, verkündet Jack, der mit einem Tablett mit Kaffee und Gebäck zurück ins Wohnzimmer kommt.

Ich nehme meinen Kaffee, denke an meine Oberschenkel beziehungsweise an Mickey und lehne den angebotenen Schokokeks ab.

»Wie wär's, wenn ihr sie irgendwelche Sachen zusammensuchen lasst?«, schlägt Jack vor. »Sie auf eine Art Schatzsuche schickt.«

»An was für Sachen denkst du?«

»An irgendwelches verrücktes Zeug, zum Beispiel die Unterhose eines fremden Mannes.«

»Igitt!«, entfährt es mir bei dem Gedanken.

»Oder einen Kuss von dem hässlichsten Kerl, der ihr über den Weg läuft«, schlägt Issy mit einem fiesen Lachen vor.

»Und einen Kuss von einer Frau«, fügt Jack begeistert hinzu. »Aber diesmal von der schönsten, die ihr begegnet.«

»Perversling!«, weist Issy ihren Bruder zurecht.

»Wie wär's, wenn sie in jeder Kneipe, in die wir einkehren, mindestens einen Typen dazu bringen muss, ihr einen Drink auszugeben?«

»Gute Idee«, stimmt Issy zu, »am besten Cocktails. Ja, das ist es, als Erstes muss sie nach einem Sex on The Beach verlangen, und als Nächstes nach einem... nach einem...«

»...Slippery Nipple?«, schlägt Jack vor.

»Igitt! Was ist das denn?«

»Irgendwas mit Baileys.«

»Okay, dann muss sie also erst einen Sex on the Beach verlangen, dann einen Slippery Nipple, und dann... und dann...«

»...einen Screaming Orgasm!«, schreie ich prustend. Allmählich finde ich Gefallen an der Sache.

»Ist das ein Cocktail oder eine Aufforderung?«, will Jack wissen und verdreht bei dem Gedanken verzückt die Augen.

»Hängt ganz davon ab, wer fragt!« Isabelle kugelt sich vor Lachen.

»Okay, das hätten wir also, sie muss sich Drinks ausgeben lassen, was noch? Ich hab's, ich weiß noch was, wie wär's, wenn sie die Telefonnummer des bestaussehenden Mannes der Stadt auftreiben muss, den kraftstrotzendsten Rausschmeißer, den wir sehen, in den Arsch kneifen muss, und in einem Club ein sexy Mädchen dazu bringen muss, auf einem Tisch mit ihr Striptease zu tanzen«, zählt Jack begeistert auf, der sich immer mehr in das Thema einbringt.

»Außerdem muss sie sich auf ihrem BH von einem Discjockey ein Autogramm verpassen lassen, zwei flambierte Sambucas trinken und einen Polizeihelm klauen«, schlage ich vor.

»Lassen wir hier immer noch unserer unanständigen Ader freien Lauf?«, fragt Isabelle und zwinkert mir zu. »Falls ja, würde ich nämlich seinen Schlagstock bevorzugen.«

»Issy!«, rufen Jack und ich im Chor.

Issy lächelt unschuldig.

»Kommt Beth eigentlich auch mit?«, will sie wissen.

»Wenn wir es nicht zu lange hinausschieben, bestimmt.«

»Lois und ich haben uns auf übernächstes Wochenende geeinigt.«

»Übernächstes Wochenende?«

»Ja. Und erzähl mir bloß nicht, dass du dann nicht kannst. Ich weiß nämlich, dass das nicht stimmt.«

»Dann muss ich Mickey absagen. Samstag ist unser fester Termin.«

»Das hab ich schon erledigt.«

»Wie bitte?«

»Du hast richtig gehört. Ich habe mich am Freitag mit ihm auf einen Drink getroffen. Es war sein Vorschlag, dass wir doch nach Newquay fahren sollen. Er meinte, es sei der richtige Ort, weil er für jeden etwas Passendes zu bieten habe.«

»Typisch Mickey, immer ganz der Diplomat«, stelle ich fest und nicke. »Wer kommt denn noch mit?«

»Lois' kleine Schwester Mel und ein paar Freundinnen, die sie von der Arbeit kennt. Sie hat mir eine Liste mit den Telefonnummern gegeben.« Isabelle kramt ein Stück Papier aus ihrer Handtasche hervor und breitet es auf dem Couchtisch aus.

»Von der Arbeit? Du willst mir also sagen, dass wir mit einem Haufen bezaubernder Models nach Newquay fahren und es ein ruhiges, gesetztes Wellness-Wochenende werden soll?«

»Genau«, bestätigt Issy grinsend.

Wir müssen beide lachen, als Jack ganz unten auf der Liste verstohlen seinen eigenen Namen hinzufügt.

»Kommt gar nicht in Frage, großer Bruder«, stellt Isabelle klar und streicht seinen Namen mit einem dicken schwarzen Kugelschreiberstrich wieder durch.

Jack stöhnt enttäuscht auf. »Ein Minibus voller Models? Jetzt seid mal nicht so – es wäre ABSOLUT unfair, mich nicht mitzunehmen.«

»Es geht nicht, selbst wenn wir ja sagen würden, denn abgesehen davon, dass es eine reine Weiberveranstaltung ist, kommt unser kleiner Bruder an dem Wochenende zu Besuch. Das heißt, du musst hier sein und ihn bewirten und aufpassen, dass er keinen allzu großen Mist anstellt.«

Jack seufzt. »Ich dachte, meine Tage als Babysitter wären seit seinem achtzehnten Geburtstag vorbei. Inzwischen ist er dreiundzwanzig, und ich muss immer noch ständig auf ihn aufpassen.«

»Welcher eurer kleinen Brüder kommt denn?«

»Keiran, der Jüngste unseres Clans.«

»Und der Anstrengendste.« Jack schüttelt den Kopf. »Er will für eine Woche nach London kommen. Ich habe ihm gesagt, dass ich dich erst fragen muss, ob er bei uns wohnen und auf dem Sofa pennen darf.«

»Ich habe nichts dagegen.«

»Super, danke, Hal, ich weiß deine Gastfreundschaft wirklich zu schätzen«, sagt er nicht besonders begeistert.

»Genauso klingst du auch«, entgegne ich und ziehe eine Augenbraue hoch.

»Nein, ich freue mich wirklich, ihn zu sehen, ehrlich.«

»Er ist liebenswürdig, aber ziemlich unberechenbar«, erklärt Issy. »Er bildet sich ein, bloß weil er ein bisschen aussieht wie Colin Farrell, könnte er sich auch so benehmen.«

»Nämlich wie?«

»Feiern, saufen, Frauen anmachen.«

»Was macht er denn so?«

»Du meinst, außer feiern, saufen und Frauen anmachen«, entgegnet sie mit einem Grinsen. »Er ist Künstler und auf bestem Wege, ziemlich erfolgreich zu werden. Das ist auch einer der Gründe für seinen Londonbesuch. Er hat einen Termin in einer Galerie in Soho, die seine Arbeiten vielleicht ausstellen will. Er muss die Betreiber nur noch überzeugen, dass er selbst genauso marktgängig ist wie seine Bilder, was er zweifellos ist, weshalb der Termin reine Formsache sein dürfte.«

»Hast du wirklich nichts dagegen, wenn er bei uns wohnt?«, fragt Jack noch einmal.

»Überhaupt nicht. Er kann auch in meinem Zimmer schlafen, solange wir in Cornwall sind. Wieso sollte er aufs Sofa verbannt werden, wenn es ein freies Bett gibt?«

»Wenn du meinst.«

»Selbstverständlich.«

»Obwohl ich es nach wie vor für eine bessere Idee halte, euch nach Newquay zu begleiten«, fährt er fort und lächelt uns in der Hoffnung, uns mit seinem Charme doch noch um den Finger zu wickeln, hoffnungsvoll an.

»Tut mir Leid, Brüderchen. Aber an diesem Wochenende sind Männer nicht zugelassen.«

»Ich könnte ja den Fahrer spielen.«

»Haben wir schon. Mel hat sich freiwillig zur Verfügung gestellt«, erklärt sie an mich gewandt.

»Mel?«

»Hast du damit ein Problem?«

»Nein, wenn es dir nicht zu denken gibt, dass sie seit ihrer Führerscheinprüfung vor drei Jahren keinen Fuß mehr in ein Auto gesetzt hat, dann nicht.«

»Ach, Hal, du machst dir zu viele Gedanken. Sie wird das schon hinkriegen, da bin ich sicher.«

»Natürlich«, höhne ich. »Es macht ja auch keinen Unterschied, ob man einen Mini oder einen Minibus fährt.«

»Wo wir gerade von Autos sprechen«, mischt Jack sich ein,

stößt mich an und zwinkert mir zu, »erzähl Issy doch mal, womit du heute Mittag durch die Gegend kutschiert bist.«

»Wovon redet er?«, will Issy wissen.

»Von Alex. Er hat einen ziemlich flotten Wagen, genauer gesagt einen Porsche.«

»Alex? Ach ja, natürlich. Meine Güte, wie konnte ich das nur vergessen? Ihr hattet ja heute euer Date!«

»Es war kein richtiges Date, Is.«

»Von mir aus«, meint sie ungeduldig. »Wie ist es denn gelaufen? Hast du es so gemacht, wie ich es dir gesagt habe, und bist mit ihm irgendwohin gegangen, wo Gregg euch zusammen sieht?«

Eigentlich war es mir ziemlich unangenehm, Issy zu sagen, dass ich ihren Plan verworfen habe, doch nach der überraschenden Wendung der Ereignisse heute berichte ich ihr mit größtem Vergnügen von der zufälligen Begegnung mit Alex' Exfreundin Kirsty und unserer anschließenden Spritztour durch Camden in seinem Porsche, und am Ende ist sie noch begeisterter als ich.

»Oh, Hal, das ist ja super! Besser hätte es gar nicht laufen können. Jetzt muss ich ihm nur noch bei der Arbeit in die Arme laufen und im Laufe unserer Unterhaltung fallen lassen, dass wir alle nach Cornwall fahren und ein ganzes Wochenende lang einen draufmachen, dann wird er vor Eifersucht die Wände hochgehen.« Sie reibt sich vor Entzücken die Hände.

»Meinst du?«

»Ich weiß es. Auch wenn er eine andere hat – du kannst wetten, dass ihm die Vorstellung von dir mit anderen Männern äußerst unbehaglich ist.«

Ich würde ihr nur zu gerne glauben.

Am nächsten Morgen liegt eine Einladung von Lois und Clive im Briefkasten.

Mr. und Mrs. Cecil Beaumont würden sich freuen, Miss Harriet Romily Hart und Begleitung anlässlich der Vermählung ihrer ältesten Tochter Lois Evangeline mit Clive Harman, dem ältesten Sohn von Mrs. Patricia Anthony und dem bereits verstorbenen Dr. Neville Harman, am 3. Dezember 2003 in Barbados zu einem Empfang begrüßen zu dürfen.

Harriet Romily Hart und Begleitung.
Und Begleitung.
Was für ein trauriger Zusatz.
Dieser Unbekannte, der mich genug mögen müsste, um mich zur Hochzeitsfeier einer guten Freundin zu begleiten.
Früher hieß es auf den Einladungen immer »Harriet und Gregg«.
Aber bloß nicht sentimental werden. Das bringt mich keinen Schritt weiter. Ich muss das Ganze von der praktischen Seite her angehen. Am besten beantworte ich die Einladung sofort, sonst vergesse ich es noch.
Ich gehe in die Küche und durchwühle die Schubladen nach etwas Schreibpapier.
Wie antwortet man angemessen auf so eine Einladung?
Peinlicherweise muss ich zugeben, dass ich keinen Schimmer habe.
Die meisten Einladungen enthalten heutzutage eine Antwortkarte, die man einfach nur ausfüllen, abtrennen und zurückschicken muss. Angenehm und praktisch. Wie Essen aus der Mikrowelle und überhaupt alles in unserer modernen Zeit. Das Problem an dieser so überaus zweckmäßig organisierten Welt ist nur, dass du dabei total verlernst, irgendwelche Dinge selbst zu tun.
Als ich mich gestern Morgen für meine Verabredung mit Alex zurechtgemacht habe, hatte ich den Fernseher an, und da

lief gerade einer dieser alten Schwarzweißfilme, in denen die Frauen noch keine Frauen waren, sondern richtige Ladys, abgesehen von denen natürlich, die die unvermeidliche Rolle der leichtlebigen Verführerin oder der frechen Göre gespielt haben.

Die Ladys aus diesen Filmen hätten gewusst, wie man eine Einladung auf angemessene Weise beantwortet.

Plötzlich wird mir bewusst, dass ich mit den Regeln der Etikette nicht besonders vertraut bin. Die Kenntnis gesellschaftlicher Umgangsformen scheint eben einfach nicht mehr gefragt.

Je mehr ich darüber nachdenke, desto mehr komme ich zu dem Schluss, dass die Kenntnis der Etikette für eine Lady unerlässlich ist. Um ehrlich zu sein, ich habe mich noch nie wirklich wie eine Lady gefühlt.

Die einzige wirkliche Lady, die ich kenne, ist Anne-Marie Adams, Beth' Mutter.

Ich muss gestehen, dass ich sie in ihrer schicken französischen Kleidung, ihren teuren englischen Schuhen und mit ihren endlos langen Beinen, den makellosen weiblichen Kurven und ihrer perfekten Figur, für die eine Zwanzigjährige töten würde, ein bisschen einschüchternd fand, als ich sie das erste Mal gesehen habe.

Beth' Eltern waren für mich eine Offenbarung. Bevor ich sie kennen gelernt habe, dachte ich, Partner in einer langjährigen Beziehung gingen so ähnlich miteinander um wie Arbeitskollegen – höflich, effizient, mitunter rücksichtsvoll zueinander, doch manchmal auch verbissen gegeneinander um den Posten des Geschäftsführers kämpfend.

Ich weiß noch genau, wie ich vor Ehrfurcht erstarrte, als ich sie einmal leidenschaftlich knutschend vor dem Frühstück in der Küche überrascht habe. Der Einzige, den ich meine Mutter je habe küssen sehen, war unser Hund. Beth' Vater, Rory, scheint immer leicht benommen mit einem Dauergrinsen durch die Welt zu gehen, als ob er sein eigenes Glück nicht fassen könnte.

Verzückt wäre vielleicht das passende Wort, um seinen Zustand zu beschreiben.

Genau diese Wirkung will ich auf Gregg haben.

Ich habe Anne-Marie seit Monaten nicht gesehen.

Wir verstehen uns unglaublich gut.

Sie geht für ihr Leben gerne shoppen.

Beth ist, was das Shoppen angeht, eine kleine Versagerin. Sie hat bei weitem nicht die Ausdauer ihrer Mutter, die unangefochten an der Spitze steht, während Beth allenfalls in der zweiten Liga spielt.

Was mich betrifft: Ich spiele ebenfalls in der ersten Liga und bin bereit aufzusteigen (wenn da nicht das liebe Geld wäre), und so ziehen wir oft zu dritt los auf unsere Einkaufstouren, damit Beth kein allzu schlechtes Gewissen haben muss, wenn sie unweigerlich auf der Hälfte der Kensington Church Street schlapp macht und sich ein Taxi schnappt, das sie nach Hause bringt.

An diesem Abend lasse ich Jack die Werbeunterbrechung während der Soaps alleine sehen, verschwinde mit dem Telefon in meinem Zimmer und wähle die vertraute Nummer in den Cotswold Hills.

Sie ist sofort am Apparat.

»Hallo, Anne-Marie, ich muss auf Shopping-Safari.«

»Oh Darling, das reimt sich ja, du bist eine Dichterin. Hast du deinen Job geschmissen und lebst jetzt als Bohemien?«

»Ganz und gar nicht, ich führe ein Angestelltendasein wie eh und je.«

»Na, da bin ich ja beruhigt. Ich komme diese Woche nach London, um meine glückstrahlende Tochter zu besuchen. Ich rufe dich an, wir könnten uns Donnerstagnachmittag in Knightsbridge treffen, dann kann ich dich und Beth nach unserer Shopping-Tour noch zum Abendessen einladen – nur wir drei, der Franzose ist dann ja bei der Arbeit«, meint sie in Anspielung auf Sebastian etwas spöttisch.

Anne-Marie hat überhaupt nichts gegen Franzosen, genau genommen ist sie sogar selbst halb Französin und hat als Kind etliche glückliche Sommer bei ihrer Großmutter Etty in Paris verbracht. Sie hält das Französische für den Inbegriff wahrer Eleganz und drängt ihre englischen Freunde oft genug, ein bisschen von der eher zurückhaltenden, unaufdringlichen eleganten Art der Franzosen zu übernehmen. Doch mit Sebastian hat sie ein Problem.

Anne-Marie und Sebastian koexistieren wie zwei Alligatoren, die in einer Art Zwangsgemeinschaft im gleichen Wasserbecken leben und mit ihren scharfen Zähnen nacheinander schnappen, wenn einer der beiden es wagt, dem anderen zu nahe zu kommen.

Er hasst ihre ruhige Gelassenheit, ihren Sexappeal und ihren Einfluss auf Beth, während ihr seine launische Art zuwider ist und seine Angewohnheit, ihrer mit einer Engelsgeduld gesegneten Tochter ständig vorzuschreiben, was sie tun soll. Und es trägt auch nicht gerade zu einer besseren Beziehung bei, dass Sebastian oft zu vergessen scheint, dass seine Schwiegermutter genauso fließend Französisch spricht wie er und daher jeden seiner vor sich hin gemurmelten Flüche und jede Verwünschung und Beleidigung perfekt versteht.

Nicht dass sie je hätte erkennen lassen, dass sie genau weiß, wie abfällig er mitunter über sie redet. Aber sie steht mit jener gelassenen Würde über den Dingen, so, wie ich gerne in jüngster Zeit über den Dingen stehen würde.

Neben den Entspannungstechniken hat Mickey mir noch etwas beigebracht.

Die einzige Art, etwas wirklich zu lernen, besteht darin, sich zu den Füßen des Meisters niederzulassen und ihm geduldig und mit klarem Verstand zuzuhören.

Und wer könnte mich besser unterweisen als die Meisterin selbst.

Beth und ich sind mit Anne-Marie im Café im obersten Stock von Harvey Nicks verabredet.

Sie kommt fünf Minuten zu spät.

Sie kommt immer fünf Minuten zu spät. Laut Anne-Marie ist es schicklich, zu spät zu kommen, aber unhöflich, jemanden warten zu lassen, weshalb die fünf Minuten ihren persönlichen Kompromiss darstellen.

Sie kommt wogenden Schrittes durch den Raum auf uns zu und sieht in ihrem Vierzigerjahre-Kostüm mit dem taillierten Blazer, der ihre perfekte Figur besonders betont, umwerfend aus.

Als sie unseren Tisch erreicht, stürzt ein Kellner herbei und rückt ihr einen Stuhl zurecht. Sie setzt sich, lehnt sich zurück, schlägt ihre eleganten langen Beine übereinander und schiebt sich eine Zigarette zwischen ihre roten Lippen. Anstatt sie darauf hinzuweisen, dass sie sich im Nichtraucherbereich befindet, zieht der gleiche Kellner umgehend eine Schachtel Streichhölzer hervor, um ihr Feuer zu geben, woraufhin sie sein Handgelenk umfasst, tief inhaliert und ihn lächelnd wieder loslässt. Er tritt zurück, starrt sie aber immer noch an, und ihm ist deutlich anzusehen, dass er völlig verzückt ist.

Es ist ihre beiläufige Art, mit der sie all das tut; sie wirkt so ungekünstelt und natürlich, und so flüchtig das Lächeln auch war, sosehr hat es seine Wirkung erzielt.

Männer behandeln Anne-Marie immer zuvorkommend. Sie geben ihr nicht nur Feuer, sie halten ihr auch die Tür auf, erheben sich, wenn sie den Raum betritt oder ihn verlässt, bieten ihr jegliche Hilfe an, und wer auch immer mit ihr zusammen ist, kriegt grundsätzlich ein Taxi.

»Was ist dein Geheimnis, Anne-Marie?«, frage ich sie, als unsere Kaffees mit ergebenem Eifer serviert wurden und wir uns gegenseitig über die aktuellen Ereignisse auf den neuesten Stand gebracht haben.

»In welcher Hinsicht, Darling?«

»Wie bringst du die Männer dazu, dir aus der Hand zu fressen?«

»Was redest du da für einen Unsinn, Harriet.« Sie lächelt mich milde an.

Ob sie sich ihrer Gabe wirklich nicht bewusst ist?

Vielleicht ist diese Gabe angeboren und entspringt schlicht und einfach ihrem Wesen, dem, was sie ausmacht und wie sie ist, vielleicht wurde ihr das alles mit den Genen in die Wiege gelegt.

Vielleicht hat sie es ihrer Erziehung zu verdanken oder ihrem Leben oder der Art, wie sie mit ihrem Leben umgeht, wie sie die Dinge formt und manipuliert und alle um sie herum dazu bringt, nach ihrer Pfeife zu tanzen, doch diese Überlegung muss ich gleich wieder verwerfen, denn ich kenne sie schon so viele Jahre, und mir ist noch nie in den Sinn gekommen, dass sie all das womöglich mit kalter Berechnung tun könnte.

Vermutlich hat sie einfach das gewisse Etwas.

Für mich hat sie es mit Sicherheit.

Wie oft habe ich sie schon beobachtet und mir den Kopf zerbrochen, wie sie es bloß anstellt, aber ich weiß es immer noch nicht.

Vielleicht hat Anne-Marie einfach eine derartig damenhafte Ausstrahlung, dass Männern gar nichts anderes übrig bleibt, als sich in ihrer Gegenwart wie Gentlemen zu benehmen.

Vielleicht sollte auch ich mich einfach etwas damenhafter benehmen.

Also beobachte ich sie den ganzen Tag sehr genau, studiere ihre Eigenarten und die Art, wie sie mit Leuten umgeht, und bin schwer beeindruckt von ihrer lässigen Eleganz und ihrer Aura und frage mich, ob diese hypnotisierende Art genauso erlernbar ist wie die Kunst der Verführung, die ja laut Jack erlernt werden kann.

Ich lasse es auf einen Versuch ankommen und gebe mir wirklich alle Mühe, so zu sein wie sie, aber es funktioniert einfach nicht.

Als ich das nächste Mal ausgehe, tue ich sogar so, als wäre ich Anne-Marie. Ich ziehe mich an wie sie, versuche zu gehen wie sie, setze mich in ein Restaurant und wedele lässig mit einer Zigarette herum, doch als einzige Reaktion mokieren sich die Gäste am Nebentisch lautstark darüber, wie rücksichtslos gewisse Leute seien, in einem voll besetzten Restaurant zu rauchen und mit ihrer schlechten Angewohnheit die Luft zu verpesten. Niemand bietet mir in der überfüllten U-Bahn seinen Platz an, ich brauche trotz meines Aufzugs ein halbe Stunde, um ein Taxi zu erwischen, und der einzige Mann, der mir die Tür aufhält, ist der Sicherheitsbedienstete auf unserer Baustelle, und das auch nur, weil er gerade herauskommt.

In der Hoffnung, im Gegenzug auf die gleiche Weise behandelt zu werden, begegne ich allen mit ausnehmender Höflichkeit, doch stattdessen ernte ich Blicke, als hätte ich einen leichten Dachschaden.

Sogar die Bauarbeiter und ihre Vorgesetzten behandle ich, als wären sie Komparsen am Set eines Vierzigerjahre-Films.

Als Eric, der Vorarbeiter, mir seine Arbeitsblätter bringt, lächle ich ihn freundlich an und sage: »Vielen Dank, das ist wirklich sehr nett von Ihnen.«

Woraufhin er mich argwöhnisch ansieht, als wolle ich ihn verarschen.

Dann gehe ich mit einem Arm voller Papiere Richtung Tür, und Rodney, der Kostenplaner, der direkt vor mir geht, hält es nicht einmal für nötig, mir die Tür aufzuhalten.

»Also ehrlich«, beschwere ich mich bei Selma, als er mir die Tür vor der Nase zuschlägt, »gilt gutes Benehmen denn heutzutage gar nichts mehr?«

»Es ist unsere Schuld«, entgegnet sie unverblümt, »schließlich wollten wir unbedingt emanzipiert sein, und jetzt haben die

Männer Angst, einer Frau die Tür aufzuhalten – aus Angst, als chauvinistisches sexistisches Schwein beschimpft zu werden.«

Sie hat Recht.

»Allerdings«, fährt sie fort, »sind die meisten *tatsächlich* chauvinistische sexistische Schweine.«

Mir ist noch nie ein Wort für eine krankhafte Männerphobie untergekommen. Vielleicht sollte ich mir selber eins ausdenken.

Selmanella.

Eine Frau, die glaubt, dass alle Männer dich krank machen.

»Halten Sie Ihrer Frau die Tür auf?«, will ich von Graham wissen, nachdem auch Eric nicht im Traum eingefallen ist, mir die Tür aufzuhalten, obwohl ich mich direkt hinter ihm mit einem Arm voll Kopien abkämpfe.

Graham bedenkt mich mit einem sonderbaren Blick, und plötzlich bemerke ich, dass Selma hektisch die Augenbrauen hoch- und runterzieht und mir quer durch den Raum irgendetwas zu verstehen geben will.

»Natürlich halte ich ihr die Tür auf«, erwidert er schließlich und verschwindet in sein Büro.

»Was ist denn los?« Ich drehe mich aufgeregt zu Selma um, die sich inzwischen aus ihrem Stuhl erhoben hat und heftig zuckt und den Kopf schüttelt, als hätte sie einen epileptischen Anfall. »Habe ich etwas Falsches gesagt?«

»Er muss Kay die Tür aufhalten«, zischt Selma bestürzt. »Sie sitzt im Rollstuhl, du Idiotin.«

»Woher sollten Sie es wissen?«, sagt er, bevor ich den Mund aufmachen kann, um mich zu entschuldigen.

»Warum haben Sie es mir nicht gesagt?«, entgegne ich vorwurfsvoll und lasse mich in dem Stuhl ihm gegenüber nieder.

»Warum sollte ich?«

»Weil wir wer weiß wie viele Male in diesem Büro gesessen und von Kay gesprochen haben.«

»Das mag ja sein, aber was mich betrifft, spielt die Tatsache, dass sie im Rollstuhl sitzt, keine Rolle.«

»Wie kann das sein?«

»Es hat mit ihr als Mensch absolut nichts zu tun. Natürlich wirkt es sich darauf aus, was wir unternehmen, aber nur insofern, als wir das eine oder andere in etwas abgewandelter Form machen müssen, aber es hat keinerlei Einfluss darauf, was sie gerne isst oder welche Musik sie hört, und es beeinflusst ihre politische Einstellung nicht oder ihre Meinung über die Verschuldung der Dritten Welt, kurzum – es ist nicht wirklich von Bedeutung. Ich wollte, dass Sie sich Kay als Kay, Grahams Frau, vorstellen, die gerne Operetten von Gilbert und Sullivan hört, am liebsten Urlaub auf Rhodos macht und auf Chunky-Monkey-Eiscreme steht, und nicht als Kay, Grahams Frau, die an den Rollstuhl gefesselt ist, das arme Ding.«

Ich nicke langsam.

»Das verstehe ich.«

»Sie hat MS, Multiple Sklerose.«

»Das muss wirklich hart für Sie beide sein.«

Er schüttelt den Kopf.

»Das denken Sie vielleicht, aber es ist nicht so. Kay will nicht, dass es so ist, und ich auch nicht. Wir wollen uns das Leben nicht versauern lassen, deshalb lassen wir uns von der Krankheit nicht in die Knie zwingen. Ganz am Anfang, als wir erfahren haben, dass sie krank ist, hat sie zu mir gesagt, ›Graham, wenn du mich verlassen willst, kann ich das verstehen, und ich werde es dir nicht übel nehmen.‹«

Ich halte mir die Hand vor den Mund, um die Emotionen zurückzuhalten, die mir die Kehle zusammenschnüren.

»Aber wenn Sie jemanden wirklich lieben, Hal, bleiben Sie bei ihm, ganz egal, was passiert. Sie hauen nicht einfach beim ersten Anzeichen von Schwierigkeiten ab. Sie trennen sich nicht, bloß weil Sie eine Hürde erreichen, die es einem oder vielleicht sogar beiden schwer macht, sie zu überspringen. Sie helfen einander. Das macht eine wahre Partnerschaft aus. Und das ist letztendlich der Sinn der Ehe, jedenfalls für mich. Darf ich ganz ehrlich zu Ihnen sein, Hal?«

»Natürlich.«

»Also gut, ich kenne Gregg nicht, ich bin ihm nie begegnet, ich weiß von ihm nur, was Sie mir erzählt haben, und das war nicht gerade viel, nach allem, was ich daraus schließe, und mir ist klar, dass es vielleicht anmaßend ist, so etwas zu behaupten, aber wir kennen uns doch jetzt schon ganz gut...«

Ich nicke.

»Na ja, ich habe schwer den Eindruck, dass Sie ihm gar nicht wirklich wichtig sind, sondern dass es ihm einzig und allein darum geht, wie *er* sich mit Ihnen *fühlt*. Als er sich bei Ihnen nicht mehr so gut gefühlt hat, wie er es gewohnt war, hat er sich eben eine andere gesucht, bei der er sich besser fühlt. Aber darum geht es nicht, Hal, eine Partnerschaft beruht auf Gegenseitigkeit, es geht darum, wie man *einander* behandelt, und auch, wie sich der *andere* mit einem fühlt. Sie fragen, ob gutes Benehmen denn heutzutage für niemanden mehr etwas zähle. Ich denke, Sie haben Recht, Hal, die Leute haben die Fähigkeit verloren, nett zueinander zu sein, und wenn man mal ganz ehrlich ist, ist es ja auch so einfach zu vergessen, dass man denjenigen, den man liebt, *besser* behandeln sollte als jeden anderen – und doch ist die traurige Wahrheit, dass man ausgerechnet seinen Partner oft am schlechtesten behandelt.«

Kapitel 10

»We're all going on a summer holiday«, stimmt Issy an.
»Klar, Mitte Oktober.«
»Ist doch egal, im Grunde läuft es aufs Gleiche hinaus.«
Ich sitze neben Issy auf der Rückbank des Minibusses. Wir sitzen auf der linken Seite, während Beth sich auf der gesamten rechten Hälfte ausgestreckt hat. Ihr Kopf ruht auf einem gegen die Scheibe gepressten Kissen, ihre nackten Füße liegen auf meinem Schoß, und sie wackelt mit den Zehen, damit ich ihr die Füße massiere.

Außerdem begleiten uns acht umwerfend aussehende Mädchen, wie ich sie sonst nur von den Titelseiten der weltweit bedeutendsten Hochglanzmagazine kenne, und auf den übrigen Plätzen des Fünfzehnsitzers stapelt sich unser Gepäck. Ein ungeheurer Berg, wenn man bedenkt, dass wir nur zwei Nächte wegbleiben.

»Ob es eine tiefere Bedeutung hat, dass wir hier hinten sitzen?«, fragt Issy und deutet mit hochgezogenen Augenbrauen auf unsere Begleiterinnen.
»Wie meinst du das?«
»Na ja, du kennst doch sicher den Spruch ›Die hat ein Gesicht wie das Heck eines Busses‹. Und wo sitzen wir? Eben, hinten.« Sie deutet mit dem Kopf nach vorn. »Und seht euch bloß mal an, mit wem wir es an diesem Wochenende aufnehmen müssen.«

Issy hat Recht, wir drei fühlen uns, als wären wir mitten in ein Mode-Shooting hineingeraten, wir sollten besser gleich mit erhobenen Händen hervortreten und uns ergeben, da wir keine

Chance haben. Lois' Freundinnen sehen alle absolut toll aus. Was kein Wunder ist, schließlich sind sie alle Models. Issy, Beth und ich sind auch nicht gerade hässliche Entlein, aber verglichen mit ihnen fühlen wir uns wie Harpo, Groucho und der bucklige Glöckner von Notre Dame (wobei Beth darauf hinweist, dass sie den Buckel nicht auf dem Rücken, sondern am Bauch hat).

»Alle mal herhören!«, ruft Lois. Sie steht auf, hält sich an der Rückenlehne ihres Sitzes fest und schnappt sich als Mikrofon eine Colaflasche. »Mein Name ist Lois, und ich bin an diesem Wochenende eure Reiseleiterin«, flötet sie.

Der ganze Bus johlt.

»Danke, vielen Dank.« Sie bedeutet uns mit der Hand zu schweigen. »Wir kommen heute Abend gegen sieben in unserem Hotel an. Für morgen früh steht Surfunterricht am Fistral Beach auf dem Programm, dem unbestrittenen Epizentrum der Surfmetropole des Vereinigten Königreichs. Am Nachmittag gibt es in einem kleinen Café mit Blick auf den Strand Tee und Kuchen.«

»Wow, wie aufregend!«, kommentiert Isabelle sarkastisch in breitem Dialekt.

»Und morgen Abend gehen wir in einem kleinen feinen Restaurant gemütlich essen, und dann«, sie wirft einen Blick auf ihr imaginäres Klemmbrett, »ach ja, hier habe ich es, dann stürzen wir uns ins Nachtleben und machen in einem der angesagtesten Nightclubs so richtig einen drauf. Noch irgendwelche Fragen?«

Der letzte Part des Reiseplans lässt den ganzen Bus in Jubel ausbrechen, nur Beth wirkt ein wenig bekümmert.

»Keine Sorge«, flüstere ich ihr zu, »wenn du nicht mehr magst, gehe ich nach dem Essen mit dir zurück ins Hotel.«

»Ich mag schon«, entgegnet sie und klopft sich an die Stirn. »Der Geist ist willig, aber der Körper nicht. Und was das Surfen angeht, na ja, ich muss doch nur einen Fuß ins Wasser setzen, und schon wird es in der Bucht im Nu von japanischen Trawlern wimmeln, die mich für einen Wal halten und versuchen, mich zu harpunieren.«

»Aber das Kaffeekränzchen müsste doch auch was für dich sein«, stelle ich fest und verdränge schnell die allzu lustige Vorstellung, wie Beth von einer Walfangflotte durch die Bucht gejagt wird.

»Oh ja, das ist genau das Richtige für uns, nicht wahr, mein Kleines?« Sie reibt sich liebevoll den Bauch. »Wenn ich an die Zuckerstangen, das Konfekt und das kornische Gebäck denke, läuft mir das Wasser im Mund zusammen!«

Prompt fängt ihr Magen an zu knurren.

»Reich mal die Gummibärchen rüber, Is!«

»Tut mir Leid«, murmelt Issy mit vollem Mund. »Die Tüte ist leer.«

»Du Vielfraß!«, kreischt Beth hungrig und entrüstet. »Ist dir eigentlich klar, dass du meinem Kind wichtige Nährstoffe vorenthältst?«

»In Gummibärchen sollen wichtige Nährstoffe enthalten sein?«, fragt Issy gespielt fassungslos.

Beth zieht einen Schmollmund und nickt.

»Ich muss darauf achten, sämtliche Nährstoffgruppen in einem ausgewogenen Verhältnis zu mir zu nehmen.«

»Ach, deshalb hast du seit unserer Abfahrt zwei Twix, ein Stück Sahnetorte und eine Riesenpackung Chips verputzt?«

Wenigstens besitzt Beth den Anstand, ein schuldbewusstes Gesicht aufzusetzen.

»Schon gut, an diesem Wochenende will ich mir ausschließlich die Nährstoffgruppe zuführen, die sich mit dem Namen Junkfood zusammenfassen lässt. Zu Hause bewacht mich nämlich Sebastian wie die Diätpolizei. Alles, was womöglich eher meinen Hintern oder meine Schenkel mästet als mein Baby, ist strikt verboten.«

»Klingt nach Mickey«, seufze ich. »Wie er redet, könnte man meinen, ein Kartoffelchip wäre so verachtenswert wie ein Massenmörder.«

Lois kämpft sich mit einer Kühlbox nach hinten durch.

»Alles klar hier hinten? Ich hoffe, ihr amüsiert euch. Habt ihr euch schon mit den anderen bekannt gemacht?«

»Ja, so halbwegs«, murmle ich. Es ist mir peinlich zuzugeben, dass wir zu sehr von Ehrfurcht ergriffen waren, als dass wir im Vorbeigehen auf dem Weg nach hinten mehr als ein schnelles »Hallo« hervorgebracht hätten.

»Keine Sorge, die Mädels sind alle total nett, völlig normal und bodenständig. Möchte irgendjemand noch etwas zu trinken? Ich habe Cola, Cola Light, koffeinfreie Cola, Gemüsesaft...«

»Wie lecker!«, kommentiert Issy und zieht einen Schmollmund.

»...ach, und natürlich Mineralwasser«, endet Lois mit einem Grinsen.

»Kann ich die Cola vielleicht auch mit einem Schuss Jack Daniels bekommen?«, fragt Issy hoffnungsvoll.

»Nein.«

»Du musst dich an diesem Wochenende nicht an das Alkoholverbot halten, Lo«, murmelt Beth mit schlechtem Gewissen. »Das erwarte ich wirklich nicht. Immerhin ist es dein Jungfernabschied, da solltest du noch mal richtig feiern.«

Lois schüttelt den Kopf.

»Es ist nicht wegen dir, Darling, keine Sorge. Ich habe Mel versprochen, dass wir keinen Alkohol trinken, während sie den Bus fährt. Das wäre nicht fair.«

»Ihr gegenüber oder uns gegenüber?«, frage ich, während Mel den schweren Bus schwungvoll auf die Überholspur lenkt, an einer alten Dame in einem VW Käfer vorbeizieht, woraufhin Lois in meinen Ausschnitt fällt.

Sie rappelt sich hoch und lächelt mich entschuldigend an.

»Mit Alkohol kann ich nicht dienen, aber falls eine von euch bei Mels Fahrstil mit den Nerven am Ende sein sollte, könnte ich bestimmt ein paar Prozac auftreiben. Hat irgendjemand Prozac dabei?«, ruft sie in den vorderen Busteil.

Acht normale und bodenständige Hände schießen hoch.

Vier Stunden später erreichen wir schließlich das Hotel.

Es ist stockdunkel, und das ist gut so, denn so sehen wir nicht, wohin Mel fährt, und dass sie selber genauso wenig sieht, kümmert uns nicht allzu sehr. Doch als wir schließlich aus dem Bus steigen, haben wir trotz des Alkoholverbots alle unglaublich wacklige Beine.

Ich teile mir mit Isabelle und Beth ein Dreibettzimmer, Lois teilt sich ihr Zimmer mit ihrer kleinen Schwester Mel und einer ihrer Modelfreundinnen, einer ein Meter dreiundachtzig großen Blondine, die offenbar Tiger heißt. Keine Ahnung, ob das ihr richtiger Name oder nur ihr »Modelname« ist.

Sie scheinen sich alle irgendwelche Kose- oder Künstlernamen zugelegt zu haben. Lois nennen sie zum Beispiel alle Lola oder manchmal sogar Lolo, unsere Zimmernachbarinnen heißen Twinkle und Lenka, DoDo, China und Indigo teilen sich das Zimmer mit Meerblick. Poppet (ich glaube, ihr richtiger Name ist Poppy) und Lemony (wer weiß, vielleicht modelt sie für Spülmittel oder etwas in der Art) schlafen in der Etage über uns.

Sie scheinen wirklich alle ganz nett zu sein, allerdings befallen mich angesichts ihrer makellosen Schönheit entsetzliche Minderwertigkeitskomplexe. Selbst Mel sieht super aus, obwohl sie nicht wie Lois als Model arbeitet, sondern Tierarzthelferin ist; allerdings hat sie die gleichen Gene wie ihre Schwester, und wenn sie in der neuesten Kollektion von Ghost oder Voyage über den Laufsteg schweben wollte, anstatt nichts ahnenden Kätzchen Entwurmungspillen in den Rachen zu schieben, stünde ihr nichts im Wege.

Der Inhalt meines Koffers spiegelt meine Unsicherheit wider. Er ist zur Hälfte mit Make-up gefüllt und zur anderen Hälfte mit schwarzen Klamotten, die mich schlanker erscheinen lassen sollen, ein trauriger Anblick, ich weiß. Das Traurigste aber ist, dass keines der Models auch nur einen Hauch von Make-up trägt und sie trotzdem alle tausendmal besser aussehen als ich. Das ist wirklich demoralisierend, dabei sehe ich dank Mickey so gut aus wie schon seit Jahren nicht mehr, aber ich weiß gar nicht mal, ob ich mich dadurch besser oder schlechter fühle. Wenn ich immer noch zwölf Pfund Übergewicht hätte und absolut unfit wäre, könnte ich die Kluft in der Größe des Grand Canyons, die sich zwischen mir und Lois' Modelfreundinnen auftut, wenigstens damit begründen, dass ich mich ein bisschen habe gehen lassen. Aber ich sähe allenfalls mit Kleidergröße vierunddreißig und einem Zweihundert-Pfund-Haarschnitt (meiner war nicht ganz so sündhaft teuer, aber immerhin teuer genug, um in die Kategorie Investition zu fallen) so klasse aus wie sie.

Doch getreu meiner neuen Strategie beschließe ich, dem Ganzen etwas Positives abzugewinnen. Haben Models nicht haufenweise Tipps auf Lager, wie man in zehn Sekunden super aussieht oder übers Wochenende mit einer Krautsalatdiät oder etwas Ähnlichem sechs Kilo abnimmt?

Anstatt an diesem Wochenende meine ohnehin bereits zahlreich vorhandenen Unsicherheiten noch zu schüren, sollte ich es als lehrreiche Erfahrung nutzen.

»Was ist eigentlich heute Abend angesagt?«, fragt mich Issy, als ich das letzte schwarze Teil aus meiner Reisetasche nehme – ausgerechnet einen dieser Schlüpfer, die dich mit eisernem Griff einzwängen.

»Das Hotel bietet bestimmt irgendein Unterhaltungsprogramm an. Lois hat vorgeschlagen, wir könnten uns das ja mal ansehen, aber da wir von der Reise alle ziemlich erschöpft sind, sollten wir uns früh aufs Ohr hauen, damit wir fit sind für morgen, wenn das eigentliche Programm geplant ist.«

»Von mir aus.« Issy klingt enttäuscht.

»Wir werden uns schon amüsieren«, versuche ich sie aufzuheitern, obwohl ich da nicht so sicher bin.

Isabelle ist als Erste fertig, was vor allem daran liegt, dass sie vor mir und Beth ins Bad gehuscht ist. Deshalb geht sie schon mal nach unten und peilt die Lage. Fünf Minuten später ist sie wieder oben. Ein sarkastisches Grinsen umspielt ihre pinken Lippen, und sie zieht eine Augenbraue hoch.

»Heute Abend können wir richtig abfeiern«, meint sie trocken.

»Ja?« Beth entsteigt gerade der Dusche. »Was wird denn geboten?«

»Bingo und Disco mit Hits aus den Siebzigern.«

»Klingt doch lustig«, entgegnet Beth und lächelt süß.

»Aber es ist Freitagabend, und wir sind in Newquay. Eigentlich sollten wir die Stadt unsicher machen.«

»Aber das ist doch für morgen geplant«, erinnere ich sie.

»Was soll das denn heißen? Wird Spaßhaben neuerdings rationiert?« Isabelle zieht einen Schmollmund und lässt sich auf ihr Bett fallen.

Während des Essens heitert sich ihre Laune auf.

Der Speisesaal hat Meerblick, und das Essen ist exzellent. Draußen ist es zwar dunkel, aber wir sehen Tolcarne Beach und in der Ferne am anderen Ende der Stadt den Hafen mit seinen sich in der schwarzen, unruhigen See spiegelnden Lichtern.

»Bestimmt ist das Wasser eiskalt«, stellt Beth fest und nippt an ihrem Kaffee.

»Das werden wir morgen herausfinden.«

»Ich bestimmt nicht. Ich kuschele mich mit einem guten Buch

und einer Thermoskanne heißem Tee in eine mollige Decke.«
Sie lächelt wohlig in sich hinein.

Die gertenschlanke rothaarige Lenka, die vermutlich aus Polen kommt und ein bisschen aussieht wie eine gestreckte Version von Isabelle, schwebt in den Speiseraum.

»Schnell! Die Biiingo. Sie fängt an. Ich habe dir Platz freigehalten.«

»Oh, wie schön!« Issy lächelt sie zuckersüß an. »Wie nett von dir.«

»Ob englischer Sarkasmus sich ins Polnische übersetzen lässt?«, frage ich Beth.

»Offenbar nicht«, erwidert sie, während Lenka sich, von einem Ohr zum andern strahlend, bei Issy unterhakt, sie aus dem Raum zieht und in der Hoffnung auf einen fröhlichen Abend auf sie einschnattert.

Eins und drei, dreizehn, Pech für einige.

Isabelle murmelt vor sich hin, was für ein Schwein sie hat, und streicht die Nummer auf ihrer Spielkarte.

Lois, Beth und ich halten uns von den Freuden des Bingospiels fern und reden stattdessen über eines unserer Lieblingsthemen, Beth' Baby. Insbesondere diskutieren wir wieder einmal die Namensfrage.

»Ich finde, Gregg ist ein schöner Name.«

»Langsam tust du mir Leid.«

»Das meine ich ernst.«

»Dann bin ich für Clive«, meldet Lois sich zu Wort. »Es sei denn, es wird ein Mädchen, dann würde ich es Lois nennen.«

»Unmöglich, Lo, wenn ich mein Kind nach dir benenne, werde ich von Issy und Hal gelyncht.«

»Dann benenn es doch nach uns dreien.«

»Nach euch dreien?«

»Ja. Harriet Isabelle Lois Laurance, das klingt doch nicht schlecht, oder?«

»Ein ziemlicher Zungenbrecher, würde ich sagen.«

»Du könntest es ja abkürzen und unsere Namen in einem zusammenfassen. Harislo. Das ist es, Harislo Laurance.«

Beth schüttelt den Kopf.

»Das klingt ja fast so furchtbar wie Sebastians Vorschlag. Er will unser Kind Harold nennen. Ich bin nach wie vor sicher, dass es ein Junge wird. Ich dachte, wir könnten ihn vielleicht nach meinem und Sebastians Vater nennen. Patrick wie mein Dad und Olivier wie Sebastians, das wäre doch nett, dann fände sich sogar mein kleiner Bruder Oliver in dem Namen wieder.«

»Wie niedlich!«, kommentiert Lois und grinst zustimmend.

»Würde Tarquin sich da nicht übergangen fühlen?«, necke ich sie.

»Würdest du dein Kind etwa nach Tarquin benennen?«

Ich schüttle vehement den Kopf.

»Höchstens wenn er der Vater wäre. Geiler Typ.« Isabelle leckt sich die Lippen und stellt sich vor, wie es wäre, Tarquin zum Vater ihrer Kinder zu machen.

Ganz allein, die Nummer eins.

»Außerdem«, fährt Beth fort, »wären seine Initialen dann POT, und das könnte ich ihm nun wirklich nicht antun.«

»Wenn es denn wirklich ein Junge wird.«

»Es ist ein Junge«, stellt Beth entschieden klar.

»Hast du es beim Ultraschall gesehen?«

»Nein, Sebastian wollte es partout nicht wissen, also haben wir nicht gefragt.«

»Und warum bist du dir dann so sicher?«

»Mütterliche Intuition.«

Zwei fette Ladys, achtundachtzig.

»Auf Patrick Olivier Laurance.«

Wir stoßen mit unseren Orangensäften an.

Beth leert ihr Glas und stellt es wieder auf den Tisch.

»Wisst ihr was? Ich glaube, ich leg mich ab. Ich bin total erledigt, und Patrick Olivier schläft auch schon seit zwei Stunden. Außerdem könnt ihr euch dann endlich guten Gewissens einen Drink genehmigen.«

Zwei kleine Enten, zweiundzwanzig.

»Bingo!«, ruft Isabelle. Sie springt auf und wedelt begeistert mit ihrer Spielkarte herum, bis sie sieht, dass wir sie mit offenen Mündern anstarren und sie knallrot wird und sich wieder setzt.

Isabelle kehrt stolz mit ihrer frisch gewonnenen Flasche Perlwein an unseren Tisch zurück, der fast als Sekt durchgehen könnte.

»Was haltet ihr davon, endlich gebührend auf das Baby anzustoßen?«

»Nur zu«, gähnt Beth und rappelt sich hoch. »Für uns beiden ist definitiv Schlafenszeit.«

»Wirklich? Die Party fängt doch gerade erst an. Jetzt, wo sie mit dem Bingo fertig sind, geht bestimmt gleich die Disco los.«

Wie zum Beweis, dass ich Recht habe, plärrt plötzlich YMCA aus den Lautsprechern.

»Wenn das kein Anreiz ist, ins Bett zu gehen, was dann?«, stellt Beth grinsend fest. »Als Nächstes macht ihr noch den Ententanz.«

»Niemals!«, stellt Issy mit Nachdruck klar. »Um da mitzumachen, müsste ich nicht nur sternhagelvoll sein, sondern offiziell geistesgestört.«

Zwei Stunden und sieben weitere Flaschen Billigsekt später haben Issy und die anderen Mädels sich zweimal durch den Ententanz gewackelt, diverse Male den Agadoo gegrölt und sind gerade dabei, die Macarena hinter sich zu bringen.

Erstaunlich, wie schnell einem nach einer längeren Abstinenzphase der Alkohol in den Kopf steigt. Ich hatte nur das eine Glas, mit dem wir auf den Namen für Beth' Baby angestoßen haben, sodass ich noch ziemlich nüchtern bin, aber Lois, die gerade ihr sechstes Glas in sich hineinkippt, ist hackevoll und hat den Punkt erreicht, an dem man ins Philosophieren gerät. Ich meine jenen Zustand absoluter Weisheit, in dem der Alkohol sämtliche Hirnzellen abgetötet hat, die für Selbstzweifel verantwortlich sind, und du zu einer Quelle der Erkenntnis wirst und dir plötzlich alles absolut logisch und verständlich erscheint.

Im Augenblick ergeht sie sich gerade über den Sinn des Lebens.

»Ich glaube, das Leben ist ein langer gewundener Pfad, und an diesem Pfad gibt es mehrere Punkte, die du auf jeden Fall erreichst, ganz egal, was du machst, aber es gibt eine Menge kleiner Abzweigungen, die du nehmen kannst, um dorthin zu gelangen.«

»Du meinst, es ist wie die Fahrt nach Newquay. Du kannst die Autobahn nehmen oder die landschaftlich schönere Strecke, aber am Ende erreichst du die gleiche Stadt.«

»Genau. Was ich dir sagen will, ist – wenn du und Gregg füreinander bestimmt seid, spielt es keine Rolle, was du jetzt alles anstellst, früher oder später wirst du sowieso wieder mit ihm zusammen sein. Sieh dir mich und Clive an. Wir sind jetzt seit acht Jahren zusammen, haben uns häufiger getrennt als die Spice Girls, und nun heiraten wir in drei Wochen. Es ist völlig egal, ob du eine Bank überfällst oder... oder...«, sie ringt nach einem noch drastischeren Beispiel, »oder es mit jedem Mann in diesem Raum treibst. Wenn du und Gregg füreinander bestimmt seid, hat nichts von dem, was du machst, auch nur irgendeine Wirkung. Ihr kommt auf jeden Fall wieder zusammen. Es passiert einfach. Einfach so.«

Die Tatsache, dass sämtliche Männer im Raum über sechzig sind, ist Lois' Aufmerksamkeit offenbar entgangen.

»Beth bekommt bald ein Baby«, verkündet sie plötzlich, als

hätte sie es gerade erst erfahren. »Ist das nicht wunderbar? Lasst uns auf Beth und ihr Baby trinken.« Sie langt nach der leeren Flasche, versucht ihr Glas zu füllen und winkt den älteren Kellner herbei, der bereits die vorherigen sechs Flaschen gebracht hat.

»Wir werden auch Babys bekommen, viele sogar«, erzählt sie ihm, während er die Flasche entkorkt und vor uns auf den Tisch stellt.

Sie redet natürlich von sich und Clive, doch das kann der Kellner ja nicht wissen, und da sie ihn direkt anzusprechen scheint, weiß er nicht recht, ob er sofort das Weite suchen oder sich vor Vorfreude die Hände reiben soll.

»Sie heiratet nächsten Monat«, erkläre ich ihm, bevor er noch einen Herzinfarkt bekommt. »Sie und ihr Zukünftiger planen, bald eine Familie zu gründen.«

»Ich werde dann Mothercare modeln«, erzählt sie ihm weiter.

Dann stößt sie mit mir an.

»Auf meine Modelkarriere bei Moffercare.«

Am nächsten Morgen um sieben reißt mich mein Reisewecker aus dem Schlaf. Ich habe ihn auf Vibrieren gestellt und unter mein Kopfkissen gelegt, um die anderen beiden nicht zu wecken. Ein schneller Blick aus dem Fenster verrät mir, dass es leise vor sich hin nieselt, und ich bin stark versucht, mich umzudrehen und weiterzuschlafen, aber das kommt nicht in Frage, denn ich verpasse heute mein Training mit Mickey, und als Ersatz habe ich ihm hoch und heilig versprochen, vor dem Frühstück am Strand zu joggen. Also führt kein Weg daran vorbei, ich muss mich aufraffen.

Als ich vor das Hotel trete, hat es aufgehört zu regnen, und die grauen Wolken sind fast verschwunden.

Es ist herrlich.

Die Luft ist frisch, kühl und klar, und die schwache Sonne

vertreibt die letzten Wolken und sendet ihre goldenen Strahlen hinab, die auf dem Wasser glitzern.

Ich will gerade auf der anderen Straßenseite die steile Treppe hinunterlaufen, die zum Strand führt, als hinter mir jemand ruft: »He, warte einen Moment!«

Ich drehe mich um und sehe China aus dem Hoteleingang kommen. Sie trägt Sportkleidung wie ich.

Meiner bescheidenen Meinung nach ist China von all den bezaubernden Schönheiten die hübscheste. Ihre Haut hat die Farbe von feinem Porzellan und ist so glatt und makellos wie eine Marmorstatue. Ihr dunkles Haar ist lang und glatt und so seidig und glänzend, dass man es instinktiv berühren und streicheln möchte, als wäre es das Fell eines unwiderstehlichen Kuscheltiers. Wie Lois mir erzählt hat, stammt ihr Vater aus England und ihre Mutter aus Shanghai. Ich bin sicher, dass ich sie schon in etlichen Hochglanzmagazinen gesehen habe, die ich mir regelmäßig kaufe, und in denen sie für alles Mögliche geworben hat, von Make-up bis hin zu Duschgel und Hautpflegeprodukten.

»Gehst du laufen?«, ruft sie mir zu und strahlt mich an.

»Eher ein bisschen gemächlich joggen«, stelle ich klar. »Bei meinem Tempo kann man wohl nicht gerade von laufen reden.«

»Was dagegen, wenn ich mitkomme?«

»Natürlich nicht, wenn du mein Schneckentempo ertragen kannst.«

Sie lacht und überquert die Straße.

»Ich laufe jeden Morgen«, erzählt sie mir, während wir zum Strand runterjoggen. »Mir bleibt gar nichts anderes übrig. Ich esse einfach zu gern, was in meinem Job leider keine besonders gute Eigenschaft ist.«

»Muss ganz schön schwer sein, so dünn zu bleiben«, entgegne ich und bewundere ihren gertenschlanken Körper, der vor mir die Treppen hinunterläuft.

»Schwer ist stark untertrieben, es ist mördermäßig hart. Zum Glück hat sich in den vergangenen Jahren einiges getan. Du musst nicht mehr aussehen wie eine ausgezehrte Heroinsüchtige, aber es ist immer noch ein hartes Stück Arbeit, die richtige Kleidergröße zu behalten, vor allem, wenn du so gern isst wie ich. Viele der Mädchen ernähren sich ausschließlich von Kaffee und unzähligen Zigaretten, aber wenn ich die Wahl zwischen Zellulitis und Lungenkrebs hätte, wüsste ich, wofür ich mich entscheiden würde.«

»Klingt vernünftig«, meine ich.

»Das bin ich – jedenfalls meistens«, erwidert sie schelmisch.

Dann bückt sie sich und schnürt ihre Turnschuhe auf. Sie zieht sich sich Schuhe und Socken aus und läuft in Richtung Wasser.

»Komm schon!«, ruft sie, als ich einfach nur dastehe und zusehe, wie sie ins flache Wasser rennt.

»Du glaubst doch wohl nicht, dass ich da reingehe? Bist du verrückt? Es ist doch eiskalt!«

»Im Wasser zu laufen tut total gut. Der Widerstand des Wassers stärkt deine Schenkel, und das Salz und der Sand sind gute Puffer für deine Fußsohlen. Na los! Eine halbe Stunde hier drin, und deine Fersen sind so weich wie ein Babypopo.«

»Ja, und meine Zehen schrumpfen zusammen und fallen ab und enden als Fischfutter«, entgegne ich bibbernd vom Ufer aus.

»Feigling!«, stichelt sie.

Damit kriegt sie mich; niemand nennt Hal Hart einen Feigling. Dreißig Sekunden später jogge ich mit China durch das eiskalte Wasser des Atlantiks.

In dem Versuch, die Kälte zu ignorieren, beschließe ich, die Gunst der Stunde zu nutzen und ihr Hirn anzuzapfen.

»Was ist denn nun das Geheimnis der Schönheit, abgesehen vom Besitz der richtigen Gene natürlich, auf die ja keiner von uns Einfluss hat?«

Sie runzelt die Stirn und denkt nach.

»Ganz einfach. Du musst jede Menge frisches Obst und Gemüse essen, viel Wasser trinken und ausreichend schlafen. Das ist im Wesentlichen alles.«

»Ich dachte, ihr Models hättet Unmengen von Tipps auf Lager, wie man in zwei Tagen sechs Kilo abnimmt oder seinen zotteligen Strubbelkopf mit einer einzigen Anwendung in eine geschmeidige glänzende Haarpracht verwandelt.«

»Klar, wir kennen schon ein paar Tricks, wie wir uns am besten herausputzen, aber weißt du, was die besten Freunde eines Models sind?«

»Nein.«

»Ein Computer und ein Hairstylist, der perfekt mit einem Diffuser umgehen kann.« Sie kichert.

»Du klingst ein bisschen zynisch.«

»Das bin ich auch. Das Modeln ist für mich nichts weiter als ein Mittel zum Zweck. Ich mache das bestimmt nicht für immer, ich muss nur genug Geld zusammensparen, dann hau ich ab.« Die letzten Worte sagt sie so genüsslich, als könne sie es kaum erwarten.

»Und wohin zieht es dich?«

»Überallhin. Es gibt so vieles auf dieser Welt, das ich noch nicht gesehen habe, und ich habe nur dieses Leben, um loszuziehen und mir alles anzusehen. Ich will Shanghai kennen lernen, wo meine Mutter geboren ist, und meine Familie besuchen, die ich noch nie gesehen habe. Aber ich möchte auch den Rest von Asien bereisen, und Südafrika und Südamerika, und bevor ich's vergesse: Kanada und Hawaii interessieren mich auch.«

»Kommst du nicht durch deine Arbeit viel herum?«

»Ja, schon«, bestätigt sie. »Aber du siehst im Grunde gar nichts außer einem Stylisten, einer netten Location und einer Kameralinse, und bevor du dich versiehst, wirst du schon an den nächsten Ort verfrachtet wie ein Gepäckstück im Transit.«

»Willst du denn ganz allein durch die Welt tingeln?«

»Ja.«

»Und du hast keine Angst?«, frage ich sie keuchend.

»Warum sollte ich? Auf Reisen lernst du ständig neue Leute kennen.«

»Aber ist es nicht irgendwie unheimlich, wenn man ständig neue Leute kennen lernen muss?«

»Warum? Bis gestern kannte ich dich doch auch nicht«, kontert sie grinsend.

»Da hast du natürlich auch wieder Recht«, gestehe ich und grinse ebenfalls. »Wohin willst du denn zuerst?«

»Oh, das habe ich schon genauestens geplant.«

Während wir fünfmal den gesamten Strand hoch- und runterjoggen, weiht sie mich in ihre Reiseroute ein.

»Klingt super«, sage ich, als sie fertig ist und wir auf den Stufen sitzen, die zur Straße hinaufführen, und uns die Turnschuhe wieder anziehen. »Ich wünschte, ich hätte auch den Mumm, so etwas zu machen.«

»Warum tust du es nicht einfach?«

Ich schüttle den Kopf.

»Zu viele Verpflichtungen.«

»Das habe ich auch immer gedacht, aber als ich mich dann mal hingesetzt und mir alles vor Augen geführt habe, ich meine, so richtig ernsthaft, ohne mir irgendetwas vorzumachen, ist mir bewusst geworden, dass es eigentlich nichts gab, was mich zurückhält. Okay, ich habe meine Wohnung, aber die habe ich schon an ein anderes Model vermietet, das für ein Jahr aus New York nach London rüberkommt, und ich habe meine Familie und natürlich meine Freunde, aber die sind auch noch da, wenn ich zurückkomme, und wenn nicht, dann waren es sowieso keine guten Freunde. Was meinen Job angeht, habe ich es natürlich ganz gut getroffen, da bin ich zum Glück recht flexibel. Vielleicht entgeht mir der eine oder andere lukrative Auftrag, wenn ich so lange weg bin, oder ich gerate in Vergessenheit oder falle in Ungnade, aber ich hatte sowieso nie vor, bis zur Rente zu modeln. Ich glaube eher, dass ich nach meiner Rückkehr – falls ich überhaupt zurückkomme – auf etwas anderes umschule und etwas ganz Neues anfange, irgendetwas weniger Egozentrisches; meine Eltern wollten immer, dass ich Ärztin werde, und meine Noten waren auch gut genug. Bevor ich entdeckt wurde, habe ich sogar schon mein erstes Einführungsjahr für das Medizinstudium absolviert.«

Sie wirkt unglaublich zielstrebig und absolut sicher, was sie tun und wo sie landen will, und zwar nicht nur physisch und in geographischer Hinsicht, sondern auch in Bezug auf sich selbst und ihr Leben.

Das sage ich ihr. Und ich gestehe ihr auch, wie neidisch ich bin.

»Du musst doch nicht neidisch sein. Warum kommst du nicht einfach mit?« Sie sieht mich von der Seite an und zieht fragend eine Augenbraue hoch.

»Das geht nicht.«

»›Geht nicht‹ gibt es nicht, wie ich dir doch gerade erst klar zu machen versucht habe. Pass auf, ich gebe dir meine E-Mail-Adresse, und falls du irgendwann Lust hast, zu mir zu stoßen – auch wenn es nur für eine Weile ist und nicht für die ganzen sechs Monate –, schreibst du mir, und wir treffen uns.«

»So einfach ist das?«

»So einfach ist das«, entgegnet sie und nickt energisch.

Wir gehen ins Hotel zurück. Die anderen sind inzwischen auch aufgestanden und steuern gerade den Frühstücksraum an, also duschen wir schnell und gesellen uns zu ihnen. Irgendwie erscheint es mir sinnlos, erst zu joggen und mir dann ein komplettes englisches Frühstück reinzuschieben; deshalb begnüge ich mich mit einer Grapefruit und überlasse mein Frühstück

Beth, die es zusätzlich zu ihrem eigenen glücklich und zufrieden vertilgt.

»Eins für mich und eins für Patrick Olivier«, sagt sie und zwinkert mir zu.

Die anderen sind ziemlich grün im Gesicht und stochern lustlos auf ihren Tellern herum.

»Billiger Schaumwein ist ein absoluter Killer«, stöhnt Issy. »Heute Abend trinken wir definitiv nur gute Sachen, echten Champagner und Tequila.«

»Bei der Kombination dürfte es deinem Kopf morgen früh bestimmt besser gehen«, ziehe ich sie auf.

»Halt die Klappe, du Puritanerin, und hol mir noch einen Kaffee, bevor mein Schädel explodiert«, jammert sie. »Weiß du, was diese... diese... *Frau* heute Morgen schon gemacht hat?«, wendet sie sich an die ebenso bleiche Lois. »Sie war joggen.«

»Oh, Hal, wie konntest du nur?«, stöhnt Lois.

»Du sagst das, als hätte ich als Kinderschreck oder etwas in der Art die Gegend unsicher gemacht«, entgegne ich lachend.

»Hattest du denn Shorts an?«, fragt Lois und grinst mich frech an.

»Du Miststück!«, fahre ich sie an und tue aufgebracht. »So hässlich sind meine Beine nun auch wieder nicht.«

»Ich glaube, es ist an der Zeit, den Kater zu killen oder mir den Rest zu geben«, sagt Lois und winkt den Kellner herbei. »Eine Bloody Mary, bitte.«

Das ist zu viel für Issy. Sie hält sich die Hand vor den Mund und stürmt so schnell aus dem Frühstücksraum wie ein Schnäppchenjäger beim Ansturm auf den Winterschlussverkauf bei Harvey Nicks.

Nach dem Frühstück drängen wir uns wieder in den Minibus und fahren zum Fistral Beach, wo unser Surfunterricht stattfinden soll.

Kaum zu fassen, was ich hier tue.

Obwohl meine Diät und das Fitnesstraining mit Mickey erste Erfolge zeigen und ich meine Jiggy-Jeans jede Woche ein Stückchen höher bekomme, fühle ich mich wie eine kleine fette Schnecke unter flinken, geschmeidigen Seehunden, als wir alle in unseren Neoprenanzügen aus dem Surfcenter kommen.

Die arme Issy leidet immer noch schwer. Sie weigert sich zu glauben, dass sie gestern Abend zu irgendwelchen albernen Stimmungshits getanzt hat, und hat gedroht, mit Beth am Strand zu bleiben, doch im letzten Moment haben wir sie doch noch überredet, sich mit uns in die Fluten zu stürzen.

Beth sitzt am Strand auf einer Decke, mit einer weiteren hat sie sich eingehüllt. An drei Seiten hat sie sich mit einem Windschutz umgeben, und um sie herum stehen jede Menge Taschen. Ihre Caterpillar-Stiefel hat sie ausgezogen, die Füße auf eine Thermoskanne voll Kaffee gebettet, und in dieser Position liest sie den neuesten Roman von Jilly Cooper.

Offenbar ist die Brandung heute gut. Unsere Lehrer sind ein blonder australischer Prachtkerl namens Sean und ein einheimischer dunkler Lockenkopf namens Joel mit dem atemberaubenden Aussehen einer römischen Statue.

Sie sind die Attraktion des Strandes. Seans Blondschopf und Joels dunkles Haar heben sich markant voneinander ab, und ihre Neoprenanzüge kleben wie eine zweite Haut an ihren unglaublich wendigen und muskulösen Körpern. Obwohl es mit knapp unter zehn Grad ziemlich kalt ist, werden sie auf Schritt und Tritt von einer Schar schlanker Mädels in Bikinis verfolgt.

Unsere Gruppe ist ebenfalls eine Attraktion, als wir mit unseren Trockenübungen an Land beginnen.

Die schlanken Bikinimädchen durchbohren unsere Rücken mit bösen Blicken, während Sean und Joel uns am Strand in die grundlegenden Techniken des Surfens einweisen, zum Beispiel, wie wir uns hinlegen und mit den Armen paddeln müssen, um raus aufs Meer zu gelangen, wie wir aufs Brett kommen, wenn wir draußen sind, und vor allem, wie wir draufbleiben, wenn wir es tatsächlich geschafft haben sollten, uns hochzuhieven. Die meiste Mühe verwenden sie damit, uns beizubringen, wie wir uns verhalten müssen, wenn wir runterfallen. Ich stelle mit Unbehagen fest, dass sie »wenn« sagen und nicht »falls«.

Hochschwingen, aufspringen, vorderen Fuß nach vorn, Kopf hoch, Arme strecken.

So einfach ist das.

Nicht ganz natürlich.

Doch als wir eine zaghafte Vorstellung von den Grundregeln haben, teilen unsere Lehrer uns in zwei Sechsergruppen auf, führen uns ins Wasser und zeigen uns, wie man sich rittlings aufs Brett setzt und gegen die Brandung paddelt.

»Nicht vergessen, Mädels!«, ruft Sean uns in seinem näselnden australischen Slang zu, »ihr müsst das Wasser *spüren* und mit ihm *strömen*, reitet nicht auf der Welle, seid die Welle.«

Von meinem morgendlichen Joggen habe ich jetzt schon Muskelkater in den Beinen, wohingegen China nichts dergleichen zu spüren scheint, im Gegenteil. Ein weiteres Mal von ihrem Mut angespornt, lege ich mich auf mein Brett und paddele hinaus bis zu der Stelle, an der ich laut Joel eine richtig »*geile* Welle« erwischen kann.

Die nächsten zwei Stunden versuche ich vergeblich, auf meinem Surfboard zum Stehen zu kommen, bis ich felsenfest überzeugt bin, dass ich es nie schaffen werde. Genau in dem Moment surft China an mir vorbei, dicht gefolgt von Issy, die zwar wacklig, aber immerhin aufrecht steht, sich halb totlacht und ruft: »Ich spüre es, ich spüre es, ich *bin* die Welle!«, während sie etwas ungelenk an mir vorbeizischt.

Ich will natürlich nicht die einzige Versagerin hier draußen sein, also warte ich auf die nächste heranrollende Welle, stimme den eingeübten Sprechgesang an: »Hochschwingen, aufspringen, vorderen Fuß nach vorn, Kopf hoch, Arme strecken«, und tue genau das. Im nächsten Augenblick zische ich auf dem Kamm der Welle Richtung Ufer. Ich fühle mich so beschwingt wie nach einem Glas Schnaps und lache und rufe: »Juhu!«, als ich voller Panik merke, dass ich im Begriff bin, den schlimmsten Surffehler überhaupt zu begehen und in jemand anderen hineinzurasen. Ich versuche auszuweichen, verliere mein sowieso schon prekäres Gleichgewicht und bin kurz davor, mit dem Gesicht zuerst ins Wasser zu klatschen, als mir jemand zuruft: »Gleichgewicht halten!«, und mit ganz leichtem Druck genau an der richtigen Stelle mein Handgelenk umfasst und mir gerade so viel Halt gibt, dass ich nicht herunterfalle. Als die Welle ausrollt und meine Glieder nicht mehr ganz so heftig zittern, setze ich mich schnell rittlings auf mein Brett und klammere mich panisch daran fest, als ob ich gerade von der sinkenden Titanic ins Wasser gesprungen wäre und es die einzige Hoffnung wäre, nicht sofort in ein eisiges Grab zu versinken.

Das Wasser trägt mich bis fast ans Ufer, und als ich mich umdrehe, sehe ich meinen Retter ebenfalls sanft herangleiten. Er lässt sich elegant herab und hockt sich ebenfalls auf sein Brett, als ob es die einfachste Übung der Welt wäre und nicht ein gefährliches Manöver auf Leben und Tod.

Er hält mit der einen Hand sein Brett neben meinem auf gleicher Höhe und hilft mir mit der anderen, mich aufrecht hinzusetzen, wobei er mich vom Brett losmacht, als würde er mit einem Messer eine Napfschnecke von einem Fels schaben.

»Alles klar?«, fragt er, als ich endlich wieder in einer halbwegs normalen Position sitze.

»Ich glaube ja. Vielen Dank. Wie lange braucht man eigentlich, bis man richtig surfen kann?«, keuche ich.

»Also, ich bin seit etwa zehn Jahren dabei, und du?«

»War meine Premiere heute.«

»Ehrlich?«, entgegnet er und runzelt die Stirn. »Das hätte ich nie gedacht.«

»Ich lebe ja nicht am Meer«, verteidige ich mich, »sonst hätte ich es bestimmt schon mal versucht.«

»Den Strand vor der Tür zu haben ist natürlich ein Vorteil, das muss ich zugeben«, sagt er, und sein Stirnrunzeln weicht einem Lächeln.

»Bist du von hier?«, frage ich.

»Könnte man sagen.« Er zeigt auf ein Haus rechts oben auf der Klippe. »Ich lebe seit etwa fünf Jahren hier, was reicht, mich wie ein Einheimischer zu fühlen, aber für die Bewohner von Cornwall bin ich immer noch ein Zugereister. Dabei sind die meisten Leute, die hier leben, auch nicht in Cornwall geboren. Es scheint eine wahre Völkerwanderung aus London hierher zu geben. Und wo kommst du her?«

»Aus London«, erwidere ich mit einem trockenen Lächeln. »Aber ich bin nicht hergezogen. Wir machen nur ein paar Tage Urlaub.«

»Um surfen zu lernen?«

»Um dabei kläglich zu scheitern.«

»Du hast dich gar nicht schlecht geschlagen.«

»Haha. Ich habe eine Viertelstunde gebraucht, um aufs Brett zu kommen, und nach fünf Sekunden war ich schon wieder unten.«

»Warst du gar nicht.«

»Nur weil du mir geholfen hast. Oh, entschuldige, du hast mir praktisch das Leben gerettet, und ich habe dich noch nicht mal nach deinem Namen gefragt. Normalerweise bin ich nicht so unhöflich, ehrlich.«

»Ich bin Tom«, stellt er sich grinsend vor.

»Hallo, Tom, ich bin Hal.«

Er hält mir die Hand hin, und ich schaffe es soeben, mich hinüberzubeugen und sie zu schütteln.

»Und wo kommst du ursprünglich her?«

»Aus London«, erwidert er grinsend.

»Also bist du auch einer von uns«, scherze ich. »Und woher in London?«

»Stoke Newington.«

»Im Ernst? Dann sind wir ja quasi Nachbarn. Ich wohne in Islington.«

»Allein?«

»Nein. Mit Jack.«

Bilde ich es mir ein, oder wirkt er enttäuscht?

Ich muss es mir einbilden.

»Jack ist mein Untermieter und Isabelles Bruder«, erkläre ich ihm und zeige auf Isabelle. »Am liebsten wäre er mitgekommen, aber an diesem Wochenende sind nur Mädels zugelassen.«

»Also darfst du eigentlich gar nicht mit mir sprechen, oder?«

»Doch, natürlich dürfen wir mit Männern reden, wir durften nur keine mitbringen.«

»Gibt es denn einen, den du gerne mitgebracht hättest, wenn du gedurft hättest?«

»Äh, ja, das heißt...«

»Ja?«, hakt er nach, als ich stocke.

»Also, ich würde sagen, die richtige Antwort lautet nein.«

»Ja und nein? Klingt so, als steckt eine Geschichte dahinter.«

Er lächelt mich freundlich an.

»Da könntest du Recht haben.«

»Willst du sie mir erzählen?«

»Ich will dich nicht langweilen.«

»Du langweilst mich bestimmt nicht. Schieß los!«, fordert er mich auf, als ich zögere. »Ich bin ein guter Zuhörer.«

Ich sehe ihm in die Augen.

Es scheint zu stimmen.

»Okay«, willige ich ein. »Das glaube ich dir.«

Und so erzähle ich ihm alles.

»Ich hätte nicht im Traum gedacht, dass ich am Ufer des Atlantiks auf einem Surfbrett sitzen und einem völlig Unbekannten meine Lebensgeschichte erzählen würde«, ende ich eine Weile später.

»Aber nachdem du mir deine Lebensgeschichte erzählt hast, bin ich ja wohl kein völlig Unbekannter mehr für dich, oder?«

»Wärst du nicht, wenn ich dich ebenfalls hätte zu Wort kommen lassen, damit du mir auch etwas von dir erzählst.«

»Kein Problem. Was willst du wissen?«

»Na ja, bisher kenne ich nur deinen Namen und weiß, wo du herkommst, wohingegen du jetzt *zusätzlich* zu meinem Namen und meiner Herkunft über sämtliche peinliche Details meines nicht existenten Liebeslebens Bescheid weißt und, nicht zu vergessen, über meine jämmerlichen bemitleidenswerten Versuche, den Mann zurückzugewinnen, der mich wegen eines Models hat sitzen lassen. Übrigens bin ich zufällig an diesem Wochenende von einer ganzen Schar Models umringt«, füge ich trocken hinzu und deute mit dem Kopf auf Lenka, die gerade baywatchmäßig über den Strand zu einem Eiswagen schreitet und mindestens fünf hechelnde Männer im Schlepptau hat. »Nur für den Fall, dass du an diesem Strand meilenweit der einzige Mann sein solltest, dem das entgangen ist.«

»Models? Wirklich? Es ist mir tatsächlich noch nicht aufgefallen. Ich habe nur Augen für dich.«

»Lügner.«

»Siehst du?«, scherzt er. »Du kennst mich schon besser, als du denkst.«

»Also los! Es ist ja wohl nur fair, wenn du jetzt auch mit der Sprache rausrückst.«

»Was willst du wissen?«

»Fangen wir damit an, was dich nach Cornwall verschlagen hat.«

Er zuckt mit den Achseln.

»Ich bin als Kind oft mit meinen Eltern hier gewesen, und es hat mir so gut gefallen, dass ich es kaum erwarten konnte, für immer herzuziehen.«

»Kann ich gut verstehen, es ist wirklich wunderschön hier. Wenn ich die Möglichkeit hätte, würde ich auch sofort übersiedeln.«

»Was hält dich ab?«

»Meine Arbeit, meine Freunde, meine Feigheit. Die üblichen Gründe. Und gute Stellen sind hier sicher Mangelware, oder?«

Er nickt.

»Und was machst du? Außer surfen meine ich.«

»Ich bin Künstler.«

»Noch einer«, sage ich, ohne nachzudenken.

»Stimmt, hier gibt es ziemlich viele von uns, fast so viele wie Seemöwen.«

»So habe ich es nicht gemeint«, sage ich und werde rot. »Es ist mir nur so herausgerutscht, weil im Augenblick noch ein weiterer Bruder meiner Freundin in meiner Wohnung wohnt, der auch Künstler ist. Tut mir Leid, ich schwafele mal wieder zu viel.« Ich halte inne und lächle ihn an. »Erzähl weiter!«

»Ich habe meine Londoner Wohnung verkauft und mit dem Geld und einer kleinen Hypothek mein Haus hier finanziert, deshalb konnte ich es mir leisten, ein Dasein als Künstler auszuprobieren. Zusätzlich stocke ich mein Einkommen bei der Feuerwehr auf. In London war ich hauptberuflich Feuerwehrmann und habe nebenbei gemalt, jetzt mache ich es umgekehrt.«

»Und? Funktioniert es?«

Er nickt.

»Für mich ist es genau das Richtige.«

»Wie alt bist du?«

»Dreißig.«

»Und bist du Single, oder hast du auch ein kompliziertes Liebesleben?«

»Ich bin Single.«

Ich sehe ihn überrascht an.

Man würde ihn nicht gerade als eine klassische Schönheit bezeichnen, seine Nase ist ein wenig zu groß und leicht schief, als ob sie schon ein paar Mal gebrochen wäre, sein Haar ist ein bisschen zu lang und etwas wild, aber das könnte man über jeden Mann am Strand sagen, und er hat eine Narbe auf der rechten Wange, die ihn etwas bedrohlich aussehen lässt, aber er hat die strahlendsten blauen Augen, die ich je gesehen habe, seine Haut ist von der Sonne wunderschön karamellfarben, und seine Stimme ist sanft und betörend, wie die seichten Wellen, die mein Surfbrett leicht hin und her wiegen.

»Willst du mir sagen, dass es in deinem Leben überhaupt kein weibliches Wesen gibt, das dir etwas bedeutet?«

»Wenn du mich so fragst – doch, es gibt eins.«

»Wusste ich es doch«, ermuntere ich ihn fortzufahren. »Wie heißt sie?«

»Bella.«

»Aha.«

»Sie ist absolut hinreißend.«

»Aha.«

»Sie wartet da hinten am Strand auf mich.«

»Sie sitzt die ganze Zeit da, während wir uns unterhalten?«

»Ja. Es macht ihr nichts aus. Sie ist nicht eifersüchtig.«

»Dann ist es also keine ernste Sache zwischen euch?«

»Na ja, wir leben seit drei Monaten zusammen.«

Ich sehe ihn entrüstet an.

»Hast du nicht gerade behauptet, du bist Single?«, fahre ich ihn an. »Typisch Männer! Dir mag das Zusammenleben mit deiner Freundin vielleicht nichts bedeuten – für eine Frau ist es durchaus ein wichtiges Zeichen von Bindung. Die Ärmste sitzt die ganze Zeit da, während du versuchst, mich anzubaggern. Wer ist sie?«, will ich wissen.

Er zeigt Richtung Strand.

»Da drüben, die mit dem schokoladenbraunen Haar.«

»Schokoladenbraunes Haar.«

Ich verrenke mir wütend den Hals, um zu sehen, welche arme Frau dieser Schuft so lange hat schmoren lassen.

»Sie hat Haare am ganzen Körper.«

»Wie bitte?«

»Bella«, sagt er langsam und grinst, »ist mein fünf Monate alter Labradorwelpe.«

Ich rutsche vor Verlegenheit beinahe von meinem Brett.

»Oh nein! Wie kannst du mich so verarschen! Du musst mich für eine absolute Vollidiotin halten, dass ich mich so an der Nase herumführen lasse. Wie peinlich – erst rettest du mir das Leben, und dann beschuldige ich dich, mich angebaggert zu haben. Tut mir wirklich Leid.«

»Muss es nicht«, entgegnet er mit einem Augenzwinkern. »Ich hab's ja wirklich getan.«

»Mich angebaggert?«

»Klar. Was meinst du, warum ich dir sonst geholfen habe? War doch ein genialer Schachzug, oder? Junge hilflose Dame schmilzt in den Armen ihres attraktiven Retters dahin. Als Nächstes wollte ich dich fragen, ob du mit zu mir kommst und dir meine Briefmarkensammlung ansiehst.«

Ich kann nicht umhin zu grinsen.

»Ich würde mir deine Arbeiten wirklich gern ansehen.«

»Na dann! Worauf warten wir noch? Es sind nur zehn Minuten zu Fuß. Du kannst auch deine Freundin mitnehmen«, fügt er hinzu, als ich zögere. »Falls du Angst hast, dass ich irgendein Irrer sein könnte.«

»Das bist du bestimmt nicht«, entgegne ich lächelnd, »aber Beth würde sicher gern mitkommen, wenn du nichts dagegen hast.«

»Natürlich nicht. Komm, gehen wir, bevor du erfroren bist.«

Wir paddeln ans Ufer und trennen uns, um uns umzuziehen. Ich gehe zur Hütte der Surfschule, gebe mein Brett und meinen Neoprenanzug ab und bin froh, wieder in meine Straßenklamotten schlüpfen zu können. Als ich zurückkomme, quatscht Tom schon mit Beth, die fremden Männern gegenüber normalerweise eher schüchtern ist, sich jedoch gerade über irgendeine Anekdote, die er ihr erzählt, halb totlacht.

»Dieser wunderbare Mann hat uns gerade zu einer Tasse Tee eingeladen«, verkündet Beth strahlend, als ich mich zu den beiden geselle. »In seinem warmen Cottage.«

»Vielleicht kann ich sogar ein paar Kekse hervorzaubern.« Tom zwinkert mir zu und hilft Beth auf die Beine.

»Du sprichst mir aus der Seele«, entgegnet sie strahlend. »Ist es weit zu den Keksen?«

»Bis zum Ende des Strands und dann ein paar Treppen rauf, aber die Stufen sind ziemlich steil.«

»Sind es Schokokekse, die auf mich warten?«

»Natürlich.«

»Dann schaffe ich es.«

Wir steigen hinauf zu Toms hübschem kleinem weißem Stein-Cottage; die schöne Bella springt auf dem ganzen Weg um unsere Knöchel. Tom führt uns in die Küche, die von einem alten schwarzen Ofen beheizt wird, bereitet uns den versprochenen Tee zu und reicht Beth eine ganze Packung Schokoladen-Hob-Nobs – mit der strikten Anweisung, sie komplett zu vertilgen, falls ihr danach sei. Anschließend führt er uns durch den Garten hinter dem Haus in sein Atelier, das er sich dort eingerichtet hat.

»Als ich das Cottage gekauft habe, war das hier ein altes Holzlager. Es war völlig heruntergekommen, und ich musste die Bude komplett neu aufbauen, aber jetzt ist sie perfekt. Ich habe eine komplette Mauer und das ganze Dach verglast, und es hat eine Ewigkeit gedauert, alles genehmigt zu kriegen, aber jetzt ist der Lichteinfall optimal.«

»Und der Blick erst! Was für eine Aussicht!«, ruft Beth begeistert und geht zu der verglasten Wand.

Der Garten hinter dem Cottage steigt steil an, sodass man durch die Glasfront einen herrlichen Blick über den Strand und das Meer hat.

»Seht mal!« Sie zeigt auf eine winzige Gestalt, die gerade von einem Surfbrett fällt. »Das ist bestimmt Issy.«

»Ist das alles dein Werk?«, frage ich und bewundere die zahlreichen Bilder an den drei anderen Wänden.

Er nickt.

Die Bilder sind wirklich sehr gut. Es sind vor allem Meeresansichten, viele davon bei Mondlicht, aber es gibt auch ein paar kleinere Bilder von kornischen Dörfern, hübschen kleinen Cottages oder im Hafen ankernden Booten. Außerdem gibt es jede Menge weitere Kunsthandwerkstücke, Holzmasken, Steinplastiken und Ähnliches.

»Sind die auch von dir?«

Er schüttelt den Kopf.

»Ich bin ein Jahr herumgereist, bevor ich mit dem Studium angefangen habe. Das sind alles Souvenirs, Sachen, die ich unterwegs erstanden habe.«

»Eine meiner Freundinnen geht auch bald auf große Reise«, erzähle ich ihm und denke an China.

»Es ist das Beste, was du machen kannst, ein bisschen von der Welt sehen, in der wir leben, damit du nicht nur den kleinen Winkel kennst, in dem du zu Hause bist.«

»So ähnlich hat sie es auch gesagt. Weißt du was? Dieses Bild hier würde ich gerne kaufen.« Ich stehe vor einem kleinen, aber sehr ausdrucksstarken Bild von einem kleinen Strand, auf den gerade eine riesige Welle zurollt.

Er runzelt die Stirn.

»Du verkaufst sie doch, oder nicht?«

»Sicher, aber deshalb habe ich dich nicht hergebracht.«

»Warum hast du sie denn hergebracht?«, hakt Beth gespielt unschuldig nach.

Er grinst sie an.

»Ich wollte Hal meine Briefmarkensammlung zeigen.«

»Oh! Vielleicht hätte ich lieber am Strand bleiben sollen, ihr wisst schon, zwei sind bekanntlich genug...«

»Und drei ein wahrer Traum«, beendet er den Satz. »Red keinen Unsinn, du bist mehr als willkommen!«

»Äh, entschuldige, was ist denn nun mit meinem Bild?«

»Es gefällt dir also wirklich?«

»Ja. Ich möchte es haben.«

»Aber ich verkaufe es dir nicht.«

»Warum denn nicht?«

»Weil ich nicht will, dass du denkst, ich würde den Strand nach leichtgläubigen jungen Frauen absuchen und sie in mein Atelier locken, damit sie meine Bilder kaufen. Weißt du was? Ich schenke es dir.«

»Kommt gar nicht in Frage.«

»Okay, dann tausche ich es.«

»Ach ja? Gegen was denn?«

»Gegen deine Telefonnummer.«

»Was hältst du davon, wenn ich die Nummer auf der Rückseite des Schecks notiere, mit dem ich das Bild bezahle?«

»Du bist hartnäckig.«

»Stimmt, ich setze mich gern durch. Abgemacht?«

»Abgemacht.«

Wir besiegeln unseren Deal per Handschlag.

»Ist das deiner?«

Beth hält einen alten gelben Feuerwehrhelm hoch.

»Ja«, erwidert er, während er das Bild von der Wand nimmt und es für mich einpackt. »Den haben mir die Kollegen von meiner alten Wache geschenkt, als ich aus London weggezogen bin. Sie haben alle auf dem Helm unterschrieben.«

»Ich habe eine wahnsinnige Schwäche für Männer in Uniform«, seufzt Beth. »Den Rest deines Outfits hast du nicht zufällig auch hier, oder?«

»Nein, meine eigentliche Uniform ist in meinem Spind unten auf der Wache.«

»Wie schade! Ich hätte sie so gern an dir gesehen.« Beth dreht den Helm nachdenklich in den Händen und blickt mit einem verschmitzten Grinsen zu Tom auf. »Meinst du, du könntest... Nein, das wäre zu viel verlangt, wir haben uns schließlich gerade erst kennen gelernt.«

»Was denn?«

»Nein, das geht nicht. Es wäre zu dreist, dich das zu fragen.«

»Raus mit der Sprache! Ich stehe auf dreiste Mädels. Was willst du mich fragen?«

»Ich kann es immer noch nicht glauben, dass du ihn dazu überredet hast«, staune ich.

Es ist elf Uhr, und wir sind im Bertie's, einem von Newquays angesagten Nightclubs.

»Er macht es nicht für mich.« Beth und ich johlen mit, als Tom in voller Feuerwehrmontur auf die Tanzfläche stürmt und lostanzt. »Er macht es für dich.«

»Meinst du wirklich?«

»Ich weiß es.« Sie kramt einen Zettel aus ihrer Handtasche hervor und reicht ihn mir.

»Was ist das?«

»Du hast ihm doch deine Telefonnummer gegeben. Hier sind sein Name, seine Anschrift und seine E-Mail-Adresse. Er hat mich gebeten, dir den Zettel zu geben, für den Fall, ›dass die Sache mit Hal und ihrem Ex schief läuft‹, wie er sich ausgedrückt hat.«

»Na sieh mal einer an.«

»Er wollte dir den Zettel nicht selber geben. Dass er auf dich steht, ist ja nicht zu übersehen, aber er wollte dich nicht zu sehr bedrängen, während du ›gefühlsmäßig gerade eine harte Zeit durchmachst‹. Das waren exakt seine Worte, Hal.«

»Wie süß.«

»Ja, nicht wahr? Er ist ein richtig netter Kerl. So viele anständige Exemplare laufen ja heutzutage nicht mehr herum«, stellt sie fest und sieht mich vielsagend an.

Tom zieht seine Uniformjacke aus und stellt seinen sonnengebräunten, geölten Oberkörper zur Schau.

»Und Männer mit einem Körper wie diesem trifft man auch nicht alle Tage. Mensch, wenn ich nicht verheiratet wäre und im achten Monat schwanger...«

Lois kreischt vor Freude, als Tom sie hochhebt und über seine Schulter wirft.

»Er ist wirklich ein toller Typ«, schreie ich über die Musik hinweg zurück, als er sie über die Tanzfläche wirbelt.

»Ein Prachtexemplar. Und total sportlich. Sieh dir mal diese Brustmuskeln an.« Beth steckt zwei Finger in den Mund und stößt einen schrillen bewundernden Pfiff aus.

»Er steht auf dich, Hal, das sieht ein Blinder.«

»Aber ich liebe Gregg, das weißt du doch.«

»Ja, aber offiziell seid ihr nicht mehr zusammen. Was hält dich also davon ab, dir ein bisschen Spaß zu gönnen? Ich meine, wie lange ist es her, dass du zum letzten Mal so richtig...«

»Beth!«

»Sag schon! Wie lange, Hal? Ich sag's dir: zu lange.«

»Ich lasse mich nicht auf One-Night-Stands ein, das weißt du doch.«

»In dem Fall«, entgegnet sie, und der Schalk sitzt ihr im Nacken, »könnten wir unseren Aufenthalt sicher noch um eine Nacht verlängern.«

»Du willst mich wohl partout auf Abwege bringen.«

»Na ja, da ich ja selber nicht mehr in fremde Betten springen kann, muss ich diese Freuden ersatzweise durch meine Freundinnen erleben. Holst du mir noch einen Orangensaft, Hal? Der köstliche Anblick von Tom hat mich aufgewühlt. Mir ist auf einmal ganz komisch.«

Ich drehe mich um und steuere die Theke an, doch eine Hand auf meinem Arm hält mich zurück.

»Hal!«, keucht Beth.

Aufgeschreckt von der Panik in ihrer Stimme drehe ich mich wieder zu ihr um.

»Was ist los, Beth? Was hast du denn?«

»Keine Ahnung. Ich fühle mich nicht so gut. Aaaahhhh«, stöhnt sie und krümmt sich vor Schmerz.

»Beth, bitte, du machst mir Angst. Was ist denn mit dir?«

»Oh Scheiße, Hal!« Sie sieht mit angstvoll verzerrtem Gesicht zu mir auf. »Ich glaube, ich habe Wehen.«

»Das kann doch gar nicht sein.«

»Entweder hatte ich einen Orangensaft zu viel, oder meine Fruchtblase ist gerade geplatzt. Jedenfalls habe ich die Patrick-Cox's-Schuhe versaut, die du mir geliehen hast.«

Wir sehen beide an ihr herab.

»Glaubst du mir jetzt?«, jammert sie.

»Ja, allerdings.«

»Das Baby kommt, so ein Mist, das Baby kommt. Oh, Hal, hilf mir, das Baby kommt!«

»Ich weiß, Beth, versuch ganz ruhig zu bleiben.«

»Ruhig bleiben, RUHIG?? Was mir bevorsteht, ist, wie wenn man ein Nilpferd durch einen Briefkastenschlitz schieben will, und du sagst mir, ich soll RUHIG BLEIBEN!«

»Bist du sicher, dass du richtige Wehen hast? Der Termin ist doch erst in drei Wochen.«

»Also, wenn das keine richtigen Wehen sind, will ich auf keinen Fall bei Bewusstsein sein, wenn die richtigen einsetzen. Oje, Hal, es tut so weh, so schweinisch weh, besorg mir ein

Schmerzmittel! Wir sind doch in einem Nightclub, da muss doch irgendjemand Betäubungsmittel dabeihaben, mir ist völlig egal was, Hauptsache, ich merke nichts mehr.«

Zum Glück übernimmt jetzt Tom das Ruder. Im Gegensatz zu allen anderen aus unserer Gruppe, die in helle Panik ausbrechen, hat er alles im Griff und ist die Ruhe in Person.

Innerhalb weniger Minuten ist ein Krankenwagen da.

Ich hänge mich ans Telefon und versuche, Sebastian davon zu überzeugen, dass sein Kind im Begriff ist, zur Welt zu kommen.

»Mais non, c'est impossible«, entgegnet er zum dritten Mal.

»Englisch, Sebastian!«, schreie ich in den Hörer.

»Wo bist du? Wo ist meine Frau?«

»Sie wird gerade in einen Krankenwagen verfrachtet.«

»Je dois parler avec ma femme. Maintenant Harriet, hurry!«

Ich vermute, er will mit Beth sprechen.

»Äh, sie ist im Augenblick nicht in der rechten Verfassung, mit dir zu sprechen«, schreit Issy panisch in den Hörer, als Beth den nächsten lauten Schmerzensschrei ausstößt.

Ich reiße den Hörer wieder an mich.

»Komm her, Sebastian! So schnell wie möglich, okay? Das Baby kommt!«

»Hal!!!« Beth schreit so laut und wehklagend, dass ich sofort zum Krankenwagen stürze.

»Ich habe mit Sebastian gesprochen. Er ist unterwegs.«

»Scheiß auf Sebastian! Ohne ihn wäre ich jetzt nicht in dieser Verfassung! Treib lieber ein Schmerzmittel auf.« Als die Krankenwagentür zugeht, schreit sie erneut, und wir hören, wie sie sich bei dem Sanitäter beklagt.

»So sollte das ganz und gar nicht laufen, wissen Sie? Eigentlich sollte ich in einem schönen warmen Gebärbecken liegen und mich entspannen, mit besänftigender Musik im Hintergrund und meinem Mann an Ort und Stelle, damit ich ihm in den Arsch treten kann, wenn es wehtut...«

Sieben Stunden später ist Sebastian da, gerade noch rechtzeitig, um zu sehen, wie sein Erstgeborener das Licht der Welt erblickt.

»Komisch, aber ich bin richtig stolz«, schnieft Lois zu Tränen gerührt, als das Baby in eine Decke gehüllt erst Sebastian und dann Beth gereicht wird.

»Ich auch«, krächzt Issy ebenso überwältigt.

»Und was nun?«

»Ich denke, wir sollten jetzt verschwinden, uns betrinken und Zigarren rauchen«, entgegne ich und ziehe meine Freundinnen sanft aus dem Zimmer.

»Aber ich bin doch schon betrunken«, protestiert Lois.

»Ich auch«, meint Issy.

»Wie auch immer, wir sollten den stolzen Eltern jetzt ein bisschen Zeit für sich selbst lassen.«

Lois und Isabelle nicken zustimmend, und als sich die Tür leise hinter uns schließt, hören wir eine erschöpfte, aber entschlossene Beth sagen:

»Nein, Sebastian, zum allerletzten Mal, wir nennen ihn auf keinen Fall Harold!«

Kapitel 11

In Beth' Haus sieht es aus wie in einem Werbespot für Fleurop.

»Zum Glück habe ich dir keine Blumen mitgebracht«, stelle ich fest, während wir uns durch den Dschungel an Sträußen einen Weg ins Wohnzimmer bahnen.

»Und zum Glück habe ich keine Pollenallergie«, entgegnet sie grinsend. Sie freut sich ganz offensichtlich, dass sich so viele Leute die Mühe gemacht haben, ihr ihre guten Wünsche zu schicken. »Der Strauß da drüben ist von Tom. Ich musste ihm versprechen, dir in seinem Namen ein paar Blumen abzugeben. Ob es wohl eine Anspielung sein soll?«, fragt sie scherzhaft, als ich hingehe und sehe, dass es sich um Vergissmeinnicht handelt.

»Fang nicht schon wieder damit an«, warne ich sie im Guten.

»Willst du sagen, dass ihr nicht in Kontakt seid?«

»Doch, aber nicht aus den Gründen, die du dir erhoffst.«

Ich reiche ihr die Einkaufstüte, die ich mitgebracht habe.

»Ich dachte, damit könntest du vielleicht mehr anfangen als mit Blumen.«

In der Tüte befinden sich eine große Flasche Badezusatz – Beth' Lieblingsmarke –, eine Riesenschachtel Pralinen, die neuesten Ausgaben der *Cosmopolitan*, *Vogue*, *Glamour* und *Marie Claire* sowie ein selbst gebasteltes Büchlein mit diversen Gutscheinen für einige Stunden Babysitten, die sie einlösen kann, wann immer ihr der Sinn danach steht, sich das Schaumbad einzulassen und in der Wanne gemütlich die Pralinen zu naschen und in Ruhe in den Zeitschriften zu schmökern.

»Oh Hal, ein schöneres Geschenk hättest du mir nicht machen können.«

Sie umarmt mich mit Tränen in den Augen.

»Was ist los?«, frage ich besorgt, als ich ihre feuchten Augen sehe.

»Es ist alles bestens«, entgegnet sie und wischt sich die Tränen mit dem Handrücken weg. »Meine Hormone spielen nur ein bisschen verrückt, keine Sorge. Ich bin glücklich, wirklich. Du solltest mich mal sehen, wenn es mir schlecht geht. Dann fange ich an zu lachen, und das bringt Sebastian um den Verstand.«

»Das ist ja wenigstens ein netter Nebeneffekt«, scherze ich.

Sie grinst mich an.

»O je«, stelle ich fest und tue besorgt. »Heißt das jetzt etwa, dass ich gerade etwas Falsches gesagt habe?«

»Richtig geraten. Wenn ich ein Tranchiermesser zur Hand hätte, würde ich es dir direkt ins Herz stoßen.«

»Wo ist denn nun eigentlich mein Baby?«, frage ich.

»Aha, jetzt ist es also *dein* Baby?«

»Natürlich. Wusstest du nicht, dass du den Kleinen nur für mich gekriegt hast? Wenn er eine neue Windel braucht, gebe ich ihn dir natürlich immer gern zurück.«

»Ich hole ihn. Sei so lieb, und setz schon mal Wasser auf.«

Auf dem Küchentisch prangt ein weiterer Riesenstrauß. Ein absolutes Prachtexemplar, große cremefarbene Lilien, eine meiner Lieblingsblumen, durchsetzt mit einigen wunderschönen violetten Levkojen und orientalischen Gräsern.

Neben der Vase liegt eine Glückwunschkarte.

»*Herzlichen Glückwunsch zur Geburt des kleinen Patrick. Alles Gute und die besten Wünsche von Gregg und Rachel.*«

Gregg und Rachel.

Gregg *und* Rachel.

Da habe ich es. Schwarz auf weiß, niedergeschrieben in Greggs sauberer Handschrift. Sie sind ein Paar.

Na bitte, da hat Beth ja ihr Tranchiermesser, denke ich.

»Hier ist er. Er ist gerade aufgewacht. Kannst du dir vorstellen, dass er schon eine Woche alt ist und ich genau vor einer Woche um diese Zeit...«

Ich fahre zusammen, als Beth mit dem Babykörbchen und dem schlafenden Patrick zurückkommt und mich mit rotem Gesicht auf frischer Tat ertappt.

Sie blickt von der Glückwunschkarte zu dem Blumenstrauß, neben dem ich stehe, und beißt sich vor Schuldgefühl und Mitgefühl auf die Unterlippe.

»Es tut mir wirklich Leid, Hal.«

»Spinn doch nicht rum.« Ich lege die Karte wieder auf den Tisch und zwinge mich, sie anzulächeln. »*Dir* muss überhaupt nichts Leid tun. Du kannst doch nichts dafür, dass dich alle lieben und sich mit dir freuen und mit dir feiern wollen. Im Moment geht es um dich und Patrick, nicht um mich. Werde ich jetzt vielleicht mal gedrückt und in den Arm genommen?«

»Von mir oder von Patrick.«

»Am liebsten von beiden.«

Beth stellt das Babykörbchen mit Patrick vorsichtig auf den Boden und streckt die Arme aus. In der folgenden Minute heule ich mich zutiefst beschämt an ihrer Schulter aus.

»Ich dachte, *ich* würde im Moment unter hormonell bedingter Weinerlichkeit leiden«, flüstert sie.

»Tut mir Leid«, schluchze ich.

»Spinn doch nicht rum, dir muss überhaupt nichts Leid tun«, wiederholt sie meine Worte.

»Wann ist er vorbeigekommen?«

»Gestern. Ich wollte ihn daran hindern reinzukommen, aber Sebastian hat sich so über seinen Besuch gefreut.«

»Ja, die beiden waren ja immer schon ein Herz und eine Seele.«

»Das stimmt.« Sie hält inne und hat offensichtlich Mühe, ihre Gedanken in Worte zu fassen. »Ich fürchte, Sebastian hat sie...«

»Nun sag schon, Beth«, dränge ich.

»Tut mir Leid, aber Sebastian hat sie gefragt, und danach konnte ich ja schlecht sagen, nein, kommt überhaupt nicht in Frage, und sie wieder ausladen...« Sie seufzt erneut. »Tut mir wirklich Leid, Hal, aber Sebastian hat sie zur Taufe eingeladen.«

Sie sieht so besorgt aus, dass ich mich plötzlich entsetzlich fühle.

Ich reiße mich mit aller Kraft zusammen.

Ich will auf keinen Fall, dass mein desaströses Liebesleben Beth ihren großen Tag vermasselt.

»Kein Problem.«

»Bist du sicher?« Sie glaubt mir nicht, das sehe ich ihr an.

»Absolut«, versichere ich so überzeugend, wie ich kann. »Du hast es ja selbst gesagt, Gregg ist eben auch Sebastians Freund, und je mehr ich darüber nachdenke, desto besser scheint es mir, dass er zur Taufe kommt. Je mehr Leute da sind, desto mehr Geschenke für Patrick. Vergiss nicht, Patrick«, ich wende mich ihm liebevoll zu, »bleib so lange wie möglich so bezaubernd und unwiderstehlich wie jetzt, denn dann sind all deine Geburtstage und Weihnachtsfeste GROSSE Zahltage.«

»Also ehrlich!« Beth beugt sich herunter, nimmt ihn aus dem Babykörbchen und reicht ihn mir vorsichtig. »Was erzählt Tante Harriet dir da für Sachen?«

»Tante Harriet, mein Gott! Klingt das nicht, als wäre ich schon steinalt? Tante Hal weiht dich nur gerade in die Kunst ein, wie du möglichst viele Geschenke einheimst, nicht wahr, mein kleiner Schatz?«

Ein paar große blaue Augen starren, ohne die Lider zu bewegen, zu mir auf.

»Er hat deine Augen, Beth. Und er hat auch deine Nase, ein süßes kleines Knöpfchen, und Ollys Ohren, im Grunde sieht er Sebastian überhaupt nicht ähnlich, was ja ein Segen ist...«

»Vorsicht«, fällt Beth ins Wort, »du redest immerhin über meinen geliebten Ehemann.«

»Ich mache doch nur Spaß. So schlecht kann er ja gar nicht sein, schließlich hat er diesen süßen kleinen Jungen gezeugt. Weißt du was – ich glaube ab sofort an die Liebe auf den ersten Blick. Darf ich ihn behalten, Beth, bitte, darf ich ihn behalten? Er ist so süß.«

Beth strahlt mich an.

»Freut mich, dass er dir gefällt, ich möchte dich nämlich etwas Wichtiges fragen.«

»Schieß los!«

»Ich möchte, dass du seine Patentante wirst.«

»Wirklich?« Ich schnappe vor Überraschung und Freude nach Luft. »Bist du sicher?«

»Du bist meine älteste und beste Freundin. Natürlich bin ich sicher.«

»Ich weiß ja nicht, wie gut mein Einfluss auf ihn sein wird«, entgegne ich mit einem immer breiter werdenden Lächeln.

»Ich weiß, dass du immer für ihn da sein wirst, wenn er dich braucht, wie du auch für mich immer da warst, und das ist, was zählt.«

»Wow, meinst du das im Ernst?«

»Natürlich.«

»Das ist das netteste Kompliment, das mir je gemacht wurde, Beth.«

Beth umarmt mich erneut, und diesmal weinen wir beide, allerdings vor Rührung und aus Glück, und als echtes neues Mitglied unserer Gang kann Patrick nicht widerstehen und fängt ebenfalls an zu heulen.

Am Montag mache ich eine Stunde früher Feierabend und fahre mit Issy zu Lois, um eine kleine Besprechung abzuhalten.

»Ist doch gut, dass er auch kommt«, entgegnet Lois, nachdem

wir ihr von der kurzfristigen Einladung Greggs und Rachels zu der Taufe berichtet haben.

»Meinst du?«

»Natürlich, du hast ihn doch seit eurer Begegnung in der Kantine nicht mehr gesehen«, stimmt Issy begeistert zu. »Als du ihn mit deiner aufreizenden Korsage betört hast.«

»Erinnere mich bloß nicht daran.« Ich laufe vor Verlegenheit rot an.

»Das war ja noch gar nichts. Jetzt ist es an der Zeit, ihn völlig aus den Latschen kippen zu lassen.«

»Anstatt ihn nur sprachlos zu machen«, murmle ich.

»Also brauchen wir irgendetwas Superattraktives für dich zum Anziehen«, fährt Lois fort, ohne auf meine Bemerkung einzugehen.

»Ich kann mir unmöglich schon wieder was Neues kaufen. All meine Ersparnisse sind für die Wohnung draufgegangen, und für deine Hochzeit muss ich mir auch noch was Passendes besorgen. Und dann ist da auch noch die Weihnachtsfeier der Firma, obwohl, da könnte ich eigentlich wie immer mein obligatorisches kleines Schwarzes tragen.«

Lois unterbricht mich.

»Wer redet denn von kaufen? Wofür hast du schließlich Freundinnen wie mich?« Sie grinst. »Komm mal mit in mein Boudoir.«

Lois' Gästezimmer ist in Wahrheit ein riesiger begehbarer Kleiderschrank. An der einen Seite drängen sich diverse Kleiderstangen, an der anderen unzählige Schuhregale, und in der Mitte führt ein Laufsteg in Form eines hellrosa Läufers über den polierten Parkettboden zu ihrer Frisierkommode und einem Ganzkörperspiegel.

»So viele Kleider«, staunt Issy.

»Und mit Sicherheit alle in Modelgröße vierunddreißig«, murmle ich deprimiert.

»Überhaupt nicht«, beruhigt Lois mich. »In sechsunddreißig

sind bestimmt einige dabei, aber vierunddreißig hat mir noch *nie* gepasst, und du kannst mir glauben, dass es auch Zeiten gab, in denen ich achtunddreißig und sogar vierzig getragen habe.«

»Armes Mädchen«, bedauert Issy in ihrem gewohnten Sarkasmus.

»Außerdem bin ich«, fährt Lois fort und bringt Issy mit einem Blick zum Schweigen, »die schlimmste Kleiderkleptomanin der Welt. Wenn ein Stilist sagt, ›Bedien dich‹ oder ›Behalt dieses Kleid doch‹, antworte ich nie, ›Aber das geht doch nicht‹ oder ›Danke, aber es ist leider nicht meine Größe‹, sondern ich greife umgehend zu und stopfe es in meine Tasche. Was glaubt ihr denn wohl, warum ihr von mir immer so tolle Geburtstags- und Weihnachtsgeschenke kriegt? Also, wo habe ich die größeren Größen? War es auf Stange C oder D?«

»Du hast ein System?«, fragt Issy ungläubig. »Eine alphabetische Ordnung?«

»Natürlich habe ich ein System. Wie sollte ich sonst jemals etwas wiederfinden?«

Lois schließt die Tür.

An der Rückseite der Tür befindet sich ein Plan, der aussieht wie diese Fluchtpläne für Brandfälle, die oft in Büros und Hotels aushängen und auf denen es immer heißt, »Sie befinden sich hier, wenn an dieser Stelle ein Feuer ausbricht, nehmen Sie bitte Route C durch Stockwerk A und so weiter«.

»Also Hal, welche Größe hast du zurzeit?«

»Vierzig«, erwidere ich stolz.

Nachdem ich fast drei Jahre lang Größe zweiundvierzig getragen habe und stramm auf Größe vierundvierzig zumarschiert bin und eigentlich die ganze Zeit rundum zufrieden mit mir war, beruht mein Stolz jetzt nicht so sehr auf meiner neuen Konfektionsgröße, sondern vielmehr auf meiner Entschlossenheit und meiner Anstrengung, die ich an den Tag legen musste, um diese neue Größe zu *erreichen*.

»Okay, Größe vierzig, Größe vierzig«, überlegt Lois laut und fährt mit einem Finger über ihren Plan. »Aha, da haben wir es, Größe vierzig, Reihe zwei, Kleiderständer D und E. Und jetzt Abendgarderobe, mal sehen, aha, Kleiderständer E ganz hinten.«

Sie verschwindet zwischen den Kleiderständern.

»Sie ist ja so ordentlich«, raunt Issy mir schwer beeindruckt zu.

Wir hören Kleiderbügel über Metallstangen schaben und Lois während ihrer Suche vor sich hin murmeln.

»Hmm, sehr hübsch, aber nicht wirklich passend, aber wie wär's mit diesem... Nein, doch nicht, der Rock ist zu kurz, hm, vielleicht dies, nein, ein bisschen zu gewagt... oder das Fliederfarbene, ja genau, das Fliederfarbene, nein, das kann ich gleich hängen lassen, das ist ja eine Hose... Dies hier, das könnte es sein... das ist es, ja, genau das Richtige für eine werdende Patentante.«

Sie taucht mit einem hellrosa Wollkostüm aus dem Kleiderdschungel wieder auf, das sie triumphierend vor uns hin und her schwenkt.

»Na los, worauf wartest du noch?«

Also ziehe ich es an.

»Meint ihr nicht, das wäre eher was für echte Blondinen?«, frage ich, während ich mich vor dem Spiegel drehe.

»Es sieht großartig aus.«

»Das schon, aber es passt nicht wirklich zu mir.«

»Es ist nichts, was du normalerweise tragen würdest, das stimmt, aber das ist ja gerade gut, weil es eben nicht das ist, womit die Hal, wie Gregg sie kennt, irgendwo aufkreuzen würde. Und das willst du doch erreichen. Du willst ihm doch beweisen, dass du mehr bist als die Frau, die er zu kennen glaubt, oder? Dass er sich vielleicht eingebildet hat, dich in- und auswendig zu kennen, doch dass er sich da gründlich geirrt hat.«

»Ja, du hast Recht«, entgegne ich, ihrer Logik folgend, »aber meint ihr wirklich, dass ich darin passabel aussehe?«

»Nicht passabel – du siehst umwerfend aus. Am besten lassen wir Lenka vorbeikommen, damit sie sich um dein Make-up kümmert, und wenn du dir beim Friseur die Farbe auffrischen lässt, soll er dir auch gleich die Fingernägel machen, und ich habe eine hübsche Perlenkette, die super zu dem Kostüm passt.«

Issy begleitet mich nach Hause.

»Ich habe in einer Zeitschrift einen Artikel gelesen, in dem darauf hingewiesen wird, dass man seine Unabhängigkeit und seine Abenteuerlust herauskehren soll«, erzählt sie mir, während ich den Kessel aufsetze, um uns eine Tasse Kaffee zuzubereiten.

»Worauf willst du hinaus, Is?«

»Na ja, ich habe gedacht, wenn du Gregg bei der Taufe triffst, und er sagt, ›Hallo, Hal, was treibst du denn so?‹, solltest du nicht einfach nur murmeln, ›äh, nichts Besonderes eigentlich‹. Wir unternehmen doch jetzt ein paar interessante Dinge zusammen, etwas Neues eben, da könntest du ihm doch erzählen, ›Oh, ich war surfen und reiten und snowboarden und segeln, und ich war im Theater und in der Oper‹. Damit zeigst du ihm, dass du nicht nur ohne ihn lebst, sondern dass du sogar sehr *gut* ohne ihn lebst. Und dass, falls irgendetwas an eurer Beziehung langweilig gewesen sein sollte, *er* der Langweiler war und dir einen Riesengefallen getan hat, dich zu verlassen, weil er dich von all den tollen Dingen abgehalten hat, die du jetzt unternimmst, seitdem du nicht mehr mit ihm zusammen bist.«

»Ein kluger Gedanke, Issy«, erwidere ich und bin mit dem, was sie sagt, voll und ganz einverstanden, da es zwar einerseits ganz nett ist, gut auszusehen, ich aber nach wie vor glaube, dass die Reduktion auf die bloße äußere Erscheinung ein bisschen oberflächlich ist. Natürlich ist das Aussehen wichtig, aber ich bin ja mehr als das, was ich trage (oder gelegentlich auch *nicht trage*). Natürlich soll Gregg denken, dass ich toll aussehe, aber noch lieber will ich ihn mit meinem Geist und meiner Lebenseinstellung beeindrucken, das ist langfristiger als glatte Haut und glänzendes Haar, oder etwa nicht?

»Soll ich uns also etwas buchen?«

»Nur zu, ich bin zu allem bereit.«

»Schön, ich habe nämlich schon einiges in die Wege geleitet. Wir gehen heute Abend aus.«

»Tatsächlich?«

»Jawohl, wir gehen Schlittschuh laufen. Jack, Keiran, du und ich.«

»Schlittschuh laufen, du liebe Güte! Das hab ich nicht mehr gemacht, seit ich fünfzehn war.«

»Dann wird es ja höchste Zeit, dass du es mal wieder versuchst«, stellt sie mit einem Zwinkern klar.

Es klopft an der Tür.

Ich mache auf. Es ist Issys kleiner Bruder Keiran, der zwei fettverschmierte Papiertüten mit Fish and Chips in der Hand hält.

Hinter ihm steht das Mädchen aus der Wohnung unter uns mit zwei Viererpacks Lager in der Hand. Er reicht mir die Papiertüten, dreht sich um und nimmt ihr das Bier ab.

»Besten Dank für die Hilfe, Süße, alleine hätte ich es nicht geschafft.«

Er zwinkert ihr zu.

Sie schmilzt beinahe zurück die Treppen herunter.

Der beunruhigend attraktive Keiran ist eingetroffen, während wir in Newquay waren. Eigentlich sollte er nur eine Woche bleiben, aber die örtlichen Galerien und Kunsthändler nehmen ihn offenbar so in Beschlag, dass er seinen Aufenthalt bis zum nächsten Sonntag verlängert hat.

Jeden Morgen seinen jugendlichen knackigen Körper halbnackt auf meinem Sofa vorzufinden, ist ein bisschen wie von einem feuchten Traum zu erwachen.

»Hey Honey, ich bin wieder da«, begrüßt er mich mit einem Grinsen. »Ich habe uns was zu futtern mitgebracht.«

»Allerdings nicht gerade das, was auf meinem Speiseplan steht. Mickey bringt mich um«, erkläre ich ihm, während er mir in die Küche folgt.

»Mickey?«

»Mein Fitnesstrainer.«

»Du redest nicht etwa von Mickey Finn, oder?«

»Keine Ahnung, tue ich das?«, wende ich mich an Issy. »Ich habe ihn nie nach seinem Nachnamen gefragt.«

»Das ist gar nicht sein Nachname, es ist sein Spitzname. Auf der Highschool in Kilburn war er Boxchampion und hat seine Gegner schneller k.o. geschlagen als Prince Naseem, deshalb Mickey Finn«.

»Wow, ich bin beeindruckt.«

»Ja, er hat verborgene Talente.«

»Die werde ich auch haben, wenn ich das alles aufesse!«, rufe ich, als Keiran meinen Teller mit Pommes füllt und in den Schrank langt, um einen weiteren Teller für Jack herauszunehmen, der gerade nach Hause gekommen ist.

»Keine Sorge, wir können anschließend alles wieder verbrennen«, meint Keiran und reicht mir den Ketchup.

»Ach ja, stimmt, wir gehen ja Schlittschuh laufen.«

»Ich hatte da eher an etwas anderes gedacht«, entgegnet er mit einem Zwinkern. »Du weißt schon.«

Ich wusste es nicht, aber jetzt ist mir klar, was er meint. Ich werde knallrot.

Ich hatte schon immer eine Schwäche für den irischen Akzent, jedenfalls seitdem ich mich mit vierzehn in Bono von U2 verliebt habe.

Ob Keiran wohl singen kann?

Keine Ahnung, ob Keiran singen kann, aber eins kann er definitiv: Schlittschuh laufen.

Ich stakse herum wie Bambi auf dem Eis, während er mich umschwirrt, und zwar sowohl im wörtlichen als auch im übertragenen Sinn.

Im Moment gleitet er gerade vor mir her, allerdings rückwärts, damit er mich mit seinen großen blauen Augen ins Visier nehmen kann, während er mit mir spricht.

»Jack hat mir gesagt, was du getan hast.«

»Ach ja, und was habe ich, bitte schön, getan?«, entgegne ich argwöhnisch.

»Du hast dich so unwiderstehlich zurechtgemacht, dass dein Ex gar nicht anders kann, als dir wieder zu Füßen zu liegen.«

»Ach, das meinst du«, entgegne ich und laufe bis zu den Haarwurzeln rot an. »Er kann wirklich nichts für sich behalten.«

»Und soll ich dir etwas verraten?«

Ich rutsche aus, und Keiran greift nach meiner Hand und zieht mich zu sich heran, um mich zu halten.

»Ich bin bescheuert, nicht wahr?«

Er schüttelt den Kopf, lässt mich los und läuft wieder rückwärts vor mir her. »Es funktioniert«, formt er lautlos die Worte, wirft mir eine Kusshand zu, wirbelt herum und verschwindet in der Menge.

Ich falle prompt wieder auf den Hintern, doch aus irgendeinem Grund kümmert mich das nicht weiter. Für die anderen Schlittschuhläufer, die vorsichtig an mir vorbeigleiten, muss ich ein komisches Bild abgeben, denn obwohl ich mir ziemlich wehgetan habe und mit dem Hintern mitten auf der kalten Eisbahn hocke, grinse ich von einem Ohr zum anderen.

Den ganzen Abend flirtet Keiran hemmungslos mit mir.

Aus den folgenden Gründen nehme ich seine Annäherungsversuche jedoch nicht weiter ernst:

1. Er ist fünf Jahre jünger als ich.
2. Er flirtet mit jeder Frau herum, ob mit dem Mädel in der Wohnung unter uns, mit der älteren Dame im Postamt oder der Mutti mittleren Alters, die uns heute Abend die Eintrittskarten für die Eisbahn verkauft hat.
3. Ich liebe nach wie vor Gregg.

Auf den letzten Punkt wollte ich nur vorsichtshalber noch einmal hinweisen.

Bloß weil ich gerade einen unglaublich gut aussehenden Gast zu Besuch habe, der kein Geheimnis daraus macht, dass er mich attraktiv findet, vergesse ich schließlich noch lange nicht den Mann, den ich eigentlich liebe.

Ich rechne mir aus, dass ich Gregg seit drei Wochen nicht gesehen habe, das letzte Mal, als ich mit Alex aus war und anschließend mit ihm in seinem Porsche herumgekurvt bin. Inzwischen habe ich Gregg länger nicht gesehen als Alex. Er, Jack und ich haben uns vergangene Woche an einem Abend auf einen Drink getroffen. Mit Alex und Kirsty sieht es ziemlich gut aus; sie scheinen wieder zueinander zu finden.

Glücklicher Alex.

Nicht dass ich etwa *Zeit* hätte, mich nach Gregg zu verzehren.

Mit Isabelle als selbst ernannter Freizeitmanagerin sind wir in den folgenden Tagen ständig auf Achse.

Am Dienstag dresche ich beim Kickboxen für Anfänger auf einen Punchingball ein.

Am Mittwoch gehen wir rollerbladen, und anschließend finde ich mich bei Isabelle um die Ecke, die sich in Hackney mit vier anderen Frauen eine Wohnung teilt, in einer Bar auf einem Karaoke-Abend wieder und schmettere mit gerötetem Gesicht »I will survive«.

Am Donnerstag statten wir uns zur besonderen Freude der

beiden Jungen alle vier mit Korsagen und Strapsen aus und verbringen singend und grölend einen total abgedrehten und schrillen Abend bei der Rocky Horror Show.

Am Freitag machen wir West End unsicher und feiern bis zum Sonnenaufgang, doch ich schaffe es trotzdem, mich rechtzeitig für mein Training mit Mickey aus dem Bett zu hieven, und foppe ihn während unseres zweistündigen Programms gnadenlos, indem ich ihn ausschließlich mit Rocky statt mit Mickey anspreche.

Am Samstagnachmittag segeln wir mit Jack als unserem Skipper auf dem Serpentine-See und picknicken anschließend am Ufer, wo ich, von den zahlreichen Aktivitäten der Woche völlig erschöpft, auf der Decke wegratze, nachdem ich mein Tunfischsandwich (ohne Mayonnaise) nur zur Hälfte aufgegessen habe.

Am Sonntagmorgen weckt Keiran mich und Isabelle, die bei uns übernachtet hat, mit einer Tasse Tee und verkündet uns mit einem geheimnisvollen Lächeln, dass wir noch einmal in den Hyde Park fahren und uns warm einpacken und Stiefel anziehen sollen.

Eine Stunde später kommen wir, immer noch müde, aber gespannt, was uns erwartet, im Hyde Park an, um zu erfahren, dass wir einen Reitausflug auf dem Rotten-Row-Pfad machen.

Keiran, Jack und Isabelle sind, was das Reiten angeht, alte Hasen, da sie außerhalb Dublins auf einem Bauernhof aufgewachsen sind und früher reiten konnten als laufen, wohingegen ich noch nie im Leben auf einem Pferd gesessen habe.

Es ist, als würde man mit einem außer Kontrolle geratenen klapprigen Auto zu schnell über eine Schotterpiste brettern, allerdings verstehe ich jetzt, warum Reiten als gutes Training gilt, denn ich werde so durchgeschüttelt, dass meine Gelenke allesamt ausgekugelt sein dürften. Ich habe das Gefühl, als würde mir jeden Moment der Arsch abfallen, aber immerhin hätte ich dann in weniger als einer Stunde mindestens zwölf Kilo abgenommen.

Ich hänge nur noch apathisch auf dem, wie ich zuverlässig informiert wurde, Sattelknopf und hoffe, mich so lange oben zu halten, bis wir die Stallungen wieder erreichen, als Keiran lässig wie ein Cowboy neben mich geritten kommt.

»Das war doch klasse, oder?«

»Da bin ich mir nicht so sicher«, entgegne ich mit zusammengebissenen, im Rhythmus des Pferdes aufeinander schlagenden Zähnen.

»Aber es ist doch wunderschön und wildromantisch.«

»Tut mir Leid, aber meine Zustimmung hält sich in Grenzen.«

»Und warum nicht?«

»Na ja, wenn deine Vorstellung von Romantik darin besteht, dich um deines lieben Lebens willen auf dem Rücken eines eindeutig durchgeknallten Tieres festzuklammern, während dir Zähne und Augäpfel aus dem Kopf geschüttelt werden und du die ganze Zeit darum betest, die Ställe zu erreichen, ohne vorher runterzufallen und mit dem Gesicht in einem Haufen Pferdemist zu landen, dann könntest du Recht haben.«

»Na bitte, da hast du's. Wenn du nämlich die Güte hättest, *tatsächlich* runterzufallen oder wenn dein Pferd überzeugt werden könnte, mit dir durchzugehen, könnte ich den selbstlosen Helden spielen und dich retten, und dann wärst du doch sicher so dankbar, dass ich zur Belohnung vielleicht ein kleines Küsschen bekäme oder womöglich sogar ein paar richtige Küsse.«

Mit diesen Worten gibt er seinem Pferd grinsend die Sporen und treibt es zu einem Galopp an, dem mein Gaul zum Glück nicht nacheifert.

Anschließend schleppt Keiran uns mit auf den Kunstmarkt an der Bayswater Road, und am Ende des Marktes hockt er sich plötzlich unvermittelt hin, holt seinen Zeichenblock hervor, den er immer bei sich hat, und porträtiert vorbeikommende Passanten.

»Er will nur angeben«, verkündet Issy, aber ihr Lächeln verrät, dass sie in Wahrheit ziemlich stolz auf ihn ist.

»Ich wusste gar nicht, dass er so gut ist.«

»Du dachtest wohl, dass er nur Guiness trinkt und Frauen anbaggert.«

»In etwa, ja. Wie ist denn sein Gespräch in dieser Kunstgalerie gelaufen?«

»Die Gifford-Gallerie in Soho, wegen der er ursprünglich nach London gekommen ist, gibt ihm die Woche direkt vor Weihnachten, und diverse andere Galerien wollen ihn danach haben.«

»Wow, das ist ja super, oder?«

»Absolut. Aber binde ihm das bloß nicht auf die Nase, sonst wird er noch eingebildeter.«

Keiran hat gerade einen amerikanischen Touristen porträtiert und ihm das Bild für fünfzig Pfund verkauft.

»Los, rafft euch auf, wir können es noch rechtzeitig nach Camden schaffen. Ich lade euch alle zum Mittagessen ein.« Er wedelt triumphierend mit der Fünfzig-Pfund-Note.

In Camden schlendern wir über den Markt, und Keiran macht seine Ankündigung wahr und lädt uns in einem Pub an der High Street alle zu Würstchen mit Kartoffelbrei ein.

»Willst du mal von meinem Würstchen abbeißen, Harriet Schätzchen?«, fragt er und setzt sich neben mich.

Ich muss so lachen, dass ich mich beinahe verschlucke, und auf einmal guckt er ganz ernst, zum ersten Mal in seinem Leben überhaupt, sollte ich vielleicht hinzufügen, zieht eine kleine Schachtel aus seiner Jackentasche und sagt: »Ich habe dir etwas gekauft.«

»Wirklich? Aber das sollst du nicht.«

»Ich wollte aber. Betrachte es einfach als kleines Dankeschön dafür, dass ich bei dir wohnen darf.«

»Du bist mehr als willkommen, schließlich ist es genauso Jacks Wohnung wie meine.«

»Der Glücksvogel.« Er lächelt mich irgendwie wehmütig an. »Hier, mach auf.« Er drückt mir die Schachtel in die Hand, und ich öffne den kleinen Verschluss.

Drinnen glänzt auf schwarzem Samt eine kleine Brosche in der Form eines Schmetterlings. Sie ist aus Opalen und Turmalinen gearbeitet, die in Silber eingefasst sind. Ich schnappe vor Überraschung nach Luft.

»Sie ist wunderschön.«

»Genau wie du. Sie soll dich an mich erinnern, wenn ich weit, weit weg bin, an den fernen Küsten Irlands«, sagt er sanft.

Ich sehe ihn schweigend an.

»Wirst du mich vermissen, Hal?«, fragt er ruhig. »Ich wünschte, du würdest es tun.«

Ich antworte nicht. Ich weiß nicht, was ich sagen soll.

Und dann lächelt er wieder und hat statt der traurigen wieder die verschmitzten Augen, und ich habe keine Ahnung, wie ich ihm begegnen soll, deshalb sage ich einfach nur »danke.« Dann drücke ich ihm einen Kuss auf die Wange, und anders als Olly missversteht er es nicht als Einladung weiter zu gehen.

Wir kommen gerade rechtzeitig nach Hause, damit er seine Sachen noch schnell in seine Tasche stopfen und sich ein Taxi zum Flughafen bestellen kann.

Er umarmt uns alle ausgiebig, und bevor er in den Wagen steigt, dreht er sich noch einmal zu mir um und drückt mir ein Stück Papier in die Hand.

»Meine Telefonnummer. Falls du je jemanden suchst, der dir Dublin zeigt, ruf mich an. Es wäre mir eine große Freude, dich herumzuführen.«

»Mach schon, du Trantüte, du verpasst noch deinen Flug«, drängt ihn Issy, die ihn zum Flughafen begleitet.

»Du hast ja Recht, es wäre wirklich furchtbar, noch einen Abend mit euch verbringen zu müssen. Ach, Hal, komm doch noch mal her.« Mit diesen Worten umfasst er mein Gesicht mit seinen warmen Händen und küsst mich leidenschaftlich. »Vergeude dein Leben nicht damit, auf dieses Arschloch zu warten. Das hast du nicht nötig«, flüstert er mir zu und löst sich schließlich von mir. »Ich würde dich sofort nehmen, wie jeder Mann, der nicht komplett den Verstand verloren hat. Bis Weihnachten, meine Süße.«

Und dann ist er weg.

Zurück in der Wohnung breche ich auf dem Sofa zusammen. Meine Knie, die das Kickboxen, Schlittschuhlaufen, Rollerbladen, acht Zentimeter hohe Absätze in der Rocky Horror Show und zum Schluss auch noch das Reiten überstanden haben, geben plötzlich nach.

»Tut mir Leid für meinen Bruder, was er da wieder für eine Nummer abgezogen hat!«, meint Jack grinsend.

Ich bin knallrot.

»Muss es nicht. Es war genau die richtige Seelenmassage.«

»Du glaubst, mehr wollte er nicht? Dir nur ein bisschen Balsam für dein Ego verabreichen, sonst nichts?«

Ich nicke.

»Er hat es doch nicht ernst gemeint.«

»Meinst du nicht?«

»Du etwa?«

Jack nickt.

»Er ist total auf dich abgefahren, Hal.«

»Wirklich? Ich dachte, er flirtet mit jeder.«

»Das tut er auch, aber er hat noch keiner Frau so ein Geschenk gemacht.« Er zeigt auf die Brosche, die inzwischen an meinem Revers steckt.

»Du meinst also, er mag mich wirklich?«

»Mehr als das. Aber die Frage ist: Magst du ihn?«

»Ich finde ihn total nett, aber er ist zu jung für mich, oder genauer gesagt: Ich bin zu alt und zynisch für ihn.«

Jack zuckt mit den Achseln.

»So groß ist euer Altersunterschied doch gar nicht.«

»Ich weiß. Aber da ist ja auch noch Gregg. Ich will doch gar keinen anderen... oder?«

Jack zuckt erneut mit den Achseln.

»Nein?«

»Nein«, entgegne ich, diesmal etwas bestimmter. »Ich will definitiv keinen anderen.«

Aber er zieht fragend die Augenbrauen hoch.

»Wen versuchst du eigentlich zu überzeugen, Hal? Mich oder dich selbst?«

Ich habe keine Antwort.

Als ich am nächsten Abend von der Arbeit komme, scheint die Wohnung ohne Keiran merkwürdig leer, deshalb bin ich erleichtert, als Jack zur Abwechslung mal früh nach Hause kommt.

»Ohne ihn ist es so still und leer hier, findest du nicht auch?«

Jack nickt und fängt langsam an zu grinsen.

»Aber ein Gutes gibt es. Es ist Montagabend.«

»Soap- und Knabberabend!«, rufe ich erfreut.

»Du setzt das Wasser auf, ich hole die Chips und die Dips.«

»Sind wir nicht bedauernswert?«

»Warum? Weil wir einen Abend zu Hause verbringen und mit Knabberkram und Tee vor der Glotze hängen?«

»Na ja, wir sind jung, beide solo, sehen ganz passabel aus und sollten eigentlich in irgendeiner Kneipe an der Theke lehnen, in jeder Hand einen Cocktail, und uns auf einen Abend in sprühender Gesellschaft, mit angeregten Unterhaltungen, ausgelassenem Tanz und wilder Flirterei freuen.«

»Willst du lieber ausgehen?«

»Willst *du* lieber ausgehen?«

»Nein«, erwidern wir beide gleichzeitig.

Der Tag der Taufe des kleinen Patrick Olivier kündigt sich am folgenden Wochenende mit durchwachsenem Wetter und gemischten Gefühlen an.

Ich bin so stolz, dass Beth mich gebeten hat, seine Patentante zu werden.

Unsere Freundschaft ist eines der Dinge in meinem Leben, auf die ich wirklich stolz bin. Wir gehen seit beinahe neunzehn Jahren miteinander durch dick und dünn, was ich schon für sich genommen für eine ziemliche Leistung halte. Freundschaften werden heutzutage oft wie Wegwerfartikel behandelt und wie so vieles nur noch unter dem Gesichtspunkt der Nützlichkeit gesehen.

Die Taufe findet logischerweise in der Kirche in der unmittelbaren Nachbarschaft von Beth und Sebastian statt. Zu der anschließenden Feier haben sie zu sich nach Hause eingeladen, denn Sebastian hat darauf bestanden, dass bei der Taufe seines ersten Sohnes niemand außer ihm selbst gut genug ist, sich um Speisen und Getränke zu kümmern, und so hat Beth so viele Freunde und Verwandte wie möglich gebeten, früh zu kommen und bei den Vorbereitungen zu helfen.

Doch als wir ankommen, ist Sebastian in seiner typisch eigenbrötlerischen Kochlaune und verwehrt jedermann den Zutritt zur Küche, weshalb uns willigen Helfern nicht viel mehr zu tun bleibt, als die Unmengen von Wein- und Champagnerflaschen zu öffnen, und im Endeffekt startet die Party eben einfach ein bisschen früher als geplant.

Lois, Clive, Issy und ich sind die Ersten, und nachdem wir erfahren haben, dass unsere Hilfe nicht gebraucht wird, machen wir uns über eine der von uns mitgebrachten Champagnerflaschen her. Clive verzichtet auf Alkohol und hält stattdessen das Baby – um schon mal ein bisschen zu üben, wie er sagt, da er und Lois ja demnächst auch ein Baby hätten. Er vergisst nicht mit einem Zwinkern hinzuzufügen, dass sie schon kräftig üben und dabei einen Höllenspaß haben. Eine errötende Lois zeigt Jack die Fotos von ihren Flitterwochen. Issy ist dafür zuständig, die Gläser nachzufüllen, und ich bin von Beth, die seelenruhig zwischen der für alle anderen unter Verschluss gehaltenen Küche und ihren Gästen hin und her pendelt, als Empfangsdame auserkoren worden.

Ich möchte wirklich gerne helfen, aber bei jedem Türklingeln bin ich sicher, dass es Gregg und Rachel sind, weshalb es nicht gerade der leichteste Job ist, den Beth mir da angetragen hat. Issy weigert sich, mit mir zu tauschen, weil sie überzeugt ist, dass ich viel zu aufgeregt bin, um auf volle Alkoholflaschen losgelassen zu werden, womit sie vermutlich gar nicht so falsch liegt. Wenn ich die Gelegenheit gehabt hätte, wäre die Magnumflasche Champagner jetzt bereits leer, um die Schmetterlinge in meinem Bauch mit Schampus zu ersäufen, auf dem Sofa in Bewusstlosigkeit zu fallen und den Rest des Tages in glückseliger Umnachtung zu verbringen. Aber das wäre den anderen gegenüber nicht fair, mir selbst gegenüber auch nicht, und so bleibe ich standhaft und öffne alle paar Minuten irgendwelchen Freunden, Verwandten, Unbekannten und mehr oder weniger Unbekannten die Tür. Nach einer Stunde drängen sich im Wohnzimmer, im Esszimmer und im Wintergarten die Gäste.

Anne-Marie und Patrick Adams sind auch eingetroffen und haben Sebastians Eltern mitgebracht, die bereits ein paar Tage bei ihnen in den Cotswold Hills verbracht haben. Monsieur und Madame Martel sprechen kein Wort English, aber mit ihrem Lächeln, ihrem freundlichen Nicken und ihren feinsinnigen Berührungen unterscheiden sie sich auf angenehme Weise so vollkommen von Sebastian, dass ich Anne-Marie unauffällig zuflüstere, ob er womöglich adoptiert ist.

»Niemals«, zischt sie zurück. »Wenn sie unter all den reizenden Kindern, die es auf dieser Welt gibt, die Wahl gehabt hätten, wären sie wohl kaum ausgerechnet auf Sebastian gekommen. Apropos Möglichkeiten in diesem Leben, wie läuft's denn bei dir, Darling?«

»So weit okay.«

»Bestimmt?«

Ich nicke.

»Beth hat mir erzählt, dass Gregg heute auch kommt.«

»So ist es.«

»Mit seiner neuen Freundin.«

»Ja.« Diesmal fällt die Antwort ein bisschen schroff aus und wird von einem großen Schluck kaltem Weißwein begleitet.

»Soll ich dir ein paar Ratschläge geben?«

»Gerne.«

»Also, du hast mich doch neulich gefragt, was mein Geheimnis ist, und ich muss zugeben, dass ich nicht ganz sicher war, was genau du eigentlich meintest, bis Beth mir von deiner – wie ist doch gleich das passende Wort? – von deinem vampmäßigen Auftritt erzählt hat, wobei die Betonung natürlich auf Vamp liegt, um damit Greggs Herz zurückzuerobern. Also, meine Philosophie ist ganz einfach, mein Herzchen. Laissez faire. Du musst alles in deinem Leben mit einer gewissen Gelassenheit angehen, als ob es gar nicht so wichtig wäre, wie es vielleicht tatsächlich ist oder sein könnte. Es gibt nichts Abstoßenderes, als übermäßiges Interesse für etwas zu zeigen, und nichts ist so demoralisierend wie ständiges Brüten über den Enttäuschungen, mit denen man im Leben unweigerlich konfrontiert wird.«

»Das ist alles? Es braucht nur ein wenig mehr Gelassenheit?«

»Nein, Darling, ich habe noch eine weitere Empfehlung, die meiner Meinung nach sogar noch wichtiger ist. Selbstachtung. Du musst dich selbst behandeln, als wärst du *unglaublich* wichtig. Damit meine ich nicht in einer selbstgefälligen Weise, Hal, ich meine nicht, dass du auf andere herabsehen oder ihnen herablassend begegnen sollst. Ich meine einfach nur, dass du deinen Selbstwert kennen und sicherstellen musst, dass du entsprechend behandelt wirst, und zwar nicht nur von anderen, sondern auch von dir selbst. Sei nett zu dir selbst, Harriet. Andere Leute mögen imstande sein, gewisse Aspekte deines Lebens zu beeinflussen, aber der einzige Mensch, der die absolute Kontrolle über dich hat, bist du allein. Halt dir das immer vor Augen, wenn es hart auf hart kommt. Dein Schicksal liegt in *deiner* Hand, und das Leben ist viel zu kurz, um es für irgendjemand anders zu leben.«

»Wollen Sie mir damit durch die Blume sagen, dass ich Gregg vergessen soll?«

»Nein, überhaupt nicht, das Einzige, was ich dir sagen will, ist: Lass nicht zu, dass man dich verletzt, und bleib offen für neue Erfahrungen. Du bist noch so jung, Harriet.«

»Ich werde bald dreißig.«

»Glaub mir, wenn du erst mal so alt bist wie ich, wird dir bewusst, dass dreißig noch der Frühling ist. Vor Gregg warst du nur mit ein paar wenigen Jungen zusammen, stimmt's? Wie hieß noch mal dieser Typ, den du mal in den Ferien mit zu uns gebracht hast, der mit den dunklen Haaren und den schönen braunen Augen?«

»Neil.«

»Genau, Neil. Hübscher Junge. Was ist aus ihm geworden?«

»Wir waren gerade mal siebzehn, Anne-Marie. Er ist zum Studieren nach Edinburgh gezogen, und wir haben uns schnell aus den Augen verloren.«

»Oh, und dann war da dieser furchtbare Typ, den du zu Ollys einundzwanzigstem Geburtstag angeschleppt hast, Simon. Ein Glück, dass das irgendwann wieder vorbei war! So ein aufgeblasener Langweiler!«

»Ich weiß.« Die Erinnerung an meinen zweiten ernsthaften

Freund lässt mich lächeln. Ich denke, es ist jedem bestimmt, irgendwann in seinem Leben einmal mit einem Idioten zusammen zu sein, nur braucht jeder unterschiedlich lange, bis er merkt, dass er mit einem Idioten zusammen ist. Mein Idiot war Peter Granger, dessen Überheblichkeit eindeutig jegliche Toleranzgrenze überschritten hat, genauso wie sein Mundgeruch und sein Kleidungsgeschmack.

»Wie Beth mir erzählt hat, soll dein Mitbewohner ausgesprochen nett sein.«

Überrascht über die Wendung unserer Unterhaltung, blinzle ich Anne-Marie an.

»Jack? Ja, er ist sehr sympathisch. Beth hat ihn auch zur Taufe eingeladen, aber er hatte einen wichtigen Geschäftstermin, den er nicht absagen konnte.«

Anne-Marie lächelt mich aufmunternd an, zieht vielsagend eine ihrer perfekt gezupften Augenbrauen hoch, und mit einer kleinen Verspätung fällt bei mir der Groschen.

»Wir sind nur gute Freunde, mehr nicht.«

»Verstehe, aber ich bin sicher, es gibt genug nette junge Männer um dich herum.«

»Äh, danke, aber ich habe gar keinen, äh, Bedarf. Wie Beth Ihnen ja erzählt hat«, ich sehe mich um und vergewissere mich, dass uns niemand zuhört, »hoffe ich immer noch, dass sich die Sache mit Gregg in einer nicht allzu fernen Zukunft wieder einrenkt.«

»Ich weiß, darüber haben wir ja geredet, Harriet, aber ich dachte, du wärst vielleicht überzeugt worden, in der Zwischenzeit ein bisschen deine Fühler auszustrecken.«

»Ach tatsächlich? Hat Beth das gesagt? Und war dabei vielleicht auch von Marsriegeln die Rede?«

»Reden wir hier von Mick Jagger und Marianne Faithful?«, fragt sie mit weit aufgerissenen Augen. »Der weiß in der Tat, dass erst die Abwechslung dem Leben die richtige Würze verschafft.«

Bevor sie wie Beth versucht, mich mit irgendjemandem zu verkuppeln, rettet mich die Türklingel. Als ich wieder ins Wohnzimmer komme, ist Anne-Marie als Übersetzerin zwischen Sebastians Mutter und Beth' Großonkel Bertie eingekeilt, der fälschlicherweise glaubt, dass man mit jemandem eine Unterhaltung führen kann, der eine andere Sprache spricht, sofern man nur laut genug auf ihn einschreit – in seiner eigenen Sprache, versteht sich.

Ich habe noch ein paar weitere Models hereingelassen, die Beth aus ihrer Zeit in der Agentur kennt. Einige von ihnen kennen Lois von irgendwelchen Castings und gesellen sich zu unserem Grüppchen.

»Bis zu ihrer Ankunft habe ich mich ganz gut gefühlt«, stelle ich im Scherz an Issy gewandt fest und lasse mich auf der Armlehne ihres Sessels nieder.

»Du siehst großartig aus«, versichert sie mir schnell.

Als ob ich noch weiterer Bestätigung bedürfte, klingelt es erneut (zumindest meinen Oberschenkeln dürfte dieses ständige Hin- und Hergerenne ganz gut tun), und als ich wieder die Tür aufmache, begrüßt mich eine freundliche Stimme mit den Worten: »Hal, du bist es tatsächlich, du siehst umwerfend aus.«

Es ist Olly, der in seinem schicken grauen Anzug und mit seiner Seidenkrawatte nicht ganz so jungenhaft aussieht wie sonst.

»Schön, dich zu sehen.« Er beugt sich vor und küsst mich auf beide Wangen. »Du siehst absolut toll aus. Pink steht dir ausgezeichnet. Du bist wirklich zum Anbeißen, da möchte man ja sofort von dir naschen.«

»Ganz schön dreist!«, entgegne ich mit einem Grinsen, obwohl ich natürlich weiß, dass es ein Kompliment ohne Hintergedanken war.

»So habe ich es doch gar nicht gemeint«, versichert Olly mir schnell und wird so pink wie mein Kostüm.

»Du siehst auch gut aus«, stelle ich fest, woraufhin er noch farbiger wird, aber vor Freude über mein Kompliment über das ganze Gesicht strahlt. »Sehr schick. Ich habe dich, glaube ich, noch nie in einem Anzug gesehen.«

»Na ja, bei so einem Anlass... Tarquin kennst du doch, oder?«

Erst jetzt registriere ich, dass direkt hinter ihm noch jemand steht.

Jemand Großes mit dunklen Haaren, der unglaublich gut aussieht.

Und dieser Jemand ist Ollys Bruder.

Tarquin Adams.

»Wie sollte ich den vergessen haben?«, murmle ich als Antwort auf Ollys Frage.

Ich hatte ja an anderer Stelle versprochen, noch einmal auf Tarquin zu sprechen zu kommen, jetzt wäre vielleicht der passende Zeitpunkt. Tarquin war der erste Junge, in den ich mich als Teenager verknallt habe, und ich hätte mir für diese endlose Leidensphase unerwiderter Liebe keinen Schlimmeren aussuchen können. Er erfüllte sämtliche Klischees: Er war der ältere Bruder meiner Freundin, unerreichbar für mich, sah wahnsinnig gut aus und behandelte mich extrem abweisend, doch dummerweise *wusste* er, dass ich mit kindlicher Leidenschaft hinter ihm her war, und dummerweise hatte er nicht die Güte, nett zu mir zu sein oder sich auch nur ansatzweise rücksichtsvoll zu zeigen.

Einige der beschämendsten Momente meines Lebens verdanke ich der Erinnerung daran, wie ich Tarq immer mit sklavischer Unterwürfigkeit hinterhergelaufen bin und mich damit zur Zielscheibe seines und des Spotts seiner arroganten idiotischen Kumpel gemacht habe.

Das Schlimmste ist: Ich bin fest davon überzeugt, dass er denkt, ich himmle ihn immer noch an, was definitiv nicht der Fall ist. Denn zu meiner Erleichterung haben sich meine Gefühle für ihn grundlegend gewandelt, und ich halte ihn nicht mehr für Gott, sondern für ein verabscheuungswürdiges Arschloch, was mir den Umgang mit ihm erheblich erleichtert.

»Hallo, Tarquin.« Ich nicke ihm zur Begrüßung zu, woraufhin er mich kurz anblinzelt und dabei fragend die Stirn runzelt.

»Kennen wir uns?«, fragt er in seinem gut einstudierten verführerischen Tonfall.

Unglaublich! Er tut tatsächlich so, als würde er mich nicht kennen, vermutlich, damit er kurz »hallo« murmeln und sich davonstehlen kann, bevor die »minderbemittelte anhängliche Harriet« ihn wieder anhimmelt und sich lächerlich macht.

Nur dass ich das zum letzten Mal mit sechzehn getan habe.

»Das meinst du nicht im Ernst, oder, Tarq?« Olly starrt ihn entgeistert an. »Das ist Hal.«

»Hal Hart?«

»Genau die«, bestätige ich mit einem Nicken.

»Harriet Hart?«, wiederholt er, als ob er es nicht gerade schon einmal gefragt hätte.

»Wie ich bereits sagte: Ja, genau die bin ich.«

»Mein Gott, du siehst so... so...«

Da haben wir's. Ich warte auf die Beleidigung, den sarkastischen Kommentar, doch dann denke ich, warum ich mir das antun soll, und falle ihm ins Wort.

»Anders aus, ja, ich weiß. Ich habe mir eine neue Frisur zugelegt und ein bisschen abgenommen, und ich trage ein Kostüm, das ich normalerweise nicht anziehen würde, und soll ich dir etwas sagen, Tarquin, ich sehe verdammt gut aus, und soll ich dir noch etwas sagen, Tarquin, bevor du es wagst, es zu sagen, nein, bevor du es auch nur zu DENKEN wagst, ich habe mich NICHT für DICH so in Schale geschmissen, damit das klar ist. Ich will nichts von dir, nicht das Geringste, die Pubertät habe ich hinter mir gelassen, und meine Hormone habe ich wieder unter Kontrolle, und wenn du es genau wissen willst – ich kann dich nicht einmal ausstehen, also kannst du ganz beruhigt sein, ich werde mich dir bestimmt nicht an den Hals werfen und dich anflehen, mich zu nehmen, weil ICH DICH NICHT WILL.«

Er starrt mich immer noch an, und ich befürchte, dass er gleich explodiert, doch dann passiert etwas Verblüffendes. Er lacht. Erst nur ein bisschen, mit zuckenden Schultern, doch dann wirft er den Kopf zurück und bricht in schallendes Gelächter aus.

»Weißt du, was ich sagen wollte?«, bringt er schließlich prustend hervor, »ich wollte dir eigentlich sagen, wie sehr du dich verändert hast, und wie es scheint, liege ich da ziemlich richtig.«

»Es ist ja auch schon eine Weile her, als du mich etwas besser gekannt hast. Ich bin keine Fünfzehnjährige mehr.«

»Das kann man wohl sagen. Was ist bloß aus dem kleinen Mädchen geworden, das mich so abgöttisch geliebt hat?«

»Du meinst das kleine Mädchen, das du als Fußabtreter benutzt hast«, fahre ich ihn an. »Es ist vor einer Ewigkeit erwachsen geworden, Tarquin. Natürlich hast du dir weder die Zeit genommen noch die Mühe gemacht, das je zur Kenntnis zu nehmen. Jedenfalls musst du dir keine Sorgen mehr machen, wie du mir am besten aus dem Weg gehst, weil ich von jetzt an dir aus dem Weg gehen werde!«

Ich lächle Olly kurz entschuldigend an, drehe mich um und marschiere davon. Etwas in der Art wollte ich Tarquin seit vierzehn Jahren ins Gesicht sagen, aber ich hatte nie den Mumm dazu. Eigentlich müsste ich jetzt stolz auf mich sein, wenn mir das Ganze nicht zunehmend peinlich wäre.

Bevor ich das Ende des langen Flurs erreiche, umfasst jemand meinem Arm und hält mich zurück.

»War ich so ein Ungeheuer zu dir?«

Ich drehe mich um und sehe ihn an.

»Schlimmer als das. Und deutlich länger, als ich es je verdient hätte«, entgegne ich mit einem Nicken.

In diesem Moment kommt Sebastian aus der Küche, begrüßt

uns überraschend freundlich und verschwindet im Schlafzimmer, um seine Kochmontur gegen einen Anzug zu tauschen. Hinter ihm kommt Beth aus der Küche.

»Hallo, Olly. Hallo, Tarq«, begrüßt sie die beiden und runzelt die Stirn, als sie Tarquins Hand sieht, die immer noch meinen Arm umfasst. »Alles klar?«, fragt sie an mich gewandt.

»Alles bestens«, erwidere ich.

»Gut, pass auf, Hal, ich möchte dich mit jemandem bekannt machen. Ach, und ihr beiden – im Kühlschrank ist Bier und Weißwein. Bedient euch bitte selbst, aber betrinkt euch nicht, in einer guten Viertelstunde brechen wir zur Kirche auf.«

Sie nimmt mich bei der Hand und führt mich zurück ins Wohnzimmer, das inzwischen voller plaudernder und trinkender Gäste ist, und weiter nach hinten zum Wintergarten.

»Warte hier einen Augenblick«, flüstert sie mir zu und geht zu einem gut aussehenden Mann, der an der offenen Tür steht. Er hat dunkles Haar und große grüne Augen, die von den längsten, dicksten rauchfarbenen Wimpern gesäumt werden, die ich je an einem Mann gesehen habe. Er unterhält sich mit Beth' Vater und hat die Hände lässig in die Hosentaschen seiner verwaschenen Jeans geschoben. Dazu trägt er ein schickes marineblaues Leinenjackett und ein weißes Hemd.

»Wer sich so kleidet und dabei so stilvoll wirkt, kann nur Franzose sein«, flüstert mir jemand ins Ohr, und als ich mich umdrehe, sehe ich, dass es Isabelle ist, die direkt neben mir steht.

»Glaubst du?«

»Unbedingt. Oder kennst du irgendeinen englischen Mann, der in Jeans zu einer Taufe gehen würde.«

»Nein. Wer ist das?«

Issy zuckt mit den Schultern.

»Keine Ahnung.«

»Also, ich habe ihn nicht reingelassen.«

»Ich weiß, er war bei Sebastian in der Küche. Er ist gerade zusammen mit ihm rausgekommen. Vielleicht ist er ein Freund von ihm aus Paris.«

Wie sich kurz darauf herausstellt, liegt Issy mit ihrer Vermutung goldrichtig.

»Das ist Fabrice Debreuil, Sebastians bester Freund aus Paris, Fabrice, das ist meine beste Freundin, Harriet«, stellt uns Beth einander vor.

»Bonjour.« Er führt meine Hand an seine Lippen und begrüßt mich mit einem sanften Handkuss. »Es ist mir eine große Freude, Sie endlich kennen zu lernen. Beth hat mir schon so viel über Sie erzählt.«

Oh, là là.

Er ist der erste Mann in meinem Leben, der mir die Hand küsst. Ich dachte immer, dass Handküsse irgendwie ein bisschen affektiert sind, aber bei ihm wirkt es so natürlich und charmant, dass ich ganz hin und weg bin.

»Wir werden gute Paten sein, Harriet, non?«

»Wir beide?«

Beth nickt.

»Natürlich, das ist ja super«, stammle ich. »Äh, aber nennen Sie mich doch Hal, das tun alle.«

»Aber warum? Harriet ist doch so ein wohlklingender Name.«

Ich habe meinen Namen nie besonders gemocht, er erinnert mich immer an eingebildete zickige Schulmädchen, aber so, wie er ihn ausspricht, klingt er wunderbar.

»Wenn Sie wollen, können Sie mich natürlich auch gerne Harriet nennen«, höre ich mich sagen und werde vor Verlegenheit ganz rot, als Isabelle mir ins Ohr zischt: »Mich kann er nennen, wie er will, solange er es laut herausschreit, während ich meine Fingernägel in seinen Rücken ramme.«

Und dann hüstelt sie und verpasst Beth einen Stoß in die Rippen, woraufhin diese sich entschuldigt und sie ebenfalls vorstellt.

»Ach ja, natürlich, und dies ist eine andere gute Freundin von mir, Issy.«

»Hallo, ich bin Isabelle«, gurrt sie.

Er nimmt ihre ausgestreckte Hand und küsst sie ebenfalls, was Isabelle veranlasst zu kichern.

Ich habe Isabelle noch nie kichern sehen.

»Dann kennen Sie und Sebastian sich wohl schon sehr lange?«, frage ich Fabrice, als Beth uns aus irgendeinem Grund zuzwinkert und weiterzieht, um Clive, der mit dem kleinen Patrick Mätzchen macht, zu erlösen.

»Wir sind zusammen aufgewachsen, haben in Paris in der gleichen Straße gewohnt und sind jahrelang zusammen zur Schule gegangen.«

»Und sind Sie auch Koch wie Sebastian? Sie haben ihm doch vorhin in der Küche geholfen, oder?«

»Mais non, aber nein. Ich habe mich nur mit ihm unterhalten, während er gearbeitet hat. Und versucht, ihn an diesem für ihn so wichtigen Tag zu beruhigen. Ich koche höchstens zu meinem eigenen Vergnügen.«

»Was machen Sie denn beruflich?«, fragt Issy mit hochgezogenen Augenbrauen und verführerischer Stimme.

»Ich bin Journalist.«

»Sieh an, das ist ja toll, für welche Zeitung denn?«

»Ich arbeite nicht bei der Zeitung, ich bin Korrespondent bei einem französischen Nachrichtensender.«

»Oh, beim Fernsehen, wie aufregend.«

Irre ich mich, oder albert Issy verlegen herum? So kenne ich sie gar nicht. Es muss sie schwer erwischt haben. Was ungewöhnlich ist, denn eigentlich erwischt es sie nie schwer. Sie hat sich immer voll unter Kontrolle. Die Männer tanzen nach ihrer Pfeife und nicht umgekehrt, und wenn ich es recht bedenke, hätte ich vielleicht sogar eher sie um Rat fragen sollen als Anne-Marie.

Heute jedoch scheint Issy ihrerseits Jacks Rat zu befolgen. Wenn ich mich nicht irre, hat sie nacheinander mindestens zwei seiner Anweisungen bezüglich der Kunst der Verführung umgesetzt. Als Erstes hat sie sich, genau wie von ihm beschrieben, die Haare aus dem Gesicht gestrichen, und jetzt sieht sie mit ihren langen braunen Wimpern treuherzig von unten zu Fabrice auf wie ein kuscheliger King Charles Spaniel, der sein Herrchen dafür gewinnen will, ihm zärtlich den Kopf zu tätscheln. Ich schwöre, wenn sie sitzen würde, würde sie die Beine öfter übereinander schlagen als sich Autos auf einer viel befahrenen Kreuzung begegnen. Außerdem feuert sie eine Batterie Fragen auf ihn ab, als wäre er Kandidat in einer Quizshow. Wie alt sind Sie? Wo leben Sie? Welche Musik hören Sie gerne? Gehen Sie gerne ins Theater? Mögen Sie Kunst? Kommen Sie oft nach London?

»Als Nächstes fragst du ihn, ob er eine Freundin hat«, stelle ich fest, als Fabrice uns allen ein neues Glas Wein holen geht, und meine Mundwinkel zucken vor Belustigung.

Issy dreht sich zu mir um und lacht.

»Du stehst auf ihn, habe ich Recht?«, frage ich sie.

»Du etwa nicht? Er ist absolut umwerfend.«

»Dann nichts wie ran!«

»Ich kann nicht.«

»Warum nicht?«

»Ich bin angewiesen worden, die Finger von ihm zu lassen. Beth hat ihn für jemand Spezielles vorgesehen, und dieser Jemand bin nicht ich.«

Sie ertappt ihn dabei, wie er uns ansieht, fängt erneut an zu lachen, wendet sich wieder mir zu und zwinkert.

»Komm schon, Issy!«, dränge ich sie. »Für wen hat sie ihn vorgesehen?«

»Hast du das immer noch nicht erraten?«

Und dann dämmert es mir.

»Sag nicht, Beth versucht mich schon wieder zu verkuppeln.«

»Doch, Beth versucht dich schon wieder zu verkuppeln.«

»Du machst Witze, oder?«

»Aber nein.«

»Vergesst nicht, ich bin zurzeit gar nicht auf dem Markt.«

»Genau genommen bist du sehr wohl auf dem Markt.«

»Aber nicht hier drinnen, und das weißt du genau«, entgegne ich und zeige etwa da, wo mein Herz sitzt, auf meinen Brustkorb.

»Beth ist jedenfalls darauf erpicht, dich mit Fabrice zusammenzubringen. Sie hält es irgendwie für ganz passend, immerhin bist du ihre beste Freundin, Fabrice ist Sebastians bester Freund ... und Gregg hat dich sitzen lassen und sich eine neue Freundin an Land gezogen«, fügt sie hinzu, als ich nicht antworte.

»Das weiß ich, Is. Du musst es mir nicht ständig unter die Nase reiben.«

Sie lächelt schwach als Entschuldigung.

»Und? Hast du ihn schon gesehen?«

»Gregg? Nein, und ich bin auch nicht sicher, ob ich ihn überhaupt sehen will.«

Das Klirren eines vorsichtig gegen ein Kristallglas geschlagenen Messers lässt sämtliche Unterhaltungen zu einem Murmeln verebben, und alle Augen richten sich auf Beth' Vater, Patrick, der in der Tür steht und vor Stolz strahlt.

»Darf ich alle Anwesenden einen Moment um Aufmerksamkeit bitten! Ich möchte mich im Namen meiner Tochter und ihres Mannes für Ihr Kommen bedanken und habe nun die Freude zu verkünden, dass es an der Zeit ist, nach nebenan zu gehen und meinen ersten Enkel taufen zu lassen.«

Beth und Sebastian wohnen in der Erdgeschosswohnung eines ehemaligen Pfarrhauses, während der derzeitige Pfarrer in einem viel moderneren und kleineren Haus auf der anderen Straßenseite lebt, sodass wir nur einen kurzen Gang durch den hübschen Garten machen müssen und durch ein Tor direkt im Kirchhof landen. Als wir alle in der Kirche sind, frage ich mich zum ersten Mal, ob Gregg womöglich tatsächlich aus Rücksicht auf mich nicht erscheint. Doch als wir das Taufbecken erreichen, wird die knarrende Kirchentür aufgeschoben, und ein verspätetes Grüppchen schleicht verlegen dreinschauend auf Zehenspitzen herein. Das vorangehende Paar kenne ich, es sind alte Bekannte, die ich seit meiner Trennung von Gregg nicht mehr gesehen habe, und ich lächle ihnen zur Begrüßung zu, doch als ich das Paar erkenne, das ihnen folgt, erstirbt mein Lächeln.

Sie sind es.

Rachel sieht wie immer umwerfend aus und trägt ein unglaublich raffiniert geschnittenes lilafarbenes Kleid, von dem ich schwören könnte, dass es ein Vivienne-Westwood-Kleid ist. Es sitzt absolut perfekt auf ihrem makellosen Körper und sieht irgendwie lässig cool und gleichzeitig hinreißend aus, dazu trägt sie einen absolut ausgefallenen, farblich passenden Hut, der auf meinem Kopf aussehen würde, als hätte ich ihn auf der Party des verrückten Hutmachers aus *Alice im Wunderland* gestohlen, aber auf ihrem Kopf wirkt er einfach unglaublich schick und abgefahren. Auf einmal fühle ich mich in meinem pinken Kostüm im Chanelstil absolut falsch gekleidet, so steif und konservativ, wie es vielleicht für eine politische Veranstaltung angemessen wäre oder für eine Wohltätigkeitsveranstaltung zum Sammeln von Spenden für karitative Zwecke, und ich wünschte wirklich, ich hätte auf die Perlenkette verzichtet. Ich spüre, wie mir die Tränen kommen, und sträube mich mit ALLER Gewalt dagegen, doch meine Augen werden feucht, also strahle ich über das ganze Gesicht und hoffe, dass alle denken, ich wäre wegen des festlichen Anlasses so gerührt, und wende meine Aufmerksamkeit wieder meinem Patenkind zu.

Ich reiße mich zusammen, und zwar bewundernswert gut, wenn ich das feststellen darf, obwohl die Situation alles andere als erfreulich ist. Gregg und Rachel als Paar miteinander zu sehen verstärkt in mir nur noch das Gefühl, dass unsere Trennung absolut falsch ist. Ich sollte neben ihm stehen und seine Hand halten und an seiner Seite in die Kameras lächeln, und ich sollte diejenige sein, die ihm vom Buffet einen Teller mit Essen bringt.

Mir bleibt nur eins übrig.

Mich voll zu stopfen.

Also steuere ich ebenfalls das Buffet an, nehme mir einen Teller und belade ihn mit allem, was dick macht, und das ist, da Sebastian sich in dieser Hinsicht mächtig ins Zeug gelegt hat, so gut wie alles außer dem Salat.

Ich will mir gerade die erste Gabel voll in den Mund schieben, als ich sehe, dass Issy (die meinen Freund Mickey sehr teuer bezahlt) sich endlich von Fabrice gelöst hat und auf mich zukommt.

Ich stelle meinen Teller schnell auf ein Fenstersims, schnappe mir einen neuen und nehme mir eine Salatzange voll von dem gesund aussehenden Tomatensalat.

»Hi«, sagt Issy und bedenkt meinen Salat mit einem wohlwollenden Blick. »Wie kommst du mit Greggs Anwesenheit klar?«

»Bestens«, lüge ich.

»Du lügst.«

»Stimmt. Am liebsten würde ich nach Hause gehen, aber das geht natürlich nicht.«

»Beth würde es bestimmt verstehen.«

»Das würde sie nicht. Wie ich bereits sagte: Heute geht es nicht um mich. Heute ist Beth' und Sebastians und Patricks Tag, und wenn das bedeutet, meine Gefühle zu Gunsten meiner Freundin zurückzustellen, ist es wohl das Mindeste, was ich für sie tun kann. Also, worüber hast du mit dem schönen Gallier geplaudert?«, frage ich sie in der Absicht, das Thema zu wechseln und meine trüben Gedanken zu vertreiben.

Issy verdreht die Augen zur Decke.

»Er hat mir erzählt, dass er intensiv auf der Suche nach der richtigen Frau ist, um eine Familie zu gründen und Kinder zu kriegen. Nicht mein Fall. Wenn er gesagt hätte, dass er jemanden für ein paar leidenschaftliche Stunden sucht, hätte er mich sofort haben können. Aber nein, er muss so ein altmodischer Typ sein, der gleich vom Heiraten schwafelt.«

»Du musst trotzdem ziemlich bei ihm eingeschlagen haben«, stelle ich fest. »Er kommt nämlich hinter dir her.«

»Er will zu dir. Wie ich nämlich im Laufe meiner Unterhaltung ebenfalls herausgefunden habe, hegt er große Hoffnung, dass du die Frau sein könntest, die ihm seine Kinder schenkt.«

»Unsinn«, entgegne ich vor lauter Überraschung ein bisschen zu laut und fahre mit gesenkter Stimme fort: »Wir kennen uns doch so gut wie gar nicht.«

»Na gut, vielleicht übertreibe ich ein bisschen, aber ich habe definitiv den Eindruck, dass er auf dich steht. Jedenfalls hat er genau die richtigen Fragen gestellt, und bei keiner einzigen ging es um mich.«

»Harriet. Ich dachte, Sie hätten vielleicht gerne noch ein Gläschen Champagner.«

Wir verstummen beide, als Fabrice sich zu uns gesellt.

»Danke schön. Sehr aufmerksam von Ihnen.«

»Okay, dann lasse ich euch mal allein, damit ihr euch ein bisschen besser kennen lernen könnt. Das Mauerblümchen bleibt auf dem Trocknen sitzen«, murmelt sie und starrt betrübt auf ihr eigenes leeres Glas.

»Und? Waren Sie schon mal in meiner Geburtsstadt?«, wendet Fabrice sich an mich, als Issy mit einem heftigen Augenzwinkern von dannen zieht.

»In Paris?« Ich schüttle traurig den Kopf.

Die Traurigkeit rührt daher, dass Gregg mir immer versprochen hat, mit mir nach Paris zu fahren, doch es ist nie dazu gekommen.

»Ich wollte schon immer mal hin«, erwidere ich. »Die Stadt soll sehr schön sein.«

»Sie waren noch nie in Paris?«

»Leider nein. Aber ich habe schon viele tolle Dinge über die Stadt gehört.«

»Es ist zweifellos die schönste Stadt der Welt.«

»Könnte es vielleicht sein, dass Sie ein bisschen voreingenommen sind?«, entgegne ich mit einem Lächeln.

»Schon möglich. Aber wenn Sie mal hinfahren und sich mit eigenen Augen überzeugen würden, dann wüssten Sie, dass ich Recht habe.«

»Das würde ich wirklich gerne tun. Ich würde mir zu gerne alles ansehen, Mont Martre, Sacre Cœur, Notre Dame. Ein paar Freunde von mir waren mal in Paris und sind gegen Abend mit einem Flussschiff die Seine entlanggeschippert. Sie haben auf dem Schiff zu Abend gegessen, ein bisschen Wein getrunken, Musik gehört, getanzt und während der Hinfahrt all die imposanten Sehenswürdigkeiten gesehen, die das Ufer säumen, und auf der Rückfahrt haben sie die Stadt nach Anbruch der Dunkelheit erstrahlen sehen. Sie haben gesagt, es sei einer der schönsten Abende ihres Lebens gewesen. Oh, und ich würde natürlich auch gerne in den Louvre gehen und mir die Bilder von Monet ansehen und natürlich die Mona Lisa, obwohl ich gehört habe, dass das Gemälde viel kleiner sein soll, als man es sich vorstellt.«

»Das stimmt, es ist tatsächlich kleiner, als man denkt, aber es ist so ein großartiges Kunstwerk, dass es trotzdem gigantisch wirkt. Paris ist faszinierend. Ich lebe jetzt schon so lange da und werde die Stadt nie leid. Ich entdecke immer noch Neues.«

Und dann legt er los und schwärmt mir von Paris vor und

malt mir die Stadt in so schillernden Farben aus, dass ich auf einmal am liebsten dort wäre – im Frühling an den Ufern der Seine entlangspazieren und mit ihm im milden Sonnenschein Hand in Hand durch die Stadt der Verliebten wandeln.

Ich sehe zu Gregg und Rachel, die auf der anderen Seite des Zimmers schon wieder Händchen haltend nebeneinander auf dem Sofa sitzen und mit irgendwelchen Leuten reden. Sie halten den ganzen Tag Händchen, und wenn ich ein bisschen zynischer wäre, würde ich sagen, dass sie es nur tun, um mich innerlich zum Kochen zu bringen, was ich tatsächlich tue. Als ob sie spürte, dass sie beobachtet wird, sieht Rachel auf und ertappt mich dabei, wie ich sie anstarre, und da sie nicht weiß, ob sie mir zulächeln soll oder nicht, lässt sie Greggs Hand los und beißt sich auf die Unterlippe, genau wie Gregg, wenn er sich in die Ecke gedrängt fühlt, und ich wende den Blick von den beiden ab und wieder diesem tollen Mann zu, der sich so anregend mit mir unterhält.

Er hat wirklich umwerfend schöne grüne Augen, doch das Einzige, was ich denken kann, ist, dass er zwar unheimlich gut aussieht, aber einfach nicht der Richtige ist, er ist eben *nicht* der Mann, mit dem ich Hand in Hand die Seine entlangwandeln will, weil er eben *nicht* Gregg ist. Schließlich kann man nur einen Seelenverwandten haben, oder? Oder bin ich lächerlich naiv?

Vielleicht fühlst du dich mit deinem Seelenverwandten nur wohl und glücklich, und wenn du denjenigen gefunden zu haben glaubst, mit dem du dich wohl und glücklich fühlst, hörst du einfach auf weiterzusuchen. Wenn ich aber offen wäre, würde ich vielleicht wieder jemanden kennen lernen, einen anderen Mann, mit dem ich mich genauso wohl und glücklich wie mit Gregg fühlen würde, einen Mann, der nicht alles aufs Spiel setzen und mich wegen einer anderen verlassen würde.

Ich bin fest davon überzeugt, dass es zu einer guten Beziehung gehört, seinem Partner zu begegnen wie einem guten Freund und an ihn die gleichen Erwartungen zu richten, die man auch an seine Freunde richtet, oder anders gesagt, seine Erwartungen nicht zu hoch zu schrauben. Unseren Freunden gestehen wir viel mehr Spielraum zu als unseren Partnern, wir sind viel eher bereit, ihnen zu vergeben, und bringen ihnen deutlich mehr Verständnis entgegen. Sie dürfen uns die Glückwunschkarte zum Geburtstag mit einwöchiger Verspätung schicken, uns auch mal versetzen oder getroffene Vereinbarungen brechen, sie dürfen vergessen anzurufen, obwohl sie es versprochen haben, oder sich einen ruhigen Abend ohne dich wünschen, ohne dass es, wie es in einer Beziehung so häufig der Fall ist, gleich den Weltuntergang bedeutet.

Vielleicht sollte ich meinen Partnern die gleiche Freiheit und Bereitschaft zu vergeben entgegenbringen wie meinen Freunden. Vielleicht sollte ich das ganze Theater um die Partnersuche auch einfach vergessen und mich stattdessen darauf konzentrieren, neue Freunde zu finden.

Bei dieser Grübelei wird mir klar, dass ich den potenziellen neuen Freund namens Fabrice gerade schmerzlich vernachlässige, und vielleicht sollte ich mich von der Grübelei über meine Vergangenheit losreißen und mich einzig und allein auf den Mann konzentrieren, der in diesem Moment vor mir steht, und ihm wirklich zuhören, ihm Fragen stellen, Interesse signalisieren, kurzum, einfach das tun, was zu tun ich für nötig befunden habe, um Selmas Herz zu gewinnen.

Nachdem wir uns eine Stunde angeregt unterhalten haben, bin ich froh, dass ich mich ihm zugewandt habe. Fabrice ist richtig nett. Ein sehr sympathischer, interessanter, intelligenter Mann, der seinen Job und seine Familie liebt, eine ausgewogene politische Meinung und gute Wertvorstellungen hat, der sich Gedanken über die Welt macht, in der er lebt, und nicht nur über den winzigen Teil, der ihn persönlich betrifft, und ich war so verschlossen und mit mir selbst beschäftigt, dass ich mir das Vergnügen, seine Bekanntschaft gemacht zu haben, um ein Haar hätte entgehen lassen. Und es war wirklich ein Vergnügen.

Um acht, als die Party bereits bis auf die Hälfte der ursprünglichen Gäste zusammengeschrumpft ist, wirft er einen Blick auf seine Uhr und lächelt mich bedauernd an.

»Beth hat mir schon so viel von Ihnen erzählt, und es gibt noch so viel, das ich gerne wüsste, aber ich fürchte, ich muss mich jetzt verabschieden.«

»Sie müssen schon gehen?«

»Leider ja. Ich fliege noch heute zurück nach Paris, weil ich morgen nach Bangladesch aufbrechen muss. Ich berichte von dort für meinen Sender. Es ist wirklich schade. Jetzt wünschte ich, ich hätte einen etwas längeren Aufenthalt eingeplant. Es wäre bestimmt nett gewesen, später noch in ein Restaurant zu gehen und gemeinsam zu Abend zu essen.«

»Ja, das wäre bestimmt nett gewesen.«

»Also dann«, er langt in die Tasche seines marineblauen Jacketts und holt eine Visitenkarte hervor, »das ist meine Telefonnummer. Falls Sie je nach Paris kommen sollten, rufen Sie mich an. Ich könnte Ihnen die Stadt zeigen, Sie vielleicht auch in den Louvre führen, um die wunderschönen Wasserlilien zu bewundern und la belle Mona Lisa.«

»Es wäre mir eine Riesenfreude.«

»Aber für jetzt muss es erst mal Lebewohl heißen.«

Und dann küsst er mich. Nur auf die Wange, aber der Kuss ist lang genug, um seine Haut angenehm an meinem Gesicht zu spüren und festzustellen, dass er sich so gut anfühlt und so gut riecht, wie er aussieht.

»Die ist für mich.« In dem Augenblick, in dem Fabrice sich verabschiedet hat und gegangen ist, reißt Isabelle mir die Visitenkarte aus der Hand und lässt sie in ihrer Handtasche verschwinden.

»Ich dachte, du wärst nicht interessiert«, stelle ich lachend fest, als sie mir die Karte wegschnappt wie ein Kind.

»Ich denke, *du* bist nicht interessiert, oder etwa doch?«

Ich zucke mit den Achseln.

»Ich weiß nicht. Ich dachte, ich wäre es nicht. Aber er ist wirklich ausgesprochen nett.«

»Aha!«, kreischt sie triumphierend.

»Aber...«

»Jaja, ich weiß, dem ›Aber‹ wird ein Name folgen, der mit G anfängt... Also ehrlich, Hal, dir ist nicht mehr zu helfen. Vergiss die Reizwäsche – so einem reizenden Mann wie Fabrice begegnest du so schnell nicht wieder. Ich habe in meinem ganzen Leben noch keinen besser aussehenden Mann gesehen als ihn, und dann dieser Akzent... Beth hat dich da wirklich mit einem Leckerbissen verwöhnt, und du sagst einfach, danke, kein Interesse?«

»Na ja, vielleicht könnte ich...«

»Vielleicht könntest du was?«, hakt sie nach.

»Mich mit ihm anfreunden und ihn dazu bringen, Rachel für mich zu verführen«, sage ich im Scherz.

»Ist das wirklich alles, was dir einfällt?«

»Ja, nein, ach, ich weiß auch nicht.«

Ich zucke mit den Achseln, genauso ratlos, was meine Gefühle angeht, wie Isabelle.

»Vielleicht sollte ich ihn im Hinterkopf behalten.«

»Wenn du wüsstest, wie er in der vergangenen halben Stunde die Fantasie in meinem Hinterkopf beflügelt hat«, gurrt Issy und klimpert lasziv mit den Wimpern. »Aber behalt ihn ruhig im Hinterkopf, dann schadet es sicher nicht, wenn ich in der Zwischenzeit das hier behalte«, sie wedelt mit der Visitenkarte vor meiner Nase herum, »nur für den Fall, dass du zu dem Schluss kommen solltest, ihn nicht weiter im Hinterkopf zu behalten, sondern ihn lieber in deinen Armen zu halten, oder dass ich mich einer Hirntransplantation unterziehen und auf einmal bereit sein sollte, mich für den Rest meines Lebens an einen einzigen Mann zu binden. Ach, und falls es dir Genugtuung bereitet – ich war nicht die einzige Zeugin dieses wirklich süßen Abschiedskusses.« Sie nickt Richtung Küche, wo Madame Martel sich in ihren Maxmara-Edelklamotten und mit pinken Gummihandschuhen, die ihr bis an die Ellbogen reichen, gerade über den gewaltigen Berg schmutzigen Geschirrs hermacht, der sich in der Spüle türmt.

»Du meinst, Madame Martel steht auf mich und ist vor Eifersucht ganz außer sich?«, ziehe ich sie auf.

Isabelle wirft ihr einen kurzen Blick zu.

»Natürlich meine ich nicht sie, du Idiotin. Eben hat Gregg noch da gestanden und dich aufmerksam beobachtet.«

»Jetzt steht er jedenfalls nicht mehr da.«

»Stimmt, und du weißt auch, warum nicht, oder?« Sie hat die Augen weit aufgerissen und ihre Stimme zu einem kaum noch hörbaren Flüstern gesenkt.

»Nein, warum denn nicht? Wahrscheinlich weil er wieder zu der schönen Rachel gesprungen ist, um mit ihr Händchen zu halten. Er hält es nämlich nicht länger als zehn Sekunden ohne aus«, lästere ich.

»Äh, falsch.« Isabelle ist knallrot. »Weil er direkt hinter dir steht.«

Ich versinke nicht wirklich im Boden, aber ich schwöre, dass ich ein paar Zentimeter zusammenschrumpfe.

Ich schieße herum und starre ihn an, während Issy sich eine Spur zu offensichtlich in Zeitlupe davonmacht, wie ein schmelzendes Schokoladenbonbon, das man auf der Heizung hat liegen lassen.

»Gregg, hallo«, murmle ich mit zusammengebissenen Zähnen

und hoffe wider alle Vernunft, dass die Kirchenglocken ihn vorübergehend haben ertauben lassen und er meine Bemerkung nicht gehört hat.

»Hallo, Hal. Wie geht es dir?« Falls er meinen letzten Satz doch aufgeschnappt hat, gibt er es nicht zu erkennen, seine Stimme ist fest und sein Lächeln freundlich, nicht mehr und nicht weniger.

»Mir geht's gut, danke.«
»Du siehst gut aus.«
»Danke.«
»Um es genau zu sagen – du siehst großartig aus.«
»Tatsächlich?« Ich blinzle. »Danke.«
»Hast du in letzter Zeit Sport gemacht?«
»Ein bisschen.«
»Das sieht man.«
»Wirklich? Freut mich, danke.«

Er lächelt erneut und lässt seine Augen von meinem Gesicht hinunter zu meinen Zehenspitzen wandern und dann wieder hinauf, als ob er wie der Abtaster eines Fotokopierers mein Bild speichern würde.

»Ich mag das Kostüm, die Farbe steht dir wirklich gut.«
»Danke.«
»Und diese Schuhe, sehr sexy.«

So viele Komplimente, das Ganze kommt mir ein bisschen surreal vor. Ich habe irgendwie das Gefühl, als müsste ich die Komplimente erwidern. Das kennt vermutlich jeder, man bekommt etwas Nettes gesagt und fühlt sich genötigt, im Gegenzug ebenfalls eine Nettigkeit von sich zu geben, aber um ehrlich zu sein – mir fällt im Moment einfach nichts Nettes ein, das ich Gregg sagen könnte.

Es ist wirklich verrückt, aber wenn wir nicht zusammen sind, bin ich mir absolut sicher und habe glasklar vor Augen, was ich will. Oder anders gesagt, dann weiß ich, dass ich ihn will. Doch wenn ich ihn dann sehe, spielen meine Gefühle auf einmal verrückt und ich bin hin- und hergerissen und weiß plötzlich nicht mehr, ob ich ihn liebe oder verabscheue, und zwar nahezu mit der gleichen Leidenschaft.

»Ein netter Typ.«

»Wie bitte?«

»Fabrice, Sebastians Freund. Er scheint ein netter Typ zu sein.«

Ich nicke, bleibe aber kurz angebunden.

»Stimmt.«

»Also, was treibst du so?«, fragt er, mehr um mich zum Reden zu bringen als aus wirklichem Interesse.

»Ach, dies und das.«

»Nicht viel also, oder?«

Er nickt langsam, und in seinen Augen liegt ein Ausdruck von Mitleid, der mich plötzlich wütend macht. Dem Himmel sei Dank für Isabelle und ihr vielfältiges Freizeitprogramm, das sie für uns geplant hat.

»Nein, nicht viel«, erwidere ich ruhig, »allerdings war ich am vergangenen Sonntag mit Isabelle segeln, und das hat einen Riesenspaß gemacht, es war so toll, dass wir nächstes Wochenende wieder segeln.«

»Segeln?«

»Ja, segeln.«

»Ich wusste gar nicht, dass du auf Segeln stehst.«

»Ich auch nicht, aber es ist wirklich erstaunlich, wie viel Spaß einem Dinge machen, die man normalerweise nicht tun würde – man muss nur bereit sein, sie auszuprobieren.«

»Tatsächlich?« Seine Augen verengen sich, er ist offenbar unsicher, wie er meine letzte Bemerkung verstehen soll. »Zum Beispiel?«

»Na ja, wir haben auch mit Kickboxen angefangen.«

»Kickboxen?« Die Überraschung in seiner Stimme legt noch um zwei Lagen zu.

»Und wir waren Schlittschuh laufen und rollerbladen und reiten, im Grunde war ich ständig auf Achse.«

Ich habe ihn offensichtlich aus der Fassung gebracht.

»Aha, schön für dich.«

»Und dann war letzten Monat auch noch Lois' Jungfernabschied.«

»Stimmt, Sebastian hat mir alles haarklein berichtet.«

»Aha, dann weißt du ja Bescheid. Ich fürchte, er ist nicht gerade besonders gut auf mich zu sprechen. Wahrscheinlich gibt er vor allem mir die Schuld, dass Beth überhaupt mitgekommen ist.«

Gregg schüttelt den Kopf.

»Überhaupt nicht. Beth hat darauf bestanden mitzufahren, und Sebastian weiß ganz genau, dass es einzig und allein ihre Entscheidung war. In Wahrheit hält er dich für eine Heldin, weil du dich so toll um sie gekümmert hast.«

»Wirklich?«

Er nickt. »So hat er es mir erzählt.«

»Gut zu wissen, ich hatte schon leichte Schuldgefühle.«

»Ich dachte, es wäre an mir, Schuldgefühle zu haben.« Er sieht mich eindringlich an und blickt zu Boden.

War das ein Eingeständnis oder eine Entschuldigung?

Dem Klang seiner Stimme und dem Ausdruck seiner Augen nach zu urteilen von beidem ein bisschen.

»Das musst du nicht«, entgegne ich langsam und rufe mir Anne-Maries Lektion über die Kunst der Gelassenheit in Erinnerung.

»Beziehungen enden, Gregg. Es ist sinnlos, der Vergangenheit nachzuhängen. Du bist doch glücklich mit Rachel, oder?«

Bitte sag nicht ja, bitte sag nicht ja, bitte sag nicht ja.

Er sagt nicht ja.

Stattdessen leckt er sich die Lippen, sieht zu Rachel, sieht zu mir, sieht wieder zu Rachel, beißt sich auf die Unterlippe und sagt schließlich: »Solche Fragen solltest du mir nicht stellen, Hal.«

Warum soll ich ihm solche Fragen nicht stellen?

Was meint er damit?

Warum, um alles in der Welt, kann ich nicht seine Gedanken lesen?

»Warum nicht? Ich will doch, dass du glücklich bist.«

»Wirklich?«

»Natürlich.« Nur nicht mir ihr, du Idiot.

»Das ist wirklich sehr anständig von dir.«

»Ich bin eben ein anständiges Mädchen.«

»Ja, das stimmt, das bist du«, erwidert er und lächelt, und entspringt es meiner blühenden Fantasie, oder ist dieses Lächeln tatsächlich ein bisschen wehmütig und eine Spur nostalgisch? Oder ist das nur Wunschdenken?

»Und wie sieht es bei dir aus, was treibst du so?«, frage ich, als die bedeutungsschwere Pause sich so lange hinzieht, dass man in der Zeit problemlos Drillinge zur Welt bringen könnte.

»Im Grunde habe ich nur gearbeitet wie ein Verrückter, es ist einfach zu viel zu tun.«

»Und in deiner Freizeit? Hast du keinen Spaß, kein Vergnügen? Immer nur Arbeit?«

Er zuckt mit den Schultern. »Überwiegend. Rachel jettet ständig zu irgendwelchen Mode-Shootings in der Weltgeschichte herum.«

»Wie schade für dich. Andererseits ist es ja gut, dass es so für sie läuft.« Und sie schön viel weg ist, sodass du dich alleine langweilst und einsam fühlst.

»Das stimmt, sie ist sehr gefragt.«

In seiner Stimme schwingt unüberhörbar ein Hauch von Stolz mit, und so lenke ich ihn, trauriges Hündchen, das ich bin, wieder auf die Nachteile, die man in Kauf nehmen muss, wenn man mit einem umwerfenden, viel gefragten Model zusammen ist.

»Dann könnt ihr also nicht viel zusammen unternehmen, was?«

»Na ja, wir gehen ziemlich oft zusammen essen.« Seine Stimme klingt eher kleinlaut. »Und für nächste Woche haben wir Karten für die Rocky Horror Show.«

»Tatsächlich? Wir waren letzte Woche, und du kannst mir glauben – es lohnt sich wirklich, sich die Zeit zu nehmen.«

Er macht ein langes Gesicht.

»Du hast die Show schon gesehen? Mit wem?«

»Mit Issy, Jack und Keiran«, erwidere ich.

Ich sehe, dass es ihm auf den Nägeln brennt zu erfahren, wer Keiran ist, aber ich werde den Teufel tun und ihn aufklären, und er ist offenbar fest entschlossen, nicht zu fragen.

»Also hast du auch weiterhin viel vor?«, ist alles, was er schließlich herausbringt.

»Ja, klar.« Ich nicke und lächle und sehe aus dem Augenwinkel, dass Isabelle und Lois auf uns zusteuern. Bestimmt wollen sie sich vergewissern, ob ich die Situation im Griff habe. »Obwohl es in letzter Zeit ganz schön hektisch war bei all dem, was wir unternommen haben, und dann habe ich ja auch noch einen neuen Job.«

»Eine Menge Neues auf einmal, was?«

Ich nicke.

»Ja, ziemlich viel. Am Wochenende gehen Issy und ich sogar tanzen«, sage ich laut und sehe sie eindringlich an.

»Du meinst, ihr geht in die Disco?«

»Das auch, das haben wir letzten Freitag gemacht, bis vier Uhr morgens. Es war der absolute Wahnsinn, das kann ich dir sagen. Nein, nächstes Wochenende machen wir einen Salsakurs.«

»Tatsächlich?«, fragt sie, und dann kapiert sie, warum ich sie so eindringlich ansehe. »Ach so, ja, natürlich, wir sind in letzter Zeit so viel auf Achse, dass ich den Salsakurs beinahe vergessen hätte. Dabei kann ich es kaum erwarten«, und dann dreht sie sich um und fährt an Lois gewandt fort, obwohl ihre Worte allein für Greggs Ohren bestimmt sind, »du müsstest mal unseren Tanzlehrer sehen, Lo, eine absolute Granate. Er ist Spanier, mit schwarzem Haar, dunklen Augen und wunderschöner brauner Haut, zum Anbeißen.«

Während Issy von unserem nicht existenten traumhaften Tanzlehrer schwärmt, fällt mir im hinteren Teil des Raums eine lila Erscheinung ins Auge.

Es ist Rachel, die alleine da steht, nervös ihre langen dünnen Finger ineinander verschränkt und uns beobachtet, wobei ihr hübsches Gesicht von einem derart gequälten Ausdruck heimgesucht wird, dass sie mir auf einmal auf unerklärliche Weise entsetzlich Leid tut. Es ist absurd, oder? Ich beneide sie aus tiefstem Herzen darum, dass sie jetzt hat, was mir am meisten bedeutet, und nun steht sie da allein in einem Zimmer voll von Leuten, die allesamt meine Freunde sind und von denen ich weiß, dass sie mich mögen und ich ihnen etwas bedeute, und sie sieht so betreten und unglücklich aus, dass sie genauso gut herausschreien könnte, wie sehr sie sich in diesem Moment wünscht, nicht hier zu sein. Es steht ihr im Gesicht geschrieben, ich erkenne es an der Art, wie sie mich anzulächeln versucht und dann feststellt, dass sie es doch nicht kann, und ich sehe ihr an, dass sie am liebsten auf der Stelle mit der Tapete verschmelzen würde. Wahrscheinlich hat sie auch deshalb den ganzen Tag Greggs Hand gehalten.

»Ich glaube, Rachel wartet auf dich«, sage ich an Gregg gewandt mit so fester Stimme wie nur irgend möglich.

Er nickt, sieht sie aber nicht an, sondern betrachtet mich schweigend einen Augenblick und stellt schließlich fest: »Ich denke, es ist Zeit, dass wir uns auf den Weg machen. Hat mich wirklich gefreut, dich zu sehen, Hal.«

»Mich auch, pass auf dich auf«, entgegne ich, als ob ich mich von einem alten Bekannten verabschieden würde und nicht von jemandem, den ich mit jeder Faser zurückhaben will.

Issy wartet, bis er außer Sichtweite ist und fällt mir begeistert um den Hals.

»Oh, Hal, ich bin so stolz auf dich. Das hast du wirklich super gemacht. Du warst so ruhig und gelassen. Absolut perfekt.«

»Ich bin alles andere als ruhig. Hier, fühl mal mein Herz.«

Ich nehme ihre Hand und drücke sie gegen mein Brustbein, damit sie fühlen kann, wie rasend schnell mein armes altes Herz in meinem Brustkorb hämmert.

»Ich glaube, es klopft so heftig, weil es rausgelassen werden will«, stellt Issy lachend fest, zieht ihre Hand zurück und schüttelt sie, als täte sie weh.

»Ich kann es ihm nicht verdenken«, entgegne ich mit einem matten Lächeln. »Schließlich musste mein armes Herz in diesem Jahr schon einiges mitmachen. Wahrscheinlich will es eine Versetzung beantragen – irgendwohin, wo es ein angenehmes Liebesleben führen kann.«

»Unsinn, meiner Meinung nach ist es ein gutes Stückchen stärker geworden. Ich habe alles über deine kleine Unterhaltung mit Tarquin gehört.«

»Mist, sag nicht, das hat schon die Runde gemacht.«

Issy nickt.

»Doch, Lois hat mitgehört, wie er sich in der Küche bei seiner Mutter beschwert hat, und natürlich hat sie es mir sofort brühwarm erzählt.«

»Und du hast es natürlich sofort weitererzählt.«

»Denkst du das wirklich von mir?«

»Ich denke es nicht, ich weiß es.«

Issy grinst, nicht im Geringsten beleidigt.

»Ich würde mir darum keine Sorgen machen, schließlich wurde es höchste Zeit, dass ihm mal jemand den Kopf wäscht, und ich bin wirklich stolz auf dich, dass du es ihm gezeigt hast.«

»Ich bin mir nicht so sicher. Vielleicht sollten wir lieber gehen, bevor ich noch mit weiteren Männern, die ich einmal geliebt habe, in tief schürfende Unterhaltungen verwickelt werde.«

»Du meinst, außer Gregg und Tarquin sind noch welche hier?«

»Natürlich. Wusstest du nicht, dass ich bis über beide Ohren in Großonkel Bertie verliebt war?«

»Na ja, ich stehe ja auch gelegentlich auf ältere Männer, aber ist ein Altersunterschied von fünfzig Jahren nicht vielleicht doch ein bisschen übertrieben?«

»Vielleicht.«

»Aber eins muss ich dich noch fragen.«

»Was denn? Sag nicht, du willst fragen, ob ich wirklich in Bertie verliebt war.«

»Nein! Ich wollte nur wissen, ob wir am Wochenende wirklich Salsa tanzen gehen.«

»Warum nicht?«, frage ich zurück und hake mich bei ihr unter. »Warum, um alles in der Welt, eigentlich nicht?«

Kapitel 12

Warum klingelt das Telefon immer, wenn man gerade im Bad ist?

Ich habe einen langen Arbeitstag hinter mir, fühle mich schmutzig und habe mich gerade erschöpft und wohlig seufzend mit der *Cosmopolitan* in meiner Badewanne zurückgelehnt, um das Schaumbad zu genießen, als das nervtötende Gebimmel losgeht.

Ich warte, ob Jack drangeht, aber er rührt sich nicht, also schnappe ich mir ein Handtuch, husche tropfend in den Flur und nehme ab.

»Hallo?«

»Hi, spreche ich mit Hal?«

»Ja, am Apparat.«

Die Stimme kommt mir bekannt vor, aber nicht bekannt genug, als dass ich sie sofort erkennen würde.

»Ich bin's, Tarquin«, sagt die Stimme.

»Wer?«

Ich weiß sehr wohl, wer dran ist, das glaube ich zumindest, schließlich kenne ich nur einen Tarquin, aber der Tarquin, den ich kenne, würde mich mit Sicherheit nicht einfach so anrufen, deshalb hake ich nach.

»Tarquin Adams, Beth' Bruder. Sag nicht, du kennst mich nicht mehr.«

Er klingt recht vergnügt, als ob er genau wüsste, dass ich *ihn* niemals vergessen könnte.

»Natürlich nicht, ich bin nur ziemlich baff, dass du anrufst, das ist alles. Was kann ich für dich tun, Tarquin?«

Ich bin sofort wachsam und fahre meinen Schutzpanzer aus, indem ich meine beste Büro- und Dienststimme aufsetze.

»Ich bin bis morgen in der Stadt und dachte, dass wir uns auf einen Drink treffen könnten.«

»Wie bitte?«, stammle ich.

Nicht, weil ich ihn nicht verstanden hätte, aber ich glaube, meinen Ohren nicht zu trauen.

»Auf einen Drink, du weißt schon, eine Flüssigkeit, die du in ein Glas gießt und dir dann die Kehle runterkippst«, sagt er.

»Ich weiß, was ein Drink ist, Tarquin, allerdings kann ich mir beim besten Willen nicht vorstellen, dass wir gemeinsam einen zu uns nehmen«, entgegne ich und versuche, genauso trocken zu klingen wie er.

»Ja, wer hätte das gedacht, nicht wahr? Also, was hältst du davon?«

Lieber Gott, mach, dass mir eine Ausrede einfällt, um ihm abzusagen. Ich meine, ich kann mir beim besten Willen nicht vorstellen, mit Tarquin einen angenehmen Abend zu verbringen, aber dummerweise fühle ich mich so überfahren und bin so perplex, dass es mir regelrecht die Sprache verschlagen hat.

»Äh, ich, ich muss eigentlich ...«

»Was musst du eigentlich?« Er fällt mir so provozierend und flapsig ins Wort, dass mein Hirn komplett aussetzt.

Denk nach, Hal, denk nach!

Top Ten der Ausreden, um eine Verabredung mit einem Mann abzubiegen, auf den du nicht scharf bist:

1. Ich muss meine Haare waschen. Sehr beliebt und verbreitet, deshalb absolut unglaubwürdig und auf Anhieb als brüske Zurückweisung erkennbar. Sollte nur zum Einsatz kommen, wenn du den fraglichen Mann wirklich hasst und er weder ein Freund noch der Freund

eines Freundes oder der Bruder eines Freundes ist und du deine Botschaft daher unmissverständlich rüberbringen kannst, ohne dir Gedanken machen zu müssen, wen du alles beleidigen könntest.
2. Überstunden machen. Eine handfeste und überzeugende Ausrede, in Notfällen immer bestens geeignet, aber wenn der unerwünschte Aspirant dich am betreffenden Abend bei dir zu Hause am Telefon erwischt, leider nicht zu gebrauchen.
3. Morgen früh aufstehen. Kann funktionieren, wenn der Interessent nicht übermäßig hartnäckig ist. Eröffnet bei einem viel versprechenden Date Verhandlungsspielraum, unter anderem die Möglichkeit, den Abend gegebenenfalls früh zu beenden.
4. Babysitten. Eine ziemlich gute Ausrede, um etwas einfältige Typen abzuschrecken, die glatt vermuten könnten, dass das Baby, auf das du aufpasst, dein eigenes ist. Für Tarquin ungeeignet, da er genau weiß, dass das einzige Baby in meinem Leben das seiner Schwester ist, die an diesem Wochenende mit ihrem Mann und eben diesem Baby aufs Land ist.
5. Kopfschmerzen auskurieren. Keine schlechte Ausrede, es sei denn, der Interessent ist besonders angetan von dir und kreuzt mit Weintrauben, einer Flasche Wein und einer Packung Neurofen vor deiner Haustür auf.
6. Bauchschmerzen auskurieren. Unterleibsschmerzen sind Männern immer unheimlich, deshalb als Ausrede gut geeignet, wenn es dir nichts ausmacht, deinen Menstruationszyklus detailliert mit einem Mann zu besprechen, auf den du nicht besonders stehst.
7. Eine bereits getroffene Verabredung einhalten. Eigentlich die plausibelste Ausrede überhaupt, führt aber normalerweise automatisch zu einem alternativen Termin-

vorschlag, und wenn du nicht für jeden Abend der folgenden zwei Wochen eine Ausrede auf Lager hast, wirst du am Ende doch einem Date zustimmen müssen.
8. Mich mit meinem neuen Freund treffen (einem ein Meter fünfundachtzig großen Ringer mit einem Kreuz wie ein Schrank). Eine super Ausrede, es sei denn, er weiß genau, dass du Single bist.
9. Eine Familienkrise verarbeiten. Großmutter zum fünften Mal in diesem Jahr gestorben, Wellensittich krank, Schwester auf die schiefe Bahn geraten, Mutter mit dem Milchmann durchgebrannt, Vater mit dem Milchmann durchgebrannt... Alles ziemlich gute Ausreden, sofern der Interessent deine Familie nicht schon so lange kennt wie dich.
10. Für mein Lesbendiplom lernen, weil mich dein Anblick für alle Zeiten von Männern abgebracht hat. Das – welch Überraschung – ist Isabelles Lieblingsausrede, und sie hat sie schon oft zum Einsatz gebracht, um irgendwelche armen Teufel abzuwimmeln, die nicht exakt ihren hochgesteckten Ansprüchen genügten und sich trotzdem erdreistet haben, sie anzubaggern und sie voll zu quatschen, wie attraktiv sie sei. Aber nein, so kann ich Tarquin nun wirklich nicht kommen.

Alles, was ich im Augenblick herausbringe, ist ein »Äh« und dann nichts als ein endloses peinliches Schweigen.

Tarquin versteht das als Zusage und stellt klar, dass er sich dann also um acht Uhr mit mir im Storm trifft, einer ziemlich angesagten Bar in einer Seitenstraße der Oxford Street.

»Mist, Mist, Mist, Mist, Mist!«, fluche ich, als ich aufgelegt habe.

Jack, der gerade mit einem Teller Toastscheiben aus der Küche kommt, sieht mich erschrocken an.

»Was ist los?«, fragt er.

»Ich muss noch auf einen Drink raus.«

»Das kommt wirklich einem Weltuntergang gleich.« Sein besorgter Ausdruck weicht sofort einem Grinsen.

»Tut es auch, wenn man eigentlich gar nicht will.«

Er bietet mir eine Scheibe Toast an.

»Dann lass es doch einfach«, schlägt er vor, als ich missmutig zu kauen beginne.

»Wenn das so einfach wäre.«

Ich bin zu höflich. Ich kann ihn nicht einfach versetzen.

Ich würde es nicht fertig bringen, jemanden derart brüsk auflaufen zu lassen, nicht einmal Tarquin.

Plötzlich flackert in meinem Kopf ein Hoffnungsschimmer auf.

Vielleicht kann ich Jack überreden mitzukommen.

»Liebster Jack«, becirce ich ihn, »willst du nicht mein Schutzengel sein und mitkommen?«

Er sieht mich geheimnistuerisch an.

»Tut mir Leid, Hal, das würde ich ja, aber ich habe heute Abend schon was vor.«

»Ach ja? Was denn?«, hake ich neugierig nach. Seine Stimme klingt irgendwie belegt, und seine Augen flitzen im Raum umher und nehmen alles ins Visier, nur nicht mich.

Natürlich geht Jack gelegentlich aus. Er ist kein langweiliger Stubenhocker, der immer nur mit mir auf dem Sofa sitzt, aber irgendetwas an seinem Blick macht mich stutzig. Diesmal geht er richtig aus, er hat ein Date, keine Frage.

»Wer ist sie?«, frage ich, vergesse Tarq fürs Erste und lasse mich auf sein Bett fallen.

»Woher willst du wissen, dass es eine Sie ist?«

»Weil ich deine Gedanken lesen kann«, entgegne ich mit Graf-Dracula-Stimme.

»Nein, kannst du nicht«, widerspricht er mir unverblümt.

»Okay, das vielleicht nicht, aber ich weiß, dass du heute Abend mit einer Frau ausgehst.«

»Woher?«

»Weil du es mir nicht gesagt hast.«

»Du mit deiner schrägen Logik.«

»Mag sein, aber ich habe Recht. Wenn du mit deinen Kumpels ausgehen würdest, hättest du gesagt, ›Tut mir Leid, Hal, aber ich gehe heute mit meinen Arbeitskollegen einen trinken‹, oder vielleicht auch, ›Tut mir Leid, Hal, ich habe mich mit einem alten Kumpel von der Uni auf ein Bier verabredet‹, aber stattdessen hast du einfach nur gesagt, ich zitiere: ›Ich habe heute Abend schon was vor‹, Zitat Ende. Keine weiteren Informationen, keine zusätzlichen Details, und das kann nur eins bedeuten – du gehst mit einer Frau aus.«

Jack sitzt im Sessel in der Ecke seines Zimmers und hört mir zu. Ein Lächeln umspielt seine Lippen.

»Ich habe Recht, gib es endlich zu!«, rufe ich.

»Vielleicht.«

»Komm schon, Jack. Raus mit der Sprache! Ich will Details hören!«

»Details?«

»Ja, Details!«

»Okay«, seufzt er gespielt, als hätte ich ihn zermürbt. »Es ist eine Frau.«

»Wusste ich es doch!«

»Und sie heißt Mel.«

»Und?«

»Sie arbeitet bei der Firma direkt neben meiner.«

»Und?«

»Ich habe sie ein paar Mal gesehen, und wir haben uns angelächelt, und heute habe ich sie in dem Coffee Shop auf der anderen Straßenseite getroffen, wo es so voll war, dass wir uns einen Tisch teilen mussten, und wir haben uns so gut verstanden, dass ich sie gefragt habe, ob wir uns heute Abend auf einen Drink treffen wollen.«

»Und?«

»Sie hat ja gesagt.«

»Nein, ich meine, *und* wie sieht sie aus, *und* wie alt ist sie, *und* was macht sie, *und* wie gern magst du sie, *und* hast du dich in sie verliebt, *und* wann kann ich sie begutachten, äh, ich meine kennenlernen?«

»Blond und hübsch, achtundzwanzig, Akquisiteurin, das weiß ich erst heute Abend, nein, nicht, bevor ich die Antwort auf Frage vier weiß«, beantwortet Jack meine Fragen so schnell, wie ich sie ihm entgegengeschleudert habe. »Warum fragst du nicht einfach Issy, ob sie dich heute Abend begleitet?«

Er will ganz offensichtlich das Thema wechseln, und es funktioniert – ich denke sofort wieder an mein eigenes Dilemma.

»Geht nicht, sie ist heute Abend mit ihrer WG in der Rocky Horror Show.«

»Schon wieder?«

»Sie hat ihnen vorgeschwärmt, wie toll die Show ist, und da haben sie sie überredet, sich noch einmal in Korsage und Netzstrümpfe zu werfen und sich eine Wiederholung zu gönnen.«

»Dann musst du wohl allein klarkommen.«

Ich denke kurz nach, und plötzlich habe ich wieder eine Eingebung, schon die zweite an einem Abend, nicht schlecht, Hal.

»Ich rufe Lois an.«

Es ist nur ihre Mailbox dran, aber sie ruft mich zehn Minuten später zurück.

»Ich bin gerade bei einem Shooting, Honey. Aber danach kann ich dich anrufen und später noch zu euch stoßen.«

»Das wäre super, Lo. Damit würdest du mir das Leben retten.«

»Eine Frage noch, Hal. Wenn dieser Typ so furchtbar ist – warum triffst du dich dann überhaupt mit ihm?«

»Weil ich nicht nein sagen kann und zu meinem Wort stehe.«

»Wirklich? Wenn das so ist – leihst du mir deine nagelneuen Lederstiefel?«

»Nein.«

»Wirklich nicht?«

»Nein, auf keinen Fall.«

»Siehst du, wie du nein sagen kannst, wenn du willst.«

»Nein, Lo, meine neuen Stiefel sind mir nur viel wichtiger als meine Gefühle, und deine Füße sind nun mal zwei Nummern größer als meine.«

»Um welchen abscheulichen Mann handelt es sich eigentlich?«

»Tarquin.«

»Beth' Bruder? Aber der ist doch AFFENGEIL!«

»Ja, ich weiß, aber leider weiß er das selber auch, und er hat mich so lange so schäbig behandelt, dass mir vor der Aussicht auf einen ganzen Abend mit ihm allein ziemlich graust.«

»Was er wohl von dir will?«, grübelt sie laut und spricht genau den Gedanken aus, der mir seit seinem Anruf ebenfalls durch den Kopf schwirrt, was ich ihr auch sage.

»Vielleicht ist sein Interesse an dir rein körperlich«, überlegt sie laut und lacht schmutzig.

»Höchstens als Witzfigur«, entgegne ich jämmerlich.

»Warum fragst du nicht einfach Beth? Die müsste es doch wissen.«

»Natürlich, Beth. Danke, Lo.«

»Siehst du. Ich bestehe eben doch nicht nur aus einem hübschen Gesicht.«

»Wahrscheinlich will er irgendwas über Beth wissen, oder er will dem Baby etwas schenken und mich um Rat fragen. Aber seit wann bittet Tarquin Adams mich um Rat?«

»Ruf Beth an!«

Beth hat sich in irgendeinem teuren Wellnesshotel in den Midlands verkrochen, ein Geschenk von Sebastian, weil sie ihm so einen zauberhaften Sohn geboren hat.

Ich rufe sie auf ihrem Handy an, und sie meldet sich mit einer Stimme, die einem sanft ansteigenden, wohligen Schnurren gleicht.

»Na, lässt du dich schön verwöhnen?«

»Ich bin im Himmel. Ich hatte schon eine Gesichtsbehandlung, eine Maniküre, eine Pediküre, eine Ganzkörpermassage, eine Anwendung mit heißen Steinen...«

»Wie bitte?«

»Du weißt schon, diese Behandlung, bei der sie dir große aufgeheizte Kieselsteine auf den Rücken legen.«

»Klingt schmerzhaft.«

»Ist es aber überhaupt nicht, es ist herrlich. Lass mich mal nachdenken, was haben sie denn noch gemacht? Ach ja, diese abgedrehte Prozedur, bei der sie dir dieses Teil ins Ohr schieben und anzünden, und eine Akupunktursitzung, bei der sie mir eine Unmenge kleiner Nadeln in meine Hand und mein Ohrläppchen gestochen haben. Ach ja, und morgen früh wollen sie mich in Schlamm packen, in eine Frischhaltefolie hüllen und zum Brutzeln in den Ofen schieben. Soll ich dir was verraten – ich habe bestimmt schon vier Pfund abgenommen, und das in nur zwei Tagen.«

»Kein Wunder, wahrscheinlich hast du jede Menge Angstschweiß ausgedünstet. Bist du sicher, dass du eine Wellness-Kur machst und nicht etwa in einem Sado-Maso-Camp gelandet bist? Es klingt eher danach.«

»Es würde dir auch gefallen, Hal. Du solltest es unbedingt mal ausprobieren, und bei deinem Vorhaben, auf Männer unwiderstehlich zu wirken, würde es dich mit Sicherheit auch voranbringen.«

»Nicht auf Männer, Beth, nur auf Gregg.«

»Tut mir Leid, Hal, du magst vielleicht eine Hitze suchende Rakete sein, die auf ein einziges Ziel programmiert ist, aber du hinterlässt eine Spur der Verwüstung.«

»Wie meinst du das?«

»Du weißt ja, dass Olly schon immer ein bisschen in dich verliebt war.«

»Allerdings.«

»Jetzt ist er *total* verliebt und vergeht fast vor Verlangen.«

»Und warum?«

»Weil du so toll aussiehst, Hal, und es ist nicht nur dein Aussehen, sondern auch dein Verhalten. Du hast dich verändert, seitdem du nicht mehr mit Gregg zusammen bist, du bist reifer geworden. Du musstest allein klarkommen, was deinem Selbstvertrauen ziemlich gut getan hat, und nichts macht eine Frau so aufregend und sexy wie Selbstvertrauen.«

»Du hast mit deiner Mutter gesprochen, stimmt's?«

»Natürlich, ich spreche oft mit meiner Mutter.«

»Ich meine über mich.«

»Na ja, sie hat genau wie Olly festgestellt, dass du auf der Taufe super aussahst, und sie hat auch eure Unterhaltungen über das Geheimnis erotischer Ausstrahlung erwähnt. Ein paar Dinge, die du sie gefragt hast, fand sie natürlich ein bisschen komisch, weshalb sie sich bei mir erkundigt hat, ob mit dir auch alles klar ist.«

»Du meinst, ob ich womöglich einen an der Klatsche habe.«

»So hat sie es nicht ausgedrückt, aber ich glaube, sie hat sich Sorgen um dich gemacht, und da habe ich ihr ein bisschen erzählt, was du alles unternimmst wegen Gregg.«

»Ich weiß, sie hat mir gesagt, dass du es ihr erzählt hast. Sie meint, dass ich meine Zeit verschwende.«

»Aber nein, ganz und gar nicht, sie findet deinen Plan super, aber jetzt kommt das Beste, Hal. Ihrer Meinung nach zeigt deine Strategie schon erste Früchte, weil du so klasse aussahst und so gut angekommen bist. Angeblich redet Fabrice seitdem bei jeder Gelegenheit von dir, und Olly, na ja, wie er auf dich abfährt, wissen wir ja. Nur gute Nachrichten also, Hal.«

In dem Moment fällt mir der eigentliche Grund meines Anrufs wieder ein.

»Leider nicht«, brumme ich missmutig.

»Was ist denn los? Schon wieder Gregg? Womit hat er dich jetzt schon wieder aus der Fassung gebracht? Langsam reicht es doch wohl, das Maß ist allmählich voll.«

»Es geht nicht um Gregg.«

»Was ist dann passiert?«

»Tarq hat mich gefragt, ob ich mich heute Abend auf einen Drink mit ihm treffe.«

»Tarq hat dich angerufen? Da siehst du es – deine erotische Ausstrahlung hat durchschlagenden Erfolg.«

»Ich finde das gar nicht witzig. Warum, zum Teufel, will Tarquin sich mit mir treffen, Beth?«

»Ganz einfach. Wahrscheinlich will er sich bei dir entschuldigen.«

»Meinst du?«

»Ja. Warte mal einen Augenblick, der Zimmerservice kommt gerade mit meinem Fruchtshake – Vielen Dank, sehr liebenswürdig, bitte stellen Sie ihn da hin – Entschuldige, Hal, wo waren wir stehen geblieben?«

»Bei Tarquin.«

»Ach ja. Also, du hast ihm doch bei der Taufe gehörig den Marsch geblasen, und nachdem du weg warst, hat er mir sein Leid geklagt, also habe ich ihm auch noch mal die Meinung gesagt, und dann hat auch noch Mum ins gleiche Horn geblasen, weshalb ich glaube, dass er endlich kapiert hat, was für ein absolutes Arschloch er die ganzen Jahre war. Ich könnte mir vorstellen, dass diese Einladung seine Art ist, sich bei dir zu entschuldigen.«

»Meinst du wirklich?«, frage ich ungläubig.

»Ich bin natürlich nicht hundertprozentig sicher, aber würde sich nicht jeder normale Mann auf diese Weise entschuldigen? Andererseits – seit wann kann man Tarq als normalen Menschen bezeichnen? Die Schuld liegt bei Mum, das hat sie bei der Taufe sogar zugegeben. Er sieht eben so wahnsinnig gut aus, dass er von jeder Frau, die ihm über den Weg läuft, verwöhnt wird, angefangen bei Mum, die er schon als kleiner Junge um den Finger zu wickeln wusste. Aber inzwischen hat er sich schon ein bisschen zum Guten gewandelt. Er war unglaublich süß zu Patrick und hat ihm einen total niedlichen Kuschelbären geschenkt, den müsstest du mal sehen, Hal, er ist total knuddelig, ich habe noch nie so etwas Weiches in den Händen gehabt. Außerdem hat er ihm ganz viele wunderschöne Babysachen gekauft und ein Konto für ihn eröffnet und gleich tausend Pfund eingezahlt, ist das nicht unglaublich? Und dann hat er noch angeboten, uns bei den Schulgebühren unter die Arme zu greifen, falls wir Patrick auf die gleiche Privatschule schicken wollen, auf die Olly gegangen ist. Er weiß ja, dass Seb sich das nie leisten könnte.«

»Okay, okay, Beth«, falle ich ihr ins Wort, bevor sie mir auch noch mit dem Treuhandfonds kommt, den er für ihn eingerichtet hat, und dem Sportwagen, den er Patrick schon mal für den achtzehnten Geburtstag gekauft hat. »Das ist ja alles schön und gut, und ich freue mich riesig, dass er so ein toller Onkel ist, aber was hat das mit mir zu tun? Tut mir Leid, dass ich so selbstsüchtig bin, aber er erwartet mich nun mal in«, ich werfe einen Blick auf die Uhr, »eineinhalb Stunden im Storm.«

»Vielleicht ist Tarquin wirklich dabei, sich zu einem anständigen Menschen zu wandeln. Irgendwann wird doch jeder mal erwachsen, oder?«

»Du meinst also, er will die Hand zur Versöhnung ausstrecken, statt weiter mit einem Schneidbrenner durchs Leben zu ziehen und eine emotionale Schneise der Verwüstung zu hinterlassen?«

»Entweder das, oder er ist total aufgebracht.«

»Ist ja großartig, genau das wollte ich hören. Entschuldigungsarien oder krankhafte Wutattacken? Tja, wie ich Tarquin kenne, worauf soll ich mich einstellen? Hmmm.« Ich tue so, als würde ich nachdenken. »A oder B. Was meinst du?«

»Ich tippe auf A, Entschuldigung.«

»Wie schön, ich tippe auf B.«

»Du wirst es so oder so erst erfahren, oder willst du etwa kneifen?«

»Nein, ich wage es.«

»Ich kann dich ja später noch mal anrufen, und falls er dir zu sehr auf den Geist geht, tust du einfach so, als wäre ich eine kranke Verwandte oder etwas in der Art und ergreifst die Flucht.«

»Ich habe auch schon mit Lois telefoniert, sie stößt später zu uns.«

»Gute Idee. Wenn du Lois als Leibwächterin dabei hast, muss er nur ein falsches Wort fallen lassen, und sie zerquetscht ihn zwischen ihren stählernen Schenkeln, bevor du auch nur Arschloch sagen kannst.«

Nach dem Gespräch graust es mir nicht mehr ganz so vor dem Abend. Ich nehme mir viel Zeit, mich zurechtzumachen, damit ich wirklich gut aussehe. Wenn er mich nur ein weiteres Mal demütigen will, möchte ich dabei wenigstens super aussehen.

Als ich nach der U-Bahn-Fahrt das Storm erreiche, eine abgefahrene Siebziger-Jahre-Retro-Bar, ist es schon nach acht, doch das ist kein Problem, denn von Tarquin keine Spur.

Ein bisschen beunruhigend, finde ich.

Ich bestelle mir ein Glas Weißwein, beschließe, dass ich vernünftig sein und meine fünf Sinne beisammen halten sollte, und bestelle mir ein Sodawasser dazu. Für den Fall, dass ich später Hals über Kopf abhauen muss, suche ich mir einen Tisch in der Nähe der Tür.

Als ich den Wein halb ausgetrunken, das Soda noch nicht angerührt und die Annäherungsversuche zweier liebeshungriger Männer höflich, aber bestimmt abgewehrt habe, ist der Platz neben mir immer noch frei. Plötzlich klingelt mein Handy.

So läuft der Hase also. Erst bestellt er mich her, und dann ruft er an und sagt kurzfristig ab. Typisch Tarquin.

Doch als ich das Telefon aus meiner Tasche hervorgekramt habe, sehe ich auf dem Display, dass es Lois ist.

»Hal«, keucht sie in den Hörer, als ich drangehe. »Es tut mir total Leid, aber hier läuft alles gründlich schief, ich hocke hier mit nichts am Leib, außer ein paar knappen Spitzendessous und friere mir den Arsch ab, während die Jungs hier versuchen, das Chaos zu beheben. Ich sehe keine Chance, früh genug fertig zu werden, um noch ins Storm nachzukommen. Es tut mir wirklich Leid, Hal. Du schaffst es doch auch ohne mich, oder?«

»Keine Ahnung. Bis jetzt ist er noch gar nicht aufgekreuzt.«

»Wie bitte? Für wann hattet ihr euch denn verabredet?«

»Vor einer halben Stunde. Ich sitze hier wie bestellt und nicht abgeholt.«

»Scheiße!«, murmelt sie teilnahmsvoll.

»Und der Typ am Tisch nebenan zwinkert mir permanent zu.«

»Was nichts Schlechtes verheißen muss.«

»Doch. Er sieht aus wie ein Entlaufener aus einer Irrenanstalt.«

»Arme Hal. Soll ich Mel anrufen und sie bitten, dir Gesellschaft zu leisten?«

»Nein, nicht nötig, ich kriege das schon hin. Schließlich bin ich inzwischen ein großes Mädchen und kein pubertierender Teenie mehr. Ich komme schon damit klar, eine Weile allein in einer Bar zu sitzen.«

»Und Tarquin?«

»Mit dem werde ich auch fertig – falls er sich überhaupt noch blicken lässt.«

»Das höre ich gern. Pass auf, ich rufe dich noch mal an, sobald dieses Debakel hier endlich beendet ist, okay?«

»Danke, Lo.«

»Bis später.«

»Ciao.«

Ich klappe mein Handy zu und seufze.

Ich habe zwei Möglichkeiten.

Entweder gehe ich jetzt, oder ich harre aus und ignoriere den verrückt zwinkernden Irren.

Eigentlich habe ich Lust auf ein zweites Glas Wein, also beschließe ich, ihm noch zehn Minuten zu geben. Ich bestelle mir ein weiteres Glas Sancerre und rücke mit meinem Stuhl ein wenig herum, sodass ich den irren Schwachkopf am Nebentisch nicht mehr ansehen muss. Meinem Rücken kann er von mir aus zuzwinkern, bis er schwarz wird, der ist nämlich große Klasse im Ignorieren von Leuten.

Zwanzig Minuten später ist mein Weinglas schon wieder fast leer, und von Tarquin immer noch keine Spur.

Jetzt weiß ich endlich, warum er mich herbestellt hat. Um mich zu versetzen und zu demütigen!

Ich kippe den Rest meines Weins herunter und lange nach meiner Tasche.

Zum Teufel mit ihm! Jetzt hat er es sich endgültig mit mir verscherzt. Und wenn er sich damit brüsten sollte, dass er mich versetzt hat, was er unweigerlich tun wird, werde ich einfach überrascht gucken und so tun, als ob ich ebenfalls nie im Storm aufgekreuzt wäre und daher gar nichts davon wüsste, dass ich versetzt worden bin. Genau, so mache ich es!

Doch als ich gerade mit der Tasche in der Hand aufstehe, geht die Tür auf, und da steht er, vor Charme sprühend und noch besser aussehend als sonst, schüttelt sich den Regen aus seinem glänzenden dunklen Haar und lächelt mich irgendwie erleichtert an.

»Hal! Gott sei Dank bist du noch da! Auf der Fulham Road war ein totales Verkehrschaos, und mein Taxi stand eine Dreiviertelstunde im Stau. Am Ende hatte ich die Schnauze voll und bin ausgestiegen und bin das letzte Stück zu Fuß gegangen. Es tut mir wirklich Leid, Hal.«

Zu meiner großen Überraschung scheint er es ehrlich zu meinen.

»Meine Güte, was musst du bloß von mir gedacht haben!« Er beugt sich zu mir und küsst mich tatsächlich auf die Wange, woraufhin ich vor Erstaunen anfange zu zwinkern wie der Irre am Nebentisch.

Tarquin sieht hinab auf mein leeres Glas.

»Ich besorge dir noch etwas zu trinken«, sagt er und gibt dem Barkeeper ein Zeichen. »Was hattest du? Weißwein?«

Ich sollte auf keinen Fall noch mehr trinken, Wein vertrage ich nicht besonders gut, er steigt mir immer direkt in den Kopf. Nach den zwei Gläsern bin ich schon ein bisschen beduselt, aber Scheiß drauf – eigentlich ist mir eher danach, mir Mut anzutrinken.

Also nicke ich zaghaft, doch als der Kellner nicht mit einem Glas, sondern mit einer ganzen Flasche an unseren Tisch kommt, verfluche ich mich für meine fehlende Disziplin. Wenn ich das alles intus habe, bin ich so voll, dass ich nicht einmal mehr Smalltalk über das beschissene Wetter, den furchtbaren Londoner Verkehr oder die nette Taufparty am Sonntag führen, geschweige denn herausfinden kann, was er eigentlich von mir will.

Ich beschließe, Stärke zu zeigen und sofort auf den Punkt zu kommen.

»Warum wolltest du dich mit mir treffen, Tarquin? Doch sicher nicht, um mit mir in Erinnerungen an letzten Sonntag zu schwelgen.«

Er hält einen Augenblick inne, nimmt einen großen Zug aus seinem Glas und reibt sich das eine Auge, während er mich mit dem anderen irgendwie nervös ansieht. Das ist vollkommen neu für mich. Ich kenne Tarquin ausschließlich als die Selbstsicherheit in Person.

»Na ja, mit Sonntag hat es schon zu tun. Auf der Taufe haben wir uns nach Beth' Hochzeit zum ersten Mal wiedergesehen, stimmt's?«

Ich schüttle den Kopf.

»Nein. Wir sind uns seitdem schon etliche Male begegnet.«

»Tatsächlich?« Er wirkt ehrlich überrascht.

»Komisch, dass du dich nicht erinnerst«, entgegne ich und nicke. »Ich denke zum Beispiel an Ollys einundzwanzigsten Geburtstag. Den kannst du doch nicht vergessen haben, du hast mir während der Party eine ganze Flasche Jack Daniels in die Handtasche gekippt.«

»Das habe ich getan?« Er wirkt entsetzt.

»Allerdings. Und dann der dreißigste Hochzeitstag deiner Eltern. Erzähl mir nicht, dass du dich daran auch nicht mehr erinnerst! Du hast mir mein neues Top, das ich anziehen wollte, aus meinem Zimmer geklaut und es dem Labrador angezogen. Und dann Beth' und Sebastians dritter Hochzeitstag, an dem du nicht nur zu spät, sondern auch noch sturzbesoffen aufgelaufen bist und dich durch die Küche eingeschlichen hast, wo wir dich ertappt haben, wie du über dem Tisch gegangen und dir mit einem Holzlöffel den ganzen Kuchen reingeschaufelt hast, den Kuchen wohlgemerkt, an dessen Zubereitung ich drei Tage gearbeitet hatte. Und nicht zu vergessen Anne-Maries Geburtstag vor zwei Jahren, an dem du mir meinen Bademantel und sämtliche Handtücher geklaut hast, als ich im Bad eingeschlafen bin, und ich nackt über den Flur in mein Zimmer sprinten musste und dabei Großonkel Bertie in die Arme gelaufen bin, der beinahe einen Herzinfarkt bekommen hätte.«

Er lacht, aber diesmal nicht höhnisch, sondern mit erhobenen Händen, als wolle er sich ergeben.

»Hör auf, bitte hör auf! Es reicht. Es tut mir so Leid, Hal, ich habe mich dir gegenüber wie ein Arschloch benommen.«

Ich nicke mit Nachdruck.

»Und deshalb wollte ich mich mit dir treffen.«

Ich sehe ihn fragend an und ermuntere ihn fortzufahren, indem ich schweige.

»Nach der Taufe und alldem, was du mir an den Kopf geworfen hast und was Beth mir an den Kopf geworfen hat, und als dann auch noch meine Mutter ihren Senf dazugegeben hat... also, da habe ich kapiert, was für ein Mistkerl ich war, und ich dachte, na ja, dass es vielleicht an der Zeit wäre, das Kriegsbeil zu begraben.«

Ich sehe ihn schweigend an.

Ich warte auf die Schlusspointe, darauf, dass Jeremy Beadle hinter der Theke hervorspringt und ruft: »Schon wieder reingefallen, du Knallkopf!«

»Sag schon, was meinst du, Hal?« Mein Schweigen scheint ihm unbehaglich zu sein.

»Dass sich wahrscheinlich genau in diesem Augenblick ein paar deiner Kumpel an meiner Wohnung treffen und Senf durch den Briefschlitz drücken.«

Er schüttelt den Kopf.

»Quatsch!«

»Ach, nein?«, frage ich und ziehe eine Augenbraue hoch.

»Nein, nicht Senf, Bratensoße – nein, das sollte ein Witz sein.«

»Genau so kenne ich dich, Tarquin. ›War nur Spaß‹, ›war nicht ernst gemeint‹ – mit diesen Sprüchen hast du mir meine Teeniejahre zur Hölle gemacht.«

»Du hast aber auch ganz schön genervt.«

»Ich war nett zu dir.«

»Du warst VIEL ZU nett zu mir, Hal. Du warst eine lästige kleine Zecke, die mir wie ein Hündchen auf Schritt und Tritt gefolgt ist.«

»Ein Hündchen, das du getreten und dem du Knaller umgehängt hast.«

»Stimmt, aber was meinst du, was ich mir wegen dir von meinen Freunden anhören musste. Sie haben mich ständig aufgezogen. Vermutlich war die Art und Weise, wie ich dich behandelt habe, mehr eine Reaktion auf sie als auf dich. Erinnerst du dich noch an Carter, Carter Eyton-Jones?«

»War das der Blonde mit der schiefen Boxernase?«

»Ja, genau der. Er hat dich immer Hurry-up anstatt Harriet genannt, weil du mich ständig verfolgt hast.«

»Oh, nein«, stöhne ich. »So hat er mich genannt?«

Tarquin nickt.

»Er hat mich gnadenlos wegen dir aufgezogen. Er hat sogar eine Hochzeitsanzeige für uns in die Schulzeitung gesetzt. Erinnerst du dich auch noch an Roddy Balniel? Meinen so genannten besten Freund?«

Ich nicke.

»Er hat aus einem Foto von meinem sechzehnten Geburtstag unsere Köpfe ausgeschnitten und sie auf ein Hochzeitsfoto von Charles und Diana geklebt, die Montage kopiert und überall in der Schule aufgehängt. Damals habe ich mich nur an dir gerächt, Hal, aber inzwischen bin ich nicht mehr so bescheuert und alt genug zu begreifen, dass ich mich an der falschen Person gerächt habe.«

»Tut mir Leid, das war mir bisher entgangen.«

»Aber so ist es. Es tut mir wirklich Leid, dass ich dich so gepiesackt habe.«

»Ach, ja?«

Er nickt. »Total.«

»Und warum kann ich dir nicht recht glauben?«

»Weil wir zu lange über Kreuz waren und du mir deshalb nicht mehr traust, und ich kann es dir nicht einmal verdenken. Aber lass uns einfach von vorn anfangen. Wirklich ich meine es ernst.«

»Aber warum gerade jetzt, Tarq? Warum bist du plötzlich zu der Erkenntnis gekommen, dass wir Freunde sein könnten? Sieh uns doch an! Es ist schließlich nicht so, dass wir gerade erst den Kinderschuhen entwachsen sind. Ich bin neunundzwanzig und du zweiunddreißig.«

»Ich habe mich geändert, Hal, ehrlich, und du auch, das sehe ich.«

»Ich habe ein paar Pfund abgenommen und mir die Haare färben lassen, das ist alles.«

»Nein, das ist nicht alles. Ich rede gar nicht von deinem Aussehen. Für mich siehst du noch genauso aus wie damals, als du heimlich in mein Zimmer geschlichen bist und aus meiner Schublade T-Shirts gemopst hast.«

»Du *wusstest*, dass ich das war?«

Er nickt.

»Der einzige Unterschied ist deine Haarfarbe.«

Und meine Gesichtsfarbe. Denn ich werde vor Verlegenheit knallrot.

»Ich habe nur ein einziges T-Shirt genommen«, bringe ich kläglich hervor.

»Ist doch völlig egal, ob du eins genommen hast oder hundert. Wir waren Kinder, Hal, und jetzt sind wir erwachsen, mehr gibt es dazu nicht zu sagen. Am Sonntag allerdings hast du mir zum ersten Mal die Stirn geboten.«

»Sag bloß nicht, dass ich damit schlagartig deinen Respekt gewonnen habe.«

»Aber nein! Allerdings hast du mich damit zum Nachdenken gebracht, und ich sehe unser Verhältnis jetzt in einem ganz anderen Licht. Ich hoffe einfach, dass du auch bereit bist, noch einmal über uns nachzudenken.« Er lächelt mich hoffnungsvoll an.

»Ich weiß nicht.«

Was er sagt, macht durchaus Sinn, aber es ist schwer, sich plötzlich jemandem gegenüber zu öffnen, der immer gnadenlos zugetreten hat, wann immer du eine Schwäche gezeigt hast.

»Soll ich vor dir auf die Knie fallen und dich um Verzeihung bitten?«

»Nicht nötig«, entgegne ich, doch er ist bereits von seinem Stuhl gesprungen und auf die Knie gesunken.

»Bitte, Harriet Hart, vergib mir, Tarquin Daniel Adams, dem größten Idioten aller Zeiten, dass ich dir das Leben während deiner prägenden Teenagerjahre zur Hölle gemacht habe! Ich entschuldige mich aus tiefstem Herzen und könnte mir für meine Blödheit selbst in den Hintern treten, und ich wünschte, ich könnte die Zeit zurückdrehen auf damals, als du noch fünfzehn warst und mich angehimmelt hast.«

Ich bin so rot wie meine Serviette.

»Steh auf, du Idiot!«, zische ich ihm zu.

»Nicht, bevor du mir vergibst und sagst, dass wir Freunde sind.«

»Wir passen nicht zueinander, Tarq, das haben wir noch nie.«

»Aber das muss doch nicht für alle Ewigkeit so bleiben. Bitte, es liegt mir wirklich viel daran. Du bist so wichtig für meine Schwester und jetzt auch für meinen neuen Neffen. Als ich ihn gesehen habe, ist mir, glaube ich, zum ersten Mal richtig bewusst geworden, dass ich kein Kind mehr bin und deshalb auch aufhören sollte, mich wie eines zu benehmen.«

»Was Patrick wohl sagen würde, wenn er dich so sehen würde?«

»Du meinst, wenn er schon sprechen könnte? Wahrscheinlich würde er sagen: ›Beweg deinen Arsch vom Boden, Onkel Tarq, und sei nicht so ein verdammtes Weichei!‹«

»Nein, niemals!«, protestiere ich energisch. »Patrick würde sicher nicht fluchen.«

»Wenn er nach seinem Vater kommt, schon.«

»Da hast du leider Recht, aber hoffentlich nur auf Französisch.«

Ich bemerke, dass ich ihn auf einmal anlächle, und das irritiert mich, also reiße ich mich zusammen.

»Sag die Wahrheit, Tarq! Hat Beth dich vielleicht zu diesem Treffen angestiftet, um das Kriegsbeil mit mir zu begraben?«, frage ich ihn ernst. »Diese Vorstellung gefällt mir überhaupt nicht.«

Er schüttelt energisch den Kopf.

»Sie drängt mich zu gar nichts. Allerdings bin ich schon beeindruckt, wie viel du ihr bedeutest, das muss ich zugeben. Sie hält wirklich große Stücke auf dich, Hal, und das sollte mir eine Menge sagen.«

»Allerdings steht sie auch auf Sebastian. So viel zu ihrer Menschenkenntnis«, stelle ich grinsend fest.

In dem Moment klingelt mein Handy.

Es ist Lois mit ihrem versprochenen Kontrollanruf.

»Hallo, Hal, ich habe gerade Pause, da dachte ich, ich frage mal nach, wie es läuft.«

»Gar nicht so schlecht, danke, und wie geht es dir?« Ich lächle Tarq an, der neugierig zuhört.

»Kann er dich hören?«

»Ja, genau.«

»Alles klar mit dir?«

Ich sehe auf Tarquin hinab, der immer noch am Boden kniet und mich hoffnungsvoll anlächelt.

»Ich glaub schon.«

»Soll ich noch mal anrufen, wenn ich fertig bin?«

»Nein, nicht nötig, aber danke.«

»Eine Freundin, die nur mal gerade checken wollte, ob sie zur

Rettung herbeieilen muss, stimmt's?«, fragt Tarquin, als ich das Telefon zuklappe.

»Hast du sie verstanden?«

»Nein, aber ich kann es mir denken.«

»So etwas Ähnliches«. Jetzt bin ich ein wenig verlegen.

»Keine Sorge, ich nehme es dir nicht übel. In den Augen deiner Freundinnen ist unser Treffen wahrscheinlich so ähnlich, als ob Rotkäppchen sich mit dem bösen Wolf auf ein paar Cocktails verabredet hätte.«

»Nein, das bestimmt nicht.«

»Wirklich nicht?«

»Nein, in ihren Augen bin ich eher Lieutenant Ellen Ripley, die es mit dem Alien aufnimmt.«

»He, ich dachte, wir hätten einen Waffenstillstand vereinbart!«

»Haben wir auch, aber du hast dich mir gegenüber tausendmal mieser verhalten als umgekehrt, also habe ich wohl noch ein bisschen nachzuholen, bevor wir endgültig die weiße Fahne hissen.«

»Dann ist es also besiegelt? Wir hissen die weiße Fahne und werden Freunde?«

»Mal sehen. Einen Versuch ist es zumindest wert.«

»Habe ich eine Art Probezeit?«

»Ja, ein Jahr. Wenn du mir nicht gefällst, gebe ich dich zurück.«

»Wie ein Paar Schuhe.«

»Wenn sie anfangen zu drücken.« Ich grinse ihn an.

Er hält mir die Hand hin, ich nehme und schüttle sie, und dann steht er zum Glück endlich auf und setzt sich wieder zu mir an den Tisch.

In den nächsten zwei Stunden erzählt Tarq mir skurrile Geschichten von irgendwelchen Leuten, die in seinen mittlerweile vier Nachtclubs verkehren. Er bringt mich mit schmutzigen

Witzen zum Lachen, und als er von Baby Patrick und seiner Familie erzählt, wird mir ganz warm ums Herz, denn die Liebe, mit der er von ihnen redet, überstrahlt den Blödsinn, den er ansonsten von sich gibt. Er stellt mir auch ein paar Fragen und hört sogar zu, als ich antworte, er erkundigt sich nach meiner Familie, gibt treffende, fundierte Kommentare zu meinem Job ab und benimmt sich wie ein echter Gentleman. Mehr noch: Er ist so umwerfend charmant, dass ich mich frage, warum ich bei seiner Mutter Rat gesucht habe; verglichen mit Tarq ist Anne-Marie eine blutige Anfängerin.

Schließlich wirft er einen Blick auf die Uhr. Wahrscheinlich will er den Abend jetzt ausklingen lassen, denke ich und bin überrascht, dass ich Bedauern empfinde. Das muss am Alkohol liegen, ich habe wahrlich genug getankt.

»Es war ein schöner Abend«, sage ich.

»Er muss ja noch nicht zu Ende sein. Hast du Hunger?«

»Müsste ich eigentlich, irgendwie habe ich heute vergessen zu essen.«

»Diese Wirkung habe ich öfter auf Frauen.«

»Da kommt der alte Tarq wieder durch.«

»Ich weiß, manchmal will er sich einfach nicht bändigen lassen. Wie ein zweites Ich, das gelegentlich partout zum Vorschein kommen will. Was hältst du davon, unsere neue Freundschaft mit einem Essen zu besiegeln?«

»Ich hätte lieber noch eine Flasche Wein.«

»Okay, ist mir auch recht. Wer braucht schon Essen, wenn wir den guten alten Rebensaft haben? Bestellen wir also noch ein Fläschchen.«

Also trinken wir weiter und knabbern dazu ein Päckchen Erdnüsse und ein paar Oliven, um unsere Mägen nicht ganz zu vernachlässigen. Als die Klingel ertönt, um die letzte Runde anzukündigen, sind wir längst nicht mehr nur angeheitert, sondern regelrecht besoffen und führen eine jener Schwachsinnsunterhaltungen, denen nur absolut Betrunkene irgendetwas abgewinnen können.

»Ich trinke, um zu vergessen.«

»Um was zu vergessen?«

»Keine Ahnung, ich habe so viel getrunken, dass ich mich nicht mehr daran erinnern kann.«

»Du bist fertig.«

»Womit?«

»Ich meine, du hast zu viel intus.«

»Vielen Dank.«

»Das ist doch nichts Schlimmes. Der vernünftige Mensch trinkt, denn das Leben ist ohnehin nichts als ein Rausch.«

»Wer hat das gesagt?«

»Ich, hier und jetzt. Hallo, Hal, hier bin ich!« Er wedelt mit der Hand vor meinem Gesicht herum. »Verlierst du jetzt etwa auch noch dein Augenlicht? Muss ich vielleicht deinen Wein konfiszieren?«

»Nur, wenn du mich zum Weinen bringen willst.« Ich grinse und ziehe mein Glas näher zu mir heran.

»Es ist von Lord Byron.«

»Was?«

»Das Zitat.«

»Ich habe mal ein Porträt von ihm in einem Museum gesehen. Er sah wirklich klasse aus.«

»Du siehst wirklich klasse aus, Hal, weißt du das?«

»Du auch.«

Das tut er in der Tat.

Er sieht total anders aus als Beth und Olly, die beide blaue Augen haben und eher blond sind.

Seine Augen haben die Farbe von Schwarzdornbeeren, seine Haare und Haut sind dunkel wie die eines Südeuropäers.

Vielleicht hatte Beth' Mutter ja eine Affäre damals, ihre Familie lebte nämlich in Spanien, als er zur Welt kam.

Wie Milchmann wohl auf Spanisch heißt?

Nicht, dass er wie ein Milchmann aussieht, mit seiner Schönheit und seiner Arroganz hat er eher etwas von einem Matador – stolz, grausam und unbesiegbar.

»Oje, Hal«, murmle ich zu mir selbst, »merkst du denn gar nichts mehr?«

Vergiss nicht, dass du für diesen kraftstrotzenden Stier normalerweise das rote Tuch bist.

»Aber ich mag dich trotzdem nicht«, teile ich ihm mit.

»Natürlich nicht. Aber ich mag dich. Je mehr ich darüber nachdenke, desto bewusster wird mir, dass ich dich sogar sehr mag. Wärst du beleidigt, wenn ich dir gestehen würde, dass ich dich unglaublich attraktiv finde?«

»Ist doch lächerlich! In letzter Zeit törne ich höchstens noch den Fernseher an.«

»Was war ich bloß für ein Idiot, dich so mies zu behandeln!«

Ich nicke zustimmend, und dann streckt er zu meiner Überraschung die Hand aus, legt behutsam zwei Finger auf meine Wange, dreht vorsichtig mein Gesicht in seine Richtung und küsst mich ganz sanft auf die Lippen.

Er hält inne, lehnt sich ein Stück zurück, sieht mir tief in die Augen und wartet auf meine Reaktion.

Ich warte ebenfalls auf meine Reaktion.

Ich weiß nicht, ob der Schock oder der Alkohol für die Verzögerung verantwortlich ist.

Jedenfalls ist es definitiv der Alkohol, der mich zu dem nächsten Schritt beflügelt.

Ich küsse ihn.

Ja, es ist wahr, ich beuge mich zu ihm vor und erwidere seinen Kuss. Ich küsse ihn lange und innig, und es fühlt sich gut an, so gut sogar, dass wir gar nicht mehr aufhören.

Da er so umwerfend gut aussieht und wir schon so lange knutschen, dass es allmählich ein bisschen pornografisch wird, sieht uns die Hälfte der Bargäste zu, doch es gelingt mir, sie zu ignorieren, bis sie wild und aufgeheizt applaudieren. Ich ziehe mich keuchend und verlegen, aber versonnen lächelnd zurück und vergrabe mein Gesicht an Tarquins Schulter, um mich vor einer soeben eingetroffenen Gruppe von Anzug- und Krawattenträgern zu verbergen, die in der Ecke Platz genommen haben und uns unter schallendem Gelächter anfeuern – alle, bis auf einer, dessen Gesicht kreideweiß geworden und dessen Mund vor Fassungslosigkeit offen stehen geblieben ist.

Von Alkohol und Begierde benebelt, bemerke ich, dass der Mann, der uns völlig schockiert anstarrt, mir sehr bekannt vorkommt.

»Wir sollten besser gehen«, flüstert Tarquin mir ins Ohr. Sein Gesicht ist mir noch so nahe, dass seine Lippen beim Sprechen meine Haut berühren.

Ich nicke langsam und versuche mich auf seine schönen blaugrünen Augen zu konzentrieren, die mir jedoch viel zu nahe sind, als dass ich sie richtig ins Visier nehmen könnte. Er reicht mir die Hand, hilft mir vom Stuhl und legt seinen Arm um meine Taille, um mich zu stützen, und ich lege meinen Arm um seine Taille, um ihn zu stützen, und so torkeln wir aus der Bar, und während wir schon wieder knutschen, hebe ich leicht meine Hand und winke Gregg zum Abschied.

Wir nehmen ein Taxi zu mir nach Hause, und obwohl ich mir immer noch nicht im Klaren bin, was zum Teufel ich eigentlich tue, führe ich ihn direkt in mein elegantes, erotisches Schlafzimmer.

»Was für ein tolles Zimmer!«, jauchzt er vor Begeisterung, als ich mich auf mein Bett fallen lasse und ihn zu mir heranziehe.

Es hat etwas unglaublich Befreiendes, wenn du mit jemandem schläfst, den du attraktiv findest, aber nie besonders gemocht hast. Du musst dich nicht verpflichtet fühlen, im Bett Höchstleistungen zu vollbringen, weil du dich nicht darum sorgst, ob du ihn wieder siehst. Du kannst egoistisch und verlangend sein und so oft kommen, wie du willst, ohne dich ernsthaft darum zu kümmern, ob er während deiner überwältigenden Orgasmen auch auf seine Kosten kommt. Es macht dir nichts aus, wenn er um vier Uhr morgens in die Nacht verschwindet, anstatt noch zum Frühstück zu bleiben; und du hockst nicht eine Woche lang leidend und bekümmert neben dem Telefon und fragst dich, warum er nicht anruft.

Ich wusste gar nicht, wie befreiend Gelegenheitssex sein kann.

Ob ich ein schlechtes Gewissen habe?

Na ja, wenn ich ganz ehrlich bin, ja, ein kleines bisschen, aber dieser Anflug eines schlechten Gewissens wird von dem Schrei in meinem Kopf übertönt (und der Schrei ist ziemlich laut, was mich noch mehr unter meinem Kater leiden lässt): Warum, zum Teufel, sollte ich ein schlechtes Gewissen haben??!

Ich bin Single, daran gibt es nichts zu deuteln, und ja, ich will Gregg zurückgewinnen, aber wer sagt denn, dass ich in der Zwischenzeit wie eine Nonne leben muss? Er führt schließlich auch kein Klosterleben.

Das ist ganz und gar NICHT die Reaktion, die ich mir für den Fall eines One-Night-Stands ausgemalt hatte, und ich habe durchaus in Erwägung gezogen, dass es dazu kommen könnte, ich habe nur nicht geglaubt, dass es tatsächlich passieren würde, denn in meinem Kopf gehöre ich immer noch zu Gregg. In meinen Gedanken ist er immer noch MEIN Mann, und auch wenn wir im Moment nicht zusammen sind, bin ich nach wie vor überzeugt, dass wir füreinander bestimmt sind und unsere Trennung nur ein kurzer vorübergehender Aussetzer in unserer Beziehung ist.

Okay, er ist mit einer anderen Frau zusammengezogen, aber auch das werde ich überstehen. Ich könnte mir ja die Finger in die Ohren stecken und meine Augen ganz fest schließen und das

»scheußliche Etwas« einfach an mir vorübergehen lassen. Auch wenn es ziemlich jämmerlich ist, aber nachdem ich selbst mit jemand anders geschlafen habe, finde ich es nicht mehr ganz so schlimm, dass Gregg abgehauen ist und es mit einer anderen treibt. Ich habe es bestimmt nicht nach dem Motto »Wie du mir, so ich dir« als eine Art Vergeltung getan, aber jetzt verstehe ich zumindest, wie leicht die schiere Lust alle anderen Gefühle zu übertrumpfen vermag.

Trotzdem staune ich über mich.

Ich hätte es nie im Leben für möglich gehalten, mit einem anderen Mann im Bett zu landen und dass dieser Jemand dann auch noch Tarq sein würde – also, ich hätte die Möglichkeit, dass ich je mit ihm schlafen würde, für so wahrscheinlich gehalten wie einen Sechser im Lotto.

Und – war es wie ein Sechser im Lotto? Hat es so einschneidend mein Leben verändert?

Um es klipp und klar zu sagen: Es war gut. Es war sauber und schmutzig, Schweiß treibend und voller Genuss, zärtlich und qualvoll und das alles zugleich. Und was noch? Es war der beste Sex meines Lebens. Ich gebe es nur ungern zu, aber es ist so. Ich hatte keine Ahnung, dass Sex so sein kann, wirklich nicht. Mit Gregg hatte ich oft Sex, und es war gut, und ich hatte nie das Gefühl, dass irgendetwas nicht stimmen könnte, es stimmte ja auch alles, es war eben nur nie wie – Sex mit Tarq.

Sex mit Tarq.

Oh, mein Gott, ich hatte Sex mit Tarq.

Vielleicht liegt es daran, dass die Wirkung der Endorphine allmählich nachlässt, aber mir wird schlagartig die Absurdität des Ganzen bewusst. Keiran, in den ich zugegebenermaßen sogar ein bisschen verknallt bin, habe ich mit aller Kraft widerstanden; wie, um Himmels willen, konnte ich also mit Tarquin im Bett landen?

Jetzt reiß dich aber zusammen, Hal! Du bereust nichts! Das

Leben ist zu schade, um es mit Reue zu vergeuden. Es ist passiert, du hast deinen Spaß gehabt (und wie), und das wars.

Aber warum ausgerechnet mit Tarquin?

Ich glaube, weil es Sex ohne Gefühle war.

Solchen Sex hatte ich noch nie.

Nach heutigen Maßstäben habe ich sowieso nicht mit vielen Männern geschlafen. Gregg war erst Nummer drei, und mit jedem, mit dem ich im Bett war, hatte ich eine Beziehung. Wir sind offiziell miteinander gegangen. Höre ich da jemanden aufschreien: »Was? Du hattest noch NIE einen One-Night-Stand?«

Nein, hatte ich nicht.

Bis heute.

Und was nun?

Gar nichts.

Ich bin ziemlich sicher, dass Tarquin und ich beide wissen, wie es dazu gekommen ist.

Es war:
1) spontane Lust, angeheizt durch die ungeheure Menge Alkohol, die wir beide konsumiert haben.
2) eine verdammt nette Art, das Kriegsbeil zwischen zwei Feinden zu begraben.

Ich habe kein schlechtes Gewissen. Nein, wirklich nicht, dies ist eine Zone, die frei von Schuldgefühlen ist.

Ein bisschen regt sich mein schlechtes Gewissen vielleicht doch, la la la la la, dudel didel dum dudeldumdei.

Nein, ich habe kein schlechtes Gewissen.

Nicht im Geringsten.

Nada.

Null.

Nichts.

Kein schlechtes Gewissen.

Mein schlechtes Gewissen bringt mich um.

Den ganzen Tag ging es mir gut, ich war geradezu berauscht, bis es mich heute Abend plötzlich getroffen hat wie ein Schlag, und zwar kurz nachdem Beth angerufen und sich erkundigt hat, wie es gelaufen ist. Ich habe ihr erzählt, dass wir uns prima verstanden haben und alles geregelt ist, und ich war richtig euphorisch – bis die Gewissensbisse mich attackierten. Wie in einem schlechten B-Movie krochen sie an mir hoch und fielen über mich her, als ich gerade dabei war, mich durch einen Berg Wäsche zu bügeln.

Später versuche ich mein Dilemma zur Sprache zu bringen, als ich mich mit Issy zu unserer nächsten Kickbox-Stunde treffe. Natürlich sage ich ihr kein Wort davon, dass ich mit Tarq im Bett gelandet bin, denn Issy ist nicht gerade die diskreteste, sie hält Scham- und Schuldgefühle für pure Zeitverschwendung und sieht daher keinen Sinn darin, Geheimnisse zu bewahren. Was ich ihr sehr wohl erzähle, ist, dass Gregg mich mit Tarq im Storm hat knutschen sehen.

Nachdem sie anfänglich kaum fassen konnte, dass ich tatsächlich meinen Speichel mit Tarquin ausgetauscht habe, mit einem Typen also, den ich in jüngster Zeit erwiesenermaßen verabscheut habe, findet sie das Ganze jetzt ziemlich belanglos.

Ich verstehe nicht, wie sie das Ganze belanglos finden kann.

»Es steht nicht auf der Liste, oder?«, frage ich.

»Was steht nicht auf der Liste?«

»Lass dich von der Liebe deines Lebens beim Knutschen mit einem Kerl erwischen, den du nicht wirklich magst.«

Sie verdreht die Augen und drischt auf den vor ihr hängenden Punchingball ein.

»Hal, begreif doch endlich – zwischen euch ist es vorbei. Gregg ist mit einer anderen zusammen. Er *vögelt* eine andere, Hal! Tut mir Leid, so ist es nun einmal, und deshalb musst du kein schlechtes Gewissen haben, wenn du mit einem Typen herumgeknutscht hast. Was ist schon dabei?«

Beinahe platzt die ganze Wahrheit aus mir heraus, aber ich bremse mich gerade noch rechtzeitig.

»Was denkt er jetzt bloß von mir?«

»Da gibt es nur zwei Möglichkeiten. Entweder bedeutest du ihm noch etwas oder nicht. Wenn du ihm noch etwas bedeutest und er ein typischer Mann ist, wird er jetzt vor Eifersucht rasen, und das ist genau das, was er verdient hat. Wenn du ihm nichts mehr bedeutest, solltest du keinen Gedanken mehr an ihn verschwenden.«

»Du meinst also, ich bedeute ihm nichts mehr?«

»Das habe ich nicht gesagt, du Wortverdreherin. Wenn du meine ehrliche Meinung hören willst – ich glaube, dass du ihm sehr wohl noch etwas bedeutest, und in dem Fall geschieht es ihm verdammt recht, deine Zunge in den Tiefen von Tarqs Mund gesehen zu haben. Und dass er nun darüber grübeln wird, ob ihr nach dem Knutschen getrennt nach Hause gegangen seid oder ob es der Beginn einer aufreibenden Angelegenheit mit deutlich weniger Klamotten am Leib war, geschieht ihm noch mehr recht.«

Jetzt fühle ich mich besser.

Issy hat im Grunde genau das gesagt, was ich mir selbst bereits im Kopf zurechtgelegt hatte. Und wenn ich ehrlich bin, hat mein One-Night-Stand mein Selbstbewusstsein gehörig aufgepeppt.

Abgesehen davon, dass Tarquin ein Scheusal sein kann, ist er immerhin auch ein gefragter Mann. Er könnte jede Frau haben, aber er wollte mich.

Mich. Harriet Romily Hart, die Frau, die verlassen wurde. Gregg weiß vielleicht nicht, ob er mich noch will, aber Tarquin hat mich definitiv gewollt. Dreimal. Hintereinander.

Wow, mir ist heiß. Es würde zischen, wenn ich mir den Finger anfeuchten und an mich pressen würde. Was für ein Gefühl!

Wenn ich es abfüllen und trinken könnte, würde es besser schmecken als der beste Champagner, und es würde mich herrlich betrunken machen, und zwar ohne die lästigen Nebenwirkungen.

Auf dem Weg nach Hause stolziere ich die Straße entlang. Ich STOLZIERE.

Männer halten Türen für mich auf, das erste vorbeifahrende Taxi hält sofort neben mir an, und ich schwöre, wenn ich in diesem Moment eine Zigarette im Mund hätte, würde sie sich entzünden, ohne dass ich mein eigenes Feuerzeug hervorkramen müsste. Und plötzlich wird mir klar, was mir all die Zeit gefehlt hat. Beth hatte Recht.

Das magische Wort.

SELBSTVERTRAUEN.

Es steht mir auf der Stirn geschrieben, denn ICH HABE ES.

Als ich nach Hause komme, liegt vor der Tür ein Blumenstrauß. Immergrün mit blauen und weißen Blüten, Hunderte. Auf der angehefteten Karte steht »Lass Blumen sprechen« und darunter Tarquins Unterschrift.

Ich stürze sofort an Jacks Computer, tippe in die Suchmaschine »Blumensprache« ein und drucke die drei Seiten lange Liste aus, die mir das Web dazu ausspuckt.

»Immergrün, Immergrün... Was, um Himmels willen, will er mir mit Immergrün sagen?«, murmle ich vor mich hin, während mein Finger die Liste hinunterfährt. »Ah, da ist es.« Ich lese und muss grinsen.

Blau blühendes Immergrün – im Anfangsstadium einer Freundschaft.

Weiß blühendes Immergrün – als Zeichen einer angenehmen Erinnerung.

Kapitel 13

»Guten Morgen allerseits.« Graham kommt aus seinem Büro gestürmt. Er grinst über das ganze Gesicht. »Wir haben heute die große Ehre«, verkündet er theatralisch, »Besuch aus der Zentrale zu bekommen.«

Selma stöhnt.

»Was wollen die denn schon wieder?«

»Sie wollen sich nur ein bisschen umsehen, nichts, was Umstände bereitet.«

»Haha, keine Umstände«, murmelt sie angesäuert. »Ihr Aufkreuzen bedeutet immer Probleme. Dank Ihnen läuft hier alles glatt und reibungslos – bis die Leute aus der Zentrale ihre Nase in alles hineinstecken und in letzter Minute mit allen möglichen Änderungswünschen kommen.«

»Sie werden gar nichts ändern, liebe Selma«, beruhigt Graham sie mit einem besänftigenden Lächeln, »sie wollen sich nur ein bisschen in unseren großartigen Gebäuden umsehen und uns loben, was für einen tollen Job wir gemacht haben.«

»Aber erwarten Sie bloß nicht, dass ich hinter ihnen herrenne, ihnen ihre polierten Schuhe lecke und Cappuccinos serviere«, stellt sie murrend klar.

»Keine Sorge, Hal kann sich um sie kümmern. Sie ist den Umgang mit ihnen gewohnt, schließlich kommt sie selbst aus der Zentrale.«

Ich habe ihren Wortwechsel von meinem Schreibtisch aus mit einem Lächeln verfolgt, lege meinen Stift hin und grinse Graham gelassen an.

»Was muss ich tun, Gray?«

»Sie einfach nur in die Besucherliste eintragen, an alle Helme ausgeben und ihnen auf Schritt und Tritt folgen und dafür sorgen, dass sie meine hart arbeitenden Jungs nicht von der Arbeit abhalten und sich auf der Baustelle nicht umbringen oder verletzen.«

»Klingt wie ein Kinderspiel.«

»Das denkst du vielleicht.« Selma rümpft missbilligend die Nase. »Aber die Zentrale ist eine andere Welt, Hal, und die Leute, die dort arbeiten, sind eine andere Spezies. Das müsstest du doch wissen, schließlich hast du selbst in einem ihrer Nobelbüros mit Teppich gehockt und bist jeden Tag in die Firmenkantine gegangen, bevor du diesen Luxus gegen unseren kleinen Außenposten mit Linoleum und Wasserkessel getauscht hast. Es gibt einen kleinen, aber bedeutenden Unterschied zwischen den Plänen und der Realität, und einige von diesen Anzugträgern aus der Zentrale scheinen das einfach nicht zu kapieren. Wonach genau wollen sie sich denn ›umsehen‹?«, fragt Selma argwöhnisch.

»Sie wollen auswählen, welches Penthouse sie für die Werbekampagne einsetzen wollen. Irgendein ein Typ namens Gregg Holdman und seine Speichellecker, ich glaube, er ist der Marketing Manager.«

»Gregg«, sagen Selma und ich im Chor.

Ich nicke langsam und versuche den riesigen Knoten zu ignorieren, der sich plötzlich aus meinen Eingeweiden bildet.

»Kennen Sie ihn, Hal?«, fragt Graham.

Selma sieht mich an und zieht eine Augenbraue hoch.

»Kennen? Sie ist mit ihm ...«

»Es ist *Ihr* Gregg?«

»Ja, genauer gesagt – er war mein Gregg.«

»Verstehe, tut mir Leid. Wenn Sie ihn nicht sehen wollen, habe ich dafür größtes Verständnis.«

Ich schüttle den Kopf.

»Nein, nein, ist schon gut. Es macht mir nichts aus«, versichere ich ihm schnell, aber ganz sicher bin ich mir nicht.

Nach der Begegnung mit ihm in der Bar freue ich mich zwar darauf, fürchte mich aber zugleich auch davor, ihn wiederzusehen. Wenigstens muss ich mich dann nicht länger von der Frage in den Wahnsinn treiben lassen, was er wohl von mir denkt. Ich bin nämlich fest entschlossen, das heute herauszufinden, es sei denn natürlich, er war an jenem Abend noch betrunkener als ich und kann sich an nichts mehr erinnern. Ich weiß nicht, was mir lieber wäre: ein Gregg, der sich daran erinnert, dass ich beim Verlassen der Bar heftig mit Tarquin geknutscht habe, oder ein betrunkener Gregg, der diesen Anblick mit Hilfe einer Riesenration Alkohol aus seiner Erinnerung gelöscht hat.

Zwanzig Minuten später steckt Graham den Kopf durch die Tür seines Büros und nickt mir zu.

»Können Sie mal kurz zu mir kommen, Hal?«

»Klar, Boss.«

Ich gehe hinein, und er bedeutet mir, mich zu setzen, doch anstatt auf seinem eigenen Stuhl Platz zu nehmen, lässt er sich direkt vor mir auf der Kante seines Schreibtischs nieder und lässt seine Hacken gegen das abgenutzte Holz schlagen.

»Macht es Ihnen wirklich nichts aus?«, fragt er schließlich.

»Was?«

»Heute Ihren Ex hier herumzuführen. Wenn Sie es nicht tun wollen, kann ich das gut verstehen.«

»Keine Sorge, ich habe kein Problem damit, ehrlich. Außerdem – wer sollte es sonst machen?«

»Selma hat sich angeboten.«

»Tatsächlich?«

»Tatsächlich.« Graham schüttelt ungläubig den Kopf. »Ich war genauso überrascht wie Sie.«

Selma, die gute Seele.

»Das ist wahnsinnig nett von ihr, aber keine Sorge, ich kriege das schon hin.«

»Sind Sie sicher?«

Ich nicke.

»Ich werde meine Sache gut machen. Ich verspreche es.«

»Dass Sie Ihre Sache gut machen, bezweifle ich nicht im Geringsten«, stellt Graham mit einem Seufzer klar. »Ich mache mir eher Sorgen um Sie.«

»Wenn Sie sich bitte alle in diese Liste eintragen würden, das verlangen die Vorschriften, damit wir im Falle eines Unfalls wissen, wer auf der Baustelle ist.«

Die Anzugträger aus der City, wie Selma sie so liebevoll nennt, tun, wie ich sie geheißen habe, und reihen sich brav in die Schlange ein, um sich in mein Formular einzutragen.

Gregg, der normalerweise nicht zimperlich ist, wenn es darum geht, sich nach vorne zu drängeln, ist zu meiner Überraschung der Letzte in der Schlange. Er beugt sich herunter, um sich ebenfalls einzutragen, und blickt, als er wie üblich mit großer Geste unterschrieben hat, zu mir auf.

Ich will gerade hallo sagen, da wir uns bisher noch gar nicht begrüßt haben, als er mir mit zusammengebissenen Zähnen zuzischt: »Ich dachte, du hasst Tarquin.«

Wir kommen also sofort zur Sache. »Und ich dachte, du liebst mich, aber man irrt sich eben gelegentlich, nicht wahr?«

Er sieht mich mit weit aufgerissenen Augen an, als hätte ich ihm gerade eine Ohrfeige verpasst. Ich habe es ihm so cool und so gefasst an den Kopf geworfen, dass er offenbar zum ersten Mal ansatzweise kapiert, wie sehr er mich verletzt hat.

Dabei will ich gar nicht, dass er das weiß.

Ich muss mich zusammenreißen, den Reißverschluss hochziehen, der meine durchhängenden Gefühle gegenwärtig zusammenhält, und mich zwingen, zum Dienstlichen zurückzukehren.

»Okay, jetzt muss ich nur noch diesen feschen Kopfschmuck verteilen«, verkünde ich scheinbar ungerührt und ermuntere die Versammelten, vorzutreten und jeweils einen der gelben Schutzhelme entgegenzunehmen. »Noch so eine Vorschrift, tut mir Leid, aber wir wollen ja nicht, dass einer von Ihnen mit einer Palette Ziegelsteinen auf dem Kopf endet, oder?«

Die Gruppe lacht, nur Gregg nicht, der mich ansieht, als hätte er nichts dagegen, wenn mir eine ganze Tonne Leyland Reds auf die Birne krachte, und sei es nur, um mich zu Verstand zu bringen. Als er den letzten der Schutzhelme entgegennimmt, findet er schließlich die Sprache wieder.

»Bist du etwa richtig mit ihm zusammen?«, zischt er mir bissig zu.

Ich könnte ihm die Wahrheit sagen – nicht so bald und wahrscheinlich überhaupt nicht –, aber diese Befriedigung werde ich ihm nicht verschaffen.

Also setze ich mein süßestes Lächeln auf, frage: »Und wie geht es Rachel?« Und er kapiert. Seit Rachel Teil seines Liebeslebens geworden ist, hat er jedes Recht verwirkt, Teil meines Liebeslebens zu sein.

»Ich weiß ja, dass es mich nichts angeht«, meint er in etwas versöhnlicherem Ton, »aber Tarquin ist doch ein absoluter Schwachkopf.«

»Du hast Recht«, entgegne ich mit einem Lächeln, und er lächelt selbstgerecht. Doch dann beende ich meinen Satz: »Es geht dich tatsächlich nichts an.«

Und mit diesen Worten drehe ich mich um.

»Schön, wenn Sie mir dann bitte alle folgen wollen, ich bringe Sie jetzt hoch zum ersten Penthouse.«

Als wir alle im Aufzug sind, finde ich mich eingequetscht zwischen Gregg und Jonathan Carpenter wieder, unserem erlauchten Vorstandsvorsitzenden.

Ich weiß nicht, wer von den beiden mich nervöser macht.

Ich atme Greggs vertrauten unwiderstehlichen Duft ein, als er unbeabsichtigt gegen mich gedrückt wird, doch die Tatsache, dass meine Beine ein bisschen weich werden und nachgeben, lässt sich glücklicherweise darauf zurückführen, dass wir gerade mit großer Geschwindigkeit in einem kleinen Aufzug zum zwölften Stock hochsausen.

Die Penthousewohnungen, die das neueste Flaggschiff von Thameside Homes darstellen, sind auf drei verschiedene Gebäude verteilt. Der oberste Stock jedes Gebäudes ist jeweils komplett für eine einzige riesige Wohnung reserviert. Die Wohnungen haben drei Schlafzimmer, alle mit eigenem Bad, sind mit einer Hightech-Küche im Stil des Weltraumzeitalters ausgestattet, die einem das Essen quasi auf Knopfdruck von allein zubereitet, und verfügen darüber hinaus über ein Arbeitszimmer, ein Esszimmer und ein Wohnzimmer in der Größe meiner Wohnung. Es gibt Zwischenebenen, die man über Wendeltreppen begeht, Stahlpfeiler, vom Boden bis zur Decke reichende Fenster, unzählige Hektar polierten Holzfußboden, wunderschöne Balkone und so paradiesische Dachgärten, dass man sich dort auf den Rücken legen, die Augen schließen und sich vorstellen kann, man sei gestorben und im Himmel gelandet.

Als die kleine Gruppe durch die Tür tritt, sehe ich, dass alle schwer beeindruckt sind.

»Für Thameside Homes setzen diese Gebäude Maßstäbe, an denen wir uns bei all unseren künftigen Entwicklungen orientieren werden«, verkündet Gregg wichtigtuerisch, als ich die Gruppe in das großräumige Wohnzimmer führe. »Deshalb ist es ungeheuer wichtig, dass wir für die neuen Broschüren die richtige Wohnung aussuchen. Die Penthousewohnungen sind zwar alle gleich groß, aber unterschiedlich geschnitten, deshalb bitte ich um Ihre Meinungen, welche Sie für unsere Zwecke für am besten geeignet halten.«

In den folgenden fünfzig Minuten sehen sie in jeden Schrank, testen jede Fußbodendiele, sehen aus jedem Fenster und sitzen auf geschlossenen Klodeckeln Probe.

Nur John Carpenter ist bereits nach zwanzig Minuten fertig. Die restliche Zeit steht er in der Tür und klopft ungeduldig mit dem Fuß auf den Boden und zeigt seinen Unmut darüber, dass seine Führungskräfte nicht mitkriegen, dass er weiterwill und stattdessen über die Wohnung herfallen und sich benehmen wie aufgeregte Schuljungen auf einer Exkursion.

Als die Gruppe sich erneut im Wohnzimmer sammelt und debattiert, wirft John Carpenter demonstrativ einen Blick auf seine Uhr und verkündet: »Leider habe ich jetzt keine Zeit mehr, mir auch noch die anderen Wohnungen anzusehen. Vielleicht hätte Miss Hart die Güte, uns im Hinblick auf unser Anliegen ihre fundierte Meinung kundzutun.«

Der Firmenboss will meine Meinung hören.

Ich versuche, nicht knallrot zu werden, setze einen professionellen Blick auf und blättere die Pläne auf meinem Klemmbrett durch.

»Also, ich habe sämtliche Penthousewohnungen in den vergangenen Tagen besichtigt und freue mich, bestätigen zu können, dass jede von ihnen einzigartig und grandios ist. Die Qualität der handwerklichen Arbeiten ist von allererster Güte, und auch im Design ist jede der Wohnungen außerordentlich ansprechend.«

Sie lächeln alle zustimmend.

»Bei aller Perfektion ist mein Favorit jedoch definitiv Swallow House«, stelle ich klar und rede von dem Gebäude, in dem wir uns befinden. »Meiner Meinung nach hat es von allen die beste Lage, da es parallel zum Fluss liegt; den Bauplänen zufolge wird es auch das erste sein, das komplett fertig gestellt sein wird, was bedeutet, dass potenzielle Käufer nicht durch ein halbfertiges Gebäude staksen müssen, wenn sie unsere großartigen Wohnungen besichtigen wollen. Aber ich zeige Ihnen natürlich sehr gerne auch Kingfisher House und Lark House, die sich rechts und links von uns befinden.«

John Carpenter nickt nachdenklich und wendet sich an Gregg.

»Was meinen Sie, Gregg?«

»Wenn Miss Hart sagt, dass dies von den dreien die geeignetste Penthousewohnung ist, dann ist es auch die geeignetste.«

Die anderen nicken zustimmend.

»Okay, dann nehmen wir also Swallow House. Ich bitte die Innenarchitekten, sich direkt mit Miss Hart in Verbindung zu setzen.«

Da er mich fragend anblickt, nicke ich zustimmend.

»Sobald sie fertig sind und den Räumen ihren eigenen Zauber verliehen haben, können wir den Fotografen bestellen. Ausgezeichnet!« Er klatscht in die Hände, und die anderen verstehen es als Zeichen zum Aufbruch und machen sich auf in Richtung Tür. Nur Gregg drückt sich irgendwie nervös vor der schweren Doppeltür herum, die vom Flur ins Penthouse führt.

»Was ist los, Gregg?« Einer der Anzugträger hält die Aufzugtüren auf.

»Ich komme gleich nach. Ich würde gerne kurz noch etwas mit Harriet besprechen. Hast du einen Moment Zeit für mich, Harriet?«

Der Mann nickt, genau wie ich, wobei mein Nicken etwas zögerlich ist, und so verlasse ich den Aufzug wieder, die Türen gleiten zu, und wir sind, wie es mir vorkommt, seit einer Ewigkeit zum ersten Mal allein.

Und dann steht er einfach nur da und sieht mich an.

Ich bin irritiert.

Ich spüre den Drang, das Schweigen zu beenden, zwinge mich zu einem Lächeln und sage ein bisschen zu überschwänglich: »Danke, dass du meine Meinung unterstützt hast.«

»Du hattest schon immer ein gutes Urteilsvermögen, Hal.«

Ich lächle ihn halbherzig an, bis er hinzufügt, »*jobmäßig.*«

»Was meinst du mit *jobmäßig?*«, frage ich und betone das Wort genauso deutlich wie er.

»Was deinen Männergeschmack angeht, bin ich mir nicht so sicher.«

Da sind wir wieder beim Thema. Ich hatte zwar halbwegs mit so etwas gerechnet, allerdings nicht wirklich geglaubt, dass er die Dreistigkeit besitzt, mir noch einmal damit zu kommen. Allerdings wäre ich, um ehrlich zu sein, vermutlich auch enttäuscht gewesen, wenn er auf mein Techtelmechtel mit Tarq gar nicht eingegangen wäre, denn immerhin zeigt das, dass es ihm nicht egal ist, oder? Wie auch immer, jedenfalls werde ich mir von ihm bestimmt keine Vorhaltungen machen lassen. »Soso, und da beziehst du dich hoffentlich selbst mit ein.«

Er hat die Güte, wenigstens ein bisschen belämmert dreinzuschauen, doch das hält ihn nicht davon ab, fortzufahren.

»Ich kenne Tarquin Adams, Hal, und ich dachte, du würdest ihn auch kennen. Er ist kein guter Mensch.«

»Vielleicht hat er sich geändert. Das tun Leute gelegentlich, wie du ja wohl am besten wissen müsstest.«

Er versteht die Spitze, seufzt und kaut auf seiner Unterlippe. Dann sagt er schließlich leise: »Lass nicht zu, dass er dich verletzt, Hal.«

»Das könnte er gar nicht.«

»Wie kannst du so ein Vertrauen in ihn haben!«

»Das habe ich gar nicht. Du kannst nur von jemandem ernsthaft verletzt werden, der dir wirklich etwas bedeutet«, stelle ich ruhig klar, drehe mich um und gehe schnell weg, bevor er antworten kann.

Freitagabend ruft Issy mich an.

»Wir gehen morgen snowboarden«, verkündet sie ohne jede Vorrede.

»*Was?* Wo?«

»In Milton Keynes gibt es ein Indooranlage.«

»Das ist doch wohl eine Schnapsidee.«

»Komm schon, Hal, es wird eine Riesengaudi.«

»Aber nur, solange wir uns dabei nicht umbringen.«

»Wir werden uns nicht umbringen.«

»Aber ich bin noch nie Snowboard gefahren.«

»Deshalb habe ich uns ja auch einen Schnellkurs gebucht.«

Ich zögere.

»Du hast gesagt, du bist zu allem bereit«, erinnert sie mich, »außerdem liegt die Anlage direkt neben einem riesigen Einkaufszentrum, wo wir anschließend shoppen und dir irgendetwas Tolles für Lois' Hochzeitsempfang aussuchen könnten.«

Sie hat das magische Wort gesagt: shoppen. Ich ringe mit wilden Eisbären, wenn mir als Belohnung eine Shoppingtour winkt.

»Okay, du hast mich überzeugt«, gebe ich mich geschlagen und grinse das Telefon an, »da ist nur noch ein Problem: mein Training mit Mickey. Er nimmt es mir bestimmt krumm, wenn ich absage.«

»Das ist kein Problem. Es *ist* dein Training mit Mickey. Es war seine Idee. Er dachte, nach der harten Arbeit in den vergangenen Wochen hättest du mal ein bisschen Spaß verdient.«

»Er meint also, ich hätte hart an mir gearbeitet?«

»Das waren seine Worte.«

»So was – und ich dachte, er hätte es gar nicht gemerkt«, scherze ich. »Ich bin doch sicher die schlechteste Schülerin, die er je hatte.«

»Überhaupt nicht, er hat dich sogar als seine Musterschülerin gelobt, und ich denke, da hat er durchaus Recht. Jedenfalls sieht man schon, dass es was gebracht hat.«

»Ich fühle mich auf jeden Fall besser, aber die Jiggy Jeans passt mir immer noch nicht wieder.«

»Die Jiggy Jeans?«, fragt sie verwirrt.

Ich erzähle ihr, was es mit der Jeans auf sich hat.

»Ich kann sie immerhin schon fast wieder hochziehen«, ende ich stolz.

»Hauptsache, du trägst sie nicht morgen, womöglich hält sie der Belastung nicht stand«, entgegnet sie lachend. »Ich stelle mir gerade vor, wie dein Hintern die Nähte sprengt und du mit blau gefrorenen, für jedermann sichtbaren Arschbacken die Schneepiste runterrutschst.«

»Oje, das ist genau das Problem, Issy, ich kann es mir auch nur zu gut vorstellen. Vielleicht ist es doch keine so tolle Idee mit dem Snowboarden.«

»Red' keinen Unsinn, zieh dir etwas Elastisches, aber Warmes an, dann wirst du keine Probleme haben.«

Und so finde ich mich am nächsten Morgen um Punkt elf Uhr an ein Brett geschnallt wieder und bewege mich hart am Rand einer Ohnmacht.

Ich weiß nicht, ob ich ein Gebet sprechen oder mir einfach nur in meine elastische, aber warme Hose machen soll. Ich sage Issy, wie es um mich steht.

»Soll ich dir einen Rat geben?«, fragt sie.

»Nur zu.«

»Iss keinen gelben Schnee«, entgegnet sie mit Unschuldsmiene.

»Vielen Dank, tolle Hilfe.«

»Du wirst es schon hinkriegen. Bist du bereit?«

Ich bin alles andere als bereit, deshalb setze ich auf Verzögerungstaktik und wechsle das Thema.

»Gregg hat mich auf Tarquin angesprochen. Er war richtig sauer.«

Issy gibt mir mit ihrem Blick zu verstehen, dass sie das nicht groß überrascht.

»Gut, geschieht ihm Recht. Hoffentlich hast du ihm erzählt, dass du und Tarquin euch die ganze Nacht gegenseitig heftigste Orgasmen beschert habt, und zwar solche, wie du sie noch nie zuvor in deinem Leben hattest.«

Jetzt muss ich es ihr wohl beichten. Issys Augen verengen sich, als sie sieht, wie mein blau gefrorenes Gesicht knallrot anläuft.

»Was *genau* habt ihr eigentlich gemacht?«

Die Wahrheit scheint mir in diesem Fall die beste Verteidigung zu sein.

»Oh, wir haben uns die ganze Nacht gegenseitig heftigste Orgasmen beschert, und zwar solche, wie wir sie noch nie zuvor in unserem Leben hatten.«

»Alles klar, und ich bin Franz Klammer«, entgegnet sie sarkastisch.

Ich wusste, dass sie mir nicht glauben würde, und es hat funktioniert. Sie stellt keine weiteren Fragen. Hinzu kommt, dass sich nach dieser Offenbarung schlecht weiter nachbohren lässt.

Unser Snowboard-Lehrer für diesen Tag, der eigentlich Lars heißt, von uns aber Scha(r)f getauft wird, weil er seine Hand ständig auf Isabelles Hintern hat, fährt vor Issy vom höchsten Abhang hinunter, während Mickey, der ein erfahrener Snowboardfahrer ist, mich anweist, ihm zu folgen und alles genauso zu machen wie er. Ich stoße mich zögernd ab und rutsche die eisige Piste hinunter. Ich bin so langsam wie eine Schnecke auf Prozac, und während mir das Sprechen schwer fällt, was mir peinlich genug ist, habe ich kein Problem zu schreien.

»Psst, du löst noch eine Lawine aus!«, ruft mir Issy vom nächsten, weiter unten gelegenen Absatz zu.

»Warum tust du mir das an? Ich dachte, du wärst meine Freundin?«, kreische ich zurück.

»Du wolltest doch neue Erfahrungen sammeln.«

»Stimmt. Tod und Koma habe ich bisher noch nicht ausprobiert.«

»Sei still, du Heulsuse, und komm endlich runter!«

Eigentlich sollen wir uns Absatz für Absatz nach unten arbeiten, aber ich hasse es, Heulsuse genannt zu werden, deshalb drehe ich mein Snowboard mit der Spitze nach unten, anstatt es parallel zum Hang zu halten, und gewinne an Geschwindigkeit. Zu viel Geschwindigkeit.

Der Salto, den ich hinlege, als ich an Mickey, Issy und Andy vorbeifliege, die alle mit offenen Mündern dastehen, würde bei den Olympischen Spielen im Turmspringen zehn Punkte bringen.

Mickey muss sich zusammenreißen, nicht zu lachen, als er auf seinem Snowboard zu mir herangesaust kommt und mit einem leichten Hüftschwung einen perfekten Show-Stopp neben mir hinlegt.

»Hättest du mir nicht ein erfahreneres Board aussuchen können, Mickey, das hier ist total ungezähmt. Aua, und es beißt«, füge ich hinzu, als ich mir bei dem Versuch, mich in Sitzposition zu hieven, die Finger quetsche.

»Nur ein schlechter Handwerker schiebt die Schuld auf seine Werkzeuge.«

»Und eine schlechte Snowboardfahrerin sollte nicht snowboarden«, entgegne ich im gleichen singsangartigen Ton.

»Du bist nur schlecht, weil du es noch nie gemacht hast.«

»Schon möglich, und ich werde auch schlecht bleiben, denn eins verspreche ich dir: Ich werde es mit Sicherheit nie wieder versuchen.«

»Bist du etwa jemand, der schnell aufgibt, Harriet Hart?«

»Das habe ich nicht gesagt.«

»Bist du jemand, der schnell aufgibt, Hal?«, wiederholt er in seinem Oberfeldwebelkommandoton, mit dem er mich immer antreibt, wenn ich während unseres Trainings einen Durchhänger habe.

»Nein«, murmle ich.

»Ich habe dich nicht verstanden. Bist du jemand, der schnell aufgibt?«

»Nein!«, schreie ich zurück, und wir fangen beide an zu lachen.

»Okay, wie lautet also unser Motto, wenn es beim ersten Mal nicht klappt?«

»Gib auf und geh in den nächsten Pub?«

»Nein, ...!«

»... versuch es immer wieder«, beende ich gehorsam seinen Satz.

»Jawohl, das ist mein Mädchen. Und jetzt hoch mit dir!« Er beugt sich herunter und zieht mich hoch. »Du kannst es, Hal. Du bist besser, als du denkst.«

»Und du bist ein schamloser Lügner. Meinst du nicht, auf zwei Skiern würde ich etwas stabiler stehen?«, frage ich vorwurfsvoll.

»Du siehst auf dem Board total cool aus.«

»Vor allem, wenn ich ständig hinfalle und auf dem Hintern lande.«

Mickey lacht.

»Du wirst den Dreh schon rauskriegen.«

»Das sagst du immer.«

»Weil es wahr ist.«

»Bist du sicher?«

»Ich habe größtes Vertrauen in dich.«

»Wenigstens einer, der das hat.«

Isabelle erwartet mich bei den Schließfächern mit einer Plastiktasse Kaffee, der zwar scheußlich schmeckt, nach meinem Martyrium auf dem eisigen Schnee aber mehr als willkommen ist. Mickeys zuversichtliche Vorhersage, dass ich eine geborene Snowboardfahrerin sei, deren Talent nur darauf warte, erprobt zu werden, hat sich als komplett falsch erwiesen, und mein Hintern hat mehr Zeit auf der Piste zugebracht als mein ungezähmtes Brett.

»Du hast nicht zufällig ein Schlückchen Brandy, um das Gesöff ein bisschen aufzupeppen, oder?«, frage ich sie kläglich und nippe an dem heißen Getränk.

»Nein, aber ich habe etwas anderes, das dich mit Sicherheit besser aufpeppt als Alkohol. Es ist Zeit zum Shoppen!«, verkündet sie freudig.

Ich schüttle den Kopf.

»Normalerweise würde ich bei so einer Aussicht losstürmen wie ein überdrehter, an seiner Leine zerrender Spaniel, aber ich weiß nicht einmal, ob ich überhaupt noch laufen kann.«

»Natürlich kannst du.«

»Da bin ich mir nicht sicher. Ich fühle mich wie nach einem Boxkampf und nicht wie nach ein bisschen Snowboarden.«

»Denk daran, es ist schon Winterschlussverkauf.«

»Okay, du hast mich überzeugt. Und du bist sicher, dass es für dich auch okay ist?«, wende ich mich an Mickey. »Ich dachte immer, Männer und Einkaufen...«

Mickey schüttelt den Kopf.

»Ich habe nichts gegen Klamotten kaufen, jedenfalls nicht, solange ich nicht einfach nur in einer Ladenecke auf einem Stuhl geparkt werde, während ihr beiden euch drei Stunden in eine Umkleidekabine verzieht.«

»Mickey kann uns zu allem, was du dir aussuchst, die Meinung aus der Sicht eines Mannes kundtun«, stellt Issy zustimmend fest.

»Ihr könnt mich natürlich auch in der Krippe abgeben und mich dort abholen, wenn ihr fertig seid.«

»Verstehe ich dich richtig, dass du mit Krippe einen Pub meinst?«

»Ist das nicht ein anderes Wort dafür? Wie auch immer, ich meine jedenfalls die Krippe für erwachsene Männer.«

»Oh nein, Mickey, das kannst du vergessen«, stellt Issy klar und hakt sich bei ihm unter. »Du kommst schön mit uns. Schließlich brauchen wir jemanden mit kräftigen Armen, der uns die ganzen Tüten schleppt.«

»Und jemanden mit einem starken Willen, der mich davon abhält, mein Kreditkartenlimit zu überziehen«, füge ich hinzu und hake mich auf der anderen Seite bei ihm ein.

Sicher kennt jede Frau den merkwürdigen Umstand, dass man normalerweise immer dann haufenweise tolle Sachen entdeckt, die man unbedingt haben will, wenn man ohne das entsprechende Budget shoppen geht, während man, wenn man fest entschlossen ist, sein hart verdientes Geld für irgendetwas auf den Kopf zu hauen, niemals etwas Passendes findet.

Ausnahmsweise passiert mir das diesmal nicht.

Bei House of Frazer finde ich das perfekte Kleid für Lois' Hochzeit.

Zum ersten Mal habe ich auf mein sonst übliches Schwarz verzichtet und mich für ein dunkles kräftiges Lila entschieden. (Nicht dass ich mich etwa von dem Kleid hätte inspirieren lassen, das Rachel bei der Taufe getragen hat, also ehrlich!) Der akkurat geschnittene seidige Stoff umschmeichelt meinen Körper so vorteilhaft, dass ich nicht anders kann, als beim Anblick meines Spiegelbilds vor Entzücken in die Hände zu klatschen.

Es ist schulterfrei und wird von einem Band gehalten, das über dem Brustbein gekreuzt und hinter dem Nacken zusammengebunden wird, und es hat einen bis zur Taille ausgeschnittenen Rücken. Es schmiegt sich bis zu den Hüften eng an meinen Körper und fällt dann geschmeidig herunter bis zu den Knien.

Es ist umwerfend.

Und was noch wichtiger ist – ich sehe darin umwerfend aus.

Moment mal, was habe ich da eben gesagt?

Dass ich umwerfend aussehe?

Ich habe soeben zu mir gesagt, dass ich umwerfend aussehe, ohne mir kurz darauf selbst zu widersprechen. Zugegeben, die Zellulitis ist nicht auf magische Weise VOLLSTÄNDIG verschwunden, aber während ich mich, nur in Unterwäsche bekleidet, in dem gnadenlosen hellen Licht im Spiegel der Umkleidekabine betrachte, sehe ich endlich, dass Mickey und sein hartes Regiment Wunder bewirkt haben.

Meine Beine und Arme wirken muskulöser und deutlich straffer, mein Gesicht ist etwas schmaler, wodurch meine Wangenknochen deutlicher hervortreten, mein Gott, ich *habe* Wangenknochen, mein Busen ist fester, und diese aufdringliche Speckrolle, die immer in der falschen Annahme, ich würde ihre Anwesenheit begrüßen, über den Bund meiner Jeans gequollen ist, ist ebenfalls verschwunden.

Ich verlasse die Umkleidekabine und posiere vor Mickey und Isabelle, die draußen gewartet haben. Die beiden stoßen bewundernde Pfiffe aus und applaudieren mir spontan, woraufhin ich Mickey um den Hals falle und ihn innig umarme.

»Ich bin dir so dankbar.«

»Wofür?«

»Dafür, dass du dafür gesorgt hast, dass ich in diesem Kleid so gut aussehe.«

Er schüttelt nur den Kopf.

»Du siehst wirklich klasse aus. Die Farbe gefällt mir absolut gut«, meint Isabelle, streckt die Hand aus und streicht über den Stoff.

»Sie passt gut zu meinen blauen Flecken«, scherze ich. »Sieh mal hier!« Ich zeige ihr eine Prellung an meinem Ellbogen.

»Bis zur Party sind sie wieder verschwunden«, beruhigt sie mich.

»Hoffentlich. Auf dem Hintern habe ich einen in der Größe einer Grapefruit.«

»Lass mal sehen«, fordert mich Mickey mit einem Grinsen auf.
»Das würde dir wohl so passen!«
»Okay, nachdem du nun versorgt bist, bin ich an der Reihe«, meldet sich Isabelle zu Wort.

Zum Glück ist sie entscheidungsfreudig. Sie braucht gerade mal eine halbe Stunde, um sich für ein lindgrünes Etuikleid von Karen Miller zu entscheiden, das einen wunderbaren Kontrast zu ihrem knallroten Haar bildet und ihre sportliche schlanke Figur perfekt zur Geltung bringt. Isabelle ist so aufgekratzt, dass sie im Adrenalinrausch eine Runde durch den eleganten Laden dreht, woraufhin diesmal Mickey und ich ihre Kühnheit spontan mit kräftigem Applaus belohnen.

»Ihr seht beide so hinreißend aus. Ich wünschte, ich wäre auch eingeladen und könnte euch bewundern.«

Is überlegt einen Moment.

»Warum begleitest du mich nicht einfach?«

»Meinst du das ernst?«

»Na klar, ich weiß gar nicht, wieso ich nicht von selbst draufgekommen bin.«

Er grinst und sagt, dass er liebend gerne ihren Begleiter spielen würde, also müssen wir ihn auch noch einkleiden, und nachdem wir etwas Passendes für ihn gefunden haben, legen wir einen Zwischenstopp in einem Coffee-Shop ein, um uns in Form von Milchkaffee aus Magermilch und fettarmen Muffins neuen Brennstoff zuzuführen, und machen uns dann auf die Suche nach Mickeys Auto, das wir in der Nähe der Snowboard-Anlage haben stehen lassen. Doch bevor wir es auch nur aus dem Einkaufszentrum herausschaffen, werden wir abgelenkt und landen bei La Senza, wo ich das Limit meiner Kreditkarte bis zum Äußersten ausreize und mir traumhafte neue Unterwäsche kaufe, die ich unter meinem traumhaften neuen Kleid tragen will. Und dann irren wir auf der Suche nach dem Auto ein bisschen orientierungslos umher, woraufhin wir schließlich im Ausgehviertel landen, und dort stoßen wir auf ein japanisches Restaurant mit All-you-can-eat-Service, in das es uns hineinzieht, und nachdem wir uns mächtig die Bäuche voll geschlagen haben, finden wir schließlich das Auto und sind kurz vor Mitternacht zurück in meiner Wohnung.

Wir kommen gerade an, da torkelt Jack durch die Tür.

Er war mit seinen neuen Arbeitskollegen auf Kneipentour und freut sich über die willkommene Gelegenheit, noch ein bisschen weiterzufeiern. Issy macht ihn noch einmal mit Mickey bekannt, obwohl die beiden sich schon mal auf irgendeiner Familienfeier von Issys Zwillingsschwester begegnet sind, doch sie erinnern sich nur noch sehr vage aneinander. Sie verstehen sich auf Anhieb, gehen zusammen in die Küche und entkorken eine Flasche Wein.

Und nach der einen Flasche Wein kommt die zweite und dann die dritte, und wir führen Jack alles vor, was wir gekauft haben, und Mickey unterhält Jack mit allen möglichen Geschichten über mich und Issy, und dann schildert er ihm die vielfältigen Arten, auf die wir die Piste heruntergerutscht sind, und schließlich führen wir wieder einmal eines jener Gespräche, die man nur in betrunkenem Zustand führt, und reden über den Sinn und Unsinn des Lebens. Was man tun würde, wenn man Premierminister wäre, was man bei einem Sechser im Lotto als Erstes tun oder kaufen würde (Jack würde sich einen Ferrari kaufen, Mickey sein eigenes Fitnessstudio eröffnen, Issy und ich würden in kriegsverwüsteten Ländern Waisenhäuser errichten) und welchen Star man am liebsten verführen beziehungsweise heiraten würde (Jack: Demi Moore, Mickey: Kylie Minogue, Issy: Robert de Niro, ich: Bono).

Plötzlich klingelt das Telefon.

Es ist zwei Uhr morgens.

Wir sehen uns fassungslos uns an. Mickey und Issy gucken völlig verdutzt aus der Wäsche, Jack zuckt mit den Achseln, und dann sind alle mucksmäuschenstill, als ich in den Flur gehe, um dranzugehen, und ich weiß genau, dass sie alle ihre Ohren spitzen, als ich ein vorsichtiges »Hallo« in den Hörer sage. Am anderen Ende meldet sich jemand mit einem ebenso vorsichtigen »Hallo«, und auf einmal sind die fünf Gläser Wein, die in meinem Blutkreislauf zirkulieren, vergessen, und ich bin schlagartig stocknüchtern.

»Gregg?«
»Ja.«
»Es ist zwei Uhr morgens.«
»Ich weiß, tut mir Leid, wenn ich dich geweckt habe.«
»Ist schon okay, ich war sowieso noch auf. Ist irgendwas?«
Er seufzt tief.
»Keine Ahnung.«
Und dann seufzt er erneut.
»Nein, es ist nichts, alles in Ordnung.«
Dann macht er eine lange Pause.
»Ich dachte nur, ich rufe mal an und frage, wie es dir geht.«
»Um zwei Uhr morgens?«
»Ja. Wie geht es dir denn?«
»Gut. Mir geht es gut, danke der Nachfrage.«
Eine neue Pause. Und dann sagt er: »Ich habe an dich gedacht, Hal.«
Aus dem Wohnzimmer ertönt lautes Gelächter, als Jack betrunken versucht, Isabelles neue Faith-Sandaletten anzuprobieren.

»Du bist nicht allein?« Greggs Stimme ist plötzlich schrill.
»Nein, ich habe Freunde zu Besuch.«
»Oh, tut mir Leid, dann will ich dich nicht weiter stören.«
»Äh... okay.«
»Tschüss, Hal.«
»Ja, tschüss.«
Das war's.

Merkwürdig. Sehr, sehr merkwürdig.

Ich gehe benommen zurück ins Wohnzimmer.

»Wer war das?«, will Jack wissen.

»Was ist los? Du bist ja kreidebleich.«

»Es war Gregg.«

Issy sieht auf die Uhr.

»Aber es ist...«

»Nach zwei, ich weiß.«

»Was wollte er?«

»Keine Ahnung. Er hat nicht viel gesagt.«

»Er hat dich also angerufen, ohne dass er dir etwas zu sagen hatte?«

Ich nicke.

»So könnte man es sagen, ja. Allerdings meinte er, er habe an mich gedacht.«

»Aha!«, ruft Jack triumphierend. »Es ist zwei Uhr morgens, und er liegt wach im Bett und denkt an dich. Bingo! Hab ich dir nicht gesagt, dass die Masche mit den verführerischen Dessous funktioniert?«

»Vom Bett war nicht die Rede.«

»Ich wette, er hat allein im Bett gelegen und an deine Unterwäsche gedacht.«

»Und an das rosa Kostüm«, ergänzt Isabelle. »Er schien davon ziemlich angetan.«

»Ihr wollt mir also sagen, dass ich mich einfach nur in andere Klamotten schmeißen musste, um sein Interesse zurückzugewinnen«, stelle ich eingeschnappt fest.

»Es ist mehr als das, Hal. Er dachte, er würde dich in- und auswendig kennen, bis hin zu der Art, wie du dich kleidest. Indem du Sachen getragen hast, in denen er dich nie und nimmer erwartet hätte, hast du ihm gezeigt, dass er sich getäuscht hat, dass Hal Hart mehr zu bieten hat, als er dachte. Ich wette nach wie vor, dass es die Korsage und die Strümpfe waren, die ihn um beinahe drei Uhr morgens wach im Bett haben liegen und an dich denken lassen.«

»Korsage und Strümpfe? Das würde bei mir auch gut ankommen«, versichert Mickey zustimmend.

»Und hohe Absätze«, fügt Jack hinzu. »Ich liebe hohe Absätze.«

»Stimmt«, stelle ich trocken fest und sehe demonstrativ auf seine Füße. »Das sieht man.«

Jack, der ganz vergessen hat, dass er Isabelles Sandaletten anhat, schleudert sie weg, und ich könnte schwören, dass er ein bisschen rot wird, und wir lachen alle wieder, Mickey füllt uns Wein nach, und wir setzen unser betrunkenes Geschwafel fort, doch irgendwo in meinem Hinterkopf schwirrt es immer noch herum.

Gregg hat angerufen. Gregg hat um drei Uhr morgens allein wach im Bett gelegen und an mich gedacht, und zwar so intensiv, dass er den Drang verspürt hat, zum Telefon zu greifen und mich anzurufen. Und die Tatsache, dass dieses Verhalten so sehr dem entspricht, was ich selbst tun würde, lässt mich hoffen, dass er mir vielleicht doch nicht so fern ist. Als ich schließlich ins Bett falle, liege ich mit offenen Augen da und starre in die Stille, und ich erkenne die dunklen Umrisse meines neuen Kleides, das außen an der Tür meines Kleiderschranks hängt, und rufe mir in Erinnerung, wie ich in dem Kleid ausgesehen habe, und dann lasse ich meine Hände über die frisch trainierten, gestrafften Konturen meines nackten Körpers gleiten und denke daran, wie Gregg immer für mich empfunden hat, und ich weiß ganz sicher, dass ich mir die Spur von Wehmut in seiner Stimme vorhin nicht eingebildet habe. Ob es nun die verführerischen Dessous waren oder das pinke Kostüm oder die Tatsache, dass er mich mit Tarquin hat knutschen sehen – ich fange zum ersten Mal an zu glauben, dass dieser ganze verrückte Plan vielleicht, aber auch nur vielleicht, tatsächlich Früchte tragen wird.

Kapitel 14

»Schon gut, ich komme ja.«

Ich bin erst vor vier Stunden ins Bett gefallen, und in meinem Schädel dröhnt und pocht der schlimmste Kater meines Lebens. Welcher Idiot klingelt am Sonntagmorgen um acht an meiner Haustür?

Ich schlurfe elend durch den Flur. Jack ist noch immer scheintot. Er hat so einen gesunden Schlaf, um ihn herum könnte das Haus abbrennen, und er würde trotzdem selig weiterträumen.

Ich ziehe den Gürtel meines Bademantels fest, streiche mir eine Haarsträhne aus der Stirn und reiße die Tür auf.

Ach du Scheiße.

Nicht noch einmal.

Ich sehe grauenhaft aus, meine Zunge klebt in meinem rauen, ausgetrockneten Mund, meine Augen sind so trocken, als hätte mir jemand einen Sandstrahler darauf gehalten, mein Haar gleicht einem Wollknäuel, das von einer hyperaktiven Katze zerrupft wurde, und zu allem Überfluss trage ich tatsächlich wieder den gleichen verlotterten, sackartigen alten Bademantel, den ich schon nach seinem letzten Überraschungsbesuch umgehend hatte wegschmeißen wollen. Das hatte ich mir zumindest geschworen.

»Du siehst ein bisschen mitgenommen aus«, stellt er mit einem sarkastischen Grinsen fest. »Ist wohl spät geworden gestern.«

»Tu nicht so scheinheilig«, entgegne ich und werde allmählich munter. »Schließlich hast du meine Nachtruhe mit einem Weckruf um zwei Uhr morgens gestört.«

Er wirkt plötzlich verlegen.

»Ich finde meine Fußballschuhe nicht und dachte, dass ich sie vielleicht hier vergessen haben könnte«, sagt er, blickt über meine Schulter und späht in die Wohnung.

Komisch, dabei hat er so akribisch darauf geachtet, bloß nichts von seinen Sachen in unserer Wohnung zurückzulassen; bei Pickfords würden sie ihm sofort einen Job anbieten. Ich will ihm gerade sagen, dass er die Wohnung sauberer hinterlassen hat als ein Geier einen abgenagten Kadaver, als ich wieder mal eine Eingebung habe.

Dies wäre doch die perfekte Gelegenheit, ihn in mein sinnliches Schlafzimmer zu führen und mit meinem exquisiten Geschmack in Sachen Innendekoration zu beeindrucken.

Also sage ich stattdessen: »Ich *glaube* nicht, dass du hier irgendetwas vergessen hast, aber du darfst dich gern umsehen.«

»Danke.« Er kommt rein, streift sich mit den Füßen die Schuhe ab und schleudert sie unter die Korridorheizung, genauso wie er es immer gemacht hat. Ich habe ihm wegen dieser lästigen Angewohnheit immer die Hölle heiß gemacht, weil ich ständig über seine Schuhe gestolpert bin, aber, ach, was habe ich den Anblick dieser Schuhe seit seinem Auszug vermisst!

Während Gregg einen Blick in den Flurschrank wirft, reibe ich hastig die Mascaraspuren unter meinen Augen weg und entwirre mit den Fingern mein strähniges Haar. Wenn es mir gelingen würde, ihn ins Wohnzimmer zu lotsen, könnte ich in mein Zimmer huschen und mich schnell ein wenig zurechtmachen.

»Sieh doch mal in der alten Truhe im Wohnzimmer nach«, schlage ich ihm vor. »Da habe ich irgendwelchen Kram reingeworfen, als ich die Wohnung entrümpelt habe.«

»Gute Idee«, entgegnet er und stürmt ein bisschen zu schnell über den Flur.

Ich husche in mein Zimmer, danke dem Himmel, dass ich die

wundervolle China kennen gelernt habe, unterziehe mich einer ihrer So-siehst-du-in-fünf-Minuten-wieder-super-aus-Geheimbehandlungen und freue mich, dass Gregg währenddessen die Überreste der vergangenen Nacht in Augenschein nimmt: die Weinflaschen und die vier leeren Gläser auf dem Beistelltisch und die achtlos beiseite geworfenen Kleidungsstücke von unserer Anprobesession, die ihn sicher mutmaßen lassen, dass es vergangene Nacht hoch hergegangen sein muss.

Als ich aus meinem Zimmer komme, sehe ich wieder aus wie ein Mensch, wohingegen Gregg, der gerade aus dem Wohnzimmer kommt, etwas angespannt wirkt.

»Muss ja eine heiße Nacht gewesen sein.«

Ich folge seinem Blick und sehe einen Damenslip von der Lampe herunterbaumeln.

Er ist nagelneu, und als ich ihn zum letzten Mal gesehen habe, zierte er Jacks Kopf, aber das weiß Gregg natürlich nicht. Seinem Gesichtsausdruck nach zu urteilen, geht er offenbar davon aus, dass ich mir den Slip in einer wilden, bis in die frühen Morgenstunden dauernden Orgie voller Leidenschaft vom Leib gerissen habe.

»Danke, ja«, bringe ich hervor und kneife die Lippen zusammen, um nicht laut loszuprusten.

Gregg stürmt über den Flur.

»Da solltest du lieber nicht reingehen«, sage ich schnell, als er die Klinke von Jacks Zimmertür herunterdrücken will. »Das ist Jacks Zimmer. Ich glaube, er schläft noch.«

»Jack?«

»Mein Untermieter.«

»Ich wusste gar nicht, dass du einen Untermieter hast.«

»Was blieb mir anderes übrig?« Ich zucke mit den Achseln.

Er sieht geknickt aus, und seine Kampfeslust ist verflogen.

»Ich habe dir ein ziemliches Chaos beschert, nicht wahr? Tut mir Leid, Hal.«

»Muss es nicht, Jack ist total nett. Er ist viel mehr für mich als nur mein Untermieter.«

»Ach, ja?«

»Ja, er ist ein wirklich guter Freund.«

»Aha.«

Jacks Zimmer war früher Greggs Zimmer.

Natürlich nicht sein Schlafzimmer, sondern der Raum, in dem er sein Jungenspielzeug aufbewahrt hat, zum Beispiel seinen Computer und seine alte Modellautosammlung. Eigentlich sollte es unser »Gästezimmer« sein, aber um sich zum Bett durchzukämpfen, musste man sich zwischen den Fußballschuhen, dem Fahrrad mit Zwölfgangschaltung und Unmengen von alten FHM-Ausgaben erst mal einen Weg bahnen.

Es ist wirklich verblüffend, was Jack aus dem Zimmer gemacht hat.

Er hat einen ziemlich guten Geschmack.

Mit schokoladen-, kaffee- und cremefarbener Bettwäsche und Überwürfen hat er dem kahlen magnolienfarbenen Raum einen warmen Anstrich verliehen; er hat neue Vorhänge und moderne Drucke aufgehängt, und da, wo Greggs nie benutzte Rudermaschine gestanden und Staub angesetzt hat, steht jetzt eine wunderschöne karamellfarbene Veloursleder-Chaiselongue. Genauso eine hätte ich gerne in meinem Zimmer, nur in cremefarben, aber so ein Stück könnte ich mir natürlich niemals leisten. Außerdem ist ein helles Sofa ja auch viel zu empfindlich, vor allem wenn die nicht vorhandene Chaiselongue als Verführungssofa und Austragungsort sexueller Orgien gedacht ist. Aber statt an Sex zu denken, tue ich, was Briten in Krisenzeiten immer tun.

Einen Tee machen.

»Möchtest du auch eine Tasse Tee?«, rufe ich ihm auf dem Weg in die Küche zu.

Meine Hand zittert, als ich das Wasser aufsetze. Es ist so surreal, ihn hier in der Wohnung zu haben. Er ist zwar seit unserer Trennung schon mal aufgekreuzt, aber dass er einen Fuß über meine Schwelle gesetzt hat, ist schon verdammt lange her.

Er ist zurück ins Wohnzimmer gegangen. Ich beobachte ihn durch die offene Tür; er steht einfach nur da und betrachtet das Chaos, und auf einmal ist mein Triumphgefühl schlagartig verschwunden.

Klar, ich wollte ihn eifersüchtig machen, aber ich will nicht, dass er mich für ein Flittchen hält. Also stürme ich rein und suche die verstreuten Klamotten zusammen. Als Erstes nehme ich den Slip von der Lampe.

»Nagelneu«, sage ich und halte ihm das Schildchen hin. »Ich war gestern mit Issy shoppen, und anschließend haben wir große Anprobe gemacht. Irgendjemand muss wohl auf die Idee gekommen sein, den Slip als Zwille zu benutzen.«

Er lacht tatsächlich und sagt: »Ach so.« Seine Stimme ist plötzlich sanfter und die Atmosphäre deutlich entspannter.

»Und? Warst du erfolgreich?«, frage ich ihn.

»Womit?«

»Hast du die Fußballschuhe gefunden?«

»Nein. Noch nicht.«

»Sieh doch mal im Schlafzimmer nach«, schlage ich ihm beiläufig vor und gehe wieder in die Küche.

»Okay.«

Er geht ins Schlafzimmer, und dann herrscht Stille.

Keine Schubladen und Schränke, die durchsucht werden.

Ich weiß, was Gregg tut, ich sehe ihn genau vor mir.

Er steht in unserem ehemaligen, bis zu seinem Auszug ziemlich langweiligen magnolienfarbenen Schlafzimmer, hat den Mund so weit aufgerissen, dass seine Kinnlade beinahe auf dem Boden hängt, und kann es nicht fassen, was mit dem Raum geschehen ist und dass ich diejenige bin, die dieses Wunder vollbracht hat.

Bingo.

»Toll, was du aus unserem Zimmer gemacht hast.«

Ich stehe mit dem Rücken zur Tür und fahre zusammen, als ich bemerke, dass er in die Küche gekommen ist.

»Aus *unserem* Zimmer«, sage ich, doch entweder hat er mich nicht verstanden, oder er ignoriert den kleinen Seitenhieb bewusst.

»Es sieht wirklich super aus«, fährt er fort. »Das Wohnzimmer auch. Es ist alles so anders, Hal.«

Ich reiche ihm seinen Tee.

»Sogar die Tassen sind neu.«

»Du hast die alten fast alle mitgenommen.«

Ich sage es locker dahin, aber er besitzt trotzdem den Anstand, beschämt zu gucken.

»Stimmt.« In seiner Stimme schwingt Bedauern mit.

»Aber das ist ja nun schon ein paar Monate her«, murmle ich und nippe an meinem Tee. »Das Leben geht weiter, nicht wahr?«

»Deins, wie es aussieht, ganz sicher, ja.«

In seiner Stimme schwingt ein verletzter Unterton mit, was mich ziemlich durcheinander bringt. Was hat er denn erwartet? Dass ich in der Hoffnung, er möge vielleicht eines Tages zurückkommen, Däumchen drehe und alles lasse, wie es war? Aber tue ich das nicht im Grunde sogar? Die einzigen Veränderungen, die ich vorgenommen habe, sind doch rein äußerlich, um den Anschein zu erwecken, dass ich nach vorne blicke und mein eigenes Leben lebe, aber mein Herz sitzt immer noch am gleichen Fleck, das muss er doch trotz all der Veränderungen sehen.

»Wenn du willst, bitte ich Jack nachher, mal in seinem Schrank nachzusehen«, stammle ich.

»Wie bitte?«

»Na, nach deinen Fußballschuhen.«

»Ach so, ja, danke. Deine neue Frisur und deine neue Haarfarbe gefallen mir wirklich gut.«

Er streicht mir eine widerspenstige Strähne aus den Augen, und für einen spannungsgeladenen Augenblick bin ich absolut sicher, dass er mich küssen wird, doch dann klingelt es zum zweiten Mal an der Tür, und er fährt zusammen, als sei er durch das Klingeln in die Wirklichkeit zurückgerissen worden.

»Erwartest du jemanden?«

Erwarte ich jemanden?

Für einen Moment kann ich gar nicht denken, doch dann fällt mir siedendheiß ein, dass Mickey gestern Abend die Gunst der Stunde genutzt – ich war voll wie ein Eimer – und mich überredet hat, ihn beim Joggen zu begleiten.

»Ja, ich erwarte tatsächlich jemanden. Entschuldige bitte einen Augenblick.«

Mickey steht vor der Tür und dehnt seine Waden.

»Wie sieht's aus? Ist mein Trainingshase bereit, ein bisschen zu schwitzen?«, begrüßt er mich grinsend.

»Klar, aber ein paar Minuten brauche ich noch.« Ich verdrehe die Augen in Richtung Küche und hoffe, dass er kapiert, dass ich Besuch habe, und zwar nicht von irgendjemandem.

Dieser Jemand kommt neugierig in den Flur, um den Neuankömmling in Augenschein zu nehmen.

Mickey trägt das Folgende:

1) extrem teure Nike-Turnschuhe, solche, bei denen du allein für die Schnürbänder eine neue Hypothek auf deine Wohnung aufnehmen musst.
2) Laufshorts, die seine sonnengebräunten muskulösen Beine zur Schau stellen und auf verlockende Weise seine Ausstattung zwischen den Beinen erahnen lassen.
3) ein T-Shirt mit der Aufschrift »London Marathon«.
4) eine ultratrendige Trainingsjacke (mit offenem Reißverschluss, um das soeben genannte T-Shirt zu präsen-

tieren), die ihn aussehen lässt wie einen Popstar an seinem freien Tag.
5) eine Oakley-Wraps-Kappe, die er sich ziemlich sexy über sein blondes Haar gezogen hat und die Gregg, als wir das letzte Mal am Gatwick Airport waren, aufprobiert, aber nicht gekauft hat, weil er damit aussah wie ein Vollidiot.

Kurz: Mickey sieht SUPERSCHARF aus.

Komisch, dass mir das nicht schon viel früher aufgefallen ist. Wahrscheinlich liegt es daran, dass meine Sicht immer von einem Vorhang schweißnasser Haare getrübt war, wenn ich mit ihm zusammen war, wohingegen mir heute die Haare zu Berge stehen.

Gregg ist Mickeys Montur keineswegs entgangen.

Er wirkt ausgesprochen unglücklich.

Was mich wiederum in Hochstimmung versetzt.

Kein Zweifel, er ist eifersüchtig, und es bereitet mir tiefe Genugtuung, ihn so zu sehen, auch wenn es grausam ist. Ich beschließe, die Situation weiterhin auszunutzen.

»Darf ich vorstellen – Mickey«, wende ich mich an Gregg und umfasse Mickeys muskulösen Arm, als wären wir ein Paar. »Wir wollten gerade los...«

Gregg mustert Mickey von Kopf bis Fuß, und ich könnte schwören, dass er innerlich kocht. Mein Herz schlägt Purzelbäume.

»...eine Runde joggen«, beende ich den Satz. »Mickey ist mein Personal Trainer.«

Plötzlich sind die bösen Blicke verschwunden, mit denen er Mickey durchbohrt hat, und er grinst, schüttelt ihm die Hand und sagt: »Nett, dich kennen zu lernen.«

Er empfindet also definitiv noch etwas für mich.

Und was nun?

Ich könnte mich natürlich auf Gregg stürzen, solange der Augenblick noch nicht verflogen ist, und mein schönes neues Schlafzimmer endlich gebührend einweihen, aber ich kann Mickey wohl kaum bitten, bei einer Tasse Tee in der Küche zu warten, während ich Gregg das Hirn wegvögele, und überhaupt – jetzt für einen Quickie über ihn herzufallen geht wohl kaum mit der Regel »Gut Ding will Weile haben« konform, oder? Wenn wir jetzt allein wären, würde es auf einen Quickie hinauslaufen, ganz sicher.

Nicht dass ich etwas dagegen hätte.

Ich schüttle energisch den Kopf, um jegliche Gedanken an prickelnden Sex mit Gregg zu verscheuchen.

Es ist nicht der richtige Zeitpunkt, definitiv nicht.

Vor allem, weil meine Gedanken an prickelnden Sex mit Gregg sich mit meiner Erinnerung an den erst kürzlich stattgefundenen prickelnden Sex mit Tarquin vermischen. Hör auf, Hal, hör sofort auf!

Nein, Mickey zu vertrösten ist definitiv ausgeschlossen.

Aber was ist, wenn sich nie wieder eine Gelegenheit bietet?

Ich spiele gerade mit dem Gedanken, Gregg bei der Suche nach seinen Fußballschuhen zu helfen, die sich bestimmt irgendwo unter meiner Bettdecke oder tief in meinem Höschen versteckt haben, als Jacks Zimmertür aufgeht und er mit seinem dunkelrotbraunen, vom Schlaf zu Berge stehenden struppeligen Haar und mit nichts am Leib als seinen Boxershorts herausgetaumelt kommt und sich die Augen reibt.

»Morgen allerseits«, krächzt er, als ob es völlig normal wäre, auf unserem winzigen Flur eine Menschenversammlung anzutreffen. »Irgendjemand Tee?«

Mit diesen Worten wankt er an uns vorbei in die Küche, wo er geräuschvoll mit Tassen klappert und den Toaster belädt.

Nun ist der Augenblick definitiv vorbei.

Mit einem argwöhnischen Blick auf Jack verabschiedet sich

Gregg, bedauert noch einmal den Verlust seiner Fußballschuhe und verschwindet.

Ein Glück, dass Mickey da ist.

Er lässt mir keine Sekunde Zeit, der verpassten Gelegenheit nachzutrauern, denn kaum hat Gregg die Tür hinter sich zugezogen, treibt er mich auch schon nach draußen. Gregg ist sogar noch da, als wir auf den Bürgersteig hinaustreten. Er sitzt im Auto, hat sein Handy am Ohr und telefoniert. Er nickt uns zu und beobachtet, wie wir zum Aufwärmen ein paar Dehnübungen machen und schließlich die Straße hinaufjoggen. Als wir uns der Ecke nähern und jeden Moment aus seinem Blickwinkel verschwinden, dreht Mickey sich um, checkt, ob er uns immer noch beobachtet, und kneift mir neckisch in den Hintern. Als ich ihn vollkommen baff anstarre, beugt er sich zu mir herüber, als wolle er mich auf die Wange küssen, flüstert, »Das wird ihm eine Lehre sein« und zwinkert mir zu.

»Das war also Gregg«, stellt er nach zehn schweißtreibenden Minuten fest.

»Mmm. Was hältst du von ihm?«

»Er könnte ein bisschen Krafttraining gebrauchen, seine Oberarme schwabbeln wie Wackelpudding.«

»Willst du etwa sagen, er ist fett?«

»Fett vielleicht nicht, aber er sieht aus wie ein typischer Anzugträger, der nach der Arbeit gerne ein paar Bierchen mit den Kollegen hebt und sich bei so genannten Arbeitsessen die Plauze voll schlägt. Du wirst noch an mich denken – in zehn Jahren ist er nicht nur wohl beleibt, sondern ein Fettwanst. Es sei denn, er fängt rechtzeitig an, Sport zu treiben.«

»Meinst du wirklich?«

»Absolut.« Er nickt. »Und jetzt möchte ich unser Lauftempo ein bisschen beschleunigen.« Er grinst mich an und rennt los. »Du schwitzt mir nicht genug.«

Ich sehe Mickeys muskulösen Knackarsch vor mir davonspurten und versuche die Vorstellung von einem kahlköpfigen, bierbäuchigen Gregg jenseits der vierzig aus meinem Kopf zu verbannen, die plötzlich beunruhigenderweise dort aufgeflackert ist und meine viel angenehmeren Fantasien von ungezügeltem Sex ersetzt hat.

Als ich wieder zurück bin, rufe ich als Erstes Isabelle an. Ich brenne darauf, ihr von den Ereignissen des Vormittags zu berichten.

»Dann ist ja wohl alles klar«, stellt sie fest, nachdem ich alles zweimal zum Besten gegeben habe.

»Meinst du?«

»Natürlich. Er wollte kontrollieren, was du treibst.«

»Meinst du wirklich?«

»Na ja, als er gestern Nacht angerufen hat, dürfte ihm wohl kaum entgangen sein, dass bei dir eine kleine Party im Gange war. Also hat er sich heute Morgen in aller Frühe auf die Socken gemacht und gecheckt, ob einer der Gäste vielleicht länger geblieben ist.«

Ich verstehe genau, was sie meint.

»Du glaubst also, er wollte mich kontrollieren.«

»Genau, du hast mich schon richtig verstanden, und das kann wiederum nur eins bedeuten: Er ist rasend eifersüchtig. Du hast ihn, Hal!«

Dienstagmorgen, ich sitze an meinem Schreibtisch, knabbere an einem gesunden Müsliriegel und lechze wie ein Basset nach Selmas Donut mit Marmelade und Sahne. Selma hat einen Anruf von John Carpenter zu Graham durchgestellt, und er telefoniert schon seit einer Ewigkeit mit ihm, weshalb wir unsere Teepause, in der Hoffnung, ein paar Wortfetzen aufzuschnappen, schweigend an unseren jeweiligen Schreibtischen verbringen.

Doch wir hätten gar nicht lauschen müssen, denn kaum hat

Graham aufgelegt, kommt er auch schon aus seinem Büro gestürmt und erzählt uns alles.

»Gute Nachrichten, meine Lieben. Heute kommt der Innenarchitekt, und eine von euch Glücklichen wird die Ehre haben, ihn durch das Swallow House zu führen.«

Ich weiß schon, wer die Glückliche sein wird. Selma macht ihren Job zwar hervorragend, aber sie hasst es wie die Pest, Leute herumzuführen.

»Außerdem gibt es noch eine weitere freudige Nachricht«, fährt Graham mit einem seligen Lächeln fort. »John Carpenter ist rundum zufrieden mit der effizienten und professionellen Art, in der wir das bisher größte Projekt von Thameside Homes abgewickelt haben, und hat mich gebeten, seine Freude allen Beteiligten zu übermitteln.«

»Das ist gut.« Selma ringt sich ein Lächeln ab. »Man kann nie wissen, vielleicht macht sich das ja bei unserem Weihnachtsgeld bemerkbar.«

»Wir bekommen Weihnachtsgeld?«

»Alle Arbeiter auf den Baustellen, wir eingeschlossen«, bestätigt Graham. »Es hat eben auch Vorteile, nicht in der Zentrale zu arbeiten, vielleicht nicht viele, aber einige schon. Ach, und wo wir gerade beim Thema sind – der große Boss hat mir auch soeben verraten, wo die diesjährige Weihnachtsfeier stattfindet. Ihr könnt schon mal eure besten Ausgehkleider hervorholen! Die Geschäftsleitung ist so zufrieden mit uns kleinen Malochern, dass sie uns in eine ganz besondere Location einladen will.« Er hält inne, nimmt zwei Bleistifte von Selmas Schreibtisch und überrascht uns mit einem spontanen Trommelwirbel.

»Wohin denn?«, hake ich nach, als er sich in dem Versuch, Phil Collins zu imitieren, beinahe in Ekstase trommelt.

»Ach ja, das hab ich ja ganz vergessen.« Er wirft die Bleistifte verlegen zurück auf den Schreibtisch, als wären sie vergiftet, und strahlt uns mit rotem Gesicht an. »Die Feier findet im Highgate statt.«

»Im Highgate!«, ruft Selma und klatscht vor Aufregung und Freude in die Hände wie ein kleines Mädchen.

»Im Highgate«, wiederhole ich deutlich weniger begeistert.

Das Highgate ist eins der vornehmsten Hotels Londons, und es ist natürlich großartig, dass die Firma so viel Geld locker machen und uns dorthin einladen will, aber das Kleid, das ich eigentlich anziehen wollte, entspricht definitiv nicht dem Highgate-Standard. Für eine normale Weihnachtsfeier wäre es perfekt geeignet, aber für eine piekfeine Edelfeier auf höchstem Niveau?

»Du wirkst nicht gerade glücklich«, stellt Selma in etwas zu scharfem Ton fest.

»Doch, ich finde es super«, murmle ich und versuche mir ein Lächeln abzuringen.

»Ich auch. Als kleines Mädchen bin ich oft mit meiner Mum am Highgate vorbeigegangen und habe die Portiere in ihren eleganten Uniformen bewundert und all diese reichen glamourösen Leute mit ihren Juwelen und Pelzen ein- und ausgehen sehen. Seitdem träume ich davon, dieses Hotel auch mal zu betreten.« Selmas Augen sind halb geschlossen, während sie in Erinnerungen schwelgt.

»Ja, schön, nicht wahr?«, sagt Graham und hüstelt. »Aber noch einmal zu diesem Innenarchitekten. Ich muss heute um elf Uhr weg, könnten Sie sich vielleicht um ihn kümmern, Hal? Er kommt um eins, das heißt, Sie könnten erst mittagessen, wenn er wieder weg ist.« Ich nicke. »Und Sie, Selma, müssten heute früher in die Mittagspause gehen und unbedingt rechtzeitig zurück sein. Offenbar ist unser Besucher ein Pünktlichkeitsfanatiker.«

Er sieht sie nervös an. Normalerweise wagt es niemand, Selmas Mittagspausengepflogenheiten anzutasten. Doch sie grinst nur, nickt, hebt die Seiten ihres langen Tweedrocks, summt »Auf der schönen blauen Donau« und tanzt durch den Raum.

»Was meinen Sie, Hal?«, fragt mich Graham, während wir unserer Kollegin zusehen, »ob Selma jetzt völlig durchgeknallt ist?«

»Nein, Gray, sie ist nur glücklich.«

»Ich arbeite jetzt seit sechs Jahren mit ihr zusammen und sehe sie zum ersten Mal glücklich. Wenn ich gewusst hätte, dass ich sie nur zum Dinner ins Savoy hätte einladen müssen, hätte ich das längst getan, als ich noch wie Roger Moore aussah.«

»Sie meinen wie Roger Rabbit?«

»Nein, das meine ich nicht, Sie freches Ding!«

Um Punkt eins, und ich meine wirklich auf die Sekunde genau (wenn man Big Ben von hier hören könnte, hätte er beim ersten Gongschlag die Türklinke heruntergedrückt und beim zweiten im Büro gestanden), betritt ein eleganter, ziemlich kleiner Mann mit einem runden Gesicht und durchdringenden blauen Augen unser Containerbüro und fragt ohne jede Vorrede:

»Harriet Hart?«

»Das bin ich.«

Ich stehe auf, und er tritt auf mich zu.

»Nathan Parker.« Er hält mir die Hand hin.

Ich halte ihm meine ebenfalls hin.

Er schüttelt sie energisch.

»Wie schön, Sie endlich persönlich kennen zu lernen«, sage ich.

Anstatt auf mein Kompliment einzugehen, entgegnet er schlicht: »Zeigen Sie mir jetzt diese Wohnung?«

»Selbstverständlich. Doch als Erstes muss ich Sie als Besucher eintragen.«

Nathan Parker ist der Innenarchitekt, den Thameside Homes für alle Projekte von höchster Priorität engagiert. Ich habe ihn in der Zentrale gelegentlich grimmig zu unser aller Befehlshaber (John Carpenter) marschieren sehen. In seinen lässigen schwarzen Klamotten von Dolce & Gabbana und mit seiner Hornbrille und seinem flippigen Haarschnitt war er immer die stilvolle Eleganz in Person, und er hat mich jedes Mal irgendwie eingeschüchtert. Er ist in London ziemlich bekannt, und es war immer ein bisschen, wie wenn du in einem überfüllten Restaurant einen Rockstar entdeckst – du bist fasziniert, willst aber nicht für einen unbeholfenen neugierigen Gaffer gehalten werden. Jetzt soll ich diesem Mann eine unserer Penthousewohnungen vorführen, und ich bin mehr als nur ein bisschen nervös. Dass er alles andere als freundlich ist, macht es mir auch nicht gerade leichter. Während wir das Gelände überqueren und mit dem Fahrstuhl in die oberste Etage fahren, schweigt er, und auch während der nächsten Viertelstunde, in der er die Wohnung inspiziert, verliert er kein Wort.

Normalerweise stockt Besuchern beim Betreten des prachtvollen und imposanten Gebäudes immer vor Ehrfurcht und Staunen der Atem, doch bei ihm nichts davon. In der nächsten halben Stunde nimmt er jedes Zimmer minutiös in Augenschein und sagt dabei kein einziges Wort.

Ich stehe nicht auf absolutes Stillschweigen. Ich gehöre eher zu der Sorte Mensch, die das Bedürfnis verspüren, Gesprächslücken mit nervtötendem Gequassel zu füllen. Bisher konnte ich mich einigermaßen zurückhalten, doch schließlich kann ich nicht länger schweigen.

»Und?«, frage ich ihn, während er durch das große Schlafzimmer schlendert und in jede Schranktür und jede Ecke lugt. »Wie finden Sie die Wohnung?«

Er hält inne und starrt mich an, als wäre ich gerade vom Himmel gefallen.

»Schön, aber steril – genau wie viele Menschen.«

Ich lache, bis ich erschrocken bemerke, dass er nicht mitlacht.

»Das ist das Problem mit solchen Wohnungen«, murmelt er, und seine Stimme hallt in dem riesigen Raum von den Wänden wider. »Auf den ersten Blick wirken sie imposant, aber es ist schwer, sie gemütlich herzurichten. Alle glauben, dass ich auf spartanische Einrichtungen und streng symmetrische Linien stehe, aber das stimmt nicht; für mich muss eine Wohnung ein Zuhause sein, kein Ausstellungsstück.«

»Aber das ist doch Ihr Job, oder nicht?«, frage ich ihn verwirrt. »Sie verwandeln Wohnungen in Ausstellungsstücke.«

»Mmm, ich weiß«, seufzt er. »Ich bin ein Puritaner, der versucht ein Bordell zu betreiben, aber Abstinenzler sind die besten Gastwirte.«

Ich blinzle ihn verwirrt an.

»Ein unvoreingenommener Mann urteilt am besten, oder von mir aus auch eine unvoreingenommene Frau, ich bin kein Sexist.«

Ich muss ihn wohl immer noch verwirrt ansehen, denn er fährt fort.

»Das Geheimnis eines guten Architekten besteht darin, dem Kunden weder seinen eigenen Geschmack aufzuzwingen noch zuzulassen, dass der Kunde dem einzurichtenden Objekt seinen Geschmack aufzwingt, sondern dafür zu sorgen, dass das Objekt seinen eigenen Stil entfaltet.«

»Und was ist, wenn das Objekt keinen Stil hat?«, frage ich und muss an die schuhkartongroßen Einzimmerapartments denken, die ich während meiner früheren Wohnungssuchen besichtigt habe.

»Oh, jedes Objekt hat seinen Stil, glauben Sie mir, und jetzt zu dieser Wohnung.« Er dreht sich einmal langsam auf der Stelle. »Sie schreit nach Befruchtung, sie ist eine Jungfrau, die entjungfert werden will.«

»Wie ich«, sage ich und seufze.

Ich wollte es nicht sagen, es ist mir nur so herausgerutscht.

Einer dieser Gedanken, die plötzlich, bevor man sich versieht, in Worte gefasst sind.

Ich beiße mir auf die Unterlippe, bemühe mich, nicht allzu rot anzulaufen, und lächle Nathan schräg und unbeholfen an.

Und in dem Moment wirft er zu meiner Überraschung den Kopf zurück und lacht lauthals los.

»Einmal in drei Monaten!«, ruft er und schüttelt den Kopf. »Das ist doch gar nichts, Honey! Ich war drei *Jahre* enthaltsam, bevor ich Fabio kennen gelernt habe!«

Fabio ist Nathans heiß geliebter, gut aussehender italienischer Freund, mit dem er seit zwei Jahren zusammen ist. Er ist Modedesigner und verbringt die Hälfte des Jahres in Mailand und die andere zusammen mit Nathan, dessen Borderterrier Stinky (der seinem Namen zum Trotz für einen Hund ganz passabel riecht) und Nathans Eltern, die eigentlich in Brighton wohnen, ihn aber ständig besuchen, in Nathans georgianischer Stuckvilla in Hampstead. Nathan ist Einzelkind und hat die Kunsthochschule in Winchester besucht, wo er unzählige Akte gemalt und kurz damit geliebäugelt hat, Leadsänger in einer angesagten Rockband zu werden. Er hat die Häuser von Popstars, Politikern und unzähligen »unbedeutenden« (seine Worte) Schauspielern eingerichtet. All das hat er mir während eines sehr langen späten Mittagessens im Bent Double erzählt.

»Warum bist du Innenarchitekt geworden?«

»Es war meine Bestimmung, Darling. Ich habe ständig Leute kennen gelernt, die ihre wunderschönen Häusern mit ihrem verheerenden Geschmack derart verschandelt haben, dass ich mir das nicht mehr länger mit ansehen konnte. Ein Arzt lässt ja auch niemanden auf der Straße liegen, der sich gerade in Krämpfen windet.«

»Und was wolltest du eigentlich machen?«

»Oh, im Grunde meines Herzens bin ich Puritaner. Ich wollte

Künstler werden, ein reiner unverfälschter Künstler, und sagenhaft schöne Menschen und sagenhaft schöne Dinge in Öl verewigen.«

»Ein Freund von mir ist Künstler, aber du kennst ihn wahrscheinlich nicht, er lebt in Irland.«

»Ich kenne eine Menge Leute, meine Liebe. Wie heißt er denn?«

»Keiran McCarthy.«

»Keiran McCarthy ist ein Freund von dir?«

»Dann hast du doch schon von ihm gehört?«

»Wer in der Kunstszene hat das nicht!«

Er ist sichtlich beeindruckt.

»Er gilt in der Kunstwelt als die heißeste Neuentdeckung.«

»Heiß ist er ganz sicher, da kann ich nur zustimmen«, vertraue ich ihm an. »Und er sieht supergut aus.«

»Oh, oh, gutes Aussehen und Talent – das ist eine fatale Kombination, Harriet, glaub mir. Wie hast du dieses Prachtexemplar kennen gelernt?«

»Er ist der Bruder meines besten Freundes, der zugleich mein Mitbewohner ist. Als er das letzte Mal nach England rübergekommen ist, lag er jede Nacht auf meinem Sofa – mit nichts als Boxershorts am Leib.«

»Du Glückliche! Erzähl! Hast du dich etwa in ihn verknallt, meine Liebe?«

»Laut Jack, seinem Bruder, hat Keiran sich in mich verknallt! Kannst du dir das vorstellen?«

»Aber sicher.« Nathan nickt ernst.

»Er hat mir das hier geschenkt.« Ich zeige ihm die Schmetterlingsbrosche.

»Sehr hübsch.«

»Ja, nicht wahr?«

»Mein Fabio hat mir etwas Ähnliches geschenkt.« Er zieht unter seinem dunkelblauen Hemd einen schweren Silberanhänger hervor. »Damit wir uns einander näher fühlen, wenn wir voneinander getrennt sind.«

»Und? Ist es so?«

»Im Gegenteil! Ich vermisse ihn nur noch mehr. Heißt das nun, dass du und der gut aussehende Ire, der bald berühmter sein wird als Damien Hurst, etwas miteinander habt?«

Ich schüttle den Kopf.

»Er ist wirklich ein toller Typ.«

»Ich höre ein Aber.«

»Aber«, sage ich und lache.

»Klar, du bist natürlich schon vergeben. Eine hübsche junge Frau wie du kann unmöglich Single sein.«

»Ich bin aber Single.«

Er tut so, als wäre er entsetzt.

»Das kann nicht wahr sein, das ist ja unverantwortlich!«

»Na ja, ich bin so eine Art Single«, korrigiere ich mich, denn obwohl ich nicht jeglichen Verstand verloren habe und natürlich weiß, dass Gregg mich wegen einer anderen verlassen hat, will ich mich immer noch nicht damit abfinden, dass es zwischen uns endgültig aus und vorbei ist, so verrückt das auch klingen mag.

Nathan sieht mich neugierig an.

»Erzähl!«, fordert er mich auf und stützt sein Kinn auf die Hand. »Hast du eine Fernbeziehung?«

»Eher eine Beziehung aus einer fernen Vergangenheit, würde ich sagen.«

»Und deshalb versuche ich, so unwiderstehlich wie möglich zu sein«, beende ich ein weiteres Mal meine traurige Geschichte, »damit er kapiert, was für ein Idiot er war, dass er mich verlassen hat.«

Nathan klatscht vor Vergnügen in die Hände.

»Du bist eine Frau genau nach meinem Geschmack. Eine

Superidee, die Angel auszuwerfen und sich den großen bösen Fisch an den Haken zu holen.«

Er beugt sich vor und nimmt meine Hände.

»Du bist zauberhaft! Wer hätte gedacht, dass auf einer schmutzigen Baustelle so eine hübsche kleine Blume gedeihen kann?«

Er beugt sich noch weiter vor und küsst mich sanft auf beide Wangen.

»So ein herrliches ausgedehntes Mittagessen müssen wir unbedingt wiederholen, es war fabelhaft, *du bist* fabelhaft. Mach dir nur keine Sorgen wegen deines treulosen Mannes. Er wird dieses Model bald zum Mond schießen und wehmütig zu dir gekrochen kommen. Und wegen dieser großen leeren Wohnung mach dir auch keine Sorgen. Ich sorge dafür, dass sie bald richtig was hermacht.«

Nathan hat nicht zu viel versprochen.

Die Penthousewohnung im Swallow House füllte sich schon bald mit wunderschönen Kunstobjekten und strahlte in warmen, erdigen Farben, die wie von selbst aus den Wänden zu sickern schienen. Doch ich greife vor, denn das war zwei Wochen später, und in diesen zwei Wochen begannen sich die Dinge von Grund auf zu ändern.

Nachdem Nathan mir noch einen Abschiedskuss auf die Wange gedrückt hatte, bin ich wieder ins Büro gegangen, und die einzige Schattenseite an diesem Tag war, dass die zuvor noch verträumt tanzende Selma sich dank meiner unverschämt lang überzogenen Mittagspause in eine griesgrämige brummige Selma verwandelt hatte. Also bediente ich mich meines neu entdeckten Geschicks im Umgang mit Menschen, stahl mich nach draußen, kaufte uns zwei riesige Stücke Sahnetorte für unsere (sehr späte) Nachmittagsteepause, bestand darauf, länger zu bleiben und ihr beim Abarbeiten eines Präsentationsstapels zu helfen, und als ich mich schließlich (eine Stunde verspätet) auf den Weg zur U-Bahn und nach Hause machte, war sie wieder meine Freundin. Mir fiel ein Stein vom Herzen. Aber es gab noch etwas, das mir den Tag gerettet hat: Ich glaube, dass ich in Nathan einen neuen Freund gefunden habe. Und zwar nicht nur irgendeinen Freund, nein, einen erstklassigen Freund. Einen fürs Leben.

»Spreche ich mit Harriet Hart?«
»Am Apparat.«
»Hier ist Nate.«
»Hi, Nate.«

Der Name entlockt Selma einen finsteren Blick, denn sie verbindet ihn damit, dass ich viel zu viel Zeit im Bent Double verbringe.

»Schön, von dir zu hören.« Ich freue mich ehrlich. »Was kann ich für dich tun? Du hast doch hoffentlich nicht wieder Probleme mit den Elektrikern, oder?«

Es hatte in der Penthousewohnung im Swallow House einen Zwischenfall gegeben. Einer von Nathans Gehilfen hatte beim Aufhängen eines riesigen Gemäldes einer splitternackten Frau in dem großen Schlafzimmer einen Nagel in eine elektrische Leitung gejagt (weil unser Subunternehmer uns einen fehlerhaften Schaltplan geliefert hat), woraufhin der Gehilfe halb verschmort war, der Strom ausfiel, und wir unzählige Papiere und Schadenersatzformulare ausfüllen mussten. Es war ein einziger Alptraum, der sich nur dadurch einigermaßen entschärfte, dass Nathan sich als ein wahrer Engel erwies und mit seiner bodenständigen und umgänglichen Art, die mich schwer beeindruckt hat, die erhitzten Gemüter auf allen Seiten zu besänftigen vermochte. Als Folge dieser Querelen hatten Nathan und ich während der vergangenen Woche ziemlich viel miteinander zu tun, und dabei ist unsere Freundschaft schnell gewachsen.

Wir telefonieren jetzt jeden Tag miteinander.

Zu Selmas großem Missfallen.

Am liebsten würde sie mich wegen der Telefoniererei rüffeln, aber da unsere Gespräche mehr als legitim sind, muss sie sich ihre Zurechtweisung verkneifen.

Im Augenblick durchbohrt sie mich mit Blicken, woraufhin ich ihr die Zunge herausstrecke und nach innen schiele, was sie zum Glück zum Lachen bringt.

»Nein, nichts dergleichen, Blümchen«, erwidert Nathan auf meine Frage.

Er nennt mich Blümchen. Und ich nenne ihn nicht mehr Nathan, sondern Nate. Ich glaube, wir sind seelenverwandt.

Er ist wie der Bruder, den ich nie hatte. Abgesehen natürlich von Jack, dem anderen Bruder, den ich nie hatte; allerdings muss ich zugeben, dass ich Jack ziemlich attraktiv finde, und wenn er wirklich mein Bruder wäre, würden sich solche Gefühle bestimmt nicht einstellen, niemals. Jack ist jedoch in letzter Zeit immer enger mit Mel zusammen, und zwar sowohl im übertragenen als auch im wörtlichen Sinne, zumindest nach seiner verknitterten Krawatte zu urteilen, mit der er neulich zur Arbeit gegangen ist, und so sehe ich ihn neuerdings deutlich seltener. Er hat mich sogar am Montagabend (unserem heiligen Soap-Abend) allein gelassen – wenn auch unter tausend Entschuldigungen –, um mit ihr ins Kino zu gehen.

Heute also (es ist Montag, Tag sechs nach unserem Kennenlernen) ruft mich Nathan an und bittet mich um Folgendes:

»Ich habe für heute Abend zwei Karten für ›La Boheme‹ im Covent Garden, und der Flug meines fabelhaften Fabios verspätet sich leider. Ich kenne niemanden außer dir, den ich gern einladen würde, mich zu begleiten.«

Es fällt mir nicht besonders schwer, spontan zuzusagen. Heute bin ich dran, Jack zu versetzen. Das denke ich zumindest, bis ich nach Hause komme. Jack hat früher Feierabend gemacht, sitzt in gemütlichen Klamotten vor dem laufenden Fernseher im Wohnzimmer, neben ihm eine Decke zum Kuscheln, umgeben von:

1) zwei Pizzen, die eine mit dünner Kruste, dreißig Zentimeter Durchmesser, scharfem Rinderhack, grünen Chilis, Peperoni und einer Extraportion Käse (für ihn), und die andere ebenfalls mit dünner Kruste, fünfundzwanzig Zentimeter Durchmesser, Tunfisch, Krabben und einer Extraportion Anchovis (für mich). Dazu eine Schale Krautsalat (für uns beide).
2) einer Tüte Paranüsse mit Halbbitterschokoladenüberzug (für ihn) und einer Schachtel Champagnertrüffel (für mich).
3) einer Flasche australischem Shiraz Cabernet Sauvignan (für ihn) und einer Flasche Pepsi Max (für mich).

Das breite Strahlen, mit dem er mich empfängt, sagt nicht nur »Sieh mal, wie schön ich es dir gemacht habe«, sondern verrät mir auch, dass er sich richtig auf den Abend mit mir gefreut hat, und es tut wirklich weh zuzusehen, wie sein strahlendes Lächeln erstirbt, als er mein schlechtes Gewissen sieht und ihm bewusst wird, dass ich ihm einen Strich durch die Rechnung machen werde.

»Wie du mir, so ich dir?«, fragt er niedergeschlagen.

»Hältst du mich wirklich für so primitiv?«

»Nein«, entgegnet er, und ich umarme ihn, drücke ihm einen dicken Kuss auf die Stirn, danke ihm für die Mühe, die er sich gemacht hat, und erzähle ihm von Nathans Karten, und er sagt, natürlich solle ich gehen, und alles sei bestens, bis ich vorschlage, dass er doch mit Melanie ausgehen könne, was er vollkommen in den falschen Hals bekommt.

»Du willst mir also *doch* eins auswischen, weil ich dich letzten Montag versetzt habe!«

»Nein, das stimmt nicht.«
»So kam es aber rüber.«
»Sei doch nicht blöd!«
»Beschimpf mich nicht als blöd!«
Und so gibt ein Wort das andere.

Es ist mein erster Streit mit Jack, und zum Glück dauert er nicht lange.

Aber er hinterlässt ein unschönes Gefühl.

Unsere Wohnung ist normalerweise ein Ort der Harmonie und des Wohlfühlens, doch nun haben wir unsere Stacheln ausgefahren und begutachten uns mit sauertöpfischen Mienen. Als ich gehe, wünscht er mir einen schönen Abend. Aber ich weiß, dass er es nicht ehrlich meint.

Wie nicht anders zu erwarten, verbringen Nathan und ich einen wunderbaren Abend miteinander. Wir haben Plätze in einer Edelloge, so nah an der Bühne, dass man das Gefühl hat, nur die Hand ausstrecken zu müssen und die vibrierenden Kehlen der Sänger berühren zu können. Wir teilen uns eine große Schachtel Pralinen und etwas Eis (tut mir Leid, Mickey, entschuldigt, ihr lieben Oberschenkel), und die Musik ist so schön, dass mir die Tränen kommen, zumindest rede ich mir ein, dass es die Musik ist, doch Nathan merkt, dass mich etwas bedrückt, und später in der Bar löst er mir mit ein paar Drinks die Zunge und entlockt mir den Grund meines Kummers.

»Könnte es vielleicht sein, dass ihr ein bisschen mehr seid als nur gute Freunde?«, fragt er mich spontan, als ich ihm unseren betrüblichen kleinen Streit geschildert habe.

»Nein, natürlich nicht«, stelle ich entschieden klar.

»Ist ein bisschen zu energisch, der Protest«, murmelt er so selbstsicher, dass er mich damit auf die Palme bringt, und schenkt mir noch ein Glas Wein ein.

»Nein, überhaupt nicht«, protestiere ich erneut.

Nathan stellt die Flasche Shiraz zurück auf den Tisch und fixiert mich.

»Sieht er gut aus?«

»Ja.«

»Ist er intelligent?«

»Sehr.«

»Habt Ihr Spaß miteinander?«

»Und ob.«

»Ist er ein umgänglicher Mitbewohner?«

»Bis heute Abend war er ein traumhafter Mitbewohner.«

»Ist er rücksichtsvoll?«

»Immer.«

»Aufgeschlossen?«

»Ich denke ja. Jetzt hör auf, Nathan, ich komme mir vor wie bei einer Quizshow«, beklage ich mich. »Habe ich die Eine-Million-Pfund-Frage schon beantwortet?«

Er schüttelt den Kopf.

»Hat er einen knackigen Hintern?«

»Was ist das denn für eine Frage?«

»Die Eine-Million-Pfund-Frage.«

»Ich würde sagen, ja. Nicht dass ich ihn mir je so genau angesehen hätte, aber ich glaube, er hat ein ziemliches Prachtexemplar von einem Hintern.«

»Wenn du ganz sicher nicht auf ihn stehst, kannst du ihn ja mir überlassen.«

»Er ist hetero, Nate.«

»Also ein weiterer Punkt, der ihn für dich attraktiv machen sollte.«

Ich bin verwirrt und atme einfach nur laut aus wie ein Wasser speiender Wal.

»Denk doch mal darüber nach«, fährt er fort. »So, wie es sich anhört, hat er alles, was du dir von einem Mann wünschen kannst, und du willst mir erzählen, dass zwischen euch nichts ist als Freundschaft?«

»Allerdings. Die Realität sieht nämlich anders aus als das, was du dir vielleicht vorstellst. Ich mag ihn wirklich sehr, aber ich habe noch nie in *dieser* Weise an ihn gedacht, du weißt schon, an Sex, er war für mich immer nur ein Freund.«

»Aber das eine schließt das andere doch nicht aus.«

»Ich weiß, aber es ist mir noch nie in den Sinn gekommen, dass etwas in der Richtung zwischen uns passieren könnte. Falls du verstehst, was ich meine?«

Er nickt.

»Ich verstehe, was du sagen willst, Blümchen, aber ich glaube, dass dein Urteilsvermögen im Moment durch die Umstände ein wenig getrübt ist.«

»Mit den Umständen meinst du, dass ich im Augenblick nicht auf Partnersuche bin.«

»Abgesehen von der Greggsuche.«

»Wie es um diese Sache bestellt ist, weißt du ja.«

»Ja, es tut sich nichts, jedenfalls nicht so schnell.«

»Wieso sagst du so etwas, Nate?«

»Weil wir inzwischen Freunde sind, und Freunde müssen sich mitunter unliebsame Dinge sagen.«

»Du klingst wie Isabelle.«

»Dann muss Isabelle eine sehr bezaubernde, intelligente und verständnisvolle Frau sein.« Er grinst. »Ich muss dir jetzt mal was sagen, Hal, und ich hoffe, du kannst mir verzeihen, aber ich meine es wirklich nur gut mit dir. Sehen wir uns die Fakten an. Dieser Gregg, du behauptest, dass du ihn liebst.«

Ich nicke vehement.

»Und du würdest alles dafür tun, ihn zurückzubekommen, würdest ihm verzeihen, dass er dich mit einer anderen betrogen hat, dass er dich belogen hat und, um dem Ganzen die Krone aufzusetzen, auch noch deine Wohnung geplündert hat.«

»Okay, okay, wenn du so über ihn redest, klingt es, als hätte ich einen an der Klatsche, aber in Wahrheit gab es doch nur ein paar schlechte Tage in drei sehr glücklichen Jahren.«

»Aber Hal, das hört sich an, als ob du mir erzählen wolltest, du hättest die ganze Zeit gemütlich im Krater eines Vulkans gelebt, und weil er ja nur ein einziges Mal ausgebrochen ist, überlegst du jetzt, dorthin zurückzukehren, sobald die Lava so weit abgekühlt ist, dass sie dir nicht mehr den Hintern verbrennt.«

Er hält inne und trinkt einen Schluck Wein.

»Tut mir Leid, Blümchen. Ich kann dir nicht vorschreiben, was du mit deinem Liebesleben anstellst, ich sehe nur, wie du dir eine Chance nach der anderen entgehen lässt. All diese tollen Männer in deinem Leben, Mr. Toller Künstler, Mr. Guter Freund, der ein guter Fick sein könnte, Mr. Alleinstehender Sexy Franzose, von dem du mir neulich erzählt hast, und du wartest auf Mr. Fuck Up? Ach, und nicht zu vergessen deinen sagenhaften One-Night-Stand, der einzige in drei Monaten. Der Typ muss ja wohl irgendetwas gehabt haben, dass du dein Gelübde ›Gregg, nur Gregg allein‹ gebrochen hast. Gibt es da vielleicht eine Chance auf Wiederholung?«

Ich schüttle energisch den Kopf.

»Das haben One-Night-Stands so an sich.«

»Erzähl mir nicht, es war Keiran?«

Ich schüttle erneut den Kopf.

»Schade für dich, ich habe gehört, dass er ein wahrer Leckerbissen sein soll.«

»Da hast du richtig gehört. Das habe ich dir nämlich erzählt.«

»Wer war es dann?«

»Ich habe dir doch mal von meiner Freundin Beth erzählt. Es war ihr älterer Bruder.«

»Schon wieder der Bruder einer guten Freundin.« Nathan brüllt vor Lachen. »Du suchst dir deine Stecher wohl gern im Kreis der Familie.«

»Das ist mir noch gar nicht aufgefallen«, kichere ich.

»Gut, dass ich nur eine Schwester habe, aber sie ist genauso wenig hetero wie ich, man kann also nie wissen, vielleicht sollte ich euch mal miteinander bekannt machen.« Er lacht immer noch. »Und wie hieß dieser ältere Bruder?«

»Tarquin Adams«, antworte ich und werde rot.

»Tarquin?«, hakt er so ungläubig nach, dass ich ihn überrascht frage, ob er ihn etwa auch kenne.

»Ich kenne einen Tarquin, und der Name ist ja nicht gerade sehr verbreitet. Er ist groß, hat dunkles Haar, sieht unglaublich gut aus und ist auf geradezu absurde Weise arrogant und von sich selbst überzeugt, aber wenn er will, kann er auch entwaffnend charmant sein.«

»Das ist er. Du hast ihn treffend beschrieben. Woher kennst du ihn?«

»Er hat einen Club in Brighton, stimmt's?«

»Ja. Das Passion.«

»Das Passion, genau, ein treffender Name. Ich bin oft mit meinem Ex hingegangen, eigentlich nur, um den schönen Tarquin anzuschmachten. Samstagabends saß er meistens in Dolce-&-Gabbana-Klamotten an einem Tisch im VIP-Bereich, kommandierte herum, gab an und spendierte den Gästen Drinks, wie ein kleiner Halbgott in seinem eigenen Universum.« Nathan hat die Augen fast geschlossen, während er sich die Szene in Erinnerung ruft. »Er sah so unvorstellbar gut aus und hat sich so unmöglich benommen, dass alle ganz verrückt nach ihm waren, und wenn ich mir vorstelle«, er öffnet die Augen und lächelt mich bewundernd an, »dass mein kleines Blümchen es mit *ihm* getrieben hat?«

Ich nicke und werde ein wenig rot, weil mir unsere Unterhaltung zusehends peinlich wird.

»Ich war zu dem Zeitpunkt total betrunken«, versuche ich mich zu rechtfertigen.

»Wie schade! Hoffentlich warst du nicht so voll, dass du Gedächtnislücken hast. Stell dir bloß vor, du gehst mit einem so unglaublich köstlichen Leckerbissen ins Bett und erinnerst dich am nächsten Morgen an nichts – was für ein *Alptraum*!«

»Ich erinnere mich an alles, keine Sorge.«

»Dem Himmel sei Dank. Erzähl! War er toll?«

Ich habe zwei Möglichkeiten: Entweder werde ich vor Scham noch röter und spiele die Verklemmte, oder ich sage ihm offen und ehrlich, wie es war – und ich kenne Nate inzwischen gut genug, um zu wissen, dass er keine Ruhe geben wird, bevor ich ihm alles haarklein erzählt habe.

»Toll ist stark untertrieben«, gebe ich also zu. »Es war unbeschreiblich.«

»Und Gregg? War er auch schon mal unbeschreiblich?«

»Mit Gregg war es anders. Wir waren lange zusammen, da lässt die Lust vielleicht ein bisschen nach, aber wird sie nicht durch etwas viel Tieferes ersetzt?«

»Mag sein. Und was ist mit Jack?«

»Was soll mit ihm sein?«, frage ich zurück.

»Na ja, es klingt doch so, als ob du mit ihm bereits das Tiefere entdeckt hättest. Stell dir vor, er ist im Bett so heiß wie Tarquin! Dann, mein liebes Mädchen, hättest du den perfekten Partner gefunden, was willst du mehr?«

»Was soll ich also deiner Meinung nach tun?«

»Ich sage nicht, dass du irgendetwas tun sollst, denk einfach mal drüber nach, das reicht schon.«

Und das tue ich, als ich nach Hause fahre ...

Können Männer und Frauen einfach nur Freunde sein?

Nathan scheint das nicht zu glauben.

Er ist überzeugt, dass der Streit zwischen Jack und mir heute nur der Dampf einer brodelnden sexuellen Spannung war, die unterschwellig weiterköchelt und irgendwann überkochen wird.

Ich finde Jack attraktiv.

Ich bin gern mit ihm zusammen.

Ich würde sogar so weit gehen zu behaupten, dass ich ihn liebe, aber ich habe diese Liebe immer in die Kategorie »Bruderliebe« eingeordnet und nicht in die Kategorie »Ich hätte Lust, dir an die Wäsche zu gehen«.

Hätte ich Lust, ihm an die Wäsche zu gehen?

Hat Nathan Recht, oder irrt er sich?

So lange kennen wir uns ja nun auch noch nicht, und immerhin hat er Jack noch nie gesehen. Wie kommt er überhaupt auf diese Idee?

Wenn ich ehrlich bin, habe ich noch nie darüber nachgedacht, wie tief meine Gefühle für Jack wirklich sind. Sträube ich mich dagegen oder bin ich zu sehr mit anderen Dingen beschäftigt?

Zu Hause ist es stockdunkel, bis auf den flimmernden Fernsehbildschirm im Wohnzimmer.

Jack liegt auf dem Sofa und schläft, umgeben von den Überresten einer Fressorgie.

Er hat die ganze Flasche Wein ausgetrunken und eineinhalb Pizzen verputzt, ein Drittel der Paranüsse und acht Champagnertrüffel.

Ich wecke ihn behutsam.

»Hal, bist du's?«

»Ja, aber nur, wenn du mir nicht mehr böse bist.«

»Wer bist du denn dann?«

»Der Milchmann. Ich leide unter Schlaflosigkeit und habe beschlossen, meine Runde heute früher zu drehen.«

»Du siehst aber gar nicht aus wie der Milchmann.«

»Nein, mein Schnäuzer ist viel größer und glänzender als seiner.«

Er lacht – genau die Reaktion, die ich mir erhofft hatte.

»Wahlweise könntest du unsere Unterhaltung auch nur träumen. Wie ich auch absolut sicher bin, dass du nur geträumt hast, wir hätten uns vorhin gestritten. In Wahrheit sind wir immer noch die besten Freunde, und in unserer netten kleinen WG ist alles Friede, Freude, Eierkuchen.«

Er richtet sich auf, ächzt, stützt seinen Kopf in die Hände und sieht mich durch seine gespreizten Finger bedeppert an.

»Es tut mir Leid, Hal. Ich habe total überreagiert. Keine Ahnung, warum ich so ein Scheusal war. Ich weiß, dass das keine Entschuldigung ist, aber Mel wollte sich heute Abend mit mir treffen, und als sie erfahren hat, dass ich ihr einen Korb gebe, um den Abend mit dir zu verbringen, ist sie ausgerastet. Ich habe ihr zu erklären versucht, dass unsere montäglichen Soap-Abende schon Tradition sind, aber sie hat darauf beharrt, dass wir uns für so einen Quatsch noch gar nicht lange genug kennen würden und ich mich nur herausreden wollte, weil ich eben einfach lieber mit dir zusammen wäre als mit ihr. Dass wir nur dicke Kumpel sind, hält sie für ausgekochten Unsinn, ich wollte dir in Wahrheit doch nur an die Wäsche. Es ist verrückt, Hal. Wenn du ein Typ wärst, hätte sie kein Theater gemacht. Mein bester Kumpel in England bist nun einmal du, Hal, aber das will ihr einfach nicht in den Kopf.«

Ich muss an Nates Worte denken, und jetzt stößt die unbekannte Mel auch noch ins gleiche Horn.

Sind Jack und ich wirklich nur Freunde und nichts weiter?

Wenn er mich ansieht, spüre ich nicht diesen Schauer, der mir immer über den Rücken läuft, wenn Gregg mich ansieht oder Keiran oder sogar Fabrice, Sebastians Freund... Aber Nathan hat mich immerhin aufgerüttelt.

Irgendwie ist das doch alles verrückt, und wenn Jack und ich wirklich so gute Freunde sind, für die wir uns beide halten, sollten wir wohl imstande sein, miteinander darüber zu reden; also setze ich mich neben ihm aufs Sofa und erzähle ihm haarklein, was Nathan gesagt hat.

Als ich fertig bin, ist Jack eine Weile still.

»Ich habe auch über uns nachgegrübelt«, gibt er schließlich zu. »Nach all dem, was Mel mir an den Kopf geworfen hat, und als du nach unserem Streit gegangen bist... und ich so überreagiert habe.«

»Und? Was meinst du?«

Er zuckt mit den Achseln.

»Keine Ahnung, Hal. Es wäre mir nicht einmal in den Sinn gekommen, wenn Mel nicht davon angefangen hätte.«

»Mir auch nicht, ich dachte, wir wären einfach nur gute Freunde, bis Nathan darauf gepocht hat, dass zwischen uns durchaus mehr sein könnte. Und was machen wir jetzt?«

»Wenn du mich fragst, gibt es nur eine Möglichkeit, es herauszufinden.«

»Meinen wir das Gleiche?«

Er nickt.

»Ich denke schon.«

»Augen auf oder zu?«

»Auf, würde ich sagen. Damit wir sehen, mit wem wir es machen und uns nicht von unseren Fantasien täuschen lassen.«

»Mit Zunge?«

»Wenn wir uns dabei gut fühlen.«

»Sollen wir bis drei zählen oder sofort loslegen?«

»Sofort loslegen.«

Und so schreiten wir in dem Versuch, nicht zu lachen und unsicher, wohin wir mit unseren Händen, Mündern und Nasen sollen, zur Tat und küssen uns. Und es ist schön, wirklich schön. Aber das ist alles. Kein Feuerwerk. Nicht dass es unerlässlich wäre, aber es ist auf jeden Fall immer ein gutes Zeichen. Kein drängendes Verlangen, sich gegenseitig die Klamotten vom Leib zu reißen und sich auf meinem neuen Wohnzimmerteppich wild und leidenschaftlich zu lieben. Und obwohl ich vielleicht ein klitzekleines bisschen enttäuscht bin, ist mein Hauptgefühl »Gott sei Dank«.

Ich öffne die Augen, weil sie mir zugegebenermaßen beim Küssen doch für den Bruchteil einer Sekunde zugegangen sind, und wir lösen uns voneinander. Jack reibt sich verstohlen meinen rosa Lippenstift vom Mund und grinst mich ziemlich schräg an.

»Und?«, frage ich.

Sein Gesicht sagt alles.

Wir seufzen beide vor Erleichterung.

»Ich bin ja so froh, dass wir nicht aufeinander stehen«, stelle ich fest.

»Ich auch, aber sollten wir nicht eigentlich beleidigt sein?«

»Also ich bin nicht beleidigt, wenn du es nicht bist. Ich meine, du bist ein sehr attraktiver Mann, Jack, aber...«

»Du auch, Hal, ich meine, du bist natürlich kein Mann, du bist eine absolut tolle Frau.«

»Danke für die Richtigstellung.«

»Aber in sexueller Hinsicht funkt es eben nicht zwischen uns.«

»Wie sollte es, wenn du findest, dass ich wie ein Mann aussehe«, ziehe ich ihn auf.

»Daran könnte es liegen«, entgegnet er und nickt weise.

»Es ist der glänzende Schnäuzer, stimmts?«, witzele ich.

»Nein, mehr die Chemie.«

»Ja, du hast Recht.« Ich nicke. »Obwohl es eine Schande ist. Aus uns hätte ein richtig gutes Paar werden können. Immerhin wohnen wir gerne zusammen, und das ist ja schon mal ein ziemlich guter Anfang.«

»Wir können es ja noch mal versuchen. Was meinst du*?*«

»Warum nicht?«, erwidere ich und grinse ihn an.

Und so küssen wir uns ein zweites Mal.

Diesmal aber länger.

Ich merke, dass er seine Gefühle diesmal auf die Probe stellen will, und so erwidere ich seinen Kuss ebenso intensiv und leidenschaftlich. Schließlich lassen wir voneinander ab und sehen uns ein wenig benommen an.

»Wie fandest du das?«, fragt er mich.

Ich wusste es. Die alt bekannte Geschichte mit dem männlichen Ego. Ich bin jetzt absolut sicher, dass Jack mich nicht begehrt, und mir geht es andersrum genauso, was in gewisser Weise traurig ist, aber andererseits auch ein Segen, weil ich jetzt weiß, dass wir auf ewig Freunde sein werden, aber die Art, wie er mich geküsst hat, sagt mir, dass sein Ego ein bisschen verletzt ist.

Wenn ein Mann sein Bestes gibt, will er danach hören, dass vom kleinen Zeh bis zur Haarspitze kribbelnde Lust in dir aufgestiegen ist und nicht, dass das Ganze dich so kalt gelassen hat wie ein Eskimohintern.

Ich glaube, als gute Freundin sollte ich ihm Mut machen.

»Es war ein bisschen, als ob ich meinen Dad geküsst hätte.«

Er lacht entrüstet.

»Und ich habe mich gefühlt, als ob ich meinen alten Collie Bernie geküsst hätte. Außer dass er besser mit der Zunge ist.«

»Wenn du das Küssen bei ihm gelernt hast, wundert mich gar nichts«, kontere ich.

Jack grinst mich breit an und schließt mich in die Arme, und falls ich je einen Zweifel hatte, ob sich die Dinge nach unserer zugegebenermaßen ziemlich schrägen halben Stunde wieder normalisieren würden, trägt er mit seiner Umarmung dazu bei, dass sich all meine Befürchtungen in nichts auflösen.

Ich koche uns einen Kaffee. Danach kuschele ich mich wieder aufs Sofa, stecke die Füße unter seine Decke, lehne meinen Kopf an seine Schulter und bin mehr als glücklich, dass wir so problemlos wieder zu unserem vertrauten und angenehmen Freunde-Verhältnis zurückgefunden haben.

»Warum lädst du Mel nicht mal zum Abendessen ein?«, schlage ich ihm vor. »Wenn sie mich erst mal kennen gelernt hat, ist sie vielleicht nicht mehr so eifersüchtig.«

»Ja, vielleicht.«

»Du klingst nicht gerade begeistert.«

»Na ja, wir kennen uns ja noch nicht lange. Ich frage mich, ob ich wirklich mit einer Frau zusammen sein will, die schon am Anfang einer Beziehung so leicht ausrastet. Stell dir bloß vor, wie sie sich gebärden wird, wenn wir länger zusammen sind und es wirklich um etwas geht.«

»Ich kann nachvollziehen, was du meinst, aber ich dachte, du bist in sie verliebt.«

»Du weißt doch, wie flatterhaft wir Männer sind«, entgegnet er, und obwohl er es unbeschwert dahinsagt, ist in seinen Augen eine Spur von Bedauern zu erkennen.

»Aber nicht du, Jack«, versichere ich ihm. »Du nicht.«

»Ach ja? Habe ich nicht gerade eine andere Frau geküsst?«

»Aber das war doch völlig legitim. Alles im Namen der Wissenschaft und eines harmonischen Zusammenlebens.«

»Und was, wenn wir hätten weitermachen wollen, Hal? Das hätte ganz leicht passieren können. Hätte ich dann auch noch an Mel gedacht?«

»Hättest du?«, frage ich, als er verstummt.

»Das werden wir nun nie erfahren«, erwidert er und stupst mir zärtlich mit dem Finger auf die Nasenspitze. »Aber die Erfahrung macht mich skeptisch, und ich frage mich, ob ich mit ihr überhaupt weitermachen will. Wenn ich sie wirklich lieben würde, hätte ich dich nie geküsst.«

»Und warum hast du mich geküsst?«, fordere ich ihn grinsend heraus.

»Ganz einfach«, entgegnet er und seufzt. »Einer Frau mit einem glänzenden Schnäuzer kann ich nun mal nicht widerstehen. Er kitzelt so angenehm, wenn man sich näher kommt ...«

Kapitel 15

Heute ist ein wichtiger Tag.

Es ist genau zwei Wochen und drei Tage her, dass ich Nathan kennen gelernt habe, und auch wenn das für sich genommen schon erfreulich ist, ist es nicht der Grund.

Der Grund ist, dass Nathan sich wirklich mächtig ins Zeug gelegt hat und die Penthousewohnung Swallow House in seinem jetzigen Zustand absolut klasse aussieht.

Ich selber sehe auch nicht so schlecht aus. Ich trage ein elegantes, wunderschönes pflaumenfarbenes neues Kostüm, das ich auf meiner Shopping-Tour mit Mickey und Isabelle ergattert habe, und da ich einen kühnen Tag habe, trage ich darunter nichts als ein ockergelbes Seidenunterkleid und einen dazu passenden Slip. Und warum tue ich das wohl? Richtig – Gregg ist da.

Nathan hat die Penthousewohnung optimal hergerichtet, damit sie in den neuen farbigen Werbebroschüren von Thameside Homes ihren Starauftritt haben kann. Graham hat mich beauftragt, für das halbe Dutzend leitende Angestellte, die der Veranstaltung beiwohnen, sowie für den unglaublich teuren Fotografen, der für die Werbefotos engagiert wurde, die Babysitterin zu spielen. Alle sind da, Nathan und sein oberster Gehilfe, Nigel, der heute nicht mehr ganz so verbrutzelt aussieht wie beim letzten Mal, obwohl seine linke Augenbraue noch nicht wieder nachgewachsen ist, was ihm einen permanent überraschten Ausdruck verleiht; John Carpenter, der weltmännisch und wichtig aussieht, Gregg, der ebenfalls weltmännisch und wichtig aussieht, eine Entourage von drei Männern in Anzügen, die ich als Mitglieder der Führungsebene wieder erkenne und die zwar weltmännisch, aber ein kleines bisschen weniger wichtig aussehen, der Fotograf, Kevin, der in seiner zerschlissenen Jeans und seinem blauen Paul-Smith-Rollkragenpullover überhaupt nicht weltmännisch, aber nichtsdestotrotz ungeheuer wichtig aussieht, und sein Assistent, der so hibbelig ist wie Nigel, da er derjenige sein wird, an dem die ganze Arbeit hängen bleibt.

Alle sind da – bis auf eine Schlüsselperson.

Rachel.

Oh, habe ich etwa vergessen zu erwähnen, dass sie für heute auch bestellt ist?

Schließlich ist sie das Gesicht von Thameside Homes, und heute geht es um die neue Broschüre *für* Thameside Homes, also wird sie natürlich auf den Fotos zu sehen sein. Zumindest wenn sie rechtzeitig eintrifft. Eigentlich sollte sie schon vor einer halben Stunde da sein, aber bisher ist nichts von ihr zu sehen.

Gregg hat seine bemitleidenswerte langjährige Assistentin Louise in der vergangenen halben Stunde schon mindestens dreißigmal angerufen, wobei er bei jedem Anruf wütender geworden ist. Der Fotograf ist nur für den Vormittag gebucht und muss am Nachmittag nach Edinburgh fliegen, um dort einen alternden, Herzen brechenden Popstar zu fotografieren, der auf dem Gelände des wunderschönen alten, auf dem Hügel gelegenen Schlosses mit einem spektakulären Auftritt seine Comeback-Tour startet (mit großem Feuerwerk und nach dem Konzert wahrscheinlich jeder Menge Groupies). Außerdem scheint das Licht, da Winter ist und obwohl die Beleuchtungsassistenten pausenlos ihre Ausrüstung hin und her rücken, nur zwischen zehn Uhr morgens und ein Uhr mittags für die Fotos geeignet zu sein, was ich den Fotografen jedem erklären höre, der ihm sein Ohr schenkt. »Die Zeit ist schon jetzt verdammt knapp, um den verdammten Job noch vernünftig zu erledigen, aber ich werd's, verdammt noch mal, versuchen, wenn das verdammte Model noch halbwegs rechtzeitig aufkreuzt. Verdammt.«

Nathan gesellt sich zu mir, in der einen Hand ein Glas Champagner, in der anderen ein Staubtuch. »Dieser Mann«, flüstert er deutlich hörbar und bedenkt den Fotografen mit einem verächtlichen Blick, während dieser eines von seinen sorgfältig platzierten Kunstobjekten verrückt, »kostet deine Firma achttausend Pfund die Stunde. Und wenn man bedenkt, dass dieser Satz so ziemlich alles war, was er in der vergangenen halben Stunde zu Wege gebracht hat, kassiert er nach meinen Berechnungen für jedes Schimpfwort etwa fünfhundertsiebzig Pfund.«

»Wahnsinn!«, zische ich.

Kein Wunder, dass Gregg so blass ist.

Gregg hat sich in eine Ecke verdrückt und ruft ungeachtet der guten Akustik des Raums, erneut bei der Leid geplagten Louise an. Er geht offenbar davon aus, dass niemand mithört, doch seine Worte hallen in dem Raum überdeutlich wider.

»Wo, zum Teufel, ist sie? Und wenn sie aus Timbuktu angeflogen kommt, das ist mir scheißegal, versuchen Sie noch mal, sie zu erreichen, und sagen Sie ihr, dass sie ihren dürren Arsch auf der Stelle hierher bewegen soll. Bei diesem Termin geht es auch um meinen Kopf.«

Zum Teufel, scheißegal und dürrer Arsch – wittere ich da Ärger im Paradies?

Fünf Minuten nervöses Nägelkauen, dann klingelt sein Handy.

Er verzieht sich erneut in seine Ecke.

Diesmal verstehe ich nicht, was er sagt, aber ich kann klar und deutlich erkennen, dass seine äußerst blasse Gesichtsfarbe im Laufe des Telefonats einem Dunkelrot weicht.

Der Blutdruck.

Ich erinnere mich an Mickeys düstere Prophezeiung, nach der

Gregg seinen Körper bis zu seinem vierzigsten Geburtstag zu Grunde gerichtet haben wird, und frage mich mit ziemlich makaberem Interesse, ob dies auch Herzattacken beinhaltet.

Gregg ist der Stress in Person, seit die gesamte obere Etage von Thameside Homes an diesem Morgen mit einer Flotte schwarzer Limousinen vorgefahren ist.

Ich glaube, er wusste bereits, dass es mit Rachels Erscheinen Probleme geben würde, obwohl ich jede Wette eingehe, dass er das niemandem erzählt hat.

Die Einzige im Raum, die über Rachels Fernbleiben ein bisschen erleichtert ist, bin ich.

Um nicht falsch verstanden zu werden: Natürlich wird sie, zum Wohl der Firma, hier gebraucht, und ich habe mich ja bereits gewappnet, in ihrem Schatten nicht allzu erbärmlich zu wirken (deshalb mein Outfit und die Unterwäsche und das sorgfältig aufgetragene Make-up und die halbe Stunde, die ich mich heute Morgen meiner Frisur gewidmet habe), aber ich muss zugeben, dass die Tatsache, sie wiederzusehen, eine sowieso schon prekäre Situation noch vertrackter machen würde.

Die Atmosphäre wird zusehends angespannter.

John Carpenter, dem in ganz London der Ruf vorauseilt, die Ruhe und Coolness in Person zu sein, zuckt bereits das rechte Auge, Gregg schwitzt so heftig, dass er sich am Buffet ständig Servietten stibitzt, um sich abzutupfen, die anderen Führungskräfte haben sich nervös zusammengerottet wie aufgescheuchte Schafe, die in der Herde Sicherheit suchen, und der junge Gehilfe Nigel traut sich vor Angst nichts anzufassen und reibt sich unentwegt seine verbliebene Augenbraue.

Selbst ich werde allmählich nervös, dabei ist alles, wofür ich zuständig bin, perfekt organisiert.

Nate hat seinen Job vortrefflich erledigt, ich habe alle Anwesenden ohne viel Aufhebens in die Besucherliste eingetragen, sogar den knurrigen Fotografen überzeugt, beim Überqueren der Baustelle einen Helm aufzusetzen, das köstliche Buffet, das ich organisiert habe, ist aufgebaut und steht verlockend in der Küche bereit, und die unglaublich zuvorkommende Thailänderin vom Cateringservice sorgt dafür, dass alle Gläser immer gefüllt sind, ohne dass von ihrer Anwesenheit auch nur irgendjemand Notiz nimmt.

Der Fotograf stolpert über ein Stativ, das sein unglücklicher Assistent ihm aus Versehen in den Weg gelegt hat, und in dem vollen Bewusstsein, wie viel ihn jeder einzelne Kraftausdruck des Fotografen kostet, wendet John Carpenter sich Gregg zu und zieht eine (zuckende) Augenbraue hoch.

Sein Ausdruck sagt unmissverständlich: »Regeln Sie das, und zwar sofort.«

Gregg nickt und huscht nach draußen auf den Balkon, um einen Anruf auf seinem Handy entgegenzunehmen. Wahrscheinlich hofft er, dass a) nicht wieder alle mithören, b) er sich in der frischen Brise, die vom Fluss herüberweht, ein bisschen abregt oder c) er sich für den Fall, dass er das Desaster nicht lösen kann, mit einem schnellen und kurzen Sprung in besagten Fluss jeglichen Stresses entledigen kann.

Nathan nutzt Greggs Abwesenheit und wieselt um das gewählte Set herum, den großen offenen Kamin im Wohnzimmer. Er versucht den Artdirector zu spielen und gerät (ziemlich heftig) mit dem Fotografen aneinander, der hart dafür gearbeitet hat, in die höheren Ränge seines Berufsstands aufzusteigen, damit er anderen sagen kann, wo es langgeht, und nicht umgekehrt. Sie streiten gerade über eine Statuette einer hochschwangeren Athenerin, die auf dem Kaminsims aus Granit steht und die Nathans Meinung nach unbedingt mit aufs Foto muss, während Kevin nicht davon abzubringen ist, dass sie »die Anmutung seines Bilds ruiniert«.

Ich locke Nathan mit einem weiteren Glas Champagner weg, bevor er versucht, seine Drohung wahr zu machen und Kevin die besagte Statuette dort »hineinschiebt, wo er offenbar besonders aufnahmefähig ist«.

Ich habe Nate gerade überzeugt, sich nicht weiter mit dem Fotografen anzulegen, als ich Graham und Eric entdecke, die sich hier oben eingeschlichen haben, um einen Blick auf »das Model« zu werfen, und die sich, nachdem sie mitgekriegt haben, dass nicht alles so läuft, wie es sollte, unauffällig hinter einen der Pfeiler verdrückt haben.

Als sie sehen, dass ich sie entdeckt habe, kommen sie verstohlen hinter dem Pfeiler hervor und gesellen sich zu mir.

»Wo ist sie denn?«

»Das weiß im Moment niemand.«

Erics rundes Gesicht fällt vor Enttäuschung in sich zusammen.

Normalerweise verläuft sein Leben bestenfalls ziemlich monoton, und dies sollte sein Wochen-Highlight werden, etwas, womit er heute Abend in seiner Stammkneipe bei einem Pint Stout, das er sich täglich vor dem Abendessen genehmigt, herumprahlen konnte.

»Sie ist nicht aufgekreuzt?«, fragt Graham entsetzt.

»Bisher nicht.«

»Aber sie müsste doch seit«, er wirft einen Blick auf die Uhr, »mindestens einer Stunde hier sein.«

»Ich weiß.«

»Wie kann das möglich sein?«

»Ich weiß es genauso wenig wie Sie.«

In dem Moment kommt Gregg zurück in den Raum. Er hat sich wieder gefasst, breitet die Hände aus, als wollte er sagen, »Ich kann auch nichts dafür, was soll ich tun?« und räuspert sich. »Darf ich einen Moment um Ihre Aufmerksamkeit bitten.« Seine Stimme klingt warm und beruhigend, und im gleichen Augenblick weiß ich, dass er schlechte Nachrichten zu überbringen hat.

»Ich fürchte, wir haben ein kleines Problem. Rachel Emerson, unser hübsches neues Gesicht von Thameside Homes, steckt auf der M23 im Stau fest, fernab von jeder Ausfahrt oder Ausweichmöglichkeit. Im Radio schätzen sie, dass es mindestens drei Stunden dauert, bis der Stau sich auflöst. Es tut mir wirklich Leid, aber das ist höhere Gewalt, was soll man da machen?«

John Carpenter sagt nichts, aber sein Gesicht verfinstert sich, und seine Wangen werden vor Missfallen immer schmaler.

»Was für eine verdammte Zeitverschwendung«, flucht der Fotograf.

»Und wieder fünfhundertsiebzig Pfund zum Teufel«, murmelt Nathan. »Also ehrlich, hat seine Mutter ihm nicht beigebracht, dass es sich nicht gehört, in Anwesenheit von Damen zu fluchen, und dass es sich in Anwesenheit einer Königin sogar um eine Form von Landesverrat handelt?«

»Wir müssen nichts weiter als einen neuen Termin vereinbaren«, verkündet Gregg in seiner besten Alles-halb-so-schlimm-Stimme.

»Nicht, wenn Sie mich haben wollen«, stellt Kevin klar und verschränkt trotzig die Arme. »Für die nächsten acht Monate bin ich komplett ausgebucht, nur dass Sie das wissen.«

»Sie könnten ja jederzeit einen anderen Fotografen buchen«, meldet sich Nate zu Wort und bedenkt seinen ungeliebten Widersacher mit einem herausfordernden Blick.

»Natürlich wollen wir keinen anderen Fotografen«, beschwichtigt Gregg Kevin und lächelt ihn entwaffnend an, während er Nate gleichzeitig einen finsteren Blick zuwirft. »Sie haben bei all unseren Werbekampagnen exzellente Arbeit geleistet. Warum, um alles in der Welt, sollten wir Sie also ersetzen? Wir *könnten* Sie gar nicht ersetzen, schließlich weiß doch jeder, dass Sie im ganzen Land der Beste sind.«

Kevin schmilzt sichtlich dahin.

»Und ich bin sicher, dass Sie aufgrund unserer langen und

fruchtbaren Zusammenarbeit ein bisschen Zeit finden werden, um uns bei der Bewältigung dieser, äh, kleinen Panne zu helfen.«

»Also gut, vielleicht kann ich Sie irgendwann vor Weihnachten noch einschieben.«

Frank, Greggs rechte Hand, hüstelt und sieht seinen Boss nervös an.

»Äh, das geht nicht, Gregg, die Drucktermine sind bereits fest vereinbart, und wenn wir die freigegebenen Abzüge nicht bis spätestens Ende der Woche haben, platzt die ganze Chose, dabei sind die Doppelseiten in den Zeitschriften und die Plakatwände bereits fest gebucht, ganz zu schweigen von der ganzen Seite »Modernes Wohnen« in der *Sunday Times*.«

Gregg wird immer weißer, als sein nervöser Assistent fortfährt.

»Es würde Monate dauern, alles komplett neu zu terminieren. Das können wir uns einfach nicht leisten, es ist schier unmöglich!«

Alle Augen sind auf Gregg gerichtet.

Ich sehe, wie sich auf seinem Gesicht blanke Panik breit macht. Er versucht sie zwar zu überspielen, was ihm auch bewundernswert gut gelingt, aber mir kann er nichts vormachen, dafür kenne ich ihn einfach zu gut, und auf einmal tut er mir unheimlich Leid.

Und dann habe ich ein weiteres Mal einen Geistesblitz.

Eine Eingebung.

»Äh, darf ich einen Vorschlag machen?« Meine Stimme ist dünn und ein bisschen hoch, weil ich nicht ganz sicher bin, ob ich mich in dieser Situation wirklich hervorwagen soll, aber Gregg steckt in der Klemme, und ich könnte ihm womöglich helfen, den Kopf aus der Schlinge zu ziehen.

»Wer sind Sie?« Der Fotograf hört auf, Gregg anzustarren, und starrt stattdessen mich an.

Er hat mich bisher nicht zur Kenntnis genommen, obwohl ich

es war, die ihn in die Besucherliste eingetragen und ihn nach seiner Ankunft zum Swallow House hinübergebracht hat, und obwohl ich es war, die ihn mit John Carpenter, Gregg und all den anderen Anzugträgern bekannt gemacht hat, die fünf Minuten nach ihm eingetroffen sind.

»Harriet Hart, ich habe Sie vorhin in Empfang genommen.«

Wir haben auch etwa achtzehnmal miteinander telefoniert, weil er sich auf der Herfahrt verfahren hatte und ich versucht habe, ihn zu dirigieren, aber daran erinnere ich ihn lieber nicht, denn seitdem er mich durchs Telefon angeschnauzt hat, dass die verdammte M25 das verdammte Mittel der verdammten Regierung ist, Jaguarfahrer zu bestrafen, scheint er sich ein wenig abgeregt zu haben.

Alle Augen sind auf mich gerichtet, also fasse ich mir ein Herz.

»Was ich sagen wollte, also, eine meiner besten Freundinnen ist Model, und ich weiß zwar, dass sie nicht diejenige ist, die Sie für die Kampagne ausgewählt haben, aber sie sieht umwerfend aus, und ich weiß zufällig, dass sie heute zu Hause ist (was ich tatsächlich tue, denn ich habe gestern Abend mit ihr gesprochen und ihr angeboten, ihre Hochzeitstorte zu backen – sehr ambitioniert, ich weiß, aber ich backe gerne Torten, ich finde es sehr entspannend, aber egal, ich schweife ab). Ich könnte sie anrufen und bitten herzukommen, auch wenn sie nicht diejenige ist, die Sie für die Kampagne ausgewählt haben, aber sie sieht wirklich absolut umwerfend aus«, wiederhole ich noch einmal für den Fall, dass sie mir beim ersten Mal nicht geglaubt haben.

»Es war nur so ein Gedanke«, stammle ich, da Kevin mich anstarrt, als hätte ich mich gerade meiner gesamten Kleidung entledigt, wäre vor ihm aus einer Kiste gesprungen und würde laut rufen: »Seht mich an, seht mich an, ich bin nackt!« Und so fühle ich mich auch, nackt und verwundbar, weil mich alle anstarren.

»Also, was meinen Sie?«, hake ich schließlich vorsichtig mit sehr dünner Stimme nach, da absolut niemand etwas sagt.

»Ich glaube, es könnte funktionieren«, grübelt Kevin laut. Er wirbelt herum, schnappt sich seine Kamera, dreht sich wieder zu mir um und nimmt mich durch den Sucher ins Visier.

»Ja, ich glaube, es könnte funktionieren«, wiederholt er. »Kein typisches Model, eher das Mädchen von nebenan, aber hübsch, sehr hübsch. Das könnte was werden, das könnte sogar richtig gut werden.«

Sein Gesicht schießt hinter der Kamera hervor, und er wendet sich zu Gregg.

»Darf ich, um das Chaos komplett zu machen, auch noch einen Vorschlag machen?«

Gregg nickt mit Nachdruck.

»Nur zu.«

»Diese Frau arbeitet bei Ihnen, richtig?«

Gregg nickt.

»Warum nehmen wir nicht einfach sie?«

»Wie bitte?«

»Na ja, Ihr Model ist doch nicht aufgekreuzt, oder? Wir müssen die Fotos aber heute noch im Kasten haben.«

»Aber...«, wendet Gregg tonlos ein.

»Sie sieht gut aus, ist fotogen und sogar eine Angestellte Ihrer Firma. Was wollen Sie mehr?«

»Wir haben das Gesicht für die Präsentation unserer Kampagne mühevoll ausgewählt.«

»Ich weiß, aber das führt uns im Moment, verdammt noch mal, nicht weiter, oder?«

»Ich glaube, sein Vorschlag hat etwas«, meldet sich Frank zu Wort.

»Das ist doch lächerlich«, mischt sich einer der anderen Anzugträger ein.

»Was ist daran lächerlich?«, brüllt Nate aufgebracht. »Unsere

Hal ist tausendmal netter anzusehen als irgendeine bezahlte Bohnenstange mit so vielen Kurven wie eine Kiste, einem Gesicht wie ein Vollblutpferd und einer Persönlichkeit, die zweifellos bestens zu all dem passt.«

Ich sehe, dass er während seines Ausbruchs direkt Gregg ansieht, und schaudere, da ich weiß, wie meilenweit entfernt Rachel von dieser Beschreibung ist.

»Ich finde die Idee spannend«, stellt ein weiterer Anzugträger fest.

Und dann reden alle durcheinander, einige mit schrillen Stimmen, andere panisch, wieder andere wütend, einige sehr nachdrücklich, bis schließlich eine ruhige, unaufgeregte Befehlsstimme das Durcheinander übertönt.

»Also, ich halte es für eine *exzellente* Idee. Warum irgendein namenloses Model einkaufen, wenn wir eine unserer leibhaftigen Angestellten nehmen können? Im Grunde ist es mir, ehrlich gesagt, ein Rätsel, warum wir nicht selbst darauf gekommen sind. Es ist genial, absolut genial.« Alle sind verstummt und wenden sich John Carpenter zu, der mit einem breiten Lächeln nach meiner Hand greift und mich, die ich am liebsten im Erdboden versinken würde, in die Mitte des Raumes führt.

»Gentleman, darf ich vorstellen: Harriet Hart, das neue und *wahre* Gesicht von Thameside Homes.«

Man könnte sagen, dass dem Ganzen eine ausgleichende Gerechtigkeit innewohnt.

Rachel hat mir meinen Mann weggenommen.

Ich habe ihr ihren Job weggenommen.

Aber so fühle ich nicht. In Wahrheit tut sie mir ziemlich Leid, denn es war ja nicht ihre Schuld, dass sie auf der Autobahn im Stau stecken geblieben ist.

Manchmal hält das Schicksal merkwürdige Überraschungen bereit.

Irgendein Idiot vor ihr versucht, einen Artikel auf der ersten Seite der Zeitung zu lesen, die neben ihm auf dem Beifahrersitz liegt, während er mit fast hundertdreißig Stundenkilometern auf der Überholspur über die Autobahn brettert, und plötzlich entwickelt sich ihr Leben schlagartig in eine andere Richtung (der Idiot ist mit kleineren Schnittwunden und ein paar Prellungen davongekommen, falls das jemanden interessiert, nicht so allerdings seine nagelneue Mercedeslimousine, die den Zeitungsberichten zufolge jetzt aussieht wie eine Heckklappe).

Das mangelnde Denkvermögen eines Fremden hat mein und Rachels Leben verändert.

Eine Sekunde der Unaufmerksamkeit irgendeines Unbekannten, und auf einmal bin ich, vor Schock zu betäubt und vor Freude über die Anerkennung zu überwältigt, um zu protestieren, mitten in den Zirkus geworfen, der eigentlich für eine andere Frau inszeniert wurde. Nathan kümmert sich um mein Make-up (sogar überraschend professionell), und schon liege ich in meinen ockerfarbenen Seidendessous vor dem offenen Kaminfeuer auf einem Teppich und werde von allen Seiten mit einer Kamera unter Beschuss genommen.

Dabei bin ich mit Sicherheit nicht zum Modeln geboren. Ich bin einer jener Menschen, die es zutiefst *hassen*, Fotos von sich selber zu betrachten. Wer weiß nicht, wovon ich rede? Dieses kleine Stück Zelluloid scheint jeden noch so winzigen Makel, den du hast, auf magische Weise hervorzuheben und zu vergrößern. Und es ist alles andere als ein Kinderspiel, hier zu liegen, so zu tun, als wäre dies mein wunderschönes neues Zuhause und dabei möglichst entspannt und glücklich und wohlig auszusehen, während eine ganze Horde Männer mit Stielaugen herauszufinden versucht, ob Seide vor dem Schein eines Kaminfeuers durchsichtig wird. Und die Tatsache, dass ich zittere wie Espenlaub, hat definitiv nichts damit zu tun, dass ich so wenig anhabe, aber wir kriegen es hin, ich gebe mein Bestes, und Kevin feuert mich mit passenden Bemerkungen an wie »hmm, jawohl, gut« und »schön, sehr schön« und »großartig, genau so«, ohne während der ganzen Session auch nur ein einziges »verdammt« oder ein einziges Wort mit Sch... zu benutzen.

Am Ende der zweistündigen Fotosession lächeln selbst diejenigen zufrieden, die anfangs protestiert haben, und murmeln etwas von einem wirklich gut gemachten Job. Gregg sieht mich höchst merkwürdig an, und zum ersten Mal, seit ich ihn kenne, habe ich nicht den leisesten Schimmer, was ihm durch den Kopf geht.

Am nächsten Montagabend, unserem Soap-Abend, klingelt es zu meiner Überraschung an der Tür. Montags kommt uns eigentlich niemand mehr besuchen, denn jeder potenzielle Besucher weiß, dass er, wenn er nicht gerne *Eastenders* oder *Coronation Street* oder sogar *Emmerdale* sieht, nicht die geringste Chance hat, bei uns einen angenehmen Abend zu verbringen.

Jack ist in der Küche und spielt gerade den Fernsehkultkoch Jamie Oliver, also gehe ich und mache auf.

Vor der Tür steht Nathan mit einem riesigen, in Blümchenpapier eingepackten Paket, das er vorsichtig in beiden Händen hält.

»Ich hoffe, es stört dich nicht, dass ich unangemeldet hier hereinschneie, aber ich habe ein Geschenk für dich, Blümchen.«

»Du störst überhaupt nicht«, entgegne ich strahlend und trete zurück, um ihn hereinzulassen. »Aber du musst mir doch nichts schenken. Es gibt doch gar keinen Anlass, oder?«

»Ich hatte Lust, dir etwas zu schenken, einfach nur so.«

Wir gehen ins Wohnzimmer, wo er das Paket behutsam auf den Couchtisch legt, den ich in Camden erstanden habe.

»Na los, mach es auf!«, drängt er.

Ich sehe ihn und das Päckchen skeptisch an.

»Na los!«, wiederholt er ungeduldig.

»Kann ich dir etwas zu trinken anbieten oder irgendetwas anderes?«, frage ich, mich plötzlich meiner guten Manieren erinnernd.

»Erst wenn du dein Geschenk ausgepackt hast.«

Ich entferne vorsichtig das makellose Geschenkpapier und enthülle ein riesiges gerahmtes Foto.

Von mir.

Eine Kopfaufnahme.

Meine Schläfe ist auf meinen Handballen gestützt, und ich blicke mit einem Verpiss-dich-Ausdruck zur Kamera hoch, einem Ausdruck, den andere jedoch fälschlicherweise leicht als erotisch interpretieren könnten.

Ich erinnere mich, dass Nathan das Foto am Ende meiner spontanen Modelsession mit seiner eigenen Kamera gemacht hat.

»Ach du meine Güte!«, entfährt es mir, da mir nichts Besseres einfällt.

»Gefällt es dir?«, fragt er hoffnungsvoll.

Ich muss ehrlich sein.

»Es ist ein Foto von mir, Nate, also hasse ich es natürlich.«

»Das solltest du nicht, denn du siehst toll darauf aus. Ich möchte, dass du es irgendwo an prominenter Stelle aufhängst, wo jeder, der dich besuchen kommt, es sofort sieht.«

»Das kann ich unmöglich tun. Das wäre doch viel zu... zu... egozentrich eben.«

»Sei nicht so bescheiden«, weist er mich zurecht. »Mit siebzig, wenn deine Titten so tief runterhängen, dass du sie dir in die Socken stecken kannst, und du das dritte Facelifting hinter dir hast, wirst du dir das Foto ansehen und nicht mehr so bescheiden sein, sondern stolz, stolz darauf, was für ein bezauberndes Mädchen du einmal warst – und jetzt bist.« Er zwickt mich liebevoll in die Wange.

Ein bewundernder Pfiff unterbricht uns.

Jack steht in der Tür und trocknet sich mit einem Geschirrtuch die Hände ab.

»Wie schön.«

»Siehst du, hab ich es nicht gesagt«, stellt Nathan fest und freut sich über die Bestätigung.

»Ist das ein Schnappschuss vom Shooting?«

»Versuch das mal zu sagen, wenn du besoffen bist«, scherze ich, weil mir die geballte Aufmerksamkeit, die dem Foto von mir zukommt, peinlich ist.

Nathan schüttelt den Kopf.

»Das ist nur ein kleiner Appetitanreger. Wartet mal ab, was noch kommt. Wenn sie schon auf meinen Schnappschüssen so toll aussieht, stellt euch bloß vor, was erst ein richtiger Fotograf aus ihr macht.«

Und dann streckt er Jack die Hand hin und stößt mich sanft mit dem Ellbogen an, um mich an meine guten Manieren zu erinnern.

»Oh, tut mir Leid. Ihr kennt euch ja gar nicht, das habe ich ganz vergessen. Nathan, das ist Jack, Jack, das ist Nathan.«

»Ah, das ist also Jack.«

»Genau, ich bin Jack«, stellt Jack klar und ergreift Nathans Hand. »Und Sie müssen *der* Nathan sein, über den Hal mir schon irre viel erzählt hat.«

»Mir über Sie ebenso.«

Das stimmt. Ich habe Jack so viel von Nathan vorgeschwärmt und Nathan so viel von Jack, dass ich mit meiner Schwärmerei das komplette Gegenteil von dem erreicht habe, was ich damit beabsichtigt hatte, und jetzt jeder der beiden erwartet, den anderen auf Anhieb zu hassen.

Während sie einander die Hand schütteln, mustern sie sich genau, dann folgt ein ausgedehntes verlegenes Schweigen, und schließlich lächeln sie.

Ich seufze erleichtert auf.

Ich gehöre nicht zu den Menschen, die sich für verschiedene Gelegenheiten verschiedene Freundeskreise halten, ich mag es lieber, meine Freunde bunt durcheinander zu würfeln. So ist es viel reizvoller; Leute, die sonst nie aufeinander treffen würden, werden von mir als gemeinsamer Bekannter zusammengebracht, die sie beide für tolle Menschen hält und daher hofft, dass sie voneinander das Gleiche denken.

Vermutlich ist es eine ziemlich egozentrische Betrachtungsweise, davon auszugehen, dass jemand, den ich nett finde, von anderen ebenfalls nett gefunden wird. Heißt das nicht, dass ich mein eigenes Urteilsvermögen für besser halte als das von anderen? Ich weiß auch nicht. Vielleicht bin ich einfach nur zu naiv.

Wie auch immer, mir ist jedenfalls wichtig, dass meine zwei besten männlichen Freunde sich verstehen.

Allerdings fände ich es schön, wenn Jack und Nathan aus eigenem Antrieb Freunde würden.

Ich habe vergessen, zu erwähnen, dass Jack tatsächlich mit Mel Schluss gemacht hat, und um ehrlich zu sein, glaube ich, dass er ein bisschen einsam ist. Er war sogar ein paar Mal mit Alex auf ein Bier aus.

Die beiden fühlen sich irgendwie durch ihre gemeinsame Liebe für teure Autos verbunden, die ich nur zu gut verstehen und nachvollziehen kann, und in letzter Zeit haben sie mich sonntagnachmittags gelegentlich auf eine kleine Spritztour im Porsche mitgenommen, bei der wir durch die Gegend gekurvt sind und uns andere Porsche angesehen haben, die Jack sich höchstens leisten könnte, wenn er bei Curtis Stelling den schnellen Aufstieg schafft, was zurzeit sein vorrangiges Ziel ist. Ich sage nicht, dass er ein Einzelgänger ohne Freunde ist, überhaupt nicht, im Gegenteil, wer Jack kennen lernt, mag ihn auf Anhieb, so einfach ist das, aber ich weiß, dass er in Dublin ein riesiges soziales Umfeld hatte, und ich glaube nach wie vor, dass er hier ebenfalls mehr Leute kennen lernen muss.

Zum Glück verstehen die beiden sich auf Anhieb genauso prächtig wie Nathan und ich, und nach einer halben Stunde Geplauder und Gelächter, die auch eine kurze Einlage mit Hammer und Nägeln einschließt – sie sind zu dem Schluss gekommen, dass mein neues Foto die Wand meines himmlischen neuen Schlafzimmers schmücken soll –, lädt Jack Nathan zum Abendessen ein.

Wir essen Spaghetti Bolognaise, die Nathan als »so umwerfend göttlich«, preist, »dass sie es verdient haben, dafür schwarzen Rauch zum Himmel aufsteigen zu lassen« – ein kleiner Witz auf meine Kosten, weil ich vergessen habe, das Knoblauchbrot (mein einziger Beitrag) rechtzeitig aus dem Ofen zu nehmen. Wir trinken zu viel Rotwein (es ist erstaunlich, wie gerne ich wieder dem Alkohol zuspreche, seit Beth ihr Baby willkommen geheißen und – fast ebenso überschwänglich – den Vino wieder zum festen Bestandteil ihres Lebens gemacht hat).

Danach essen wir auch noch zu viel Eis, und als Nathan erfährt, dass Jack bereits etliche Male in Italien war und sogar ein paar Brocken Italienisch spricht, was ich gar nicht wusste und was mich stark beeindruckt, erzählt er ihm alles über Fabio.

Und dann wirft er plötzlich einen Blick auf die Uhr und schreit auf. Als wir ihn fragen, was denn los sei, erzählt er uns mit gequälter Miene, dass er *Coronation Street* und *Eastenders* verpasst habe, woraufhin Jack und ich uns angrinsen und ihm versichern, er müsse sich keine Sorgen machen, da wir alles aufgenommen hätten. Wir erzählen ihm von unseren montäglichen Soap-Abenden, und er klatscht vor Entzücken in die Hände, so sehr freut er sich, dass es da draußen in der Welt auch noch andere Süchtige gibt, und wir verlagern unsere Zusammenkunft ins Wohnzimmer und holen das Versäumte nach.

Als Nathan schließlich aufbricht, ist es beinahe Mitternacht. Er ist leicht beschwipst und hat vom Wein und der Wärme im Wohnzimmer ein rotes Gesicht, doch er darf nicht gehen, ohne

Jack vorher hoch und heilig zu versprechen, am nächsten Montag wiederzukommen.

»Er ist wirklich nett. Jetzt verstehe ich, warum du ihn so gerne magst«, flüstert Nathan mir zu, als ich ihn nach draußen zu seinem Taxi begleite.

»Er ist wirklich nett. Jetzt verstehe ich, warum du ihn so gerne magst«, stellt Jack fest, als er mir noch einen Schlummertrunk reicht.

Und so strahle ich von einem Ohr zum andern, zufrieden darüber, dass ich bei der Zusammenführung meiner Freunde wenigstens diesmal richtig gelegen habe. Glücklich und mit der Welt im Einklang gehe ich ins Bett und fühle mich ein ganz kleines bisschen beschwipst, doch als ich ins Bett falle, finde ich mich plötzlich Auge in Auge mit mir selbst wieder: Aus dem vergoldeten Fotorahmen starre ich auf mich hinab. Und es ist irgendwie ein unheimlicher Moment, denn obwohl ich mich natürlich wiedererkenne, sehe ich auf dem Foto nicht aus wie ich.

Dienstagabend. Ich bin nach der Arbeit mit Issy in dem Weinbistro verabredet, das wir bei unserem letzten Besuch eigentlich zu unserem Stammlokal machen wollten, doch seither sind wir nicht wieder da gewesen.

Wie beim letzten Mal bin ich zu früh und sie zu spät.

Und wie beim letzten Mal bittet sie mich um ein Autogramm.

»Kann ich bitte ein Autogramm haben. Du bist berühmt.« Und dann singt sie: »I love I love I love my calendar girl«, und zwinkert dem Barkeeper zu, der über ihre spontane Gesangs- und Tanzeinlage lacht.

»Wussten Sie, dass meine Freundin ein berühmtes Model ist?«, fragt sie ihn laut.

Ich werde knallrot und zerre sie zu einem Ecktisch.

»Aber es stimmt doch!«, protestiert sie, als ich sie anmurre, sie solle mich nicht so in Verlegenheit bringen. »In der Firma zirkulieren per E-Mail Raubkopien von deinen Fotos. Heute Morgen habe ich sogar Norman aus der Buchhaltung dabei ertappt, wie er beim Anblick eines deiner Fotos unter dem Kragen einen ganz heißen roten Hals gekriegt hat. Er hat es sich als Bildschirmschoner eingerichtet, der alte Perversling.«

»Ich brauche noch einen Drink. Mein Gott, ist mir das peinlich.«

»Wenn dir das schon peinlich ist, warte erst mal ab, bis du auf den Plakatwänden hängst, fünfzehn Meter hoch und dreißig Meter breit, der ganze Verkehr auf der Oxford Street wird zum Erliegen kommen, oder wenn du in der *Sunday Times* zum Thema Modernes Wohnen erscheinst oder dein Gesicht auf der Titelseite der neuen Broschüre in sämtlichen Briefkästen landet. Bald wird dein Gesicht Filzstift-Schnäuzer haben, und auf deinen Augen wird altes Kaugummi kleben, tja, das sind eben die Nachteile, wenn man berühmt ist. Haben sie dich eigentlich anständig bezahlt, Hal? Ich hoffe, du hast für deine Fotos einen Haufen Kohle eingesackt. Das solltest du nämlich auf jeden Fall tun. Ich habe Norman dazu gebracht, mir zu verraten, wie viel sie für Rachel hinblättern mussten, und wir reden hier über fünfstellige Summen. Mit deinem Einsatz hast du denen nicht nur eine Superwerbekampagne beschert, sie sparen obendrein auch noch ein Vermögen.«

»Ach ja?«, entgegne ich zerstreut, wobei ich in Gedanken nicht bei dem Geld bin, sondern bei den ungeheuren Auswirkungen der ganzen Sache, die mir bisher noch gar nicht bewusst waren.

»Jawohl. Und Greggs Büro ist auch komplett mit deinen Fotos zugepflastert.«

»Tatsächlich?«, frage ich, und meine Zerstreutheit weicht schlagartig höchster Aufmerksamkeit.

»Ja. Er behauptet, dass er auf diese Weise die besten Bilder für die Werbekampagne auswählen kann, aber Louise hat mir erzählt, dass sie die Auswahl bereits gestern getroffen haben, und er hat die Fotos trotzdem noch nicht abgenommen. Du müsstest es sehen, Hal, es ist wie ein Schrein zu Ehren der hübschen Göttin, die niemand anderes ist als du. Seine Pinnwand ist vollständig mit Fotos zugepflastert, sein Schreibtisch ist voll davon, der Besprechungstisch... Soll ich dir was verraten, Hal, ich glaube allmählich, dass es tatsächlich funktioniert, ich glaube, deine Strategie zeigt bei ihm Wirkung.«

Als ich zwei Stunden später mit der U-Bahn nach Hause fahre, bin ich felsenfest überzeugt, dass mich alle anstarren, obwohl der rationale Teil meines Hirns mir klar zu verstehen gibt, dass das lächerlich ist, da die einzigen Menschen, die die Fotos bisher gesehen haben, bei Thameside Homes arbeiten.

Am nächsten Morgen liegt eine verspätete Ansichtskarte von Lois im Briefkasten.

Vorne drauf ist das Bild eines klaren blauen Meeres, das von einem weißen Sandstrand mit einer Reihe Kokospalmen gesäumt wird.

Geschrieben hat sie lediglich: »Ich wünschte, du wärst hier. Viele liebe Grüße, Mrs. Clive Delaney.«

»Herzlichen Glückwunsch, Mrs. Clive Delaney«, sage ich laut und proste ihr mit meiner morgendlichen Tasse Tee zu.

Die Karte lässt mich an China denken. Wo sie wohl in diesem Moment ist? Wahrscheinlich hockt sie mit Sonnenbrille in irgendeinem Tropenparadies auf dem Hocker einer Strandbar, in der einen Hand einen Margarita, in der anderen eine medizinische Fachzeitschrift.

Ich könnte ihr eine E-Mail schicken, kurz hallo sagen und mich erkundigen, wie es ihr geht. Wir haben in Cornwall unsere Adressen ausgetauscht und seit ihrer Abreise gelegentlich ein bisschen hin- und hergemailt, doch ich habe seit Wochen nichts von ihr gehört. Ich selber habe nur im Büro einen Internetzugang, aber Jack war so lieb und hat mich an seinem Computer ein E-Mail-Postfach bei Hotmail einrichten lassen. Jack ist schon bei der Arbeit, also gehe ich in sein Zimmer, setze mich an seinen Schreibtisch und logge mich ein.

»Liebe China, wie geht es dir, und wo bist du? Hier geschehen zurzeit merkwürdige Dinge. Ich habe einen neuen Teilzeitjob. Du wirst nie erraten, als was...«

Als ich im Büro ankomme, hat Selma gerade einen Anruf für mich entgegengenommen und hält ihn in der Warteschleife.

Es ist offenbar jemand, den sie nicht besonders mag, denn sie fertigt ihn kurz angebunden und in übertrieben dienstlichem Ton ab und hat die Lippen geschürzt, als ob sie an etwas Saurem lutschte.

»Es ist Gregg – für dich.«

»Das erklärt alles.«

»Soll ich ihm sagen, dass du im Moment keine Zeit für ihn hast?«

Ich schüttle den Kopf.

»Ist schon gut, stell ihn rüber.«

Selma weiß nichts von meinem Vorhaben, ihn zurückzugewinnen. Ich habe es ihr nicht erzählt, weil ich sicher bin, dass sie es zutiefst missbilligen würde. In ihren Augen hat Gregg in dem Moment, in dem er sich aus purer Geilheit mit Rachel eingelassen hat, jede Chance auf mich verspielt. Für Selma sind alle Männer willensschwach und werden einzig und allein von ihrem Testosteron gesteuert.

Ich denke, da könnte sie durchaus Recht haben.

»Hallo, Gregg, was kann ich für dich tun?«, frage ich mit meiner Dienststimme.

»Ich wollte dich fragen, ob du es vielleicht einrichten könntest, heute in meinem Büro vorbeizukommen.« Er hat ebenfalls seine Dienststimme aufgesetzt. »Nach der Wendung der vergangenen Woche gibt es einiges zu besprechen. Ich muss unsere Rechtsabteilung bitten, einen Vertrag für dich aufzusetzen, und dann müssen wir natürlich auch über die finanzielle Seite reden.«

»Da muss ich erst mal meinen Vorgesetzten fragen.«

»Graham Dean?«

»Genau den.«

»Nicht nötig. Ich habe vor meinem Anruf bei dir mit ihm telefoniert, und er hat bereits grünes Licht gegeben.«

»Okay, dann ist ja alles klar. Wann soll ich da sein?«

»Elf Uhr. Ich habe dir schon ein Taxi bestellt. Es holt dich um viertel nach zehn ab.«

Er klingt barsch und gereizt.

Ich fühle mich wirklich mies, dass ich Rachel den Job weggenommen habe, und wie es klingt, scheint Gregg darüber auch nicht übermäßig begeistert.

»Okay, danke für den Anruf. Dann bis nachher«, flöte ich fröhlich, um die Stimmung ein wenig aufzuhellen.

Aber er hat schon aufgelegt und lässt mich meine Freundlichkeit dem Freizeichen entgegensäuseln.

Wegen unseres bevorstehenden Treffens bin ich den ganzen Morgen nervös.

Ich bin stark versucht, noch einmal nach Hause zu fahren und mir ein paar verführerische Dessous anzuziehen, aber ich beruhige mich damit, dass ich heute ein wirklich hübsches Kostüm anhabe, und trage noch eine weitere Schicht Lippenstift auf. Nach den turbulenten Ereignissen von neulich bin ich absolut unsicher, wie er mir heute begegnen wird.

Wenigstens scheint Louise erfreut, mich zu sehen, als ich ihr Büro betrete, das das Vorzimmer zu Greggs Heiligtum bildet.

»Hal, wie schön, dich zu sehen, es ist ja eine Ewigkeit her, viel zu lange.« Sie steht auf, um mich zu begrüßen, und küsst mich sogar richtig herzlich auf jede Wange. »Ich habe die Fotos von dir gesehen. Wenn man hier arbeitet, springen sie einem ja unweigerlich ins Auge. Ich muss schon sagen, du siehst absolut klasse aus, und wie auch immer du das hingekriegt hast, du musst mich unbedingt in dein Geheimnis einweihen. Am besten gehst du direkt rein, seine Exzellenz ist heute nicht in Wartelaune. Er ist ein wenig gereizt, um es gelinde auszudrücken.« Sie nickt eine freundlich gemeinte Warnung in Richtung Greggs Büro, führt mich zu seiner Tür, klopft an und schiebt mich hinein.

»Miss Hart für Sie, Mr. Holdman«, verkündet sie und lockert den formalen Ton ein wenig auf, indem sie mir verstohlen zuzwinkert.

Er sieht von seinem Schreibtisch auf und nickt. Kein Lächeln oder etwas in der Art, nur eine schroffe Zurkenntnisnahme.

Während ich mich setze, sehe ich mich schnell um. Wenn Louise die Fotos vorhin nicht erwähnt hätte, würde ich annehmen, das Issy halluziniert hat, denn weit und breit ist kein einziges Foto von mir zu sehen. Stattdessen steht auf seinem Schreibtisch ein silbergerahmtes Bild, das in einem falschen Winkel zu mir steht, sodass ich es nicht richtig erkennen kann, aber ich nehme schwer an, es ist ein atemberaubendes Foto von Rachel. Als ob sein kühler Empfang nicht genug wäre, meine Stimmung in den Keller sinken zu lassen, lässt dies sie auf den absoluten Nullpunkt stürzen.

Gregg tut so, als würde er irgendwelche Papiere auf seinem Schreibtisch studieren.

»Also dann«, sagt er schließlich und sieht mit zusammengepressten Lippen zu mir auf.

»Also dann«, entgegne ich, als er nichts weiter sagt.

»Was für eine merkwürdige Wendung der Ereignisse«, bringt er schließlich hervor.

Das kann man wohl sagen.

»Bist du mit der neuen Situation glücklich, Hal?«

Es ist unschwer zu erkennen, dass er es nicht ist, aber was mich angeht, na ja, ich bin noch gar nicht dazu gekommen, groß darüber nachzudenken. Es ist einfach irgendwie passiert, und ich bin mitgerissen worden, wie ein Surfer, der auf dem Kamm der Welle reitet und im Rausch der Geschwindigkeit und der Begeisterung nicht im Traum daran denkt, dass er jeden Moment vom Brett stürzen und ertrinken könnte.

Da ich nicht antworte, antwortet er für mich.

»Wie auch immer. John Carpenter besteht darauf, dass du das neue Gesicht von Thameside Homes bist, also bist du das neue Gesicht von Thameside Homes.«

»Und was ist mit dem alten neuen Gesicht von Thameside Homes?«, frage ich ruhig. »Hat sie zu all dem überhaupt nichts zu sagen?«

»Doch, am Anfang hatte ihre Agentur jede Menge Einwände, aber keine Sorge, sie hat bereits etwas Größeres, Besseres an der Hand.«

Einen Augenblick keimt in mir die Hoffnung auf, dass er womöglich auch von einem neuen Mann spricht, doch dann fährt er fort: »Sie hat einen dicken Coup gelandet und steht jetzt bei einem Mailänder Modehaus unter Vertrag, einem neuen, viel versprechenden Designer, der im Moment ziemlich angesagt ist, sie wird also voll im Rampenlicht stehen. Wenn sie weiter an unsere Kampagne gebunden wäre, hätte sie das Angebot nicht annehmen können, insofern hast du ihr einen Riesengefallen getan. Was in einen hässlichen juristischen Streit wegen Vertragsbruchs hätte ausarten können, wurde freundschaftlich in beiderseitigem Einvernehmen geregelt. Das heißt natürlich, dass sie künftig noch häufiger unterwegs ist... Aber zurück zu dir. Wie ich bereits sagte, ist die Rechtsabteilung gerade dabei, einen Vertrag für dich aufzusetzen, der im Wesentlichen beinhaltet, dass du engagiert wirst, um für Thameside Homes zu werben, und dich daher verpflichtest – und was jetzt kommt, ist juristisch bindend, Hal, also denk immer daran – dich jederzeit so zu verhalten, wie es sich für eine Botschafterin der Firma gebührt.«

»Du meinst, ich soll exzessive Besäufnisse und öffentliche Schlägereien künftig meiden«, scherze ich.

Gregg lacht nicht.

Er sieht mich mit zusammengekniffenen Augen an.

»Natürlich bieten sie dir nicht annähernd das Gleiche, was sie ihr gezahlt haben«, stellt er klar und nennt dann einen Betrag, der mir trotzdem den Mund offen stehen lässt.

»Du machst Witze, oder?«

»Modeln ist ziemlich lukrativ.«

Das erklärt, warum er jetzt maßgeschneiderte Armani-Anzüge trägt und nicht mehr wie früher welche von der Stange.

»Und was ist mit meinem Job?«

»John Carpenter hat persönlich mit Graham Dean gesprochen, und dieser hat ihm zugestimmt, dass es nicht nur für dich eine großartige Herausforderung ist, sondern auch der Firma insgesamt zugute kommt, und solange man für adäquaten Ersatz sorgt, wann immer du zu irgendwelchen Foto- oder Werbeterminen musst, hat er mit der ganzen Geschichte kein Problem.«

Alles, was er sagt, klingt sehr formal und wie auswendig gelernt, ein bisschen, als wäre er ein Automat. In Wahrheit ist er so stinkig wie ein alter Joghurt und beinahe ebenso sauer.

»Der Vertrag sollte dir bis Ende der Woche zugehen. Ich wäre dir dankbar, wenn du ihn so schnell wie möglich unterschrieben an mich zurücksenden könntest, da ich deine Fotos erst rechtmäßig verwenden kann, wenn du mir das Copyright gewährt hast, und wie du ja weißt, ist die ganze Sache überhaupt nur aufgrund der gebotenen Eile ins Rollen gekommen.«

Er entlässt mich mit einem kurzen Händedruck.

Anschließend treffe ich mich mit Issy zum Mittagessen.

»Ich glaube, du irrst dich«, sage ich, als sie noch einmal die Überzeugung äußert, dass Gregg sich wieder mehr zu mir hingezogen fühlt.

»Inwiefern?«

»Er war eben total zum Kotzen zu mir, und damit meine ich wirklich zum Kotzen.«

»Ich glaube nicht, dass das irgendetwas mit dir zu tun hat, Hal, er ist schon den ganzen Morgen finster drauf. Ich habe ihn während der Frühstückspause hier in der Kantine getroffen und ihn beiläufig nach Rachel gefragt, und er war in etwa so drauf...« Sie zieht ein griesgrämiges Gesicht. »›Beschäftigt‹, meinte er, also habe ich gefragt, ›Wo ist sie denn gerade?‹, woraufhin er sagte, ›In Mailand‹, und zwar in so einem vorwurfsvollen Ton, als ob sie dort mit Drogen dealen würde oder etwas in der Art. Er läuft schon den ganzen Tag mit einem Gesicht wie sieben Tage Regenwetter herum.«

»Oje!«, maule ich. »Das heißt, dass er sie vermisst.«

»Aber nein«, widerspricht Isabelle und schüttelt entschieden den Kopf, sodass ihre roten Locken in dem Sonnenstrahl, der durchs Fenster fällt, munter tanzen, »das heißt, dass er einsam ist. Und das ist etwas GANZ anderes. Wenn er Rachel vermissen würde, könnte er problemlos ins nächste Flugzeug steigen, schließlich sind es bis Mailand nur ein paar Stunden, da kommt er ja schneller hin als nach Schottland oder Cornwall. Ich bleibe bei dem, was ich gestern Abend gesagt habe: Ich glaube, du hast ihn am Haken. Ich könnte mir vorstellen, dass er, was seine Gefühle in Bezug auf eure Beziehung angeht, auf einmal verwirrt ist, ja, ich würde sogar so weit gehen zu behaupten, dass er anfängt, sich darüber klar zu werden, dass er einen Fehler gemacht hat.«

»Wer weiß, vielleicht hast du sogar Recht.«

»Ich sag dir was, Hal, wer auch immer Rachel diesen Job gegeben hat – er hat dir einen RIESENGEFALLEN getan!«

»Das kann man wohl sagen«, entgegne ich und grinse bei dem Gedanken an Greggs jämmerlichen Gesichtsausdruck und an das astronomische Honorar, von dem er gesprochen hat. »Stell dir vor, Issy, ich bin reich.«

Am Nachmittag ruft mich Nathan an. Er ist ganz hippelig vor Nervosität, weil Fabio heute Abend mit dem Zehn-Uhr-Flug aus Italien zurückkommt.

»Ich möchte dich und Jack am Freitag zum Abendessen einladen, damit ihr ihn kennen lernt. Bitte sag ja, ich habe ihm alles über euch erzählt, und er ist ganz heiß darauf, euch kennen zu lernen.«

Als Jack und ich Freitagabend in Nates georgianischer Stuckvilla eintreffen, macht uns Fabio persönlich die Tür auf. Ich hatte ihn mir ein bisschen wie Tom Ford vorgestellt. Schlank und dunkel und unglaublich gut aussehend. Eine Art James Bond ohne Smoking. Stattdessen begrüßt mich an der Tür ein kesser kleiner Matador mit einem breiten Lächeln auf einem etwas jungenhaften, aber sehr gut aussehenden Gesicht, dessen stämmiger Körper in eine riesige Schürze gehüllt ist, auf der vorne ein großes »Küss den Koch« prangt.

Der Koch küsst uns.

Küsschen, Küsschen, Küsschen, Küsschen, vier für mich, vier für Jack, und dann führt uns ein wild mit den Armen gestikulierender Fabio mit einem Schwall von in starkem Akzent hervorsprudelnden Begrüßungen in eine Art Vorhalle, in der es durchdringend nach Knoblauch riecht, und dazu das milde Aroma von Rotwein, der langsam in Fleisch einkocht.

Als Nathan hört, dass wir da sind, kommt er die Treppe heruntergestürmt. Sein Haar ist noch nass; er zieht eine Duftwolke CK One hinter sich her und sprüht vor guter Laune.

»Ihr seid da, wie schön, ich bin ja so glücklich, dass ihr hier seid! Wie ich sehe, habt ihr euch mit meinem Schatz schon bekannt gemacht. Blümchen, ist er nicht genau so ein Prachtstück, wie ich ihn dir beschrieben habe?«

»Absolut, er ist umwerfend.«

Nate strahlt über das Kompliment.

»Kommt, lasst uns ein Gläschen Champagner trinken. Das müssen wir feiern.«

»Was?«

»Dass ich meine liebsten Menschen um mich versammelt habe.« Er drückt meine Hand. »Das bedeutet mir eine Menge.«

Nathans und Fabios Haus ist natürlich exquisit. Die Küche könnte direkt der *Vogue* entstammen, ein Designertraum in zartem Gelb mit himmelblauen Wandfliesen und marineblauem Schieferboden.

Ich kann mein Staunen nicht verbergen, als Nate mich in den riesigen Raum führt und mich vor einem offenen Kaminfeuer, in dem man ein ganzes Schwein rösten könnte, an einem Tisch platziert, an dem problemlos zwölf Leute sitzen könnten.

»Ich glaube nicht an die alte Weisheit, nach der die Kinder des Schusters die schlechtesten Schuhe tragen«, erklärt er mir, während er am Herd in einem Kochtopf rührt. »Wenn du willst, können wir nach dem Essen gerne eine Hausbesichtigung machen. Ich dachte, wir essen heute in der Küche, die Esszimmer sind viel zu förmlich, außerdem können wir uns besser unterhalten, während ich koche. Es ist so einsam, allein in der Küche zu stehen, wenn man Gäste zum Abendessen hat und die anderen sich alle in einem anderen Zimmer fröhlich betrinken, meinst du nicht auch?«

Jack und ich haben eine Flasche Champagner mitgebracht, außerdem einen Korb exotische Früchte und edle Petits fours von Fortnum and Mason.

Falls der Groschen beim Stichwort Fortnum and Mason noch nicht gefallen ist: Ich fühle mich reich. Heute Morgen ist mein Vertrag gekommen. Mein *Model*vertrag. Der Gedanke daran lässt mich laut juchzen. Insbesondere der Gedanke daran, was ich mit dem Geld anfangen werde. Ich traue mich gar nicht zu sagen, wie viel ich tatsächlich bekomme, da der Betrag geradezu obszön ist, aber ich bin hin- und hergerissen, ob ich es sparen und für mein eigenes Haus zurücklegen soll oder ob ich mir einen schicken gebrauchten Sportwagen kaufe.

Ich erzähle es Fabio, und er rät mir sofort, meine gemietete Wohnung zu kaufen.

»Steck dein Geld lieber in Immobilien, Darling, Autos sind wie Männer, am Ende lassen sie dich immer im Stich.«

Fabio und Jack unterhalten sich auf Italienisch. Ich verstehe kein Wort, aber Jack bringt Fabio dazu, alle paar Minuten in einen Lachanfall auszubrechen.

»Er ist ein toller Mann, Blümchen«, sagt Nate leise zu mir gewandt.

»Jack oder Fabio?«, ziehe ich ihn auf.

»Du könntest es wesentlich schlechter getroffen haben«, ignoriert er meine Frage.

»Ich bin im Moment nicht auf dem Markt, hast du das vergessen? Hast du Gregg vergessen, den Mann, den ich nach wie vor liebe?«

»Den Mann, von dem du *glaubst*, dass du ihn nach wie vor liebst.«

»Du bist ganz schön anmaßend.«

Er schüttelt den Kopf. »Ich bin intuitiv, das ist ein großer Unterschied.«

»Tja, was mich und Jack angeht, hast du mit deiner Intuition wohl falsch gelegen«, murmle ich und sehe ihn bewusst nicht an.

Er hört auf zu rühren und blinzelt mich neugierig an.

»Ach ja, und woher weißt du das, bitte schön?«

»Na ja, nach unserer kleinen Unterhaltung neulich habe ich deine Theorie einem Praxistest unterzogen.«

»Nein!«

Er platzt vor Neugier.

»Was ist passiert, was hast du gemacht?«

»Na ja, so eine Art Probe aufs Exempel.«

»Willst du mir sagen, du hast ihn VERNASCHT? Also ehrlich, was bist du doch für ein unanständiges Mädchen.«

»Nur sein Gesicht«, erkläre ich ihm kichernd.

»Also habt ihr euch geküsst?«

»Zweimal.«

»Und? Wie war es?«

»Sagen wir so – Jack ist eine Erdbeertorte, sehr süß und unwiderstehlich lecker, aber was nützt es, wenn du eigentlich auf Schokoladenkuchen stehst?«

»Und du stehst auf Schokoladenkuchen.«

»Genau«, bestätige ich mit einem Nicken, »aber wir sind sehr gute Freunde, und dabei wird es auch bleiben.«

»Also gut, ich gebe mich geschlagen.« Er sieht zu Jack und seufzt. »Aber es ist wirklich jammerschade.«

»Wäre es nicht schön, wenn wir ein nettes Mädchen für ihn fänden? Kennst du nicht irgendeins?«

»Nur dich, Sweatheart.«

Wir essen zu viert an dem riesigen Küchentisch.

Nate hat ein Boeuf Bourguignon gezaubert, das auf der Zunge zergeht, und Fabio hat aus Italien ein paar Flaschen köstlichen Rotwein mitgebracht, der eine Spur zu geschmeidig den Rachen runterfließt.

Gegen Ende des Hauptgangs kommen wir auf Weihnachten zu sprechen.

Nathan und Fabio werden Weihnachten in Mailand bei Fabios Familie verbringen, die noch größer ist als die von Jack und Isabelle.

Jack überrascht mich mit seiner Absicht, in London zu bleiben, anstatt zu seinen Eltern nach Dublin zu fahren.

»Wir gehen einfach alle am Weihnachtsmorgen zu Lorna, besuchen meinen Neffen und meine Nichte und sehen zu, wie sie ihre Geschenke auspacken. Einzig und allein darum geht es doch Weihnachten, oder? Um die Kinder.«

»Und um die großen Kinder«, ergänzt Nathan grinsend. »Wo wir gerade von Weihnachten sprechen, Fabio und ich haben ein kleines verfrühtes Weihnachtsgeschenk für dich, Blümchen.«

»Ihr sollt mir doch keine Geschenke kaufen, Nathan.« Ich werde vor Verlegenheit knallrot.

»Das haben wir auch nicht. Fabio hat es selbst gemacht. Ich habe ihm von deinem Dilemma erzählt, dass du nicht weißt, was du auf eurer Weihnachtsfeier anziehen sollst, nachdem du jetzt zum Gesicht von Thameside Homes aufgestiegen bist, also war er so frei, etwas für dich zu entwerfen.«

»Oh nein«, ich schlage mir vor Verlegenheit die Hände vor den Mund. »Das hätte er doch nicht tun müssen, es sollte wirklich kein versteckter Hinweis sein.«

»Natürlich nicht, Blümchen, das weiß ich doch. Aber wir wollten, dass unser Mädchen so gut aussieht wie nur irgend möglich. Also, komm!«

»Wohin denn?«

»Auf den Dachboden. Den Nachtisch können wir auf später verschieben. Ich bin so gespannt und brenne darauf, es dir endlich zu zeigen. Fabio hat es gestern erst fertig gekriegt, und ich musste mich mit aller Kraft zusammenreißen, dich nicht sofort anzurufen und herzubestellen.«

Nate führt uns hoch in den dritten Stock des Hauses. Die Büros seiner Innenarchitekturfirma sind im Souterrain untergebracht, während Fabio sich den Dachboden vor kurzem als sein Londoner Atelier eingerichtet hat.

Es ist ein riesiger Raum, der sich über das gesamte Stockwerk erstreckt, und trotzdem ist er zum Bersten voll. Zuerst fallen die Skizzen ins Auge. Sie sind überall, an die Balken und Träger gepinnt, quer über den massiven Tisch verstreut und auf einer geneigten Staffelei neben dem Fenster, Entwürfe von abgedrehten, abgefahrenen, aber absolut tollen Klamotten. In den Ecken und auf den Regalen stapeln sich große Stoffballen, meistens sechs übereinander, andere liegen auf Tischen. Im grellen Neonlicht, das von der Decke herabstrahlt, glitzern kistenweise Knöpfe, Nadeln, Pailletten und Steine wie Juwelen.

»Hier sieht es aus wie in Aladins Höhle«, staune ich ehrfürchtig.

In der Ecke neben dem Zeichenbrett steht eine Schaufensterpuppe, die mit einer Staubdecke verhüllt ist. Genau dorthin führt uns Fabio, zieht mit einem strahlenden, sehr stolzen Lächeln die Staubdecke weg und enthüllt das umwerfendste Outfit, das ich je gesehen habe.

Eine seidene Korsage, zusammengesetzt aus vertikalen Stoffbahnen in sattem Orange und Burgunderrot, zwei leuchtenden Farben also, von denen man annehmen würde, dass sie sich beißen, die jedoch wunderbar harmonieren, sie erinnern an in einem Haute-Cuisine-Restaurant kredenzte, kunstvoll ineinander verrührte Mango- und schwarze Johannisbeercoulis. Dann ein bodenlanger schräg geschnittener Rock, und über allem ein zweireihiger taillierter, farblich passender, ebenfalls burgunderroter Samtmantel mit großen Messingknöpfen, Trompetenärmeln und einer Kapuze, die mit einer Bordüre aus feinstem Kunstpelz versehen ist.

Es ist traumhaft. Als ich mich ankleide, fühle ich mich, als ob ich direkt einer dieser viktorianischen Eislaufszenen entstiegen wäre oder sogar einer Szene aus *Doktor Schiwago,* mit mir als Lara. Oder nein, streichen wir das, ich weiß genau, wie ich mich fühle.

»Du siehst wie Cinderella aus.«

»Genau das habe ich auch gerade gedacht.« Ich wirbele entzückt herum und strahle Nathan und Fabio an.

»So kannst du gehen.« Nathan klatscht in die Hände und lacht vor Entzücken. »Es ist perfekt, einfach perfekt, ich habe dir ja gesagt, wie gut Fabio ist.«

»Ich kann gar nicht glauben, dass du es extra für mich gemacht hast.«

Fabio strahlt bis über beide Ohren.

»Gefällt es dir?«

»Gefallen? Ich LIEBE es. Wie sagst du lieben auf Italienisch.«

»Italiener sagen nicht lieben, sie machen Liebe«, scherzt Nathan.

»Und sie machen tolle Kleider. Vielen, vielen Dank.«

»Schon gut. Ich mag Herausforderungen. Vielleicht kannst du es ja bei der Vorstellung meiner neuen Kollektion als Model vorführen?«

»Wow, das ist ein Angebot. Kann ich noch mehr Kreationen von dir sehen?«

»Aber ja, gerne, gerade heute habe ich die neuesten Fotos erhalten, ich zeige sie dir, komm, und sieh sie dir an.«

»Ein andermal, Fabio«, protestiert Nathan, »unten warten noch der Nachtisch, der Kaffee und Pralinen auf uns.«

Aber Fabio nimmt bereits eine Fotomappe aus einer Schublade.

»Ich habe ein neues Model«, verkündet er aufgeregt, »ein sehr hübsches Mädchen, Nathan hat es für mich gefunden. An ihm sehen meine Kleider, wie sagt ihr, groß-aaar-tig aus.«

»Nicht jetzt, Fabio«, zischt Nathan ihm zu.

Aber die Bilder liegen bereits vor mir, und, angestachelt von Nathans seltsamer Widerborstigkeit, ziehe ich eins zu mir heran, um es besser betrachten zu können. Das Foto zeigt eine Frau in einem umwerfenden pfauenblauen Kleid, das wie ein schimmernder Wasserfall aus Stoff von einer ihrer Schultern herabfällt.

Sie sieht aus wie eine römische Göttin.

Und sie kommt mir irgendwie bekannt vor.

Und dann fällt bei mir der Groschen.

»Wow, stimmt«, sage ich langsam. »Sie sieht wirklich klasse aus. Ach, und Fabio, könntest du mir vielleicht den Namen deines zauberhaften neuen Models verraten?«

»Ich wollte dir nur helfen. Und glaub mir, das Ganze macht Sinn.«

Ich spüre Nathan in der Küche auf. Er versteckt sich unter dem Tisch und lugt zwischen den massiven Holzbeinen hervor.

»Bitte schlag mich nicht noch einmal, Hal, diese Stoffballen sind verdammt schwer.«

»Ich weiß«, keuche ich. »Schließlich habe ich das Monstrum zwei Treppen heruntergeschleppt, um dir damit noch eins überzubraten!«

»Ich wollte dir nur helfen!«, wiederholt er wehklagend.

»Ach ja? Und wie, bitteschön, *hilft* es mir, wenn du der Frau, die mir meinen Freund ausgespannt hat, einen neuen Superjob verschaffst? Einen Job, in dem sie noch mehr Kohle verdient, um ihm maßgeschneiderte Anzüge zu kaufen und ihn nach allen Regeln der Kunst zu verwöhnen? Was habe ich davon, dass sie zu einem Supermodel aufsteigt und ständig zwischen London und Mailand hin- und herjettet?«

»Denk doch mal nach, Hal.«

»Ich will nicht darüber nachdenken. Ist Rachel so schön, dass ihr nicht einmal schwule Männer widerstehen können? Ich dachte, du wärst mein Freund, Nate, wie konntest du das bloß tun?«

»Ich habe es getan, weil ich dein Freund *bin*. Wenn ich rauskomme und es dir erkläre, versprichst du dann, mich nicht mehr zu schlagen?«

»Nein.«

»Bitte lass es mich dir erklären, dann *willst* du mich gar nicht mehr schlagen.«

»Ist deine Erklärung so überzeugend?«

Nathan nickt heftig.

»Das sollte sie auch besser sein.«

Ich lege den schweren Stoffballen hin und setze mich mit verschränkten Armen auf einen Stuhl.

Nathan krabbelt langsam auf der anderen Seite unter dem Tisch hervor und setzt sich mir in sicherem Abstand gegenüber.

Er sieht mich nervös an.

»Na los, raus mit der Sprache! Was für eine tolle Erklärung hast du auf Lager?«

»Na gut, also, erstens hast du selber gesagt, dass Rachel keinen blassen Schimmer hatte, dass sie dir Gregg ausgespannt hat.«

»Und wenn schon, aber sie hat mir auch nicht angeboten, ihn mir zurückzugeben, oder?«, fauche ich.

»Nein, das stimmt, ich will ja nur, dass du rational über die Sache denkst, nicht emotional.«

»Und warum, zum Teufel, soll ich nicht emotional denken? Ich fühle mich nun mal verdammt emotional.«

Fabio und Jack lugen vorsichtig durch die Tür. Fabio schwenkt ein weißes Taschentuch.

»Der Krieg ist vorbei, oder?«, fragt er und sieht mich und Nathan besorgt an.

»Wir beginnen gerade mit den Friedensverhandlungen«, erklärt Nathan ihm.

»Dann kommen wir rein zum Vermasseln, ja?«

»Ich glaube, er meint vermitteln«, stellt Jack klar, während sie auf Zehenspitzen hereingeschlichen kommen und sich zu uns an den Tisch setzen.

»Nathan, warum du bringst mir eine Frau, die Hal wütend macht?«, fragt Fabio umgehend. »Jack hat mir gesagt, wer sie ist. Du dir keine Sorgen machen, Hal. Ich sie setzen an die Lust.«

»Ich denke, er meint, an die Luft«, übersetzt Jack erneut.

»Danke, Fabio. Wenigstens einer, der auf meiner Seite steht.« Jack schüttelt den Kopf.

»Nathan steht auch auf deiner Seite, Hal.«

»Das versuche ich ihr schon die ganze Zeit klar zu machen.«

»Denk doch mal nach, Hal.«

»Das habe ich ihr auch gesagt«, sagt Nathan schnell.

»Dass Rachel jetzt unglaublich viel Zeit in Mailand verbringen muss, bedeutet zugleich, dass sie unglaublich wenig Zeit mit Gregg verbringen kann.«

»Und«, fügt Nathan schnell hinzu, »in ihrem Vertrag ist ausdrücklich festgeschrieben, dass sie nach Mailand kommen muss, wann immer Fabio sie braucht.«

»Im Moment ich sie brauche sehr oft, im Januar ist Mailänder Modewoche«, erklärt Fabio mir.

»Siehst du, ich wollte sie dir nur aus dem Weg schaffen, um dir eine neue Chance mit Gregg zu verschaffen.«

»Die Liebe wächst mit der Entfernung«, murmle ich, nicht überzeugt.

»Entfernung ist der Lackmustest fürs Herz«, widerspricht mir Nate. »Wenn er sie wirklich liebt, wird er warten, aber wenn er in Wahrheit immer noch dich liebt, werden wir das mit einer aus dem Weg geschafften Rachel deutlich schneller herausfinden als...«

»Du willst mir also sagen, wenn Fabio ›spring‹ sagt, muss Rachel London verlassen?«

»Im Wesentlichen läuft es drauf hinaus, ja.«

»Und deshalb hast du ihr den Job verschafft?«

»Das war jedenfalls einer der Hauptgründe. Darüber hinaus wusste ich, dass sich über Thameside Homes wegen des drohenden Vertragsbruchs ein Sturm zusammenbraute. John Carpenter ist nicht nur ein guter Kunde von mir, sondern auch ein guter Freund, und soll ich dir was sagen, Hal, er hat sein ganzes Herz daran gehängt, die Kampagne mit dir durchzuziehen, aber Rachels Agentur hat damit gedroht zu klagen. Ich wollte ihm einfach unnötige Probleme ersparen und dir auch. Als Fabios Hausmodel zu arbeiten, ist eine großartige Chance, insofern war es eine *passende* Lösung zum beiderseitigen Vorteil.«

»Aber warum hast du mir nichts gesagt?«, mault Fabio.

»Weil ich dich auf keinen Fall drängen wollte, Rachel zu nehmen, du musstest sie von selbst für geeignet befinden, Darling, verstehst du das denn nicht? Ich konnte dir nur vorschlagen, sie auszuprobieren, und hoffen, dass sie dir zusagt, was ja zum Glück der Fall war, und voilà, statt eines drohenden juristischen Kriegs sind alle als Gewinner aus dem Ganzen hervorgegangen.«

Er wendet sich mir zu und lächelt bekümmert. »Bitte sag, dass du mich jetzt verstanden hast.«

Ich bücke mich und hebe den Stoffballen wieder auf.

»Nicht mehr schlagen, Hal, bitte! Und ich dachte, du würdest es verstehen, wenn ich es dir erst einmal erkläre.«

»Ich habe verstanden«, sage ich und reiche ihm den Stoffballen. »Der ist für *dich*, damit du *mich* dafür schlagen kannst, dass ich so ein undankbares Miststück war.«

Kapitel 16

Selma hat sich herausgeputzt.

Eigentlich nichts Besonderes, aber heute ist sie in der Tat, na ja, *besonders* herausgeputzt. Selma sieht immer ordentlich und adrett aus, erscheint immer mit perfekten Bügelfalten und macht wirklich etwas her – was auf einer Baustelle gar nicht so einfach ist, denn dort verwandeln sich auf Hochglanz polierte Schuhe problemlos bereits bis zum späten Vormittag in matschige Monster, aber heute sieht sie im wahrsten Sinne des Wortes reizend aus. Aber es ist nicht nur ihre Kleidung oder ihr Make-up oder die zusätzliche Zeit, die sie heute erkennbar für ihre Frisur aufgewendet hat, oder die feine Parfumwolke, die sie den ganzen Morgen hinter sich herzieht, es ist irgendwie ihre Stimmung. Sie ist ungewöhnlich aufgedreht und voller Vorfreude und definitiv nicht die Selma, die ich kenne.

Sie lächelt den ganzen Morgen.

Sie lächelt ein irritierendes Dauerlächeln.

»Haben Sie Selma heute zum Mittagessen ins Highgate eingeladen?«, frage ich Graham, als Selma sogar beim Erstellen der Inventurliste anfängt, vor sich hin zu summen.

»Nein, ich dachte, Sie wären für ihre gute Laune verantwortlich. Ich dachte, Sie hätten ihr während der Teepause vielleicht eine Glückspille in ihren Donut geschmuggelt.«

Wir rätseln den ganzen Vormittag, aber erst zum Lunch klärt sich alles auf, als ein großer, dunkelhaariger, gut aussehender Fremder – klingt klischeehaft, aber so ist es nun einmal – in unser Büro marschiert, sie breit angrinst, sich zu ihr hinabbeugt, sie auf die Wange küsst und mit den Worten begrüßt: »Du siehst heute umwerfend aus! Bist du so weit? Ich habe uns in einem netten Restaurant einen Tisch reserviert.«

Ich starre Selma verblüfft an.

Sie hat nie erwähnt, dass es einen neuen Mann in ihrem Leben gibt, und dieser Prachtkerl ist mit Sicherheit keiner, den man versteckt hält.

Selma ertappt mich, wie ich sie anstarre, und das Strahlen auf ihrem Gesicht wird noch breiter, auch wenn das eigentlich unmöglich ist.

»Das ist Anton«, verkündet sie laut, und der Stolz in ihrer Stimme ist nicht zu überhören. »Anton, das ist Harriet.«

Und plötzlich macht es klick, und alles macht Sinn.

Natürlich.

Anton ist Selmas Sohn.

Jetzt sehe ich es auch.

Er hat Selmas rabenschwarzes Haar, ihre hellblauen Augen und ihre ausgeprägten Wangenknochen, und ich meine es nicht böse, denn ich mag sie wirklich gern, aber was bei ihr ein bisschen streng und asketisch wirkt, sieht bei ihm richtig gut aus.

Er wendet sich mir zu und hält mir die Hand hin.

»Hallo, Harriet, schön, Sie endlich kennen zu lernen, obwohl ich das Gefühl habe, Sie schon ganz gut zu kennen. Meine Mutter hat mir viel über Sie erzählt.«

»Gleichfalls«, entgegne ich und schüttle ihm die Hand.

»Führen Sie Ihre Mutter zum Essen aus?«

»Nur um die Ecke ins Bent Double. Ich habe nicht viel Zeit. Wollen Sie nicht mitkommen?«

»Oh ja, bitte, Hal!«, drängt Selma mich zu meiner Überraschung.

»Das ist wirklich nett, aber ich habe heute so viel zu tun, dass ich durcharbeiten muss. Ein anderes Mal vielleicht.«

»Harriet ist ja so ein gewissenhaftes und pflichtbewusstes

Mädchen«, höre ich Selma sagen, als sie mit ihrem Sohn nach draußen geht.

Zwei Minuten später lugt Erics gelber Helm durch die Tür.

»Harriet?«

»Ja, Eric?«

»Ich wollte nur Bescheid sagen, dass wir Firstziegel nachbestellen müssen.«

»Okay, danke, ich kümmere mich darum.«

Eric macht keine Anstalten zu gehen. Er lauert in der Tür und scheint etwas auf dem Herzen zu haben.

»Gibt es noch etwas?«

»Äh, ja, es ist eine Lieferung gekommen.«

»Dafür ist Selma zuständig, das wissen Sie doch. Stellen Sie die Ware einfach in den Ladebereich, und legen Sie die Papiere auf Selmas Schreibtisch. Sobald sie aus der Mittagspause zurückkommt, sage ich ihr, dass sie die Lieferung prüfen soll.«

»Äh, ich dachte, dass Sie diese vielleicht lieber selbst prüfen würden.«

»Warum? Was ist es denn?«

Anstatt mir zu antworten, dreht er sich zu den beiden Männern um, die hinter ihm gewartet haben. »Bringt sie rein, Jungs!«

»Was ist das, Eric?«, frage ich, als die Männer vier riesige Kartons ins Büro schleppen und vor meinem Schreibtisch abstellen.

»Die Männer sind von der Druckerei. Sie haben die neuen Broschüren gebracht.«

»Oh«, entfährt es mir ein wenig beunruhigt.

»Wollen Sie nicht mal einen der Kartons öffnen?« Eric und die beiden Männer, die sich bereits unüberhörbar zugezischt haben, »Das ist sie«, sehen mich erwartungsvoll an.

»Ich habe jetzt keine Zeit«, erwidere ich, wende mich ab und tue so, als würde ich auf meinem Schreibtisch ein Leistungsdiagramm studieren.

Leider hat Graham unser Gespräch mitgehört. Er schießt wie der Blitz aus seinem Büro und macht sich mit kindlicher Freude über einen der Kartons her.

»Seht euch das an!«, ruft er, zieht einen Stapel Broschüren heraus und reicht sie großzügig herum. »Kennen wir dieses zauberhafte Wesen auf der Titelseite nicht? Ich glaube, wir kennen es!«

»Graham, bitte«, flehe ich ihn an und laufe vor Verlegenheit rot an. »Das ist doch nichts Besonderes.«

»Irrtum!«, widerspricht er mir aufgekratzt. »Es ist etwas sehr Besonderes, und Sie sollten sich besser schnell daran gewöhnen, Hal, denn in ein paar Tagen kennt Sie die halbe Stadt. Sie werden berühmt. FAME!«, singt er so schief, dass einem die Ohren schmerzen. »Remember my name, FAME!«

»Sie wollen mich auf den Arm nehmen, stimmt's?«

»Ich bin Ihr Chef, das ist mein Job.«

»Ich kann mich nicht erinnern, je in einer Dienstvorschrift für Vorgesetzte gelesen zu haben, dass Chefs ihre Untergebenen regelmäßig veräppeln sollen.«

Seine einzige Reaktion besteht darin, mit den Augenbrauen zu wackeln und zu singen, »She's a star«.

»Hören Sie auf, Gray«, bitte ich ihn. »Es ist mir auch so schon peinlich genug.«

»Na gut.« Er hält mir als Geste der Entschuldigung die Hand hin. »Ich halte den Mund.«

»Sie ziehen mich nicht mehr weiter auf? Versprochen?«

»Versprochen.« Er geht zurück in sein Büro.

Zwei Minuten später klingelt mein Telefon, es ist intern. Ich gehe dran.

»She's a model and she's looking good ... dum dum, dum dum, dum dum, dum dum«, grölt Graham ohne erkennbare Melodie.

»Lassen Sie mich in Ruhe!«

Eine halbe Stunde später steht Eric wieder in der Tür; seitdem ich auf der Baustelle arbeite, hat er seine Mittagspause noch nie so schnell beendet. Er umklammert eine der neuen Broschüren, und... Bilde ich es mir nur ein, oder läuft er rot an?

»Darf ich Sie um einen Gefallen bitten, Harriet?«, umgarnt er mich.

Ich habe mich nicht getäuscht, er ist definitiv rot geworden.

»Was haben Sie auf dem Herzen, Eric?«

»Na ja, es geht um diese Broschüre.« Er hält sie mir hin, und beim Anblick der Titelseite, auf der ich mich in vorgetäuschter Ekstase lasziv räkele, zucke ich wieder zusammen. »Darf ich Sie vielleicht um ein Autogramm bitten?«

»Ein Autogramm!«, kreische ich entsetzt. »Das ist, glaube ich, wirklich nicht...«

»Bitte«, unterbricht er mich, »ich habe die Broschüre vorhin beim Mittagessen im Malt Shovel meinen Kumpels gezeigt, und sie glauben mir nicht, dass ich ein leibhaftiges Model kenne.«

»Ich bin kein Model.«

»Natürlich sind Sie ein Model! Sie sind doch jetzt berühmt.«

»Reden Sie keinen Unsinn, Eric!« Ich werde so rot wie mein rosenroter Pullover.

»Bitte, Harriet, Sie würden einen alten Mann damit sehr glücklich machen.«

Er wedelt hoffnungsvoll mit der Broschüre und einem Stift vor meiner Nase herum.

»Einen alten Mann. Sehr glücklich machen«, wiederholt er noch einmal übertrieben betont, als ich zögere.

»Wenn Sie unbedingt wollen. Ich weiß zwar nicht, wozu das gut sein soll, aber schaden kann es ja auch nicht.«

»Oh, vielen Dank. Sie sind ein Star, ein richtiger Star. Könnten Sie jetzt vielleicht noch darunter schreiben: »Für meinen Darling, Eric, und danke für letzte Nacht, du toller Hengst, in Liebe und Lust auf ewig, Harriet«.

»Wie bitte?«

Durch die offene Tür zu Grahams Büro höre ich ein lautes Prusten. Ich drehe mich um und sehe ihn in der Tür stehen. Er biegt sich vor Lachen und hält sich vor Schmerz die Seiten.

»Jetzt reicht's mir aber. Lassen Sie mich endlich in Ruhe!«, jammere ich.

Zum Glück kehrt mit Selmas Rückkehr aus der Mittagspause wieder ein wenig Vernunft in unser Büro ein. Vor ihr haben die Männer Respekt. In ihrer Anwesenheit wagen sie es bestimmt nicht mehr, sich weiterhin lustig über mich zu machen.

»War es gut?«, erkundige ich mich erleichtert, als sie zur Tür hereinkommt.

»Ja, hervorragend.«

Anton folgt ihr und lächelt mich charmant an.

»Du bleibst doch noch auf eine Tasse Kaffee, oder?«, fragt Selma ihren Sohn, während sie ihm ihren Mantel und ihren Schal reicht.

Er wirft einen Blick auf die Uhr.

»Ich bin spät dran.«

»Aber du bist doch der Chef – als Chef deiner eigenen Firma kannst du doch sicher so lange Mittagspause machen, wie du willst.«

»Also gut, einen schnellen Kaffee genehmige ich mir noch, aber dann muss ich wirklich los.«

»Wie schön!« Selma strahlt und schwebt in die winzige Küche. »Es dauert keine Minute.« Zu meiner Überraschung zieht sie die Küchentür hinter sich zu.

Anton betrachtet die geschlossene Tür und dreht sich zu mir um.

»Ich bin froh, dass wir einen Moment allein sind. Ich möchte mich bei Ihnen bedanken.«

»Für was?«

»Na ja, seitdem Sie hier arbeiten, ist meine Mutter viel ausgeglichener. Sie tut sich schwer, Freunde zu finden, wahrscheinlich weil sie ein paar Mal Pech hatte. Von Ihnen hat sie mir bisher nur Gutes erzählt. Dafür vielen Dank.«

»Keine Ursache. Ich finde Ihre Mum klasse.«

»Ja, das ist sie auch, aber die wenigsten Leute machen sich die Mühe, sich durch ihre kratzige Schale vorzuarbeiten und herauszufinden, wie wunderbar sie darunter ist, also nochmals vielen Dank.«

»Er ist Single, habe ich das schon gesagt?«, erzählt mir Selma, nachdem Anton seinen Kaffee hastig heruntergekippt, die neue Broschüre gebührend bewundert und sich mit einem fröhlichen »Bis dann« verabschiedet hat.

»Wie bitte?«

»Anton. Er ist nicht verheiratet.«

»Ach so.«

»Ich verstehe beim besten Willen nicht, warum er noch allein ist. Wo doch so viele Frauen hinter ihm her sind.«

»Das wiederum kann ich gut verstehen. Er sieht gut aus.«

»Ja, nicht wahr?« Sie strahlt vor Stolz. »Ach, was freue ich mich, dass er dir gefällt. Hier ist seine Visitenkarte.«

»Danke«, sage ich stockend und etwas vorsichtiger, als sie mir die Karte reicht.

»Nur für den Fall, dass du ihn mal anrufen möchtest.«

»Was hat er denn für eine Firma?«

»So habe ich das nicht gemeint, Hal, und das weißt du auch.« Ich wusste es nicht, aber jetzt weiß ich es.

»Äh, okay«, stammle ich. »Danke.«

»Er findet dich sehr nett«, sagt sie hoffnungsvoll.

»Er kennt mich doch gar nicht, Selma.«

»Nein, aber ich kenne dich, und Anton kenne ich in- und auswendig, und soll ich dir was sagen? Ich glaube, ihr würdet sehr gut zueinander passen. Er würde dich bestimmt gut behandeln, jedenfalls mit Sicherheit viel besser als *dieser* Gregg.« Sie rümpft die Nase. »Ich habe Anton dazu erzogen, Frauen zu respektieren und sie auf keinen Fall zu verletzen.«

Ich schiebe die Karte in mein Portemonnaie, zu den Visitenkarten von Alex, Olly und Tarq und den Zetteln mit den Telefonnummern von Tom und Keiran.

»Männer sind wie Busse«, grübele ich beim Anblick meiner Telefonnummernsammlung. »Wenn du gerade auf keinen wartest, kommen gleich mehrere auf einmal.«

»Und Frauen sind wie schicke Sportwagen«, kommentiert Graham, der gerade den Kopf aus seinem Büro steckt.

»Wie denn? Schön anzusehen, faszinierend und aufregend?«

»Nein, teuer in der Haltung, launisch und verdammt schwer auf Touren zu bringen, wenn du an einem kalten Morgen Lust auf eine schnelle Spritztour hast.«

Als ich mich in Jacks Computer einlogge, erwartet mich eine E-Mail von China.

»Hi, Hal, schön von dir zu hören. Tut mir Leid, dass ihr so schlechtes Wetter habt. Bin momentan in Antigua und mache dich jetzt superneidisch: Ich habe den ganzen Morgen an einem schneeweißen Strand verbracht, mir die Zehen von dem smaragdgrünen Meer umspielen lassen, und heute Nachmittag mache ich eine Bootstour mit einem netten Einheimischen, der tatsächlich Welcome heißt und mir fliegende Fische zeigen will. Am Wochenende fahre ich mit einer total netten Truppe australischer Rucksackreisender, die ich in meinem Hotel kennen gelernt habe, nach Shirley Heights. Da soll jeden Sonntagabend Party sein, mit einer Steelband, Cocktails bis zum Umfallen und Tanzen bis zum Morgengrauen. Na, wie klingt das? Wärst du nicht auch gerne hier? Viele liebe Grüße, China.«

Der Tag, an dem Lois' Hochzeitsparty steigen soll, bricht mit Eiseskälte an. Der Boden ist mit dickem Frost überzogen, an den Fensterscheiben von Jacks Wagen beeinträchtigen Eisblumen die Sicht, und die kalte Luft wabert in feinen Schichten umher wie geisterhafter Nebel.

Gegen Abend ist der Frost einigermaßen geschmolzen, da am Mittag die Sonne hervorgekommen ist, aber es ist immer noch lausig kalt.

Ich werde von dem Taxi aufgelesen, mit dem sich Isabel und Beth (ohne Sebastian, der an diesem Abend zwei Freuden miteinander kombinieren darf: seinen Sohn betreuen und dabei Zwiebeln für das bevorstehende Weihnachtsfest einlegen) zur Party chauffieren lassen.

In ihrem grellgelben beziehungsweise limettengrünen Outfit sehen Beth und Isabel aus wie ein aufgeregt zwitscherndes Kanarienvogelpärchen. Mein lila Kleid wird von Beth mit bewundernden und neidischen Oohs und Aahs begrüßt, darauf folgt ein kleiner Streit, wer von den beiden sich mein Kleid zuerst ausleihen darf.

Im Gegensatz zu der Kälte draußen ist es im Gemeindesaal von Battersea, in dem Lois und Clive ihren Empfang geben, sommerlich heiß, das Thermostat ist auf tropische neunundzwanzig Grad gestellt. Zum Glück, denn mein Aufzug eignet sich eher für einen lauen Sommerabend, und ich zittere trotz meines Mäntelchens wie Espenlaub.

Der ganze Saal ist mit Blumen geschmückt, Seiden- und Papierblumen in den schillerndsten Farben, in einer Ecke spielt eine kleine Steelband, und Kellner reichen große Gläser mit Rumpunsch und Piña Colada herum, die mit Sonnenschirmen und bunten Papageien aus Federn und Papier geschmückt sind.

Die Gästeschar ist kunterbunt gekleidet, sodass alles in allem der Eindruck eines karibischen Karnevalfests entsteht.

Lois strahlt vor Glück, wie man es von einer Braut erwartet.

Auf das traditionelle weiße Hochzeitskleid hat sie verzichtet und trägt stattdessen ein schulterfreies, mit roten und gelben Blumen bedrucktes Sommerkleid. Ihre schöne butterbraune Haut ist noch dunkler geworden und hat jetzt den Ton einer Pecannuss.

Ich sehe sie fast nie geschminkt, weil sie sich, wie sie sagt, sonst fühle wie bei der Arbeit, doch heute hat sie sich von ihrer befreundeten Visagistin Sonia alles auftragen lassen, was Bobbi Brown zu bieten hat. Ich habe sie noch nie schöner oder glücklicher gesehen.

Die Mädels vom Jungfernabschied sind auch alle da, bis auf China natürlich. Sie stürzen sich wild winkend und mit freudigen Wiedersehensschreien auf uns, strahlen vor Entzücken und Aufregung, erkundigen sich nach Beth' Baby und betrachten liebevoll gurrend die Fotos, die Beth aus ihrem Portemonnaie zieht, wobei ihnen vor Rührung aufrichtige Tränen in die Augen steigen. Indigo erzählt mir, wie sie und Lenka abwechselnd den Bus zurück nach London gefahren haben, und ist dabei so stolz, als hätten sie ihn zum Mond geflogen. Mel hatte offenbar einen Jahrhundertkater und hat die ganze Fahrt schlafend auf der Rückbank verbracht. Dann erzählt Lemony mir, dass sie versucht haben, »Lola« davon zu überzeugen, statt ihren Hochzeitstag den Jahrestag ihres Jungfernabschieds zu feiern und nächstes Jahr noch einmal gemeinsam zu einer großen Sause nach Newquay zu fahren, was wir bitte umgehend schon mal in unseren Terminkalendern vormerken sollen.

Trotz Lois' hartnäckiger Bitte an ihre Gäste, keine Geschenke mitzubringen, biegt sich hinten im Raum ein aufgebockter Tisch unter dem Gewicht der unzähligen, liebevoll eingepackten Päckchen.

»Was hast du ihnen denn mitgebracht?«, fragt Beth und verzieht besorgt den Mund. »Ich finde es wirklich fies von Lois, dass sie nirgends eine Liste ausgelegt hat.«

»Sie sagt, dass sie keine ausgelegt hat, weil sie keine Geschenke wollte.«

»Ich weiß, aber wer kümmert sich schon darum?«

»Niemand«, entgegne ich und zeige auf den Geschenketisch.

»Wie wahr«, bestätigt Issy. »Ich muss gestehen, ich habe ihnen auch etwas gekauft.«

»Was denn?«

»Ich habe ihnen für nächsten Monat Karten für die Aufführung von Tschechows *Drei Schwestern* im Royal National Theatre besorgt. Lois hat neulich erwähnt, dass sie das Stück gerne sehen würde.«

»Tatsächlich! Was für eine tolle Idee. Ich wünschte, mir wäre auch so etwas Originelles eingefallen. Von mir bekommen sie eine Kaffeemaschine, wie einfallsreich.«

»Keine Sorge, sie werden sich riesig darüber freuen. Ihre ist ein bisschen steinzeitmäßig und pfeift aus dem letzten Loch. Und was hast du, Hal?«

Ich habe unter demselben Dilemma gelitten wie Beth, und mir fiel einfach nichts Rechtes ein, doch dann hatte ich einen Geistesblitz. Ein kurzer Bettelanruf, und schon war ein Foto von Clive und Lois auf dem Weg nach Dublin zu Keiran, der mir versprochen hat, mich an die Spitze seiner immer länger werdenden Liste bestellter Auftragsbilder zu setzen und mein wunderschönes Foto in ein wunderschönes Gemälde zu verwandeln.

Es stand auf des Messers Schneide, ob es rechtzeitig ankommen würde, doch zum Glück blieb es mir erspart, mich in letzter Minute noch in die Geschäfte zu stürzen und ein Ersatzgeschenk zu besorgen, denn heute Morgen klingelte endlich der ersehnte Kurier von FedEx an meiner Tür.

Keiran war sogar so aufmerksam, das Bild für mich einzupacken, weshalb ich es selbst auch noch nicht gesehen habe. Ich habe ein bisschen die Befürchtung, dass Lois auf dem Bild womöglich ein Auge und ein Ohr aus der Stirn herauswachsen und

Clive à la Chagal über ihrem Kopf schwebt, doch Keiran hat mir während unseres letzten Telefonats versichert, dass ich ihm vertrauen könne. Sowohl die Beschenkten als auch ich würden das Bild lieben, so, wie den Künstler hoffentlich auch.

Mit dem Bild hat er mir einen Brief geschickt, doch bisher bin ich nur dazu gekommen, die erste Zeile zu lesen (die übrigens lautet: »Hallo, mein sexy Darling«). Ich habe ihn in meine Handtasche gesteckt, um ihn später in einem ruhigen Augenblick zu lesen.

Nicht dass ich glaube, in absehbarer Zeit einen ruhigen Augenblick zu haben.

Lois hat es genau so hingekriegt, wie sie wollte.

Ihre Party ist eine Mischung aus Notting-Hill-Karneval und Woodstock, allerdings ohne Drogen (obwohl vorhin auf der Damentoilette in der Kabine neben mir jemand eine Zigarette geraucht hat, die verdächtig süßlich roch, und ich mir kaum vorstellen kann, dass man allein vom Pinkeln zu derartigen Kicheranfällen hingerissen wird).

Die Leute trinken, tanzen und lachen, und Lois führt gerade zu einem der beliebtesten albernen Hits des Jahres die längste Polonaise an, die ich je gesehen habe.

Als sie uns sieht, löst sie sich aus der schwankenden Menschenschlange und kommt zu uns.

»Hi, Mädels!«, ruft sie. Offenbar hat sie bereits einiges intus. »Alle meine lieben Freundinnen sind da. Oh, und seht nur, lauter Geschenke, das ist aber sehr unartig.« Sie fuchtelt vorwurfsvoll mit dem Finger. »Habe ich euch nicht gesagt, dass ihr uns nichts schenken sollt?«

»Wollten wir aber«, entgegne ich und drücke ihr mein großes Paket in die Hand.

Lois reißt das Papier ab.

Meine Sorge war völlig unbegründet.

Das Bild ist so gut, dass mir fast die Tränen kommen.

»Oh, mein Gott!« Lois ringt nach Luft.

»Gefällt es dir?«

»Gefallen? Es ist ABSOLUT SUPER. Vielen Dank.« Sie beugt sich zu mir und drückt mir einen Kuss auf die Wange. »Vielen, vielen Dank.«

»Keiran hat es gemalt«, erzähle ich ihr. »Das Geschenk ist also auch von ihm.«

»Mein Bruder hat so ein tolles Bild gemalt?«, fragt Isabelle überrascht mit weit aufgerissenen Augen.

Ich nicke.

»Clive, Clive!«, ruft Lois über die volle Tanzfläche nach ihrem Mann. »Komm her, und sieh dir das an!«

Aber über die laute Musik, das Gelächter und das Stimmengewirr hinweg hört er sie natürlich nicht, weshalb sie sich das Gemälde schnappt und es eigenhändig zu ihm schleppt.

»Dein Bruder hat wirklich Talent«, stellt Beth an Issy gewandt fest.

»Danke, schön, dass dir seine Arbeit gefällt.«

Ich wirbele herum und sehe Jack hinter uns stehen, der sich den Regen aus dem Haar schüttelt.

»Oh, Jack, du bist schon da!«

»Ich war früher aus Birmingham zurück als erwartet. Unser kleiner Bruder hat dieses Bild gemalt?«

Issy nickt. Die Party ist beinahe lahm gelegt, denn die etwa zweihundert Gäste verlangen alle lauthals, das Bild zu sehen.

»Wollen wir hoffen, dass das Publikum auf seiner Ausstellung auch so begeistert ist«, sagt Jack und grinst.

Eine Viertelstunde später zieht es die Leute allmählich wieder auf die Tanzfläche.

Ich stehe am Rand und warte darauf, dass Jack von der provisorischen Theke mit unseren Piña Coladas zurückkommt, als ich plötzlich spüre, wie sich zum Takt der Musik ein Becken an mir reibt.

Ich drehe mich überrascht um und sehe Floyd vor mir stehen, Clives besten Freund.

»Hal, du sexy Rasseweib, Mann, haben wir uns lange nicht gesehen.«

»Stimmt. Wie geht's, Floyd?«

»Gut, besser denn je, vor allem, seitdem ich gehört habe, dass du wieder solo bist. Pass auf, wir gehen später noch in einen netten kleinen Club in Putney, nur wir beide.«

»Aha, was du nicht sagst.«

»Mmm.« Er nickt zuversichtlich.

»Und wenn ich dir einen Korb gebe?«

Er schüttelt seinen hübschen Kopf.

»Das tust du nicht, Hal, denn du willst mich, und das weißt du.«

»Alles klar, und woher willst du das wissen?«, frage ich grinsend.

»Weil mich alle Frauen wollen, Hal. Und weil ich dir den Himmel bescheren kann, und zwar mehrmals.« Er benetzt einen Finger, berührt in der Gegend seiner linken Brustwarze sein Hemd und stößt mit seiner langen rosigen Zunge einen Zischlaut aus. »So heiß bin ich.«

Ich pruste los und reagiere damit genauso, wie Floyd es erwartet hat. Diese spritzige Mischung aus strotzendem Selbstbewusstsein und haarsträubendem Humor ist seine übliche Masche, Frauen für sich zu gewinnen.

Abgesehen von seinem überkandidelten Gehabe ist er ganz nett, aber leider nicht der Richtige für mich, da bin ich mir absolut sicher. Er schauspielert mir zu viel.

Floyd wechselt seine Freundinnen so oft wie seine Unterhosen.

Als ich ihm das sage, lacht er laut los.

»Da liegst du leider falsch, Darling«, stellt er klar. »Ich trage gar keine Unterhosen. Also, wie sieht es aus?«

»Was?«

»Na, mit uns beiden. Erst ein bisschen vertikales Tanzen, und anschließend tanzen wir in der Horizontale weiter«, gurrt er mir lasziv ins Ohr, wobei seine Beckenbewegungen immer pornografischer werden.

»Danke für das Angebot, Floyd, aber ich fürchte, ich muss dir einen Korb geben.«

»Dann ist dir nicht zu helfen, Schätzchen, aber komm später nicht angewinselt!« Mit diesen Worten und einem freundlichen Zwinkern stürzt er sich auf die Tanzfläche und rammt sein Becken in den wackelnden Hintern einer schönen Schwarzen, die sich empört umdreht, Floyd erkennt, sich ihm freudestrahlend um den Hals wirft und mit ihm tanzt.

Die Leute scharen sich immer noch um Keirans Bild.

Ich muss gestehen, dass ich ein bisschen stolz bin, als ich höre, wie mein hübscher Keiran mit Lob überschüttet wird. Plötzlich erinnere ich mich an den Brief, der immer noch ungelesen in meiner Handtasche steckt. Da Jack nach wie vor an der überfüllten Theke ansteht, suche ich mir eine halbwegs ruhige Ecke und lese ihn.

Es ist nicht einfach nur ein Brief.

Es ist ein Liebesbrief.

Ein sehr poetischer zudem, in dem er mir schreibt, dass er immer noch oft an mich denkt (meistens wenn er nackt und allein in seinem großen leeren Bett liegt), dass er davon überzeugt ist, dass wir gut zueinander passen würden und er jederzeit auf der Stelle den nächsten Flug nach London nehmen würde, ich müsse nur ein Wort in dieser Richtung fallen lassen.

Ich rufe ihn mir ins Gedächtnis, vergegenwärtige mir, wie attraktiv er ist, nicht nur sein Äußeres, sondern auch sein ansteckender Sinn für Humor, und für einen Augenblick denke ich, »Was wäre, wenn...?« und dann zu meiner großen Überraschung, »Warum eigentlich nicht?« Doch dann verflüchtigen sich sämtliche Gedanken an irgendwelche anderen Menschen aus meinem Kopf wie Dampf, der in einer kalten Nacht verdunstet, als ich plötzlich leise jemanden sagen höre: »Hallo, Hal.«

Seine Stimme ist sanft und leise und unsicher.

Ich antworte nicht, sondern blinzle Gregg nur überrascht an.

»Was liest du da?«

»Einen Brief von einem Freund«, erwidere ich, als ich meine Stimme wiederfinde, und falte ihn schnell zusammen, allerdings nicht schnell genug, um die vielen Küsse am Briefende vor Greggs neugierigen Augen zu verbergen.

»Seiner Unterschrift nach zu urteilen muss er von einem *sehr* guten Freund sein«, stellt er fest, doch seine eisige Stimme straft sein Lächeln Lügen.

»Vielleicht auch von einer Freundin.«

»Die Keiran heißt?«

»Ich wusste gar nicht, wie schnell du verkehrt herum lesen kannst«, kontere ich und fühle mich in die Enge gedrängt.

»Oh, es gibt viele Dinge, die du noch nicht über mich weißt, Hal.« Er lächelt mich verträumt an.

Moment mal, dieser Satz hätte doch eigentlich aus meinem Mund kommen müssen.

Sehr beunruhigend.

In seinem Büro neulich war er mir gegenüber so verkrampft und zugeknöpft, und jetzt steht er völlig unerwartet vor mir und sieht mich mit butterweichen Augen an.

»Du siehst toll aus. Komm, lass uns tanzen!«

Wie in Trance lasse ich mich von ihm auf die Tanzfläche führen. In diesem Moment stimmt die Band ein langsames, sinnliches Stück an, und er zieht mich zu sich heran.

An seine Brust gedrückt schaffe ich es endlich, ihn zu fragen: »Was führt dich eigentlich hierher?«

»Clive hat mich eingeladen.«

»Ohne Rachel?«

»Ihr Name stand nicht auf der Einladung.«

»Lois hätte sicher nichts dagegen gehabt, wenn du sie mitgebracht hättest.«

»Wahrscheinlich nicht.« Er hält kurz inne. »Und du?«

»Was ich?«

»Hättest du etwas dagegen gehabt?«

Ich blicke zu ihm auf, und er sieht mich mit solcher Intensität an, dass mein Hirn von meiner üblichen Gregg-Konfusion heimgesucht und in seinem Denkvermögen erheblich eingeschränkt wird, doch dann sehe ich Jack am Rand der Tanzfläche stehen, in jeder Hand einen riesigen, mit rosa Sonnenschirm und Ananasstückchen verzierten Cocktail, und irgendwie holt mich sein besorgter Blick schlagartig zurück auf den Boden der Tatsachen.

»Alles klar?«, fragt Gregg.

Ich nicke und sage wie aus der Pistole geschossen: »Natürlich hätte ich nichts dagegen gehabt.«

»Wirklich nicht?«

»Warum sollte ich?«

Anstatt zu antworten sieht er mir einfach nur in die Augen, als suche er dort nach etwas, dann zuckt er mit den Achseln und zieht mich noch näher zu sich heran. Er schmiegt sich an mich, atmet tief ein und stößt einen langen tiefen Seufzer aus. Irre ich mich, oder riecht er an meinem Haar?

Und dann sagt er es.

»Ich dachte, es würde dir etwas ausmachen, weil ...«

Er hält inne und lässt den Satz unbeendet in der Luft hängen. Qualvolle Augenblicke später flüstert er: »Vermisst du *uns* nicht, Hal?«

»Solche Dinge solltest du mich nicht fragen«, entgegne ich, seine eigenen Worte wiederholend.

»Warum nicht?«

»Das weißt du ganz genau. Wir sind kein Paar mehr, du bist mit Rachel zusammen, du lebst jetzt ein neues Leben.«

»Ach ja? Wirklich? Und du – lebst du auch ein neues Leben?«
»Ja«, lüge ich.
»Und dieser Brief – ist der von dem Mann, mit dem du dein neues Leben lebst?«
»Ich habe nicht gesagt, dass ich mein neues Leben mit einem anderen Mann lebe, Gregg.«
»Und was ist mit Tarquin?«
»Was soll mit ihm sein?«
»Ich dachte immer, du könntest ihn nicht ausstehen.«
»Gefühle ändern sich eben«, fahre ich ihn an. »Das solltest du doch wohl am besten wissen.«
»Seid ihr, ich meine, du und Tarquin...«
»Was?«, fordere ich ihn heraus und weiche ein Stück zurück. »Du willst wissen, ob zwischen uns etwas läuft? Ob wir eine Beziehung haben und miteinander schlafen? Und wenn ja – was geht dich das an, Gregg?«
»Ihr seid also zusammen.«
»Warum willst du das wissen?«
»Weil du mir etwas bedeutest und ich nicht möchte, dass du verletzt wirst.«
»*Du* willst nicht, dass ich verletzt werde?«, wiederhole ich ungläubig.
»Natürlich nicht.«
»Natürlich nicht?«, wiederhole ich nochmals seine Worte. »Dass ich nicht lache. *Du* hast mich verletzt, Gregg. Und wie. Mehr als mich irgendjemand je verletzt hat oder verletzen könnte. Aber hier bin ich, ich hab's überlebt, du brauchst dir also keine Sorgen um mich zu machen. Und ich werde nie wieder zulassen, dass mich noch einmal jemand so verletzt, das kannst du mir glauben, und dafür brauche ich dich ganz bestimmt nicht, denn darum kümmere ich mich selbst. Außerdem habe ich ja auch noch meine Freundinnen und Freunde, und die sind allesamt tausendmal zuverlässiger als du.«

Ich verstumme, als mir bewusst wird, dass wir aufgehört haben zu tanzen und ich einen halben Meter vor ihm stehe und ihn anschreie.

Er sieht auf den Boden, keine Ahnung, ob aus Scham oder wegen der peinlichen Szene, die ich ihm bereite. Die Musik ist zwar immer noch laut, aber die Leute in unserer Nähe verstehen jedes Wort, das ich ihm an den Kopf werfe.

Schließlich sieht er mich verwirrt an wie ein gekränkter junger Hund, als könne er überhaupt nicht verstehen, warum ich auf sein Geständnis, dass ich ihm noch etwas bedeute, so aufgebracht reagiere.

Im Grunde verstehe ich meine Reaktion ja selbst nicht.

Eigentlich sagt er ja genau die Dinge, die ich hören will. Warum also sehne ich mich einerseits danach, ihn näher an mich heranzuziehen und in einem wohligen Gefühl der Geborgenheit willenlos in seinen Armen dahinzuschmelzen, während ich gleichzeitig den Drang verspüre, ihm mein Knie in seine Weichteile zu rammen und ihn zur Schnecke zu machen? So ein heftiger Zwiespalt der Gefühle ist schwer zu kontrollieren.

Ich atme ganz tief ein, so, wie Mickey es mir beim Yoga beigebracht hat, bin aber immer noch alles andere als ruhig. Vielleicht sollte ich meine Beine ineinander knoten, mich in Lotusposition auf den Boden hocken und ein paar Sekunden still meditieren.

In dem Moment fällt mir unsere Liste ein.

5. *Mach ihm bewusst, was ihm entgeht, indem du selbstbewusst auftrittst und ihm vor Augen führst, dass er der Idiot ist, weil er dich verlassen hat, und nicht du. Sei immer die Ruhe und Gelassenheit in Person.*

Ich reiße mich zusammen, fahre mir mit der Hand durchs Haar und sehe ihn unverwandt und ausdruckslos an.

»Okay, das musste ich nur mal loswerden. Mehr habe ich nicht zu sagen, damit ist das Thema erledigt. Schluss. Aus. Feierabend.«

Ich drehe mich um, steuere den Tapeziertisch an, der für die Feier als Bar umfunktioniert wurde, und genehmige mir zum Abkühlen einen großen alkoholfreien Cocktail mit jeder Menge Eis.

»Alles klar?«

Jack kommt herbeigeeilt, dicht gefolgt von Issy.

Ich nicke energisch.

»Ja, ich glaube schon«, erwidere ich zögernd und versuche herauszufinden, wie es mir wirklich geht. Es ist, wie wenn man sich gestoßen hat und durch vorsichtigen Fingerdruck testet, ob es sehr wehtut.

Jack hat tiefe Sorgenfalten und wirkt ernsthaft beunruhigt, wohingegen Issy zu meinem Verdruss freudig und überrascht strahlt, als hätte sie noch einmal beim Bingo gewonnen.

Ich sehe sie verwirrt an und runzle fragend die Stirn.

»Das war absolut spitze!«, stellt sie fest. »Es wurde auch höchste Zeit, dass du ihm mal die Meinung sagst.«

Sie strahlt vor Zufriedenheit, und ich kann nicht umhin, ebenfalls zu lächeln.

»Du hast Recht, Is. Ich musste ihm das endlich mal alles an den Kopf knallen. Ich habe viel zu lange versucht, Miss Perfect zu spielen, um ihn zurückzugewinnen, und dabei allen Kummer in mich hineingefressen. Jeder normale Mensch hätte ihm schon vor einer Ewigkeit den Marsch geblasen und ihn sofort nach der Entdeckung seines Seitensprungs zur Schnecke gemacht – ich war schließlich die Betrogene!«, kreische ich außer mir, und alle Gäste im Saal drehen sich erneut zu mir um.

»Aber warum gerade jetzt?«, fragt mich Jack und tätschelt mir beruhigend die Schulter. »Womit hat er dich so auf die Palme gebracht?«

»Ich bin mir nicht hundertprozentig sicher, aber ich glaube, er hat mich angebaggert.«

»Und das hat dich so fuchsteufelswild gemacht?«, hakt er nach.

»Ich weiß, es ist total absurd, aber da war plötzlich eine irre laute Stimme in meinem Kopf, die immer wieder geschrien hat, dass er kein Recht hat, mich anzumachen, und was er sich eigentlich einbildet.«

»Ich dachte eigentlich, dass genau das dein Ziel war«, meint Issy.

»Ich weiß. Ich will ja auch, dass er mich begehrt, aber er soll sich nicht einbilden, dass er mich haben kann, jedenfalls nicht einfach so mir nichts, dir nichts. Nicht nach alldem, was er mir angetan hat.«

Jack wirkt nachdenklich.

»Ich glaube, das hättest du auf die Liste setzen sollen«, sagt er nach einer Pause. »Damit hättest du dich befassen müssen, bevor wir das Ganze gestartet haben.«

»Wovon redest du?«

»Ob du bereit bist, ihm zu vergeben. Was er dir angetan hat, war absolut nicht in Ordnung, Hal. Ich will nicht sagen, dass er, nur weil du es wolltest, mit dir hätte zusammenbleiben sollen. So läuft es nun mal nicht im Leben, aber er hätte sehr wohl eine nettere, ehrlichere Art an den Tag legen können. Er hätte dich nicht hinterrücks betrügen müssen. Er hätte dir offen und ehrlich sagen können, dass er sich in eine andere Frau verliebt hat und dass er sich deshalb von dir trennt.«

Issy nickt zustimmend.

»Jack hat Recht.«

Das hat er in der Tat. Je mehr ich darüber nachdenke, desto wütender werde ich. Darüber, dass Gregg mich nur wenige Tage, nachdem er mir seine Liebe geschworen hat, wegen einer anderen verlassen hat, dass er mich betrogen und mir offen ins Gesicht gelogen hat; ich erinnere mich genau, wie ich ihn angerufen und gefragt habe, ob es eine andere Frau in seinem Leben gibt, wie ich ihn regelrecht angefleht habe, es mir zu sagen, nicht, um ihm eine Szene zu machen, sondern einfach nur, um zu wissen, woran ich bin. Darüber, dass gerade er, der Mensch, dem ich am meisten vertraut habe, mich auf übelste Weise betrogen hat und sich dann auch noch erdreistet hat, den verdammten alten Toaster mitzunehmen!

Kann ich ihm vergeben?

»Kannst du mir vergeben?« Ich fahre erschrocken zusammen, als meine eigenen Gedanken von jemand anders ausgesprochen werden.

Jack und Issy sehen mich besorgt an, doch ich nicke, um ihnen zu verstehen zu geben, dass es mir gut geht, woraufhin sie sich diskret zurückziehen, aber nicht zu weit, damit sie sofort wieder zur Stelle sind, falls ich sie brauchen sollte.

Gregg sieht ihnen argwöhnisch nach, ringt sich ein halbherziges Lächeln ab, das unerwidert bleibt, und wendet sich wieder mir zu.

»Sie hassen mich, nicht wahr?«, fragt er, und in seinen blauen Augen blitzt ein Anflug von Sorge auf.

Ich schüttle den Kopf.

»Sie finden es nicht in Ordnung, wie du dich verhalten hast, aber sie hassen dich nicht.«

»Und du, Hal, hasst du mich?«

Tue ich das?

»Ich hasse dich nicht, Gregg«, erwidere ich ruhig.

»Das ist ja zumindest etwas. Es tut mir so Leid, Hal. Ich habe dich wirklich mies behandelt. Du hast jedes Recht, sauer auf mich zu sein. Aber es tut mir entsetzlich Leid, ehrlich. Ich kann nur hoffen, dass du mir glaubst. Sieh mal, Hal«, stammelt er, als ich nichts erwidere, »ich... Hal, ich...«, und dann schüttelt er den Kopf. »Wahrscheinlich ist es am besten, wenn ich jetzt einfach gehe. Es ist schließlich die Party *deiner* Freunde.«

Er hofft, dass ich ihn bitte, nicht zu gehen. Das sehe ich ihm an, doch zu seiner Überraschung – und, wenn ich ehrlich bin, auch zu meiner eigenen – sage ich nichts dergleichen.

Kaum ist Gregg verschwunden, sind Jack und Issy wieder an meiner Seite, diesmal begleitet von einer aufgebrachten Beth, die während meines Auftritts auf dem Klo war und sich schwarz ärgert, dass sie alles verpasst hat.

»Alles klar?«

Sie fragen mich das jetzt mindestens zum dritten Mal innerhalb von zehn Sekunden.

»Ja«, erwidere ich und nicke energisch. »Es geht mir prima.«

»Bist du sicher? Du wirkst so geschockt.«

»Es geht mir gut, ehrlich«, versichere ich noch einmal. »Besser als gut sogar.«

Und das stimmt. Es hat mir gut getan, ihn endlich abblitzen zu lassen und meinen Groll loszuwerden.

»Ich bin froh, dass es raus ist!«

»Du bereust nichts?«

»Ich habe nichts gesagt, was sich nicht mit ein paar harten Drinks runterspülen ließe.«

»Also, meiner Meinung nach könntest du etwas anderes viel mehr gebrauchen, nämlich einen schönen harten ...«

»Beth! Jetzt reichts aber!«

Gegen vier Uhr morgens löst sich die Party auf, nachdem die Polizei wiederholt wegen Ruhestörung herbeigerufen wurde, Floyd – als Mutprobe – mit nichts als einem Pappbecher bekleidet zum Pub an der Ecke geflitzt ist und die Polonaise vierzehnmal unter lautem Schmettern des Ententanzliedes die komplette Straße hoch- und runtergezogen ist und bei dem entsprechenden Refrain jedes Mal angehalten hat und alle mit dem Hintern gewackelt haben.

Ich war auf dem Hinweg die Letzte, die aufgegabelt wurde,

und auf dem Rückweg halten wir es genauso. Nicht weil ich am weitesten weg wohne, ganz und gar nicht, aber Beth will so schnell wie möglich nach Hause, um sich zu vergewissern, dass Sebastian nicht aus Schusseligkeit die Zwiebeln ins Bett gebracht und das Baby eingelegt hat, und Isabel hat ein paar Drinks zu viel intus und ist allmählich so grün wie ihr Kleid, weshalb sie so schnell wie möglich aus dem Taxi und ins Bett befördert werden muss.

Jack, der genauso viele Cocktails getrunken hat wie seine Schwester, ist auf dem Sitz neben mir eingeschlafen; sein Kopf ruht auf meiner Schulter, und er schnarcht mit weit geöffnetem Mund im Takt zur Musik, die aus der Stereoanlage des Taxis dröhnt.

Ich bin ebenfalls gerade im Begriff einzunicken, als wir uns auf der City Road einer riesigen Reklametafel nähern.

»Verdammt, das gibt's doch gar nicht! Sind Sie das?«, fragt der Taxifahrer.

»Verdammt, das gibt's doch gar nicht, das bin ja ich!«, entfährt es mir gleichzeitig.

Und tatsächlich. In voller Farbenpracht und mindestens zehn Meter hoch räkele ich mich auf Kissen und einem Fellvorleger vor einem offenen Kamin. Meine Schuhe liegen abgestreift in der Ecke, als ob ich gerade nach einem harten Arbeitstag zu Hause gelandet wäre, der Blazer meines eleganten pflaumenfarbenen Kostüms ist geöffnet, und man sieht meine ockergelben Seidendessous durchschimmern. In der Hand habe ich ein großes Glas Wein, in dem sich das Feuer spiegelt, meine Augen sind vor lauter Glückseligkeit geschlossen, und mein Haar reflektiert die goldenen Sonnenstrahlen, die gebrochen durch das riesige Panoramafenster zu meiner Rechten hineinfallen, welches einen herrlichen Blick auf die Themse umrahmt.

Sie müssen das Bild stark retuschiert haben, denn meine Haut sieht makellos aus, und meine Beine und Wimpern wirken doppelt so lang und elegant wie normal.

Am linken oberen Rand des Werbeposters steht ein einfacher Slogan.

»Können Sie da widerstehen?«

Und am unteren linken Rand:

»Thameside Homes – wir machen aus Träumen Wirklichkeit.«

Ich laufe so purpurrot an wie mein Kleid und vergrabe mein Gesicht in Jacks Kragen, um meine brennenden Wangen zu verbergen.

Am nächsten Morgen klopft Jack an meine Tür und serviert mir Tee und Toast.

»Schon wach?«

»Seit zwei Minuten.«

»Hast du einen Kater?«

»Dafür habe ich nicht genug getrunken. Und du?«

»Ich habe reichlich getrunken, und mir platzt der Schädel. Als ob die ganze Nacht jemand die große Pauke geschlagen hätte.«

Ich nicke mitleidig.

»Hier drinnen höre ich sie immer noch.« Er klopft sich an die Stirn.

»Armer Kerl. Wie spät ist es?«

»Zwölf. Ich dachte, ich wecke dich lieber, damit du die Wochenzusammenfassung von *Eastenders* nicht verpasst. Wir haben diese Woche zwei Folgen ausgelassen.«

»Gut mitgedacht, Batman. Es gibt nur ein Problem.«

»Und das wäre?«

»Ich habe nicht die geringste Lust aufzustehen. Könntest du vielleicht so lieb sein und den Fernseher hereinrollen, dann können wir vom Bett aus gucken.«

»Im Ernst?« Er schürzt die Lippen und tut so, als würde er überlegen. »Okay, aber ich darf auf die rechte Seite.«

»Abgemacht. Aber nicht ins Bett krümeln!«

Jack rollt den Fernseher aus dem Wohnzimmer in mein Zimmer und nimmt, immer noch im Jogginganzug, die andere Bettseite in Beschlag.

»Ach, übrigens«, beginnt er ein bisschen zu beiläufig, während er sich eine Scheibe Toast von meinem Teller stibitzt, »ist es okay, wenn Keiran nächste Woche noch mal bei uns wohnt? Er kommt zur Eröffnung seiner Ausstellung.«

»Natürlich«, erwidere ich, wobei meine Stimme fester klingt, als meine Beine es sind, die auf einmal unerklärlicherweise ganz weich werden.

»Super, danke, Hal, er wird sicher begeistert sein. Er freut sich riesig darauf, dich wiederzusehen.«

»Du meinst, er freut sich, uns alle wiederzusehen.«

»Nein, er freut sich, *dich* wiederzusehen. Er mag vielleicht als großer Herzensbrecher daherkommen, aber unter seinem Machogehabe ist er eine treue Seele. Ich glaube, er mag dich wirklich gern.«

»Was willst du mir eigentlich sagen?«

»Du solltest Keiran nehmen, einen besseren findest du nicht.«

»Und was ist mit Gregg?«

»Gregg ist definitiv die schlechtere Wahl.«

»Jetzt fang du nicht auch noch an!«

»Womit?«

»Mir ständig unter die Nase zu reiben, dass er es nicht wert ist, dass ich mich noch um ihn bemühe.«

»Das habe ich nicht gesagt.«

»Aber gemeint.«

Er hebt zur Beteuerung seiner Unschuld die Hände und klatscht mir dabei beinahe eine Scheibe Toast ins Gesicht.

»Es ist dein Leben, Honey. Du lebst nur einmal, und wenn du wirklich überzeugt bist, dass Gregg dir das Leben versüßt, bitte. Aber Keiran könnte leicht Teil deines Lebens werden – du musst es nur wollen. Mehr wollte ich nicht sagen. Wenn du aber nicht interessiert bist, verspreche ich dir, ihn während seines Aufenthalts bei uns in Schach zu halten.«

Keiran trifft am folgenden Dienstag bei uns ein. Er hat eine Flasche Bushmills-Whiskey dabei und versprüht gute Laune.

Wenn ich ehrlich bin, freue ich mich wie ein Schneekönig, ihn wiederzusehen, aber ich versuche dieses Gefühl mit aller Kraft zu unterdrücken. Er verkompliziert mein Leben und bringt mich nur noch mehr durcheinander, und das kann ich im Moment am wenigsten gebrauchen. Deshalb habe ich beschlossen, ihm freundlich, aber distanziert zu begegnen, was gar nicht so leicht ist, wenn man zur Begrüßung als Erstes in die Arme genommen, vom Boden gehoben und mit überschwänglichen Küssen bedacht wird.

»Loslassen!«, ruft Jack.

»Du redest mit mir wie mit einem Hund.«

»Muss daran liegen, dass du permanent deine Duftmarken setzen willst.«

Jack und ich haben für Keiran ein Willkommensessen vorbereitet und auch Isabelle eingeladen.

Sie kommt zu spät und wirkt irgendwie aufgebracht, und während Jack und Keiran in der Küche darüber diskutieren, wie man am besten Seebarsch zubereitet, zieht sie mich im Flur auf die Seite.

»Hal, es tut mir wirklich Leid, aber ich muss dir etwas sagen, und ich fürchte, es wird dir nicht gefallen. Ich bin heute Morgen Louise in die Arme gelaufen, du weißt schon, Greggs Assistentin, und sie hat durchsickern lassen, dass Gregg, also, äh, dass Rachel bei Gregg eingezogen ist. Sie leben jetzt zusammen.«

»Wann?«, frage ich geschockt.

»Vor über einem Monat.«

Ich habe damit gerechnet, zu hören, dass sie vor ein paar Tagen zu ihm gezogen ist oder von mir aus auch vor zwei Wochen, aber nicht vor über einem Monat.

»Das hat er dir verheimlicht, nicht wahr?« Sie ringt sich ein halbherziges Lächeln ab, das aber nur ihre Sorge zum Ausdruck bringt.

Ich erwidere nichts und versuche zu verarbeiten, was sie mir da gerade anvertraut hat.

»Alles klar, Hal?«

Gute Frage. Alles klar mit mir?

»Nein«, erwidere ich unverblümt.

»Oh, Hal, es tut mir so Leid, ich war hin- und hergerissen, ob ich es dir überhaupt sagen soll, doch dann habe ich gedacht, dass ich an deiner Stelle die Wahrheit wissen wollte und ich sie dir deshalb nicht vorenthalten sollte. Bitte sag, dass ich das Richtige getan habe!«

»Du hast das Richtige getan«, entgegne ich und nehme meinen Mantel vom Haken.

»Wo willst du denn hin?«, fragt Issy alarmiert, als ich mir die Schuhe anziehe, meine Tasche schnappe und die Haustür öffne.

»Raus.«

»Hal, du machst doch keine Dummheiten, oder?«

»Hängt davon ab, was du als Dummheit bezeichnest«, entgegne ich grimmig.

Die Wohnung ist hell erleuchtet, und ich kann ungehindert hineinsehen. Die Jalousien im Wohnzimmer sind zwar heruntergezogen, aber ich erkenne deutlich zwei Silhouetten, die sich durch den Raum bewegen. Dann geht Rachel in die Küche, in der es keine Vorhänge gibt, und setzt den Wasserkessel auf. Ein paar Minuten später kommt auch Gregg in die Küche.

Sie dreht sich um und sagt etwas zu ihm, und er lächelt, schüttelt den Kopf, geht zu ihr, legt links und rechts neben ihr seine Hände auf die schwarze marmorne Arbeitsfläche, sodass ihr schlanker Körper zwischen seinen Armen gefangen ist, und dann küssen sie sich leidenschaftlich.

Ich gehe, bevor es zu pornografisch wird.

Ich fahre mit der U-Bahn nach Hause, gehe in den Park bei mir um die Ecke, setze mich für zwei Stunden auf eine Bank und denke nach. Und als meine Finger und Zehen vor Kälte schon ganz taub sind und mein Geist vor Schmerz wie betäubt ist, komme ich zu einem Schluss: Ich habe mir viel zu lange etwas vorgemacht.

Das wars.

Keine Listen mehr.

Kein Gregg mehr.

Es ist aus und vorbei.

»Hal, wo, um Himmels willen, bist du gewesen?«

Ich habe die Haustür kaum geöffnet, als Keiran sich auf mich stürzt und mich beschützend in seine Arme schließt, wobei die Umarmung für eine tröstende Umarmung ein bisschen zu innig ist.

Er zittert. Dabei bin ich doch diejenige, die zittern müsste.

»Ich musste etwas erledigen«, murmle ich und entwinde mich seinen Armen. »Wo sind Jack und Issy?«

»Draußen. Sie suchen dich. Ich wollte auch mitsuchen, aber sie haben darauf bestanden, dass ich hier bleibe – für den Fall, dass du zurückkommst. Wir haben uns wahnsinnige Sorgen um dich gemacht. Wie kannst du nur einfach so ohne ein Wort abhauen?«

»Ich habe Issy doch gesagt, dass ich rausgehe.«

»Ja, direkt nachdem sie dir erzählt hat, dass Gregg mit Rachel zusammenlebt. Aber du hast mit keinem Wort erwähnt, wo du hingehst. Die beiden fahren durch die Gegend und suchen dich. Du hättest uns wenigstens anrufen und sagen können, dass es dir gut geht. Es hätte ja wer weiß was mit dir sein können, wenn du in dem Zustand allein durch die Gegend irrst.«

Er hat Recht.

»Es tut mir Leid. Ich habe mir nichts dabei gedacht. Ich war so mit mir selbst beschäftigt. Verdammt egoistisch, ich weiß.«

Als ich zugesehen habe, wie Gregg Rachel so liebevoll geküsst hat, habe ich nicht geweint, auch nicht, als ich auf der Parkbank gesessen und mir beim Trauern um den Tod unserer Beziehung den Arsch abgefroren habe. Aber jetzt, da mir bewusst wird, welchen Kummer ich meinen Freunden bereitet habe, die mich mögen und sich um mich sorgen, schießen mir heiße Tränen in die Augen.

Keiran sieht sie auch.

»Kein Problem«, beruhigt er mich, nimmt meine Hände und drückt sie beruhigend. »Ich rufe Jack auf dem Handy an und sage ihm, dass du wieder da bist. Sie sind dir bestimmt nicht böse, sie werden einfach nur froh sein, dass wir dich heil zurück haben.«

»Hoffentlich. Aber ich bin sauer auf mich selbst. Ich war so eine Vollidiotin, Keiran. Ich habe so viel Zeit und Energie verschwendet, und für was?«

»Komm mit!«, fordert er mich auf und lächelt mich freundlich an. »Ich mache uns eine schöne Tasse Tee, und dann erzählst du mir alles.«

Ich schüttle den Kopf.

»Ich will nicht mehr darüber reden. Ich will das alles nur vergessen und nach vorne blicken.«

»Und wie sieht es mit dem Tee aus?«

»Den nehme ich, danke.«

Er führt mich in die Küche und platziert mich auf einem Stuhl.

»Bleib schön da sitzen, und rede dir deinen Kummer von der Seele, während ich dir etwas Schönes zubereite, das deinen Schmerz lindert«, sagt er und kramt in den Schränken herum.

»Du klingst wie ein Drogendealer«, schniefe ich und bringe endlich ein Lächeln zustande.

»Bei mir gibt es nur Tee, kein Ecstasy, du bist also in sicheren Händen.«

»Da bin ich mir nicht so sicher«, entgegne ich matt. »Aber einen Drink würde ich nicht ausschlagen, danke.«

»Einen richtigen Drink?«

Ich nicke.

»Eine Tasse Tee und dazu einen Wodka.«

Angesichts der Kombination zieht er eine Augenbraue hoch, setzt aber dennoch Wasser auf.

»Was hat der Bastard jetzt schon wieder angerichtet?«, fragt er, während er aus dem Küchenschrank Gläser und aus dem Kühlschrank eine Flasche Smirnoff holt. »Muss ich etwa mal meinen Onkel Derry aus der Grafschaft Antrim mit ein paar seiner Kumpels und etwas Rohrkleber herbestellen, damit er ihm ein paar Semtex-Stäbe in den Hintern schiebt?«

Ich muss lachen.

»So gefällst du mir schon besser. Und jetzt erzähl mir, was passiert ist!«

Ich nehme einen Schluck von dem eiskalten Wodka, der sich einen heißen Weg von meiner Kehle zu meinem Magen brennt.

»Also, erst ist Gregg mir mit all diesem Scheiß gekommen, was für ein tolles Paar wir doch waren und hat mir vorgegaukelt, wie traurig es ihn angeblich mache, dass wir nicht mehr zusammen sind. Sobald ich andere Männer getroffen habe, ist er eifersüchtig geworden, sogar auf dich, und hat mir dadurch zu verstehen gegeben, dass es zwischen ihm und Rachel vielleicht doch nicht so gut läuft, wie man denken könnte, und hat mich mit all dem ziemlich durcheinander gebracht. Und dann erzählt mir Issy, dass er inzwischen sogar mit Rachel zusammenwohnt. Ich weiß nicht, warum, aber als ich vorhin rausgerannt bin, bin ich zu Greggs Wohnung gefahren, einfach so, ohne den geringsten Schimmer, was ich da eigentlich wollte, aber als ich dann da war, stand er für jeden von der Straße sichtbar in seiner Küche und hat mit Rachel herumgeknutscht und -gefummelt.«

Ich kippe mir den Wodka in einem Zug herunter und umfasse die warme Tasse Tee, die Keiran mir soeben hingestellt hat.

»Glaubst du, ich habe mir das alles nur eingebildet? Glaubst du, ich wollte nur, dass er sich noch etwas aus mir macht und eifersüchtig auf andere Männer ist? Glaubst du, dass ich jede seiner Aussage in diese Richtung gedeutet habe, einfach nur, weil ich es so wollte?«

Keiran setzt sich mir gegenüber.

»Vielleicht ist er einfach nur genauso verwirrt wie du. Hast du das auch schon mal in Erwägung gezogen?«

Ich schniefe und nicke und lange nach der Wodkaflasche, aber Keiran stellt sie außer Reichweite.

»Glaub mir, auf dem Boden der Flasche findest du die Antwort nicht.«

»Oh, ich habe die Antwort schon gefunden.« Ich sacke auf dem Tisch zusammen und blicke elend zu ihm auf. »Es ist vorbei, Keiran. Ich kann mir nicht länger etwas vormachen. Ich kann nicht länger ignorieren, was ich mit eigenen Augen sehe. Es ist aus mit Gregg und mir, Gregg und mich gibt es nicht mehr. Aus und vorbei.«

»Wenn es dich tröstet, meiner Meinung nach hast du die richtige Entscheidung getroffen. Aber was soll ich dir auch anderes sagen?«

Ich weiß, wie Keiran für mich empfindet, und wenn ich ganz ehrlich bin – es ist wohl an der Zeit, dass ich es mir endlich eingestehe –, empfinde ich für ihn auch etwas.

Dies ist einfach nicht der richtige Zeitpunkt. Aber ich habe keine Ahnung, wann je der richtige Zeitpunkt sein könnte. Im Moment jedenfalls erweckt die offensichtliche Zuneigung, die aus seinen Augen spricht, in mir einfach nur den Wunsch, einen Kilometer in die entgegengesetzte Richtung zu laufen.

»Hast du Jack und Issy schon angerufen?«, frage ich, damit er endlich seine blauen Augen von mir abwendet, die mich so intensiv und sehnsüchtig anstarren.

»Oh, Mist, das habe ich vollkommen vergessen. Warte einen Moment.«

Ich nutze seine Abwesenheit und fülle mein Glas mit Wodka auf.

Ich höre ihn im Flur leise telefonieren und habe plötzlich schreckliche Gewissensbisse, dass ich ihnen solche Sorgen bereitet habe.

»Wo sind sie?«, frage ich, als er wieder in die Küche kommt.

»Bei Beth. Sie dachten, dass es dich vielleicht zu ihr verschlagen haben könnte.«

»Sind sie sauer auf mich?«

»Nein, sie sind einfach nur froh, dass du heil wieder aufgetaucht bist. Genau wie ich.«

Er berührt mein Gesicht, fährt mir sanft mit den Fingern über die Wange, über die sensible Haut an meinen Lippen, umfasst mein Kinn und zieht mich vorsichtig zu sich heran.

»Nein, nein, nein, nein, NEIN!« Ich weiche zurück. »Das bringt nichts.«

»Mir bringt es sehr viel. *Du* bringst mir sehr viel.«

»Aber ich will keine Affäre mit dir, Keiran. Ich will keinen One-Night-Stand, dafür bist du zu schade.«

»Das trifft sich gut. Darauf bin ich nämlich auch gar nicht aus.«

»Aber genau da liegt das Problem. Ich bin im Moment absolut nicht bereit für eine neue Beziehung. Im Moment *könnte* ich mich höchstens auf eine flüchtige Geschichte einlassen.«

Er zuckt mit den Achseln.

»Gut. Aber wenn jetzt nicht der richtige Zeitpunkt ist, dann wird es irgendwann den richtigen geben.«

»Du verstehst mich also?«

Er nickt, und ich bin erleichtert, dass er mich immer noch so süß anlächelt.

»Absolut.«

»Ganz sicher?«

»Natürlich. Ich müsste ja bescheuert sein, wenn ich nicht merken würde, wie es im Augenblick um dich bestellt ist, aber genauso bescheuert wäre ich, wenn ich krampfhaft versuchen würde, meine Gefühle für dich zu verbergen. Ich kann warten.«

Es ist unglaublich, aber jetzt, da ich nicht mehr das Gefühl habe, vor Keiran davonrennen zu müssen, überkommt mich plötzlich ein Gefühlsausbruch, der einem unendlichen Bedauern gleichkommt.

»Das heißt also, wenn wir, äh …« Ich schlucke nervös, denn ich bin mir nicht sicher, ob ich aussprechen sollte, was mir auf der Zunge liegt.

»Wenn wir was?«, hakt er mit Unschuldsmiene nach, obwohl er genau weiß, was ich sagen will.

»Du weißt schon.«

»Nein, ich weiß gar nichts.«

»Wenn wir, äh … dann wüssten wir beide, wo der Hase langläuft und müssten uns keine Gedanken machen, uns gegenseitig zu verletzen?«

»Ich bin nicht ganz sicher, ob ich verstehe, worauf du hinauswillst.«

»Keiran, bitte«, flehe ich ihn an.

»Ah, endlich. Das magische Wort. *Bitte*«, sagt er und lacht. »Das sollte, glaube ich, genügen.« Mit diesen Worten nimmt er mein Gesicht in seine warmen Hände und küsst mich.

Am Sonntag vor Weihnachten fährt Keiran zurück nach Dublin. Jack begleitet ihn, um seiner Familie einen vorweihnachtlichen Besuch abzustatten.

Ich bin seit einer Ewigkeit zum ersten Mal allein in meiner Wohnung und seit fünf Nächten zum ersten Mal allein in meinem Bett. So viel zu meinem Vorsatz, Keiran freundlich, aber distanziert zu begegnen. Als Jack und Issy von ihrer Suche nach mir zurückkehrten, fanden sie Keiran und mich knutschend auf dem Sofa vor. Danach haben wir jeden Abend miteinander verbracht, wenn auch oft in Gesellschaft von Jack, und am Freitag habe ich ihn zur Eröffnung seiner Kunstausstellung begleitet, wo er mich sämtlichen Gästen den ganzen Abend als seine Muse vorgestellt hat.

Wer das jetzt hört, ist vielleicht versucht zu seufzen und festzustellen, wie wenig weise es von mir ist, mich in der gleichen Minute, in der ich mir eingestanden habe, dass es mit Gregg endgültig vorbei ist, umgehend in die Arme des nächstbesten Mannes zu stürzen, aber in dem Fall würde ich sofort einwenden, dass ich mir keinesfalls einfach nur den nächstbesten verfügbaren Mann geschnappt habe.

Keiran und ich haben vereinbart, dass wir keine Beziehung haben. Allerdings ist es auch kein One-Night-Stand. Wir mögen uns, haben eine gewisse Zeit miteinander verbracht (bekleidet und unbekleidet) und haben es genossen. Nicht mehr und nicht weniger. Wie gute Freunde eben, nur mit ein bisschen Sex als Beigabe (zugegeben, mit ziemlich viel Sex). Ich weiß, das klingt doch nach einer Beziehung mit allem Drum und Dran, aber es ist keine. Wir haben es tatsächlich hingekriegt, den ganzen emotionalen Part einer Beziehung, dieses Gefühl, gebunden zu sein, außen vor zu lassen und sind uns beide der Tatsache bewusst, dass ich im Augenblick gefühlsmäßig herumeiere wie ein Bungeespringer nach einem missglückten Sprung, und so ist es uns heute auch gelungen, uns ohne irgendwelche Beteuerungen, Versprechungen oder gar Zukunftspläne und ohne gegenseitige Erwartungshaltungen voneinander zu verabschieden. Wir sind in dem unausgesprochenen Wissen auseinander gegangen, dass wir uns nicht das letzte Mal gesehen haben.

Alles bestens.

Ich vermisse Keiran ganz und gar nicht.

Und die Sache mit Gregg geht mir auch überhaupt nicht mehr an die Nieren.

Seitdem ich Mickeys striktes Ernährungs- und Trainingsprogramm befolge, fröne ich meiner Leidenschaft für Fast Food nur noch an meinen montäglichen Soap-Abenden mit Jack, und wir haben uns, je nachdem, wie fett wir uns gerade gefühlt haben, immer zwischen Pizza und indischem Essen entschieden.

Aber nachdem ich dem Taxi hinterhergewunken habe, das Jack und Keiran zum Flughafen gebracht hat, beschließe ich, auf die Kalorien zu pfeifen und mir eine kleine Gaumenfreude zu gönnen. Also stopfe ich mich mit Spare Ribs, Chow Mein, knuspriger Ente und Garnelen Foo Young voll.

Und am nächsten Morgen esse ich den Rest zum Frühstück.

Ich halte es gerade mal bis elf bei der Arbeit aus, dann sehe ich ein, dass ein Containerklo nicht der schönste Ort zum Kotzen ist, und fahre nach Hause.

Dort angekommen, will ich sofort in mein Bett kriechen, aber ich schaffe es nicht einmal so weit.

Zwei Stunden später schlafe ich völlig erschöpft und bewegungsunfähig auf dem Badezimmerfußboden ein.

Schließlich weckt mich das Klingeln des Telefons aus meinem jämmerlichen Schlaf. Als das Klingeln endlich bis zu meinem benebelten Hirn durchgedrungen ist, hört es auch schon wieder auf, allerdings wäre ich wahrscheinlich sowieso zu schwach gewesen, dranzugehen. Da ich aber schon mal wach bin, raffe ich mich auf und wasche mir das Gesicht. Eigentlich würde ich viel lieber duschen, aber ich fürchte, mich nicht lange genug auf den Beinen halten zu können. Anschließend putze ich mir noch die Zähne, taumele in mein Zimmer und kollabiere in voller

Montur auf dem Bett. Ich fühle mich so ausgelaugt wie ein ausgewaschener Lieblingsbikini.

Ich liege da, verfluche mich für meine idiotische Fressorgie und frage mich gerade, ob ich wohl stark genug bin, meinen zitternden Körper in die Küche zu schleppen und mir ein Glas Wasser zu holen, als ich die Haustür aufgehen höre.

Jack kann es nicht sein, er ist in Dublin.

Ob es ein Einbrecher ist?

Selbst wenn es einer ist – ich bin zu schwach, mich darum zu kümmern.

Vielleicht wäre der Einbrecher so nett, mir ein Glas Wasser zu bringen, bevor er wieder verschwindet, vorausgesetzt natürlich, er lässt nicht alle Gläser mitgehen.

»Hallo?«, krächze ich.

»Hal?«, ruft eine Stimme zurück.

Es ist also kein Einbrecher, es sei denn, er kennt mich.

»In meinem Zimmer.«

Ich höre Schritte auf dem Flur, dann kommt ein Mann ins Zimmer.

Ich hatte Recht. Es ist ein Dieb. Es ist der Mann, der mir mein Herz gestohlen und es dann verpfändet hat.

»Was willst du hier?«

»Ich wollte wegen eines Fototermins mit dir reden, aber als ich dich bei der Arbeit angerufen habe, hat man mir gesagt, dass du krank bist und sie dich nach Hause geschickt haben. Ich habe mir Sorgen um dich gemacht und den ganzen Nachmittag versucht, dich telefonisch zu erreichen, und als du nicht drangegangen bist...«

»Ich habe geschlafen.«

»Ach so, und wie geht es dir?«

»Mir geht's prima.« Meine Standardantwort für Gregg.

»Bist du sicher?«

»Nein.« Ich schüttle den Kopf. Es geht mir viel zu beschissen, als dass ich ihm etwas vormachen könnte. »Ich fühle mich hundeelend. Keine Ahnung, woher dieser Ausdruck kommt, aber wenn besagter Hund neununddreißig Komma fünf Grad Fieber hat und alle zehn Minuten kotzen muss, bin ich das.«

»Oje, was hast du denn, Hal?«

»Keine Ahnung, vielleicht eine Lebensmittelvergiftung. Vielleicht die wieder aufgewärmten Garnelen Foo Young, die ich mit Toast und Ketchup zum Frühstück gegessen habe... ooooh...« Allein der Gedanke daran lässt die Speiteufel in meinem Bauch schon wieder laut aufschreien.

»Oh nein, Hal, das darf nicht wahr sein.«

Ich nicke elend.

»Doch, aber ich mache es nie wieder, das kannst du mir glauben. Was willst du eigentlich hier?«

»Wie ich schon sagte – ich habe dich angerufen und dich nicht erreicht.«

»Die meisten Leute würden in dem Fall eine Nachricht hinterlassen.«

»Ich bin aber nicht die meisten Leute, Hal.«

»Ach, nein?«

»Sei nicht so, Hal! Ich bin vorbeigekommen, um nachzusehen, ob es dir gut geht.«

»Es geht mir nicht gut, ganz und gar nicht, aber seit wann interessiert dich das? Und noch etwas – warum musst du immer ausgerechnet dann hier reinplatzen, wenn ich aussehe wie eine Vogelscheuche?«

»Macht dir das was aus?«

»Natürlich macht mir das was aus«, fahre ich ihn wütend an.

»Für mich bist du hübsch, falls dich das beruhigt.«

Mir liegt auf der Zunge, ihm »Verpiss dich!« ins Gesicht zu schleudern, aber ich mag das Wort nicht, deshalb töte ich ihn nur mit Blicken. Wie kann er es wagen, mich hübsch zu nennen, wenn ich wie das heulende Elend aussehe? Ich weiß, ich bin mal wieder total irrational; einerseits will ich, dass er mich hübsch findet, aber wenn er es mir dann sagt, bin ich stinkig. Allerdings hat er spätestens an jenem Abend, an dem ich ihn mit Rachel habe herumturteln sehen, jedes Recht verwirkt, mir solche Sachen zu sagen. Außerdem glaube ich sowieso nicht, dass er es ehrlich meint. Ich meine, wie kann er mich allen Ernstes hübsch finden, wenn ich bleich bin wie ein Gespenst, mir die Haare im Gesicht kleben und ich ein Sweatshirt mit Kotzflecken trage, während er mit einer Frau wie Rachel zusammenlebt? Je mehr ich darüber nachdenke, desto wütender werde ich. Schließlich nehme ich meinen Wecker und werfe ihn nach ihm. Leider treffe ich ihn nicht, denn ich habe selbst in gesundem Zustand einen ziemlichen Mädchenwurf. Aber die Message ist eindeutig.

Doch er rührt sich nicht vom Fleck.

Er stemmt sogar noch seine Hände in die Hüften und sieht mich herausfordernd an.

»Du kannst nach mir werfen, was du willst, Hal, aber ich lasse dich in diesem Zustand nicht allein.«

»Warum nicht? Du hast mich schon in einem viel schlimmeren Zustand allein gelassen.«

Jetzt sieht er mich mit einem Blick an, der alles sagt.

»Ich lasse dir Badewasser ein, okay?«, sagt er langsam. »Und dann badest du und legst dich wieder ins Bett, und ich warte hier, bis dein Mitbewohner zurückkommt. Ich will dich nicht allein lassen, solange du zu krank bist, um für dich selber zu sorgen.«

»Jack kommt nicht zurück.«

»Warum nicht?«

»Er ist verreist und kommt erst am Mittwoch zurück.«

»Dann bleibe ich auf jeden Fall so lange, bis es dir besser geht.«

Ich könnte ihm noch ein paar Gemeinheiten an den Kopf

werfen, aber ich schweige. Ehrlich gesagt kann ich der Verlockung eines Schaumbads einfach nicht widerstehen, allerdings zeige ich ihm die rote Karte, als er mich ins Badezimmer begleitet und keinerlei Anstalten macht, wieder zu gehen.

»Du kannst nicht hier drinnen bleiben!«, weise ich ihn leidend zurecht.

Er lächelt, was mich ziemlich durcheinander bringt, und entgegnet sanft: »Du zierst dich doch wohl nicht vor einem Mann, der dich in den vergangenen drei Jahren fast täglich nackt gesehen hat, oder?«

Ich sehe ihn mit vor Schwäche halb geschlossenen Augen an.

»Ich würde sagen, indem du in den vergangenen vier Monaten eine andere ausgezogen hast, hast du gewisse Privilegien verspielt.«

Er nickt und verschwindet.

Als ich zehn Minuten später der Badewanne entsteige, höre ich ihn in der Küche Wasser aufsetzen und den Kühlschrank öffnen und schließen.

Ich gehe zurück in mein Zimmer.

Meine Bettdecke ist glatt gezogen und zurückgeschlagen, auf dem Nachtschränkchen stehen ein Krug mit eisgekühltem Wasser und ein Teller mit trockenen Keksen. Daneben liegt das schnurlose Telefon.

Ich lasse mich dankbar in die Kissen sinken und genieße das Gefühl, wieder sauber zu sein. In dem Moment klingelt das Telefon.

Es ist Graham, der sich nach meinem Befinden erkundigen und sich vergewissern will, dass ich alles habe, was ich brauche.

»Es ist alles bestens, Gray«, beruhige ich ihn. »Mein Ex ist gerade hier und kümmert sich um mich.«

Als ich aufblicke, sehe ich Gregg in der Tür stehen.

»Das klingt so unpassend«, sagt er, als ich auflege.

»Was? Dass du hier bist und dich um mich kümmerst?«

»Nein, dass du mich als deinen Ex bezeichnest.«

Ich starre ihn einen Moment schweigend an und bin so durcheinander wie mein rumorender Magen.

»Ich glaube, du solltest jetzt gehen«, teile ich ihm ruhig mit.

Er sieht mich einen Augenblick an.

»Vielleicht hast du Recht.« Er nickt, dreht sich um und verlässt das Zimmer.

Als ich das nächste Mal aufwache, ist es schon nach drei Uhr morgens. Zum Glück geht es mir ein bisschen besser, und ich raffe mich auf, schleiche mit wackligen Beinen in die Küche und mache mir eine Tasse Tee. Auf dem Rückweg ins Bett fällt mein Blick ins Wohnzimmer. Gregg liegt auf dem Sofa und schläft. Ich betrachte einen Moment sein schlafendes, so sanft und verletzlich wirkendes Gesicht, dann hole ich meinen Bettüberwurf und decke ihn zu.

Am nächsten Morgen ist Gregg weg.

Kapitel 17

Ich verbringe den ganzen Tag im Bett und kuriere mich aus.

Graham ruft mich noch einmal an, um sich zu vergewissern, ob es mir wieder besser geht, und zieht mich damit auf, dass ich gestern ins Klo unseres Bürocontainers gekotzt habe. Selma ruft an und möchte nach der Arbeit vorbeikommen und mir eine Hühnersuppe kochen. Nathan ruft an, weil er erfahren hat, dass ich krank bin und er sich Sorgen macht und wissen will, ob ich irgendetwas brauche. Issy ruft an und dann Beth und dann Lois. Jack ruft an, weil er von Issy gehört hat, dass ich krank bin, und danach ruft Keiran an, der es von Jack erfahren hat.

Dann ruft Alex an, der nicht wusste, dass ich krank bin, und sehr besorgt ist, es zu hören, jedoch nicht so sehr, dass er seine Hochstimmung darüber zügeln könnte, dass er und Kirsty definitiv wieder zusammen sind. Vermutlich weil er es von allen am ehesten verstehen dürfte, ist er der Einzige, dem ich von Greggs Besuch erzähle, und er beglückwünscht mich sofort beinahe so überschwänglich, wie ich ihm dazu gratuliert habe, dass er und Kirsty ihre Probleme endgültig überwunden haben.

»Du weißt, was das bedeutet, nicht wahr, Hal? Du bedeutest ihm nach wie vor etwas. So etwas tust du nur für jemanden, der dir wirklich am Herzen liegt.«

»Und warum knutscht er dann mit Rachel in seiner Küche herum?«

»Na ja, für sie empfindet er eben auch etwas, das weißt du doch, das hast du schließlich die ganze Zeit gewusst, aber die Gewichtung seiner Gefühle gerät ins Wanken, merkst du das nicht? Gut, im Moment ist er immer noch mit Rachel zusammen, aber gestern hast *du* ihn gebraucht, und wo war er gestern? Bei dir und nirgendwo anders. Ich glaube wirklich, wenn es hart auf hart käme und er sich entscheiden müsste... Apropos, vielleicht solltest du genau das tun.«

»Was?«

»Ihn zwingen, sich zu entscheiden, und sehen, zu welcher Seite sich die Waage neigt.«

»Aber es ist aus und vorbei, das habe ich mir oft genug gesagt.«

»Ich weiß, aber du kannst dir gar nicht vorstellen, wie oft ich mir gesagt habe, dass es mit mir und Kirsty aus ist. Doch wie gründlich habe ich mich da geirrt?«, entgegnet er mit dem überschwänglichen Optimismus eines frisch Verliebten.

»Ich weiß nicht, Alex.«

»Sind deine Gefühle für ihn verschwunden?«

»Nein, aber ich glaube, ich sollte das Ganze allmählich etwas realistischer sehen.«

»Das ist ja auch schön und gut, aber realistisch zu sein heißt noch lange nicht aufzugeben.«

Einer ruft mich nicht an.

Gregg.

Und obwohl er gestern so fürsorglich zu mir war, fange ich an zu glauben, dass mein ursprünglicher Plan, das Ganze endgültig zu vergessen, vielleicht doch das Beste für mich ist, als es um halb fünf plötzlich an der Tür klingelt.

»Eine Zustellung für Sie.« Das junge Mädchen mit dem Pferdeschwanz und dem gelben T-Shirt mit dem »Flowers 4U«-Logo lächelt und übergibt mir eine kleine Plastikschachtel, die eine einzelne, mir unbekannte weiße Blume enthält.

»Was ist das für eine Blume?«, frage ich neugierig.

»Eine Lotosblume«, erwidert sie und reicht mir einen Kugelschreiber zum Unterschreiben.

Auf der beigefügten Karte steht: »Ich hoffe, es geht dir besser. Gregg.«

Die Liste, die ich mir an Jacks Computer ausgedruckt habe, befindet sich in der Schublade meines Nachttischs. Ich lege die Blume vorsichtig auf mein Bett, nehme die Liste heraus, knie mich auf den Boden und fahre mit zittrigen Fingern über die Spalten mit den Namen und den jeweiligen Bedeutungen. Lorbeer... Limonenblüten... Lila Flieder... Lilie... Lotosblume. Da ist es, Lotosblume. »*Ich liebe dich, auch wenn wir uns auseinander gelebt haben.*«

Ich sinke nach hinten auf meine Fersen, und obwohl ich im Laufe des Tages weitgehend genesen bin, fühle ich mich auf einmal, als würde mir wieder schlecht.

Am nächsten Tag, Mittwoch dem 22. Dezember, wird die Southwark-Baustelle für die Weihnachtstage geschlossen. Ich fühle mich immer noch ein bisschen komisch, bin aber fest entschlossen, an unserem letzten Tag zur Arbeit zu gehen, genauer gesagt, an unserem letzten halben Tag, da wir heute nur bis Mittag arbeiten.

Als ich ankomme, wird nicht mehr viel getan, aber das ist nicht weiter schlimm, da kaum noch etwas zu tun ist. Graham und Selma haben sich in den vergangenen Tagen mächtig ins Zeug gelegt, um bis zum Weihnachtsurlaub alles fertig zu kriegen, und so vertreiben wir uns die Zeit, indem wir billigen Schampus trinken (wobei ich mich nach den vergangenen Tagen an schlichtes Wasser halte) und Geschenke austauschen.

Selma schenkt mir einen hübschen kleinen Spiegel für meinen Schreibtisch, damit ich mir jederzeit »ohne die Arbeit unterbrechen zu müssen, ein bisschen Lippenstift auf mein ›öffentliches Gesicht‹ auftragen kann, wann immer irgendwelche Verehrer aufkreuzen«. Typisch Selma mit ihrem trockenen Humor und ihrem strengen Arbeitsethos. Ich schenke ihr das

Buch *Männer sind vom Mars, Frauen von der Venus*, über das sie zunächst (auf nette Weise) spottet, doch zehn Minuten später ertappen wir sie an ihrem Schreibtisch, wie sie heimlich auf ihrem Schoß darin liest. Graham schenkt uns beiden gelbe Lilien (was meiner Computerliste zufolge »danke« heißt) und belgische Pralinen, während Selma und ich zusammengelegt und Graham und Kay in der Lebensmittelabteilung von Harrods eine wunderschöne Weihnachtstorte gekauft haben, von der uns Graham, der ein wahrer Kuchenvertilger ist, versichert, dass sie höchstens bis Heiligabend halten wird, also gerade mal zwei Tage.

Für Eric und seine Jungens gibt es ebenfalls Pralinen, und die Zentrale hat uns ein paar Kisten Wein geschickt, weshalb das Ganze kurzfristig zu einer wilden Party auszuarten droht, doch mit weisem Weitblick erinnern wir uns daran, dass am nächsten Tag die Weihnachtsfeier im Highgate stattfindet, und so reißen wir uns alle am Riemen und sparen uns die wahre Feier für den nächsten Abend auf.

Zufällig ist am nächsten Tag auch mein dreißigster Geburtstag.

Ich habe es bewusst nicht an die große Glocke gehängt, und zwar aus einem guten Grund. Ich habe Angst. Ich weiß zwar nicht genau, wovor, vielleicht fürchte ich, morgen mit tausend neuen Falten aufzuwachen, die sich über Nacht in mein Gesicht gegraben haben, oder mit einem echten Tattoo auf der Stirn, das in dreißig Zentimeter hohen Neonbuchstaben verkündet, dass ich eine »alte Jungfer« bin.

Was auch immer meine Ängste verursacht, ich habe mich noch nicht im Geringsten damit abgefunden, dreißig zu werden.

Nichtsdestotrotz fängt der Tag gut an.

Jack überrascht mich mit einem Frühstückstablett voller Kaffee, einem Croissant, Kirschmarmelade, frischen Erdbeeren, einem Glas Champagner, einer einzelnen Rose sowie einer Hand voll Glückwunschkarten und Geschenken, die mit der Post gekommen sind, und einem mitreißenden »Happy Birthday to you.« Dies alles, während ich noch im Bett liege.

Er stellt das Tablett auf den Nachtschrank und gleitet neben mir unter die Bettdecke.

In dem Croissant steckt eine brennende Kerze.

Ich muss lachen und puste sie aus, worauf Jack mich darauf hinweist, dass ich mir etwas wünschen muss.

»Und? Was hast du dir gewünscht?«, will er wissen, als ich die Augen wieder aufmache.

»Das darf ich nicht sagen, sonst geht es nicht in Erfüllung.«

»Ach, komm schon, du kannst ja flüstern. Flüstern zählt nicht.«

Ich beuge mich zu ihm und flüstere ihm ins Ohr.

»Ich habe mir gewünscht, nicht dreißig zu sein.«

»Und wie alt möchtest du gern sein?«

»Vielleicht lebenslang neunundzwanzig?«

»Die Dreißiger sind gar nicht so schlecht.«

»Doch, nämlich dann, wenn man nichts von alldem erreicht hat, das man sich vorgenommen hatte.«

Er seufzt und verdreht die Augen.

»Heute ist nicht der Tag, um sich den Kopf wegen irgendwelcher verfehlter Ziele zu zerbrechen.« Er lächelt mich aufmunternd an. »Heute ist ein Tag zum Feiern, und zwar kräftig. Willst du denn dein Geschenk gar nicht auspacken?«

»Mein Geschenk?«

Er zeigt auf die Kommode gegenüber meinem Bett.

Oben drauf steht irgendetwas Großes, das in hellblauem Geschenkpapier mit Sonnenblumenmuster eingepackt ist.

Ich krabbele aufgeregt aus dem Bett, reiße das Papier auf und zum Vorschein kommt:

»Ein tragbarer Fernseher! Danke, vielen Dank!« Ich stürme zurück zum Bett und umarme ihn.

»Jetzt kannst du den ganzen Morgen im Bett liegen bleiben und Fernsehen gucken, wenn dir danach ist.«

»Wie lieb von dir, du bist so großzügig!«

»Aber du hast doch Geburtstag.«

»Sag das mal Mickey, er würde es lieber sehen, wenn ich einen Achtkilometerlauf hinlegen würde, gefolgt von zweihundert Sit-ups und einer Stunde Yoga.«

»Heute nicht. Er hat mich gebeten, dir das hier zu geben.«

Er deutet auf die anderen Geschenke.

»Das hier ist von Mickey«, erklärt er und reicht mir ein Päckchen, dessen Geschenkpapier mit winzigen Geburtstagstorten verziert ist.

»Für Hal, herzlichen Glückwunsch zum Geburtstag, alles Liebe und tausend Küsse.«

Ich reiße das Papier auf und packe eine Schachtel Pralinen und ein Pilates-Video aus. Auf den Pralinen klebt ein gelber Post-it, auf dem in Mickeys unverkennbarer krakeliger Handschrift steht: »vorher«, auf dem Pilates-Video klebt ein Zettel, auf dem es heißt: »nachher«.

Lachend stopfen Jack und ich uns im Bett mit Pralinen voll und versuchen anschließend, die Pilates-Übungen nachzumachen, ohne das Bett zu verlassen.

»Wenn jetzt jemand reinkäme, würde er sich ganz schön wundern, was wir hier treiben«, keuche ich, während ich mich totlache und quer über Jacks Beinen kollabiere.

»Wenn mein Bruder jetzt reinkäme, würde er mir eine verpassen!«, stellt Jack grinsend fest und hievt mich von seinen Beinen.

»Sehen unsere Übungen so obszön aus?«

»Absolut.«

»Aber was solls, Keiran und ich sind schließlich gar nicht zusammen, das weißt du doch, oder?«

Jack nickt brav.

»Ich weiß und, keine Sorge, Keiran weiß es auch. Ihm ist klar, wie die Dinge liegen. Wie er die Sache sieht, seid ihr einfach nur Freunde – jedenfalls im Moment. Allerdings würde es ihn trotzdem nicht übermäßig begeistern, wenn du dich zu eng mit jemand anders einlässt, falls du verstehst, was ich meine.«

»Ich verstehe genau, was du meinst. Und ich bin mir auch nicht sicher, ob es mich momentan übermäßig begeistern würde, mich zu eng mit jemand anders einzulassen.«

»Und was ist mit Gregg?«

»Tja, das ist genau die Eine-Million-Pfund-Frage.«

»Ach, wirklich?« Jack tut überrascht. »Laut Nathan ist die Eine-Million-Pfund-Frage: ›Hat er einen knackigen Arsch?‹«

Um kurz nach zehn stehen wir schließlich auf. Nicht, weil wir etwa große Lust dazu hätten, aber heute ist nicht nur mein dreißigster Geburtstag, sondern heute steigt auch die Weihnachtsfeier von Thameside Homes, und Issy und ich haben Termine in dem Beauty-Salon, den ich vor ein paar Monaten (die mir inzwischen wie Jahre vorkommen) für meine große Verwandlung aufgesucht habe.

Jack hat mich gefragt, »Und was ist mit Gregg?«, und ich muss zugeben, dass es genau die Frage ist, über die ich mir das Hirn zermartere, seit er am Montag so überraschend als guter Engel bei mir aufgekreuzt ist, um mich zu pflegen.

Außerdem muss ich zugeben, dass seine Florence-Nightingale-Rolle meine Entschlossenheit, sämtliche Wiedereroberungsversuche einzustellen, empfindlich durcheinander gebracht hat.

In meinem kleinen Geist sollte die große Feier heute der Ort sein, an dem Cinderella ihren Mann zurückgewinnen würde, zurückgewinnen von, na ja, ich kann Rachel wohl kaum als meine hässliche Schwester bezeichnen, also sollte Cinderella ihren Mann vielleicht von der weitaus schöneren, aber nicht halb so netten und seiner nicht halbwegs so würdigen Prinzessin des benachbarten Fürstentums zurückgewinnen.

Es soll meine Arena sein, um Gregg vor Augen zu führen, was er sich entgehen lässt.

Deshalb habe ich im Beauty-Salon das ganze Programm gebucht.

Mein Haar wird neu blondiert, die Augenbrauen werden gezupft, meine Wimpern gefärbt (diesmal, so wird mir versprochen, ohne die furchtbaren Nebenwirkungen) und jedes einzelne Haar meines Körpers – von den soeben erwähnten natürlich abgesehen – wird mit heißem Wachs entfernt. Außerdem bekomme ich eine Maniküre, eine Pediküre, eine Gesichtsbehandlung und zum Schluss, als besonderen Leckerbissen sozusagen, ein komplettes Make-up von einer professionellen Visagistin.

Die Rechnung wird natürlich astronomisch sein, aber das ist mir heute egal, weil Mum und Dad mir die komplette Beauty-Sitzung zu meiner großen Freude zum Geburtstag schenken.

Nichtsdestotrotz lasse ich den Beauty-Marathon mit gemischten Gefühlen über mich ergehen.

Ich hatte die vage Vorstellung, bis zu meinem dreißigsten Geburtstag eine Menge Dinge getan beziehungsweise erreicht zu haben.

Ich habe wirklich geglaubt, ich wäre bis dahin verheiratet, hätte sogar Kinder, eine eigene Wohnung statt einer gemieteten und wäre keine Assistentin mehr, sondern in leitender Position. Das waren in etwa meine unausgesprochenen Ziele. Und als ich mir ausgemalt habe, wo ich diesen Tag verbringen würde, habe ich mir bestimmt nicht vorgestellt, mit einem in Alufolie verpackten Kopf in einem Schönheitssalon zu sitzen und mir von einer kräftigen Kosmetikerin an einigen meiner sensibelsten Körperstellen die Haare ausrupfen zu lassen.

Doch als ich darüber nachdenke, ich meine, wirklich ernsthaft nachdenke, bin ich mit meiner Situation gar nicht so unglücklich. Ich bin gesund, ich habe gute Freunde und ein angenehmes Leben – worüber, um alles in der Welt, sollte ich mich also beklagen? Schließlich zählen nicht nur beruflicher Erfolg und ein schönes Haus, und allmählich fange ich auch an zu begreifen, dass ein Mann als festes Inventarstück deines Lebens definitiv auch nicht das Ein und Alles ist. Jemand, der ein bisschen älter und weiser ist als ich, hat mir einmal gesagt, dass er, als er von jemandem verlassen wurde, den er geliebt hat, nicht alles daran gesetzt hat, möglichst schnell jemand Neues zu finden, sondern sich als Erstes bemüht hat, sich ein schönes Dasein zu schaffen, und sich erst *dann* auf die Suche nach einem neuen Partner gemacht hat, um mit diesem das schöne Dasein zu teilen. Auf diese Weise bleibt dir nämlich für den Fall, dass dieser Jemand dich je wieder verlassen sollte, immer noch das schöne Dasein. Oder in anderen Worten: Der Verlust dieses Partners lässt dich nicht plötzlich in ein schwarzes Loch stürzen.

Vielleicht sollte ich genau das jetzt tun. Diesen Meilenstein als einen geeigneten Wendepunkt betrachten und, anstatt meine Bemühungen und meine Kräfte auf jemand anderen zu verschwenden und zurückzublicken auf das, was war, umschalten und stattdessen darangehen, etwas aus mir zu machen und mir eine bessere Zukunft aufzubauen.

Ich habe heute Morgen einen Brief von China bekommen und ihn mitgenommen, um ihn beim Haarefärben zu lesen, also ziehe ich ihn, nachdem sie mir die Farbe auf den Kopf geklatscht und mich unter die Haube gesetzt haben, aus der Tasche und reiße den Umschlag auf.

Zu meiner großen Überraschung hat China ihre Reiseroute erheblich geändert.

Offenbar saß sie am Flughafen von Philadelphia fest und ist dort mit einem jungen amerikanischen Paar ins Gespräch gekommen. Wie sie erfuhr, hatten Jacob und Emily ihr Haus vermietet, alles verkauft, von dem sie meinten, dass sie es nicht unbedingt bräuchten, und waren mit Sack und Pack und zum Bersten vollen Rucksäcken unterwegs ins südliche Afrika, um dabei zu helfen, in einem entlegenen Teil Somalias eine Schule, ein Waisenhaus und ein Ärztezentrum aufzubauen...

> »...wo Armut, Krankheit und Hunger an der Tagesordnung sind. Ich habe mich stundenlang mit ihnen unterhalten und, um es kurz und bündig zu sagen, sie sind »einfach spitze«. Sie haben mir Fotos von ihren früheren Besuchen in Somalia gezeigt und Briefe von Leuten und Kindern, denen sie bereits geholfen haben, sie haben mir von ihren Spendensammlungen erzählt, und – lange Rede, kurzer Sinn – vier Stunden, nachdem ich sie kennen gelernt habe, habe ich mein Ticket nach Thailand zurückgegeben und bin ins gleiche Flugzeug gestiegen wie sie, und jetzt bin ich (meine Eltern wären so stolz auf mich) leitende medizinisch-technische Assistentin im Ärztezentrum der »Gib-ein-bisschen-Liebe-Stiftung« (mit anderen Worten: Ich leere Bettpfannen und wische Kotze auf).

»Alles klar?«

Es ist die hübsche junge Assistentin.

»Ich denke, Sie sind mit der Haube jetzt fertig, Sian wird Ihnen schön die Haare spülen.«

Sian spült mir in der Tat schön die Haare und massiert mir angenehm den Kopf, während sie mich mit dem Pflegeshampoo einschäumt. Dann werde ich vor einen Spiegel gerollt, wo ein anderes Mädchen namens Lucy herbeigesprungen kommt und mir die Haare fönt.

Ich ziehe den Brief wieder hervor.

> »...genauer gesagt, ich werde MTA, wenn das Zentrum irgendwann einmal fertig ist. Die Schule ist so weit fertig, und es findet auch schon Unterricht statt, aber ohne alles, wenn du verstehst, was ich meine, und das Waisenhaus ist erst halb fertig, aber schon überfüllt. Das Ärztezentrum soll eine schöne neue Praxis

mit einem ambulanten Operationssaal und einer Aufwachstation werden, doch zurzeit ist es nur ein großes Zelt, in dem Jacob und Emily einst im Garten ihrer Eltern ihre Hochzeit gefeiert haben. Die Finanzierung steht auf äußerst schwachen Beinen. Jacob und Emily haben ihre sämtlichen Ersparnisse in das Projekt gesteckt, und ich versuche auch zu helfen, so gut ich kann. Ich wünschte, ich hätte nicht so viel von meinem Gesparten für irgendwelche Nobelhotels und Cocktails vergeudet. Ich hasse es zu betteln, Hal, aber für das hier würde ich alles tun, nicht nur meinen Stolz vergessen. Wenn du oder jemand, den wir kennen, irgendetwas tun wollt (was auch immer euch da in der kalten Heimat einfällt), um unser Spendenaufkommen zu erhöhen... Es bricht mir das Herz, mit anzusehen, wie hier einige leben müssen. Natürlich sind die Mittel der Stiftung knapp, aber verglichen mit anderen leben wir im Paradies. Wir haben hier einen kleinen Jungen behandelt, der mir erzählt hat, dass er manchmal solchen Hunger hatte, dass er sich gewünscht hat zu sterben. Er wollte nicht mehr leben, weil er die Qualen seines Lebens nicht mehr ertragen konnte...«

Es ist wie ein Schlag ins Gesicht. Es ist einer dieser entscheidenden Momente, in denen einem plötzlich glasklar wird, was man die ganze Zeit falsch gemacht hat.

Die arme Lucy weicht erschrocken zurück, als ich aus meinem Stuhl aufspringe und mich nach Issy umsehe. Ich entdecke sie im Beauty-Bereich, wo sie sich entspannt in ihrem Stuhl zurücklehnt, während ein schlankes Mädchen in einem perfekt sitzenden grünen Kittel eine Nährstoffmaske in ihr Gesicht einmassiert.

Ich entschuldige mich bei Lucy und eile zu Issy.

»Los, komm mit!«, fordere ich sie auf, packe ihre Hand und ziehe sie aus ihrem Stuhl.

»Was ist denn los?«

»Wir gehen.«

»So soll ich gehen?«, entgegnet sie und zeigt hilflos auf ihr über und über mit einer schleimigen Masse überzogenes Gesicht.

»Ja.«

»Aber wir sind doch mitten in einer...«

»Ich weiß. Keine Sorge, ich zahle für alles, was wir bisher gehabt haben.«

»Aber ich kann unmöglich mit diesem Zeug im Gesicht nach draußen gehen.«

»Natürlich kannst du.« Ich wühle in meiner Handtasche herum und reiche ihr ein Papiertaschentuch.

Statt es zu nehmen steht sie einfach nur da und sieht mich an wie ein junger Hund, der gerade angeschrien wurde und nicht weiß, was er falsch gemacht hat.

»Was ist los, was ist dir über die Leber gelaufen?«, fragt sie mit tiefen Sorgenfalten.

»Vertraust du mir?«, entgegne ich ruhig.

»Eigentlich schon, jedenfalls bevor du plötzlich angefangen hast, in angesagten Kensingtoner Beauty-Salons auszurasten«, stellt sie klar, aber sie grinst wieder, nimmt das Taschentuch jetzt doch entgegen und wischt sich das Gesicht ab.

»Also, gehen wir.« Ich wende mich dem Mädchen zu, das gerade mit Issys Gesichtsbehandlung beschäftigt war, und lächle entschuldigend. »Tut mir Leid, aber es ist etwas dazwischengekommen, etwas wirklich Wichtiges.«

»Und jetzt?«, fragt Issy, als ich sie schließlich nach draußen gezerrt habe.

»Kehren wir auf den Boden der Realität zurück.«

»Was meinst du damit?«

»Was ich meine, ist: Wie, zum Teufel, können wir es mit unserem Gewissen vereinbaren, Hunderte von Pfund für einen

Haarschnitt und Nägelfeilen auszugeben, wenn woanders Menschen vor Hunger sterben?«

»Du hast ja Recht, aber warum kommst du gerade jetzt darauf?«

Ich reiche ihr Chinas Brief.

»Lies.«

Sie liest.

»Lässt die Dinge irgendwie in einem anderen Licht erscheinen, meinst du nicht auch?«, frage ich, als sie fertig ist.

Sie nickt langsam, blickt von dem Brief auf, und auf einmal verengen sich ihre Augen vor Überraschung, da sie mich zum ersten Mal richtig ansieht.

»Deine Haare sind noch nass.«

»Ich weiß.«

»Du solltest bei diesem Wetter nicht mit nassen Haaren hier draußen stehen, du holst dir den Tod.«

»Ich weiß.«

»Du bist wieder brünett.«

»Ich weiß.«

»Aber warum? Ich dachte, blond hätte dir gefallen.«

»Hat es auch. Es war witzig, eine Weile blond zu sein, aber jetzt will ich wieder ich sein.«

»Du meinst, die *alte* Hal?«

Ich schüttle den Kopf.

»Nein, die *wahre* Hal.«

Sie nickt nachdenklich, lässt ihren Blick hochschnellen und nimmt meinen Kopf erneut ins Visier.

»Also gut, dann lass uns die wahre Hal schleunigst nach Hause bringen, bevor aus der wahren eine kranke Hal wird«, sagt sie schließlich und gibt mir Chinas Brief zurück.

»Du bist nicht sauer auf mich?«

»Warum sollte ich? Dafür, dass du mich hin und wieder daran erinnerst, was der Sinn des Lebens ist?« Sie schüttelt den Kopf, lächelt liebevoll und hält mir einen Arm hin, damit ich mich unterhake. »Komm, Mutter Theresa, wir gehen auf dem Rückweg noch kurz bei der Post vorbei. Was meinst du, wie viel sollen wir China schicken? Willst du deinen Haarschnitt, deine Färbung und meine Mitesserentfernung abziehen, oder wollen wir noch etwas drauflegen und den kompletten Betrag überweisen?«

»Den kompletten Betrag, und außerdem noch einen Teil von meinem Modelhonorar. Das müsste reichen, um davon ein paar Dachziegel zu kaufen, meinst du nicht auch?«

»Bestimmt, vor allem, wenn du bei Alex einen Rabatt aushandelst.«

»Eine Superidee!«

»Da siehst du, dass ich nicht nur ein hübsches quastenverschmiertes Gesicht bin. Und wenn wir das Geld überwiesen haben, können wir noch in eine Drogerie huschen und unsere letzten verbliebenen Pennys in eine Nagelfeile investieren. Du schuldest mir eine Maniküre.«

Als wir schließlich bei mir sind, durchstöbern Issy und ich den Badezimmerschrank und meinen Schminkkoffer und richten uns im Wohnzimmer unseren eigenen Schönheitssalon ein. Ich hole ihre Maniküre nach, die ihr entgangen ist, und die natürlich nicht annähernd so professionell ausfällt, wie sie eigentlich sein sollte, weshalb ich ihr als Entschädigung anbiete, ihr auch noch die Zehennägel zu lackieren.

Als ich auf dem Boden vor ihren Füßen hocke, zieht Jack sich die Socken aus und lässt sich neben seiner Schwester aufs Sofa plumpsen.

»Du hast nicht zufällig Lust, mir die Fußnägel zu schneiden?«, fragt er mit einem frechen Grinsen und wackelt vor meinem Gesicht mit den Zehen.

Um sieben sind wir geschniegelt, gestriegelt, gepudert und bereit, zu gehen. Als ich das Überkleid anziehe, das Fabio für mich gemacht hat, ruft Jack, der eingewilligt hat, heute Abend meinen Begleiter zu spielen, und der in seinem Frack sehr elegant aussieht und schon fertig ist und im Wohnzimmer auf mich wartet, mich ans Fenster.

»Hal, schnell, guck mal raus, es schneit.«

Ich eile ans Fenster, und tatsächlich: Draußen tanzen dicke weiße Flocken im nebligen Grau des Londoner Winterabends.

Der Schnee verflüchtigt sich so schnell wie ein Augenblick; ein paar Augenblicke später hört es sofort wieder auf zu schneien, und der Schnee bleibt nicht liegen, sondern schmilzt auf dem Bürgersteig. Jack dreht sich mit einem breiten freudigen Lächeln wieder zu mir um, und seine Augen weiten sich vor freudiger Überraschung.

»Wow, Hal! Du siehst absolut toll aus.«

»Wirklich?«, frage ich erschrocken.

Er hebt eine Hand und streicht mir sanft über die Wange.

»Absolut umwerfend. So machst du Gregg garantiert schwach.«

»Tja, ich bin mir aber gar nicht mehr so sicher, ob ich das überhaupt noch will.«

»Ehrlich?«

»Ehrlich«, wiederhole ich, nicht ganz so entschieden, wie ich eigentlich wollte, »ich bin zu dem Schluss gekommen, dass ich aufhören sollte, immer nur an mich zu denken, und stattdessen etwas altruistischer zu werden.«

»Oh, ein großes Wort.«

»Ein sehr großes Wort«, bestätige ich und nicke.

»Das ist bewundernswert, ohne jeden Zweifel, aber glaub mir, ob du willst oder nicht, du wirst Gregg absolut vom Hocker hauen.«

»Schön«, sage ich und setze mir mit einem Lächeln die Kapuze meines Überkleids auf. »Von mir aus. Hauptsache, er hält mir nicht seine nackten Füße vors Gesicht und fragt mich, ob ich ihm die Nägel schneide.«

Das Highgate ist ein großes altes Hotel in Kensington, das vom gesamten Spektrum der Wohlhabenden frequentiert wird, vom alteingesessenen, begüterten niederen Adel bis hin zum neuesten, gerade angesagten Popstar. Alle Zimmer sind nach Dichtern benannt, und die Weihnachtsfeier von Thameside Homes findet in der Lord Byron Suite statt, was mich für einen Moment an Tarquin denken lässt. Nachdem er mir das Immergrün geschickt hat, habe ich ihm im Gegenzug Stiefmütterchen zukommen lassen, was meiner Liste zufolge bedeutet: »*Ich denke an dich*«. Am nächsten Tag war ich daraufhin die stolze Empfängerin von Chrysanthemen, was offenbar bedeutet: »*Lass uns zusammen durchbrennen*«. Ich hoffe, Tarquin meinte es nicht ernst.

Die Lord Byron Suite ist, wie zu erwarten, ein barocker Traum aus vergoldeten Möbeln, geflügelten Engelsköpfen und Füllhörnern, umgeben von riesigen, von endlosen Seidenvorhängen verhüllte Fenster.

Zu meiner Überraschung treffe ich an der Tür auf John Carpenter, der aussieht, als hätte er tatsächlich auf mich gewartet.

»Ah, da ist ja unsere Ballkönigin. Harriet, es sind ein paar Leute da, die Sie gerne kennen lernen würden. Sie haben doch nichts dagegen, dass ich sie kurz entführe?« Die letzten Worte sind an Jack gerichtet, der von dem opulenten Raum so beeindruckt ist, dass er mir seinen Arm angeboten hat, um wie ein richtiger Gentleman hineinzugehen.

»Überhaupt nicht.«

Jack, der Johns Status augenblicklich an der Art erkennt, wie Issy bei dessen Anblick sofort Mickeys Arm loslässt und beinahe einen Knicks macht, überlässt mich ihm mit ausgesuchter Höflichkeit, und John führt mich zu einer Gruppe von Leuten, die derart respektvoll und zuvorkommend mit Champagner und Kanapees versorgt werden, dass kein Zweifel an ihrer Wichtigkeit besteht.

»Sie müssen diese alten Knacker ein bisschen für mich umgarnen, sie sind potenzielle Investoren und daher sehr wichtig für die Firma.«

Das muss wohl Teil meiner neuen Jobbeschreibung sein, und ich muss sagen, es gibt Schlimmeres, als Champagner zu trinken und mit angenehmen Leuten ein bisschen kultivierte Konversation zu betreiben. John stellt mich jedem mit den Worten »Harriet Hart, das Gesicht von Thameside Homes« vor, wobei ich von Mal zu Mal ein bisschen weniger innerlich zusammenzucke, und nachdem ich meine Pflicht getan habe und zu jedem der potenziellen Investoren so charmant wie möglich gewesen bin, nimmt John mich zur Seite.

»Bevor Sie wieder zu Ihren Freunden gehen, wollte ich noch kurz mit Ihnen über Ihre Rückkehr in die Zentrale sprechen. Ihre vorübergehende Mitarbeit an unserem Southwark-Projekt endet Anfang März, und Graham Dean hat Sie in den höchsten Tönen gelobt.«

»Tatsächlich? Das freut mich zu hören.«

»Na ja, so, wie ich ihn verstanden habe, haben Sie eine nicht übermäßig groß angelegte Aufgabe mit ungeahntem Potenzial übernommen und sich voll ins Zeug gelegt und dazu beigetragen, dass das Projekt wunderbar läuft, und zudem Ihren Kollegen einen großen Teil des ziemlich hohen Arbeitspensums abgenommen. Er ist beeindruckt und ich auch. Sie können sehr stolz auf sich sein. Graham hat bereits angemeldet, dass er Sie nach Ostern gerne zu unserem nächsten Projekt in Battersea Bridge mitnehmen würde.«

Ich nicke, denn Graham hat mir auch schon etwas in der Richtung gesagt, aber John ist noch nicht fertig.

»Allerdings hat Ihr ehemaliger Vorgesetzter, Geoff Naylor,

aus der Planungsabteilung mir ziemlich klar zu verstehen gegeben, dass er Sie auch gerne zurückhätte.«

»Ich weiß. Es ist eine schwere Entscheidung. Die Zeit mit Graham und Selma hat mir wirklich gefallen, und es hat mir einen Riesenspaß gemacht, mal direkt vor Ort auf der Baustelle an einem Projekt mitzuarbeiten, aber mein alter Job hat mir auch gut gefallen.«

»Tja, ich fürchte, ich werde Ihnen die Entscheidung noch schwerer machen, denn ich habe Ihnen auch einen Vorschlag zu machen. Ich denke daran, einen ganz neuen Posten zu schaffen, der Ihre Rolle als Gesicht von Thameside Homes noch deutlicher hervorhebt und zur Geltung bringt. Unsere Marktforschung zeigt bereits in diesem frühen Stadium, dass unsere neue Werbekampagne unglaublich gut ankommt. Die Leute fangen an, Ihr Gesicht zu erkennen und es, positiv, wie ich vielleicht hinzufügen sollte, mit der Firma in Verbindung zu bringen. Wie ich aufgrund des Feedbacks von Ihren Kollegen weiß, ist Harriet Hart aber mehr als nur ein hübsches Gesicht, sondern verfügt darüber hinaus auch über eine schnelle Auffassungsgabe und Intelligenz. Mit Blick auf diese Qualitäten wollte ich Sie ermuntern, unsere Botschafterin zu werden, Harriet.«

»Botschafterin?«

»Ein großes Wort, ich weiß, aber es umschreibt am besten, was ich mir von der neuen Funktion verspreche. Im Wesentlichen wären Sie weiter in die Promotionkampagne eingebunden, müssten also für Fotoshootings zur Verfügung stehen, auf Pressekonferenzen in Erscheinung treten, mit wichtigen Kunden zusammentreffen et cetera, aber Sie wären darüber hinaus ermutigt, auch mit eigenen Initiativen hervorzutreten, um die Firma Thameside Homes bei den britischen Immobilienkunden positiv bekannt zu machen. Wir haben ein sehr gutes Jahr hinter uns, Harriet, es ist sogar so gut gelaufen, dass wir hoffen, unseren Aktionsradius auf das ganze Vereinigte Königreich auszudehnen und uns nicht nur auf den Süden des Landes zu beschränken. Was ich von Ihnen als unserer neuen Botschafterin erwarten würde, wäre, sich zu engagieren, das Profil unserer Firma nicht nur in London bekannter zu machen, sondern im ganzen Land als Marke zu etablieren. Veranstaltungen organisieren, die richtigen Kontakte zu Investoren und Geldgebern knüpfen, gute Beziehungen zu den Medien aufbauen...«

»Ein Art PR-Job also.«

»Das kommt dem sehr nahe, ja, wir haben zwar eine sehr gute Firma, die im Moment sämtliche PR-Aufgaben für uns erledigt, aber ich denke, es wäre ausgesprochen hilfreich, jemanden aus dem Haus zu haben, jemanden, der ein Gespür für die Firma, ihre Ideale und ihre Ethik hat und der mit Promotion-Ideen aufwarten könnte, die auf diesen Idealen und dieser Ethik basieren.«

»Ich verstehe«, unterbreche ich ihn, da in meinem Kopf gerade ein Gedanke Gestalt annimmt, dort jedoch nicht still verharrt, sondern sofort lautstark nach draußen drängt. »Vielleicht könnten wir uns auch für wohltätige Zwecke engagieren? Das sorgt immer für positive Publicity. Vielleicht sollten wir ein paar Wohltätigkeitsveranstaltungen organisieren oder uns auf ein spezielles karitatives Projekt konzentrieren, etwas, das beispielhaft dafür steht, dass Thameside Homes eine Firma ist, die sich um...«

»Ich wusste doch, dass Sie die richtige Frau für diesen Job sind, Sie sind genau auf dem richtigen Weg«, unterbricht er mich enthusiastisch.

»Vielleicht etwas, das hervorheben würde, dass wir, obwohl wir in erster Linie Häuser und Wohnungen für die Bewohner Großbritanniens bauen, nicht vergessen haben, wie glücklich sich die Menschen dieses Landes schätzen können, denn auch wenn sich nicht jeder eine unserer luxuriösen Immobilien leisten kann, haben wir doch immer noch unser kostenloses Gesundheitssystem und unsere staatlichen Sozialleistungen, um den weniger Begünstigten im Notfall unter die Arme zu greifen, und im Wesentlichen ist London doch immer noch eine dorfartige Gemeinschaft, sodass wir, um dies zu verdeutlichen, vielleicht ein anderes Dorf in einem unterentwickelten Land suchen könnten, irgendwo in Afrika, zum Beispiel, wo die Menschen nicht so begünstigt sind, um zu zeigen, dass Thameside Homes nicht ausschließlich mit der Ausschöpfung eines Immobilienpotenzials beschäftigt ist.«

Ich lenke ihn in die gewünschte Richtung und bin nicht sicher, ob ich diplomatisch genug vorgehe, aber meine Sorge scheint unbegründet, denn er nickt mit aufrichtigem Interesse, und als ich kurz innehalte, um Luft zu holen, sagt er: »Perfekt, absolut perfekt, eine tolle Idee, Harriet, also, was meinen Sie, sind Sie an dem Job interessiert?«

»Ich bin sehr interessiert, und wenn Sie nichts dagegen haben – also, ich habe da gerade ein geeignetes Projekt vor Augen, wenn Sie einen Moment Zeit hätten, sich meine Idee anzuhören?«

»Aber ja, warum nicht, schießen Sie los! Wie sieht Ihre Idee in groben Zügen aus?«

»Es fing alles mit einem Brief an, den ich heute Morgen von einer Freundin aus Somalia bekommen habe...«

»Du siehst sehr zufrieden mit dir aus.« Abi, die mit Jack geplaudert oder, besser gesagt, ihn angebaggert hat, lächelt mich an, als ich mich wieder zu meinem Grüppchen geselle.

»Weil sie sich unter die Reichen und Berühmten gemischt hat. Mit uns niederen Angestellten will sie nichts mehr zu tun haben«, zieht Issy mich auf.

»Von wegen! Ich habe gerade meine heutige gute Tat vollbracht.«

»Nämlich?«

»Also, erstens habe ich uns das hier besorgt«, erwidere ich und schwenke eine Flasche Champagner, die ich vom Tisch der Chefs habe mitgehen lassen, »und zweitens habe ich, glaube ich, einen Sponsor für Chinas Waisenhaus, die Schule und das Ärztezentrum gefunden.«

»Im Ernst? Das ist ja super, Hal, wen denn?«

»Uns. Die Firma. Schließlich sind wir ein Bauunternehmen, oder? Wen Besseres könnte man beim Bau von etwas um Hilfe bitten?«

»Willst du damit sagen, John Carpenter hat dafür grünes Licht gegeben?«

»Im Prinzip ja. Ich muss ihn natürlich noch mit weiteren Details versorgen und ihm ein paar Referenzen und Empfehlungsschreiben über die Stiftung besorgen, damit er auch sicher sein kann, dass es sich um eine ernst zu nehmende Einrichtung handelt, aber von der Idee ist er sehr, sehr angetan.«

»Das muss gefeiert werden. Los, schenk ein!«

Ich sehe Mickey an.

»Du musst mich nicht um Erlaubnis fragen«, meint er. »Ich bin heute Abend nicht die Diätpolizei, ich bin nicht im Dienst.«

»Wie schön«, entgegne ich und deute mit einem Nicken auf einen Kellner, der mit einem großen Eiskübel und einer Magnumflasche Champagner anrückt. »Ich habe nämlich noch eine Flasche bestellt. Ich möchte mich bei euch allen bedanken. Ihr habt mir in den vergangenen Monaten sehr geholfen, und ihr sollt wissen, dass ich das ganz toll von euch finde. Prost. Auf wahre Freundschaft.«

»Auf wahre Freundschaft«, wiederholen sie.

»Also ehrlich«, weist Issy mich zurecht und legt mir einen Arm um die Taille, »du klingst, als würdest du bald von uns weggehen.«

»Das tue ich auch«, entgegne ich mit einem milden Lächeln. »Und zwar voran.«

Kurz darauf gesellt sich Selma zu uns. Sie wird von ihrem Sohn Anton begleitet, von dem Issy mit einer sichtlichen Spur von Bewunderung feststellt, dass er »aussieht wie der junge Adam Ant.« Und dann kommt auch Graham mit seiner Frau Kay.

»Ich sehe in diesem Aufzug aus wie der Weinkellner«, beklagt sich Graham und zupft genervt an seiner Fliege.

»Unsinn«, beruhigt Kay ihn sanft. »Du siehst sehr gut aus.«

»Du auch, Darling, allerdings nicht nur gut, sondern wunderschön.«

»Unsinn. Ich sehe aus wie eine alte Hexe, und das weißt du auch. Erst recht neben diesen hinreißenden jungen Dingern. Ich freue mich riesig, Sie endlich kennen zu lernen, Hal. Graham zufolge sind Sie Wonder Woman ohne das Höschen in den Union-Jack-Farben.« Ihr Lächeln ist warm und freundlich.

»Aha, woher will er denn wissen, dass ich genau dieses Höschen nicht gerade unter meinem Kleid anhabe?«, kontere ich grinsend.

»Frag nicht so dumm, jeder weiß, dass Wonder Woman ihr Höschen über allem anderen trägt«, mischt Jack sich ein. »Möchten Sie ein Gläschen Champagner?«

»Gerne. Oder am besten gleich zwei. Das ist einer der Vorteile dieser alten Blechkarre«, stellt sie fest und tätschelt sanft die Armlehne ihres Rollstuhls. »Ich kann trinken, so viel ich will, und muss mir keine Sorgen machen – irgendjemand wird mich am Ende der Party schon nach Hause rollen.«

»Hättest du Lust zu tanzen?«

Zwei Gläser Champagner haben mir genug Mut eingeflößt, um Antons Aufforderung anzunehmen.

»Ja, gerne, allerdings bin ich nicht gerade eine tolle Tänzerin.«

»Keine Sorge, lass dich einfach von mir führen.«

Es ist leider wahr, zu moderner Popmusik kann ich wild auf der Tanzfläche herumhotten, aber richtig tanzen? Ich habe nie

Tanzstunden genommen, aber dieses Kleid verlangt geradezu danach, in ihm zu tanzen. Es ist dazu gemacht, auf einer Tanzfläche herumgewirbelt zu werden, damit die Seide meine Beine umrauscht und umbauscht.

Im Gegensatz zu mir ist Anton ein wahrhaft begnadeter Tänzer, und er macht es mir leicht, seinen fließenden Bewegungen wie von selbst über die Tanzfläche zu folgen. Tatsächlich komme ich nur ein einziges Mal aus dem Schritt, und das ist, als er fragt:

»Du hättest nicht vielleicht Lust, irgendwann mal mit mir auf einen Drink auszugehen?«

Ich zögere einen Moment, sehe zu ihm auf in sein hübsches, aufrichtiges Gesicht, und anstatt zu entgegnen, »Danke, aber die Dinge sind im Moment leider ein bisschen kompliziert«, höre ich mich sagen, »Doch, warum nicht, das wäre nett.«

Und nachdem wir dies vereinbart haben, kehren wir zurück zu den anderen, die uns mit Applaus empfangen.

»Spektakulär!«, ruft Issy und lacht. »Wenn du Hal auf der Tanzfläche so gut aussehen lässt, wie wär's, wenn du es mal mit mir probierst? Aber ich warne dich, ich habe zwei linke Füße.«

Graham sieht aufmerksam zu, wie Anton Issy über die Tanzfläche wirbelt, und wippt dazu im Takt zur Musik mit den Zehen.

Kay legt mir eine Hand auf den Arm.

»Würden Sie mir einen Gefallen tun und mit meinem Mann tanzen? Er liebt es, so zu tun, als sei er Fred Astaire, aber wie Sie sehen, bin ich selber nicht unbedingt Ginger Rogers.«

»Gerne, wenn Sie das wirklich wollen, aber ich fürchte, bei meinem Tanz eben habe ich auf Antons Füßen gestanden und ihn die ganze Arbeit machen lassen.«

»Keine Sorge, meine Liebe, bei Gray können Sie genauso verfahren, er mag vielleicht ein bisschen unbeholfen wirken, aber ich verrate Ihnen ein Geheimnis«, sie bedeutet mir, mich zu ihr herabzubeugen, »als wir jung waren, war er ein begnadeter Balltänzer. Hat er Ihnen nie erzählt, dass mein Spitzname für ihn Zauberzehchen ist?«

»Ob Sie's glauben oder nicht, das hat er nie herausgelassen.«

»Ich erfahre jeden Tag etwas Neues über Sie«, ziehe ich Graham auf, als wir über die Tanzfläche wirbeln. »Ich wusste gar nicht, dass Sie so toll tanzen können.«

»Und ich gebe Ihnen einen halben Tag frei zum Shoppen, wenn Sie es für sich behalten und es nicht auf der Baustelle herumtratschen«, scherzt er.

»Damit Sie bloß nicht Ihren Machoruf aufs Spiel setzen, was?«

»Genau. Ist das Ihr Gregg?«

Jemand hinter mir hat Grahams Aufmerksamkeit erregt, und er wirbelt mich herum, damit ich sehe, wen er über meine Schulter erblickt hat.

»Ja, das ist er«, bestätige ich. »Obwohl ich ihn wirklich nicht länger als meinen Gregg bezeichnen würde.«

»Vielleicht sollten Sie *ihm* das sagen«, bemerkt Graham spitz, als Gregg auf uns zukommt.

»Darf ich übernehmen?«

»Ich bitte Sie, das ist nicht gerade sehr gentlemanlike«, entgegnet Graham und sieht Gregg argwöhnisch an.

»Graham hat Recht, diesen Tanz habe ich ihm versprochen.«

»Dann den nächsten?«

»Vielleicht.«

Er erwartet mich am Rand der Tanzfläche.

»Tut mir Leid wegen eben. Ich wollte dir nur zum Geburtstag gratulieren, Hal.«

»Danke.«

»Ich habe eine Kleinigkeit für dich«, sagt er und zieht ein kleines in Goldpapier eingepacktes Päckchen aus der Innentasche seines Jacketts.

»Du hättest mir doch nichts schenken müssen.«

»Ich möchte dir aber etwas schenken. Na los, pack es aus!«

»Wenn du nichts dagegen hast, würde ich es lieber mit nach Hause nehmen und da erst auspacken.«

Er schüttelt den Kopf.

»Ich möchte, dass du es jetzt aufmachst. Bitte.«

Etwas widerstrebend packe ich das kleine Päckchen aus und enthülle eine kleine, schwarze, samtene Schachtel. Sie enthält eine weißgoldene Kette mit einem Tiffany-Herzanhänger.

Sie ist schön. Aber auch äußerst unangemessen und nicht im Geringsten die Art Geschenk, die man jemandem macht, mit dem man einfach nur befreundet ist.

»Leg sie um!«

»Ich glaube nicht...«

»Bitte, Hal.«

Ich lege sie um, und er nickt zufrieden.

»Sie steht dir ausgezeichnet. Ich wusste, dass sie dir stehen würde. Du siehst heute Abend großartig aus, wirklich.«

»Danke. Ist Rachel auch da?«, frage ich spitz.

Er schüttelt den Kopf.

»Sie ist in Mailand. Soweit ich weiß, fliegen sie und der Typ, für den sie arbeitet, morgen zurück. Offenbar lebt sein Partner in London.«

Ich beiße mir auf die Zunge, denn im Gegensatz zu Gregg weiß ich natürlich genau, wo und mit wem Fabio lebt.

»Ich habe keine Ahnung, was genau sie immer gerade so treibt, und, um ehrlich zu sein, es ist mir auch egal.«

»Das meinst du nicht im Ernst, oder?«, entgegne ich überrascht.

»Warum? Im Moment interessiert mich nur eins.« Es ist klar, dass er mich meint.

»Und was ist mit Rachel?«

»Willst du die Wahrheit hören?«

»Natürlich.«

521

»Also gut, es ist wahr, dass sie in Mailand ist, und es stimmt auch, dass ich nicht genau weiß, wann sie zurückkommt, und zwar aus dem einfachen Grund, weil wir nicht mehr zusammen sind.«

»Ihr habt euch getrennt?«

»Ich habe sie gebeten, zu gehen.«

»Aber warum?«

»Ich denke, das weißt du.«

Er schweigt einige Momente, dann streckt er die Hand aus und berührt mit dem Zeigefinger den Herzanhänger.

»Wir haben gut zueinander gepasst, nicht wahr?«, fragt er leise.

»Ja«, stimme ich zu und nicke, denn er hat Recht, wir haben wirklich gut zueinander gepasst.

»Wir müssen reden.«

Ich nicke erneut, denn auch damit hat er Recht.

»Lass uns zu mir nach Hause gehen. Da können wir einen Kaffee trinken und über alles sprechen.«

»Ich weiß wirklich nicht, ob das der richtige Zeitpunkt ist.«

»Bitte, Hal, es ist wichtig. Du und ich – wir sind wichtig.«

»Glaubst du das immer noch?«

Er nickt schnell und sieht mich eindringlich an.

»Wir haben nie Gelegenheit gehabt, uns hinzusetzen und uns in Ruhe auszusprechen, dabei hätten wir das dringend tun sollen, weil es so viel gab, über das wir hätten reden müssen. Was passiert ist und wie es passiert ist, war alles falsch, und es war mein Fehler, das weiß ich. Ich habe alles falsch gemacht. Bitte gib mir die Chance, alles zu erklären und wieder gutzumachen. Das ist alles, was ich will.«

»Als Abschluss?«

»Wenn du es so sehen willst, als Abschluss einer Episode, von mir aus.«

»Okay«, willige ich ein.

Als ich aufbreche, kommt Nathan gerade an.

»Oooh«, entfährt es ihm, und er langt nach meinen Händen und dreht mich. »Was für ein Kleid, du siehst umwerfend aus! Aber du willst schon gehen? Ich bin ziemlich spät dran mit meinem großen Auftritt, das ist mir klar, aber dass ich so spät bin... Wo willst du denn hin, Blümchen?«

Ich antworte nicht, sondern zeige nur auf Gregg, der am Eingang mit meinem Mantel auf mich wartet.

»Ah, verstehe.«

»Wir gehen irgendwohin, wo es ruhig ist. Um zu reden.«

»Bist du sicher, dass das eine gute Idee ist?«

»Nein, aber ich muss es tun, Nate.«

»Das letzte Mal, als wir uns unterhalten haben, hast du noch gedacht, es wäre aus und vorbei.«

»Ich weiß, aber typisch Frau, die ich nun einmal bin, ist da immer noch ein Fünkchen Ungewissheit in meinem Hinterkopf«, verhöhne ich mich selbst. »Ich muss es tun, ich muss mir Gewissheit verschaffen. Vorher kann ich nicht nach vorne blicken.«

»Aber wohin? In welche Richtung willst du blicken? Heißt nach vorne blicken, nach hinten zu blicken und jemanden aus der Vergangenheit mitzuschleppen, oder meinst du damit, dass du einen klaren Schlussstrich ziehen willst?«

»Ich bin mir nicht sicher, aber ich glaube, wenn ich es nicht jetzt herauszufinden versuche, werde ich es nie erfahren.«

»Na gut«, sagt er und lässt meine Hände los, »wenn du absolut sicher bist, aber du weißt, wo du uns findest, falls du uns brauchen solltest.«

»Danke«, entgegne ich und drücke ihm einen flüchtigen Kuss auf die Wange.

»Ruf mich später an, sonst mache ich mir Sorgen!«, ruft er hinter mir her.

»Ich rufe dich an, versprochen.«

Wir nehmen ein Taxi zu Greggs Wohnung. Gegen halb elf erreichen wir den Limehouse-Komplex, und als wir aussteigen und Gregg den Fahrer bezahlt, fängt es wieder an zu schneien.

Mir ist irgendwie mulmig zumute, in die Wohnung zu gehen, die Gregg und Rachel sich bis vor kurzem geteilt haben, und wie immer überspiele ich meine Unsicherheit mit Smalltalk.

»Du hast es wirklich schön«, stelle ich aufgekratzt fest, während er mich in das riesige offene Wohnzimmer führt und im Gehen die Lichter anschaltet.

»Es ist ganz nett, ja«.

»Das klingt nicht gerade begeistert.«

Er zuckt mit den Schultern.

»Man kann es hier aushalten, Hal, aber es ist nicht wie in einem richtigen Zuhause.«

»Gib dir ein bisschen Zeit, du wirst dich schon einleben.«

Er schüttelt den Kopf.

»Der Grund, weshalb ich mich in dieser Wohnung nicht zu Hause fühle, ist, dass du nicht mit mir hier wohnst.«

»Oh.«

»Ist das alles, was du dazu zu sagen hast?«

»Was willst du denn hören?«

»Willst du eine ehrliche Antwort?«

»Ich glaube, es ist an der Zeit, ehrlich zu sein. Also, ja.«

»Ich will hören, dass du mich immer noch liebst.«

Okay, das ist ehrlich, im Moment sogar ein bisschen zu ehrlich für mich. Ich lasse mich unaufgefordert in die Ledercouch fallen.

»Und? Willst du nicht antworten?«, drängt er.

»Ich weiß nicht, wie.«

»Warum nicht? Weil du es nicht mehr tust?«

Ich zucke mit den Achseln.

»Dann lass mich dich etwas anderes fragen. Gibt es noch Hoffnung für uns?«

»So nicht.« Ich schüttle den Kopf. »Erst mal will ich *dich* etwas fragen. Warum das Ganze?«

»Warum was?«

»Warum Rachel? Wir waren glücklich miteinander, oder etwa nicht? Das hast du heute Abend selbst gesagt, also warum?«

Er lässt sich neben mir auf der Couchlehne nieder.

»Es hat mir geschmeichelt, dass sie sich für mich interessiert hat. Komm schon, Hal, welcher Mann wäre da nicht schwach geworden?«

»Der Mann, der wirklich mit mir hätte zusammen sein wollen.«

Er nickt.

»Ich verstehe, dass du enttäuscht und wütend bist, und ich weiß, dass es in deinen Ohren absolut daneben und pervers klingen muss, aber ich glaube ehrlich, dass meine Affäre mit Rachel etwas Gutes hatte.«

»Und wie das, bitte schön?«, fahre ich ihn ungläubig an.

»Weil es mir vor Augen geführt hat, wie gut unsere Beziehung tatsächlich war.«

»Super, und mir hat es vor Augen geführt, was für ein unzuverlässiger Mistkerl du tatsächlich bist«, fauche ich ihn an.

Mein Ausbruch schockiert ihn total, und ich bin selbst überrascht.

Ich atme tief aus und fahre dann etwas ruhiger fort: »Du hast mir wirklich wehgetan, Gregg, mehr, als dir bewusst ist.«

Er nickt niedergeschlagen und kaut reumütig auf seiner Unterlippe.

»Es tut mir so Leid, Hal. Ich war ein Idiot, und das weiß ich jetzt. Ich habe Rachel klipp und klar gesagt, dass es aus und vorbei ist, weil mir bewusst geworden ist, dass ich immer noch dich liebe. Rachel kann dir nicht das Wasser reichen, Hal, du verkörperst alles, was ich je in einer Frau, in einer Partnerin, gesucht habe. Bitte sag nicht, dass ich dich endgültig verloren habe.«

Er streckt die Hand nach mir aus und berührt mein Haar, dann berührt er meine Lippen, und schließlich umfasst er mein Kinn, zieht mich zu sich heran und küsst mich. Küsst mich, wie er mich immer geküsst hat, berührt mich, wie er mich immer berührt hat, drückt mich an sich und atmet die gleiche Luft wie ich. Und es ist so wie immer und doch so absolut anders.

Es ist Weihnachten, und ich küsse Gregg unter dem Mistelzweig.

Es ist beinahe wie das gute Ende eines Märchens.

Warum also fühle ich nicht wie Dornröschen?

Warum?

Und dann wird es mir plötzlich schlagartig klar, trifft mich ins Gesicht wie ein verirrter Ball bei einem Baseballspiel, haut mich um wie ein Gegner, der mir beim Rugby mit einem Tackling in die Füße rutscht und vor dem ich davonrobbe.

»Ich liebe dich nicht mehr.«

Jawohl, ich habe es laut ausgesprochen.

Ich wiederhole es, wie um dadurch die Glaubhaftigkeit des Gesagten zu überprüfen.

»Ich liebe dich nicht mehr.«

Es klingt so schrill, dass es das Telefon sein könnte.

»Oh, mein Gott, ICH LIEBE DICH NICHT MEHR.«

»Was sagst du da, Hal?«

Die Frage müsste sich, nachdem ich es bereits dreimal ausgesprochen habe, erübrigen.

Der Gregg, den ich geliebt habe, existiert nicht mehr, höchstens in meinem Kopf.

Wenn er auch nur zur Hälfte der Mann wäre, den ich in ihm gesehen habe, hätte er mir das nie und nimmer angetan.

Ich werfe ihm nicht vor, dass er sich mit einer anderen eingelassen hat. Aber die Art und Weise, wie er es getan hat, seine Gleichgültigkeit gegenüber meinen Gefühlen.

»Es ist aus, Gregg. Wenn ich ehrlich bin, ist es schon lange vorbei, genau genommen, seitdem du mir zum ersten Mal gesagt hast, dass du mich nicht mehr willst.«

»Das meinst du nicht im Ernst.«

Doch, ich weiß endlich, dass ich genau das meine.

»Tut mir Leid, Gregg. Aber es ist schief gelaufen, zwischen *uns* ist es aus irgendeinem Grund schief gelaufen, und wenn dieser Grund ein schlichtes und unerklärliches ›Es hat eben nicht funktioniert‹ ist, dann ist es dennoch ein Grund.«

»Aber ich liebe dich nach wie vor, Hal.«

»Tust du das wirklich?«

»Ja.«

»Ganz ehrlich?«

Ich weiß nicht, ob er nicht antworten will oder nicht antworten kann, weil er es nicht wirklich weiß, aber die Pause ist lang genug, um mich erkennen zu lassen, dass das, was ich tue, absolut richtig ist.

»Also willst du sagen, dass du *uns* aufgibst. Dass du alles, was zwischen uns war, einfach wegwirfst.«

»Ich bin nicht diejenige, die es wegwirft, Gregg«, entgegne ich sanft, »und damit eins ganz klar ist, ich will im Moment nicht UNS sein, zum ersten Mal in meinem Leben will ich nicht Hal *und* irgendjemand sein. Ich will einfach nur Hal sein. Ich selbst sein. Wie soll ich zu jemand anders aufrichtig sein, wenn ich nicht zuallererst lerne, *mir* gegenüber aufrichtig zu sein? Weil du mir durch dein Handeln zu verstehen gegeben hast, dass du jemand anders haben wolltest, habe ich so lange versucht, jemand anders zu sein, dass ich darüber ganz vergessen habe, Hal zu sein, und soll ich dir verraten, was ich in den Monaten seit unserer Trennung herausgefunden habe? Ich muss gar nicht versuchen, jemand anders zu sein, weil mein tatsächliches Ich ein wirklich nettes Ich ist, ein gutes Ich, und ich musste mich nur vom richtigen Leben stimulieren lassen, um mich zu entfalten. Doch du hast mich verlassen, weil du nicht erkennen konntest, wer ich, oder die, für die du mich gehalten hast, tatsächlich bin. Mir ist völlig egal, ob du mich verstehst oder nicht, weil das einzig Wichtige ist, dass ich es endlich verstanden habe. Ich habe es verstanden. Unterm Strich hattest du eben doch Recht. Wir passen nicht zueinander, der Drang nach frischem Wind und Abwechslung hat uns überrollt.«

Ich halte inne und lächle ihn mild an, denn eigentlich will ich gar nicht so hart klingen, wie es rüberkommt, da er ja im Grunde Recht hat und wir lange Zeit miteinander glücklich waren.

»Lass uns einfach dankbar sein für die gute Zeit, die wir miteinander hatten, und übereinkommen, dass du von Anfang an Recht hattest und wir besser fahren, wenn wir einfach nur gute Freunde sind.«

»Aber ich will mehr als das, Hal. Bitte! Ich weiß, dass ich dir wehgetan habe, aber wir könnten es langsam angehen lassen, noch einmal ganz von vorne anfangen, wir müssen nicht einmal zusammenwohnen, wir verabreden uns einfach, bis du wieder neues Vertrauen zu mir gefasst hast, und du kannst mir vertrauen, das weißt du doch, bitte, Hal, sag nicht, dass endgültig Schluss ist.«

Er langt nach mir und nimmt meine Hand, und ich ziehe sie nicht weg, weil er so durcheinander aussieht und er mir immer noch so viel bedeutet, dass ich ihm nicht wehtun will, und dann zieht er mich zu sich heran und umarmt mich, als ob er mich nie wieder loslassen wollte, und als Nächstes küsst er meine Stirn, und als ich mich ihm entwinden will, wandern seine Küsse hinab, und seine Lippen suchen meinen Mund, und dann knallt eine Tür zu und eine Stimme ruft:

»Gregg! Gregg, ich bin wieder da! Gregg, Darling, ich habe dich so vermisst, dass ich Fabio angefleht habe, mir einen früheren Flug zu buchen, damit ich dich überraschen...«

Die Worte ersterben genauso unvermittelt, wie Rachel in der Tür erstarrt.

Greggs Hand lässt von meinem Gesicht ab.

»Wie es aussieht, bin ich hier wohl die Überraschte«, sagt sie leise, bedenkt uns beide mit einem flüchtigen Blick, macht auf dem Absatz kehrt und stürmt hinaus.

Greggs Arme haben sich von mir gelöst, sind weggeschmolzen wie der Schnee, der früher am Abend gefallen ist, und ich weiche zurück und starre ihn ungläubig an.

»Du hast gesagt, dass du mit ihr Schluss gemacht hast. Du hast mich angelogen.«

Er wendet sich ab, unfähig, meinem anklagenden Blick standzuhalten.

»Du Dreckskerl«, flüstere ich.

Ich hole Rachel auf der Straße ein.

Sie ist in Tränen aufgelöst. Sie strömen über ihre makellosen Wangen, und ihre großen Augen sind vor Kummer knallrot.

Ich packe sie am Arm und zwinge sie, ihren Schritt zu verlangsamen.

»Es tut mir so Leid, Rachel«, keuche ich atemlos, »er hat mir erzählt, dass ihr euch getrennt habt.«

Sie bleibt stehen und sieht mich an, und ihr gequälter Ausdruck kommt mir nur zu bekannt vor. Es ist der gleiche Ausdruck, der mir vor Monaten aus meinem Badezimmerspiegel entgegengeblickt hat, als ich von ihrer Existenz erfahren habe. Wie es aussieht, spielt Gregg jetzt mit ihr das gleiche Spiel, das er mit mir gespielt hat, und sie hat es genauso wenig verdient, betrogen zu werden, wie ich.

»Er hat mir gesagt, dass er dich gebeten hat auszuziehen«, fahre ich fort und bete, dass sie mir glaubt.

»Das hat er gesagt?« Sie schüttelt den Kopf. »Warum überrascht mich das eigentlich? Es ist so typisch für ihn, eigentlich sollte es mich nicht überraschen, oder? Schließlich hat er mit dir das Gleiche gemacht.«

»Tut mir wirklich Leid, aber ich war so bescheuert, ihm zu glauben.«

»Jetzt hat er jedenfalls Recht. Wir haben uns getrennt – vor dreißig Sekunden.«

Sie zuckt mit den Achseln und weint noch heftiger.

»Vermutlich ist es einfach Karma, du hast nur getan, was ich auch getan habe, nur dass diesmal eben ich die Leidtragende bin.«

Ich schüttle den Kopf.

»Aber ich habe nichts getan, ich meine, Gregg und ich haben nichts gemacht, wir hätten es können, aber *ich* konnte nicht.«

»Und wenn schon, ihr wart auf bestem Wege oder, genauer gesagt, *er* war auf bestem Wege. Er gehört wieder ganz allein dir, Harriet.«

»Aber ich will ihn nicht mehr.«

»Ich auch nicht«, stößt sie hervor. Die Tränen tropfen von ihrer Nase und quellen aus ihren Augen. Sie wendet sich verlegen von mir ab und durchwühlt ihre Tasche nach einem Taschentuch.

Ich ziehe ein Tempo aus meiner Handtasche und reiche es ihr.

»Ich weiß, wie du dich fühlst«, sage ich sanft.

»Kann ich mir vorstellen.« Sie nimmt das Taschentuch, wischt sich die Augen ab, schnäuzt sich die Nase und lächelt mich matt an.

»Was soll ich jetzt tun, Harriet?«

Sie sieht so verloren und am Boden zerstört aus, dass ihr Anblick mir das Herz bricht.

»Pass auf«, sage ich und nehme ihre Hand, »ich sage dir, was du jetzt tust: Du reißt dich zusammen, befreist dich emotional von ihm, sagst dir, dass er ein Arschloch ist und dass es definitiv er ist, der in die Röhre guckt, und du wirst über ihn hinwegkommen und jemand anderen kennen lernen, der dich wirklich verdient. Aber als Erstes kommst du mit zu mir und trinkst mit mir eine Tasse Tee.«

»Warum bist du so nett zu mir?« Sie hat einen Schluckauf und umklammert zu ihrer eigenen Beruhigung meine Hand.

»Weil er mir auch das Herz gebrochen hat«, flüstere ich.

Rachel bricht erneut in Tränen aus, und als Nächstes liegen wir uns in den Armen. Und dann weine auch ich. Ich betraure das Ende meiner Beziehung mit Gregg, wie ich es sofort hätte tun sollen, als er mich hintergangen hat, denn spätestens da war es tatsächlich vorbei, und seitdem habe ich mich gefühlt wie ein kopfloses Huhn, das wild in der Küche herumrennt und fest entschlossen ist, sich von der unbedeutenden Tatsache, dass es geköpft wurde, nicht weiter beeindrucken zu lassen und auf keinen Fall aufzugeben, sich hinzulegen und das Gestrampel einzustellen.

Und dann muss Santa Claus gütig auf uns hinablächeln, denn das einzige freie Taxi ganz Londons hält an, und wir lassen uns zu mir nach Hause bringen, wo mich zu meiner Überraschung all meine Freunde erwarten. Issy, Jack, Mickey, Nathan und sogar Lois und Clive und Beth und Sebastian, und dann sehe ich das kleine Spruchband, das vom Kamin herabhängt und verkündet: »Alles Gute zum Geburtstag«, und den riesigen Kuchen auf dem Tisch und den Wein und die Gläser und die kleinen Sandwiches, und ich werde vor Freude und Verlegenheit ganz rot.

»Überraschung!«, ruft Issy leise und zuckt entschuldigend mit den Achseln.

»Überraschung«, wiederholen die anderen ebenso zurückhaltend.

»Oh nein, es tut mir wirklich Leid, ich hatte keinen Schimmer, dass ihr so etwas plant, und habe mich einfach so davongestohlen, ohne irgendjemandem etwas zu sagen, und jetzt, tja, also, alle mal herhören: Das ist Rachel.«

Rachel, die sich wie ein verängstigtes Tier hinter meinem Rücken versteckt hat, tritt aus dem Schatten hervor und versucht zu lächeln, doch sie bringt nur ein freudloses Grinsen zustande.

Issy fallen beinahe die Augen aus.

»Hal, ich denke, du schuldest uns eine Erklärung«, sagt sie, steht auf, kommt zu uns und zieht uns beide ins Zimmer, und dann erblickt Rachel Nathan, der sie verlegen angrinst und feststellt: »Ich denke, ich habe auch etwas zu erklären.« Und mit diesen Worten führt er sie in die Küche, um ihr die Tasse Tee zu machen, die ich ihr versprochen habe.

»Also?« Sieben Augenpaare starren mich fragend und ohne Lidschlag an.

Ich setze mich zwischen Issy und Jack aufs Sofa und erzähle meine Geschichte.

»Das war's dann also?«, fragt Lois, als ich fertig bin. »Zwischen dir und Gregg ist es tatsächlich endgültig aus?«

»Zwischen mir und Gregg, und zwischen Rachel und Gregg auch«, bestätige ich, immer noch ein bisschen bedrückt.

»Er muss ein ziemlicher Idiot sein, es sich auf einen Schlag mit zwei so tollen Frauen zu verscherzen.« Jack schüttelt ungläubig den Kopf.

»Ob Rachel damit klarkommt?« Die gutherzige Beth runzelt besorgt die Stirn. In dem verzweifelten Versuch, mir und Rachel gleichzeitig zuzuhören, pendelt sie unentwegt zwischen Küche und Wohnzimmer hin und her.

»Rachel wird schon damit klarkommen, nicht wahr, Sweetheart?«

Es ist Nathan, der sie zurück ins Wohnzimmer führt und die Hände beschützend auf ihre Schultern gelegt hat. Rachel sieht sich schüchtern um, nickt aber zustimmend.

»Jaja, ich komme schon klar. Und vielen Dank für die Hilfe und Freundlichkeit, aber jetzt sollte ich wirklich gehen, ich sollte gar nicht hier sein.«

»Wo willst du denn hin?«

Sie zuckt mit den Achseln.

»Keine Ahnung, in ein Hotel.«

»In ein Hotel!«, rufe ich entgeistert.

»Na ja, ich bin ja in gewisser Weise obdachlos, meine eigene Wohnung habe ich aufgegeben, als ich zu Gregg gezogen bin, und so viele Leute kenne ich in London auch nicht. Aber das ist kein Problem, ich komme schon zurecht. Immerhin bin ich für dich *diejenige*, die...«, sie verstummt, unsicher, wie genau sie sich beschreiben soll. »Egal, du kannst mich jedenfalls unmöglich hier haben wollen.«

»Red doch nicht so einen Unsinn, du bist mir so willkommen wie jeder andere in diesem Zimmer.«

»Aber es ist doch dein Geburtstag und deine Geburtstagsparty.«

»Genau, das hier soll eigentlich eine Party sein«, meldet sich Issy zu Wort. »Rachel, komm her, setz dich neben mich, und du, Mickey, gib Rachel und Hal ein Glas Champagner. Tut uns Leid, Mädels, aber wir haben schon mal ohne euch angefangen, da ihr so lange auf euch habt warten lassen. Beth, du hast es.«

Beth grinst Issy an, langt in ihre Handtasche und entnimmt ihr ein in Geschenkpapier gewickeltes Päckchen.

»Was ist das?«, frage ich, als sie es mir ehrerbietig reicht.

»Ein Geburtstagsgeschenk.«

Stirnrunzelnd packe ich ein kleines schwarzes Büchlein aus und mustere es fragend.

»Was ist das?«

»Es ist, was es ist, ein kleines schwarzes Buch«, entgegnet Issy lächelnd, nimmt Rachels Arm und zwinkert ihr zu.

»Guck doch mal rein!«, fordert Beth mich auf.

»Na los, guck rein!«, drängt Lois ebenfalls.

Ich klappe das Büchlein auf, blättere es durch und entdecke in Beth' sauberer Handschrift eine Liste mit Namen und Telefonnummern, Alex, Anton, Beth, China, Fabio, Fabrice, Issy, Jack, Keiran, Lois, Mickey, Nathan, Olly, Tarquin, Tom und so weiter.

Vorne drauf haben sie geschrieben:

»Für Hal. Für den Fall, dass du einen Beweis brauchst, dass du ›einfach unwiderstehlich‹ bist. Mit den allerliebsten Wünschen, Issy, Beth, Lois und Jack.«

»Das sind die Namen und Telefonnummern von allen Menschen, die dich lieben«, erklärt Beth.

»Oder dir an die Wäsche wollen«, fügt Issy verschmitzt hinzu.

»Und jetzt?«, fragt Jack an mich gewandt.

»Wie, und jetzt?«

»Ich freue mich darauf herauszufinden, wer ich wirklich bin. Und wie sieht's mit dir aus, Rachel?«

»Ich werde vergessen, dass Gregg Holdman je existiert hat«, stellt sie entschieden klar. »Eigentlich hätte mir schon aufgehen müssen, was er für eine miese Ratte ist, als ich mitgekriegt habe, wie er mit Hal umgesprungen ist.«

»Du willst dir also nicht meine Liste ausleihen und versuchen, ihn zurückzugewinnen?«

»Was für eine Liste?«, hakt sie nach.

»Du hast noch nichts von Hals Liste gehört?«, zieht Issy sie auf. »Sie ist inzwischen geradezu berühmt.«

Sie eilt in mein Zimmer, holt besagte Liste aus ihrer Ruhestätte in meiner Nachttischschublade und zeigt sie Rachel.

Rachel liest sie langsam, wobei ihr Gesicht nach und nach einen schwer zu entziffernden Ausdruck annimmt.

»Und? Was hältst du davon?«, frage ich sie.

Sie sieht zu mir auf.

»Was ich davon halte?«

Für einen Augenblick könnte ich schwören, dass sie wütend aussieht, und ich fürchte, dass es womöglich ein Fehler war, sie ihr zu zeigen, doch dann beginnt sie sich zu meiner Erleichterung vor Lachen zu schütteln.

»Ich denke, du solltest die Überschrift austauschen in *Wie ich die Frau zurückbekomme, die mich verlassen hat* und sie Gregg zukommen lassen.«

Der Vorschlag wird mit allgemeinem Gelächter und Applaus begrüßt, und Jack geht sogar zu Rachel und umarmt sie, woraufhin sie endlich ihren besorgten Ausdruck ablegt, sich halbwegs entspannt und Nathan erlaubt, ihr Weinglas aufzufüllen. Issy sorgt für ein bisschen Musik und reicht die Sandwiches herum, und dann erinnert sich irgendjemand an die Geburtstagstorte und zündet die Kerzen an.

»Puste sie aus, und wünsch dir etwas!«, drängen sie mich.

»Ich habe eine viel bessere Idee«, sage ich, nehme die fragliche Liste und halte eine Ecke über eine der Flammen.

Unter lautem Jubel frisst sich die Flamme langsam durch das Papier, bis es nur noch ein Häufchen Asche im Aschenbecher ist, und plötzlich weiß ich genau, was ich als Nächstes tun werde.

»Falls du eine neue Bleibe suchst«, wende ich mich an Rachel, »Jack braucht für ein paar Monate eine neue Mitbewohnerin.«

»Ach ja?« Jack lächelt mich verwirrt an.

Ich nicke und lächle zurück.

»Ja. Ich werde eine Weile weg sein. Schließlich heißt es doch so schön, dass mir die Welt offen steht, also sollte ich mir vielleicht den Wind um die Nase wehen lassen und ein bisschen von dieser Welt kennen lernen.«

»Aber wo willst du denn hin?«

»Wahrscheinlich starte ich mit einem Trip nach Somalia.«

»Und danach?«

»Tja«, entgegne ich mit einem Lächeln, »danach müssen wir abwarten, wohin der Wind des Schicksals mich trägt.«

Epilog

Ihr Lieben,

es ist nun schon eine ganze Weile her, seit wir uns das letzte Mal gesehen haben, deshalb schicke ich euch heute einen Brief und bringe euch auf den neuesten Stand, was seit Weihnachten alles passiert ist.

Zuerst die Hammernachricht. Isabelle heiratet.

Habt ihr euch schon von dem Schock erholt?

Ich weiß, wie es euch geht, ich war genauso baff, als ich es erfahren habe, und ihr werdet nie erraten, wer der glückliche Bräutigam ist. Erst mal nur so viel: Ich beneide sie nicht um ihre Schwiegermutter – sie ist eine fantastische Frau, aber sie hat durchaus Haare auf den Zähnen.

Na, habt ihr es herausgefunden? Also gut, erinnert ihr euch noch an die Verabredung auf einen Drink, die ich Anton versprochen habe? Issy hat sie für mich wahrgenommen, und das Ganze hat sich nicht nur zu einer stürmischen, sondern zu einer geradezu orkanartigen Romanze entwickelt. Laut Selma, die unsere Issy genauso schnell ins Herz geschlossen hat wie ihr Sohn, sind die beiden ein Paar, das im Himmel zusammengeführt wurde. Issy hingegen, direkt wie sie ist, beharrt darauf, dass sie nicht im Himmel, sondern in Peckham zusammengeführt wurden, weil sie dort nach ihrem ersten Date irgendwie gelandet sind, aber es ist ja auch schnurzpiepegal, Hauptsache, sie *sind* zusammen, und so wird es im Juni eine weitere errötende Braut geben. Sie wird dem Heiratsmonat alle Ehre machen!

Die zweite erfreuliche Überraschung ist, dass Beth wieder

schwanger ist, und, stellt euch vor, Lois auch, also gibt es gleich doppelten Anlass zu feiern. Sie sind beide glücklich wie Schweine, die sich im Schlamm suhlen können, vergleichen ihre runden Bäuche und tauschen Horrorgeschichten über Hämorrhoiden und Schwangerschaftsstreifen aus und über Schlüpfer, die so riesig sind, dass man darin seine kompletten Einkäufe nach Hause transportieren könnte, und, ja, ihr habt richtig vermutet, Lois hat bereits einen Vertrag als Model für einen großen Hersteller von Babywäsche unterzeichnet, wie sie es in jener Nacht geschworen hat, in der Baby Patrick, angelockt von der Aufregung und den schweren Bass-Beats eines Newquayer Nightclubs, vorzeitig, aber freudig das Licht der Welt erblickt hat.

Und was Jack betrifft, also, wir sind nach wie vor gute Freunde, er wohnt weiterhin in meiner Wohnung, und mein Zimmer ist immer noch zu haben, nicht, weil Rachel doch nicht bei mir eingezogen wäre, sondern weil sie zu *ihm* gezogen ist, und zwar richtig. Tja, die beiden verstehen sich so gut, ich denke, noch ausführlicher muss ich nicht werden. Erinnert ihr euch noch, wie sie sich auf der Treppe begegnet sind? Sagen wir einfach, das war ihr Glück.

Und Gregg? Er hat Thameside Homes und London verlassen, und das Letzte, was ich gehört habe, ist, dass er in Milton Keynes mit einer Rechtsanwältin namens Megan zusammenwohnt und glücklich ist, was mich sehr erfreut, weil ich mir wünsche, dass es auf der Welt mehr Glück und weniger Elend gibt.

Und was mich betrifft, ich habe die vergangenen drei Monate mit China in Somalia gearbeitet. John Carpenter und Thameside Homes bezahlen mich dafür, dass ich die Fertigstellung des Ärztezentrums überwache, und es ist sowohl physisch als auch emotional sehr anstrengend, aber ich glaube, ich war in meinem ganzen Leben noch nie so erfüllt.

Und wenn ich hier fertig bin? Na ja, dann werde ich wohl in meinem neuen Job als »Botschafterin« von Thameside Homes zurückerwartet. Ich als Botschafterin – könnt ihr euch das vorstellen?

Aber bevor ich nach London zurückkehre, gibt es noch diverse andere Orte, denen ich einen Besuch abstatten sollte, ein paar weitere Plätzchen dieser Welt, die ich mir ansehen will. Vielleicht beginne ich mit einem Trip nach Paris, um mir die Bilder von Monet und die Mona Lisa anzusehen und vielleicht auch Monsieur zu treffen, dann vielleicht über den Ärmelkanal nach Brighton, um zu sehen, ob es das Passion noch gibt. Und dann vielleicht eine Stippvisite nach North Cornwall, um ein paar kalte Wellen mitzunehmen und einen heißen Feuerwehrmann zu treffen. Und um das Ganze abzurunden? Na ja, ich wollte schon immer mal ins schöne Dublin, wo es hübsche Künstler geben soll...

So, jetzt muss ich mich verabschieden. Und dafür, Ihr Lieben, dass ihr mir in dieser schweren Zeit meines Lebens beigestanden und mir geholfen habt, sende ich euch einen großen Strauß weißer Glockenblumen. (Will sich jemand von euch meine Liste leihen?)

Liebe Grüße
Harriet

JANET EVANOVICH

»Stephanie Plums Abenteuer sind immer rotzig, witzig – und sehr spannend.«
Stern

45628

GOLDMANN

SOPHIE KINSELLA

»Kein Zweifel:
Sophie Kinsella schreibt fantastische
romantische Komödien!«
Daily Record

45507

SARAH HARVEY

Freche, turbulente und umwerfend komische
Einblicke in die Macken
der Männer und die Tricks der Frauen.

54171

HELEN FIELDING

»Hinreißend! Was für ein herrlicher,
unglaublich witziger Roman! Man wischt sich
die Lachtränen aus den Augen!«
The Sunday Times

44392

GOLDMANN

AMY TAN

»Ein neues Meisterwerk von der Autorin
der ›Töchter des Himmels‹.«
Cosmopolitan

»Amy Tan erzählt diese doppelte Mutter-Tochter-
Geschichte packend und einfühlsam.«
Brigitte

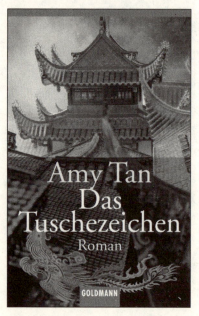

45541

GOLDMANN